HISTOIRE

DES CONSPIRATEURS.

ANCIENS ET MODERNES

Mazzini — Blanqui — Barbès — Orsini — Bakounine — Cadoudal — Fieschi
Les quatre Sergents de la Rochelle
Sylvio-Pellico — Audryme — Mallet — Conspiration des poudres
Attentats — NIHILISTES — SCOPITS — Révélations curieuses
Carbonari — Babeuf, etc., etc.

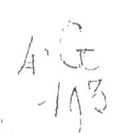

PAR PIERRE ZACCONE ET CONSTANT GUÉROULT

HISTOIRE

DES CONSPIRATEURS

ANCIENS ET MODERNES

MAZZINI.

LA JEUNE ITALIE.

I

Vers la fin du mois de novembre de l'année 1831, un jeune homme de vingt-cinq ans environ, sortit de Turin, à la tombée de la nuit, et s'éloignant d'un pas rapide, gagna la route qui conduisait de la capitale du Piémont à Gênes, en passant par le petit village de Lorette, distant de trois ou quatre lieues au plus.

Il marcha ainsi pendant un kilomètre à peu près, allant devant lui, le front penché, absorbé dans une rêverie profonde, sans se laisser détourner par le paysage qui se déroulait à ses côtés et que la nuit commençait à envelopper.

Tout à coup, il s'arrêta.

Il venait d'atteindre un endroit où la route bifurque tout à coup et à l'intersection des deux chemins un homme attendait debout, maintenant en bride un superbe cheval qui piaffait d'impatience, frappant le sol de ses quatre pieds nerveux.

— Est-ce vous, seigneur Roberti..., demanda l'homme en s'approchant.

Mais avant qu'aucune réponse n'eût été faite à cette question, un hennissement du cheval troublait le silence de la nuit.

— Orlando, lui, m'a reconnu tout de suite, dit alors le jeune homme; et il paraît aussi impatient que moi... Hâtons-nous donc, Beppo; je suis déjà en retard, et il ne faut pas que mes amis m'accusent de négligence.

En parlant de la sorte, le jeune homme sauta lestement en selle, et ayant adressé un dernier geste de la main à Beppo, il piqua des deux et disparut en quelques secondes, dans la buée sombre du soir.

Pendant une heure, il galoppa ainsi, comme emporté dans une course effrénée et folle.

La nuit était venue tout à fait : le vent s'était levé, et quelques gouttes de pluie commençaient à tomber avec un bruit sonore. Le jeune cavalier avait ramené son chapeau sur ses yeux, et serré sur ses épaules un manteau de voyage que lui avait remis Beppo. Affublé de la sorte, il dévorait l'espace sans plus se soucier du vent et de la pluie.

Du reste, le trajet fut vite franchi.

En moins d'une heure, il eut atteint le village de Lorette, qu'il laissa sur sa gauche, et se lançant à travers champs, par un sentier qu'il paraissait reconnaître, il se dirigea vers un château dont la silhouette imposante se dessinait à quelque distance.

Quand il s'arrêta au seuil de cette demeure isolée, enveloppée de silence et d'ombre, il jeta un regard soupçonneux à droite et à gauche, et satisfait sans doute de cet examen des lieux, il prit résolument la bride de son cheval, et marcha d'un pas ferme vers la porte d'entrée.

Une fois là, il frappa trois coups à intervalles inégaux, qui résonnèrent comme un signal convenu, et vraisemblablement, il y avait derrière la porte, quelqu'un qui était prévenu et qui attendait, car, au troisième coup, une main discrète ouvrit un judas et deux yeux brillèrent bientôt à travers les ténèbres.

— Est-ce vous, seigneur Edoardo Roberti ? demanda alors une voix forte et bien timbrée.

— Oui, c'est moi, ouvrez, répondit le jeune cavalier.

La porte s'ouvrit aussitôt, et il entra.

Puis, l'homme qui avait ouvert, prit, à son tour, la bride du cheval, et devançant Roberti, il le conduisit jusqu'au principal corps de logis, où un second personnage attendait celui que l'on amenait.

Roberti salua.

— Nos amis sont réunis ? demanda-t-il, en baissant instinctivement la voix.

— Oui, nos amis sont réunis, répondit l'autre ; et ils vous attendent.

— En ce cas, avançons.

— Vous êtes bien résolu à aller jusqu'au bout.

— Oui, oui, bien résolu.

— Vous savez quel terrible engagement vous allez prendre.

— Je le sais.

— Et vous tiendrez le serment que vous allez prêter.

— Sur mon âme et sur ma vie, je suis prêt, et ce n'est pas moi que l'on verra jamais faiblir.

— C'est bien : cela suffit, suivez-moi !

Le mystérieux personnage prit la main de Roberti, et l'entraîna sur ses pas vers une porte masquée dans le mur, qui s'ouvrait à l'aide d'un ressort invisible. — Le ressort poussé, la porte tourna sur ses gonds, laissant voir le commencement d'un étroit escalier qui s'enfonçait par une pente rapide dans les entrailles de la terre.

Ils descendirent.

Bien qu'il fût ému, et peut-être un peu troublé, Roberti resta maître de lui : Tout en descendant, il comptait les marches, et quand il s'arrêta au pied de l'escalier, il en avait compté quarante-cinq.

Alors son guide tira une lanterne sourde de dessous son manteau, et l'endroit où ils se trouvaient s'éclaira subitement d'une faible et vacillante lumière.

C'était un vaste caveau aux arceaux surbaissés, où suintait une humidité visqueuse qui vous enveloppait comme d'un linceul de glace.

Roberti frisssonna, et bien des pensées sinistres assaillirent son esprit : Mais son compagnon ne lui laissa pas le temps de la réflexion. D'un geste vif et prompt, presque impératif, il lui fit signe de le suivre de nouveau, et ils enfilèrent aussitôt un long couloir, au fond duquel un vif rayon de lumière scintillait à la façon des étoiles.

Arrivé à l'extrémité du couloir, le guide souleva une épaisse et lourde draperie, et Roberti demeura un moment interdit devant le spectacle qui s'offrit à ses regards.

Devant lui s'ouvrit une vaste salle, le long des murs de laquelle une cinquantaine d'hommes se tenaient silencieux, debout, et au fond sur une sorte d'estrade, autour d'une table recouverte d'un drap noir à crépins d'argent, trois hommes, le visage masqué, le front caché sous un large chapeau de feutre, attendaient immobiles et impassibles comme des statues.

Quelques minutes s'écoulèrent, au bout desquelles, Roberti sur l'initiative de son compagnon, marcha résolument vers le bureau.

Alors un des trois hommes se leva.

— Edoardo Roberti, dit-il, d'une voix forte, à laquelle la conformation de la salle donna une sonorité exceptionnelle ; tu as demandé à faire partie de l'association de la *Jeune Italie*, et tu n'ignores pas l'engagement solennel que tu vas prendre.

— Cette question m'a déjà été adressée — répondit le jeune homme avec une certaine hauteur ; et j'y ai répondu de manière à dissiper tous les doutes. Je sais que nous voulons la même chose qui est de former une communauté libre et fraternelle, et je suis convaincu que la République est la forme du gouvernement la plus propre à atteindre ce but. C'est pour cela, que j'ai demandé à entrer dans l'association, et que je suis énergiquement décidé à lui donner mon sang et ma vie... quand l'heure de l'action aura sonné, vous verrez si j'ai une seconde d,hésitation ou de faiblesse.

— C'est bien ! nous te connaissions, et nous savions que nous pouvions compter sur ton audace et ton courage. Mais ce n'est pas là, tout ce que nous avons à te demander.

— Qu'y a-t-il encore ? demanda Roberti étonné.

— Je te le dirai, avant de sortir de cette enceinte...

— Maintenant — prends cette branche de Cyprès, en souvenir de ceux qui sont morts pour la patrie, et prononce devant les nouveaux frères qui t'écoutent, le serment dont le texte t'a été confié, hier...

Pour toute réponse, Roberti prit la branche de Cyprès, qu'on lui offrait et se tournant à demi vers l'assemblée où régnait un silence imposant, d'une voix vibrante, il prononça le serment suivant :

« Au nom de Dieu et de l'Italie ;

« Au nom de tous les martyrs de la Sainte cause italienne qui ont succombé à la tyrannie étrangère ou domestique ;

« Par le devoir qui me lie à la terre sur laquelle Dieu m'a placé, et aux frères qu'il m'a donnés ;

« Par l'amour — inné chez tous les hommes — que j'ai pour le pays où naquit ma mère, et qui sera la demeure de mes enfants ;

« Par la haine — innée chez tous les hommes — que je ressens pour le mal, l'injustice, l'usurpation et l'arbitraire ;

« Par la rougeur qui monte à mon front lorsque, en face des citoyens des autres pays, je me dis que je n'ai ni droits, ni patrie, ni drapeau national ;

« Par les aspirations qui font tressaillir mon âme, et l'attirent vers la liberté, pour laquelle elle a été créée, mais dont elle ne peut jouir, vers le bien, qui doit être son but, mais qu'elle ne peut accomplir dans le silence et l'isolement de l'esclavage ;

« Par le souvenir de notre ancienne grandeur et le sentiment de notre dégradation actuelle ;

« Par les larmes des mères italiennes qui pleurent leurs fils morts sur l'échafaud, en prison ou en exil ;

« Par les souffrances de millions de créatures humaines ;

« Moi, Edoardo Roberti, ayant foi dans la mission que Dieu a confiée à l'Italie, et convaincu que c'est le devoir de tout Italien de la remplir ; sachant que, lorque Dieu a ordonné à une nation d'*être*, il lui donnera la force nécessaire pour exister ; considérant que les peuples *sont les dépositaires de cette force*, et que, de sa bonne *direction* par le peuple et pour le peuple, dépend la victoire ; estimant que la vertu consiste dans l'action, le sacrifice, l'union et la persévérance, je donne mon nom à la JEUNE ITALIE, association dont tous les membres partagent la même foi... et je jure :

« De me consacrer entièrement et pour toujours à l'Italie; de lutter pour en faire un pays libre, uni, indépendant et républicain; de travailler, par tous les moyens en mon pouvoir, action ou parole, à l'éducation de mes frères italiens; de les diriger vers le but que se propose la *Jeune Italie*, vers l'association, seul moyen de réussite, vers la vertu, qui seule rendra cette conquête durable;

« De ne m'enrôler dans aucune autre association; d'obéir aux instructions que je recevrai de nos représentants, et qui seront dans l'esprit de la *Jeune Italie;* de garder le secret de ces instructions, même au prix de ma vie; d'aider mes frères par mes conseils et mes actions;

« MAINTENANT ET POUR TOUJOURS.

« Voilà ce que je jure : et j'appelle sur ma tête la colère de Dieu, la haine des hommes et la honte du parjure, si jamais je trahis tout ou partie de mon serment! »

A peine eut-il achevé de parler, qu'un tonnerre d'applaudissements retentit sous la voûte, et que toutes les mains se tendirent avec effusion pour serrer celles du nouvel initié de la *Jeune Italie*.

Pendant quelques instants, un grand trouble se manifesta; une agitation pleine d'enthousiasme se répandit dans tous les groupes, et Roberti se vit l'objet des plus vifs témoignages de sympathie; mais ce désordre fut bien vite réprimé par la voix respectée du président :

— Mes amis, dit-il, dès que le calme se fut rétabli, nous venons de faire une précieuse recrue dans la personne d'Edoardo Roberti, qui est un des représentants les plus illustres du journalisme moderne, et qui a donné déjà des gages éclatants de son dévouement à la sainte cause que nous défendons. Mais notre satisfaction bien légitime ne doit pas nous faire oublier nos habitudes de prudence, et nous allons nous séparer avec toutes les précautions d'usage. Chacun de vous va prendre pour s'en retourner le chemin sûr qu'il a si souvent suivi, et il ne restera ici que moi, et Edoardo Roberti, avec qui j'ai à m'entretenir de choses graves — sous peu, vous recevrez une nouvelle convocation, et je compte que vous mettrez toujours le même empressement à vous rendre à mon appel. Au revoir, donc, mes frères... et Dieu veille sur l'Italie républicaine !...

La foule des conjurés commença à s'écouler, lentement, avec les précautions recommandées, chacun prenant une issue secrète de la caverne, et bientôt, il ne resta plus dans la salle que le président et Roberti, un peu intrigué par les paroles qu'il venait d'entendre.

Quand tout le monde eut disparu, le jeune homme, impatient et curieux se tourna vivement vers le président, comme pour provoquer une prompte explication. Le président eut un geste discret, prêta l'oreille pour s'assurer que tout bruit s'était tu autour de la salle, puis, indiquant un siège à Roberti, il prit place à ses côtés.

— Ce que j'ai à vous dire est grave, dit-il alors, et quand j'ai appris que vous sollicitiez le dangereux honneur d'être admis au nombre des membres de notre association, j'ai tremblé pour vous, à qui je porte un grand intérêt, et j'ai redouté quelque dénouement terrible, à l'aventure que vous alliez tenter.

— Je ne vous comprends pas! interrompit Roberti, au comble de l'étonnement.

— Vous allez me comprendre, poursuivit son interlocuteur. Nous avons notre police, nous aussi, et nous savons, tout aussi bien que la police autrichienne et piémontaise, ce qui se passe ou ce qui se prépare à Turin.

— Enfin.

— Enfin, on m'a dit que vous aimiez la belle Héléna de Monteleone, la fille de notre ennemi le plus acharné... Est-ce vrai?

— C'est vrai!... répondit Roberti avec effort. Mais Héléna n'est pas coupable; elle a seize ans à peine; et vous ne prétendez pas, je suppose, rendre les enfants responsables des crimes de leurs pères.

— Peut-être.

— Ce serait cruel, et un pareil sentiment...

— Nous ne faisons pas de sentiment, Roberti, vous ne l'ignorez pas; et nous avons à défendre non seulement notre vie, mais l'indépendance même de la patrie.

Roberti eut un sourire contraint.

— Soit, dit-il, avec une pointe d'ironie; mais il me semble que vous vous hâtez bien en incriminant l'amour que j'ai voué à la plus adorable créature qui soit sortie des mains de Dieu; — j'aime Héléna, c'est vrai. Mais elle, hélas jamais encore je n'ai surpris dans son regard la moindre tendresse, sur ses lèvres le moindre aveu.

— C'est que vous êtes aveugle.

— Comment!

— Elle vous aime.

— Que dites-vous?

— Rien... dont je ne sois sûr, et que je ne sois en mesure de prouver.

Roberti laissa échapper un cri enivré.

— Ah! si vous disiez vrai, dit-il... mon Dieu!... ce serait le bonheur.

— Ou la mort! répondit son interlocuteur.

Et comme Roberti le regardait haletant et oppressé, il continua :

— Ecoutez-moi, poursuivit-il; vous êtes amoureux, et le sentiment que vous éprouvez vous aveugle à ce point que vous perdez la notion des indices les plus élémentaires. Vous connaissez cependant la crise effrayante que nous traversons en ce moment : nous avions compté sur la France, et la France nous abandonne! nous restons à la merci de la monarchie piémontaise et chaque jour, le cercle de la surveillance se resserre davantage, et bien, peut-être, de nos frères les plus courageux, traqués à l'égal des bêtes fauves iront expier dans les forteresses de la tyrannie le rêve généreux qu'ils avaient

Héléna de Monteleone.

formé! Or, notre plus implacable ennemi, c'est précisément le comte de Monteleone, dont la fille vous aime. Car elle vous aime, je le répète, et c'est là
qu'est le danger... Des rivaux intéressés ont prévenu le père : on lui a dit que
vous entreteniez des relations suspectes avec les chefs de la *Jeune Italie.*, On
vous a épié... suivi... et hier, on a ainsi découvert la retraite où se cache le
plus important de nos affiliés.

— Qui cela ?

— Ruffini.

— Mais Héléna est innocente. Ce n'est pas elle.....

— C'est ce que nous saurons, cette nuit.

— Que ferez-vous ?

— Je vous le dirai dans quelques heures.

— Je vous reverrai donc.

— Cette nuit, le comte de Monteleone donne une fête à laquelle toute l'aristocratie du Piémont est conviée. Je sais que vous devez vous y rendre et vous verrez Hélèna ; interrogez-la ; demandez lui ce qu'elle a fait — et quand vous lui aurez parlé, je vous dirai ce que nous aurons résolu.

En prononçant ces derniers mots qui glaça le sang dans les veines de Roberti, son mystérieux interlocuteur se leva, lui fit un geste d'adieu, et s'éloigna, le laissant incertain, perplexe — presque épouvanté !

II

Quelques heures plus tard, vers minuit, une foule élégante, empressée, avide de plaisirs, se portait vers la demeure du comte de Monteleone, située dans une des grandes voies de Turin. Le comte occupait alors une situation politique importante, il était le représentant connu et généralement abhorré de la monarchie et passait pour avoir des relations occultes avec l'Autriche. Tous les patriotes le craignaient, et la plupart de ceux qui rêvaient de faire l'Italie une et libre, voyaient en lui l'obstacle le plus redoutable à leurs projets.

Plus d'une fois déjà, le comte avait affirmé sa fureur contre les cons-. pirateurs. C'est à sa surveillance constante, obstinée, que l'on devait l'arrestation et la mort de quelques-uns d'entre eux. Aussi était-il devenu l'objectif principal de toutes les manifestations révolutionnaires, et vingt fois, sa mort avait été résolue dans les réunions des conjurés.

Qui donc avait jusqu'alors suspendu la vengeance des malheureux qu'il traquait avec tant de haine ; d'où venait que ses jours eussent été jusque-là respectés..

Le comte avait une fille, Héléna, une belle et adorable enfant qui semblait être venue au monde uniquement pour protéger et sauver son père.

Héléna avait seize ans à peine. Elle était grande, svelte, avec de beaux yeux, profonds et noirs à travers lesquels elle laissait voir toute son ame candide et pure. Les pauvres et les malheureux la connaissaient bien et, chaque fois qu'elle quittait l'hôtel du comte pour se rendre à l'église, c'était, autour d'elle, un concert d'adorations enthousiastes.

Quand on l'avait vue passer une fois, distribuant ses abondantes aumônes, adressant à chacun un regard attendri ou une parole consolante, toute colère s'apaisait, et l'on oubliait le père par amour pour l'enfant.

Il se dégageait de toute sa personne un charme pénétrant auquel il était impossible de se soustraire, et on la vénérait, on la bénissait, à l'égal d'une madone.

Ce soir-là, selon la coutume des grands jours de réception, Héléna se tenait auprès de son père, à l'entrée du premier salon, et elle accueillait chacun de ses hôtes de son plus gracieux sourire.

Les salons étaient pleins, le public se pressait de toutes parts; déjà, on entendait le prélude des quadrilles.

Pourtant la jolie enfant ne songeait pas encore à abandonner son poste officiel. On eût dit que quelque sentiment supérieur la retenait à sa place, et, par instant, on pouvait surprendre, dans son regard, comme une expression de sourde inquiétude.

Minuit sonna, et quand le douzième coup eut retenti, elle porta ses deux mains à son cœur, comme si une impression douloureuse l'avait subitement frappée.

Mais cela dura à peine le temps de le dire, car presque aussitôt, son visage resplendit, ses joues se couvrirent d'une vive rougeur, et elle étouffa un cri près de lui échapper.

Edoardo Roberti venait de paraître sur le seuil de la porte.

Il s'avança à pas lents, salua le comte, qui lui tendit la main, et s'inclina devant Héléna — celle-ci souriait.

— Je commençais à craindre que vous ne vinssiez pas, dit-elle d'un ton de doux reproche... écoutez!... voici le prélude de la danse, et vous n'avez pas oublié, je suppose, que je vous ai promis le premier quadrille.

— Le jour où un pareil oubli pourrait m'être reproché — répondit Roberti, c'est que je serais devenu fou ou que je serais mort!

Et prenant le bras de l'enfant qui s'abandonna à lui, il l'entraîna dans les salons où déjà les quadrilles commençaient à se former.

Mais si Héléna, dans la bonté de son cœur, ne songeait déjà plus à le gronder; cependant, elle restait inquiète et curieuse, tenant à connaître la cause du retard de son amant.

Aussi, une fois qu'ils eurent pris place, se tourna-t-elle du côté de Roberti, et le regardant bien dans les yeux.

— Et maintenant, reprit-elle, j'espère que vous allez tout me dire, pourquoi vous avez tant tardé à venir, ce qui a pu vous retenir si longtemps loin de moi.

Roberti serra la main de la jeune fille.

— Pardonnez-moi, balbutia-t-il... un obstacle inattendu... quelques amis qui sont venus me trouver.

Et il ébauchait déjà un sourire contraint, quand il tressaillit sous le regard ardent dont l'enveloppa Héléna.

— Ne cherchez pas à me tromper, interrompit cette dernière, d'un ton âpre; n'essayez pas de recourir à quelque subterfuge indigne, car je vous connais bien, moi, Edoardo, et vous ne savez pas mentir... Je n'ignore rien de ce qui vous touche.

— Que dites-vous?

— Vous conspirez !

— Moi?...

— Ne niez pas! car ce n'est pas d'aujourd'hui que je vous observe; je vous ai fait suivre ; un fidèle serviteur a été chargé d'épier vos démarches... et je connais votre existence, jusque dans ses moindres détails. Ah! vous ne saurez jamais à quel point mon cœur s'est épouvanté, quand j'ai appris que vous conspiriez!... Non que je blâme vos rêves de liberté... Vous savez bien que, moi aussi, j'abhorre la tyrannie, et que j'appelle de tous mes vœux le jour sacré où l'Italie sera unie et libre... Mais quoi! J'entrevois tout un sombre avenir.,. Vos adversaires veillent; vous pouvez succomber dans cette lutte inégale, et mon père serait implacable, s'il découvrait jamais que vous faites cause commune avec ses ennemis... Pauvre ami!... depuis le jour où j'ai tout appris, je ne vis plus... Je passe mes nuits sans sommeil, et j'ai toujours peur, le matin, au réveil, que l'on m'annonce votre arrestation... ou votre mort ! Ah ! voilà pourquoi depuis si longtemps je vous cachais avec tant de soin, l'amour que vous m'avez inspiré.

Roberti avait écouté, profondément ému, et il se sentait pénétré de reconnaissance, pour ce témoignage d'intérêt et d'amour que lui donnait la jeune fille...

Il essaya de la rassurer.

— Non!... ne craignez rien, répondit-il. Vous vous alarmez à tort... et pour le moment, du moins, il n'y a rien à redouter...

— Cependant, je l'ai entendu dire à mon père — les vôtres sont poursuivis, traqués — un des principaux membres de la *Jeune Italie*, doit avoir été arrêté hier même.

— En êtes-vous sûre ? — Ruffini !

Un pli sombre creusa le front du jeune homme.

— Je n'en suis pas sûre, répondit Héléna, mais avant une heure je le saurai.

— Et vous me le direz ?

— Je vous le promets.

Cependant les figures des quadrilles s'étaient succédées, mêlant et confondant les groupes animés et charmants des danseurs, et Roberti et Héléna y avaient pris part, tout en échangeant leurs impressions inquiètes et troublées. Les deux amants étaient bien heureux de se sentir l'un près de l'autre, la main dans la main, le regard perdu dans une même ivresse, mais ils avaient hâte cependant, tous les deux, de voir la danse cesser, pour pouvoir causer en toute liberté.

Enfin le quadrille ayant pris fin, les couples se dispersèrent dans toutes les directions, et Héléna regagna le salon où l'attendaient ses amies, — doucement appuyée sur le bras de son amant.

Seulement, comme elle allait franchir le seuil de ce salon, elle s'arrêta, prise d'un tressaillement involontaire — un homme était devant elle, qui venait de la saluer, et la vue de cet homme l'avait frappée.

Elle le connaissait bien, et ce n'est pas la première fois qu'elle le voyait ; on le nommait le duc de Forza, et il passait, à tort ou a raison, pour un des plus énergiques représentants de l'opposition : Il était adroit, prudent, et n'avait jusqu'alors donné prise à aucun soupçon — mais il était très redouté par tout ce qui tenait de près ou même de loin, au gouvernement !

Le duc de Forza avait donc salué la jeune et belle Héléna, et il s'était approché de Roberti, auquel il avait tendu la main.

Roberti le regarda étonné : C'était la première fois, lui, qu'il rencontrait le duc il le connaissait à peine, et il se demandait ce qui lui valait l'honneur d'une telle familiarité.

— Je serais désolé, dit alors le comte, de vous priver du plaisir de reconduire la signora Héléna de Monteleone — mais si vous voulez bien, dans le courant de cette nuit, m'accorder la faveur de quelques minutes d'entretien, je vous attendrai dans ce petit boudoir qui est là — et où nous serons assurés de n'être pas dérangés.

— Mais, M. le duc.

— Me refuseriez-vous.

— Non, sans doute.

— Eh bien *ora e sempre*, dit le duc. — C'est-a-dire à votre aise — je vous attendrai — et vous serez toujours le bien venu !

Puis, il salua de nouveau, et gagna lentement le boudoir qu'il avait indiqué au jeune homme.

Ce dernier resta comme attéré.

Les derniers mots que le duc de Forza avait prononcés, étaient la devise même de l'association : *ora et sempre*; *maintenant et toujours* et il s'effrayait à la pensée que cet homme était peut-être un des membres de la *Jeune Italie*.

Il avait hâte de faire la lumière sur ces obscurités ; aussi, dès qu'il eut reconduit Héléna à sa place, il s'empressa de la saluer, et allait s'éloigner quand la pauvre fille le retint, en l'enveloppant d'un long regard où il y avait une grande inquiétude mêlée d'inéffable tendresse.

— Où allez-vous ? demanda-t-elle d'une voix qu'elle essayait vainement de rassurer.

— Mais — voulut éluder Roberti.

— C'est le duc que vous allez trouver.

— Sans doute.

— Ah ! prenez garde.

— Pourquoi !

— Mais vous ne connaissez donc pas cet homme, on ne vous a donc jamais parlé de lui, si vous saviez.

— Expliquez-vous — parlez — je vous en conjure.

La jeune fille pressa son front de ses deux mains glacées.

— Non ! dit-elle — non ! C'est folie... peut-être, et j'ai tort de m'alarmer ainsi, et pourtant.

— Achevez.

— Tenez... moi, non plus, je ne connais pas le duc... C'est un homme sombre, taciturne, que l'on dit bon et humain, mais qui porte en lui quelque pensée terrible ! prenez garde, je vous le répète, Edoardo, car il me semble qu'il y a une menace pour notre bonheur et ne vous liez pas trop avec ce bizarre personnage.

Roberti eut un sourire contrain.

— Comme vous êtes enfant, Héléna. répondit-il ; et que vous voilà prompte à vous troubler... vous n'avez pas même une preuve contre cet homme et vous l'accusez d'en vouloir à notre bonheur...

— On dit qu'il est l'ami de Ruffini.

— Quand cela serait.

— Et Ruffini est le plus implacable ennemi de mon père, l'âme damnée du chef redoutable de la *Jeune Italie.*

— Mazzini !...

Héléna ne répondit pas ; mais Roberti vit un frisson passer sur ses épaules nues.

— Oui... oui... Mazzini... reprit-elle après une pause... et si vous donniez la main à ces hommes, vous seriez perdu à jamais pour moi !

— Vous les haïssez donc bien ?

— Je ne hais personne... mais vous devriez vous étonner moins que tout autre, de me voir veiller avec cette apreté sur notre bonheur !... Vous le savez bien, mon ami, moi j'ai vécu jusqu'à ce jour, à peu près seule, dans ce vaste et silencieux hôtel où mon père ne fait que de lointaines apparitions, tout occupé qu'il est d'affaires et de politique... C'est une triste vie que j'ai menée, et elle ne s'est egayée que du jour où je vous ai connu ! ¡Vous étiez le premier homme que j'eusse remarqué, et j'ai compris tout de suite que vous étiez l'époux prédestiné que Dieu m'envoyait!... Vous l'ai-je caché... ai-je cherché à dissimuler alors ce qui se passait dans mon cœur.,. Je l'ai tenté quelquefois, et ne l'ai pas pu!... quand vous m'avez dit que vous m'aimiez... Je vous ai répondu que je vous aimais aussi !... simplement, tendrement, comme si j'eusse répondu à Dieu même... et depuis, je n'ai pas eu une heure de défaillance — ah ! cet amour, je le défendrai je vous le jure avec'la dernière énergie... et malheur, entendez vous bien, malheur à ceux qui voudraient le compromettre...

Roberti serra avec force les mains de la jeune fille.

— Eh! croyez-vous, dit-il vivement, croyez-vous que je resterais indifférent devant les menaces que vous redoutez, pourquoi faire intervenir ici ces hommes qui ne songent pas à nous, et ne songent qu'à rendre l'Italie libre. Ce sont de généreux jeunes gens, que vous ne connaissez pas, mais que vous devez estimer, que vous aimerez même un jour, parce qu'ils auront rendu l'indépendance et l'honneur à notre malheureuse patrie opprimée... Croyez-moi, chère Héléna, bannissez ces pensées sombres, et ne mêlez pas ces sinistres appréhensions à notre bonheur jusqu'ici si calme...

— Mais, vous allez trouver le duc de Forza?

— Je l'ai promis.

— Eh bien! soit, je le veux bien... seulement promettez-moi une chose...

— Laquelle?

— C'est qu'à l'issue de votre entretien avec le duc vous viendrez me dire de quel sujet il aura été question.

— N'est-ce que cela? fit Roberti... Je vous le promets.

— A bientôt alors.

— A bientôt.

— Vous me trouverez dans la petite serre du rez-de-chaussée qui ouvre sur le parc... il n'y aura personne que moi.

Roberti s'éloigna.

Quoiqu'il se fût contenu, et qu'il eût réussi, par son attitude, à donner le change à Héléna sur ce qui se passait dans son cœur, cependant, il était profondément ému, et les paroles de la jeune fille avaient éveillé en lui bien des troubles.

Ce que la fille du comte de Monteleone venait de lui dire, était marqué au coin du bon sens et témoignait d'une grande pénétration.

Roberti comprenait qu'elle avait raison, et quand il se rappelait ce qui s'était passé, quelques heures auparavant, à la séance de la *Jeune Italie,* il sentait un frisson glacé lui mordre les chairs.

Maintenant il ne doutait plus que Forza ne fût un membre de l'association, et il tremblait à la pensée de ce qui allait peut-être lui être commandé.

Quand il atteignit le seuil .du boudoir et qu'il eut soulevé la draperie qui en masquait l'entrée, il aperçut le duc assis dans un coin, le front dans la main, l'œil comme attaché au parquet.

Mais, quelque préoccupé qu'il fût, il prêtait l'oreille à tous les bruits qui venaient des salons du comte de Monteleone et il releva brusquement la tête, quand Roberti eut fait quelques pas.

— C'est vous, dit-il alors; je vous attendais, et ne voulais pas quitter cet hôtel avant de vous avoir revu...

— Vous avez à me parler?

— C'est cela.

— A quel propos?

— Ne le devinez-vous pas?

Et comme Roberti gardait le silence, il ébaucha un sourire.

— Vous êtes prudent, et vous avez raison, poursuivit-il; nous sommes ici dans une maison où il serait dangereux de prononcer ᵢdes paroles légères : tout le monde doit ignorer qui nous sommes et le but que nous poursuivons.

— Mais vous êtes donc?...

— Le président qui tout à l'heure a reçu votre serment... J'espère que vous ne l'avez pas oublié et que vous êtes disposé à le tenir.

— Ah! sur ma vie...

— C'est bien... avant qu'il soit longtemps, nous aurons à mettre votre patriotisme à l'épreuve.

— Que se passe-t-il?

— Ruffini a été arrêté... à l'heure où je vous parle, il est enfermé dans un cachot dont il ne sortira que pour aller à l'échafaud.

— Mais Ruffini n'a rien fait encore... Il est impossible que l'on trouve une preuve contre lui.

— Il est l'ami de Mazzini! cela suffit.

— Et vous croyez qu'ils auront la cruauté de le condamner à mort!

— J'en suis certain, et vous n'en douteriez pas vous-même, si vous connaissiez nos ennemis comme nous les connaissons, nous autres.

— Ainsi, il est perdu.

— Peut-être... car un dernier espoir nous reste... et nous n'hésiterons devant aucune extrémité pour le sauver.

— Que voulez-vous tenter?

— C'est ce que vous allez apprendre dans un instant... venez!... ne restons pas plus longtemps dans ce boudoir, où l'on pourrait nous épier... Suivez-moi. Il est utile que l'on me voie dans le bal, au moins pour donner le change aux soupçons, s'ils tentaient de nous atteindre.

— Ah! vous me faites frémir... balbutia Roberti,

Le duc s'était levé... Il eut un mouvement imperceptible des épaules.

Quels étaient-ils ? Que voulaient-ils ?

— Il faut être fort et se posséder davantage, dit-il avec autorité ; prenez garde que vous tenez le secret de quelques centaines d'hommes généreux sur lesquels repose la liberté de l'Italie, et plutôt que de les trahir jamais, faites sans hésitation le sacrifice de votre vie... adieu ! de loin, je vous observerai et quoi qu'il arrive, demeurez impénétrable et vaillant...

Et il s'éloigna.

Machinalement, Roberti le suivit, en proie à une inquiétude mortelle. Il était courageux et pourtant il avait peur... Qu'allait-il se passer ?... Qu'avait-il à redouter ?... Il n'en savait rien... et vaguement, il lui semblait qu'Héléna était menacée. Pourquoi, comment ? Il n'eût pu le dire, mais tout son sang se figeait dans ses veines, à la pensée qu'elle allait peut-être courir quelque danger...

3

Alors, il se rappela qu'elle lui avait donné rendez-vous dans la serre du rez-de-chaussée, et du regard il la chercha dans le bal.

Elle n'y était pas, — évidemment, elle avait dû prendre les devants, et il n'avait qu'à gagner la serre pour la retrouver.

Il fit quelques pas de ce côté mais sans cesser d'observer le duc.

Ce dernier était rentré aussi avec une intention manifeste de se faire voir, — sans doute, pour se créer un alibi, — il allait et venait, s'arrêtant à causer avec les plus grands personnages, souriant aux jeunes femmes qui l'accueillaient de leurs gracieux sourires, échangeant de cordiales poignées de mains avec les jeunes représentants de l'aristocratie italienne.

Ce manège parut à Roberti, curieux à suivre, et un moment il s'y oublia.

Mais il ne tarda pas, cependant, à s'arracher à cette distraction si intéressante qu'elle fût, et il allait se diriger résolument vers l'endroit où l'attendait Héléna, quand il resta glacé et comme terrifié à sa place.

III

Un cri venait de se faire entendre dans le parc, et presque aussitôt un valet pâle, les vêtements en désordre, faisait irruption dans le salon, cherchant de ses yeux effarés, une personne qu'il n'apercevait pas.

— Qui cherchez-vous donc ? demanda avec intérêt le duc de Forza, en frappant sur l'épaule du valet.

— M. le comte ! il faut prévenir M. le comte, répondit ce dernier ; il faut que je le voie à l'instant même.

— Qu'est-il donc arrivé ?

— Un grand malheur...

— Mais encore...

— La signora Héléna... Mon Dieu ! Comment apprendre au malheureux père...

— Achevez ! achevez...

— Eh bien, il y a un quart-d'heure à peine, elle a été enlevée par quelques hommes masqués.

Cependant, à la voix du valet, un groupe nombreux s'était formé, et quand on eut appris le guet-à-pens dont la fille du comte venait d'être victime, ce fut un long murmure d'horreur, d'où jaillissaient d'énergiques imprécations contre les ravisseurs.

— Quels étaient-ils ? Que voulaient-ils ? Dans quel but ce lâche et criminel attentat ?

Roberti avait été un des premiers frappé par la terrible nouvelle, et oubliant toute prudence, il allait, venait, demandant le comte, momentanément absent, donnant avec autorité des ordres pour que l'on poursuivit les misérables.

— Ah ! je les atteindrai ! s'écria-t-il ; ils n'échapperont pas à ma vengeance, et j'espère bien !

— Vous avez raison, dit alors une voix derrière lui, car cet abominable enlèvement que rien n'explique et ne saurait justifier, ne peut rester impuni. Croyez que nous nous mettrons tous à l'œuvre, et que nous serons avec vous.

Il se retourna et aperçut le duc.

Le ton dont ces paroles étaient prononcées glacèrent le malheureux jeune homme : il regarda Forza, et fut forcé de baisser les yeux sous l'ardente flamme qui jaillissait de l'arc froncé de ses sourcils.

Du reste, cela dura à peine le temps de le dire.

Le comte de Monteleone venait d'être informé de ce qui se passait, et il accourait haletant, blême, le front trempé de sueur froide.

— Ma fille ! mon Héléna ! disait-il ; quels sont les monstres qui ont pu ne pas hésiter devant la douleur d'un père.

Et sans attendre de réponse, il fendit la foule, conduit par le valet, et arriva en quelques secondes à la serre où le guet-à-pens s'était accompli.

Une fois là, il se laissa tombé accablé sur un divan, et roula follement sa tête dans ses mains. Mais il ne s'abandonna pas longtemps à cette défaillance, et releva presqu'aussitôt le front avec une sombre et farouche énergie.

— Ainsi, elle était ici ! balbutia le comte.

— Oui, Monseigneur.

— Tu les as vus ?

— Malheureusement, quand je suis arrivé, ils fuyaient, emportant la signora.

— Et tu ne les as pas reconnus.

— Ils étaient masqués..., j'ai voulu courir sur leurs pas, les arrêter ; j'ai appelé à l'aide, n'étant point armé, mais quand on a répondu à mon appel, il était trop tard, et ils avaient disparu.

Le comte serra les poings avec fureur.

— Ah ! je saurai bien les trouver moi ! gronda-t-il ; et ils me paieront cher leur infamie.

— M. le comte les connait donc ! dit alors le duc Forza, qui s'était approché

Les deux hommes échangèrent un regard terrible.

— Oui, oui, je les connais ! répliqua le comte ; ce sont eux ! Toujours les mêmes, nos plus odieux ennemis. Les séides de Mazzini, les conjurés de la *Jeune Italie*. C'est un duel à mort entre eux et nous, et les misérables ne reculent devant aucun moyen ! Ils croient m'épouvanter par leur audace, et ils se trompent, car je leur rendrai sang pour sang, et ils verront que le patriote est au-dessus du père.

— Cependant, interrompit Roberti, Héléna court des dangers, et peut-être.

Le comte eut un regard sévère.

— Je vous comprends, Roberti, répondit-il d'une voix froide et presque calme; vous aimez Hélèna, et vous craignez pour ses jours — eh bien, cet incident, si cruel qu'il soit pour moi, sera d'un salutaire effet sur les jeunes hommes qui rêvent, comme vous, de liberté et d'indépendance, et qui finiront par comprendre qu'il est certaines limites que la morale et l'humanité interdisent de franchir, quelque soit le but que l'on veut atteindre. Rassurez-vous d'ailleurs, mon ami; je connais l'énergie de mon ami le chef de la Police. A cette heure, toutes les mesures doivent être prises, et je ne doute pas qu'avant peu, on ne me ramène ma pauvre enfant.

Toutefois, voyez vous-même; activez les recherches, et je vous bénirai deux fois, si vous venez m'apporter quelque nouvelle rassurante de notre chère Héléna.

Roberti ne se fit pas répéter cette invitation.

L'inaction lui pesait; il avait hâte d'agir, pour donner un aliment à son impatience, et il se disposait à quitter la serre, quand un homme survint, qui demanda le comte de Moteleone.

On le lui désigna.

— Qu'y a-t-il? demanda le comte.

Pour toute réponse, le mystérieux personnage, lui tendit une lettre qu'il venait de tirer de sa poche.

— Une lettre! pour moi — qui l'a écrite ?

Le malheureux père déchira fiévreusement l'enveloppe, mais dès les premières lignes qu'il lut, il se prit à pâlir affreusement.

La lettre était fort laconique du reste; voici ce qu'elle contenait :

« M. le comte.

« Ne cherchez pas à retrouver la signora Héléna. — Elle est au pouvoir d'hommes qui ne la laisseront pas échapper, et dans une retraite où la police ne pénétrera jamais. Mais sa vie est entre vos mains — et vous ne reverrez votre enfant que le jour où s'ouvriront les portes de la prison de notre frère Ruffini ».

— Où a-t-on trouvé cette lettre? interrogea avidement Roberti, dont le sang brûlait les veines.

— Sur l'une des marches du perron.

— On l'y avait déposée à dessein.

— C'est probable.

— Et on ne sait rien des ravisseurs.

— Rien, encore ; mais mes collègues, se sont mis à la besogne; on a envoyé des hommes dans toutes les directions et j'espère...

— Eh bien, interrompit Roberti, si vous le voulez, je vais me joindre à vous ; moi aussi — je connais Turin — et qui sait, il n'est pas impossible que je vous donne certains renseignements qui pourront vous être utiles.

— Soit, monsieur... et puisque vous le désirez... suivez-moi sans tarder, car nous n'avons pas une minute à perdre.

Sur ces mots, les deux hommes s'éloignèrent — l'homme de la police marchant devant... Roberti suivant, d'un pas heurté et inégal.

Toutefois, ils n'allèrent pas bien loin. Car, ils avaient à peine fait une cinquantaine de pas, que Roberti se sentit frapper sur l'épaule.

Il se retourna et aperçut le duc Forza. — Un cri fut sur le point de lui échapper : le duc mit un doigt sur ses lèvres.

— Deux mots seulement, cher ami, dit-il, en souriant sous la lumière du parc qui était éclairé *à giorno* ; croyez-vous que vous ayez pour longtemps à suivre cet excellent Aurélio, qui est bien le plus fin limier de notre incomparable police.

— Mais... je ne sais — balbutia Roberti.

— Oh ! il y en a au moins pour toute la nuit, fit celui que le duc avait appelé du doux nom d'Aurélio.

— C'est ce que je pensais, reprit le duc ; et dans ce cas, je me permettrai de vous rappeler que vous m'avez promis de me recevoir, dans une heure, chez vous.

— Moi ! fit le jeune homme interdit.

— L'auriez-vous oublié...

— Non ! non... vous avez raison... mais c'est que... Héléna.

Aurélio intervint.

— Eh ! qu'à cela ne tienne, dit-il avec bonhomie, le seigneur Roberti peut à son aise recevoir toutes les visites qu'il lui plaira, il ne pourrait aujourd'hui nous être de grande utilité, et demain, dès l'aube, j'irai lui faire connaitre le résultat de nos recherches.

— Cela me paraît plus sensé, approuva le duc.

Et se tournant vers Roberti, qui hésitait à prendre un parti.

— Venez donc, mon cher ami, ajouta-t-il, et croyez que vos intérêts ne peuvent pas être abandonnés en de meilleures mains.

Puis, saluant l'homme de la police, avec une politesse affectée, il entraîna Roberti qui se laissa faire.

Aurélio avait déjà disparu.

— Enfin ! dit le duc, dès qu'ils furent seuls ; je suis heureux d'être venu si à propos. Car vous alliez faire une grande sottise.

— Comment... fit Roberti.

— Eh sans doute : de quoi vous mêlez-vous, et d'où vient ce zèle qui vous pousse à contrarier l'action de la *Jeune Italie*. A peine reçu depuis quelques heures, voilà que déjà vous songez à nous trahir.

— Que dites-vous.

— Vous n'avez pas réfléchi, je le veux bien, et c'est votre seule excuse.

— Mais Héléna.

— La fille du comte est en lieu sûr.

— Vous connaissez donc les hommes qui ont préparé un pareil guet-apens.

— Ces hommes sont nos amis.

— Quelle infamie.

— Prenez garde...

— Enfin, que comptez-vous faire?

— Une chose fort simple, et qui se trouve expliquée dans la lettre que j'ai fait remettre tout à l'heure au comte... Héléna, entre nos mains, est le meilleur otage que nous puissions désirer, et nous les forcerons ainsi à nous *rendre Ruffini*.

— Mais s'ils refusent cependant...

— Ils en sont capables.

— S'ils mettent à mort les prisonniers que vous voulez leur arracher?

Le duc Forza eut un regard dur, et ses sourcils se contractèrent.

— S'ils font cela, répondit-il d'une voix sombre, s'ils se montrent à ce point impitoyables et cruels, ils ne devront s'en prendre qu'à eux.

— Ah! vous me faites frémir.

— N'êtes-vous donc point dévoué à l'œuvre que nous poursuivons... devez-vous hésiter sur le chemin dans lequel vous vous êtes engagé?

Roberti eut un geste énergique.

— Oui, dit-il d'un ton plein de fièvre... Oui, je suis dévoué à mon pays, et pour son indépendance et sa gloire, je suis prêt à donner mon sang et ma vie... Je l'ai juré, et vous verrez, monsieur le duc, comment un homme comme moi sait tenir son serment!... Mais en allant vers vous pour revendiquer une part dans votre entreprise, je n'ai jamais pensé que l'on me ferait un jour l'obligation de frapper des innocents, de torturer des êtres faibles et sans responsabilité... Une pareille action serait au-dessus de mes forces, et à aucun prix...

Le duc réprima un mouvement d'impatience.

— Ce sont cependant les nécessités rigoureuses de la lutte, répliqua-t-il ; vous avez oublié, vous, jeune homme, ce que l'Italie a souffert, et comment nos tyrans se sont chargés, depuis longtemps, de justifier toutes les mesures que le peuple pourra prendre à leur égard... Ce ne sont là que de justes représailles, et elles ne vous révoltent que par égoïsme, c'est-à-dire, parce qu'elles frappent des personnes qui vous sont chères... Quand on conspire, il faut élever son cœur et son esprit, et voir les choses d'assez haut pour que les misérables intérêts des individus disparaissent, et ne laissent voir que l'intérêt de l'humanité même!

Au surplus restons-en là, pour aujourd'hui, et attendons.

Héléna, je vous l'ai dit, ne court pour le moment aucun danger. Au lieu de chercher à découvrir sa retraite, ce qui serait une tentative vaine, employez-vous plutôt auprès du comte de Montelcone... Adressez-vous à son cœur paternel, et obtenez de lui qu'il rende la liberté à Ruffini... Cela fait... je vous promets, moi, qu'à l'instant même, Héléna sera ramenée à son père, et rendue à votre amour.

Et maintenant, séparons-nous... Regagnez votre logis, et attendez les évènements.

Les deux hommes se quittèrent alors, et Roberti, étourdi, accablé, l'esprit hanté par des visions terribles, regagna son hôtel à pas lents, au milieu delat nuit sombre.

IV

Le lendemain matin, Aurélio vint le trouver la figure longue et le front courbé.

Il avait battu, toute la nuit, les rues de Turin et n'avait rien découvert.

Il était mélancolique.

— Eh quoi ! rien... fit Roberti, en retombant accablé.

Un sombre pli creusa le front d'Aurélio.

— Non !... répondit-il, d'une voix qui hésita dans sa gorge. — et pourtant Saint-Aurélio mon patron sait que je ne me suis pas épargné.

— Vous avez vu le comte de Monteleone.

— Je sors de chez lui : il est furieux et veut vous voir.

— Je vais m'y rendre à l'instant.

Roberti acheva de s'habiller à la hâte... Aurélio poussa un gros soupir

— Ah ! C'est un grand malheur pour moi, ce qui arrive, dit-il, en même temps : j'étais bien noté à la police et je passais pour le plus habile employé : et maintenant, me voilà compromis et si la pauvre signora n'est pas retrouvée, je perdrai sûrement ma place...

Roberti serra les poings avec fureur : les lamentations d'Aurélio le touchaient, à vous dire, fort peu — mais la pensée d'Héléna l'obsédait cruellement, et quoique le duc Forza l'eut rassuré sur son sort, il se sentait pris par moments, du violent désir de dénoncer la *Jeune Italie* dont les procédés lui semblaient odieux et condamnables.

Il se tourna vers Aurélio.

— Voyons ! reprenez courage dit-il, d'une voix nette et ferme et si vous tenez à conserver cette place qui vous fait vivre, ne vous laissez pas arrêter par un premier insuccès — Il faut continuer vos recherches.

— C'est bien ce que je compte faire. C'est même pour cela, que je suis venu vous trouver, et si vous voulez m'aider.

— Moi.

— Vous même, signor Roberti : voici mon plan — depuis quelque temps, la police est avisée que certains membres de la *Jeune Italie* que vous connaissez au moins de nom, se réunissent à quelque distance de Turin, dans un vieux château qui est situé sur les bords du Pô. Ce château est inhabité, parce que son propriétaire est actuellement dans les prisons de l'Etat d'où il ne sortira pas de sitôt... et quoique je n'aie aucun renseignement précis à ce sujet, j'ai tout lieu de croire que c'est dans les souterrains de cette ancienne forteresse, que l'on aura conduit la signora Héléna.

— Et vous avez formé le projet d'y faire une descente de police.

— Pas si bête ! Ce serait donner l'éveil à nos ennemis, et j'entends, seulement aller observer les lieux, pour opérer ensuite à coup sur.

— Et quand irez-vous ?

— La nuit prochaine.

— Seul ?

— Non... pas seul !... Car j'espère que vous voudrez bien m'y accompagner.

— Moi...

— J'ai parlé de mon projet à M. le comte de Monteleone... et il y donne son approbation — c'est probablement pour cela, qu'il désire vous entretenir sans retard.

Roberti passa sa main sur son front : cette proposition le prenait au dépourvu et il ne savait comment y répondre — Toutefois, il n'était pas prudent de décliner cette offre, et il fit un signe d'acquiescement.

— Soit ! dit-il — je vous accompagnerai : à quelle heure comptez-vous partir ?

— La nuit arrive vite en cette saison — je viendrai vous prendre à huit heures : seulement, soyez prêt — il faudra vous munir d'un manteau, d'un large chapeau : armez-vous, comme il faut... moi, je me chargerai de la barque... Vous n'avez pas d'objection à me faire.

— Je n'en ai aucune.

— A la bonne heure. — Je savais bien que l'on pouvait compter sur vous. Donc à ce soir ?

— Oui Oui — à ce soir — Quand vous viendrez, vous me trouverez prêt.

Aurélio partit sur cette assurance, et ce que fit Roberti jusqu'à l'heure du rendez-vous, il eut été fort empêché de le dire. Il passa la journée dans une agitation, une inquiétude qui augmentaient d'instant en instant... à toute minute, il s'attendait à recevoir des nouvelles d'Héléna... mais quand vinrent les premières ombres du soir, nul n'était venu le rassurer.

A huit heures précises, Aurélio se présenta : Roberti était prêt, son manteau sur les épaules, le front couvert d'un chapeau aux larges ailes. A sa ceinture brillait la poignée de deux pistolets.

— C'est parfait ! dit Aurélio, après l'avoir examiné : et vous voyez que moi-même je me suis conformé au programme — Sur ce, ne perdons pas de temps et partons.

Ils s'éloignèrent — Il faisait une nuit fort sombre : le ciel était couvert de nuages : une bise apre et froide sifflait aux angles des rues — Ils pressèrent le pas, et gagnèrent rapidement les bords du fleuve ; ce fut l'affaire d'une demi-

Roberti restait debout à l'arrière.

heure à peine, au bout de laquelle, ils atteignirent une berge doucement in-
clinée.

— Et la barque ? demanda Roberti, en regardant à travers les ténèbres.

— Suivez-moi... fit Aurélio.

Ils descendirent jusqu'à une petite crique naturelle où, peu après, ils décou-
vraient un canot de dimension moyenne, qui attaché à un arbuste de la rive,
ondoyait au remous des eaux du fleuve. Aurélio tira à lui la corde qui retenait

4

la barque, et dès qu'elle fut à portée, il invita Roberti à y entrer, et y sauta lui même avec une agilité de véritable marin. Puis, ayant saisi les avirons, il s'assit à l'avant, pendant que Roberti restait debout à l'arrière.

La barque s'engagea aussitôt dans les eaux du fleuve, emportée par le courant qui était assez rapide en cet endroit, et bientôt, elle disparut dans la nuit.

Pendant quelque temps les deux hommes se laissèrent entraîner sans changer une parole. Le ciel était toujours sombre : à peine à la clarté souvent douteuse et voilée de la lune apercevaient-ils les deux rives. — Au loin seulement, bien loin, et dans une faible éclaircie, se dessinait la silhouette du château dont Aurélio avait parlé — Ce dernier ne se servait plus des avirons que pour diriger la marche du canot, et Roberti, toujours debout à l'arrière, les bras croisés sur sa poitrine, semblait absorbé dans une rêverie dont rien ne pouvait plus le distraire.

— A quoi pensait-il de la sorte ?

Un singulier phénomène s'était opéré dans son esprit.

Les ténèbres épaisses qui l'enveloppaient, le silence lugubre qui planait sur ce sombre tableau, avait communiqué à sa pensée une fièvre nouvelle.

Maintenant, il ne songeait plus qu'à Héléna, et tout son cœur s'ouvrait à l'espoir de la revoir et de l'arracher aux mains indignes qui l'avaient enlevée.

Que lui importaient, à ce moment, la *Jeune Italie* et le serment qu'il avait prêté la veille. L'épreuve était trop cruelle, pour qu'il pût s'y soumettre sans révolte, et bien que, pour rien au monde, il n'eut voulu trahir ses frères, cependant, il n'entendait pas s'abandonner jusqu'à commettre la lâcheté de rester impassible devant les dangers que courait celle à laquelle, il avait juré de consacrer sa vie !

Aussi à mesure qu'il avançait, sa résolution s'affirmait davantage, et quoiqu'il dut advenir, il était décidé à pousser l'aventure jusqu'au bout.

Tout à coup un brusque mouvement de la barque, le rappela à la réalité de la situation.

— Qu'y a-t-il ? demanda vivement le jeune homme à son compagnon.

— Voyez ! répondit ce dernier.

Le canot venait de donner sur la pointe d'une crique, et Aurélio tentait, à l'aide de l'un de ses avirons d'accoster la berge.

— Nous sommes donc arrivés ? fit Roberti.

— Le château est au-dessus de nous... dit Aurelio, et je vous conseille, dès ce moment, de faire le moins de bruit possible, et de ne parler qu'à voix basse — nous voici en pays ennemi ; il faut user d'une extrême prudence.

— Que craignez-vous.

— Tout ! je ne pense pas que l'on nous ait vus, par cette nuit noire ; mais après l'aventure d'hier, on doit veiller par ici, et s'il est vrai que la signora ait été conduite dans ce château, il n'est pas douteux que nous ne rencontrions quelque curieux qui, au moindre bruit ne manquerait pas de donner l'éveil.

— Enfin, quelle est votre intention — interrogea Roberti, en sautant sur la berge, avec les précautions qui lui étaient recommandées.

— Elle est simple — répondit l'agent ; nous allons nous séparer pour aller à la découverte ; vous prendrez à droite, pendant que je prendrai à gauche ; nous ferons ainsi, chacun de son côté, le tour de la montagne, et nous reviendrons ici avec le résultat de nos observations. De deux choses l'une : ou la signora Héléna n'a pas été amenée au château, et dans ce cas, nous n'aurons qu'à diriger nos recherches d'un autre côté ; ou elle est bien enfermée dans la forteresse aux pieds de laquelle nous nous trouvons, ce que je crois fermement, et alors nous aurons à prendre des mesures énergiques et promptes pour lesquelles, j'aurai besoin de votre concours résolu — est-ce dit ?

— Parfaitement.

— Nous allons donc nous séparer.

— Je vais prendre à droite.

— Et dans une heure.....

— Dans une heure, je me retrouverai ici, prêt à faire tout ce qui sera nécessaire pour sauver Héléna et la rendre à son père !

Sur ces mots, les deux hommes se séparèrent, et Roberti s'engagea d'un pas ferme dans le sentier de droite qui montait par une rampe abrupte vers les hauteurs du château.

Pendant les premiers moments, rien d'extraordinaire ne se passa.

Toutefois, le ciel s'était un peu rasséréné ; le vent soufflait plus vif, et à mesure qu'il gravissait la montée, le tableau qui se déroulait à ses pieds, se dégageait des ténèbres de la nuit. Mais le silence continuait profond et sinistre ; aucun bruit ne se faisait entendre, et Roberti commençait à croire que Aurélio s'était trompé, et que le château était bel et bien inhabité.

Il atteignit ainsi un plateau élevé sur lequel le château était assis, et qui dominait toute la campagne des environs.

Vue de cette hauteur, à la lueur de la lune qui brillait maintenant dans tout son éclat, le spectacle était ravissant. — Roberti s'y oublia un moment, dans une contemplation émue, et tout son amour, lui révint au cœur avec l'ardent désir de retrouver Héléna.

Tout à coup, il se prit à tressaillir et porta les deux mains à sa poitrine.

Deux coups de feu venaient de se faire entendre, suivis presque aussitôt d'un cri de rage et de détresse.

Que s'était-il passé?... moins heureux que lui, Aurélio avait sans doute rencontré quelque affidé de la *Jeune Italie*, et venait de périr peut-être, victime de son zèle et de son dévouement. Que devait-il faire lui-même en une pareille occurrence. Allait-il courir au secours du malheureux agent... Devait-il fuir devant le danger que cet incident révélait... Il demeura quelques secondes fort perplexe, le sang glacé dans les veines, le front moite de sueur.

Mais son parti fut vite pris... il savait désormais que le château était habité, et ne pouvait plus douter que l'on y gardât celle qu'il cherchait. Toute hésitation lui eût paru criminelle, et, abandonnant l'endroit où il s'était arrêté, il marcha vers le château, qui n'était qu'à une faible distance.

Quelques minutes après. il se trouvait devant la porte, sur le seuil de laquelle, deux hommes masqués se tenaient debout...

Roberti cependant ne perdit pas contenance.

— *Ora e sempre!* dit-il d'une voix forte et vibrante.

— Qui es-tu? demanda l'un des deux hommes.

— Edoardo Roberti.

— Que veux-tu?

— Je veux parler au chef.

— Entre donc... et malheur à toi, si tu viens avec des intentions coupables.

La porte s'ouvrit. Roberti entra. A l'intérieur, il trouva un troisième affidé qui le reçut.

— Le chef!... fit Roberti, en allant à lui.

— Suis-moi, répondit laconiquement celui à qui il s'adressait.

Ils montèrent jusqu'au premier étage, traversèrent plusieurs couloirs étroits et sombres, et arrivèrent enfin à une grande salle où quelques hommes veillaient.

— Le chef! demanda à son tour celui qui accompagnait Roberti.

Nul ne répondit à cette question, mais une porte s'ouvrit au fond de la salle, et, sur l'invitation par signe qui lui fut faite, le jeune homme marcha vers cette porte, en franchit le seuil, et pénétra dans un cabinet, orné de meubles sévères, faiblement éclairé par une lampe à large abat-jour vert.

Devant la haute cheminée, un homme — LE CHEF — était assis tournant le dos à la porte.

Roberti resta un moment stupéfait et troublé.

— C'est donc vous, signor Roberti, dit le *chef*... On m'avait annoncé votre arrivée, il y a une heure... et vraiment, j'avais hésité à croire que vous commettriez une pareille imprudence...

Pendant que le *chef* parlait, Roberti s'était approché, et il venait de reconnaître le duc Forza... il recula de surprise.

— Eh quoi! vous, monsieur le duc, balbutia-t-il, interdit.

— Eh! sans doute, moi... répondit le duc... cela vous étonne.

— C'est que...

— Bon... vous en verrez bien d'autres... si vous restez des nôtres... car je vous avouerai que depuis hier, vous avez fait tout ce qu'il fallait, pour nous inspirer de graves soupçons. Or, vous l'ignorez peut-être, chez nous, être soupçonné, c'est bien près d'être mort.

Robert releva le front avec assurance.

— Vous savez, monsieur le duc, répondit-il avec un geste fier, que je ne crains pas la mort.

— Je le sais.

— Mais on m'avait enlevé Héléna, ma fiancée, et je voulais...

— Si vous étiez vous seul, j'aurais compris cela, interrompit le duc, mais vous êtes venu en bien mauvaise compagnie, et il faudra faire beaucoup, pour que nos frères oublient une telle faute... Si je ne m'y étais opposé, à l'heure qu'il est, vous partageriez le sort de maître Aurelio.

— Il est mort.

— Je l'espère.

— Mais Héléna ! Héléna ! insista l'infortuné jeune homme.

Son cœur battait avec une violence extrême... une pâleur livide couvrait ses traits ; c'est à peine maintenant s'il osait interroger.

— Héléna de Monteleone est ici, répondit le duc, d'un ton sévère, et cette nuit même nous aurons décidé de son sort.

— Que comptez-vous faire.

— Si Ruffin est rendu à la liberté, c'est vous que nous chargerons de reconduire la signora à son père... mais si l'on nous refuse de nous rendre notre frère, incarcéré, nous serons sans pitié pour eux comme ils le sont pour nous — et Héléna mourra.

— Ah ! vous réfléchirez, avant de prendre une aussi cruelle résolution.

— L'arrêt a été prononcé, et il est irrévocable... On tire au sort, en ce moment le nom de celui qui exécutera la sentence... et quel qu'il soit, celui-là ne reculera pas.

Roberti prit sa tête dans ses mains.

— Odieux ! c'est odieux — balbutia-t-il — ah ! vous n'avez donc pas d'enfant, monsieur le duc, vous n'avez donc jamais aimé !

Le visage du duc revêtit un air de fermeté inouïe, et une lueur fauve traversa son regard.

— J'avais deux enfants qui sont morts dans les cachots de Turin, répondit-il, et depuis ce jour, j'ai juré de me venger de leur bourreau qui est le comte de Monteleone. — Cet homme tient donc entre ses mains la vie de sa propre fille, et s'il s'obstine... Elle périra.

Roberti se laissa tomber terrifié sur un siège — mais au même instant, un homme entra dans le cabinet, et vint remettre au duc un billet cacheté.

Le duc l'ouvrit avec empressement, et se prit à le parcourir.

Mais dès qu'il y eut jeté les yeux, il fit un mouvement et pâlit à son tour.

— Qu'avez-vous donc ? demanda Roberti en se levant à demi.

— On m'apporte le nom de celui de nos frères qui a été désigné pour frapper la victime.

— Ah ! ce nom ! ce nom !

— Lisez !

Et il lui passa le billet que Roberti saisit avidement.

Le nom qui était inscrit sur ce billet... C'était le sien...

C'était lui que l'on chargeait de frapper Héléna !...

V

La fin de la nuit se passa, pour Roberti dans une agitation impossible à décrire.

La situation était vraiment terrible.

Lui ! lui ! frapper Héléna, sa fiancée, la jeune fille innocente et pure avec laquelle il avait été élevé, qu'il aimait de tout l'enivrement d'un premier amour.

Était-ce possible ! Jamais il n'accepterait une pareille mission... Il refuserait ; il appellerait à la révolte tous ceux de ses frères qui conserveraient encore quelque sentiment d'humanité. — Mille projets insensés lui traversèrent l'esprit, qui tous avaient pour objet d'arracher Héléna à ses bourreaux, dût-il périr lui-même dans l'aventure.

Mais à la réflexion, il comprit bien vite que ce qu'il méditait était inexécutable ; la forteresse était bien gardée, de vigilantes sentinelles en gardaient toutes les issues, et il y avait, disait-on, des souterrains connus des conjurés seuls, qui conduisaient à quelques lieues dans la campagne. Il était prisonnier, et la fuite était impossible. — Restait le refus d'obéissance, mais là encore, il vit bien qu'une pareille attitude eut été inutile, si même elle n'était pas dangereuse. A son défaut, vingt hommes résolus se seraient présentés à l'envi pour remplir la sanglante mission, et mieux valait certes, qu'il en restât chargé.

Quand le jour vint, son parti était pris.

Le duc qui l'interrogea à ce propos, reçut de lui une réponse catégorique : il dit que le sort l'avait désigné pour frapper Héléna, et qu'il acceptait résolument cet honneur, malgré l'horreur qu'elle lui avait inspirée tout d'abord : d'ailleurs, le dernier mot n'était pas dit, et il comptait bien que le gouvernement accorderait la liberté à Ruffini, en considération de la menace qui était faite au comte de Monteleone. Dans cette situation, on ne devait rien changer à ce que le sort avait décidé, et il demandait seulement, s'il ne lui serait pas permis de voir Héléna.

A cette question, le duc eut un geste étonné.

— Eh quoi ! vous voulez..., dit-il avec hésitation.

— Je désire la voir, je le répète, répondit Roberti, et c'est bien le moins que l'on puisse m'accorder.

— Mais vous ne lui direz rien qui puisse compromettre....

— Accordez ou refusez, M. le duc, répliqua le jeune homme ; mais si vous consentez à ce que je demande, ne mettez aucune condition à cette faveur.

— Eh bien, soit ! fit le duc. Un homme va venir, qui vous conduira près de la signora, et j'espère que vous reconnaîtrez que j'aurai fait tout ce qui était en mon pouvoir, pour vous prouver ma bonne volonté.

Ainsi que l'avait promis le *chef*, une heure ne s'était pas écoulée, qu'un homme venait chercher Roberti, et le conduisait jusqu'à l'aile gauche du château : une fois là, sur un appel, modulé comme un signal convenu, une porte s'ouvrit devant eux, et Roberti fut introduit dans une chambre dont les fenêtres, bardées de fer, donnaient sur la campagne.

Le guide s'était retiré, Roberti était seul. Dès le premier regard qu'il jeta dans la chambre, tout son être se prit à tressaillir.

A l'une des fenêtres, il venait d'apercevoir Héléna, le corps penché, plongeant son regard sur le fleuve qui coulait rapide et profond au pied de la montagne.

Il porta ses deux mains à son cœur, et retint un cri douloureux.

La jeune fille était encore dans tout le désordre où on l'avait surprise ; sa toilette de bal était violemment déchirée ; ses belles épaules demi nues sortaient de son corsage ; ses longs et beaux cheveux tombaient sur son col, et tout entière indifférente à ce désordre, elle regardait devant elle, cherchant à l'horizon quelqu'incident qui lui permît d'espérer une délivrance prochaine.

Mais tout était calme autour d'elle : pas un bruit, pas un mouvement... On eût dit qu'elle était séparée à jamais du monde des vivants, et qu'on l'avait ensevelie dans cette forteresse comme dans un tombeau.

Cependant, et toute absorbée qu'elle fût... elle entendit quelque chose remuer derrière elle, et elle se retourna frissonnante.

Roberti était devant elle.

Et d'abord, elle se crut le jouet de quelque hallucination folle ! Ce qu'elle voyait était impossible... Roberti n'avait pu pénétrer jusqu'à elle... Dieu lui-même n'aurait pu accomplir un pareil miracle !... Elle étouffa un cri de surprise, comprima sa poitrine de ses dix doigts crispés, et secoua la tête avec violence comme pour chasser cette vision énervante... Mais, au bout de quelques secondes, elle vit bien qu'elle ne se trompait pas... que c'était bien son amant qui était là, et, s'abandonnant à toute l'ivresse que lui communiquait cette certitude, elle se précipita dans les bras du jeune homme, et se blottit pour ainsi dire sur son cœur.

— Edoardo ! Edoardo ! vous ! c'est vous... murmura-t-elle... Ah ! Dieu est bon, puisqu'il me réservait cette joie.

— Chère Héléna ! dit Roberti, en baisant longuement ses yeux et ses cheveux.

— Vous avez donc pu pénétrer jusqu'ici ?

— Vous voyez.

— Et vous venez me chercher ?

Un sombre nuage obscurcit le front de Roberti.

— Vous chercher ! non, répondit-il ; j'ai parlé au *chef* qui a ordonné votre enlèvement, et il ne vous rendra à mon amour que lorsque l'on aura fait grâce de la vie à Ruffini.

Héléna se prit à pâlir affreusement.

— Est-ce bien vrai, ce que vous dites là ? demanda-t-elle d'une voix troublée.

— On vient de me le déclarer à l'instant.

— Alors, je suis perdue.

— Que dites-vous ?

— Eh ! sans doute... Car, depuis hier, Ruffini a cessé de vivre.

— Ah ! malheur ! malheur !... balbutia Roberti, épouvanté.

— Ah ! je défendrai vos jours — s'écria le jeune homme.

— C'est-à-dire, que vous mourrez avec moi — répliqua Héléna — soit ! j'accepte cela — Ce sera notre nuit de noces, Edoardo !... et nous irons ensemble vers Dieu qui nous bénira.

— Chère amie ! — Chère enfant — Jamais je ne vous ai tant aimée.

— A la bonne heure ! fit Héléna, avec exhaltation, l'œil brillant, le front éclatant, et croyez bien que je ne regretterai rien de la vie, si je la quitte avec vous, la main dans la main — mon cœur sur le vôtre !

Et jetant ses bras autour du cou de Roberti, elle oublia quelques secondes ses lèvres ardentes sur les siennes.

Ils devisèrent ainsi de longues heures, et la nuit les surprit au milieu des effusions de leur tendresse. Ils avaient fini par oublier le sort les attendait, et ne songeaient plus qu'ils étaient au pouvoir d'hommes qu' i devaient être implacables.

Comme les premières ombres du soir commençaient à monter de la vallée, certains bruits qu'ils entendirent au dehors, les rappelèrent à la réalité.

— Entendez-vous ? dit Héléna, en s'arrachant aux caresses de son amant.

— En effet, répondit celui-ci.

— Un mouvement inusité règne autour du château ; des hommes vont et viennent avec agitation ; quelque chose se prépare. — Ils viennent d'apprendre l'exécution de Ruffini !

Roberti voulut parler, mais la voix s'étrangla dans sa gorge : il se leva.

— Où allez-vous ? fit Héléna, en s'attachant à lui.

— Il faut que je sache, balbutia Roberti.

— Ne me quittez pas.

— Ah ! je ne demanderais qu'à rester près de vous ; mais est-ce possible..., et tenez.....

Il n'avait pas achevé, qu'un homme pénétrait dans sa chambre.

— Signor Roberti, dit-il d'une voix brusque, le *chef* vous demande.

— Je vous suis, répondit le jeune homme.

— Mais vous reviendrez ? supplia Héléna.

— De près comme de loin, je veille sur vous, et si vous ne me revoyez pas, c'est que je serai mort.

Et il s'éloigna par le chemin qu'il avait pris pour venir.

Quelques minutes plus tard il était devant le *chef*, qui cette fois, était masqué.

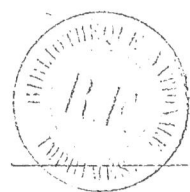

Il avait lancé ces hommes dans toutes les directions.

— Je vous attendais, dit ce dernier, dès qu'ils furent seuls ; vous ignorez ce que l'on a fait de Ruffini ?

— La signora Héléna vient de me l'apprendre.

— Elle le savait... son père le lui avait dit... et soupçonne-t-elle le sort qui lui est réservé ?

— Je le lui ai annoncé... elle est préparée à mourir.

Le duc frappa avec colère sur la table.

— C'est un défi !... dit-il, la lèvre torve ; eh bien... nous n'aurons pas plus de pitié qu'ils n'en ont eu — et cette nuit même, la signora aura cessé de vivre... êtes-vous toujours décidé à frapper.

— Toujours ! répondit Roberti, d'une voix ferme.

— Et votre main ne tremblera pas.

— Vous verrez !

— Qu'il soit donc fait, ainsi qu'il a été décidé...

Alors, il fit un signe impérieux, et pendant que Roberti était reconduit à la chambre qui lui était destinée, il disparaissait lui-même par un escalier dérobé qui menait aux souterrains du château.

Cependant rien d'extraordinaire ne se passa durant la première partie de la nuit. Le vent s'était levé et soufflait avec violence ; de lourds nuages noirs couraient dans le ciel, chassés par la raffale, et on entendait, au loin, par intervalles, de sourds grondements de tonnerre. — Au dedans tout était silencieux et morne : les sentinelles veillaient à leur porte, masquées, enveloppées de manteaux, le front caché sous les larges ailes de leur chapeau. C'était lugubre et sinistre. De temps en temps, chose bizarre, quelqu'un qui eut observé les environs avec attention, eut pu voir des ombres aller et venir de différents points et se diriger toutes, vers un bouquet d'arbres sous lequel elles ne tardaient pas à disparaître.

Quelles étaient ces ombres ? où se rendaient-elles ainsi, à cette heure, bravant le désordre des éléments déchainés. — Mystère. — Cela dura quelque temps, au bout duquel tout mouvement cessa, et la montagne fut rendue à sa solitude.

Minuit sonna alors à l'horloge de la forteresse.

Roberti était resté jusqu'à ce moment, dans sa chambre, en proie à une inquiétude mortelle. — Qu'allait-il se passer — pourquoi ce retard — le duc avait-il reculé au dernier moment, devant l'abominable forfait qu'il méditait de commettre.

Son incertitude ne dura pas longtemps, car au premier coup de minuit, un frère entra dans sa chambre, et s'approcha de lui.

— Es-tu prêt ? demanda-t-il brusquement.

— Oui, je suis prêt, répondit Roberti, en tressaillant.

— Et tu frapperas.

— Je l'ai juré ! je tiendrai mon serment.

— Bien !... prends donc ce poignard et n'oublie pas que c'est ta vie même qui est ici en jeu !...

Ils sortirent et gagnèrent un escalier tournant dans lequel ils s'engagèrent.

L'escalier conduisait dans les entrailles de la terre. — Roberti compta cinquante marches. Une fois arrivé, ils trouvèrent devant eux un long couloir étroit, qui les mena à une sorte de carrefour, d'où enfin, ils furent introduits, dans une grande salle éclairée par une vingtaine d'hommes portant des torches.

Au fond de la salle, se tenaient trois hommes masqués qui se levèrent dès que Roberti parut. — L'un d'eux fit à ce dernier, signe de s'approcher, et Roberti obéit.

Mais, à peine eut-il fait quelques pas, qu'il s'arrêta le sang glacé.

Devant lui, s'ouvrait une fosse béante, fraichement creusée, sur le bord de laquelle se dressait le sinistre fossoyeur appuyé sur sa bêche.

— Qu'est ceci ? demanda-t-il, frappé d'épouvante.

— Approche ! interrompit le *chef.*

Roberti se raidit, pour ne laisser paraître aucune défaillance, et vint se placer à quelques pas des trois hommes.

Il y eut alors un moment de silence solennel.

VI

— Edoardo Roberti ! reprit bientôt le chef qui avait déjà parlé ; tu as été reçu hier parmi les membres de la *Jeune Italie*, et tu n'as pu oublier encore le serment que tu as prêté. T'en souviens-tu ?

— Je m'en souviens ! dit Roberti.

— Tu as juré de te consacrer entièrement et pour toujours à l'Italie, d'obéir aux instructions de nos représentants, et tu as appelé toi-même, sur ta tête, la colère de Dieu, la haine des hommes et la honte du parjure, si jamais tu trahissais tout ou partie de ton serment...

— Je ne l'ai point oublié.

— Tu sais aussi que tu as été désigné par le sort pour frapper la victime qui doit être immolée cette nuit aux mânes de notre frère Ruffini.

— Je le sais.

— Tu connais cette victime ?

— Je la connais.

— Et tu frapperas ?

— C'est ce que mes frères verront dans un instant.

— Bien ! Et maintenant que l'on amène la fille du comte de Monteleone...

Le *chef* n'avait pas achevé qu'un cri de détresse retentit sous la voûte sonore de la salle, et qu'une jeune fille, les vêtements en désordre, les cheveux épars, se précipitait au milieu de l'assemblée, après s'être arrachée, par un brusque mouvement, aux hommes qui l'avaient accompagnée jusque-là.

C'était Héléna !

Quoi ? que me veut-on ? quels sont ces hommes ? balbutia-t-elle en promenant un regard effaré sur ceux qui l'entouraient. — D'où vient cette odieuse violence, et pourquoi tant de lâches se sont-ils réunis pour l'accomplir ? — Ah ! il n'y a donc pas un homme de cœur parmi ces misérables qui m'écoutent, et n'ai-je donc affaire qu'à des assassins ?

Un murmure menaçant se fit entendre, que le *chef* réprima d'un geste.

— Silence ! dit-il d'un ton impérieux.

Et se tournant vers la jeune fille qui le regardait stupéfaite :

— Héléna de Monteleone, poursuivit-il du même accent, il n'y a ici ni assassins ni lâches ; il y a des malheureux que le comte, votre père, a poursuivis de sa haine implacable, et qui se vengeront sur lui et les siens. Il nous a pris Ruffini, nous lui prenons sa fille : œil pour œil, dent pour dent ; nous nous servons des armes dont nous disposons.

— Mais que comptez-vous faire de moi, fit Héléna ?

— Tu vas mourir !

— Cette nuit ?

— A l'instant.

— Et quel est le bourreau qui a accepté une pareille mission ?

Le *chef* désigna Roberti qui se tenait à quelques pas, debout, les bras croisés sur la poitrine.

— Lui ! dit Héléna.

Et l'œil animé d'un farouche éclair, elle bondit vers son amant dont un masque lui cachait les traits.

— Vous ! continua-t-elle, répondez... parlez... expliquez-moi... Mais non, vous n'osez pas justifier un pareil crime ; vous avez honte vous-même du forfait que vous allez commettre, vous cachez vos traits sous un masque, et vous avez peur de votre victime !

— Pour toute réponse, le jeune homme présenta son visage attéré et pâle à la malheureuse jeune fille.

— Celle-ci jeta un cri épouvanté, et se voila les yeux de ses deux mains affolées.

— Edoardo ! — C'est Edoardo ! murmura-t-elle, défaillante et blême.

Et comme si un sentiment de pudeur subite s'était emparé d'elle, elle croisa ses bras sur son sein, pour en cacher la nudité.

Mais ce mouvement dura à peine le temps de l'écrire. — Presque aussitôt la réalité redoutable la ressaisit tout entière, et elle se jeta éperdue sur la poitrine de son amant.

— Toi ! c'est toi ! dit-elle d'une voix ardente ; est-ce que je rêve ou que je deviens insensée ? Edoardo, tu n'as pas accepté une pareille mission. Ils t'ont contraint, ils ont eu recours à quelque machination infernale... Tu m'aimes, toi ; tu ne peux... Ah ! mais parle, parle donc !

Cependant Roberti, dans un transport d'ivresse folle avait pris, dans ses dix doigts nerveux, la tête de la pauvre enfant, et il scellait sur son front ses deux lèvres passionnées.

— Non ! non ! dit-il à voix basse et rapide. Non ! jamais une pareille pensée ne m'est venue. Mais ne pouvant te sauver, j'ai voulu mourir avec toi, — et voilà pourquoi j'ai accepté l'horrible mission pour laquelle le sort m'a désigné. Héléna ! Héléna ! — mon âme, — ma vie, je t'aime et malheur...

— Edoardo Roberti ! interrompit la voix éclatante du chef, les frères attendent ; pourquoi hésiter si longtemps à frapper ?

Un éclair sillonne le front de Roberti, qui se dresse de toute sa hauteur :

Quoi ! dit-il, comme au sortir d'un rêve, qui me parle ?.,.

--- Ne te souviens-tu plus de ton serment ?

--- J'ai juré d'être fidèle à la *Jeune Italie*, et j'ai eu la force de ne pas la trahir.

— Il te reste un dernier devoir à accomplir ; quel scrupule t'arrête ?

— Vous le demandez !

— Songe que la moindre hésitation c'est la mort.

— Eh bien ! frappez-moi, et vous verrez si je sais mourir.

Une explosion de menaces accueillit cette réponse, et quelques affidés s'avancèrent, le poignard levé sur Roberti.

— Ah ! lâches ! s'écria Héléna en se plaçant entre son amant et ceux qui le menaçaient ; les lâches qui ne savent qu'assassiner une femme et un homme sans défense. Mais prenez garde ! entendez-vous, prenez garde ! car le comte, mon père, saura quelque jour votre odieuse conduite, et il vous fera payer cher votre infamie !

C'était là, en un pareil moment, des paroles bien imprudentes.

Ces hommes, auxquels Héléna parlait de la sorte, avaient déjà bien souffert, ainsi que l'avait dit le duc Forza, le comte de Monteleone les avait traqués comme des bêtes fauves, et leurs frères, leurs amis finissaient dans les cachots de la tyrannie. A eux aussi on avait enlevé un père, un enfant ; leur vengeance, si elle était parfois cruelle, pouvait passer pour légitime, et il n'était pas bon de leur rappeler le lourd passé qu'ils avaient subi.

Aussi, quand Héléna eut cessé de parler, elle vit tous les regards fixés sur elle, s'injecter de haine et de colère, et comme le cercle se rapprochait dans l'intention manifeste de l'enserrer, elle adressa un regard éperdu à son amant.

Ce dernier adossé à la muraille attendait fièrement.

Il avait jeté son arme loin de lui, et l'attitude hautaine, il semblait défier ses adversaires.

Il y eut alors un moment de silence suprême, — puis tous les trois se levèrent ; vingt poignards étincelèrent à la lueur des torches, et Héléna, croyant sa dernière heure venue, s'agenouilla en appelant Dieu à son aide.

Que se passa-t-il alors ?

Quelque chose de mystérieux, d'invraisemblable, que nul ne comprit bien dans le premier moment, et dont on n'eut l'explication que plus tard.

Le chef s'était levé, et de sa voix vibrante, il avait ordonné à chacun de reprendre son rang, et de rentrer son poignard dans sa gaîne.

Tous les affidés se regardèrent étonnés.

Mais le moment d'attente fut court, car presqu'aussitôt, un mouvement s'opéra dans l'assemblée, et un à un, chaque membre disparut par des voies différentes, à pas lents, sans se presser, grave et solennel, comme s'il se fût agi d'un ordre convenu.

Seulement, quelques secondes à peine s'étaient écoulées, quand plusieurs coups retentirent, mille fois répercutés par les échos de la voûte sonore, et suivis peu après d'imprécations et de cris de rage.

Héléna écoutait frissonnante et troublée... Les torches s'étaient éteintes brusquement, et la nuit profonde régnait de tout côtés.

Elle se pencha à l'oreille de Roberti.

— Que se passe-t-il donc ? interrogea-t-elle d'un ton avide.

— Silence ! écoutez, répondit Roberti.

— C'est le salut...

— Peut-être.

— Mon Dieu ! vous avez exaucé nos prières, — ils viennent... C'est mon père. — Ah ! si le ciel avait fait un pareil miracle....

Elle n'acheva pas. La salle s'était de nouveau éclairée ; quelques hommes venaient de faire irruption, et du premier coup-d'œil, Roberti reconnut celui qui marchait à leur tête.

C'était Aurélio.

Immédiatement derrière lui venait le comte de Monteleone.

A sa vue, Héléna jeta une exclamation enivrée, et courut se réfugier dans ses bras.

— Mon père ! mon père ! balbutia-t-elle défaillante.

— Mon enfant ! ma fille ! dit le père.

Et pendant quelques minutes, on entendit un doux murmure de paroles entrecoupées de baisers.

— Dieu soit loué, dit enfin le comte, nous sommes arrivés à temps, et tout le sang de ces misérables ne suffira pas à laver une telle injure... Aurélio, sus à ces bandits ! Morts ou vifs, il faut qu'on me les livre.

Aurélio n'avait pas attendu cet ordre pour agir, et déjà il avait lancé ses hommes dans toutes les directions, à la poursuite des conspirateurs.

Mais la recherche était difficile à travers ces souterrains qui se croisaient en tout sens à l'égal d'un véritable labyrinthe ; l'incident d'une surprise était prévu depuis longtemps, et des passages secrets, connus des seuls affidés avaient été pratiqués de longue date pour favoriser leur fuite en cas d'alerte. Aussi, quand Aurélio revint au bout d'une demi-heure, il avait l'oreille basse et l'attitude humiliée.

--- Eh bien ! fit le comte en fronçant le sourcil.

--- Rien, répondit Aurélio, les poings crispés.

--- Partis, disparus... C'est invraisemblable.

--- Que M. le comte me pardonne, mais rien, au contraire n'est plus naturel. Ces hommes ont à lutter contre la police, et ils ont pris leurs précautions en conséquence... La partie est perdue pour aujourd'hui, mais demain !

--- Demain ! fit le comte, demain ! il faudra bien que je trouve ces misérables, dussions-nous fouiller tous leurs repaires !

Quelques minutes plus tard, une barque, suivant le cours du fleuve, ramenait à Turin, le comte, sa fille et Roberti.

Ces deux derniers se sentaient heureux d'avoir échappé aux dangers qu'ils venaient d'affronter... et ils ne se doutaient pas des dramatiques événements, auxquels ils allaient se trouver mêlés. !...

VII

Il y avait à cette époque, en Italie, un homme qui, quoique bien jeune encore, exerçait une grande autorité sur la jeunesse libérale.

On l'appelait Joseph MAZZINI.

Il était né à Gênes, dans la Strada Lomellini, le 22 juin 1805.

Il avait donc alors un peu moins de trente ans.

Son père, Giacommo Mazzini, était médecin distingué et professeur d'anatomie dans sa ville natale. Sa mère, Maria Mazzini (née Drago), était de Chiaveri. Une femme de grande beauté, d'une intelligence prompte et puissante, de sentiments forts et profonds. — Bien qu'elle fût attachée à tous ses enfants, Joseph devint bien vite et resta son idole, et durant leur longue et cruelle séparation, elle aima ce fils exilé d'un amour intense et digne de celui qui l'inspirait.

Mazzini était un enfant extrêmement délicat, si faible que, quoique bien constitué, il ne pouvait pas se tenir sur ses petites jambes à un âge où presque tous les enfants marchent. Il dut passer les premières années de sa vie dans la chambre de sa mère, assis sur un petit fauteuil que son père avait fabriqué pour lui — la grande faiblesse de l'enfant explique la sollicitude et l'amour exceptionnels de la mère. — A l'âge de six ans seulement, il commença à marcher, mais ce ne fut que longtemps après que ses forces lui permirent de s'aventurer au-delà des limites du jardin de son père.

Dès lors, ses aspirations se manifestèrent d'une façon plus significative.

A treize ans, il fut envoyé à l'Université de Gênes, et il s'y distingua particulièrement par son talent dans la discussion philosophique. Simple et économe dans ses habitudes, il trouvait toujours moyen de venir en aide à ceux qui étaient dans le besoin. On peut même dire que chez lui cette disposition allait jusqu'à l'excès. Non content de donner ses livres et son argent, il distribuait encore ses vêtements entre les plus nécessiteux de ses camarades.

Pendant quelque temps il étudia l'anatomie et la médecine, mais à cette époque la tendance naturelle de son esprit le portait vers la littérature.

« Des millions de visions de drames historiques et de romans, dit-il lui-même, flottaient souvent devant mon imagination, et les images artistiques caressaient mon esprit, comme des apparitions de gracieuses jeunes filles apaisent l'âme du solitaire ».

Depuis longtemps déjà, ajoute un de ses biographes, il avait dû éprouver des frémissements de honte et d'angoisse à la vue de l'esclavage et de l'abais-

sement de son pays ; mais il attribue le réveil de sa conscience et de ses aspirations vers un meilleur avenir pour l'Italie aux impressions qu'il reçut à l'occasion de l'exécution de Garelli et Lanari, deux révolutionnaires de Gênes, et
des collectes que l'on fit dans sa ville natale pour les exilés bannis à la suite
de l'insurrection de 1821.

Quoi qu'il en soit, Mazzini prit bientôt ses grades, et put exercer la profession d'avocat. Ce fut un beau jour pour ses parents qui rêvaient pour ce fils si
bien doué une brillante carrière dans le droit. Mais lui était sombre et triste à
la pensée qu'il allait tromper leurs espérances, car il était déjà résolu intérieurement à consacrer sa vie au relèvement de son pays.

Le lecteur ne sera pas surpris que nous nous étendions sur les commen-
cements de ce célèbre conspirateur, dont l'influence se retrouve dans presque toutes les grandes manifestations révolutionnaires modernes. Bien qu'il
n'ait pas pris part à l'action, dans les révolutions qui ont ensanglanté l'Europe depuis près de cinquante années, cependant on sent l'esprit de Mazzini
présider à toutes les tentatives énergiques qui ont eu pour but l'affranchissement des peuples en Italie aussi bien qu'en France, en Allemagne et jusqu'en
Russie. Mazzini restera comme le type le plus résolu des conspirateurs, et à ce
titre, tout ce qui le touche, nous a paru intéressant à un haut degré.

Ainsi, dès l'enfance même, nous le voyons hanté par des visions de liberté :
il rêve de rendre à son pays l'honneur qu'il a perdu, et peu à peu, insensible-
ment, nous pourrions dire fatalement, sa pensée s'élève, l'horizon s'élargit, et
c'est l'humanité tout entière qui absorbe son activité. Les préoccupations de
famille disparaissent, sa propre personnalité s'efface, il ne songe plus qu'à
l'Europe asservie, il ne rêve plus que de rendre le peuple à lui-même.

A peine a-t-il atteint l'âge de raison, que l'avocat se transforme, — il continue encore de plaider à l'*officio di poveri*, l'office des pauvres ; mais déjà un
plus noble but se dévoile à ses yeux, et son cœur s'initie à l'immense amour
des déshérités.

C'est à cette date que remonte son affiliation à l'association des *Carbonari*.

Il y avait été introduit par un espion, qui plus tard devait le trahir ; mais
il était jeune et confiant, et ne croyait pas au mal ; — esprit profond mais
naïf, il jugeait des autres par lui-même, et ne vit d'abord que le côté militant
et utile de la société à laquelle on l'affiliait.

Toutefois, il est certain, que dès le principe, il fut frappé par certaines cérémonies en usage chez ses nouveaux frères : il fut bien près de les trouver
ridicules, — Ce sont du moins, les biographes qui le disent, — cependant,
comme dès cette époque, — 1820 - 1821, — il se sentait incapable de fonder
lui-même quelque chose, et qu'il comprenait l'importance d'une organisation,
il accepta les *Carbonari* comme des hommes qui, bien qu'inférieurs à l'idée
qu'ils représentent (l'affranchissement de l'Italie) étaient décidés à mettre
leurs pensées à exécution et à traduire leur foi par des œuvres.

Forteresse de Savona.

Ils avaient, dit-il lui-même, le courage de braver l'excommunication (et en Italie, à cette époque, c'était terrible), et de tisser une nouvelle trame chaque fois que la première était détruite. Cela suffit pour le décider à se joindre à eux, et pendant quelques années, il fit partie de la célèbre association.

Mais cela ne répondait à aucune de ses aspirations secrètes, et il avait d'autres visées. Ses frères rêvaient d'arriver à l'indépendance nationale avec l'appui de la France, où l'association avait de nombreux et courageux représentants, et lui, Mazzini, ne voulait devoir cette indépendance qu'aux efforts de l'Italie seule ! Il comprenait qu'une nation qui n'a pas le courage de conquérir elle-même sa liberté n'est pas digne de la posséder, et peut-être dès ce moment fut-il regardé comme une gêne, même comme un danger par les chefs du parti qui l'avait admis dans ses rangs.

6

Quoi qu'il en soit, toujours est-il que, vers 1830, il conçut le vague soupçon d'une trahison.

Il avait été chargé de remplir une mission, et se préparait à obéir à l'ordre qui lui était donné.

Toutefois, par prudence, avant de se mettre en route, il organisa un système de correspondance secrète avec ses amis politiques, par l'intermédiaire de ses lettres à sa mère, dans lesquelles, il ne traitait que des sujets privés. Sa prévoyance ne fut pas inutile : Car un matin, comme il quittait la maison qu'il habitait, il fut arrêté par la police du roi de Piémont et de Sardaigne.

Tout Italien, convaincu du crime d'aimer sa patrie n'était pas plus en sécurité dans le royaume du Piémont que dans les provinces soumises aux lois autrichiennes — quand Mazzini fut arrêté, il y avait contre lui de quoi justifier trois condamnations.

Son père se rendit immédiatement auprès du gouverneur de Gênes pour lui demander de quel crime son fils était accusé — on lui répondit que son fils était un jeune homme de talent qui avait l'habitude de faire des promenades nocturnes et solitaires, et que *le gouvernement n'aimait pas les jeunes gens qui se livraient à des rêveries mystérieuses.*

Pendant ces explications, Mazzini était incarcéré dans la forteresse de Savona sur la côte ouest de la rivière de Gênes.

La cellule qu'il occupait était située au sommet de la forteresse.

« Elle avait vue sur la mer, ce qui me procurait de grandes jouissances. La mer et le ciel — Ces deux symboles de l'infini, et qui, après les Alpes, sont ce qu'il y a de plus sublime dans la nature — se déroulaient devant mes yeux chaque fois que je m'approchais de la fenêtre grillée. Je ne pouvais pas apercevoir la terre au-dessous de moi, mais chaque fois que le vent soufflait dans ma direction, il m'apportait la voix des pêcheurs. »

Ajoutons comme détail typique, que Mazzini avait pour compagnon de captivité, un chardonneret auquel il s'attacha beaucoup : et c'est un des traits distinctifs de son caractère que ce goût pour les animaux et en particulier pour les oiseaux. Chaque fois que dans sa vie errante, il se fixait quelques mois, on était sûr de le trouver entouré d'oiseaux qui volaient en liberté dans sa chambre, et picotaient ses papiers et ses livres à plaisir.

Pendant les premiers mois de son emprisonnement on ne lui accorda aucun livre : plus tard, il parvint à obtenir une bible, un Tacite et un Byron. Au moyen de la correspondance secrète dont nous avons parlé, ses amis lui firent savoir que son arrestation avait frappé de terreur les *Carbonari :* aussi après avoir cherché vainement à rallumer chez eux une étincelle de vie, il arriva petit à petit à la conviction qu'il valait mieux, plutôt que de perdre son temps et ses forces à ressusciter un cadavre, s'adresser aux vivants et fonder un édifice révolutionnaire sur une base nouvelle.

C'est donc de son emprisonnement que date l'apostolat religieux et républicain de Mazzini, et c'est alors qu'il conçut le plan de l'association de la *Jeune Italie* qui fut l'aurore de l'indépendance destinée à remplacer le système informe qui s'abritait sous la couronne de Savoie.

La solitude de la prison devait féconder toutes ces idées déjà en germe dans son esprit... il médita longuement sur l'organisation de l'association, sur le choix des individus et sur la possibilité de relier ses opérations et son action aux éléments révolutionnaires qui existaient déjà dans les autres pays de l'Europe.

Rien n'est curieux comme ce qu'il a écrit plus tard, sur cette époque de sa vie tourmentée.

« L'association doit donner au monde la liberté et l'égalité, sanctifier la terre, et en faire, selon la volonté de Dieu, une étape sur le chemin qui conduit à la perfection, un moyen par lequel l'homme peut arriver à une plus haute et plus noble existence.

« Lorsque, dans mes jeunes années, je pensais que ce serait du cœur de notre peuple, de son enthousiasme et de ses sacrifices que sortirait une nouvelle vie pour l'Europe, il me semblait entendre au dedans de moi la grande voix de Rome parler d'unité, de fraternité morale et d'une foi commune pour l'humanité. Et le peuple tenait ces paroles en un saint respect. Je vis Rome proclamer, au nom de Dieu et de la République italienne, une déclaration de principes au lieu de cette stérile déclaration des droits ; je vis Rome montrant aux nations un but commun sur la base d'une religion nouvelle ; et je vis l'Europe, fatiguée du scepticisme, de l'égoïsme et de l'anarchie, accepter joyeusement cette nouvelle foi. »

« Telles étaient mes pensées dans ma petite cellule de Savona.

« La vision qui a illuminé mon premier rêve patriotique s'est évanouie, du moins en ce qui concerne ma propre vie. Lorsqu'elle deviendra une réalité, et c'est ma conviction, je serai dans mon tombeau. Aujourd'hui, les mêmes pensées me hantent dans la petite chambre d'où j'écris ces lignes, et qui n'est pas plus grande que ma cellule (1861, — Angleterre), mais l'horizon que j'aperçois est plus vaste encore, et mon raisonnement plus mûr. Ce sont ces pensées qui m'ont attiré l'épithète d'utopiste et de fou, et qui m'ont occasionné tant de désenchantements et d'outrages que, parfois, lorsque des espérances personnelles agitaient encore mon cœur, je me prenais à regretter ma cellule de Savona, entre le ciel et la mer, et loin du contact des hommes ! »

A quelque opinion que l'on appartienne, et quelle que soit l'impression que l'on garde sur le rôle qu'a joué le redoutable et mystique révolutionnaire, on ne peut s'empêcher de reconnaître qu'il y a, dans les lignes que nous venons de citer, la forte empreinte d'un esprit supérieur, convaincu et sincère.

VIII

L'idée de Mazzini ne tarda pas, ainsi que nous l'avons vu, à être mise à exécution, et peu de temps après, l'association de la *Jeune Italie* commençait à se
propager. En peu de temps, elle se propagea avec une rapidité prodigieuse :
elle avait pour interprète un organe de publicité qui paraissait sous le même
titre, et dont les articles, rédigés presque tous par Mazzini, produisirent une
sensation d'autant plus grande que les évènements qui se passaient dans le
centre de l'Italie prouvaient d'une manière frappante la justesse des vues de
l'audacieux conspirateur.

Dans cette même année, les États romains se révoltèrent contre la tyrannie
du Pape. Parme s'insurgea contre la grande-duchesse d'Autriche, et Modène
contre son duc. Bien que ces insurrections eussent éclaté simultanément,
elles n'étaient point le résultat d'un plan concerté. Environ deux millions et
demi d'Italiens secouèrent le joug du vice-roi de l'Autriche et du Pape. Ils se
trouvèrent ainsi dans des conditions favorables, non seulement pour se tenir
sur la défensive, mais encore pour commencer une action offensive en faveur
de l'émancipation de leurs concitoyens. La jeunesse de Bologne chercha à
entrer en Toscane pour venir en aide à ceux qui s'étaient soulevés contre le
Grand-Duc ; le peuple de Modène et de Reggio demanda à grands cris de marcher au secours de Massa, et la garde nationale réclama l'honneur d'attaquer
le tyran de Naples.

Malheureusement, dit l'auteur que nous citons (Bibliographie de Mazzini,
par madame E. Ashurst Venturi) les différents gouvernements provisoires
issus de l'insurrection, réussirent à transformer une révolution essentiellement nationale dans son but et ses tendances, en soulèvements séparés et

purement locaux. Au lieu de profiter de la sympathie et de l'enthousiasme universels, ils s'efforcèrent dans leur aveuglement, de gagner la faveur des rois, et firent ainsi échouer le mouvement en l'étouffant aux yeux de la diplomatie.

Ils se fiaient à la parole de l'ambassadeur de France qui leur promettait l'appui de son pays ; mais s'ils eussent réfléchi quelque peu, ils auraient compris que le roi Louis-Philippe, dont le trône était à peine affermi ne pouvait être disposé à jouer s a couronne pour favoriser un mouvement populaire qui l'eut débordé lui-même. La paix était nécessaire à la sécurité du nouveau monarque, et il était insensé de supposer que, par principe, il interviendrait pour empêcher l'Autriche de rétablir ses princes vassaux en Italie.

En résumé, les gouvernements révolutionnaires prirent peur, et c'est ce qui fit échouer le mouvement dont nous venons de parler.

Mais ce n'était que partie remise, et avec un homme comme Mazzini, la tyrannie ne devait pas facilement avoir le dernier mot.

Il se trouvait alors traqué de lieu en lieu par la police française ; et pendant longtemps, il put échapper à sa recherche — et lorsque enfin, sa retraite fut découverte, il se réfugia en Suisse où à peine arrivé, il organisa la première attaque armée que le parti de l'*Unité* fit contre le parti séparatiste — mais il y a des traitres partout, et la tentative échoua par la trahison du chef militaire, le général Ramorino.

C'est cette tentative que devait seconder par un mouvement parallèle le duc Forza et les membres de l'association, et nous avons vu comment le comte de Monteleone parvint à la prévenir.

Après ce qui venait de se passer, on comprend sans peine que les malheureux conspirateurs furent poursuivis avec un redoublement d'activité ; bon nombre d'incarcérations eurent lieu, et si le duc Forza ne fut pas arrêté lui-même, c'est que l'on n'avait contre lui que des présomptions vagues, et qu'il était protégé par sa grande notoriété et l'influence qu'il exerçait sur la jeunesse de Turin.

Toutefois la police veillait, et pendant quelque temps du moins il fallait agir avec une extrême circonspection.

A leur rentrée à Turin, le comte, Héléna et Roberti s'étaient séparés.

Pendant le trajet, chacun avait gardé un silence soucieux ; aucune explication n'avait été sollicitée ; comme d'un commun accord, on avait ajourné les éclaircissements sur les faits accomplis, et après avoir quitté Héléna au seuil de l'hôtel de son père, Roberti avait regagné sa demeure.

Il était profondément inquiet, et redoutait également de se retrouver en présence du comte et en celle du duc Forza.

Que dirait-il à l'un et à l'autre, et n'avait-il pas joué son bonheur et sa vie ? Sa vie ? il n'y tenait guère, et en eût fait volontiers le sacrifice.

Mais son bonheur ! l'amour d'Heléna... Au déchirement qui se faisait en lui à cette seule pensée, il comprenait qu'il ne pourrait jamais y renoncer. — C'était donc une double impasse qui s'offrait à lui, et il se demandait comment il en sortirait.

Mais il était jeune, et à cet âge la nature ne perd jamais ses droits.

Dés qu'il eut gagné sa chambre à coucher et qu'il se fut jeté sur son lit, le sommeil le prit, et pendant tout le jour, il ne se réveilla pas.

Vers le soir seulement, il s'arracha enfin à ce sommeil de plomb, et tout étourdi encore il sauta à bas de son lit et appela son domestique.

Celui-ci accourut.

— Jacopa ! dit Roberti en regardant sa pendule, est-il donc déjà six heures ?

— Oui Monsieur, répondit le valet.

— Et il n'est venu personne me demander ?

— Il n'est venu personne... Mais on m'a apporté deux lettres à votre adresse.

— Deux lettres !... Donne vite !

Le valet lui remit les deux missives qu'il s'empressa de lire.

La première était du comte de Monteleone : elle lui donnait rendez-vous pour huit heures. — La seconde était du duc Forza : il lui annonçait qu'il l'attendait à minuit.

La situation s'affirmait dans le sens qu'il avait prévu ; il n'avait qu'à se soumettre, et c'est ce qu'il fit.

Il s'habilla à la hâte, dîna sommairement, et quelques minutes avant huit heures il se présentait chez le comte. -- Ce dernier l'attendait et le reçut tout de suite.

Le comte était assis auprès d'une haute cheminée, dans son cabinet de travail, le front pensif, les traits fatigués, avec un air de tristesse et de mélancolie répandu sur toute sa physionomie.

Il était évident que ce qui s'était passé depuis quelques jours avait ébranlé sa forte constitution : sous l'homme politique, ses ennemis avaient réussi à atteindre le père, et on eût dit qu'à ce moment il frémissait encore à la pensée des dangers qu'avait courus son enfant.

Quand il entendit venir Roberti, il leva son front pâle et lui tendit la main, par un geste dolent et découragé.

— C'est vous, mon ami, dit-il en même temps ; je vous ai prié de venir, j'avais besoin de vous voir ; asseyez-vous là, à côté de moi, et causons à cœur ouvert, car il s'agit de choses graves.

— M. le comte... balbutia Roberti embarrassé.

Ecoutez-moi, mon ami, interrompit le comte, et répondez-moi avec une entière franchise... Vous aimez mon Héléna... n'est-il pas vrai.

— Ah ! plus que ma vie !... s'écria le jeune homme.

— Je sais cela, et je sais aussi que Héléna vous aime, avec la même ardeur, ne rougissez pas... il n'y a à cela aucun mal, puisque cet amour est né sous mes regards, et que je me suis habitué, depuis longtemps, sans l'avoir jamais dit à personne, à voir un gage de bonheur pour tous... seulement, si je suis décidé à vous appeler mon fils, vous devez comprendre, après les évènements d'hier, que je ne saurais donner mon enfant qu'à un homme qui pourrait la protéger, la défendre, et que je ne puisse pas rencontrer un jour parmi mes ennemis.

— Ah ! tout mon sang... voulait dire Roberti.

— Vous êtes courageux, je n'en ai jamais douté répliqua le comte ; et ce que vous avez fait me donne la mesure de ce que vous feriez, le cas échéant... mais cela ne suffit pas...

— Quoi donc encore...

— Il m'est, depuis peu, venu sur vous d'étranges renseignements.

— Lesquels.

— On m'assure que vous vous êtes laissé gagner par les théories qu'un misérable conspirateur répand dans les Etats Sardes, à l'aide d'un journal la *Jeune Italie* : on soutient que vous fréquentez la jeunesse turbulente qui prépare une révolution, enfin on a offert de me prouver que vous faites partie d'une association fondée par Mazzini ! et qui a pour objet le renversement du gouvernement de notre pays.

— Mais M. le comte.

Le comte l'interrompit du geste.

— Mon désir n'est pas de provoquer de votre part, un aveu immédiat qui pourrait être irréfléchi — méditez mes questions, mon ami, songez longuement à ce que vous croyez devoir y répondre — et quand vous serez bien sûr de vous même, et de la voie que vous allez choisir, vous me trouverez, et quoique vous ayez à me dire, vous me trouverez toujours disposé à vous accueillir avec la même bienveillance.

Seulement, ajouta-t-il cette fois, d'une voix presque sévère... n'oubliez pas ce que je vous ai dit déjà, et sachez que sur ce point, je serai inébranlable. — Si le parti que vous allez prendre doit vous mener vers les conspirations ténébreuses, et faire de vous un séïde de Mazzini — C'est fini — Nous renoncerons aux projets de bonheur que nous avions formé tous les trois, et quoiqu'il puisse en coûter à ma pauvre enfant, jamais je ne placerai dans les vôtre, la main de mon Héléna.

Roberti étouffa un cri douloureux, il comprima sa poitrine de ses deux mains.

— Vous tenez donc notre bonheur à tous, entre les mains, conclut le comte en se levant, et avant de prendre une résolution, j'accorderai à vos méditations tout le temps qu'elles réclament... allez, mon ami... et puissé-je vous revoir dans les mêmes dispositions que je désire.

Roberti serra avec effusion la main que le comte lui offrait, et sortit en proie à la plus cruelle agitation.

Où allait-il ? il n'en savait rien.

Comme il se disposait à franchir le seuil du vestibule il s'entendit appeler et s'arrêta.

— Quoi — qu'y a-t-il ? demanda-t-il au valet qui se présenta.

— C'est la signora Héléna de Monteleone, répondit ce dernier... la signora fait prier Monsieur de vouloir bien se rendre auprès d'elle.

Héléna ! revoir Héléna en un pareil moment ! L'infortuné n'eut pas une seconde d'hésitation, et presque aussitôt, une jeune camériste le conduisait auprès de sa maitresse.

— Dès que Héléna se vit seule avec lui, elle se leva précipitamment, et courut se jeter dans ses bras.

Edoardo ! mon Edoardo ! dit-elle avec un sourire enivré... ah ! que je suis heureuse de vous voir — et combien le temps m'a semblé long depuis hier.

— Chère Héléna ! — murmura Roberti, en oubliant ses lèvres dans son opulente chevelure.

— Quelle épouvantable aventure ! — Continua la jeune fille, avec un dernier frisson, et si vous saviez quels rêves je fais depuis cette fatale nuit... j'ai peur, je tremble ; à chaque instant, je revois ces voûtes sombres, ces hommes masqués, et vous même, armé de ce poignard prêt à donner la mort ! mon Dieu ! — qu'elle épreuve, et que Dieu est bon de nous avoir secourus à temps.

En parlant ainsi, elle secoua la tête, comme pour chasser l'obsession de ce cruel souvenir, et attacha son regard ardent sur Roberti.

— Mais tout est fini, maintenant, poursuivit-t-elle ; le danger est conjuré, et nous sommes désormais rassurés et bien à nous ! cher Edoardo — vous avez vu mon père ?

— Je le quitte à l'instant — répondit Roberti.

— Et il vous a dit, n'est-ce pas, qu'il ne mettait plus obstacle à notre union.

— Il me l'a dit, en effet.

— Avant peu, nous serons mariés — heureux — et il ne restera plus aucune impression de ces épreuves que nous avons traversées.

— Roberti ne répondit pas tout de suite et baissa les yeux — Héléna s'étonna de ce silence, et se prit à le regarder avec inquiétude.

— Eh quoi ! ... dit-elle, vous vous taisez... vous restez froid, presque indifférent...

— Ne le croyez pas.

— Cependant d'où vient à cette heure, votre attitude glacée.

— C'est que

— Parlez

— Votre père — a mis à cette union — une condition.

— Laquelle.

— Il a appris que je faisais partie de l'association de la *Jeune Italie*.

— Vous !...

— Et il veut que je renonce...

— Non ! répéta Héléna — mais qui donc a proféré une pareille calomnie — et qui a pu lui faire croire que vous donniez la main à des hommes qui procèdent par le rapt et le meurtre.

C'est une infamie, signor Pandolfo !

— Héléna.

— Mais c'est donc vrai !

— C'est vrai !

— La jeune fille eut une exclamation farouche, et serra avec violence sa poitrine entre ses bras.

— Affreux ! c'est affreux ! murmura-t-elle ; eh quoi! vous aviez prêté votre concours à l'acte odieux que l'on accomplissait ! et quand je vous ai revu... le poignard à la main... c'était...

— Non ! non ! je vous en conjure, écoutez-moi.. supplia Roberti... je fais partie de l'Association, c'est vrai, et je ne m'en défends pas. — J'ai rêvé, moi aussi, de rendre l'indépendance à mon pays, et à cette œuvre généreuse de régénération, je suis prêt à donner tout mon sang... Mais j'ignorais le guet-apens dont vous avez été victime, et quand vous m'avez vu près de vous, la nuit dernière, je n'avais d'autre idée que de protéger vos jours ou de mourir avec vous ! j'espère, Héléna, que vous me connaissez assez pour ne pas douter de ma parole et de mon honneur !

Pendant que le jeune homme s'exprimait ainsi, Héléna s'était laissée tomber sur un siège, accablée, pâle et pensive.

Elle remua tristement le front.

— Oui, je vous crois, Edoardo, répondit-elle au bout d'un instant. Car j'ai bien besoin d'ajouter foi à ce que vous dites ! Tenez, c'est horrible, cela... et les hommes sont vraiment bien impitoyables !... Moi, je n'avais qu'une chose au monde, votre amour, auquel j'avais suspendu tout le bonheur de ma vie, et dont je voulais faire tout mon avenir. — Je ne demandais rien de plus à Dieu, et je comptais que, de votre côté, vous n'aviez pas formé d'autre projet !... Et voilà que maintenant tout est remis en question, et que jamais peut-être notre beau rêve ne se réalisera !

— Ne parlez pas ainsi !

— Et pourquoi donc ? N'est-ce pas la vérité... et de quel fol espoir vous bercez-vous ? Mon père sera inébranlable, et il aura raison ; jamais il n'accordera sa fille à un homme qui peut être fatalement appelé à lui donner la mort, et s'il pouvait y consentir, par faiblesse ou par amour pour son enfant, moi, du moins, je n'y consentirais pas !

— Ah ! vous êtes cruelle.

— Et vous, Edoardo, vous... je vois bien à cette heure que vous ne m'avez jamais aimée !

Roberti l'enveloppa, à ces mots, d'une brusque étreinte passionnée.

— Tais-toi ! tais-toi ! dit-il d'un ton âpre ; ne me brise pas le cœur, n'ajoute pas à l'horrible torture que j'éprouve, placé comme je le suis, entre ton amour et le serment sacré que j'ai prêté. Voyons ! réfléchis... ton cœur et ton esprit sont trop élevés pour me conseiller une forfaiture, et tu rougirais toi-même de mettre ta main dans celle d'un parjure. Non ! non ! tu es jeune, tu as l'âme fière, tu ne voudrais pas me voir commettre une pareille bassesse. — Eh bien ! laisse-moi chercher une issue... accorde-moi quelques jours, Héléna, mon Héléna bien-aimée... et ne doute jamais surtout de l'inaltérable amour que je t'ai voué.

La jeune fille se dégagea lentement de l'étreinte de son amant, et son regard s'imprégna de tendresse ineffable.

— Oui, aimez-moi, Edoardo... aimez-moi, répondit-elle, car moi, vous le savez, je n'ai pas d'autre bonheur en ce monde... si je vous perdais, ma vie

serait brisée pour toujours, et je mourrais... Pauvre cher ami... Ah ! je suis
bien triste, allez... et si vous saviez quels sombres pressentiments me viennent...

— Chassez ces sinistres pensées...

— Je ne puis !

— Je vous apporterai de bonnes nouvelles.

— Vous me le promettez !

— Je vous le jure !

Héléna prit entre ses mains le front de Roberti et le baisa longuement.

— Allez donc, mon ami ! dit-elle avec un accent douloureux... et quoique
vous puissiez faire, n'oubliez pas que de la détermination que vous allez prendre dépend le bonheur de ma vie tout entière.

Et pendant que Roberti s'éloignait, elle regagna sa chambre à pas lents et
le front penché.

Quant à Roberti, il songeait au rendez-vous que lui avait donné le duc
Forza, et qu'il ne voulait pas manquer.

Le rendez-vous était pour minuit, et la demie de onze heures venait de
sonner.

Il pressa le pas...

Mais il n'alla pas loin, car au premier détour de rue il s'entendit appeler
par son nom.

Il se retourna stupéfait...

Maître Aurélio était devant lui !

Aurélio avait été blessé assez grièvement dans l'aventure de la veille ;
mais c'était un homme solide, dévoué à ses fonctions, fanatique de son devoir,
et il continuait son métier malgré les souffrances aigues que sa blessure lui
faisait éprouver.

— Eh ! c'est vous, Aurélio ! fit Roberti surpris ; que diable faites-
vous donc à cette heure, dans les rues de Turin, au risque d'aggraver votre
état.

Aurélio mit un doigt sur ses lèvres.

— J'ai été mal arrangé hier, dit-il, c'est vrai... mais un soldat
n'abandonne pas le service pour si peu, et j'ai voulu achever l'œuvre
commencée...

— Cependant, je vous trouve le visage pâle.

— En effet — je souffre beaucoup, et je me suis résigné à rentrer, sur
l'ordre que l'on vient de me donner, mais j'ai fait toutes mes recommandations
à Pandolfo, mon second, et j'espère que l'affaire ira, comme si j'étais
là.

— Ce n'est donc pas fini ! demanda Roberti avec intérêt...

— N'en croyez rien — Car depuis ce matin nous suivons une nouvelle
piste.

— Vraiment, et de quoi s'agit-il.

— De choses graves.

— C'est de la *Jeune Italie* que vous voulez parler.

— Précisément — et cette fois, si nous réussissons à mettre la main sur notre homme.

— Un conspirateur.

— Comme vous dites... mais un conspirateur di *Primo Cortello*... un chef ou plutôt le CHEF !

— Est-ce possible... cela est au moins invraisemblable... de qui est-il question.

Aurélio jeta à droite et à gauche, un regard soupçonneux, comme s'il eut eu peur qu'on entendît ce qu'il allait dire... puis, il poursuivit en baissant la voix...

— A vous, on peut bien confier ces choses, dit-il, d'un ton mystérieux... Vous êtes l'ami du comte ; — Vous allez même dit-on devenir son gendre — eh bien apprenez que ce matin on m'a assuré qu'il était à Turin.

— Qui cela...

— Le CHEF ! vous-dis-je — il n'y en a qu'un — Mazzini ?

Roberti retint un cri près de lui échapper.

— Mazzini ! répéta-t-il... à Turin ! — Vous en êtes certain.

— Pas encore — mais avant le jour, nous saurons à quoi nous en tenir...

— Vous le connaissez donc — Pandolfo l'a déjà vu...

— Il ne l'a pas vu ! mais toutes nos mesures sont prises — nous possédons un signalement exact, et si on le prend — on ne le lâchera pas...

Et Aurélio se prit à rire.

— Pardon ! ajouta-t-il presque aussitôt en redevenant sérieux ; il se fait tard ; le médecin m'attend pour panser ma blessure... je vous quitte !... demain, j'espère que le comte de Monteleone aura de bonnes nouveller à vous apprendre... ah ! si celui-là tombait une bonne fois entre nos griffes. C'en serait fait pour longtemps de tous les conspirateurs que le diable emporte !

Aurélio partit sur ces mots, laissant Roberti en proie à la plus vive inquiétude.

MAZZINI !... il ne l'avait jamais vu... mais tout le monde en parlait alors en Piémont, et il avait été habitué depuis quelques années à le considérer, comme l'homme prédestiné qui devait rendre l'Italie une et libre. C'était une sorte de culte, et il sentait tout son être frissonner à la pensée qu'il pouvait tomber au pouvoir de ses ennemis.

Il hâta sa marche davantage encore et en moins d'un quart d'heure il pénétrait chez le duc Forza.

IX

Le duc l'attendait — Il était seul — il l'accueillit d'un geste bienveillant, et l'invita à s'asseoir.

Roberti obéit.

— Vous êtes exact, dit alors le duc, et je vous en sais gré..., car depuis hier, bien des faits se sont passés qui réclament de notre part, une plus grande prudence. L'insuccès de notre tentative a découragé quelques-uns des nôtres, et a imprimé une nouvelle activité aux agissements de la police... nous allons nous trouver en butte à des inquisitions incessantes, et pendant quelque temps, nous serons tenus de suspendre notre action. C'est un grand malheur... mais il en est un plus grand encore, qu'il nous faut conjurer à tout prix et au plus tôt, et c'est à ce propos que je vous ai prié de venir.

— Vous voyez que je n'ai pas hésité... répondit Roberti, et si vous voulez me faire connaître...

— Je vais m'expliquer — vous savez, n'est-ce pas, on a dû vous le dire, et vous l'avez compris surabondamment de vous même, que l'association de la *Jeune Italie* a été fondée par Mazzini; qu'il en est le lien, l'âme, que c'est lui qui y a introduit, et y maintient cette force de cohésion qui nous garantit le succès dans un avenir plus ou moins rapproché ; si Mazzini disparaissait aujourd'hui, l'association serait peut-être fatalement perdue, et le fruit de nos courageux efforts anéanti ! et vous ne voulez pas, personne de nous ne veut que cela soit...

— Assurément.

— Eh ! bien, mon ami, à l'heure où je vous parle... nous sommes à la veille de voir se réaliser le plus sinistre des évènements.

— Comment cela.

— Avant quelques heures, Mazzini aura le sort de son ami Ruffini!

— Mais c'est donc vrai — qu'il est à Turin?

A cette question, le duc se leva avec un mouvement d'épouvante.

— Vous savez cela... interrogea-t-il d'une voix vibrante; qui vous l'a dit... de qui tenez-vous ce propos?

L'œil du duc lançait des éclairs menaçants — Roberti le rassura du geste, et lui raconta succintement la rencontre qu'il venait de faire, et ce que lui avait dit Aurélio.

Son interlocuteur eut une sombre contraction des sourcils.

— Oui! oui! dit-il, comme se parlant à lui-même... ils savaient tout, et c'est là le danger... ils vont venir... ils l'arrêteront, et comme les autres, ils le laisseront mourir entre les murs d'un cachot...

— N'y a-t-il donc aucun moyen de le sauver?

— Peut-être!... fit le duc, d'un ton vague.

Et pendant quelques secondes, il se mit à regarder Roberti, avec une insistance qui finit par gêner ce dernier.

— Peut-être!... répéta-t-il au bout d'un instant, d'un ton plus ferme; mais si Mazzini doit être sauvé cette fois, c'est vous seul qui pourrez accomplir ce miracle...

— Moi!... fit Roberti frémissant; et comment...

— C'est un hasard providentiel... et pourtant, depuis quelques semaines déjà, on me l'avait fait remarquer... Apprenez donc, mon ami, que vos traits, dans certaines particularités essentielles, rappellent, à s'y méprendre, les traits de Mazzini! vous avez le même front, les mêmes lignes du nez, la même couleur de cheveux... de plus, la taille est à peu près pareille... et vous portez le manteau de la même façon... de sorte que la police, qui n'a de Mazzini qu'un signalement probablement incomplet, pourrait être facilement dépistée par cette ressemblance qu'elle ignore, et profitant de son erreur, nous aurions le temps avant qu'elle fût reconnue, d'assurer la fuite de notre chef... comprenez-vous?

Roberti comprenait fort bien, et une sueur glacée perlait à ses tempes.

Il sentait que le danger s'accentuait à chaque instant, et il songeait avec un déchirement que la proposition qui allait lui être faite et qu'il ne pourrait repousser creuserait un abîme entre Héléna et lui.

Cependant il se raidit contre la réalité qui se présentait plus effrayante que jamais, et il osa regarder son interlocuteur bien en face.

— Que voulez-vous donc de moi? demanda-t-il d'une voix qui tremblait.

— Ne devinez-vous pas? répondit le duc.

— Expliquez-vous mieux!

— Eh bien!... on vous a dit vrai. Mazzini est à Turin, et à cette heure il se cache dans mon hôtel, où quelques amis et moi sommes résolus à défendre sa vie au péril de nos jours. La police a été avertie, puisque Aurélio vous l'a dit, et d'un instant à l'autre, elle va venir pour s'emparer de notre CHEF... La résistance que nous pourrons opposer sera vaine, et nous sacrifierons notre vie sans utilité pour notre cause. Nous mourrons, et s'il n'y avait que cela à redouter, ce serait peu de chose. Mais il s'agit de Mazzini, mon ami, c'est-à-dire, je le répète, de la tête, de l'âme même de notre association... Son arrestation sera l'ajournement indéfini de notre rêve de liberté, et il ne faut pas que cela soit! Vous pouvez le sauver, vous!... et je vous demande si vous le voulez!

Roberti pressa ses tempes de ses deux mains glacées, et un sanglot s'engagea dans sa gorge.

— Oh! Héléna! Héléna! murmura-t-il.

Puis, surmontant énergiquement cette défaillance passagère, il redressa le front et saisit le bras de Forza.

— Je ferai ce que vous voulez, dit-il avec effort..., mais c'est, croyez-moi, M. le duc, le plus douloureux sacrifice qu'un homme puisse faire à son pays... Ordonnez, je suis prêt à obéir!

Le duc allait répondre; la parole resta suspendue sur ses lèvres...

On venait de frapper à la porte, et un valet vint le prévenir que la police entourait l'hôtel.

Le duc entraîna Roberti.

— Venez! venez! lui dit-il, nous n'avons pas un moment à perdre!

Et ils disparurent.

Pendant qu'ils s'éloignaient, les coups avaient redoublé au dehors, et selon les ordres qu'ils venaient de recevoir, deux valets étaient allés ouvrir.

— Ah! enfin! dit Pandolfo qui, à défaut d'Aurélio, conduisait l'escouade des sbires, le duc se décide... C'est bon!

— Que voulez-vous? interrogea l'un des valets.

— Toi! interrompit Pandolfo, cela ne te regarde pas, et tu feras sagement de te contenter de répondre au lieu d'interroger!... Où est ton maître?

— Dans son appartement.

— Eh bien! conduis-moi vers lui.

— Et vous autres, ajouta-t-il en se tournant vers ses hommes, faites bonne garde, et veillez à toutes les issues.

Alors il pénétra dans l'hôtel, et suivit le valet qui lui montra le chemin.

Ils n'allèrent pas loin, car, au moment où ils arrivaient sur le palier du premier étage, le duc se présenta devant eux.

— Que demande cet homme? demanda-t-il, en jetant un regard de mépris sur Pandolfo.

Ce dernier eut un sourire ironique.

— Cet homme, monsieur le duc, répondit-il, s'appelle Pondolfo; il appartient à la police du roi, et c'est en vertu d'un ordre formel qu'il se présente ici.

— Sous quel prétexte?

Pandolfo tira de sa poche une feuille imprimée.

— Ceci, dit-il, est le signalement d'un condamné qui a échappé jusqu'à présent à toutes recherches, mais on m'a affirmé qu'il se cachait à Turin, chez le duc de Forza, et j'ai reçu mission de l'arrêter de gré ou de force.

— C'est une infâmie que vous commettez là, signor Pandolfo; on ne viole pas ainsi le domicile d'un homme comme moi, et je ne sais qui me retient de vous jeter dehors ou de vous brûler la cervelle.

Pandolfo sourit avec bienveillance.

— Le mieux, monsieur le duc, répliqua-t-il, est de ne brûler la cervelle à personne. Il n'y a pas d'infâmie à arrêter les ennemis du roi, et les hommes qui m'ont accompagné et qui gardent votre porte, verraient d'un mauvais œil toute violence de votre part... Je vous prie donc et je me permets de vous conseiller de me laisser librement faire mon office... je cherche un homme : voici son signalement et je vous jure que dès que je l'aurai trouvé, nous nous retirerons comme nous sommes venus.

Le duc se disposait à répliquer, mais il n'en eut pas le temps, car à ce moment même, une rumeur s'éleva au dehors, et un des sbires subalternes fit irruption dans l'escalier.

— Qu'y a-t-il? demanda Pandolfo intrigué.

— Maître ! répondit le sbire, c'est un homme que l'on vient de surprendre comme il cherchait à sortir de l'hôtel.

— Ah ! ah ! et quel est cet homme ?

— Il ressemble beaucoup au signalement dont vous nous avez donné connaissance.

— Est-ce possible...Voyons... j'y vais moi-même... mais continuez de veiller et que chacun garde son poste, jusqu'au moment où je donnerai l'ordre de partir.

Sur ces mots Pandolfo s'empressa de quitter le duc, et suivit le sbire à l'endroit où s'était passé le fait qu'il venait de rapporter.

Ainsi que l'avait dit le sbire, il y avait non loin de la porte de l'hôtel, un groupe formé par quelques agents de Pandolfo, et au milieu de ce groupe, un homme enveloppé d'un long manteau, le front couvert d'un chapeau aux larges ailes.

Pandolfo alla droit à lui, et pendant qu'un des sbires élevait la lanterne dont il était muni, à la hauteur de son visage, il examina ses traits avec attention.

L'examen fut très sommaire, mais il lui suffit.

Il n'y avait pas à s'y tromper; c'était bien le signalement dont il était porteur et il ne douta pas une seconde qu'il n'eut en son pouvoir le redoutable Mazzini !

Il tressaillit d'aise, et fit un signe joyeux à ses hommes.

Puis, se tournant vers l'inconnu :

— Signor, dit-il d'un ton un peu goguenard, je ne commettrai pas l'indiscrétion de vous demander votre nom ! peut-être vous refuseriez-vous à me le dire ?

Mon père ! vous avez tué votre enfant !...

— Mais je n'ai aucune raison pour ne pas vous suivre, répondit l'inconnu...
Pandolfo cligna de l'œil.

— Bon ! bien ! approuva-t-il ironiquement ; j'en suis ravi pour vous ; et
cela vous sera compté... partons donc, signor..., et vous rendrez bon témoignage de la courtoisie avec laquelle je vous aurai traité !

Pandolfo fit alors un geste à ses hommes qui se tenaient à quelque distance,
et bientôt toute la bande, entourant l'inconnu, s'achemina à travers les rues de
Turin.

Une heure sonnait à toutes les horloges de la ville quand ils arrivèrent
devant l'hôtel du comte de Monteleone, chez lequel on devait amener le prisonnier pour y subir son premier interrogatoire.

Le silence le plus profond régnait autour de la vaste demeure, et deux
lumières seules brillaient aux ailes opposées.

Une des fenêtres qui étaient ainsi éclairées, malgré l'heure avancée de la
nuit, était celle de la chambre du comte. — L'autre était celle de la chambre
d'Héléna.

8

Le comte veillait parce qu'il avait été prévenu de l'importante capture qui se préparait ; Mazzini, arrêter Mazzini !... tenir enfin entre ses mains cet homme qui menaçait incessamment la sécurité du Gouvernement, et pouvoir frapper à la tête cette association dont les agissements devenaient chaque jour plus menaçants !... Quelle bonne fortune et quel service rendu au parti qu'il servait !... C'était le couronnement de sa vie, la justification de toutes ses rigueurs jusqu'alors inutiles, puisqu'elles avaient été impuissantes.

Il n'avait point voulu prendre de repos et avait chassé tout autre préoccupation. Il voulait savoir... sa pensée n'avait pas d'autre objectif ; et, pâle, sombre, le front dans la main, il écoutait, cherchant à saisir dans le moindre tressaillement de la nuit un indice qui lui permit d'espérer.

Quant à Héléna, elle veillait aussi, mais ce qu'elle éprouvait était bien différent de ce qui se passait dans l'esprit de son père. La pauvre enfant ne songeait guère à Mazzini... ni à l'affranchissement de l'Italie !

Que lui importait à elle !

Elle n'avait jamais bercé qu'un rêve dans son cœur, et ce rêve béni, longuement et toujours caressé, c'était son amour pour Edoardo !

Ce sentiment l'avait prise tout entière, et elle s'y était abandonnée sans réserve. On ne raisonne pas avec l'amour d'un cœur de seize ans... et si naguère elle eût volontiers fait des vœux pour la liberté de l'Italie ces vœux lui semblaient impies du moment qu'ils devaient porter atteinte à son bonheur.

Hélas ! depuis qu'elle avait vu Roberti, son front s'était bien assombri, et une amertume sans nom emplissait son cœur.

Elle comprenait qu'elle se trouvait dans une impasse dont il lui serait impossible de sortir ! Roberti ne pouvait être parjure, et son père ne lui pardonnerait pas de rester fidèle à son serment !

A cette pensée, le sang se glaçait dans ses veines, et elle allait, revenait à travers sa chambre, mordant ses lèvres, comprimant sa poitrine près d'éclater.

Une heure sonna, et elle ne l'entendit pas...

Et elle allait recommencer sa marche heurtée et fébrile, quand tout à coup elle s'arrêta oppressée et haletante.

Elle courut à la fenêtre, souleva le rideau, et plongea son regard au dehors.

Il y avait là, arrêté à la porte de l'hôtel, un groupe de sbires, au milieu desquels un homme se tenait debout, enveloppé dans les plis de son manteau.

Héléna vit à peine les Sbires ; mais son regard s'attacha avec une fixité folle à l'homme au manteau.

Quel était ce mystérieux personnage... pourquoi se trouvait-il là, à cette heure !

A force de regarder, un frémissement s'empara d'elle... C'était la taille de Roberti... La manière de porter le manteau et le chapeau ! — Elle se sentit près de s'évanouir...

Mais, nature énergique et résolue, elle réagit de toute ses forces contre cette impression — D'ailleurs, c'était impossible ; il fallait être insensé pour s'arrêter à une pareille supposition — Roberti était rentré chez lui — S'il avait couru quelque danger, elle l'aurait su, et son père lui-même le lui aurait dit...

Elle cherchait à se rassurer — pourtant en dépit de ses efforts, le doute — un horrible doute — empoisonnait sa sécurité factice.

Si c'était Roberti ?

Elle avait ouvert la fenêtre, et écoutait le bruit des voix sourdes — mais elle n'entendait rien — puis bientôt la porte s'ouvrit, et trois ou quatre hommes entrèrent dans l'hôtel...

Alors, elle n'y tint plus, et courut dans le corridor qui conduisait à l'appartement de son père.

Un grand désordre régnait dans l'hôtel. Des valets effarés passaient sans prononcer une parole, et dans l'ombre, il lui était impossible de rien voir.

Le groupe des agents de police défila près d'elle sans qu'elle distinguât les traits d'aucun d'eux — Elle était plus morte que vive, et sans se rendre précisément compte de ce qu'elle faisait, poussée par un instinct plus fort que la volonté, elle les suivit.

Cependant Pandolfo qui marchait en tête, était arrivé au seuil de l'appartement du comte, et ce dernier déjà prévenu, venait à sa rencontre.

— Qu'y a-t-il donc, Pandolfo ? demanda-t-il d'un ton impatient; et quel prisonnier m'amènes-tu là ?

— Votre excellence me pardonnera de la déranger à une pareille heure, répondit Pandolfo; mais nous venons de faire une importante capture.

— Aurélio m'en avait avisé... s'agit-il donc du misérable que nous poursuivons depuis si longtemps.

— Oui, excellence.

— Et où l'avez-vous pris ?

— Chez le duc Forza

— A merveille — c'est plus que je n'espérais — entrez — et nous allons l'interroger.

Pandolfo entra suivi de ses agents qui maintenaient l'homme au manteau.

Ce dernier se laissait faire sans protester — pendant le trajet, il n'avait pas soufflé mot : il se tenait muet, impassible, le front baissé, comme pour dissimuler ses traits.

— Enfin! enfin! murmurait entre ses dents, le comte qui le dévorait des yeux.

— Découvrez-vous! ordonna Pandolfo.

Par un geste calme et lent, le prisonnier porta la main à son chapeau et présenta au comte son visage nu.

Ce fut comme un coup de théâtre.

— Roberti ! s'écria le comte, avec un accent de rage.

Et son œil courroucé se dirigea vers Pandolfo stupéfait.

— Et c'est là l'homme que vous avez pris pour Mazzini ! ajouta-t-il les poings serrés ; et vous avez pu à ce point vous laisser duper, vous, un agent de la police du Roi !... Ah ! vous paierez cher votre erreur !

— Mais, Excellence...

— Vous êtes un sot !

— Je vous jure...

— Taisez-vous !

Déjà le comte s'était tourné vers Roberti, et son visage respirait la colère et l'indignation.

— Eh quoi ! vous Roberti ! reprit-il en se contenant mal ; vous, qui tout à l'heure encore sembliez vous rendre à mes conseils et à l'amour d'Héléna... Ah ! voilà une conduite indigne d'un gentilhomme, Monsieur, et vous ne vous étonnerez pas, je suppose, si désormais vous me trouvez sans pitié : vous faites cause commune avec nos ennemis... et vous serez traité comme tel... Grâce à votre complicité avec les misérables qui conspirent contre le Roi, le plus redoutable de nos adversaires a pu échapper au sort qui l'attendait. Vous ne l'ignoriez pas, et vous avez joué une indigne comédie pour égarer nos agents que votre ressemblance avec Mazzini a pu facilement tromper !... Mais on ne se moque pas du comte de Monteleone, Monsieur, et à défaut du CHEF, nous aurons du moins un de ses principaux affidés...

— Eh quoi ! vous me feriez arrêter ? s'écria Roberti.

Le comte fit un signe à Pandolfo qui écoutait attéré et confondu.

— Et vous, ajouta-t-il d'un ton impérieux et bref, assurez-vous de cet homme, et qu'à l'instant même il soit conduit en prison !

Pandolfo s'inclina, et il allait lui-même appréhender au corps le malheureux jeune homme, quand un cri retentit dans le corridor, et qu'aussitôt Héléna, les cheveux épars, les traits livides, fit irruption dans la chambre.

Elle courut se jeter aux genoux de son père.

— Mon père ! mon père ! supplia-t-elle ; arrêtez... de grâce... écoutez-moi !

— Que voulez-vous ? demanda froidement le comte.

— Cet ordre ! cet ordre que vous venez de donner !

— Il sera exécuté !

— Mais c'est impossible ! songez donc ! c'est Edoardo... mon ami d'enfance, mon fiancé.

— Il ne l'est plus !

— Ne dites pas cela... vous savez bien que je l'aime !

— Vous l'oublierez.

— Vous savez bien que si vous me le tuez, moi, je mourrai ! Mon père...
par pitié...

Et la malheureuse enfant s'empara des mains du comte, qu'elle baisa avec
transport.

Mais le comte ne devait pas se laisser toucher. — Il repoussa sa fille par
un mouvement brusque et presque rude, et renouvela à Pandolfo l'ordre qu'il
lui avait donné.

Héléna eut une exclamation farouche ; elle se dressa de sa place, et la lèvre
ardente, l'œil plein d'éclairs, la poitrine soulevée et pleine de désordre, elle
courut vers Roberti qu'elle entoura de ses bras, comme si elle eût voulu le
défendre de tout contact avec les sbires.

— Ah ! prenez garde, et osez donc le toucher, dit-elle, en s'adressant menaçante à Pandolfo ; je m'attache à lui, je ne le quitte plus, et je le suivrai, s'il le
faut, jusque dans sa prison même... Que faut-il pour cela ? Conspirer !... Eh
bien, j'irai trouver Mazzini, je me ferai affilier à l'association de la *Jeune Italie*,
et si les femmes du Piémont s'en mêlent, vous verrez ce que durera votre gouvernement de sbires et de bourreaux.

Et passant ses deux bras nus autour du cou de Roberti :

— Va... ne crains rien, poursuivit-elle d'une voix caressante et douce, c'est
moi, Edoardo... ton Héléna ! et tant qu'il restera une goutte de sang dans mes
veines, je ne t'abandonnerai pas et te protégerai !

En parlant de la sorte, la pauvre jeune fille semblait défier les agents
qui la contemplaient surpris, et ne savaient plus à qu'elle résolution
s'arrêter.

Mais, une pareillle situation ne pouvait se prolonger longtemps sans
devenir ridicule, et le comte n'était pas homme à transiger avec son devoir.

— Pandolfo ! ordonna-t-il, les sourcils contractés.

— Mais, excellence — balbutia le sbire.

— Finissons-en !... et faites ce que j'ai ordonné, si vous ne voulez pas
que je vous envoie vous-même à la forteresse de Savona !...

Pandolfo ne se fit pas répéter cet ordre ; avec tous les ménagements dont
il était capable, il enleva prestement Roberti des étreintes d'Héléna, et profitant
du premier moment de saisissement, il le remit aux mains de ses Sbires qui
l'entraînèrent après l'avoir bâillonné et bien garotté.

Héléna eut un cri déchirant, et voulut s'élancer sur leurs pas pour
leur arracher leur proie... mais elle était déjà à bout de forces ; son cœur
battait dans sa poitrine à se briser... et quand elle eut vu disparaître l'infortuné Roberti, une défaillance la prit et elle alla rouler inanimée aux pieds
du comte.

— Ah ! mon père ! dit-elle d'une voix mourante... mon père ? vous avez
tué votre enfant...

X

Cependant à la suite des évènements que nous venons de raconter, Mazzini était parvenu à échapper aux poursuites dont il était l'objet. Il avait passé en Suisse, et de là, il organisa une tentative qui échoua. C'est alors que plusieurs de ses amis l'engagèrent à se retirer d'une lutte aussi inégale, et les circonstances ne donnaient que trop raison à ces conseils.

Toutefois, il fut ferme.

« Tous les adorateurs du succès firent entendre un concert de plaintes et de blâmes, et l'on ne parlait que d'arrestations, de fuites, de désertions, de désorganisations. Le gouvernement suisse, lui-même, fut terrifié par les menaces des despotes voisins qui le poussaient à persécuter les exilés. Ceux-ci étaient à bout de ressources. Le plus grand nombre d'entre eux ne possédaient pas même le nécessaire et travaillaient en proie à un découragement qui jetait parmi eux des semences de discorde. Mais, dit Mazzini, la pensée du chagrin et de l'anxiété de ma pauvre mère avait plus d'influence sur moi que tous les conseils et la peur du danger. S'il m'eut été possible de céder, j'aurais cédé à cette considération.

« Nous voulions fonder une nation, créer un peuple. Qu'est-ce qu'une défaite pour des hommes qui se proposent un but pareil ? n'est-ce pas une partie de notre devoir d'éducateurs que de donner à notre parti une leçon de calme et de support dans l'adversité. »

Cependant, l'expérience qu'il venait de faire avait un peu modifié son plan et élargi le cercle de ses aspirations. Il résolut de ne plus se borner à l'affranchissement d'une seule nation, et conçut la pensée d'associer tous les peuples à la revendication de la liberté. Ce devait être la fraternité entre tous les hommes, l'amour pour tous, la destruction de ces barrières qui créent un antagonisme entre tous les peuples !

Dans ce but, il groupa les exilés Allemands, Français, Italiens et Polonais qui l'entouraient, et fonda une nouvelle association sur le modèle de la *Jeune Italie*, à laquelle il donna le nom de la *Jeune Europe*, pour bien indiquer sa signification nouvelle.

Ce que cette association devint, et à quels évènements elle prit part, c'est l'histoire de la plupart des conspirations qui ont agité l'Europe à partir de 1836 jusqu'en 1848, époque à laquelle nous avons vu éclater les entreprises les plus importantes.

Nous ne pouvons malheureusement suivre Mazzini à travers toutes les péripéties qui agitèrent sa vie pendant ce laps de temps; mais avant d'arriver au récit des révolutions italiennes provoquées par le mouvement de 1848, nous ne pouvons résister au désir de faire connaître au lecteur certaines particularités qui montrent Mazzini sous un jour à la fois curieux et touchant.

Il était alors en Angleterre, et de loin, il poursuivait son but avec le même zèle et le même dévouement.

« La conséquence logique de mes opinions, écrivait-il à cette époque (1841) devait me conduire pour travailler non seulement *pour* le peuple mais *avec* le peuple. Je fus beaucoup soutenu dans mes tentatives par le désintéressement et la loyauté de quelques uns des ouvriers italiens que je rencontrai à Londres et c'est avec empressement que je saisis cette occasion d'étudier ce précieux élément d'une nation : « la classe ouvrière. »

« Mon étonnement et mon chagrin furent grands, lorsque j'appris dans mes conversations avec les jeunes garçons qui errent dans les rues de cette grande cité en jouant de l'orgue, le système de trafic pratiqué par quelques spéculateurs, véritable traite des blancs, qui est une honte pour le gouvernement italien, car il aurait pu l'empêcher. J'essayai de soulager les souffrances de ces pauvres enfants en fondant une association pour les protéger, et une école gratuite où ils pussent apprendre quelque chose sur leurs devoirs et leurs droits de manière à être en état de donner de bons conseils à leurs camarades lorsqu'ils retourneraient dans leur pays. Je citai plusieurs fois devant la justice anglaise ceux des exploiteurs qui se rendent coupables de violence, et lorsqu'ils se virent surveillés, ils devinrent de moins en moins cruels.

« Pendant sept années, plusieurs enfants qui vivaient dans un véritable état de sauvagerie, reçurent aussi chez nous, une instruction morale et intellectuelle. Au début, ils se montraient craintifs, et la curiosité seule les poussait à entrer dans notre modeste salle (5, Hatton Garden). Petit à petit, grâce à la bonté et à la douceur des maîtres, ils s'apprivoisèrent, se civilisèrent tout-à-fait, et en vinrent à éprouver un sentiment de juste fierté à l'idée de retourner dans leur pays en possession d'une bonne éducation.

« Ils arrivaient ordinairement entre neuf et dix heures du soir avec leur orgue sur le dos. Nous leurs enseignons la lecture, l'écriture, l'arithmétique, la géographie et les éléments du dessin. Le dimanche soir, nous faisions une lecture sur l'histoire d'Italie et la vie de nos grands hommes et sur les préliminaires de la philosophie naturelle.

« Cette époque, qui fut la seconde période de nos labeurs fraternels, fortifia mon cœur, et celui de plus d'un exilé attristé, en nous réunissant dans une même pensée et dans un même but sérieux. Notre œuvre était vraiment sainte et saintement accomplie. Tous ceux qui nous vinrent en aide, le firent gratuitement.

« Ces malheureux garçons nos élèves, **apprirent** à sentir qu'ils étaient des hommes, nos égaux, des âmes vivantes et nous parvinrent de la sorte à fonder une association ouvrière, qui fut le point de départ de toutes celles qui se fondèrent plus tard sous ma direction ou par mon influence indirecte. » (1)

Et aujourd'hui, il n'y a pas une ville importante d'Italie qui ne puisse se vanter de posséder une association ouvrière du même genre.

Mais, tout en s'occupant de ces œuvres charitables, Mazzini ne cessait pas de travailler à l'éducation politique du peuple Italien, et le moment approchait où cette éducation allait enfin porter ses fruits.

On était en 1846, Pie IX venait de monter sur le trône pontifical, et les italiens avaient été séduits d'abord par le spectacle si nouveau d'un pape inaugurant son règne par l'amnistie politique ; mais ce n'était malheureusement là qu'un trompe-l'œil, et l'on vit bientôt qu'il fallait singulièrement rabattre de l'enthousiasme dont on avait accueilli l'avènement du PRÊTRE-ROI. Dès lors, tout changea rapidement, et les manifestations révolutionnaires ne tardèrent pas à se produire.

D'ailleurs, il y avait entre l'Italie et l'Autriche une de ces haines invitérées qui ne peuvent s'éteindre que dans le sang... un souffle patriotique s'était élevé qui, menaçait de tout emporter ; chaque province se souleva, les princes durent céder à l'entraînement populaire, et Charles-Albert, le roi de Sardaigne se vit contraint de déclarer la guerre à l'Autriche !

Et s'il agissait ainsi, ce n'était certes pas pour donner la liberté à l'Italie, c'était uniquement pour sauver sa propre couronne.

Écoutez plutôt ce passage significatif emprunté à la *Correspondance relative aux affaires d'Italie :*

« Tout le pays qui entoure les Etats de Sa Majesté le Roi de Sardaigne est en flammes ; — grâce à l'esprit de nationalité si puissamment excité, il règne dans la province et dans la capitale une telle agitation que l'on peut craindre, d'un moment à l'autre, de voir éclater une révolution *qui mettrait le trône en danger*. La proclamation de la République en Lombardie est imminente. La situation du Piémont est telle, que si la République était proclamée à Milan, un mouvement semblable serait à craindre dans tous les états de Sa Majesté ».

Malheureusement, le soulèvement de l'Italie, ainsi entravé, ne pouvait guère aboutir, et malgré le courage déployé par les troupes italiennes, il était évident pour tout esprit sagace que la défaite était au bout de leurs héroïques efforts.

Milan avait, la première, donné le signal, et était parvenue à secouer le joug.

C'était un grand acte accompli, et nous n'avons pas besoin de dire avec quel enivrement la nouvelle en fut accueillie. On crut dès lors à la victoire finale, à l'affranchissement général, et tous espérèrent un moment que la liberté était proche.

(1) Biographie de J. Mazzini par Mme Ventura.

La révolution éclatant de toutes parts, les prisons s'ouvrirent.

Et puis, outre Mazzini, il y avait un homme, un héros, qui était devenu rapidement populaire, dont le nom était sur toutes les lèvres, et sur lequel on comptait comme sur Dieu même.

Cet homme, c'était GARIBALDI.

Ce nom est aujourd'hui connu dans le monde entier ; c'est une légende où l'on ne saurait dire au juste où commence la réalité et où s'arrête le merveilleux.

Un moment, il avait été mis en relation avec Mazzini. — C'était après 1831 ; il servait alors dans la marine sarde, et s'était fait remarquer, dans plusieurs rencontres, par sa bravoure et son sang-froid.

Compromis à la suite d'une insurrection qu'on nomma l'Echauffourée de

9

Saint-Julien, il quitta Gênes sous un déguisement, passa en France, et se mit à donner à Marseille des leçons de mathématiques.

Rappelé plus tard, dans la haute Italie, par une nouvelle insurrection qui venait d'éclater contre l'Autriche, il y prend comme chef la part la plus active. Ecrasé par des forces supérieures, il cherche un refuge dans les *Montagnes Noires*, et fait aux Autrichiens une guerre acharnée à travers les broussailles et les ravins.

Enfin, revenu à Marseille, il s'embarqua pour Tunis et s'engagea comme officier dans la marine du Bey.

Mais cette position n'offrait pas un élément suffisant à son besoin d'aven‑ tures... l'Amérique l'attirait et il partit pour y chercher la gloire et la fortune.

Pendant plusieurs années, il accomplit des prodiges d'audace et de valeur; à Buenos-Ayres, à Montevideo, à Goya, il combat sans cesse, suivi partout, dans tous les combats, par la célèbre Avita la créole qui s'était éprise de lui, et qui, l'aimait jusqu'à lui donner sa vie !

Cette existence allait à son âme ardente, à son besoin d'air libre et de soleil, et, cependant, dès qu'il entendit le cri d'indépendance jeté par l'Italie en 1848, il n'hésita pas, abandonna le nouveau monde, et vint mettre son épée à la disposition de son pays.

Il fut reçu comme un sauveur... et certes, peut-être fût-il parvenu à sauver en effet son pays si la trahison n'avait déjoué tous ses efforts.

Après l'insurrection du Piémont, le roi de Sardaigne s'était porté en avant pour se mesurer avec les Autrichiens, sur lesquels, il remporta d'abord de notables succès. Bientôt il les refoula jusqu'à Mantoue, gagna la bataille de Santa-Lucia, s'empare de Peschiera, battit Radetsky à Goëto, et remporta la victoire de Corrona.

Pendant ce temps, Garibaldi tenait la campagne dans le Tyrol, et faisait éprouver à l'ennemi des échecs successifs, mais cela ne devait pas durer, et Charles-Albert écrasé, refoulé par Radetski, signa bientôt la honteuse capitulation de Milan.

Garibaldi poussa un cri de rage en apprenant ce désastre, mais il jura de ne déposer les armes que le dernier.

Mazzini, de son côté, était attéré, quoiqu'il eut prévu et prédit depuis quelques mois déjà la triste fin à laquelle il assistait. Voyant tout compromis, il sortit de Milan et alla se joindre à Garibaldi.

Ce dernier était alors à Bergame à la tête d'une petite troupe de volontaires républicains. Croyant que le roi, avec ses 40,000 hommes défendrait Milan, il conçoit le hardi projet de pousser en avant pour appuyer les opérations qui pourraient être tentées de la ville.

Le colonel Médici raconte en ces termes, l'arrivée de Mazzini parmi les volontaires, son fusil sur l'épaule, demandant à entrer dans les rangs comme simple soldat.

Roberti s'en empara avec empressement, et courut à la fenêtre où l'on pouvait lire encore aux dernières lueurs du jour.

C'était un vieux numéro de journal, datant de plus de six mois ; mais qu'importait.

Ce fragment déchiré, maculé, lui apportait des nouvelles du dehors, et il y avait si longtemps qu'il ignorait ce qui se passait.

Il se mit à lire ardemment !

En réalité, il y avait peu de nouvelles : on racontait seulement quelques tentatives insurrectionnelles, suivies d'exécutions sanglantes, et Roberti retrouva là quelques noms amis. La plupart, membres de la *Jeune Italie*, qui avaient payé de leur vie, leur dévouement à la cause politique.

Et tout en lisant, Roberti frémissait, son œil ardent cherchait âprement à travers les ténèbres qui venaient vite, d'autres trouvailles auxquelles il pût rattacher quelque espoir de liberté prochaine.

Mais rien ! il avait beau parcourir le journal, il ne trouvait rien.

Tout-à-coup, il jeta un cri, et la feuille fut près de lui échapper des mains.

Dans un angle du fragment, vers les dernières lignes, un nom venait de flamboyer à travers l'ombre, et tout son sang s'était glacé dans ses veines.

Ce nom qui venait de le frapper... C'était celui d'Héléna de Monteleone !!

Sa vue s'obscurcit ; il passa rapidement ses deux mains sur ses yeux, comme si il avait peur d'être subitement atteint de cécité.

Et il s'approcha davantage de la fenêtre, se pencha au dehors, et dévora les lignes.

Voici ce qu'il lut:

« Il est question depuis quelques jours, dans le monde aristocratique de Turin, d'un mariage qui ne peut manquer de produire une grande sensation. On dit, et nous ne répétons ce bruit que sous réserve, quoique nous ayons toute raison de le croire exact, on dit que la signora Héléna de Monteleonne doit épouser, avant un mois, le comte Alfredo Corsini. »

Roberti faillit tomber à la renverse, et fut obligé de s'asseoir.

Héléna ! Héléna mariée ! — Etait-ce croyable. — Etait-ce possible...

Pendant que son amant, l'homme à qui elle avait donné son cœur, qu'elle aimait naguère avec tout l'oubli d'un premier amour, pendant que son fiancé mourait derrière les murs épais d'un cachot... Elle aurait accepté de devenir la femme d'un autre.

Et à cette heure où la Providence envoyait à Roberti cet avis tardif, elle était depuis cinq mois entre les bras d'un rival.

Le malheureux prisonnier se mordit les poings avec rage ; pour un rien, il eut éclaté en sanglots.

Eh quoi ! il n'avait donc pas assez souffert depuis qu'il avait été violemment séparé de celle qu'il aimait, il lui fallait encore endurer tous les tourments de la jalousie. Quel espoir lui restait donc désormais, et qu'attendre de la vie, après une aussi abominable trahison !

Pendant plusieurs jours il fut hanté par des pensées sinistres, et s'il avait eu à sa disposition des instruments de suicide, il se serait certainement tué!

Heureusement, il en fut empêché, car au bout d'une semaine, la réflexion vint lui apporter quelque calme, et il envisagea la situation d'un esprit plus froid.

Il ne voulait plus se tuer, mais il songea à s'évader.

A tout prix il résolut de sortir de la forteresse où il était enfermé, et ne dût-il jouir que de quelques heures de liberté, il était décidé à en profiter pour apprendre la vérité quelque cruelle qu'elle dût être.

Héléna! toujours Héléna... il ne pensait qu'à elle; c'est elle seule qu'il voulait revoir, pour la confondre si elle l'avait indignement trahie, ou la bénir, si elle n'avait pas cessé de l'aimer.

A partir de ce jour, il ne vécut qu'avec cet objectif et le courage qui avait été bien près de l'abandonner, lui revint avec une nouvelle intensité.

Combien de temps passa-t-il à préparer ses moyens d'évasion; à quels procédés eut-il recours? C'est ce que nous ne saurions dire, et d'ailleurs cela est peu intéressant.

Ce qu'il y a de certain, c'est qu'après de longs préparatifs, quand il crut le moment favorable venu, il s'évada par une nuit sombre, trompa la surveillance des gardiens et des sentinelles, et parvint à gagner la campagne.

Il était libre! et pendant une heure, une ivresse sans nom emplit son cœur et soulagea son esprit.

Hélas! sa joie devait être de courte durée, car le lendemain même, comme il approchait des portes de Turin, deux sbires qui le suivaient depuis la veille l'appréhendèrent brusquement au corps, et le ramenèrent à la forteresse.

Il n'avait pas même eu le temps de s'informer des choses qui l'intéressaient si vivement!

Nous avons à peine besoin d'ajouter que cette tentative eut pour résultat logique de resserrer la surveillance dont il était l'objet et d'autoriser les rigueurs nouvelles qu'on lui fit subir.

Il fut jeté dans un cachot creusé à vingt pieds sous terre, privé de jour et d'air, sans communication aucune avec les autres prisonniers.

Alors, le désespoir s'empara de lui; il se vit cette fois bien décidément perdu, et appela la mort de ses vœux les plus ardents.

Mais il nous faut abréger.

Roberti ne mourut pas...

Un jour, les portes de sa prison s'ouvrirent, et on lui annonça qu'il était rendu à la liberté.

Que s'était-il passé, qui faisait ce miracle?

Ses amis qui l'attendaient le lui apprirent.

La révolution éclatait de toutes parts, et sous la pression de l'opinion publique, les prisons s'ouvrirent devant tous les patriotes.

Roberti fut heureux, on peut le croire, de ce réveil de sa patrie, et il réclama aussitôt sa place parmi ceux qui allaient combattre la tyrannie.

Mais avant de se rallier aux troupes qui se préparaient au combat, il voulut faire la lumière sur le passé et savoir s'il lui restait encore quelque espoir.

Dès le soir même, il arrivait à Turin, et se présentait à l'hôtel du comte de Monteleone.

Le comte était mort depuis quelques années : l'hôtel était fermé.

Il frappa cependant, et un serviteur qu'il ne connaissait pas vint lui ouvrir.

— Que voulez-vous ? demanda cet homme d'un ton brusque.

— J'ai appris que le comte de Monteleone était mort, dit Roberti ; j'arrive de loin, j'ignore les évènements qui se sont accomplis depuis plusieurs années, et je désire savoir s'il ne reste point ici quelque serviteur du temps du comte.

— Il n'y a ici qu'une vieille femme qui a élevé la signora Héléna, répondit l'homme.

— Francesca ! fit Roberti avec un cri.

— Vous la connaissez ?

— Je la connais et elle me connait aussi — veuillez la prier de me recevoir.

— Qui annoncerai-je ?

— Edoardo Roberti.

Le valet s'éloigna et revint un instant après.

— Veuillez me suivre dit-il.

Roberti le suivit.

Son cœur battait à se rompre : quelques secondes encore, et il allait savoir la vérité, — une sueur froide perlait à son front — maintenant, il avait peur des révélations qu'il venait solliciter.

Enfin, il pénétra dans une chambre du rez-de-chaussée, et se trouva en présence de la vieille nourrice d'Héléna.

La pauvre femme était devenue presque aveugle.

— Est-ce donc, vous, signor Roberti... dit-elle, en tendant les mains dans le vide.

— Oui... moi ! moi ! répondit Roberti... ah ! pauvre chère Francesca... comme j'avais hâte de revoir cette demeure où j'ai été si heureux.

— Heureux — en effet — il y a longtemps — mais depuis...

— Depuis ?

— Vous savez que le comte est mort.

— On me l'a dit.

— Ah ! il n'a pas été heureux — lui !

— Sans doute — sans doute — mais elle — Héléna !

— Elle — la douce enfant. — Si vous saviez.

— Quoi ! quoi !

Et Roberti était là, suspendu aux lèvres de la vieille femme, attendant une réponse qui devait le tuer ou lui donner la vie.

La vieille remua lentement la tête.

— Je ne sais pas comment elle n'est pas morte ! reprit-elle au bout d'un instant ; après votre départ, quand vous avez été jeté en prison, elle voulait se réfugier dans un couvent, et y aller finir ses jours — mais elle comprit qu'elle frapperait au cœur son malheureux père par cette résolution, et elle accepta le sacrifice que Dieu lui imposait. Elle resta — et fit semblant d'être heureuse, pour ne pas trop alarmer le comte — mais moi, il n'était pas facile de me tromper, et je voyais bien qu'elle souffrait ; chaque jour, elle devenait plus pâle et plus triste, et l'on sentait qu'elle n'en avait pas pour long temps.

— Mon Dieu.

— Ah ! c'est qu'elle vous aimait plus que sa vie ; cent fois, elle tenta de vous faire parvenir des lettres ou quelques bonnes paroles ; mais on faisait bonne garde autour de nous et tout fut impossible !

— Je ne doutais pas d'elle, moi, Francisca... aussi, quand par hasard, un jour, j'ai appris

— Quoi ?

— C'est horrible

— Qu'est-ce donc ?

— Tenez — je tremble, voyez — et à cette heure, je n'ose vous interroger.

La vieille leva les yeux, et chercha à distinguer les traits de celui qui lui parlait.

— Eh ! qu'avez-vous donc, povero — dit-elle — quelle question est sur vos lèvres que vous n'osez formuler.

— Mais — le comte Corsini...

— Eh bien...

— N'a-t-il pas demandé la main d'Héléna

— C'est vrai

— Et aujourd'hui !... s'écria Roberti d'un accent amer ; aujourd'hui, celle qui m'avait promis un amour éternel, Héléna, est la femme du comte !...

Francesca eut un mouvement singulier, à ces paroles et elle se leva à demi, sévère et froide.

— Vous vous hâtez bien d'accuser ceux que vous prétendez aimer, signor Roberti, dit-elle d'un ton grave ; et ce n'est pas leur témoigner beaucoup de respect, que d'en parler de la sorte.

— Que dites-vous — mais ce mariage !

— Ceux qui vous ont dit ces choses, ont menti ;

— Héléna n'est pas mariée...

Un succès seul eût pu changer la face des choses. — Mais comment l'obtenir ?

A ce moment, un homme se présenta qui demanda à parler au citoyen Mazzini.

On le fit entrer, et dès qu'il l'eût vu, Mazzini tressaillit.

Vaguement, il se rappelait qu'il avait déjà vu cet homme. — Mais il ne se souvenait ni de l'époque, ni du lieu où il l'avait rencontré.

— Tu as demandé à me parler ? dit alors Mazzini en continuant de l'observer.

— Oui, citoyen, répondit l'inconnu.

— Qu'as-tu à dire ?

— J'ai une importante proposition à te faire :

— Laquelle ?... parle.

L'inconnu parut se recueillir un instant, puis il reprit :

— Depuis quelques semaines, dit-il, j'ai remarqué que la position qui est occupée par les Français au nord de la villa Corsini, nous fait un mal considérable qui n'a pas peu contribué à décourager les défenseurs de Rome, et j'ai pensé qu'à tout prix nous devions nous rendre maîtres de cette position...

— On l'a tenté dix fois, objecta Saffi...

— En effet, et je suis un des rares survivants de ces dix expéditions.

— Toi ! fit Mazzini.

— Moi ! répondit l'inconnu.

Et Mazzini après l'avoir regardé avec plus d'attention encore ajouta laconiquement :

— Continue !

— Les insuccès réitérés que nous avons essuyés m'ont fait réfléchir, poursuivit l'inconnu, et depuis la dernière expédition d'où Masina et moi, nous sommes seuls revenus, j'ai juré à Rome mourante de tenter une nouvelle et dernière épreuve, et cette fois de vaincre ou de mourir... pour cela... sans en rien dire à personne, j'ai pris un moyen sûr.

— Qu'as-tu fait ?

— Tous les soirs, après l'appel, je sors de Rome, et au risque de me faire tuer par les sentinelles italiennes ou françaises, je me rends sur cette colline dont les batteries nous font tant de mal.

— Seul ? fit Armellini.

— Seul ? répondit l'inconnu.

— Et dans quel but.

— Dans le but d'observer d'étudier la position que je connaissais déjà pour y avoir combattu, de relever les points faibles ou les moins défendus, afin que, dans le cas d'une nouvelle attaque...

— Et as-tu réussi.

— Maintenant, si vous voulez me donner vingt cinq hommes décidés, je suis sûr d'enlever la position.

— Et quand tenterais-tu l'entreprise.

— Cette nuit même, si les hommes sont prêts... nous partirons dans une heure, et si, vers les premières heures de l'aube, je ne suis pas revenu, c'est que je serai mort!

Les triumvirs échangèrent un regard rapide.

L'attitude de l'homme, sa voix ferme, témoignaient d'une assurance qui les avait gagnés; ils ne firent plus d'objections.

Ce fut Mazzini qui reprit la parole après un court silence.

— Quoique nous soyons tenus de ménager la vie de nos concitoyens, dit-il; cependant nous ne pouvons refuser l'offre que tu nous fais — nous acceptons — dans une heure, tu auras les hommes que tu demandes, et que Dieu te protège!

— Merci, citoyen! répondit l'inconnu qui salua et fit mine de se retirer.

Mais il avait à peine fait quelques pas, qu'il sentit une main le toucher à l'épaule.

Il se retourna vivement, et vit Mazzini devant lui.

— Vous! dit l'inconnu.

— Oui, moi.. répondit Mazzini... moi, qui t'ai reconnu, et qui viens te serrer la main.

— Maître.

— Tu es Edoardo Roberti,

— Ah! vous ne m'avez pas oublié...

— Je serais bien ingrat, si cela pouvait être... car, tu m'as sauvé la vie, et je sais ce qu'il t'en a coûté...

— Ne parlez pas de cela!

— Et pourquoi donc.

Un pli sombre avait creusé le front de Roberti, et un sourire amer contractait le coin de sa lèvre.

— Pourquoi... pourquoi, dites-vous, répliqua-t-il, d'un ton mal contenu; maisparce que ce souvenir renferme les plus cruelles souffrances que j'ai jamais endurées... parce que c'est la date fatale de ma vie misérable... et que lorsque j'y reporte ma pensée, il me semble entendre le glas funèbre qui a sonné la mort de toutes mes espérances et de mes plus pures joies...

— Du courage mon ami.

Roberti releva la tête par un mouvement farouche.

— Ah! tenez... continua-t-il, vingt fois j'ai cherché la mort dans le tumulte des batailles; mais elle n'a pas voulu de moi! et je suis resté seul, abandonné traînant mes jours lamentables dans la douleur et les regrets — mais quoi!... il faudra bien que Dieu abrège enfin mon long martyre — et cette nuit! Cette nuit... j'espère qu'une balle ennemie me délivrera à jamais!

Elle fixa à une année de date, la célébration de son mariage.

Mazzini lui pressa énergiquement la main.

— Vous n'avez pas le droit de mourir, dit-il avec autorité, tant que la patrie a besoin de vous! et demain, je compte bien vous voir revenir victorieux

Roberti ne répondit pas, et adressant un dernier geste d'adieu au triumvir,
il gagna la porte et disparut.

Roberti avait bien changé depuis le jour où il avait favorisé la fuite de
Mazzini, et il faut ajouter que les évènements qui avaient suivi, étaient bien
faits pour abattre et désespérer une nature ardente comme la sienne.

Jeté en prison au lendemain de son arrestation, il avait subi la captivité
la plus dure et la plus longue.

10

Pendant de nombreuses années, il avait été séparé du monde des vivants, ne recevant aucune nouvelle de ses amis, ignorant ce qui se passait, ni ce qu'était devenue Héléna.

Les lettres qui lui étaient adressés, étaient évidemment interceptées; le comte de Monteleone ne permettait pas qu'aucune relation s'établit entre lui et sa fille, et c'est à lui qu'il dut toutes les mesures exceptionnelles qu'on lui imposa.

Pourtant, dans les premiers temps, il ne souffrit pas trop... Cela arrive toujours ainsi ; on n'est point las encore, on espère, on croit que la prison va s'ouvrir et que vous allez être rendu à la liberté.

Puis, les jours passent, les années succèdent aux années, et alors peu à peu, un sentiment de révolte s'empare de votre être tout entier, et une pensée unique saisit de votre esprit, avec l'obstination de la folie.

Il en avait été de même pour Roberti, et un jour il s'était réveillé avec la résolution de fuir, de s'évader, dût-il périr dans cette tentative...

Mais fuir, s'évader de ces forteresses où tout veille, où tout écoute, où guichetiers, sentinelles gardent incessamment les issues de ces cachots aux murs épais et sourds.

Qu'importe... est-ce que Roberti était homme à s'effrayer de pareils obstacles.

D'ailleurs, n'y avait-il pas par delà des murs presque infranchissables, Héléna de Monteleone, qui l'appelait et l'attendait. — Il le croyait du moins, et ne pouvait hésiter.

Il commença l'éternelle histoire des évasions.

Le travail patient pour préparer l'échelle de corde, les ruses pour la cacher, les espoirs trompés, les incidents terribles qui remettent tout en question. Il passa par toutes les alternatives, vingt fois découragé, vingt fois reprenant courage, et peut-être eut-il enfin abandonné ses projets par lassitude ou désespoir, quand un fait bizarre, inexplicable, invraisemblable tout au moins, vint imprimer une nouvelle énergie à ses efforts.

C'était un soir.

Le jour baissait; le guichetier venait de se retirer, après lui avoir apporté son repas; Roberti avait à peine échangé quelques mots avec lui, et il était resté soucieux, triste, regardant mélancoliquement le coin du ciel que l'on apercevait à travers les barreaux de sa fenêtre

Cependant par désœuvrement, il se mit à souper; et tout d'abord il ne remarqua rien. C'était la nourriture habituelle de la prison : nourriture grossière bien peu faite pour provoquer l'appétit, — mais quand il eut achevé le plat réglementaire servi à tous les prisonniers, et qu'il voulut débarrasser la table à laquelle il était assis, il demeura stupéfait, croyant être le jouet d'un rêve.

Sous l'assiette, il y avait un fragment de journal, oublié là sans doute par mégarde, et que le guichetier avait négligé d'emporter.

« Une acclamation générale salua le grand Italien, et à l'unanimité, la légion lui confia son drapeau qui portait ces mots : DIEU ET LE PEUPLE... la marche fut fatigante... la pluie tombait par torrent; nous étions mouillés jusqu'aux os. Bien que Mazzini fût habitué à une vie sédentaire et peu préparé a supporter le violent exercice de ces marches forcées, sa fermeté et sa sérénité ne l'abandonnèrent pas un seul instant, et malgré nos conseils, il ne consentit jamais à rester en arrière ou à quitter la colonne. Son attention ayant été attirée sur un des plus jeunes volontaires qui était vêtu de toile, et par conséquent sans protection contre la pluie et le froid, il le força d'accepter son manteau. »

Mais, Milan tombée, la Lombardie était perdue. Les volontaires de Garibaldi résistèrent aussi longtemps que cela fut humainement possible, et ils ne cédérent qu'écrasés par le nombre.

Alors, ils se dispersèrent, et la plupart reprirent le chemin de l'exil qu'ils connaissaient si bien !

Ils ne tardèrent pas à revenir...

Mais avant d'entreprendre le récit des événements remarquables dont Rome fut alors le théâtre, nous devons placer ici une observation qui a son importance, puisqu'elle s'applique aux deux hommes qui personnifient aujourd'hui et personnifieront toujours les aspirations de l'Italie moderne vers l'indépendance et la liberté :

Mazzini — Garibaldi.

De ces deux hommes l'un restera comme le type du véritable conspirateur l'initiateur audacieux inébranlable de la République.., et le second, comme le héros des entreprises chevaleresques, courant sus à l'ennemi sans prendre souci de compter le nombre de ses adversaires — le premier, prudent, circonspect, poursuivant son but par des voies occultes se préparant et préparant les siens au triomphe final ; l'autre cherchant les aventures sans trop se préoccuper de la fin, attirant à lui par le prestige de sa seule personnalité, tous ceux qui rêvaient de liberté et de gloire.

Deux héros essentiellement différents que l'on a vainement cherché à rapprocher.

Ils s'aimaient — peut-être — et s'admiraient chacun dans son rôle, et il est certain que tous deux ont rendu d'éminents services à la cause à laquelle ils s'étaient voués, mais il y avait entre eux un abîme. et il semble que Mazzini ait jugé assez sévèrement parfois la part d'imprudence apportée par Garibaldi dans la cause commune.

Il le laissa voir à plusieurs reprises.

Une fois entre autres, il lui écrivait « Si vous n'êtes pas en route pour Rome et Venise avant trois semaines, notre initiative sera inutile. »

Et, appuie son biographe.

« Il est bon d'ajouter ici que plusieurs italiens bien connus (Medrio, Cattanco, Saffi, Bertani), essayèrent vainement de décider Garibaldi à poursuivre l'entreprise nationale, ou bien de tout laisser anx mains des monarchistes. Peut-être aurait-il cédé à leurs conseils, si, pour une raison ou pour une autre, *il ne s'était pas toujours refusé* à agir d'accord avec Mazzini. »

J'AGIRAI SEUL, JE NE VEUX PAS VOIR MAZZINI, disait-il encore plus tard à un jeune patriote piémontais, l'un des nombreux messagers qui vinrent lui proposer une entrevue.

Garibaldi était déjà, dès cette époque, circonvenu par le parti du Roi, qui excitait la population contre Mazzini, disant que son but secret était de renverser le dictateur et d'établir la République, ce qui amènerait l'intervention des puissances, le rétablissement du roi Bomba sur le trône de Naples, etc., etc...

Quoi qu'il en soit, il n'est pas douteux qu'à l'époque dont nous parlons, Garibaldi n'a point fait tout ce qu'il aurait dû et pu faire, quelles que fussent les raisons qui le déterminèrent. S'il avait su profiter de l'enthousiasme du peuple et de sa confiance en lui, pour marcher sur Rome, l'unité eût été faite. Mais il trompa les espérances des patriotes les plus éclairés et retarda l'avènement de la liberté religieuse en Italie, pour un temps indéfini, en offrant au roi Victor Emmanuel les provinces napolitaines ; après quoi, il se retira dans l'île de Caprera. « On peut se demander si le soldat victorieux avait le droit de disposer ainsi d'une province qui était une partie intégrante de l'Italie, et si son devoir n'eût pas été de défendre sa liberté jnsqu'au jour où le Pays tout entier serait maître de ses destinées ».

Comme on le voit, un antagonisme était né entre ces deux hommes et devait les séparer à jamais. C'est à cette cause qu'il faut attribuer en partie l'insuccès des premières tentatives des patriotes italiens qui ne triomphèrent guère, — il ne faut pas qu'ils l'oublient, — que par l'intervention des armes françaises.

Mais n'insistons pas, et continuons ; car nous avons à dire encore une des plus importantes entreprises de Mazzini, celle du moins qui faillit faire cette unité pour laquelle il eût donné son sang et sa vie !

Pendant que s'accomplissaient les évènements que nous avons racontés plus haut, évènements qui avaient eu leur contre-coup dans toute l'Italie, un mouvement insurrectionnel avait ébranlé Rome même, et le Pape, terrifié ne sachant à quel concours faire appel, s'était empressé de fuir la ville sainte sous un déguisement.

C'était en 1849.

Mais cette levée faite à contre-cœur, de mauvaise grâce, aboutit à la honteuse bataille de Novare, dans laquelle les troupes royales furent si clairement trahies, que le roi, pour appaiser l'indignation populaire, dut se servir du moyen généralement employé en pareille occurence. Il choisit un bouc expiatoir parmi ses généraux, l'accusa de trahison et le fit fusiller.

Touiefois, cette exécution ne changeait rien à la situation, et lorsque la nouvellede ce nouveau triomphe de l'Autriche parvint à Rome, l'assemblée croyant la guerre imminente, décréta que trois citoyens seraient revêtus du pouvoir exécutif absolu.

Les trois citoyens ainsi désignés, étaient Mazzini, Saffi et Armellini.

Mazzini fut l'âme et la vie de ce *trium virat !*

En moins d'un mois, Il organisa les forces de la cité, et Rome se trouvait prête, quand l'armée de Louis-Napoléon se présenta devant les murs de la ville.

C'était un siège à soutenir, et la petite République, animée et soutenue par ses *triumvirs* allait montrer au monde, comment des citoyens savent défendre leur vie et leur liberté.

Venise avait secoué le joug et l'on pouvait croire qu'elle tiendrait longtemps encore ; une révolution sanglante avait éclaté en Toscane ; le Grand-Duc était en fuite, et la reddition de Milan avait jeté du discrédit sur la Monarchie.

Dans cette situation, Rome, libre enfin de se gouverner elle-même, proclama énergiquement la République, et Mazzini, déclaré citoyen romain et élu membre de l'assemblée, se hâta d'arriver.

« Je m'acheminai, dit-il, vers la cité sainte, le cœur triste jusqu'à la mort, en songeant à la défaite de la Lombardie et au dénombrement de notre parti républicain. Et cependant, lorsque je passai sous la *Porta del popolo* (la porte du peuple), un courant électrique traversa mon être, et une nouvelle vie sembla jaillir en moi ».

Et de fait, à peine eut-il mis le pied dans la ville aux sept collines, qu'il donna à tous l'exemple de la fermeté et de la résolution !

Dès le premier jour, il voulut qu'on décrétât la guerre à l'Autriche, quand même l'Autriche ne commencerait pas la première.

En conséquence, il proposa l'élection d'un *Comité de la guerre* ; le nombre des troupes fut porté à 45,000, et les volontaires affluèrent dans Rome. Ces vigoureux préparatifs de la petite République forcèrent le roi Charles-Albert à faire un effort pour retrouver sa popularité, et de son côté, il se résigna à déclarer la guerre à l'Autriche !

XII

Dès que l'armée française débarqua à Civita-Vecchia, l'assemblée romaine n'eut pas une seconde de défaillance, et elle vota la résistance, malgré l'opposition des officiers de la garde nationale. Cette opposition n'était encore qu'à l'état latent, mais elle pouvait devenir contagieuse et entraîner les soldats. Mazzini le comprit tout suite, et brusqua vigoureusement le dénouement. Sans désemparer, il donna l'ordre de faire défiler un matin, tous les bataillons devant le palais de l'assemblée, et posa nettement la question aux troupes mêmes Il ne s'était pas trompé dans ses prévisions, un cri général de *la guerre* s'éleva de tous les rangs et étouffa en un instant les velléités des chefs.

Dès lors, il n'y eut plus d'hésitation, et l'on ne songea qu'à se défendre.

Ce siège dura deux longs mois, avec des alternatiives diverses de succès et de revers, mais en dépit des héroïques efforts des assiégés, il était facile de prévoir que la ville ne tarderait pas à tomber au pouvoir des assaillants.

Chaque jour, ces derniers se rapprochaient d'avantage, enserrant la cité dans un cercle de fer ; les romains se faisaient tuer et c'est tout ce qu'ils pouvaient faire... Mais un mortel découragement planait maintenant sur la ville, et quelques défaillances s'étaient déjà manifestées.

Il y avait surtout une position occupée par trois cents français environ, et de laquelle ils menaçaient les points les plus importants de Rome. Deux fois, Mazzini avait envoyé des hommes courageux et résolus, pour enlever cette position, mais chaque fois, les malheurex avaient échoué dans leur entreprise. La plupart y avait succombé, et maintenant, leurs frères n'osaient plus renouveler l'aventure.

Les trois triumvirs ne savaient plus quel parti prendre, ni à quels moyens avoir recours, pour relever le courage abattu de leurs concitoyens.

Une nuit, ils veillaient tous les trois, dans une des chambres qu'ils habitaient, non loin de la villa Pamfili.

Ils étaient sombres et voyaient avec terreur approcher le douloureux dénouement.

Et ce qui les attristait le plus, c'était cette espèce d'abandon de soi-même qui s'était emparé des troupes et pouvait faire présager une défection prochaine.

— Jamais ! jamais !

Roberti jeta un cri enivré, prit la vieille femme dans ses bras et l'embrassa à plusieurs reprises avec des transports de joie folle.

— Ah ! Francesca ! Francesca ! dit-il, riant et pleurant ; sois bénie pour la bonne nouvelle que tu me donnes, et puisses-tu vivre de longs jours, pour que je te prouve ma reconnaissance : ainsi c'est bien vrai... Héléna... mon Héléna... ah ! Dieu est bon, puisqu'on ne meurt pas d'une joie pareille !...

Mais voyons ! voyons ! parle maintenant : tu vois, me voici libre... je puis aller, venir sans crainte, et je veux voir Héléna aujourd'hui, à l'instant ! lui dire que je l'aime — que désormais, rien ne s'opposera à notre bonheur — parle — où est-elle ? réponds.

Mais Francesca, aulieu de répondre tout de suite remua le front avec tristesse.

— La voir ! oui... dit-elle... c'est ce que je demande à Dieu, tous les soirs, dans mes prières.

— Comment.

— Mais il ne m'a pas encore exaucée.

— Que veux tu dire

— Ce que je veux dire — vous ne comprenez pas... eh bien... écoutez signor Roberti... écoutez !...

Et après un moment de silence,

— Vous parliez tout à l'heure du comte Corsini, dit-elle, et en effet, Héléna avait été demandée par lui au comte de Monteleone, et cette fois le père las des résistances de sa fille, avait manifesté l'intention bien arrêtée de la forcer à cette union qui répondait à toutes ses ambitions. Car les Corsini sont riches et ils sont parents du roi. On nous avait assuré, à cette époque, que vous aviez succombé dans une tentative d'évasion. Le comte de Monteleone espérait que sa fille se déciderait enfin à accepter un autre époux. Elle refusa cependant ; cherchant des prétextes, ne repoussant positivement l'union projetée, mais l'éloignant chaque fois avec des raisons plus ou moins plausibles. Si bien qu'un jour, le père imposa nettement sa volonté, et que la pauvre enfant céda enfin de guerre lasse, et fixa elle-même à une année de date la célébration de son mariage avec le Corsini.

— Et quand l'année fut révolue ? interrogea Roberti,

— Quand l'année fut révolue. répondit Francesca, la veille même de la signature du contrat, on chercha vainement la fiancée, et c'est avec stupeur que l'on apprit qu'elle avait disparu.

— Qu'était-elle devenue ?

— On n'en sut jamais rien !

— Et depuis ?

— Rien,

— Quoi ! pas un indice... un soupçon...

— Rien ! vous dis-je, et Dieu seul pourrait dire où la retrouver.

Roberti baissa le front et garda le silence.

Cependant, il y a là une énigme, dont il avait trop d'intérêt à deviner le mot, pour rester inactif, et dès le lendemain il se mit en campagne et commença des recherches qu'il continua avec opiniâtreté durant quelques mois.

Mais au bout de ce temps, il n'était pas plus avancé, et force lui fut d'y renoncer.

C'est dans cette situation, qu'il s'enrôla dans les volontaires que l'on levait de tous côtés, et ainsi que nous l'avons retrouvé à Rome, dans les circonstances que nous avons dites.

XIII

Après avoir quitté Mazzini, Roberti s'était dirigé vers la porte nord, où il devait trouver les hommes désignés pour l'accompagner dans la périlleuse entreprise qu'il allait tenter.

Il faisait une nuit sombre, — pas une étoile ne brillait au ciel, — une petite pluie tombait c'était un temps vraiment propice pour un coup de main.

Il donna à ses hommes quelques instructions sommaires, et partit aussitôt recommandant à tous le plus profond silence,

Quelques minutes plus tard, la petite troupe descendait une pente rapide qui conduisait dans la campagne; mais ils n'allèrent pas loin, de la sorte, car, bientôt le sentier se releva par une rampe raide et rocailleuse et force leur fut de ralentir leur marche.

Jusqu'alors aucun des hommes n'avait proféré une parole.

Ils marchaient à la file observant l'ombre, prêtant l'oreille au moindre bruit.

De loin en loin, les ténèbres se piquaient de points lumineux, — c'étaient les bivouacs de l'armée française : mais ils en étaient séparés par une grande distance, et ce n'est pas de ce côté qu'ils dirigeaient leurs pas.

Ce qu'ils voulaient atteindre, c'est le sommet de la colline élevée à la base de laquelle ils étaient arrivés, et dont ils commençaient à gravir la pente escarpée.

Il y avait là un sentier qui traçait son sillon gris autour de la colline; sentier impraticable par lequel on ne devait pas supposer que l'on serait attaqué, et qui par cette raison, était imparfaitement gardé.

En avant donc, mes amis.

On n'avait placé de ce côté que quelques rares sentinelles qui veillaient négligemment.

Roberti l'avait observé depuis plusieurs jours, et c'est le résultat de ses observations qu'il voulait mettre à profit.

On s'engagea donc dans le sentier, et chaque homme avança le dos courbé, le fusil en arrêt, l'œil braqué sur Roberti qui marchait en avant.

C'était le moment critique.

A la moindre alerte, l'éveil était donné et le coup manqué.

La petite troupe, bien pénétrée de l'importance de l'opération, se conduisit à merveille, et elle parvint à mi-côte au moment où minuit sonnait à toutes les horloges de la cité.

Tout allait bien. On fit une courte halte; le commandant effectua quelques pas en avant, pour bien s'assurer que rien ne menaçait, et il revint pour donner l'ordre de reprendre la marche.

11

On repartit.

Un quart d'heure encore, et l'on allait surprendre les soldats qui occupaient le sommet de la colline.

A cette pensée, un frémissement parcourut les rangs des assaillants, aussitôt réprimé par un geste impérieux de leur chef.

La petite troupe s'arrêta instantanément, et Jacopa, un des lieutenants, accourut auprès de Roberti.

— Qu'y a-t-il, commandant? interrogea-t-il avec anxiété et à voix basse, comme un souffle.

— Regarde là, à l'angle du chemin, dit Roberti, en indiquant un endroit où le sentier faisait un coude, ne vois-tu rien...

— Si... en effet, répondit Jacopa, je vois un homme.

— Une sentinelle?

— Probablement.

— Si elle nous aperçoit, elle va donner l'alarme, et nous sommes perdus.

— Il ne faut pas qu'elle nous voie !... fit Jacopa avec énergie.

— Comment faire?

— Attendez une minute, et vous allez voir...

Et Jacopa s'éloigna, sans attendre la réponse de Roberti.

Ce dernier le suivit du regard tant qu'il put; puis bientôt il le perdit de vue.

Où avait-il passé?

Il n'attendit pas longtemps pour l'apprendre, car au bout de deux minutes au plus, un cri sourd parvenait jusqu'à lui, et presque immédiatement Jacopa revenait le trouver.

— Eh bien? interrogea avidement Roberti...

— C'est fait! répondit Jacopa, en essuyant la lame d'un stylet qu'il tenait à la main.

— La sentinelle?

— Le chemin est libre, nous pouvons passer.

Roberti comprit, et fit signe à ses hommes d'avancer.

On se remit en route.

On n'était plus maintenant qu'à une très faible distance du plateau sur lequel était établi le campement français, et il fallait redoubler de prudence, si l'on voulait surprendre l'ennemi.

Le plus fort était fait, du reste, et il ne s'agissait plus que de s'armer de courage, car l'heure du combat approchait.

Roberti se tourna alors vers son lieutenant ;

— Jacopa, lui dit-il, nous voici arrivés au moment décisif, tout dépend de nous maintenant... tu sais ce que nous avons juré ?

— Pardieu ! fit Jacopa... vaincre ou mourir... si nous ne sommes pas victorieux, on pourra venir compter nos cadaves ; pas un n'y manquera.

— C'est bien !

— Avez-vous quelques ordres à me donner ?

— Un seul.

— Dites ?

— Tu vas partager notre troupe en deux parts égales... douze hommes sous tes ordres, et les douze autres sous les miens.

— C'est convenu !

— Une fois que nous aurons atteint le plateau, au signal que je ferai, tu prendras à droite, moi à gauche, et nous nous précipiterons en avant aux cris de vive l'Italie ! c'est notre honneur et notre liberté que nous allons défendre ; Jacopa ! j'espère que Dieu sera avec nous ?

Jacopa allait répliquer, la parole resta suspendue à ses lèvres.

Ils venaient d'atteindre le plateau, et à trois cents pas devant eux, on voyait les sentinelles françaises aller et venir.

Ce fut une seconde solennelle.

Mais ni Roberti, ni Jacopa, ni aucun des hommes qui les suivaient ne manifestèrent un semblant d'hésiation, et sur un geste du chef, la troupe se sépara en deux groupes et se rua follemement en avant.

Les premières sentinelles furent éventrées avant même qu'elles fussent revenues de leur surprise, ou qu'elles eussent pu donner l'alarme, et au même instant, il s'engagea dans la nuit noire, une horrible mêlée, sur laquelle planèrent bientôt des imprécations de rage, et les cris des blessés et des mourants.

La troupe de Roberti attaquait avec violence ; les français se défendaient avec rage ; pendant un quart d'heure, ce fut un carnage épouvantable, dans lequel il était impossible de démêler les vainqueurs des vaincus.

Mais bientôt, le combat se régularisa.

Les français revenus à eux s'organisèrent à la voix de leurs chefs ; ils soutinrent l'attaque avec plus de sang-froid, et tentèrent de repousser les assaillants.

Mais ils ignoraient à quelle poignée d'hommes ils avaient affaire... et pouvaient craindre que les forces ennemies ne fussent nombreuses.

Cependant, ils tinrent bon, et s'ils cédèrent, ce ne fut que peu à peu, avec l'espoir fondé que le bruit de la lutte arriverait aux postes voisins, et qu'ils ne manqueraient pas d'être secourus.

De leur côté, les Italiens voulant profiter de leur avantage, redoublaient d'ardeur, et semblaient se multiplier. Roberti d'un côté, Jacopa de l'autre, ne s'épargnaient pas et les animaient de leur exemple. — La nuit les protégeait, et ils se hâtaient d'assurer la victoire, avant que le jour ne se levât.

Eux aussi, d'ailleurs, espéraient qu'on leur enverrait des secours, et qu'on leur viendrait en aide avant l'aube.

Mais, chose bizarre, pendant plus d'une heure que dura le combat, nul ne parut s'en préoccuper dans la cité, non plus que dans le camp français.

Que se passait-il donc, et d'où venait cette indifférence apparente de part et d'autre?

Une chose fatale !

Depuis la veille, les chefs de l'armée française avaient décidé, pour ce jour-là une attaque simultanée sur les points principaux de la ville assiégée, et pendant qu'avait lieu cette sanglante et héroïque rencontre entre la troupe de Roberti et les Français, un mouvement général s'effectuait autour de Rome, et les différents corps d'assaillants se dirigeaient d'après des ordres précis et sûrs, vers les remparts où l'assaut allait être donné.

Le secret avait été bien gardé, et tous l'ignoraient.

Aussi, quand Roberti se croyait assuré de la victoire, s'étonnant seulement de ne pas voir arriver le renfort que Mazzini lui avait promis, il fut surpris d'entendre tout-à-coup un murmure confus s'élever dans la campagne, et demeura confondu, en apercevant, aux premières lueurs du jour s'agiter au loin, les masses distinctes que formait l'armée française.

Il tressaillit et eut un moment de stupeur.

Déjà, les ennemis qu'il combattait avaient été prévenus sans doute, car ils venaient de se rallier autour de leur chef et, formant un carré impénétrable, ils revenaient à la charge, quand on avait pu s'attendre à les voir lâcher pied.

Roberti et les siens étaient perdus !

Des vingt-cinq hommes qui l'accompagnaient, douze étaient morts, — et ceux qui restaient étaient pour la plupart grièvement blessés.

Jacopa avait été tué des premiers, et Roberti lui-même avait reçu en pleine poitrine une blessure qui, pour n'être pas mortelle, le faisait horriblement souffrir.

Que pouvait-il faire ? — Il n'hésita pas.

Il avait juré de vaincre ou de mourir... Il était vaincu, il s'apprêta à mourir.

Et se tournant vers ses hommes, l'épée levée, le regard plein d'éclairs :

— Citoyens, leur dit-il d'une voix vibrante, nous avons promis aux triumvirs de faire notre devoir jusqu'au bout, et pas un de vous, je suppose, n'a formé le projet de fuir.

— Non ! non ! répondirent en même temps les hommes qui l'entouraient.

— Je le savais bien ! vous êtes des braves, et l'on a eu raison de compter sur votre dévouement... En avant donc, mes amis, et que la Patrie entende notre dernier cri : Vive la République romaine !

Une même exclamation enthousiaste retentit aussitôt, et les douze hommes s'élancèrent sur les pas de Roberti en criant : Vive la République !

Un instant après ils se ruaient sur le carré français, comme des victimes vouées d'avance à une mort certaine !...

XIV

Cependant, le mouvement dont nous avons parlé s'effectuait dans la campagne, et déjà un grand nombre d'assaillants approchait des remparts, pendant que d'autres corps allaient s'emparer des hauteurs qui dominent la cité.

Le siège avait duré deux mois, pendant lesquels les Italiens avaient fait des prodiges de valeur.

Mais on était à bout de ressources, sinon de courage.

Les hôpitaux étaient pleins de blessés ; les cimetières trop étroits pour les morts.

Chacun était triste, sombre, découragé ; on avait perdu tout espoir.

Dans cette occurence, l'assemblée comprit que la résistance était impossible et que c'en était fait de la liberté de Rome. Elle chargea les triumvirs de traiter avec le général français.

Il y avait là une nécessité cruelle qui s'imposait et Mazzini fut le seul qui refusa, disant qu'il avait été élu pour défendre la République et non pour la détruire : il adressa une protestation à l'assemblée, afin qu'il restât un document écrit comme preuve que « si l'assemblée avait désespéré du pays, le peuple ne l'avait pas fait.! »

« Vous avez reçu, ajoutait-il, un double mandat de Dieu et du peuple qui vous ordonne de résister aussi longtemps que possible à l'oppression de l'étranger, et de respecter le principe dont l'assemblée est l'incarnation vivante, afin de prouver au monde qu'il n'y a pas de compromis possible entre le juste et l'injuste, entre le droit éternel et la force brutale, et que si les monarchies fondées sur l'égoïsme et l'intérêt peuvent capituler, les républiques fondées sur la foi et le devoir ne capitulent jamais *meurent* et *en protestant.* »

La protestation avait certainement du bon, mais il faut bien reconnaître qu'elle ne pouvait être que platonique, et Mazzini le prouva surabondamment en se contentant de *protester* sans rien faire d'ailleurs pour *mourir*.

Au surplus, sa voix ne trouva que peu d'écho, et si les défenseurs de Rome firent leurs devoirs jusqu'au bout, ce ne fut pas pour obéir au principe qu'il rappelait.

Il n'y avait rien à faire. — Il fallait se faire tuer, en s'opposant à l'action des troupes françaises ; c'est ainsi qu'agirent les vrais républicains et l'Italie n'oubliera jamais le nom des martyrs qui tombèrent dans cette lutte inégale et fratricide : le poète du peuple, Goffredo Mameli, Daverio et Ramorius qui combattirent avec quelques héros, vingt contre cent ; la villa Corsini, la villa Valentini, il Vascello, la villa Panfili, dont chaque pierre fut sanctifiée par le sang d'un patriote qui mourut le sourire aux lèvres au cri de vive la République !

Quant à Mazzini, ce n'était point un homme d'action, et on ne peut pas lui demander plus que sa nature ne comportait. Mais c'était un conspirateur par excellence et nous le voyons, en effet, une fois sorti de Rome pour échapper aux recherches dont il allait être l'objet, gagner Marseille sur un steamer corse, et se rendre en Suisse.

Et ce n'est pas la peur qui le poussait ainsi à se dérober aux poursuites dont il était menacé, car à l'heure suprême de la capitulation de Rome, il avait organisé une association secrète, afin de pouvoir établir des relations entre les Romains, de nouveau esclaves, et le parti national dans le reste de l'Italie ! C'est là un détail typique qui peint bien l'homme et précise et met en relief le côté dominant du conspirateur. Mazzini n'est pas en effet, l'homme d'action qui entraîne les patriotes par l'exemple de son courage et de son audace : c'est une sorte de rêveur, préparant l'éducation du peuple, et ne se préoccupant que secondairement des moyens pratiques à employer pour *conquérir* la liberté !

Or, pendant qu'il quittait Rome vaincue, la malheureuse cité était livrée à tout le désordre, toute la désorganisation d'une ville prise d'assaut, et occupée par l'étranger.

Les combats de la dernière heure avaient fait de nombreuses victimes ; à défaut d'hôpitaux déjà pleins, on avait construit à la hâte des ambulances, où Français et Italiens recevaient avec la même sollicitude, les soins de chirurgiens des deux pays.

L'une de ces ambulances, — la plus considérable, — avait été établie non loin de la *Porte du peuple*, et le nombre des blessés augmentait chaque jour, parce que chaque jour, les recherches effectuées sur les divers champs de bataille, faisaient découvrir de nouvelles victimes.

Un des derniers malheureux qui y avaient été amenés, était précisément Roberti !

Des vingt-cinq hommes qui avaient combattu à ses côtés, il était resté seul.

Vingt fois pendant le massacre, il avait cherché la mort, ne voulant pas survivre à ses compagnons d'armes ; mais la mort n'avait pas voulu de lui, et il était tombé au milieu des cadavres, le corps troué d'horribles blessures, inanimé lui-même, et respirant à peine.

Il était resté là, sans secours et sans soins... insensible à tout ce qui se passait, ne voyant et n'entendant plus rien, assailli par les plus épouvantables visions.

C'est en cet état qu'on l'avait trouvé.

Les hommes chargés de relever les morts et de les ensevelir, le prenaient déjà pour le déposer sur une civière et le porter à la fosse commune, quand un tressaillement de ses membres, et un faible murmure de sa voix de mourant, attirèrent l'attention des brancardiers.

— Oh! oh! dit l'un... il me semble que celui-ci proteste.

— Il n'est pas mort peut-être.

— Je crois qu'il n'en vaut guère mieux.

— N'importe ! Ce n'est pas les morts qui manquent ici... et il faut se conformer à l'ordonnance.

On appela un chirurgien qui rôdait à quelques pas et qui accourut.

Il examina le blessé — et hôcha la tête.

— Hum ! fit-il; je crois que celui-ci ne recommencera pas — mais il vit encore, et il faut se hâter de le porter à l'ambulance...

On obéit — et une heure plus tard, Roberti était couché dans un lit d'hôpital, et confié aux soins des infirmiers et des sœurs de charité.

Pendant les deux jours qui suivirent, c'est à peine s'il donna signe de vie.

Etendu sur son lit, le visage livide, l'œil fixe, le soufle à peine perceptible, on ne l'entendit prononcer aucune parole intelligible, et à chaque instant, on pouvait croire qu'il allait passer!

On pansait ses blessures le mieux qu'on pouvait, et il se laissait faire docilement, pour mieux dire, avec une insensibilité complète, et quelques rares contorsions de ses lèvres bleues attestaient seules qu'il vivait encore.

Cependant, le matin du troisième jour, une amélioration relative se produisit, et l'infirmier qui le soignait remarqua avec surprise, que la lividité du visage avait fait place à une pâleur plus saine, et que l'œil s'éclairait comme d'une lueur d'intelligence.

Il en prévint le médecin qui s'empressa de venir.

Et à son tour, ce dernier fut frappé de ces singuliers symptômes.

Il se pencha, consulta le pouls, ausculta la poitrine et se releva évidemment rassuré.

— Il est mieux, en effet, dit-il; mais il est loin d'être sauvé... pendant quinze jours, il restera en danger de mort! et il y a tout à craindre !... observez-le, et prévenez-moi si quelque chose d'extraordinaire se passait.

Sur ces mots, le médecin allait se retirer, quand un mouvement du blessé le retint.

— Qu'a-t-il dit? interrogea-t-il, en s'adressant à l'infirmier.

— C'est un nom de femme, major, répondit ce dernier — il l'a déjà prononcé plusieurs fois.

— Quel nom !

— Héléna.,.

— Sa femme sans doute, sa sœur qu'il ne reverra peut-être jamais...
Et le médecin s'éloigna pensif...

A la suite de cet incident, une semaine s'écoula, sans que rien se produisît qu'il soit intéressant de raconter.

L'amélioration s'affirmait chaque jour davantage, mais c'était bien lent, et on redoutait toujours une crise qui pouvait l'emporter.

Toutefois, il était mieux ; Roberti lui-même commençait à reprendre possession de lui-même, et pendant le jour, il reconnaissait maintenant les personnes qui l'entouraient et lui prodiguaient leurs soins.

Les nuits seules étaient encore pleines d'hallucinations et de fièvre !

Son sommeil était souvent agité ; ses joues se coloraient violemment, et à de certaines heures, il se dressait effaré et hagard, et cherchait à fuir, comme s'il eût voulu échapper à quelque rêve sinistre.

L'infirmier avait prévenu le médecin, et ce dernier avait ordonné certaines potions qui devaient le calmer.

Mais le remède n'opérait qu'imparfaitement.

Une nuit donc, une heure venait de sonner, et jusque-là le malheureux Roberti avait dormi d'un bon sommeil.

A peine quelque plainte douloureuse lui était-elle échappée, et l'infirmier le voyant en cet état l'avait quitté pour aller s'étendre lui-même dans un fauteuil, à une faible distance.

Une heure sonna, et alors Roberti commença à s'agiter ; ses lèvres remuèrent d'abord dans le vide, et ses yeux grands ouverts firent le tour de la salle, cherchant quelque objet qu'ils ne rencontraient pas.

— Héléna !... murmura-t-il d'une voix oppressée.

Mais rien ne répondit à cet appel, et il passa ses deux mains sur son front brûlant.

— Héléna !... répéta-t-il, à moi... je vais mourir... Ah ! que je vous voie, une fois seulement avant de dire un éternel adieu à ce monde où nous nous sommes aimés !

Et pendant qu'il prononçait ces paroles d'un accent brisé, deux larmes coulaient lentement le long de ses joues pâles et creuses.

Il écoutait, prêtait l'oreille, se soulevant à demi.

— Rien... toujours rien ! disait-il, comme avec colère.

Et il se dressa tout à fait, ferma les poings, mordit ses lèvres, et il allait se précipiter hors du lit, quand il sentit une main délicate et fine s'appuyer sur son épaule.

Il contint un cri de surprise, et retomba la tête sur l'oreiller.

— Silence ! fit alors la voix douce d'une femme qui se penchait sur lui.

— Qui êtes-vous ? que voulez-vous ? interrogea avidement Roberti.

Il regarda ! et aperçut une sœur de charité, mais il ne pouvait distinguer ses traits, à cause de la grande coiffe qui cachait son front : seulement, il sentait

Mazzini fut obligé de retourner en prison.

son haleine passer sur ses joues, et sa main qui glissait sous l'oreiller pour le soulever avec précaution.

— Revenez à vous, mon ami, continua aussitôt la sœur; vous avez besoin de calme et de repos; vous êtes bien souffrant; le médecin a eu des inquiétudes sérieuses; mais à présent, il dit que si vous voulez obéir à ses prescriptions, il répond que vous vivrez.

— Mais je ne veux pas vivre... répliqua Roberti... Je veux mourir. C'est de propos délibéré et avec intention, que je suis resté jusqu'au dernier moment sur le champ de bataille.

— Malheureux.

— Oh! oui, bien malheureux! si vous saviez... je l'aimais tant... & elle m'aimait aussi.

— Il ne faut plus penser à cela...

— N'y plus penser, ce serait la mort encore... Non! non! jamais... je veux la voir, lui parler... ou que l'on me dise alors qu'elle est morte... que Dieu l'a rappelée à lui... ah!... c'est affreux, voyez-vous... je n'aimais qu'elle... et maintenant...

Un sanglot s'engagea dans sa gorge qui siffla comme pendant le râle.

La sœur prit peur, et l'approcha plus près d'elle.

— Voyez: voilà que vous ne m'écoutez plus… vous désobéissez au docteur dit-elle ; mais si vous voulez la revoir cette jeune femme que vous avez aimée, il faut vivre, et ne pas vous abandonner de la sorte… C'est Edoardo Roberti que l'on vous nomme, n'est-ce pas ! et bien, Edoardo… croyez à ce que je vous dis, moi — vivez — et qui sait ! peut-être, un jour, bientôt, Dieu fera ce miracle de vous rapprocher de votre Héléna… dites,.. voyons… le voulez-vous.

Roberti écoutait, et en ce moment, il eut été incapable de répondre.

Cette voix qui lui partait était pénétrante et douce, et chose bizarre, il lui semblait qu'il l'avait déjà entendue.

Quoique ce dût être là une de ces illusions trompeuses qui sont l'effet de la fièvre, le charme n'en était pas moins profond, et il restait comme en extase, les yeux clos, le cœur inondé d'ivresse.

— Oh ! parlez ! parlez ! dit-il, que j'entende encore votre voix ! C'est comme un rêve ; vous ne pouvez comprendre, mais il me semble que je l'entends elle-même… Mon Dieu !… ne me trompez pas…

— Il faut être prudent, je vous le répète, répliqua la sœur… Vous êtes déjà fatigué, vos yeux se ferment malgré vous…, dormez, mon ami, vous avez besoin de sommeil…

— C'est vrai !

— Je vais me retirer.

— Mais je vous reverrai.

— Je le promets.

— Eh bien ! au revoir, à demain… et vous me parlerez d'elle… d'Héléna !

Roberti faisait des efforts pour combattre le sommeil qui le reprenait et alourdissait déjà sa paupière. Ses yeux se fermaient, ses bras inertes étaient retombés le long de son corps, et la tête roula encore une fois sur l'oreiller.

Il perdait peu à peu conscience des choses extérieures et de lui-même… Mais l'hallucination le suivit jusque dans son sommeil, et plusieurs fois le nom d'Héléna vint flotter sur ses lèvres.

Le lendemain, quand il se réveilla, un mieux sensible se manifesta : le médecin qui le vint voir se retira plus satisfait que la veille de l'examen auquel il le soumit.

Il n'en revenait pas. C'était une sorte de miracle, et il devait y avoir à ce rétablissement si prompt et si inespéré, une cause qu'il ne pouvait démêler.

Quand il fut parti, Roberti appela l'infirmier qui s'empressa de venir.

— Mon ami, lui dit le blessé d'un ton plus ferme, il s'est passé cette nuit une chose que je ne m'explique pas bien.

— Quelle chose ? dit l'infirmier.

— Ce ne peut être un rêve, car j'ai encore dans l'oreille le son de cette voix qui m'a parlé... Il est venu quelqu'un ici cette nuit, une sœur de charité qui s'est approchée de mon lit... je la vois encore... je ne puis avoir été le jouet d'un songe. Je ne me suis pas trompé !

— Non, signor, répondit l'infirmier. Cette nuit, sœur Thérèse s'est approchée de vous ; vous aviez la fièvre, un peu de délire, et sa voix vous a calmé.

— Sœur Thérèse ? fit Roberti.

— Une bonne et digne personne, que chacun ici aime et respecte à l'égal d'une sainte !

— Sœur Thérèse ! répéta le blessé ; et il y a longtemps que vous la connaissez ?

— Non... pas longtemps. Elle était au couvent des Trovatelles, et elle l'a quitté pour venir soigner les malades.

— Et elle est jeune ?

— Sa coiffe cache bien ses traits ; mais tout de même, j'ai pu la voir : elle est jeune, comme qui dirait trente à trente-cinq ans. On dit qu'elle a été bien malheureuse, et que c'est à la suite de grands chagrins qu'elle s'est consacrée à Dieu !

Roberti paraissait réfléchir. — Il écoutait sans interrompre, et l'on eût dit que sa pensée s'efforçait de rappeler des souvenirs lointains.

— Et sœur Thérèse... vient souvent ici, reprit-il peu après.

— C'est la troisième fois que je la vois.

— Mais vous savez où elle est ?

— Sans doute !

— Et vous pourriez lui transmettre une prière de ma part ?

— Assurément !

— Eh bien ! mon ami, tout à l'heure, quand vous aurez quelque moment de liberté, faites-moi le plaisir de vous rendre auprès d'elle, de lui dire que Roberti, Edoardo, le blessé qu'elle est venue visiter cette nuit, demande avec instance à la voir, et qu'il la supplie de lui accorder cette faveur. Voulez-vous bien vous charger de cette mission ?

— Je n'y vois aucun inconvénient.

— Et vous le ferez ?

— Je le promets !

— Eh bien... croyez mon ami que je vous serai reconnaissant de ce que vous allez faire, et que vous n'aurez pas obligé un ingrat.

La journée se passa sans autre incident.

Vers le soir, l'infirmier vint dire à Roberti qu'il avait vu sœur Thérèse ; qu'elle avait d'abord hésité à accéder à sa demande ; mais qu'enfin, elle avait promis de venir le trouver aux premières heures de la nuit.

Roberti n'en demanda pas davantage, et il attendit le soir avec impatience.

Cependant, il entendit sonner successivement les *heures noires*, comme dit le poëte allemand ; minuit vint sans qu'il eût rien vu paraître, et déjà, il commençait à désespérer, quand un dernier coup tombé de l'horloge, un bruit de pas furtifs et doux glissa sur le plancher de la salle, et que de loin, il aperçut la silhouette d'une sœur de charité.

C'était sœur Thérèse !

Sans qu'il eut pu expliquer pourquoi, tout son être se prit à frissonner, et une émotion indicible s'empara brusquement de lui.

Ce n'était pas la fièvre pourtant, mais une sorte de malaise indéfinissable qui lui communiquait malgré tout, une sensation délicieuse.

Sœur Thérèse s'approcha du lit, — l'infirmier s'était retiré, et comme la veille, tout dormait alentour.

Spontanément, Roberti tendit les bras vers elle et lui prit les mains.

— Ah ! que vous êtes bonne d'être venue, dit-il d'une voix troublée ; j'avais tant de hâte à vous voir.

— Vous avez à me parler... répondit la sœur d'une voix non moins émue.

— Oui... c'est cela !... ou plutôt ! non ; pourquoi mentir, mieux vaut dire toute la vérité.

— Que signifie !

— Je voulais vous voir.

— Comment.,.

— Hier, quand vous êtes venue, j'étais bien malheureux, et votre voix si affectueuse et si pénétrante, a comme par enchantement, ramené le calme dans mon cœur, pourquoi... je n'en sais rien ; c'était la première fois que je vous voyais, et malgré cela, il se dégageait de votre personne un charme étrange qui exerçait un empire absolu sur tous mes sens... mais si j'entendais votre voix! je ne voyais pas vos traits, et alors depuis ce matin, l'ardent désir de les contempler s'est imposé à moi... je veux emporter votre image dans ce monde, si je dois revenir à la vie ; dans l'autre, si je dois mourir, ne voulez vous pas, dites, ne voulez-vous m'accorder cette consolation suprême.

Sœur Thérèse avait baissé les yeux, et par un mouvement de pudeur sans doute, elle essaya de retirer ses mains que le blessé retenait en les serrant dans les siennes.

— Ah ! ne me refusez pas ! insista-t-il, en remarquant son hésitation, — car Dieu lui même s'il m'entendait, vous dirait de ne pas me repousser.

Et puis tenez, écoutez-moi... il y a dans mon esprit, un doute affreux qui me tue et empoisonne ma vie... Je vous ai dit, n'est-ce pas, que j'aimais une jeune femme, la fille du comte de Monteleone, — depuis un grand nombre d'années, elle a disparu — j'ai été la chercher partout ; je l'ai demandée à tous ceux qui l'avaient connue, et nul n'a pu me dire ce qu'elle était devenue ! elle n'est pas morte, cependant ; car si cela était, Dieu n'aurait pas été assez cruel pour me laisser vivre, moi ! Donc elle vit, j'en suis sûr, et il faudra qu'un jour ou l'autre, elle soit rendue à mon amour. Eh bien ! ce que je vais dire est insensé mais cette nuit, quand vous me parliez, et que je croyais reconnaître sa voix... l'idée m'est venue, idée folle, absurde, impossible !... l'idée m'est venue que c'était Héléna, et non sœur Thérèse, que j'avais devant moi !

— Que dites-vous !...

— Est-ce que l'on raisonne, quand on aime! et si je pouvais vous dire combien je l'ai aimée, et combien je l'aime encore — C'est pour cela, que je demande à contempler vos traits, afin que je cesse de croire à cette illusion énervante — afin que...

Roberti allait poursuivre; il s'arrêta brusquement, en jetant un cri épouvanté.

— Qu'avez-vous ! fit la sœur Thérésa un moment inquiète.

Roberti ne répondit pas.

Par un mouvement inconscient, il avait saisi la main de la sœur, comme s'il eut voulu l'embrasser, mais au lieu de la porter à ses lèvres, il l'avait éloignée à distance, et une flamme intense s'était allumée dans son regard.

A l'un des doigts de cette main, il y avait une bague d'un grand prix — et un seul coup d'œil avait suffi à Roberti pour la reconnaître.

C'était la bague qu'il avait offerte à Héléna, au temps heureux de leurs fiançailles.

Une ivresse sans nom emplit son cœur, et pris subitement d'un transport fou, il attira à lui la jeune femme qui n'opposa qu'une faible résistance.

— Vous ! c'est vous ! balbutia-t-il — C'est donc vrai — ne me trompez pas... Héléna !... ah... bien soit Dieu qui vous rend à mon amour.

— Taisez-vous.

— Non non ! parlez — dites-moi que c'est bien vous...

— Edoardo !

— Ah ! maintenant, je puis mourir.

— Calmez-vous.

— Pauvre chère amie... Quoi ! un pareil miracle est donc possible — le ciel me tenait une pareille joie en réserve... tenez !... je ne me souviens plus d'avoir souffert, d'avoir pleuré — d'avoir désespéré de la vie Héléna ! Héléna.

— Prenez garde qu'on vous entende.

— Eh! qu'avez-vous à craindre... pourquoi cacher notre bonheur... moi je vous aime, comme au premier jour, et désormais aucune puissance humaine ne pourra vous arracher de mes bras.

Et comme s'il eut craint qu'on lui enlevât celle qu'il venait de retrouver, il l'attirait près de lui, l'enlaçait de ses bras avec des paroles d'amour émues et troublées.

Héléna, car c'était bien elle, se défendait mal, et n'avait pas la force de se dégager de ses étreintes, de douces larmes inondaient son visage ; elle murmurait des mots sans suite, et s'abandonnait défaillante aux caresses de son amant.

Cependant, au bout de quelques minutes, elle s'arracha de cette situation énervante, et se dressa droite et effarée.

— Edoardo! dit-elle — que faisons nous — songez que Dieu nous voit, et que je me suis donnée à lui.

— Que dites-vous — fit Roberti, avec stupeur.

— Je dis, mon ami, que je ne m'appartiens plus, et qu'il faut renoncer à faire revivre le passé.

— Ne parlez pas de la sorte.

— Il faut onblier.

— Jamais... vous étiez à moi, avant d'être à Dieu... et si vous ne voulez pas que je meure.

Héléna eut un sanglot douloureux.

— Voyons --- dit-elle d'un accent brisé revenez à la raison, mon ami -- il est tard, je suis déjà restée trop longtemps ; il faut que je me retire.

— Mais vous reviendrez.

— Je vous le promets.

— Demain ?

— Oui — demain ! — demain, et alors, après avoir consulté Dieu, je vous dirai la résolution que j'aurai prise.

Sur ces mots, la jeune femme s'éloigna du lit de Roberti, laissant ce dernier partagé entre la joie qu'il éprouvait de l'avoir revue, et la crainte de la perdre de nouveau.

Les derniers évènements que nous avons à raconter apprendront au lecteur, en même temps que la fin de l'histoire de Mazzini, le dénouement des amours de Roberti et de la fille du comte de Monteleone.

XV

Nous n'avons pas l'intention de faire le récit des révolutions qui s'accomplirent de l'autre côté des Alpes, et qui aboutirent finalement à l'affranchissement complet de l'Italie.

Mazzini demeura toujours sur la brèche, et, de près comme de loin, son influence se fit constamment sentir.

Il ne dévia pas une heure de la voie qu'il s'était tracée, et ne perdit jamais de vue le but qu'il s'était proposé d'atteindre.

Ce qu'il voulait, lui, c'était la République ; il ne devait être satisfait que lorsqu'elle aurait été proclamée, et l'on comprend que le roi Victor Emmanuel, ne pouvait être son idéal.

Il continua de conspirer... et fatalement, il dut bientôt reprendre le chemin de la prison.

Il se retrouva alors, comme autrefois, entre le ciel et l'onde, dans la tour la plus élevée et la plus inaccessible de la forteresse de Gaëte, sur l'immense rocher qui s'avance dans la mer. — Il expiait là, le crime d'avoir aimé son pays par dessus toutes choses.

Toutefois, il n'y devait pas rester longtemps... car Mazzini pouvait devenir un prisonnier embarrassant.

Deux mois plus tard, un prince naquit !... et on saisit avec empressement cette occasion pour ouvrir les portes de Gaëte au prisonnier.

Il était alors vieux et fatigué par les luttes de toutes sortes qu'il avait soutenues ; son corps chétif réclamait impérieusememt le repos, mais son aspect était toujours avide d'action, et il dut se faire violence pour céder aux conseils de ses amis. Il partit pour l'Angleterre où il avait formé le projet de résider ; et là entouré d'hommes qui l'aimaient et lui formaient une compagnie il eut pu vivre encore bon nombre d'années dans une paix heureuse.

Il ne put se résigner à accepter une pareille existence, et bientôt, on le vit revenir à Lugano, où il voulait diriger la publication d'un journal sous le titre de *La Roma del Popolo*.

Pendant une année, il se consacra entièrement à ce travail auquel il donna toute son âme et tout son esprit.

Il vivait un peu isolé, voyait peu de monde en dehors de ses collaborateurs, et passait ses journées et une partie de ses nuits à lire les journaux qu'il recevait, à préparer ses articles et à fumer !

Car le grand conspirateur était un fumeur obstiné... et ceux qui l'ont fréquenté, l'ont rarement vu sans une cigarette ou un cigare aux lèvres. — Bien souvent même, il s'endormait en fumant, et retrouvait parfois à ses côtés, le cigare qui avait roulé tout allumé de ses lèvres.

Travailleur infatigable, il ne prenait pas un instant de repos ; cependant, durant un moment de répit, il écrivit à ses amis d'Angleterre pour leur annoncer son intention d'aller passer auprès d'eux l'époque d'un anniversaire chéri. Il n'avait jamais manqué de le faire chaque fois que les dangers et les difficultés de sa vie agitée le lui avaient permis.

« Le grand désir qu'il nourrissait d'accomplir ce projet l'entraîna à traverser les Alpes dans une saison très dangereuse pour un homme d'une si faible santé.

« Il fut pris par une attaque de pleurésie aigüe, et fut contraint de s'arrêter à Pise, où il mourut.

« C'était le 10 mars 1872.

« Ses dernières pensées furent pour son pays. Son nom était encore sur ses lèvres au moment de quitter une vie, qui selon ses propres expressions, avait toujours été dirigée par l'idée *sacrée inexorable* et *dominante du devoir* ; une vie qui avait été le type de la seule *vertu pure sainte et efficace*, le sacrifice dont l'auréole couronne et sanctifie l'âme humaine.

« Son corps fut porté à Gênes à travers les Apennins, dans une sorte de procession triomphale. Quatre-vingt mille de ses concitoyens suivirent les restes de celui qu'ils avaient laissé mettre en prison, quelques mois auparavant, lorsque son noble cœur était encore plein de vie et d'amour pour eux.

Parmi cette foule que suivit pieusement le corps du grand conspirateur, il est deux personnes que l'on remarqua particulièrement, et qui attirèrent l'attention générale... car leur histoire était connue de tous.

C'était Edoardo Roberti .. et la signora Héléna de Monteleone, sa femme.

Héléna avait obtenu d'être relevée de ses vœux, et une année après la scène de l'ambulance de Rome, ils avaient été unis dans la chapelle du château de Monteleone.

Et depuis, ils avaient vieillis l'un près de l'autre, ne se rappelant le passé que pour remercier Dieu de les avoir réunis après les cruelles épreuves qu'ils avaient traversées.

A cette heure, l'âge était venu sans altérer la vivacité de leurs sentiments et dans leur amour ils avaient une part pour la patrie commune.

Et ils venaient par leur présence, rendre un dernier et pieux hommage à celui qui leur semblait avoir le mieux résumé l'aspiration moderne des peuples vers la régénération et la liberté !

LES NIHILISTES

CHAPITRE PREMIER

Quand on jette un coup d'œil sur l'histoire de la Russie, on reste épouvanté de tout ce qu'il y a d'arbitraire, de cruel et d'implacable dans le despotisme de ses souverains et l'on se demande avec stupeur ce dont on doit le plus s'étonner des monstrueux caprices de ces tigres couronnés ou de l'abrutissement des soixante millions d'esclaves qui les adorent à genoux et se glorifient de leur abaissement; on se demande si c'est d'un peuple ou d'un troupeau qu'il est question et on se croit sous l'empire d'un sanglant cauchemar. Sous ces souverains, Czars et Czarines, qui tous ne connaissent d'autres lois que leurs caprices, le même spectacle se reproduit sans cesse ; les favoris se succèdent dans les plus hauts emplois, abusent odieusement de leur toute puissance, sont renversés pour passer sans transition de la situation la plus haute aux horreurs de l'exil en Sibérie et y traînent la plus dure et la plus misérable existence, quand il ne plaît pas à leur maître de les faire mourir dans les plus cruels tourments et presqu'invariablement, la même disgrâce, la même chûte éclatante, le même exil en Sibérie, et souvent la même mort dans d'horribles supplices, deviennent le lot de ceux qui les avaient précipités dans l'abîme et qui subissent à leur tour les impitoyables caprices du despote, dont une fantaisie les avait faits tous puissants.

Le bourreau frappe ce corps délicat jusqu'à ce qu'il n'offre plus que des lanières sanglantes.

Les Strélitz, domptés par Pierre le Grand après une révolte, qui avait falli coûter le trône à ce souverain, sont les premiers qui allèrent peupler la Sibérie Après avoir mis bas les armes, ils entouraient le czar et demandaient grâce, grâce! ils ne connaissaient pas encore leur maître. Ce fut d'une façon terrible qu'il se révéla à eux. Entouré de toute sa cour, il abattit de sa propre-main les têtes des strélitz révoltés, et ses courtisans se firent gloire de l'aider dans cette sanglante besogne, où se distingua particulièrement son favori Mentschikoff, qui lui-même était bien près de sa disgrâce.

Comme toujours il est renversé par une intrigue de palais. Il part et il est arrêté en route par une troupe armée qui lui enjoint, par ordre du czar, de se dépouiller de ses décorations. A Yver la voiture lui est enlevée et il arrive au lieu de son exil dans une misérable charrette. Puis il est envoyé sous le climat de Bérézof, l'un des plus durs de la Sibérie, ses enfants y partagent son sort, sa femme innocente y devient aveugle et meurt.

La famille à laquelle il devait sa disgrâce et ses malheurs était les Dolgorouki. Il fut cruellement vengé et ce fut sous le règne d'une femme, Anne Ivanovska. Un jour, ils sont rappelés, ils se croient sauvés, et aussitôt arrivés père, oncle, fils et neveu, sont roués vifs sous les yeux les uns des autres.

Le favori de cette redoutable Czarine, le duc de Courlande est envoyé également en Sibérie où va le rejoindre plus tard celui qui l'avait renversé, le général Munich.

La Sibérie et les supplices jouent aussi leur rôle dans les rivalités de femmes.

Une conspiration est tramée contre Elisabeth. Parmi les conspirateurs, se trouvait une femme d'une merveilleuse beauté, la princesse Lapoukin, dont la czarine était très jalouse. On la traîne de son palais sur la place des exécutions, là, aux yeux de la foule, on la met nue jusqu'à la ceinture et le bourreau frappe ce corps délicat jusqu'à ce qu'il n'offre plus que des lanières sanglantes et on l'envoie en Sibérie.

Quand on n'en connaît pas les détails, on ne saurait se figurer ce que c'est qu'un exil en Sibérie. Le voyage seul est une torture.

Voici ce que dit un écrivain qui connaît parfaitement la Russie :

« Les condamnés, sous la conduite d'un fedjœger, sorte de geôlier voyageur, sont transportés dans un télège, petite charrette découverte, sans ressorts. On roule ainsi avec la rapidité de l'éclair sur des rondins ou traverses de bois dont sont pavées les routes, pendant des centaines de lieues. Plus d'une fois la voiture est brisée par les secousses. Qu'on juge de l'état des voyageurs sous ce climat pendant un pareil trajet. »

L'auteur ajoute, et on le croira sans peine, que les malheureux arrivent souvent morts ou mourants au but de leur voyage.

La plupart du temps, ces exilés sont saisis, garrottés et emportés non seulement sans condamnation, mais sans qu'on daigne même leur apprendre la cause ou le prétexte de la peine qu'on leur fait subir, souvent victimes de la dénonciation de quelque policier qui a trouvé de l'avancement dans la découverte d'une conspiration imaginaire.

Dans ce pays de l'arbitraire et des conspirations on comprend quelles doivent être l'importance et la puissance de la police. Elle peut tout et se permet tout, sachant bien que nul n'aurait l'audace de contrôler ses actes, de sorte qu'il n'est pas rare de voir des milliers d'individus disparaître tout à coup pour aller travailler aux mines dans quelque coin de la Sibérie, où ils sont destinés à mourir sans que jamais leurs familles entendent parler d'eux. Ainsi l'aura décidé l'ambition de quelque haut fonctionnaire.

De ce gouvernement monstrueux, où nul n'est sûr du lendemain, où le caprice d'un maître dispose à son gré de la destinée de soixante millions d'hommes, où l'homme le plus paisible, le plus inoffensif, peut être arraché è sa famille et envoyé sous un climat mortel, où l'attendent les plus cruelles tortures, de ce gouvernement effroyable devait naitre fatalement ce qu'on appelle le *nihilisme*.

En face de l'arbitraire brutal d'un despote écrasant insouciamment un peuple sous ses pieds, comme il ferait d'une fourmilière, devait se dresser logiquement une secte non moins terrible, non moins inexorable, répondant à l'arbitraire par l'assassinat, au caprice par la vengeance. Le despotisme a produit le nihilisme.

Un écrivain de talent, russe de naissance, le prince Lubomirski, a écrit sur le nihilisme, un livre plein de révélations curieuses et dont nous regrettons de ne pouvoir citer que quelques courts fragments.

'— Qu'est-ce que le nihilisme ? dit-il ; un mot complétement inconnu sous le règne de Nicolas Ier, formé au commencement du règne actuel par quelqu'étudiant qui, après avoir brillamment achevé ses études classiques s'est vu aux prises avec la faim en face des portes de toutes les administrations inexorablement fermées.

Les premiers nihilistes en assurant qu'il n'y avait *rien* (nihil) dans les lois sur lesquelles reposait la société russe depuis des siècles, s'attaquaient à l'omnipotence du Czar, à la théocratie déguisée qu'ils prétendaient être la base du gouvernement, à la distinction des castes, aux privilèges de la noblesse.

Les principales castes étaient : les nobles, les bourgeois, les marchands, les prêtres et les serfs. A tout cela s'ajoutait encore une autre fraction de la société qui, sans avoir assez de consistance pour se former en caste, n'en avait pas moins une organisation séparée, les fonctionnaires civils de l'Etat. C'était une carrière dont la porte était ouverte à deux battants à la noblesse, mais où les fils des prêtres et des bourgeois pouvaient se faufiler quelquefois. Les droits et les devoirs des bourgeois et des marchands étaient insignifiants; méprisés, peut-être méprisables, ils prospéraient en végétant, sans être utiles à l'Etat, sans jouir d'aucun privilège, à l'instar des chrétiens de la Turquie... Quant aux serfs, ils supportaient toutes les charges de l'Etat, et leur unique droit c'était de ne pas mourir de faim... L'échafaudage de la société russe, très mal édifié, se maintenait encore, mais il chancelait à tous les étages. Il fallait le rétablir sur une base solide. Alexandre II l'entreprit et l'exécuta.

Et c'est précisément celui-là que les nihilistes ont poursuivi d'une haine mortelle, ce qui leur a valu d'être accusés d'inconséquence et de barbarie par l'Europe entière, indignée de les voir répondre par un exécrable forfait à l'initiative généreuse que prenait Alexandre. A ce propos, nous ne pouvons nous empêcher de remarquer en passant l'analogie frappante qu'il y a entre la destinée de ce prince et celle de Louis XVI. L'un et l'autre, parfaitement innocents des crimes qu'on reprochait à leurs prédécesseurs sont morts victimes des abus sans nombre qui s'étaient amassés jusqu'à eux, et au moment même où ils se mettaient à l'œuvre pour les réparer.

Justement enthousiaste des réformes apportées dans le gouvernement russe par le czar Alexandre II, le prince Lubomirski rend à ce souverain la justice qui lui est due, puis il ajoute :

« Aujourd'hui tous les Russes sont égaux devant la loi ; les privilèges des castes sont amoindris en attendant qu'on les abolisse tout à fait ; cela veut-il dire que les lignes de démarcation, si visibles en 1860, soient effacées ? Nous sommes obligé d'affirmer le contraire. L'ordre des choses, totalement modifié en droit, est demeuré le même en fait ».

Ainsi, malgré l'immense et généreux effort qu'a tenté un souverain puissant pour arracher son peuple aux entraves d'un despotisme abrutissant, la Russie est restée immobilisée dans son esclavage et restera longtemps encore, sans aucun doute, grâce aux hauts fonctionnaires qui se trouvent si bien d'un régime de privilèges et de bon plaisir, grâce à l'indolence, à l'inertie et à l'abrutissement du peuple qui adorera toujours à l'égal d'un dieu le maître qui le châtie et lui laisse à peine de quoi manger.

Ce coup d'œil rapide ne donne qu'une idée très incomplète de la contrainte et des appréhensions de toute sorte qu'imposent aux russes de tout rang le séjour de leur pays et fera comprendre sans peine le bonheur qu'ils éprouvent à le quitter pour voyager. C'est ce qu'on eût pu deviner sur la physionomie de trois personnes assises à une première loge de face de l'Opéra, un jour de première représentation. C'étaient un homme d'une quarantaine d'années, une femme de trente ans environ et une jeune fille qui paraissait dix-huit ans à peine.

L'homme portant toute sa barbe, qui était d'un noir parfait, eût pu être cité comme un type de distinction et d'aristocratie, si une expression de hauteur et de dureté n'eût quelque peu vulgarisé la beauté du masque, le même reproche eût pu s'adresser à la femme, la sienne évidemment, sur les traits de laquelle se lisait une telle habitude de domination, qu'on ne pouvait se la représenter autrement qu'avec le geste et la parole du commandement ; cependant cette habitude semblait si bien incarnée en elle, qu'au lieu de l'atténuer, elle rehaussait encore et semblait compléter son orgueilleuse beauté. Elle était brune comme son mari, sa tête régulière, d'une paleur éclatante, et magnifiquement encadrée dans son épaisse chevelure noire, produisait tout d'abord l'effet saisissant d'une apparition.

La fixité de son regard étincelant ajoutait encore à cette impression et donnait à cette beauté quelque chose d'inquiétant et de mystérieux qui étonnait et donnait à réfléchir. On se demandait avec plus d'appréhension que d'entraînement quelle femme il y avait sous ce masque de marbre, quelle nature se cachait sous cette superbe enveloppe.

Mais, ce qui se devinait au premier coup d'œil, c'est que les passions, les soucis, les joies, les tortures qui avaient traversé ces âmes et modifié ces têtes ne pouvaient rien avoir de vulgaire et avaient laissé en passant leur marque aristocratique.

La jeune fille qui accompagnait ces deux personnages, non seulement n'avait aucun rapport avec eux, mais semblait appartenir à une autre race. Moralement et physiquement elle était évidemment d'une caste inférieure à ceux-ci, chez lesquels éclataient, pour ainsi dire violemment tous les signes distinctifs de la noblesse russe, l'orgueil, le dédain et l'inflexibilité. Ivanovna, c'était le nom de la jeune fille, était éblouissante de beauté, il était presque impossible de la voir sans laisser échapper un cri de surprise, tant cette beauté était parfaite et pour ainsi dire lumineuse, à force de fraîcheur; mais elle était surtout remarquable par la grâce, le charme, la candeur et une expression de bonté qui allait jusqu'à la pitié, on eût dit qu'elle plaignait quelqu'un.

La pureté et la perfection des formes égalaient l'éclatante beauté de son visage.

Assez accusées pour attirer le regard et exciter l'admiration, l'effort que faisait la jeune fille pour les atténuer, ne faisait que les dessiner plus nettement et leur donner, sous l'étoffe étroitement tendue, le relief, le sentiment et l'excitant du nu.

Aussi, quoiqu'elle fût à peine et très pudiquement décolletée, toutes les lorgnettes furent-elles braquées sur elle au bout de quelques instants. Quant à elle; éblouie par l'aspect de la salle, étincelante de diamants et d'épaules nues, elle restait en admiration devant ce spectacle, qui semblait tout nouveau et ne s'apercevait nullement de l'effet qu'elle produisait elle-même.

— Quelle est donc cette adorable jeune fille, demanda bientôt un de ses admirateurs de l'orchestre.

— Une jeune fille! répliqua son voisin, tu la calomnies mon cher.

— Serait-ce une jeune femme?

— Ni fille, ni femme, c'est quelque créature éthérée, immatérielle, née du souffle d'une fée ou d'une ondine, et qui n'a rien d'humain.

— Cependant ces épaules, cette gorge, ces bras...

— Ne sauraient être palpables, c'est trop parfait, trop pur pour cela.

Un voisin des deux interlocuteurs écoutait en souriant cette conversation.

— Tenez, dit l'un des deux jeunes gens, voici notre ami le comte Michel qui sourit de votre exaltation et qui sans doute a quelque raison pour ne pas croire à l'impalpable.

— Je n'ai aucune raison bien positive, répondit Michel, et loin d'en rire, je comprends l'illusion de votre ami, je la partagerais même si je ne savais d'où vient celle dont vous attribuez la paternité à un sylphe ou à une ondine.

— Vous la connaissez? s'écria le jeune rêveur.

— Pas beaucoup, mais assez pour savoir son nom et sa condition.

— Ce nom?

— Ivanovna!

— Et sa condition ? Princesse pour le moins !

— Princesse, non, mais un peu moins que domestique, c'est-à-dire 'serve, moins que rien pour un Russe !

— Je croyais qu'il n'y avait plus de serfs en Russie.

— Et vous avez raison, mais l'abolition du servage ne date que de quelques années, et Ivanovna est née d'un serf de mon ami, le prince Milanoff, l'un des plus riches seigneurs de la Russie.

— Celui que nous voyons là, au devant de la loge avec sa femme, sans doute ?

— Précisément !

— Et comment se fait-il qu'Ivanovna soit dans cette loge ?

— Pour deux raisons. Née pour ainsi dire dans la maison de Milanoff, Ivanovna y fut remarquée et adorée toute enfant pour sa beauté ; puis, lorsque le prince Milanoff épousa la belle Tatiana, il se trouva que cette personne adorable, mais extrêmement gâtée, ayant refusé de prendre toute espèce de leçons ne savait pas un mot de français, et qu'elle se trouva fort heureuse de prendre pour truchement la jeune Ivanovna qui, douée d'une facilité extraordinaire, savait parfaitement cette langue qn'on parlait communément devant elle.

— De sorte que cette jeune fille vit dans l'intimité du prince et de la princesse ?

— Autant que le permet l'orgueil russe, pour qui la fille d'un serf, en dépit des réformes opérées par Alexandre II, ne sera jamais qu'une domestique !

— Domestique ! domestique ! grommela l'admirateur de la belle serve, je connais bien des Français qui oublieraient la condition d'une pareille domestique !

— Des Français, je ne dis pas, mais un Russe, jamais !

— Eh bien ! qu'il veille sur elle ; car un Russe seul est capable d'une pareille insensibilité !

— C'est son affaire et non la mienne, répondit avec insouciance celui qu'on appelait le comte Michel.

Michel Labraskine était Russe aussi, mais, quoiqu'il n'eût guère plus de trente ans, il y avait dix ans qu'il habitait Paris, dont il avait pris non-seulement le train de vie et les habitudes, mais les façons et le langage boulevardier, n'ayant plus conservé du Russe que l'extrême distinction, atténuée par un certain débraillé d'artiste qui lui créait un type tout particulier et une séduisante originalité.

Telle était du moins l'opinion des femmes, qui avaient fait de lui un homme à la mode.

C'était un personnage bizarre, sur lequel circulaient les versions les plus diverses. Les uns le disait immensément riche, d'autres au contraire frappés du mystère dont il semblait envelopper systématiquement toutes les actions de sa vie, affirmaient qu'il vivait d'expédients et qu'il était prudent d'éviter toute relation avec lui. Quoique admis dans la plus haute société, grâce à la fortune dont il avait incontestablement disposé et qu'il avait même un peu

jetée par les [fenêtres, par calcul, disait-on, on prétendait l'avoir vu dans les
mondes les plus disparates les plus opposés, et l'on se demandait s'il fallait
voir en lui quelque audacieux intrigant ou nn homme absorbé par ses
bonnes fortunes et cherchant ses amours dans toutes les classes de la
société.

Tous les ans au printemps il faisait une absence d'un mois ou deux, où
allait-il ? C'est ce qu'il ne confiait à personne. Aux bains de mer ? C'était trop
tôt. Dans quelque château hospitalier, habité par une jolie veuve ? C'était plus
probable. Mais quoiqu'eussent [pu faire ses amis pour pénétrer ce mystère,
nul n'avait pu lui arracher un mot à ce sujet, et l'on en était réduit à supposer
que quelque affaire importante, de cœur ou autre, devait l'appeler tous .les
ans en Russie, quelques amis l'ayant rencontré deux ou trois fois à Saint-
Pétersbourg, où il avait même paru les éviter. Tous ces mystères ne faisaient
qu'ajouter un nouveau prestige à tous ceux qui enveloppaient la vie du comte
Michel, et contribuaient à le poser en héros de roman. Très joli garçon, toujours mis avec une élégance à la fois irréprochable et sans façon, affectant
dans son langage une morale facile et les plus spirituels paradoxes, raillant
impitoyablement tout ce qui était vulgairement honnête et bourgeoisement
vertueux, son caractère donnait prise à toutes les médisances, en même temps
que son esprit et même son cynisme permettaient tous les doutes et justi-
fiaient tous les engouements. Bref le comte Michel était une énigme pour ceux
même qui se vantaient de bien le connaître, et bien des gens étonnés du luxe
qu'il déployait, de l'argent qu'il risquait au jeu, se demandaient en riant dans
quelle caisse anonyme ou féminine il puisait ses ressources.

Cependant la salle s'était remplie, quelques musiciens avaient pris place à
leurs pupitres et accordaient leurs instruments, l'ouverture allait commencer,
quand le comte répondant par un geste parti, à un signal invisible, d'un
coin de la salle, quitta sa place et disparut. Un instant après il se faisait ouvrir
une baignoire où se trouvait, seul, un personnage assez énigmatique. C'était un
homme d'une soixantaine d'années, portant des lunettes d'or qui lui donnaient
une vague ressemblance avec M. Prudhomme, et le corps enveloppé d'un par-
dessus orné d'un vaste collet de fourrrure. Sa barbe, entièrement blanche, était
taillée en collier, et son nez busqué, ses lèvres lippues accusaient fortement
en lui le type israélite.

— Quoi de nouveau ? demanda le juif avec un accent allemand très prononcé.

— Rien, répondit le comte Michel d'un ton de déférence marquée.

— Absolument rien ? reprit le juif, dont le regard laissait deviner une vive
pénétration à travers ses lunettes.

— Quand à présent du moins, mais je me crois sur une trace.

— Ah !... et pourrais-je savoir...

— Oui, quand je saurai moi-même.

— Mais maintenant ?

— Rien

Ce mot fut prononcé d'un ton qui ne permettait pas d'insister davantage.

Le juif parut le comprendre, car après une pause, il reprit en changeant de ton :

— C'est votre ami, ce prince Milanoff, qui est là bas à cette loge de face.

— Justement ; il en prend possession ce soir pour la première fois, car il est à Paris depuis quelques jours seulement.

Il y eut une nouvelle pause.

— Et cette dame est la princesse ? reprit le juif d'un air un peu contraint.

— Naturellement répondit le comte, avec un accent quelque peu gouailleur.

Ce ton parut déconcerter le juif qui resta quelques instants sans oser rompre le silence.

Ce fut avec un embarras de plus en plus visible qu'il reprit la parole.

— Et cette jeune fille qui occupe leur loge est sans doute...

Le comte partit d'un éclat de rire qui coupa net la parole au juif.

— Ah ! je vous attendais là, dit-il.

— Comment ! comment ! grommela le juif tout interdit.

— Allons donc ! ne faites donc pas semblant de vous intéresser au prince et à la princesse Milanoff que vous connaissez parfaitement et sur lesquels vous n'avez rien à me dire, tandis que que vous grillez de me parler de cette belle jeune fille, dont vous êtes amoureux ainsi que toute la salle.

— Quelle idée ! murmura le juif, une jeune fille que je vois pour la première fois et dont je ne sais pas même le nom.

— Il n'est pas besoin de savoir son nom pour reconnaître qu'elle est admirablement belle, et quand on connaît votre péché mignon, on devine sans peine.,.

— Quoi donc ?

— Ce que j'ai deviné tout de suite avant même d'entrer dans cette loge, c'est-à-dire que vous en étiez émerveillé, comme toute la salle, car je vous préviens que vous avez pour rivaux tous les spectateurs de ce soir, maître Isaac.

Isaac reprit après quelques instants de silence :

— Vous la connaissez ?

— Depuis huit jours, c'est-à-dire depuis son arrivée en France avec le prince.

— Et vous la voyez... tous les jours ?

— Je le pourrais du moins, mais je n'en abuse pas comme vous le feriez sans doute à ma place ; je ne suis allé que deux fois chez le prince depuis son arrivée.

— Enfin vous ne m'avez par dit ce que c'est que cette jeune fille ; une parente du prince sans doute ?

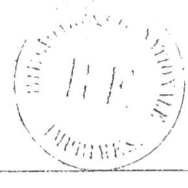

Les malheureux arrivent souvent morts ou mourant.

— Nullement, mais une servante de la princesse.

— Se peut-il! une servante ! cette merveilleuse bauté !

— Pas autre chose.

— Ecoutez comte Michel, ne me croyez pas animé de mauvaises pensées, mais... je serais curieux de la voir de près, d'entendre le son de sa voix...

— Et de la presser dans vos bras, peut-être, ajouta le jeune homme en riant.

— Non, non, c'est bon pour un homme à bonne fortune comme vous de rêver de pareils dénouements, quant à moi...

— Vous vous contenteriez de baiser le bout de ses jolis doigts, qui sont adorables, comme tout le reste de sa personne, car je ne sais à quoi pensait le bon Dieu quand il a fait cette simple serve, mais elle est sortie parfaite de ses mains.

— Oui, parfaite, vous avez raison, comte plus je la regarde, plus j'en suis émerveillé.

— Là, là, là calmez-vous maître Isaac.

— Ça vous est bien facile à dire, à vous, qui n'aimez que des duchesses et qui n'admettez dans votre cœur que des amours blasonnés.

— Vous avez trop bonne opinion de moi, maître Isaac. j'ai bien aussi quelques petites bourgeoises à me reprocher.

— Et les princesses, vous n'en parlez pas.

— Je ne sais ce que vous voulez dire.

— Et moi qui la regarde en ce moment, je sais non-seulement ce que je veux dire, mais je pourrais au besoin vous la nommer.

— Allons donc ! vous rêvez, maître Isaac.

En vérité et le nom de Tatiana, l'ai-je aussi rêvé.

— Ah ! assez, dit vivement et très sérieusement le comte Michel, il est des noms qu'il ne faut pas prononcer à la légère, maître Isaac.

— C'est bien, répliqua froidement le juif, on ne le prononcera plus.

Cinq minutes s'écoulèrent pendant lesquelles il ne fut plus prononcé une parole,

Isaac reprit enfin :

— Il y longtemps que l'on a reçu de nos nouvelles là-bas, on doit s'en étonner, quand pourrez-vous me parler *sérieusement* de ce que vous ne faites que soupçonner.

— Je ne sais.

— Mais... approximativement ?

— Dans quinze jours ; peut-être plus tôt.

— C'est bien ; dans notre intérêt commun, il est important que cela ne tarde pas trop.

Il reprit bientôt sur un ton de plus en plus sérieux :

— Vous avez de l'argent ?

— Peu,

— Il vous en faut ?

— Beaucoup.

— Combien ?

— Trente mille francs.

— Ah !

Cette exclamation contenait à la fois un étonnement et une question.

C'est ce que comprit le comte, qui s'empressa d'ajouter :

— Je joue cette nuit chez le comte Manfredi.

— Ah ! fit de nouveau maître Isaac.

— Et je perds... ce soir.

—Beaucoup ?

— Vingt-cinq mille francs !

— Beau chiffre !

— J'en ai gagné quarante vendredi dernier.

— C'est juste ; passez demain à la caisse.

— C'est entendu.

— Mais qu'elle est donc cette tête-là, s'écria tout à coup maître Isaac en fixant son regard sur la loge du prince Milanoff.

Un jeune homme était dans cette loge que venaient de quitter le prince et la princesse.

Il était très correctement vêtu, portant avec aisance l'habit noir et la cravate blanche.

Il était d'une pâleur extrême et ses traits sérieux annonçaient quelque profond souci.

— Connaissez-vous ce jeune homme ? demanda Isaac.

— Nullement, je le vois pour la première fois.

— Il est très beau garçon, mais rien en lui n'annonce une origine aristocratique et je doute qu'il soit des amis du prince.

— J'en doute comme vous et plus je l'examine, plus il me semble voir quelque ressemblance entre lui et la belle Ivanovna.

— A-t-elle un frère ?

— Précisément et je sais qu'il habite Paris, où grâce à la générosité du prince il achève ses études.

— Alors, plus de doute, ce doit être lui, la ressemblance existe positivement. Mais il a sans doute quelque grave souci, car il paraît profondément triste.

— Bah ! il a ce qui cause la tristesse et le souci des trois quarts de l'espèce humaine, la pauvreté, ce doit être cela.

— Ce doit être mieux que cela, ses traits expriment, non pas la tristesse, mais le désespoir.

— Le désespoir est chose rude à son âge, car il a vingt-trois ans à peine.

— Il ne doit pas être facile à abattre, si j'en juge par l'expression de son visage, qui annonce une grande énergie.

— Vous avez raison, Isaac, répliqua Michel en étudiant avec attention les traits du jeune homme.

Il ajouta presqu'aussitôt, comme en se parlant à lui-même.

— Tiens, tiens ! il faut que je sache...

Puis se tournant vers le juif :

— Je vous quitte un instant pour aller présenter mes hommages à la princesse et le bonjour à la belle Ivanovna, et peut-être apprendrai-je quelque chose par là.

Il sortit aussitôt et un instant après, il se montrait dans la loge du prince Milanoff.

A son entrée le jeune homme se leva vivement et salua humblement
Michel,

Ivanovna se leva elle-même et présentant le jeune homme d'un air embarrassé :

— Mon frère Pétrowitch, M. le comte.

— Le prince a daigné m'autoriser à venir voir ma sœur dans sa loge, dit
Pétrowitch, je me suis permis...

— De profiter de l'autorisation ; rien de plus naturel, M. Petrowitch, et je
comprends votre émotion.

Mais moi-même, tenez, vous me voyez fort ému.

Le jeune homme s'inclina et attendit.

— Oh ! moi, reprit le comte, c'est autre chose que de revoir une sœur
après une séparation de trois années, non, mon émotion a un motif plus grave
et surtout moins agréable.

Le jeune homme s'inclina de nouveau sans oser se permettre d'interroger.

— Imaginez-vous, reprit le comte en dardant à la dérobée un regard sur
Petrowitch, imaginez-vous que le bruit a couru tout à l'heure, dans les couloirs de l'Opéra, d'une nouvelle tentative d'assassinat contre le tzar.

A ces mots le frère et la sœur devinrent affreusement pâles.

Après être restés quelques moments interdits ce fut Pétrowich qui prit la
parole.

— Et l'Empereur, balbutia-t-il, qu'en dit-on?

— Quoi ? Je ne comprends pas, répliqua le comte.

Le jeune homme fut quelque temps à se remettre du trouble profond qui
s'était emparé de lui.

— L'empereur a-t-il échappé à cette criminelle tentative? reprit-il.

— On le dit, répliqua Michel, le regard toujours fixe sur Pétrowitch, mais
on assure qu'il a été blessé grièvement.

— Ah ! fit le jeune homme en passant la main sur son front livide.

Le comte Michel le considérait toujours à la dérobée, mais avec une attention dont le jeune homme s'aperçut enfin et qui parut le troubler.

Après quelques minutes de réflexion, il prit tout à coup un parti.

Il pressa la main de sa sœur, salua le comte et sortit précipitemment de la
loge en balbutiant quelques paroles inintelligibles.

Le prince et la princesse Milanoff rentraient un instant après et priaient le
comte Michel de passer la soirée dans leur loge ; celui-ci accepta après en
avoir été particulièrement sollicité par la princesse.

— Ton frère entrait dans cette loge où moment au nous en sortions, dit le
prince à Ivanovna, qu'il avait connue toute enfant, pourquoi n'y est-il pas
resté?

— Prince, répondit la jeune fille du ton le plus respectueux, il n'aurait osé
se permettre...

— C'est bien, dit froidement le prince, s'il revient, dis-lui que je l'engage à rester avec toi jusqu'à la fin de la soirée.

La jeune fille s'inclina en signe de remerciement et alla s'asseoir à quelques pas de ses maîtres en se rapprochant du salon sans que le prince et la princesse daignassent faire attention à cette marque de déférence.

En quittant le théâtre, Pétrowicth Pepoff tourna le boulevart des Italiens à gauche et marcha droit devant lui jusqu'à la porte Saint-Martin, puis il tourna à droite, prit cette rue, la parcourut dans toute sa longueur jusqu'à la petite ruelle qui porte le nom de la rue de Venise, s'engagea dans celle-ci, tourna la rue Quincampoix et s'arrêta en face d'une brasserie d'assez médiocre apparence, entra là et monta au premier étage.

Arrivé là il frappa trois coups à une petite porte, entra sur l'invitation qui lui en fut faite et se trouva dans une pièce, où buvaient et trinquaient une vingtaine de jeunes gens dont le type trahissait tout de suite la nationalité.

C'étaient des russes.

Un cri de joie et de surprise leur échappa à l'aspect de Pétrowitch et toutes les mains s'avancèrent avec empressement vers celui-ci.

— Tiens, Pétrowitch qui vient nous faire ses adieux.

— Mais, dit celui-ci en jetant autour de lui un regard circonspect...

— Oh! ne crains rien, nous sommes ici comme chez nous : le maître du logis est un des nôtres, tu peux donc parler en toute sécurité.

— A la bonne heure, car ce que j'ai à vous dire est fort grave.

Tout le monde fit cercle autour de Pétrowitch.

— Mes amis, leur dit-il, avez-vous des nouvelles de Saint-Pétersbourg.

— Non, non, répétèrent plusieurs voix à la fois.

— Et vous n'avez rien vu d'extraordinaire dans les journaux.

— Rien

— Vous avez lu les journaux du soir.

— Tous.

Petrowitch parut se troubler.

— Qu'y a-t-il donc, tu parais tout ému.

— Voilà ce qu'il y a ; je sors de l'opéra, où j'étais allé faire mes adieux à ma sœur dans la loge du prince Milanoff.

— Nous le connaissons.

— A peine entré dans la loge, savez-vous la nouvelle qu'il nous apprend?

— Quelle nouvelle.

— Que l'empereur vient d'échapper à une nouvelle tentative d'assassinat.

— C'est faux, les journaux n'en disent rien, pas même les journaux allemands.

Vous êtes bien certains de cela ?

— Très certains.

— Donc le fait est faux.

— C'est incontestable.

— Et inventé par le comte Michel.

— Sans aucun doute.

Or comment se fait-il que le comte Michel vienne me conter cette nouvelle, de son invention, juste au moment où je viens d'être choisi pour...

— C'est bien extraordinaire en effet,

— Et quelle conclusion devons nous tirer de cette concordance ?

— Effet du hazard peut-être.

— Il me regardait avec une attention qui me fait supposer le contraire.

Il y eut un silence.

Puis l'un des jeunes gens reprit :

— N'as-tu aucun soupçon sur le comte Michel ?

— Aucun, c'est un homme léger, il aime le jeu, les femmes, tous les plaisirs, il est assez riche pour satisfaire toutes ses fantaisies.

— Alors, je le répète, pur hazard.

Néanmoins cette invention d'une tentative contre l'empereur au moment où je pars...

— Il est certain qu'il y a là quelque chose de fort inquiétant.

— C'est pourquoi, comme nous sommes tous compromis dans cette conspiration, j'ai cru devoir venir vous demander s'il était prudent de partir en ce moment ou s'il fallait mieux attendre que...

Au froid silence qui accueillit ces paroles, Pétrowitch, comprit que son hésitation était très mal interprétée.

Il s'interrompit aussitôt.

Puis il reprit :

Décidément. non, il ne faut pas attendre ; toutes nos mesures sont prises, nous avons observé la prudence la plus rigoureuse, les paroles du comte ne peuvent être attribuées qu'au hazard, la prudence même nous commande d'agir sans retard.

La façon dont fut accueillie cette détermination prouva clairement à Pétrowitch que sa prudence eût fait douter de son courage ; il prit donc résolument son parti.

— Quant à nous, dit alors un des jeunes gens, nous aurons l'œil sur le comte Michel, nous nous tiendrons exactement au courant de ses faits et gestes, et malheur à lui si nous découvrons quelque chose de louche dans sa conduite.

— Je n'en crois rien, je vous le répète, il est trop riche. trop frivole et est trop complètement adonné au plaisir pour exciter le moindre soupçon.

— Donc, aucun sujet d'inquiétude de ce côté, et pour que tu sois également rassuré au sujet des fausses nouvelles concernant une prétendue tentative sur l'empereur, je veux que tu lises toi-même tous les journaux d'aujourd'hui.

Il alla ramasser toutes les feuilles entassées sur une table et força Pétro-witch à les parcourir l'une après l'autre, ce qu'il se vit contraint de faire' bon gré mal gré, en dépit de ses protestations et en assurant qu'il s'en rapportait entièrement au témoignage de ses amis.

Puis, il trinqua avec eux au succès de la grande entreprise, causa ensuite avec sa gaieté accoutumée, et les quitta ensuite en leur donnant un dernier rendez-vous le soir à son hôtel de la rue Cujas.

En les quittant, il reprenait la route de l'Opéra. Quand il y arriva, la pièce était commencée depuis longtemps, et tous les regards étaient tournés du dôté de la scène.

La princesse, paraissant absorbée elle-même par le spectacle, s'était accoudée sur l'appui de sa loge, position qui mettait en relief toutes les séductions de son corsage.

Cette pose la rapprochait du comte et l'éloignait en même temps du prince qui se tenait cambré et rejeté en arrière.

L'éventail de la princesse, tout grand ouvert pour garantir ses yeux contre l'intensité de la lumière, mettait encore une espèce de barrière entre elle et son mari.

— Tatiana, murmura tout bas le comte Michel sans détourner ses regards, toujours fixés sur la scène.

La princesse devint rouge et resta immobile.

L'oppression visible de sa poitrine trahissait seule son émotion.

Le comte Michel rejeta sa chevelure en arrière pour avoir une occasion de glisser un regard du côté du prince, dont l'impassibilité le rassura.

Il reprit sa position de l'air le plus naturel et murmura de nouveau :

— Je vous en supplie, Tatiana, laissez tomber votre main, que la mienne l'effleure, ne fût-ce qu'une seconde !

La princesse agita son éventail d'un air nonchalant et ne parut pas avoir entendu.

— Par pitié, Tatiana, reprit le comte d'une voix plus basse et plus tendre encore, vous me brisez le cœur, vous me désespérez !

La jeune femme tenait son éventail de la main gauche, elle le passa dans la main droite, toujours ouvert entr'elle et le prince et laissa tomber sa main libre.

Aussitôt elle sentit celle du comte. qui enlaçait ses doigts dans les siens et les y pressait tendrement.

L'émotion de Tatiana était au comble; ses grands yeux noirs s'étaient couverts d'une espèce de voile humide et ses traits légèrement contractés, exprimaient un trouble profond.

Evidemment c'était la première fois qu'elle accordait au comte une pareille preuve d'amour.

Mais cette petite scène intime que personne ne soupçonnait dans la loge où elle se passait, avait dans la salle un témoin qui n'en perdait rien, qui devinait tout, qui notait le moindre détail, et si le comte eût deviné en ce moment la terrible influence que devait avoir un jour cet homme dans sa vie et quel devait être plus tard le contre-coup de cette scène d'amour, il eût immédiatement renoncé à ce bonheur, si enivrant qu'il fût.

Ce témoin invisible et qui ne se doutait pas lui-même du rôle qu'il était destiné à jouer plus tard dans cette idylle, c'était le juif Isaac.

Pendant que ces divers épisodes se passaient dans la salle, l'opéra continuait à dérouler ses péripéties sur la scène,

Le final du Ier acte était dans tout l'éclat de son crescendo, quand la porte du salon s'ouvrit doucement, si doucement qu'Ivanovna, qui était aux aguets depuis un instant, l'entendit seule.

C'était son frère qui rentrait.

Elle se leva avec précaution, alla s'asseoir sans bruit au fond du salon fit signe à son frère de prendre place près d'elle et lui dit tout bas d'un air anxieux :

— Eh bien ?

— Rien, repondit froidement le jeune homme.

— Quoi ! murmura la jeune fille stupéfaite, cette tentative...

— Est une invention du comte Michel.

— C'est impossible.

— Je viens de lire tous les journaux, pas un n'en parle, c'est absolument faux.

— Mais dans quel but ?

— Je crains de le deviner.

— Enfin ?

— Pour me sonder.

— Te sonder! balbutia Ivanovna avec épouvante, il aurait donc quelque soupçon.

— C'est incroyable, car ainsi que je viens de te le dire, il n'y a pas plus de douze heures que l'ordre est venu de Moscou de choisir dans le comité exécutif de Paris l'homme chargé de délivrer la Russie et il y a trois heures à peine que j'ai été choisi pour cette grande mission.

— Grande, mais terrible, mais mortelle, Petrowitch, car dans ce duel effrayant entre toi et un empereur gardé par des milliers d'hommes, c'est pour toi surtout que la mort est inévitable. Ah! pourquoi faut-il qu'un hasard fatal t'ait désigné entre tous.

— Je dois m'en féliciter, Ivanovna, toi même tu dois être fière de la préférence que le ciel m'a donnée dans cette circonstance suprême; seulement une chose m'inquiète et me semble inexplicable, c'est le soupçon qu'a conçu le comte Michel, voilà ce que je trouve incompréhensible et effrayant. Comment un pareil secret a-t-il pu lui être révélé? Quelle raison avait-il de chercher à le connaître? et s'il le connaît réellement, ce dont je ne suis pas encore sûr, quel usage en veut-il faire? Voilà trois questions dont la solution a de quoi nous effrayer tous au moment de prendre une détermination aussi terrible.

Quand ils furent enfermés tous les deux...

— J'en conviens, Petrowitch, mais quant au comte Michel, je ne puis le croire coupable d'une mauvaise action et c'en serait une qu'une délation qui aurait pour conséquence la torture et la mort.

— Le comte Michel n'est pas des nôtres, qui n'est pas avec nous est contre nous ; qui n'est pas notre ami est l'ami de l'empereur et doit croire de son devoir de le prévenir lorsqu'il voit sa vie en danger.

— Encore une fois j'ai confiance dans le comte Michel, je lui crois le cœur droit et loyal, mais si tu as quelque doute et quelque crainte, je t'en supplie, ne persiste pas dans cet affreux projet, ou tout au moins, remets-en l'exécution

15   15

à un autre moment, quand il se sera écoulé assez de temps pour que l'attention ne soit plus éveillée sur toi.

Petrowitch garda un instant le silence, en proie à de sombres pensées puis il murmura tout bas :

— Je viens d'en parler à mes amis, ils m'engagent à partir.

Puis, pressant la main de la jeune fille et lui faisant signe qu'il ne pouvait causer plus longtemps avec elle, il partit sans bruit comme il était entré.

Maître Isaac était seul dans sa baignoire, où il était à peu près invisible quand elle s'ouvrit pour livrer passage à un individu d'assez mauvaise mine, introduit par une ouvreuse, qui se retira aussitôt. C'était un homme d'une cinquantaine d'années, au teint pâle, aux traits maigres, à l'œil fin, à la physionomie impassible.

— Ah! bonjour Lupin, lui dit le juif.

— Bonjour, M. Isaac, répondit Lupin.

— Toi qui te vantes de connaître à peu près tout Paris et tous les parisiens, quel est donc le jeune homme qui cause à voix basse avec cette jeune fille au fond de la loge de face où tu vois le comte Michel ?

— J'aurais le droit de ne pas connaître celui-là, car il n'est pas parisien.

— Ah!

— C'est un russe.

— Que fait-il à Paris.

— Il attend.

— Quoi donc?

— Une occasion.

— Laquelle.

— Celle qu'attendent tous les nihilistes, une occasion de conspirer.

— Ah! c'est un nihiliste ?

— De la plus belle eau.

— Comment sais-tu cela?

— Par ses camarades, les français, qui, eux, n'ayant à craindre ni le Knout, ni l'exil en Sibérie, ne se gênent pas pour causer.

— Enfin quel homme est-ce ?

— C'est un hégélien, un philosophe, un ascète; il boit de l'eau et mange des légumes; on l'a même soupçonné un instant d'appartenir à la secte des *scopti*, mais il paraît qu'il ne pousse pas le fanatisme jusque-là. C'est un sage, voilà tout.

— Le croit-on capable de conspirer ?

— Oui, puisqu'il est nihiliste,

— Mais il y a nihiliste et nihiliste.

— Nihil, *rien*, voilà sa devise, il ne croit à rien, il voudrait faire table rase de tout, affirmant qu'il n'y a rien dans le gouvernement russe, même réformé, C'est un utopiste, un rêveur, pas autre chose.

— Sa physionomie annonce mieux que ça, il faudrait l'étudier à fond.

Alors extrêmement intimidé à la pensée de ce qu'il venait lui apprendre et des secrètes tortures qu'il se préparait à faire subir à cette grande dame, lui, misérable juif, il s'effraya de son audace et se demanda s'il aurait le courage d'exécuter son projet.

C'est que plus il examinait cette femme, plus ce projet lui semblait un crime de lèse-majesté tant il y avait d'orgueuil dans son maintien, d'assurance hautaine et de froid dédain dans son regard.

— Je vous écoute, monsieur, lui dit-elle enfin.

Le juif la contemplait en ce moment et se faisait tout bas ce raisonnement:

— Est-il possible que cette fière beauté, que cette belle statue de glace ait été... si humaine avec mon ami le comte Michel.

Cela semblait impossible en effet, et atterré devant l'imposant dédain qui formait le trait distinctif de cette aristocratique beauté, ce fut d'une voix très émue qu'il répondit à sa question :

Mon Dieu! Excellence, maintenant que je me trouve en face de vous je me demande si ce n'est pas bien hardi de ma part d'oser venir vous parler d'une affaire qui ne me regarde pas et qu'un scrupule, excessif peut-être, a pu seul me résoudre à vous dévoiler.

— Si ce scrupule vous pèse trop, M. Isaac, répliqua la princesse, je ne tiens pas à vous arracher vos secrets, vous ne m'avez encore rien dit, restons-en là.

Et elle fit un mouvement pour se lever.

Ces paroles étaient dites d'un air qui glaça le juif.

Il fut sur le point de sortir,

Cependant comprenant que s'il laissait échapper l'occasion qu'il devait à un coup d'audace, il ne la retrouverait jamais, il prit résolument son parti et se décida à parler.

— Après tout, dit-il, d'un air indifférent, cela regarde beaucoup plus le comte Michel que vous-même, et il vaut peut-être mieux aller directement à lui.

— Ah ! il s'agit du comte Michel, dit la princesse avec un intérêt marqué.

— De lui et d'une autre personne à laquelle vous vous intéressez l'un et l'autre, vous et M. le prince.

— Quelle est donc cette personne ?

— La jeune fille que vous avez à votre service sous le nom d'Ivanovna.

Isaac avait frémi en prononçant ce nom, car il s'était attendu à une explosion.

Mais la princesse était restée impassible.

Le nom d'une serve, d'une domestique, ne pouvait rien éveiller en elle.

Elle se demandait seulement avec stupeur quelle relation il pouvait y avoir entre ces deux noms, entre ces deux personnalités séparées par un abîme, Ivanovna et le comte Michel.

— Que voulez-vous dire ? reprit-elle enfin, comment une pauvre serve et le comte Michel peuvent-ils se trouver mêlés dans la même affaire ?

— Par un sentiment qui rapproche souvent ici-bas les classes les plus diverses et les plus opposées.

— Un sentiment ! dit la princesse cherchant vainement à comprendre quel sentiment ? que voulez-vous dire ? je ne vous comprends pas.

— Dame ! dit Isaac, avec un embarras croissant, cette pauvre serve est bien jolie et le comte Michel est très amateur de...

La princesse laissa tomber sur le juif un regard qui lui coupa la parole.

— Le comte Michel, s'écria-t-elle avec un rire nerveux, ah ça ! voudriez-vous me faire croire qu'il est amoureux de ma domestique ?

— Si incroyable que cela puisse vous paraître, c'est pourtant ainsi et bien des gens pourront vous dire que cette jeune fille est assez jolie pour qu'un pareil amour ne paraisse pas invraisemblable.

Alors la froideur et l'impassibilité de la princesse disparurent comme par enchantement.

— Ah ! ah ! s'écria-t-elle, voilà qui est trop fort, le comte Michel amoureux ! amoureux d'une misérable serve ! allons vous êtes fou et je serai curieuse de savoir d'où a pu vous venir une pareille idée.

Et elle allait et venait dans son salon, l'œil flamboyant, les traits pâles et contractés.

— Mon Dieu ! madame, ce secret m'a été révélé par mon domestique, ami des vôtres, qui l'ont deviné, comme toujours, dans les regards des deux amoureux, mais vous pourriez en avoir la preuve par quelque lettre saisie sur l'un d'eux et qui révélera au juste où en est le mystère, car la chose est certaine, il ne reste plus qu'à s'en procurer la preuve, et il n'y a guère qu'une femme et surtout une maîtresse de maison qui puisse y réussir.

La princesse s'était arrêtée tout à coup comme pétrifiée. Immobile maintenant au milieu de son salon, les traits affreusement contractés, pressant d'une main son front pâle, elle murmurait des paroles inintelligibles en fixant devant elle des yeux hagards.

Tout à coup, comme si elle eût recouvré son sang-froid, elle saisit le juif par le bras et le poussant énergiquement :

— Pourquoi êtes-vous venu me conter l'histoire de cet amour prétendu, à moi, à moi plutôt qu'à tout autre ?

Isaac resta un moment atterré à cette question qui semblait lire au fond de sa pensée.

— Mais tout naturellement, balbutia-t-il, cherchant une réponse.

— Naturellement, comment cela ? Allons, répondez, mais répondez donc, dit-elle en le secouant avec force !

— Eh bien ! oui, naturellement, reprit Isaac effaré, je ne pouvais parler d'une affaire de cette nature à M. le prince ; entre deux hommes cela prenait tout de suite des proportions... tandis que vous, la maîtresse de la jeune fille, je le répète, c'était tout naturel !

— Et quel intérêt aviez-vous à vous mêler des amours du comte Michel ?

— Un intérêt que vous comprendrez, princesse, j'aime Ivanovna.

— Alors la jalousie vous a rendu fou et vous a fait voir ce qui n'existe pas.

— Peut-être, mais j'espère obtenir la preuve de ce que j'avance, et alors je compte sur la bonté de madame la princesse pour sauver la jeune fille des séductions de M. le comte Michel, car voilà ce qui m'a guidé dans la démarche que je viens de faire près de madame la princesse.

— Apportez-moi cette preuve, et je vous promets tout ce que vous voudrez.

— J'espère bien que...

— C'est bien ; la preuve, et jusque-là, adieu.

Le congé était très clair.

Maître Isaac recula jusqu'à la porte en s'inclinant à chaque pas et sortit.

Trois heures après, c'est-à-dire vers six heures, ainsi qu'il avait été convenu la veille, il recevait la visite de Lupin.

— Une preuve, voilà ce qu'il me faut, ou tout est manqué, lui dit-il aussitôt.

— C'est à quoi j'ai songé, répondit Lupin.

— Eh bien ?

— Je n'avais jusqu'à présent pour moi que l'espionnage et le témoignage des domestiques de ma connaissance, des hommes ! Ce n'est pas fin, ce n'est pas malin, et ce n'est qu'à moitié méchant quand il s'agit de perdre une femme, et surtout une belle jeune fille incapable de faire du mal à une mouche. C'est ce que je compris, alors je m'adressai à une femme de chambre allemande, mielleuse, sournoise, fausse comme un jeton et affreusement jalouse de la supériorité d'Ivanovna et des privilèges que lui vaut sa position de lectrice près la princesse. Je fis sa connaissance en *béchant* la jeune Russe, ce qui la disposa tout de suite en ma faveur, puis je lui confiai mes soupçons et j'ajoutai qu'elle était perdue si on obtenait une preuve contre elle. Fine et dissimulée comme toutes les allemandes, celle-ci comprit que cette preuve, si elle parvenait à se la procurer, lui vaudrait les bonnes grâces de la princesse et...

— Et bien, quoi ! demanda vivement Isaac.

— Et la voilà, dit Lupin en tirant de sa poche une lettre qu'il remit au juif.

— Voyons, voyons, dit celui-ci.

Et dépliant fiévreusement la lettre, il la parcourut rapidement.

Elle était du comte Michel et exprimait pour Ivanovna, à laquelle elle était adressée, la passion à la fois la plus tendre et la plus ardente. Mais des termes mêmes de cette lettre ressortait hautement la parfaite innocence de cette jeune fille et la résistance qu'elle opposait à l'amour du comte. C'est ce que fit observer Isaac à Lupin.

— Et qu'importe son innocence ! répliqua Lupin, c'est un crime de plus. Cette fille, cette simple serve est aimée, adorée d'un homme qui lui a inspiré une passion, à elle, princesse Milanowa et aimée quoique vertueuse ! quelle honte ! quelle humiliation pour la princesse !

C'est juste, dit Isaac, après un moment de réflexion, il y a là de quoi soulever tout son orgueil de grande dame et toute sa vanité de jolie femme, sans parler de la question de cœur, qui me paraît jouer un grand rôle dans cette liaison.

— Et qui, chez une femme de ce tempéramment va se changer en haine féroce, n'en doutez pas.

— Je l'espère bien et j'espère aussi qu'il pourrait en cuire au brillant comte Michel, allons, je cours chez la princesse et si nous réussissons, tu ne t'en repentiras pas, je ne te dis que ça.

Une heure après il se présentait à l'hôtel Milanoff, où la princesse le rejoignit bientôt dans le petit salon où elle l'avait déjà reçu.

— Et cette preuve? lui demanda-t-elle avec une indifférence qui semblait le défier de la montrer.

Pour toute réponse, le juif se contenta de tirer la lettre de sa poche et de la lui présenter.

— Qu'est-ce que c'est que ça? lui demanda-t-elle avec un accent dédaigneux.

— Une lettre du comte Michel, princesse.

— Adressée à qui?

— A Ivanovna.

— Ah !

Elle la déplia violemment et voulut la lire, mais elle eu voulu l'embrasser, d'un seul jet, et les lettres se brouillaient devant ses yeux sans pouvoir former une syllabe.

C'était une hallucination.

C'était un papillottement devant son regard, qui voyait danser cent petits soleils et ne pouvait rien distinguer.

— Qu'est-ce que j'ai donc? murmura-t-elle en passant la main sur ses yeux, deviendrai-je aveugle?

Elle se retira dans un coin du salon où la lumière était moins vive et à force de persévérance, elle parvint enfin à lire.

— C'est bien son écriture, dit-elle enfin, c'est bien cela.

Elle ferma un instant les yeux comme pour bien se fixer dans la mémoire toute les phrases de cette lettre. Puis se tournant vers le juif:

— Ne vous avais-je pas promis une récompense? lui dit-elle d'une voix brève et sèche.

— Si cette lettre peut sauver Ivanovna, je n'en veux pas d'autre, répondit le juif, toujours fidèle à son rôle.

Oui, c'est vrai, vous aussi, vous l'aimez, je crois.

Ah ça, vous la trouvez donc vraiment belle cette serve?

Adorablement belle et cette lettre prouve à madame la princesse que je ne suis pas le seul; le comte Michel, célèbre par ses bonnes fortunes, ne craint pas lui-même...

— C'est bien, je n'ai que faire de votre opinion sur le comte Michel, interrompit-elle violemment.

après, elle entrait dans la baignoire où l'attendait le comte, si bien emmitouflée dans ses fourrures et le visage couvert d'un voile si épais, qu'il eût été impossible de la reconnaître.

Le comte se montra fou de bonheur, et renfoncé dans sa baignoire, il se mit à couvrir de baisers ses belles mains, d'une blancheur et d'une perfection aristocratiques.

Tatiana se fâcha, lui reprocha d'abuser de sa confiance et voulut partir, mais le comte qui avait passé souvent par des situations pareilles, jouait si bien le repentir, l'humilité, puis la passion, le délire qui fait tout oublier, jusqu'au respect, jusqu'aux convenances, que cette passion finit par la gagner elle-même, qu'au bout d'une heure de ce tête-à-tête, elle avait perdu tout son sang-froid et ne se rendait plus compte de ses actes.

Alors le comte feignant de se calmer, rejetant ce moment d'oubli sur l'excès de son amour et jurant qu'il n'avait plus pour elle qu'un profond respect et une passion purement platonique, la supplia et la décida à accepter chez lui une heure d'entretien calme et chaste, pendant laquelle il s'attacherait à lui faire oublier l'heure d'égarement qu'il avait à se reprocher.

Le comte, qui avait souvent été à même d'étudier le tempérament et le caractère déterminé des grandes dames russes, se disait que la princesse n'avait pu accepter ce premier rendez-vous avec le parti pris de rentrer chez elle entièrement pure et complètement immaculée ; qu'elle avait probablement laissé dans le vague les suites de cette concession inconsidérée, mais qu'elle avait dû en envisager sans trop d'effroi les conséquences logiques.

D'ailleurs vivant au sein de ce ménage dans une parfaite intimité, il en avait peu à peu pénétré les secrets les plus cachés et constaté dans ce mari de dix années, un laisser aller, une indolence et un aveuglement basé sur l'habitude qui, au bout d'un temps donné, produisent l'indifférence, tort inexplicable et impardonnable aux yeux d'une jolie femme. Joignez à cela les excitations d'un tempérament dont les symptômes n'avaient pas échappé à un homme habitué à faire de la femme, mariée surtout, une étude sérieuse, on ne s'étonnera pas qu'en entraînant Tatiana chez lui, avec force protestations de respect et d'extase pure, le comte Michel n'eût au fond du cœur de tout autres espérances.

Le comte n'était pas de ces hommes qui, en pareil cas, eussent besoin d'excuse vis-à-vis d'eux-mêmes et pussent considérer comme un tort, l'action de tromper même un ami intime; l'adultère, loin de lui inspirer la moindre horreur, lui semblait la chose la plus simple, la plus naturelle et même la plus logique du monde, et de même qu'il voyait là un entraînement irrésistible, il ne croyait pas à la sincérité du remords et prétendait qu'il ne pouvait exister.

Comment admettre qu'une femme comme Tatiana jetée dans un milieu comme Paris, où la galanterie est si naturelle, où le désir est si inflammable, où l'amour offre tant de facilités, où les déclarations s'échappent si facilement des lèvres, comment supposer qu'une telle femme avec son regard de feu, ses formes si gracieusement accusées et sa blancheur immaculée, puisse rester éternellement chaste, éternellement respectée ? c'est impossible, se disait le comte, tant de charmes et de séductions sont faits pour exciter et pour succomber. Quel sera l'heureux possesseur de tant de trésors ! moi ou un autre, voilà toute la question. Tâchons que ce soit moi.

Dix minutes après avoir quitté le théâtre, ils étaient installés devant un grand feu tout flambant, sans qu'aucun domestique eût montré sa figure, ce dont la jeune femme fut à la fois heureuse et inquiète ; heureuse de n'avoir été vue par personne, inquiète d'un tête à tête aussi absolu, d'un silence aussi complet dans une maison où ils paraissaient être entièrement seuls. Cependant ne voulant rien laisser voir de son anxiété, Tatiana, jeta autour d'elle des regards curieux et remarqua d'un air dégagé le bon goût qui régnait dans l'ornement et l'ameublement du salon.

— Le goût est une qualité qu'on acquiert à Paris, répondit le comte.

Puis se rapprochant de la jeune femme et ne voulant pas laisser la conversation sur un sujet aussi banal.

— Mais je vous en prie, ma chère Tatiana, lui dit-il, ôtez donc vos gants et exposez vos belles mains à cette flamme, car vous devez être gelée.

— Non, je n'ai pas froid, et d'ailleurs je compte rester très peu de temps dans cette maison, où je ne suis venue que par pure complaisance et pour vous prouver que je vous traitais en véritable ami.

— Oh ! si vous saviez combien je vous sais gré de cette preuve de confiance !... mais donnez-la moi tout entière en acceptant les services d'une femme de chambre ; laissez-moi déboutonner vos gants.

— Je n'en ai nul besoin, Je vous assure, j'ai trop peu de temps pour...

— Je vous les remettrai ensuite.

— Non, je...

— Tout de suite, ce sera un double bonheur.

— Alors que n'en faites vous votre métier ? il y a des magasins pour cela, où il y a beaucoup de mains à ganter ; vous auriez du bonheur toute la journée.

Elle essayait de rire et feignait de ne pas s'apercevoir que le comte, tout en la regardant, déboutonnait tout doucement ses gants.

— Là, vous voilà bien avancé maintenant, lui dit-elle quand il les eut ôtés.

— J'avais bien raison, vous voyez, vos belles mains sont toutes froides.

Et il les pétrissait voluptueusement dans les siennes.

— Allons, vous prétendez, qu'elles sont froides et vous m'empêchez de les réchauffer, dit-elle souriant toujours.

— Laissez-moi les chauffer moi-même comme on fait aux petits enfants.

Et s'agenouillant tout à coup devant elle, il les tenait mollement repliées dans les siennes.

— C'est cela, traitez-moi en enfant maintenant.

— Là, laissez-moi les réchauffer de mon haleine, dit-il en effleurant une main de ses lèvres.

Il en profita pour lui parler le même langage que la veille.

— J'aime mieux la flamme, répliqua-t-elle en se dégageant, déjà émue de cet enlacement des mains.

Le comte s'aperçut de cette impression et se hâta d'en profiter.

— Tatiana ! chère Tatiana ! balbutia-t-il d'une voix troublée.

Et il appuya ses lèvres brûlantes sur la paume rosée de la jeune femme.

— M. le comte ! M. le comte, murmura-t-elle de plus en plus émue ce n'est pas ce que vous m'aviez promis.

Le comte ne répondit pas ; Les baisers devenaient de plus en plus passionnés et tout à coup la fourrure de Tatiana disparut, laissant toutes nues sa poitrine et ses épaules.

16   16

Il était près de deux heures quand la princesse Milanowa rentrait à son hôtel.

Ivanowna l'attendait endormie dans l'antichambre.

La princesse l'éveilla et d'une voie un peu émue :

— Le prince est-il rentré ? lui demanda-t-elle.

— Mais... non, non, répondit la jeune fille, réveillée en sursaut et se frottant les yeux.

— C'est bien venez me déshabiller.

Elle passa dans sa chambre, l'air tout préoccupé et Ivanowna la suivit à moitié endormie.

A huit jours de là, vers trois heures, environ, la princesse Milanova était dans sa chambre achevant de s'habiller, quand Ivanovna vint la prévenir que quelqu'un demandait à lui parler.

— Homme ou femme, demanda la princesse en continuant de boutonner ses gants.

— Un homme.

— Son nom.

— Il m'a donné sa carte, que voici, et m'a prié de ne la remettre a madame la princesse que dans le cas où elle serait seule.

— Voilà bien des précautions.

Elle prit la carte que lui tendait la jeune fille.

— Voyons.

Et elle lut à voix basse.

— Isaac Bakri.

— Ce nom m'est inconnu, dit-elle, n'importe, fais entrer dans le petit salon et dis que je m'y rends de suite.

Un instant après elle entrait dans ce salon et se trouvait en face du juif, qui l'attendait debout près de la cheminée et qui fit quelques pas au devant de la princesse en s'inclinant profondément.

Sur un signe de celle-ci, qui s'asseyait en même temps, il prit place sur un fauteuil et attendit qu'elle lui adressa la parole.

Les grandes façons et l'orgueilleuse beauté de la princesse avait impressionné le juif qui ayant longtemps habité la Russie, où ses correligionnaires sont généralement méprisés, quelque soit leur fortune, ne pouvait se défendre d'une crainte respectueuse devant un personnage russe.

Son embarras augmenta encore quand la grande dame, sans même le regarder, comme si un coup d'œil lui eut suffi pour le juger, lui dit avec une politesse froide et tranchante :

— Vous êtes israélite, M. Isaac ?

— Oui, excellence, répondit le juif d'une voix embarrassée.

— Et si je ne me trompe, vous avez dû habiter la Russie.

— Votre excellence a deviné, répliqua Isaac, déconcerté par le ton bref et cassant dont avait été faite cette observation qui, il le comprenait, était une espèce de constation de son infériorité vis à vis d'elle.

Alors extrèmement intimidé à la pensée de ce qu'il venait lui apprendre et des secrètes tortures qu'il se préparait à faire subir à cette grande dame, lui, misérable juif, il s'effraya de son audace et se demanda s'il aurait le courage d'exécuter son projet.

C'est que plus il examinait cette femme, plus ce projet lui semblait un crime de lèse-majesté tant il y avait d'orgueuil dans son maintien, d'assurance hautaine et de froid dédain dans son regard.

— Je vous écoute, monsieur, lui dit-elle enfin.

Le juif la contemplait en ce moment et se faisait tout bas ce raisonnement:

— Est-il possible que cette fière beauté, que cette belle statue de glace ait été... si humaine avec mon ami le comte Michel.

Cela semblait impossible en effet, et attéré devant l'imposant dédain qui formait le trait distinctif de cette aristocratique beauté, ce fut d'une voix très émue qu'il répondit à sa question :

Mon Dieu ! Excellence, maintenant que je me trouve en face de vous je me demande si ce n'est pas bien hardi de ma part d'oser venir vous parler d'une affaire qui ne me regarde pas et qu'un scrupule, excessif peut-être, a pu seul me résoudre à vous dévoiler.

— Si ce scrupule vous pèse trop, M. Isaac, répliqua la princesse, je ne tiens pas à vous arracher vos secrets, vous ne m'avez encore rien dit, restons-en là.

Et elle fit un mouvement pour se lever.

Ces paroles étaient dites d'un air qui glaça le juif.

Il fut sur le point de sortir.

Cependant comprenant que s'il laissait échapper l'occasion qu'il devait à un coup d'audace, il ne la retrouverait jamais, il prit résolument son parti et se décida à parler.

— Après tout, dit-il, d'un air indifférent, cela regarde beaucoup plus le comte Michel que vous-même, et il vaut peut-être mieux aller directement à lui.

— Ah ! il s'agit du comte Michel, dit la princesse avec un intérêt marqué.

— De lui et d'une autre personne à laquelle vous vous intéressez l'un et l'autre, vous et M. le prince.

— Quelle est donc cette personne ?

— La jeune fille que vous avez à votre service sous le nom d'Ivanovna.

Isaac avait frémi en prononçant ce nom, car il s'était attendu à une explosion.

Mais la princesse était restée impassible.

Le nom d'une serve, d'une domestique, ne pouvait rien éveiller en elle.

Elle se demandait seulement avec stupeur quelle relation il pouvait y avoir entre ces deux noms, entre ces deux personnalités séparées par un abîme, Ivanovna et le comte Michel.

— Que voulez-vous dire ? reprit-elle enfin, comment une pauvre serve et le comte Michel peuvent-ils se trouver mêlés dans la même affaire ?

— Par un sentiment qui rapproche souvent ici-bas les classes les plus diverses et les plus opposées.

— Un sentiment ! dit la princesse cherchant vainement à comprendre quel sentiment ? que voulez-vous dire ? je ne vous comprends pas.

— Dame ! dit Isaac, avec un embarras croissant, cette pauvre serve est bien jolie et le comte Michel est très amateur de...

La princesse laissa tomber sur le juif un regard qui lui coupa la parole.

— Le comte Michel, s'écria-t-elle avec un rire nerveux, ah ça ! voudriez-vous me faire croire qu'il est amoureux de ma domestique ?

— Si incroyable que cela puisse vous paraître, c'est pourtant ainsi et bien des gens pourront vous dire que cette jeune fille est assez jolie pour qu'un pareil amour ne paraisse pas invraisemblable.

Alors la froideur et l'impassibilité de la princesse disparurent comme par enchantement.

— Ah ! ah ! s'écria-t-elle, voilà qui est trop fort, le comte Michel amoureux ! amoureux d'une misérable serve ! allons vous êtes fou et je serai curieuse de savoir d'où a pu vous venir une pareille idée.

Et elle allait et venait dans son salon, l'œil flamboyant, les traits pâles et contractés.

— Mon Dieu ! madame, ce secret m'a été révélé par mon domestique, ami des vôtres, qui l'ont deviné, comme toujours, dans les regards des deux amoureux, mais vous pourriez en avoir la preuve par quelque lettre saisie sur l'un d'eux et qui révélera au juste où en est le mystère, car la chose est certaine, il ne reste plus qu'à s'en procurer la preuve, et il n'y a guère qu'une femme et surtout une maîtresse de maison qui puisse y réussir.

La princesse s'était arrêtée tout à coup comme pétrifiée. Immobile maintenant au milieu de son salon, les traits affreusement contractés, pressant d'une main son front pâle, elle murmurait des paroles inintelligibles en fixant devant elle des yeux hagards.

Tout à coup, comme si elle eût recouvré son sang-froid, elle saisit le juif par le bras et le poussant énergiquement :

— Pourquoi êtes-vous venu me conter l'histoire de cet amour prétendu, à moi, à moi plutôt qu'à tout autre ?

Isaac resta un moment atterré à cette question qui semblait lire au fond de sa pensée.

— Mais tout naturellement, balbutia-t-il, cherchant une réponse.

— Naturellement, comment cela ? Allons, répondez, mais répondez donc, dit-elle en le secouant avec force !

— Eh bien ! oui, naturellement, reprit Isaac effaré, je ne pouvais parler d'une affaire de cette nature à M. le prince ; entre deux hommes cela prenait tout de suite des proportions... tandis que vous, la maîtresse de la jeune fille, je le répète, c'était tout naturel !

— Et quel intérêt aviez-vous à vous mêler des amours du comte Michel ?

— Un intérêt que vous comprendrez, princesse, j'aime Ivanovna.

— Alors la jalousie vous a rendu fou et vous a fait voir ce qui n'existe pas.

— Peut-être, mais j'espère obtenir la preuve de ce que j'avance, et alors je compte sur la bonté de madame la princesse pour sauver la jeune fille des séductions de M. le comte Michel, car voilà ce qui m'a guidé dans la démarche que je viens de faire près de madame la princesse.

— Apportez-moi cette preuve, et je vous promets tout ce que vous voudrez.

— J'espère bien que...

— C'est bien ; la preuve, et jusque-là, adieu.

Le congé était très clair.

Maître Isaac recula jusqu'à la porte en s'inclinant à chaque pas et sortit.

Trois heures après, c'est-à-dire vers six heures, ainsi qu'il avait été convenu la veille, il recevait la visite de Lupin.

— Une preuve, voilà ce qu'il me faut, ou tout est manqué, lui dit-il aussitôt.

— C'est à quoi j'ai songé, répondit Lupin.

— Eh bien ?

— Je n'avais jusqu'à présent pour moi que l'espionnage et le témoignage des domestiques de ma connaissance, des hommes ! Ce n'est pas fin, ce n'est pas malin, et ce n'est qu'à moitié méchant quand il s'agit de perdre une femme, et surtout une belle jeune fille incapable de faire du mal à une mouche. C'est ce que je compris, alors je m'adressai à une femme de chambre allemande, mielleuse, sournoise, fausse comme un jeton et affreusement jalouse de la supériorité d'Ivanovna et des privilèges que lui vaut sa position de lectrice près la princesse. Je fis sa connaissance en *béchant* la jeune Russe, ce qui la disposa tout de suite en ma faveur, puis je lui confiai mes soupçons et j'ajoutai qu'elle était perdue si on obtenait une preuve contre elle. Fine et dissimulée comme toutes les allemandes, celle-ci comprit que cette preuve, si elle parvenait à se la procurer, lui vaudrait les bonnes grâces de la princesse et...

— Et bien, quoi ! demanda vivement Isaac.

— Et la voilà, dit Lupin en tirant de sa poche une lettre qu'il remit au juif.

— Voyons, voyons, dit celui-ci.

Et dépliant fièvreusement la lettre, il la parcourut rapidement.

Elle était du comte Michel et exprimait pour Ivanovna, à laquelle elle était adressée, la passion à la fois la plus tendre et la plus ardente. Mais des termes mêmes de cette lettre ressortait hautement la parfaite innocence de cette jeune fille et la résistance qu'elle opposait à l'amour du comte. C'est ce que fit observer Isaac à Lupin.

— Et qu'importe son innocence ! répliqua Lupin, c'est un crime de plus. Cette fille, cette simple serve est aimée, adorée d'un homme qui lui a inspiré une passion, à elle, princesse Milanowa et aimée quoique vertueuse ! quelle honte ! quelle humiliation pour la princesse !

C'est juste, dit Isaac, après un moment de réflexion, il y a là de quoi soulever tout son orgueil de grande dame et toute sa vanité de jolie femme, sans parler de la question de cœur, qui me paraît jouer un grand rôle dans cette liaison.

— Et qui, chez une femme de ce tempéramment va se changer en haine féroce, n'en doutez pas.

— Je l'espère bien et j'espère aussi qu'il pourrait en cuire au brillant comte Michel, allons, je cours chez la princesse et si nous réussissons, tu ne t'en repentiras pas, je ne te dis que ça.

Une heure après il se présentait à l'hôtel Milanoff, où la princesse le rejoignit bientôt dans le petit salon où elle l'avait déjà reçu.

— Et cette preuve ? lui demanda-t-elle avec une indifférence qui semblait le défier de la montrer.

Pour toute réponse, le juif se contenta de tirer la lettre de sa poche et de la lui présenter.

— Qu'est-ce que c'est que ça ? lui demanda-t-elle avec un accent dédaigneux.

— Une lettre du comte Michel, princesse.

— Adressée à qui ?

— A Ivanovna.

— Ah !

Elle la déplia violemment et voulut la lire, mais elle eu voulu l'embrasser, d'un seul jet, et les lettres se brouillaient devant ses yeux sans pouvoir former une syllabe.

C'était une hallucination.

C'était un papillottement devant son regard, qui voyait danser cent petits soleils et ne pouvait rien distinguer.

— Qu'est-ce que j'ai donc ? murmura-t-elle en passant la main sur ses yeux, deviendrai-je aveugle ?

Elle se retira dans un coin du salon où la lumière était moins vive et à force de persévérance, elle parvint enfin à lire.

— C'est bien son écriture, dit-elle enfin, c'est bien cela.

Elle ferma un instant les yeux comme pour bien se fixer dans la mémoire toute les phrases de cette lettre. Puis se tournant vers le juif :

— Ne vous avais-je pas promis une récompense ? lui dit-elle d'une voix brève et sèche.

— Si cette lettre peut sauver Ivanovna, je n'en veux pas d'autre, répondit le juif, toujours fidèle à son rôle.

Oui, c'est vrai, vous aussi, vous l'aimez, je crois.

Ah ça, vous la trouvez donc vraiment belle cette serve ?

Adorablement belle et cette lettre prouve à madame la princesse que je ne suis pas le seul ; le comte Michel, célèbre par ses bonnes fortunes, ne craint pas lui-même...

— C'est bien, je n'ai que faire de votre opinion sur le comte Michel, interrompit-elle violemment.

Elle ajouta en glissant la lettre dans sa poche:

— Je garde cette lettre pour en faire l'usage que vous me demandez, car ainsi que vous, je m'intéresse vivement à Ivanovna.

Ces derniers mots étaient accompagnés d'un léger bruissement des lèvres qui ressemblait au sifflement de la vipère.

— Madame la princesse n'a pas d'autre renseignement à me demander, demanda Isaac en prenant son chapeau.

— Non, je suis contente, très contente, répondit la princesse avec le même sifflement, sortant comme malgré elle de ses lèvres pâles et serrées.

Isaac, toujours humble, se retira plus courbé et plus rampant que jamais.

Quand il fut dehors et assez loin pour n'avoir pas à craindre d'être observé, il s'arrêta et se mit à réfléchir.

— Si je ne me trompe, murmura-t-il, voici ce qui va arriver. La princesse va aller trouver son mari, lui montrer la lettre, lui prouver que le fait seul de l'avoir reçue avec plusieurs autres précédemment à celle-ci, constitue une faute grave de la part d'Ivanovna et motive son renvoi immédiat. Puis, trop fière pour vouloir des *restes* d'une misérable serve, elle fera également comprendre à son mari que les plus simples convenances exigent qu'il rompe avec un homme assez peu délicat pour chercher à jeter un scandale dans sa maison par un amour indigne. De cette façon, la jeune fille peut entrer chez moi en qualité de femme de chambre de ma femme et la rupture du comte ne pourra que lui faire le plus grand tort à Saint-Pétersbourg, où il sera facile de le ridiculiser avec ses amours d'antichambre.

— Oh ! oui, je suis contente, disait pendant ce temps la princesse Milanowa je sais maintenant quel est l'homme auquel j'ai donné tout mon amour, pour lequel j'ai tout oublié ! Ah ! c'est elle qu'il aime ! qu'il adore ! comme l'a si bien dit ce juif qui, lui aussi, la trouve adorable et ne s'étonne nullement de la grande passion qu'elle inspire à un comte Michel ! Enfin je tiens cette lettre, cette preuve de son infâmie ! ah ! je suis curieuse de voir quelle figure il va faire quand je vais la lui mettre sous les yeux ! et elle-même, cette fille, sans doute orgueilleuse de l'amour qu'elle a inspiré à un tel homme, que va-t-elle dire quand...

Elle se tut tout à coup et tomba dans de profondes réflexions.

— Attendons, murmura-t-elle en se levant tout à coup pour rentrer dans sa chambre, ne décidons rien sous l'empire de la colère ; attendons, nous verrons demain ce qu'il y a à faire.

Le soir même la princesse recevait une nouvelle lettre du juif Isaac qui devait modifier tant son plan.

Par cette lettre, Isaac racontait tout ce que le hasard lui avait fait découvrir concernant le frère d'Ivanovna, et tout ce que lui avait fait soupçonner son départ subit pour la Russie.

Le lendemain, la princesse recevait le comte Michel comme de coutume, sans laisser rien soupçonner de la rage qui lui dévorait le cœur, et se montrait toujours la même à l'égard d'Ivanovna.

Seulement une flamme sombre brillait sans cesse au fond de son regard comme le reflet d'un secret incendie qui dévorait tout son être, et ses lèvres livides, toujours serrées l'une contre l'autre, attestaient la violence des sentiments qui l'agitaient intérieurement.

Evidemment quelque chose de terrible se passait en elle, mais il lui eût été impossible à elle-même de démêler ses pensées et ses projets, tant ils étaient confus et insaisissables dans leur violence.

A quelques jours de là, les voisins remarquèrent dans l'hôtel Milanoff un mouvement extraordinaire et tout à fait inusité à cette époque de l'année. Quoiqu'on ne fût qu'à la fin de janvier, en pleine fête et aux approches du carnaval, tout semblait se préparer pour un voyage, au grand étonnement des amis du prince, qui ne l'avaient jamais vu quitter Paris avant le mois d'avril, le motif de ce départ était plus extraordinaire encore ; le prince et la princesse voulaient, disait-on, assister au mariage d'une cousine qui allait avoir lieu à Pétersbourg. Faire un pareil trajet à l'époque la plus froide et la plus rigoureuse de l'année pour assister au mariage d'une cousine paraissait peu vraisemblable ; on supposa plutôt quelque cause politique ou peut-être quelque grande faveur accordée au prince, considéré comme un des sujets les plus fidèles et les plus dévoués de l'empereur.

Une seule personne avait accueilli avec joie l'annonce de ce départ imprévu pour la Russie, c'était Ivanovna, qui se faisait une grande fête de revoir sa famille, dont elle était adorée. Elle avait même espéré trouver là une occasion d'échapper aux poursuites du comte, qu'elle redoutait d'autant plus qu'elle n'avait pu à la fin rester insensible à son amour, aussi éprouva-t-elle une vraie déception et un effroi réel quand elle apprit que sur les instances de la princesse, il s'était décidé à profiter de cette occasion pour faire le voyage de St-Pétersbourg.

Quelques jours après le départ de Paris, nous nous trouvons en pleine Russie : dans un des châteaux du prince, au sein d'une province d'un aspect désolé, entre Saint-Pétersbourg et Moscou.

Ce jour là était un dimanche, les domestiques du prince étaient allés promener au loin et rentraient au château. C'était une sombre et froide journée ; la neige tombait lentement, puis tout à coup une raffale, précipitait les flocons en tourbillons vertigineux.

La route était déserte, les chaumières étaient closes et semblaient abandonnées.

Comme les domestiques venaient de passer un pont, ils virent s'avancer un long cortège de paysans. Ils suivaient un char où cinq petits cercueils peints en jaune d'ocre étaient placés, traîné par un cheval efflanqué qui semblait lui-même un squelette. Tout autour se pressaient des femmes et des hommes, qu'à leurs cris il était facile de reconnaître pour les parents des enfants morts.

Arrivé devant une auberge, le char funèbre s'arrêta ; une paysanne se jeta dessus et tenant embrassée une des petites bières, elle la couvrit de son corps

Les seigneurs s'écria un paysan à la mine jaune et tirée.

en sanglotant. D'autres mères voulurent l'imiter, mais on leur fit observer que leur poids ferait céder le char et quelques paysans s'efforcèrent de les éloigner.

— Il ne reste plus d'enfants dans le village, criait une de ces mères, il y a deux jours nous en avons enterré trois, aujourd'hui cinq.

— Tous ces enfants sont morts de faim, dit un autre, en voici l'attestation que je viens d'écrire, envoyez-la au président du conseil du district, il prendra les mesures nécessaires.

Il donna le papier à un autre paysan.

Mais un homme se détacha du groupe et s'adressant à ceux qui l'entouraient :

— Frères, s'écria-t-il, les seigneurs vous ont-ils jamais secourus ; répondez!

17   17

— Les seigneurs sont pires que des juifs, répondirent plusieurs voix.

— Les seigneurs ! s'écria un paysan à la mine jaune et tirée, et dont la longue taille s'affaissait sur elle-même, les seigneurs ! allons donc ! pas un n'aura pitié de nous. Regardez-moi, je ne peux plus me tenir, je me nourris d'herbe comme les vaches, voilà un mois que je n'ai mangé de pain, le peu que je puis me procurer, je le donne à mes trois enfants,

Cet homme était en effet l'image de la famine, les membres n'étaient plus que des os.

— Tout le village en est là comme moi, reprit ce malheureux, et à qui la faute ? aux seigneurs, Quand est venu le jour des semailles, il a fallu labourer et soigner leurs blés pour gagner de quoi payer les impôts, alors leurs champs se sont couverts de pousses, pendant que notre blé moisissait dans son germe.

En rentrant au chateau, les domestiques racontèrent les spectacles navrants dont ils venaient d'être témoins et ne purent s'empêcher de comparer la situation des paysans français à celle des paysans russes.

Ces propos furent rapportés au prince ; mais suivant son habitude, il les écouta avec la plus parfaite indifférence et sans témoigner la moindre commisération pour les malheureux paysans.

Il était de ceux qui blâmaient tout bas les réformes opérées par Alexandre III et particulièrement de celle qui les attaquait dans leurs intérêts les plus vifs, l'abolition du servage. D'ailleurs, depuis quelque temps, c'est-à-dire depuis son départ de Paris, il semblait en proie à de vastes soucis et cette humeur noire paraissait s'accroître à mesure qu'on se rapprochait de St-Pétersbourg. Quelle était donc la raison de ce long et fatigant voyage qu'il avait entrepris à cette époque insolite de l'année et comment admettre la supposition d'une grande faveur en la voyant si triste et si soucieux ?

Le comte Michel lui même avait perdu beaucoup de sa gaieté naturelle en s'avançant à travers cet interminable linceul de neige qui s'augmentait à chaque minute et devenait de plus en plus épais. De loin en loin, il se croisait avec Ivanovna dans les couloirs du château, mais outre que, dans ces rencontres, il ne pouvait compter sur la complicité de la jeune fille, heureuse peut-être de ces hasards, mais incapable de les rechercher, il lui arrivait presque toujours de n'en pouvoir profiter par suite d'un hasard contraire qui mettait incessamment sur son chemin la femme de chambre allemande. Après deux ou trois jours extrêmement fatigants, vu l'état déplorable des routes qui exposait le voyageur à des cahots perpétuels, on se remit en voyage et on arriva à St-Pétersbourg au bout de vingt-quatre heures.

On avait couru presque constamment ventre à terre pendant cette dernière journée, aussi le comte Michel, surtout accoutumé depuis deux ans au luxe et au bien-être de la vie parisienne, était-il brisé de fatigue et incapable de se tenir sur ses jambes au moment où la voiture s'arrêta en face de l'hôtel Milanoff, un des plus beaux bâtiments de la Perspective.

— Tiens, dit-il au prince, au moment de mettre pied à terre, des gendarmes

par ici ! qu'est-ce que cela signifie ? Y aurait-il quelque émeute à St-Pétersbourg ?

— Peut-être, répondit tranquillement le prince.

— Une conspiration de nihilistes ?

— Probablement.

— Mais voyons donc, ces gendarmes sont justement en faction devant votre
porte, princesse.

— En effet, comte répondit la princesse d'un ton indifférent.

— Enfin, dit-il en gémissant, nous voici arrivés! avec quel bonheur je vais
me mettre au lit.

Et il mit pied à terre, non sans se tenir les reins et sans jeter quelques
cris de douleur.

Une fois sur le pavé, il tendit la main à la princesse pour l'aider à descendre à son tour.

Mais celle-ci, répondait à cette galanterie par un sourire diabolique.

— Occupez-vous de vous-même, lui dit-elle, vous aurez assez à faire.

Au même instant deux mains tombaient lourdement sur ses épaules
et une voix prononçait à ses oreilles ces paroles qui font frissonner tout
russe qui les entend :

— Au nom de l'empereur je vous arrête.

Le comte Michel se retourna brusquement croyant avoir mal entendu.

— Moi ! moi ! s'écria-t-il effaré, c'est impossible, vous ne savez pas à qui...

— A qui j'ai affaire ? vous vous trompez, comte Michel ; encore une fois au
nom de l'empereur je vous arrête.

— Et moi, je vous répète encore une fois qu'il y a là une erreur
contre laquelle je proteste et dont je vous rends responsable, vous ne savez
pas à qui vous vous adressez en ce moment et quand vous le saurez, vous
regretterez cruellement votre méprise. Tenez j'arrive de France avec le prince
Milanoff et son Excellence vous dira...

Rien en votre faveur, vous le voyez, et le silence que garde son excellence
à votre égard est votre condamnation.

Le prince en effet restait impassible à l'extrême surprise du comte.

Il resta un moment frappé de stupeur en face de cette indifférence.

Puis se tournant, pâle et effaré, du côté de la princesse, assise près de son
mari.

— Mais, s'écria-t-il, hors de lui, son excellence, la princesse n'hésitera
pas à vous affirmer....

— J'ai pour habitude de toujours conformer ma conduite à celle de mon
mari, répondit froidement Tatiana, si le prince se tait il a des raisons que je
respecte et que j'approuve sans les connaître.

Immobile, la bouche béante et les traits livides, le comte Michel était
attéré.

— Allons, M le comte, veuillez nous suivre, reprit le gendarme en pressant
le bras du jeune homme et en le forçant à marcher.

Ils s'éloignèrent, laissant le comte étourdi de ce qui venait de se passer, de l'impassibilité du prince qui s'était toujours montré son ami, de l'inaltérable indifférence de la princesse, dont il se croyait ardemment aimé et qui la veille encore lui donnait la preuve de la plus violente passion.

Quoiqu'il n'eut jamais eu qu'une foi équivoque dans la loyauté de la princesse, qui lui appartenait par le tempérament beaucoup plus que par le cœur, il ne pouvait cependant s'expliquer un changement aussi complet et se demandait avec surprise si la fausseté dans les sentiments pouvait aller jusqu'à ce degré de cynisme. Que s'était-il passé en elle ? c'est ce qu'il ne pouvait même soupçonner et c'est vainement qu'il cherchait en même temps à saisir le lien qui semblait exister entre ce changement inexplicable et le coup imprévu et non moins mystérieux qui le frappait à l'instant même.

C'est dans un trouble inexprimable, et en proie à une espèce d'hallucination que le comte toujours escorté de ses deux gendarmes, arriva en face d'un grand bâtiment dans lequel il reconnut le ministère de l'intérieur à travers le brouillard épais qui commençait à envelopper la ville. On entra et il vit s'étendre, à droite et à gauche de longues galeries vaguement éclairées de loin en loin par des lanternes dont le verre était obscurci par le brouillard.

Les deux gendarmes s'arrêtèrent un peu devant une porte gardée par une espèce d'employé dont l'habit était orné d'un collet vert.

— Le colonel est-il ici, demanda le gendarme à l'employé.

— Il y est répondit celui-ci d'un ton assez revêche.

— Alors introduisez-nous.

L'employé ouvrit la porte et introduisit les trois visiteurs dans une grande salle mal éclairée et montrant pour tout ameublement un banc de bois scellé au mur.

Le comte Michel jeta autour de lui un regard désolé; c'était encore plus triste qu'au dehors.

— Mais que me veut-t-on donc — pourquoi suis-je ici ? murmura-t-il tout bas en s'sseyant entre ses deux gardiens.

Dans la pièce voisine on entendait deux voix discuter avec aigreur.

C'était M. Karoshine, colonel des gendarmes affilié à la police, et M. Wladimir Kostar, employé supérieur du ministère, qui lui-même avait des accointances avec la police secrète.

— Qu'avez-vous à me demander, colonel ? dit l'employé d'un air de hauteur qui parut choquer extrêmement l'officier.

— Je n'ai rien à vous demander, répliqua celui-ci sur le même ton, mais j'ai un ordre à vous donner.

— Un ordre ! un ordre à moi ! s'écria l'employé d'un ton sec.

— Oui, l'ordre de la part du chef des gendarmes d'informer son Excellence, le ministre de l'intérieur de l'arrestation de deux hauts personnages convaincus de conspiration contre sa Majesté et dont je lui dirai les noms à lui-même.

— Encore une ! s'écria l'employé d'un air déconcerté.

— C'est la cinquième depuis trois mois sans que vous en ayez soupçonné une seule, répliqua le colonel avec un sourire narquois.

— Autant d'inventions ! murmura l'employé livide de colère.

— Ces inventions-là ont au moins quelque succès, car, ainsi que vous pouvez le voir, elles m'ont valu la croix de Saint-Wladimir, octroyée par l'empereur en récompense de mes services. Je vous dirai même, si cela peut vous être agréable, que je suis sur la trace d'une sixième conspiration et que... Mais, j'y songe, on doit être déjà venu.

Il courut à la porte, l'ouvrit, et voyant les deux gendarmes avec le comte :

. — Ah ! vous voilà, dit-il, entrez.

Ils entrèrent tous trois.

Il leur montra du doigt trois sièges sur lesquels ils prirent place, puis désignant du doigt le comte Michel, de plus en plus interdit et comprenant de moins en moins ce qui se passait :

— Voilà notre conspirateur, dit-il.

— Oui, mon colonel.

A ce mot de conspirateur, le comte Michel se leva d'un bond, et regardant fixement le colonel :

— Conspirateur ! moi ! s'écria-t-il, c'est moi que vous appelez un conspirateur !

— Mais qui donc voulez-vous que ce soit si ce n'est vous ?

— Moi ! soupçonné de conspiration, reprit le comte avec un accent de surprise à la sincérité duquel il était impossible de se méprendre.

— Oui, M. le comte, non-seulement vous êtes accusé, mais vous allez être convaincu à l'instant même.

Et s'adressant à l'un des gendarmes :

— Faites entrer.

Le gendarme sortit.

Il rentrait un instant après, précédé d'un jeune homme dont les mains étaient liées derrière le dos.

Le comte Michel ne put retenir un léger cri à son aspect.

— Ah ! ah ! vous le reconnaissez, dit le colonel.

— En effet, répondit celui-ci, je le reconnais parfaitement.

— C'est bien votre complice !

— Mon complice ! Un complice suppose un coupable, et je ne suis pas coupable.

— Enfin, vous reconnaissez dans ce jeune homme le nommé Petrowitch Pepoff.

— Je vous le répète, je le reconnais.

— Vous savez qu'il appartient à la secte abhorrée des nihilistes ?

— Lui, nihiliste !

— Ne feignez donc pas la surprise.

— Je ne feins rien et n'ai rien à feindre.

— Allons donc ! nierez-vous aussi qu'il était votre compagnon de plaisir à Paris ?

— Je le nie complètement, et si vous voulez l'interroger devant moi...

Parbleu ! il niera comme vous ; vous lui indiquez la marche à suivre, il se gardera bien de ne pas vous imiter.

— Et sur quoi vous basez-vous pour prétendre que Petrowitch était mon compagnon ?

— Vous étiez toujours ensemble à Paris.

— Qui dit cela ?

— Un homme digne de foi, chargé comme vous d'une mission de confiance dans cette même ville, mais qui, lui, l'a toujours remplie fidèlement.

— Et le nom de cet homme ?

— Isaac Bakri, dont une lettre nous a mis au courant de tous vos faits et gestes.

— Isaac, un juif ! s'écria le comte avec un geste de mépris.

— Oui, un juif que vous n'avez pas le droit de mépriser, car il vous a donné un exemple que vous auriez dû suivre.

— Et c'est lui qui prétend que j'étais l'ami de Petrowitch ?

— Lui et un autre !

— Un autre juif sans doute, car un juif seul est capable d'inventer une pareille calomnie dans un but... facile à comprendre.

— Non-seulement l'autre n'est pas un juif, mais il porte un nom et il occupe une situation qui ne permettent pas de douter de sa parole.

— Et le nom de ce haut personnage, puis-je le connaître ?

— Mieux que cela, vous allez le voir lui-même, car il a daigné consentir à se présenter ici.

— Je serai curieux de le voir et de l'entendre, car en vérité, depuis le moment où j'ai été arrêté, il me semble que je suis sous l'empire d'un affreux cauchemar.

— Rassurez-vous, vous serez bientôt convaincu que c'est une terrible réalité !

Sur un signe de son chef, le gendarme sortit de nouveau et rentra bientôt accompagné cette fois d'un personnage à l'allure décidée, à tournure fière et hautaine.

Le comte Michel qui dardait un regard enflammé sur la porte par laquelle il devait entrer, le reconnut tout de suite, malgré la demi-obscurité qui enveloppait la pièce et bondit tout à coup en murmurant d'une voix étranglée :

— Le prince Milanoff !

C'était bien lui, en effet, et il s'avança lentement, l'air froid et dédaigneux, suivant sa coutume :

Le colonel s'était élancé au-devant de lui, et se confondant en salutations obséquieuses :

— Pardon, murmura-t-il, si jai osé déranger votre Excellence, mais...

— Du moment qu'il s'agit du service de Sa Majesté, vous n'avez aucune excuse à me demander, colonel, répondit-il, sans rien perdre de son impassibilité, reprenez donc votre place.

— Et moi, s'écria le comte, je vous remercie colonel, d'en appeler au témoignage du prince, je ne saurais en désigner un qui me fût plus favorable, le prince m'a toujours fait l'honneur de me témoigner une amitié...

— Veuillez laisser la parole au colonel, interrompit sèchement le prince, c'est à sa prière que je suis venu et c'est lui que je dois entendre d'abord.

Puis se tournant vers l'officier :

— Parlez, colonel.

— Prince, dit celui-ci après avoir salué de nouveau, celui que, trompé par des apparences hypocrites, vous avez appelé votre ami jusqu'à ce jour n'est plus digne de ce titre, car il a conspiré contre la vie de Sa Majesté...

Je viens d'entendre parler de cette criminelle conspiration, dit vivement le prince, mais je ne pouvais croire...

— Suivant l'habitude de ces grands coupables, dès qu'ils se voient découverts, dit le colonel, le comte Michel nie tout, et c'est pour obtenir quelques éclaircissements que nous avons désiré entendre votre Excellence.

— Parlez, colonel, interrogez-moi.

— C'est ce que je vais faire, puisque votre excellence daigne le permettre, répliqua l'officier, de plus en plus obséquieux. Le comte Michel, accusé d'avoir été l'ami de Petrowitch Pepoff, pendant son séjour à Paris, prétend que cette accusation est fausse, votre Excellence daignerait-elle nous donner son avis sur ce point ?

— Comment aurais-je été l'ami d'un homme que je connaissais comme étant le fils d'un ancien serf du prince? répliqua le comte.

— D'abord, dit le colonel, c'est à son Excellence et non à vous que s'adressait ma question, puis tout le monde sait que pour les nihilistes la distinction des rangs n'existe pas, et qu'ils sont tous égaux devant le but qu'ils poursuivent, c'est-à-dire devant le régicide.

Puis se tournant vers le prince :

— Je prierai humblement votre Excellence de vouloir bien répondre à ma question.

— Mon ami, le prince Milanoff, s'écria de nouveau le comte Michel...

— Permettez, interrompit vivement le prince en s'adressant au comte Michel, je ne sais si vous êtes coupable, mais une présomption pèse contre vous, et jusqu'au jour où vous vous serez lavé de cette odieuse accusation, je repousse ce titre d'ami que vous vous obstinez à me donner.

A ces mots qui, pour lui, transformaient le prince en accusateur, le comte resta atterré.

Le colonel reprit :

— Votre Excellence me permet-elle une dernière question ?

— Dès qu'il s'agit du service et surtout de la vie de Sa Majesté, je suis toujours prêt à répondre.

— Une lettre venue de Paris, nous assure que le 22 janvier dernier, jour d'une première représentation à l'Opéra, circonstance qui aidera la mémoire de votre Excellence, le comte Michel et Petrowitch Pepoff se trouvaient réunis ensemble dans la loge de votre Excellence, le fait est-il vrai ?

— Il est parfaitement exact, répondit le prince.

— Je le reconnais moi-même, dit le comte, mais Petrowich ne pouvait être là qu'avec l'autorisation du prince, voilà comment je m'y suis trouvé avec lui.

— Je lui avais accordé cette autorisation en effet, dit le prince.

— Le comte Michel est-il arrivé dans la loge de votre Excellence avant ou après Petrowitch ?

— C'est ce que je ne saurais dire, mais il me semble que c'est après.

— C'est cela, il y est venu, lorsqu'il y a aperçu son complice.

— C'est faux, son Excellence affirmera que j'étais toujours invité à prendre place dans sa loge et qu'à chaque représentation j'allais présenter mes hommages à la princesse.

— C'est vrai, dit le prince.

— Fort bien, mais comment se fait-il que le comte Michel, employé à Paris pour le compte de la police russe, qui avait le droit de compter sur son zèle et sur son dévouement, acquis au prix raisonnable de cinquante mille francs par an, comment se fait-il qu'il ait ignoré ce qui était à la connaissance de bien des gens concernant les opinions et même les conspirations de Petrowitch, dont nous étions prévenus le jour même où celui-ci quittait Paris dans le but d'assassiner l'empereur ?

Le comte avait rougi en entendant le colonel révéler la mission secrète qu'il exerçait à Paris.

Le prince et Petrowitch avaient tressailli en même temps jetant sur le comte des regards stupéfaits.

— Comment ! s'écria le prince, j'ai reçu pendant des années dans mon intimité un agent secret de la police ! et je lui ai toujours parlé à cœur ouvert, et je lui ai confié comme à un égal, comme à un ami, tous mes actes et toutes mes pensées, sans jamais me défier de lui ! Ah ! il est heureux que j'aie toujours été animé à l'égard de Sa Majesté des sentiments d'un fidèle sujet.

— Votre Excellence n'avait rien à craindre dans le cas contraire, dit le colonel, elle avait près d'elle, non pas un ennemi, non pas un agent prêt à faire son devoir en révélant son crime et en préservant la vie de Sa Majesté, mais un complice tout dévoué et d'autant plus dangereux qu'il recevait l'argent de l'empereur en le trahissant.

Il y eut un moment de silence, puis le prince, s'adressant au comte, lui dit d'un ton plein de hauteur

— Comte Michel, je ne sais comment cette affaire se terminera pour vous, mais quelle qu'en soit l'issue, vous voudrez vous rappeler, qu'à partir de ce moment je ne vous connais plus et vous défends de jamais m'adresser la parole.

Il s'arrêta à l'encoignure d'une maison de triste apparence.

Le comte avait pâli à ces mots.

— Excellence, répondit-il très humblement, je ne chercherai pas à me disculper du reproche de vous avoir dissimulé la mission que j'avais acceptée en
France et qui, je l'avoue, me rendait indigne de l'amitié dont vous m'avez honoré, mais en ce qui concerne l'accusation dont je suis victime en ce moment
je vous jure sur ce que j'ai de plus cher...

— Sur votre honneur, n'est-ce pas ? dit le prince, avec un sourire mépri-
sant.

18   18

— Je vous jure que je suis innocent, poursuivit le comte en courbant la tête sous cette insulte, je vous jure qu'il n'y a pas un mot de vrai dans cette accusation, dont l'auteur est un misérable juif qui n'a vu là qu'un moyen de faire du zèle et de se faire croire indispensable, mais si votre Excellence, au lieu de m'accabler de son mépris, daignait m'accorder sa protection jusqu'au jour où la vérité éclatterait aux yeux de la justice...

— Je vous répète que je ne vous connais plus, dit froidement le prince, ainsi ne comptez pas sur moi, n'invoquez jamais ni mon nom, ni mon appui.

— Soit, répondit le comte avec résignation mais la princesse est bonne, elle est femme indulgente et pitoyable, elle daignera peut-être se souvenir de...

— Excellence, interrompit vivement le colonel, la prière que vous adresse l'accusé au sujet de la princesse, me rappelle un passage de la lettre qui m'a été envoyée de Paris dans laquelle il est dit en effet que la princesse Milanowa pourra nous fournir des renseignements utiles.

— Je doute que la princesse en sache plus long que moi sur ce sujet, mais enfin je vais lui en parler et la laisserai entièrement libre de venir témoigner, si elle le juge à propos.

— Merci, Excellence, ah ! merci ! s'écria le comte.

Le prince partit sans lui répondre, sans même tourner la tête de son côté.

Il fut reconduit par le colonel qui le quitta en s'inclinant plus bas que jamais et auquel il promit d'engager la comtesse à venir lui dire ce qu'elle savait.

Resté seul avec les deux accusés, le colonel se tourna vers Petrovicth qui n'avait pas dit un mot depuis son arrestation, et lui adressant durement la parole

— Et toi, fils de moujick, fils de serf, libre par la bonté de l'empereur, qui a émancipé ton père et ta mère, qui t'a mis à même de voyager et d'acquérir de l'instruction, nieras-tu aussi comme ton complice, le comte Michel?

— M. le comte Michel n'est pas mon complice, répondit le jeune homme avec calme.

— Tu le connais depuis longtemps, cependant, tu l'as avoué.

— Oui, comme je connaissais le prince Milanoff.

— Le prince Milanoff ne saurait être mêlé à cette affaire.

— Pas plus que le comte Michel dont je m'inquiète fort peu d'ailleurs depuis que je sais le rôle qu'il jouait à Paris.

— Rôle dont tu n'as pas eu à te plaindre d'ailleurs, car il ne t'a guère gêné et ce n'est pas sa faute si ton crime n'a pas été accompli.

— Croyez ce que vous voudrez à son égard, je ne suis pas ici pour le défendre et peu m'importe après tout que vous le trouviez innocent ou coupable ?

— Cependant tu refuses d'avouer qu'il est ton complice ?

— Je refuse.

— Tu ne veux pas les faire connaître?

— Je n'ai pas de complices ?

— C'est bien, les verges seront peut-être plus persuasives que ma voix.

— Les verges ne me feront pas mentir, répondit Petrowitch avec un dédaigneux sourire.

— Elles t'arracheront la vérité.

Petrowitch haussa les épaules.

— Nous verrons ce que deviendra ce beau courage en face des bourreaux ; je dis cela pour lui et pour vous, comte Michel !

Cette menace fit frissonner le comte, qui devint livide à la pensée de la torture.

— Moi ! on m'appliquerait le supplice des verges, à moi ! balbutia-t-il en frémissant.

— Il ne tient qu'à vous de l'éviter, dit le colonel.

— Comment ?

— En avouant.

— Avouer que j'ai voulu assassiner l'empereur ? jamais !

— Jamais, c'est beaucoup dire ; après cent coups de verges, vous changerez de langage et vous ne serez pas le premier ; j'ai souvent vu de ces conversions là.

Il ajouta avec un sourire :

— D'ailleurs je connais un complice qui n'ira pas jusqu'à cent, avant le vingtième coup de verges, il aura avoué.

— Ah ! vous connaissez ce complice, vous ? lui dit Petrowitch d'un ton railleur. Et bien, je serais curieux de le voir.

— Soyez donc satisfait.

Il alla ouvrir une porte étroite donnant dans le bureau de l'employé, s'y précipita et en revint aussitôt avec une femme qu'il traînait violemment après lui :

Il s'arrêta devant Petrovitch et la poussant à ses pieds :

— Celle-là parlera, s'écria-t-il.

Alors trois cris partirent à la fois.

— Petrowitch !

— Ma sœur !

— Ivanovna !

— Touchante reconnaissance ! s'écria le colonel en contemplant ironiquement Petrowitch, Ivanovna et le comte qui se regardaient tous trois avec autant de surprise que d'émotion.

— Ivanovna ! toi ici ! toi arrêtée et garrottée comme une criminelle ! mais qu'as-tu donc fais pour cela ?

— Parbleu ! je viens de vous le dire et vous le savez aussi bien que moi ; allez-vous prétendre aussi qu'elle n'est pas votre complice ?

— Complice ! elle, ma sœur ! la plus douce et la plus innocente créature du monde !

— C'est ce que nous verrons quand elle aura affaire au bourreau.

A ce mot Petrowitch jeta un cri déchirant.

— Le bourreau ! s'écria-t-il en passant convulsivement la main sur son front, le bourreau toucherait ma sœur, ma chère Ivanovna.

— Ah ! avec des verges seulement ! que ta pudeur se rassure ! et il ne tiendra qu'à elle d'abréger le supplice ; le nom de ses complices, c'est tout ce qu'on lui demande, car le tzar est clément et...

Une porte s'ouvrit aussitôt et une femme entra, accompagnée d'un domestique en livrée.

A la façon dont le colonel s'inclina devant elle, on devinait tout de suite que c'était un personnage.

En effet, c'était la princesse Tatiana Milanowa.

Elle entra digne et froide, avec quelque chose d'inflexible et de marmoréen dans sa tenue et sur son visage, plus pâle encore que de coutume.

— Asseyez-vous, colonel, dit-elle à l'officier qui se tenait toujours incliné devant elle.

Le colonel se rendit à cette invitation, faite d'un ton qui ressemblait beaucoup moins à une politesse qu'à un ordre donné par une reine à un sujet.

Puis se tournant vers les trois accusés assis à côté l'un de l'autre.

— Eh mais, dit-elle d'une voix douce et calme, me voilà ici en pays de connaissance ; Petrovitch, le fils d'un de mes serfs devenu étudiant, homme libre et instruit, et qui ne s'est pas trouvé assez émancipé comme cela ! Ivanovna, ma servante qui, gâtée sans doute par les flatteries des parisiens, se croyait appelée à de hautes destinées et voulait demander compte à l'empereur de son humble condition ; et enfin le comte Michel qui, quoique exerçant la noble profession d'espion, n'a pas dédaigné de s'asseoir à notre table et de nous accompagner souvent dans le monde, honneur dont nous n'appréciions pas alors toute la valeur. Tudieu ! quelle réunion et quel honneur pour moi de...

— Madame, interrompit doucement le comte, vous êtes trop noble et trop bonne pour railler des infortunés tombés dans le malheur et qui ne l'ont pas tous mérité vous le savez ; car enfin, madame, on vous eût dit, il y a quinze jours, à Paris, que vous aviez à vos côtés, dans la personne du comte Michel, un nihiliste capable de conspirer contre la vie de l'empereur, l'auriez-vous cru ?

— Pas plus que je n'aurais cru que ce même comte Michel, dans lequel j'avais vu jusque-là un homme d'honneur, était un misérable espion à la solde de la Russie, répondit froidement la princesse.

— J'ai été coupable, très coupable, répliqua le comte, en acceptant une telle mission et en puisant à une pareille source l'argent dont j'avais besoin.

— Pardon, comte Michel, mais les filous peuvent se servir du même argument et s'excuser de puiser dans le vol l'argent dont ils ont également besoin.

Le comte était déconcerté.

Il avait compté trouver une voix favorable, une protection puissante, convaincue, spontanée dans la princesse, et dès les premiers mots il la trouvait hostile.

Dans sa déception, il s'en prenait à la présence du colonel et de ses coaccusés, devant lesquels la princesse, pensait-il, ne pouvait trahir les sentiments dont elle était toujours animée pour lui et il eût donné tout au monde pour se trouver une minute seul avec elle convaincu que cette minute de tête à tête eût décidé de son salut. Mais impossible de trouver cet instant favorable et comment la résoudre à prendre sa cause en main, à prononcer les quelques mots qui pouvaient faire pencher la balance en sa faveur et disposer la justice à l'indulgence en écartant une accusation à la fois ridicule et invraisemblable?

— Excellence, dit le colonel, prenant enfin la parole, un autre de nos agents de Paris, dans lequel nous avons une entière confiance, quoiqu'il soit juif, nous assure que nous trouverons près de vous des renseignements très positifs sur cette affaire, et particulièrement sur le comte Michel qui, vous le savez, se dit complètement innocent et s'étonne qu'on puisse supposer une relation d'amitié entre lui et Petrowitch Pepoff, fils d'un serf.

— Je pourrais m'en étonner comme lui, répondit la princesse Tatiana, si ces relations ne dataient de longtemps avant la conspiration et n'avaient une autre cause.

Le comte regarda la princesse avec l'expression d'une profonde surprise.

— Oui, continua la princesse, une cause plus commune et plus puissante que la politique.

— Et cette cause? dmanda le colonel.

— L'amour

— L'amour? répéta le comte, effaré comme s'il cherchait la solution d'une énigme.

Il y eut une longue pause.

Un léger froncement des sourcils, une contraction des nerfs qui agitait toutes les fibres de la face trahissaient chez la princesse une émotion violente et difficilement contenue.

— Tenez, dit-elle enfin au colonel en lui présentant une lettre qu'elle venait de prendre dans son corsage et qu'elle froissait convulsivement entre ses doigts, lisez ceci, lisez à haute voix.

Et son regard tomba terrible, acéré, fulgurant, sur le comte Michel, qui se sentit saisi d'une terreur involontaire.

Le colonel déplia la lettre et lut :

— Ivanovna, chère adorée...

A ces mots, le comte se sentit pâlir et ne put comprimer un gémissement.

Le colonel s'était arrêté.

— Lisez, mais lisez donc, colonel, reprit la princesse d'une voix brève et sifflante.

Et sa main, froissant sa robe de soie, trahissait la violence de son agitation.

Le colonel poursuivit ainsi sa lecture :

— ... Chère adorée, pourquoi résister à un amour que vous savez si profond et si sincère? J'ai connu d'autres passions, j'en conviens, mais qu'étaient ces sentiments près de ceux que vous m'avez inspirés? Si peu de chose, hélas! que je m'en souviens à peine et que je donnerais tous ces souvenirs pour un baiser de vous, ô Ivanovna, chère âme de ma vie...

— Assez, interrompit violemment la princesse, tout le reste est sur ce ton et suffit pour prouver l'amour immense que l'accusé éprouvait pour... ma servante, et pour expliquer en même temps comment il a pu connaître le frère d'Ivanovna et être entraîné par lui à partager les détestables principes des nihilistes, dont celui-ci faisait déjà partie depuis longtemps. Ainsi s'explique également le lien profondément immoral qui a uni ces trois êtres l'un à l'autre pour les pousser tous trois ensemble dans la sanglante conspiration qu'ils viennent expier aujourd'hui.

— Moi, princesse! moi, accusée de conspiration ! s'écria Ivanovna en joignant les ma ins.

— Il est tout naturel de partager les sentiments de celui qu'on aime, répliqua la princesse avec un sourire infernal, je suis même assurée que vous éprouverez une véritable volupté à partager son supplice, car vous partagerez tout avec lui ; il serait par trop injuste de vous priver de cette joie suprême. Quand on aime comme vous vous aimiez l'un et l'autre, c'est-à-dire au point de dédaigner tous les souvenirs du passé, on est heureux de subir tout en commum, même la douleur, n'est-ce pas, comte Michel ?

Tandis qu'elle parlait ainsi d'une voix lente et les dents serrées l'une contre l'autre, une sueur froide coulait de son visage, qui se couvrait d'une pâleur effrayante.

Il se fit quelques instants de silence.

La princesse, rayonnant affreusement sous sa pâleur, semblait jouir des angoisses du comte, tandis que celui-ci était évidemment en proie à une pensée qu'il hésitait à exprimer.

Il s'y décida enfin.

— Princesse, dit-il d'une voix émue, la situation critique qui m'est faite, le danger que je cours sans l'avoir mérité, la responsabilité que je fais peser sur d'autres à mon extrême regret, tout me pousse à vous faire un aveu qui, dans la circonstance, a la gravité d'une confession. Il est faux que j'aie aimé Ivanovna, comme on pourrait le croire d'après l'expression de cette lettre, c'est entièrement faux. A Pétersbourg, où je la voyais bien souvent, je n'avais jamais fait attention à elle ; je ne lui avais même jamais adressé la parole, n'ayant jamais remarqué si elle était belle ou laide, et il est probable que je n'eusse pas changé de sentiment à son égard si nous fussions restés l'un et l'autre en Russie. Mais elle vint à Paris ; avec leur légèreté habituelle, leurs habitudes de galanterie envers toutes les jolies femmes, les Parisiens la remarquèrent, et à force de les entendre parler d'elle, et ma légèreté naturelle aidant, je finis par partager leur engouement et mis même bientôt mon amour propre à triompher de mes nombreux rivaux. Voilà, Excellence, la véritable explication de la lettre qui est tombée entre vos mains, je ne sais comment, et dont l'exagération même prouve que ce n'était qu'une comédie que je croyais nécessaire pour vaincre sa résistance.

— Fort bien, fort bien, comte Michel, répliqua la princesse avec une légèreté qui n'était ni dans sa voix, ni dans l'expression de sa physionomie, il y a dans ce plaidoyer une habileté dont je vous félicite, mais, dites-moi, croyez-vous par hasard que je vais aller faire part de cette habile défense à toutes les grandes dames qui peuvent y être intéressées ?

— Je n'ai pas l'honneur de comprendre votre Excellence, répondit le comte déconcerté.

— Je veux dire, reprit Tatiana, dont les paroles passaient en sifflant à travers ses lèvres blanches, je veux dire que cette petite invention est bien faite pour consoler celles qui pourraient se désoler d'avoir été si lestement sacrifiées à une servante et je me demande si vous espérez que je vais me charger de répandre cette bonne nouvelle.

— Madame, répondit le comte, j'ai cru devoir cette explication, à vous d'abord, comme maîtresse d'Ivanovna et jusqu'à un certain point, responsable de sa conduite, ensuite à Ivanovna elle-même pour me disculper d'avoir voulu la tromper sur des sentiments qu'heureusement elle n'a jamais partagés.

— Ah ! j'y suis maintenant, dit la princesse avec un redoublement de fiel et d'amertume, cette belle invention a beaucoup moins pour but de consoler ces dames que d'écarter d'Ivanovna le danger qui la menace en faisant croire à ses fières ennemies qu'elles n'avaient en elle qu'une rivale insignifiante. C'est fort beau, c'est un noble sentiment que celui qui vous dicte cette inspiration, comte Michel, et pour être aimée de la sorte et par un homme tel que vous, on subirait sans peine le supplice des verges, généralement réservé aux conspirateurs... de tout rang et de tout sexe.

Elle prononça ces derniers mots avec un éclat de rire qui la rendait effrayante et hideuse.

Puis se levant par un mouvement sec et automatique et se tournant vers le colonel, qui avait souvent laissé percer sa surprise pendant cette scène :

— Colonel, lui dit-elle, vous n'avez plus de questions à m'adresser.

— Aucune, Excellence, répondit l'officier en s'inclinant jusqu'à terre.

— Vous êtes suffisamment convaincu ?

— Oui, Excellence, dit le colonel, répondant par un plat sourire à cette cruelle insinuation.

— Au reste, si vous aviez encore besoin de mon témoignage, ne vous gênez pas.

Elle se dirigea vers la porte;

Puis revenant vivement sur ses pas

— Cette lettre vous est désormais inutile, colonel ?

— Mais, balbutia l'officier, en regardant la lettre, si votre Excellence daignait...

— Oui, elle vous est inutile, rendez-la moi, dit froidement la princesse. Et d'un mouvement nerveux, elle la lui enleva des mains.

Elle se dirigea vers la porte en disant :

— Adieu, colonel, et rappelez-vous que je suis toujours à vos ordres dès qu'il s'agit des intérêts de l'empereur.

Elle ajouta, au moment de franchir le seuil :

— Rappelez-vous aussi que dans toute conspiration, la femme quand elle s'en mêle, joue toujours un grand rôle ; soyez donc sans pitié pour la femme.

Et elle partit, fière et imposante, pour ainsi dire inflexible dans sa démarche comme dans son caractère.

— Quelle femme que la princesse s'écria le colonel enthousiasmé, quelle énergie ! quelle force de caractère ! quelle noblesse dans ses paroles !

— Elle sera sans pitié, elle nous poursuivra de sa haine jusqu'à la dernière minute, s'écria le comte en se tournant vers Ivanovna.

— Mais grand Dieu ! que lui ai-je donc fait ! s'écria à son tour Ivanovna.

— La plus grande injure que puisse faire une femme à une autre et surtout une jeune fille de votre condition à une femme de son rang.

— Moi une injure à la princesse ! c'est impossible, et j'ai beau chercher à me rappeler, je ne puis comprendre...

— Vous êtes trop pure, trop innocente pour comprendre toutes ces choses là, Ivanovna ; vous êtes parfaitement innocente du mal que vous lui avez fait, elle le sait fort bien et n'en sera que plus implacable dans sa haine.

— Mais comment ?..,

— Je vous répète que vous ne pouvez pas même soupçonner ce qui se passe dans l'âme de cette femme, que je pourrais seul le dire, mais que l'honneur me l'interdit.

— Mais moi, s'écria Petrowitch avec l'accent d'une violente indignation, rien ne m'empêche de révéler ce que je sais, ce qui n'était un secret pour personne à Paris, rien ne s'oppose à ce que je déshonore la femme qui veut faire torturer ma sœur, ma sœur innocente du crime dont on l'accuse, et seulement coupable d'avoir été trouvée plus belle que cette odieuse créature !

— Et qui donc chargeras-tu de cette belle commission ? demanda ironiquement le colonel.

— Personne, car je suis entouré de lâches qui tremblent devant le nom et devant le rang de cette femme !

— Misérable ! s'écria l'officier en levant sa canne sur la tête du jeune homme.

Celui-ci resta impassible sous la menace, et regardant en face le colonel :

— Supposons qu'il s'agisse de sauver votre frère, votre père ou votre fils, est-ce vous qui oseriez vous en charger, colonel ?

Il n'était question dans les salons de Saint-Pétersbourg que de l'exécution des Nihilistes.

— Je ne suis pas ici pour te répondre, mais pour te châtier, si tu m'insultes.

— Vous n'oseriez pas ! cela suffit, répliqua Petrowitch, avec un sourire amer ; mais rassurez-vous, je n'aurai besoin de personne, je saurai bien parler moi-même, publiquement et du haut de mon échafaud ; c'est le piédestal d'où je proclamerai à haute voix la vertu de la princesse Milanowa.

— Je serai condamné aux verges par les juges, c'est-à-dire, par les valets de ton tyran, mais les verges n'empêchent pas de parler, elles ne font que souffrir, j'aurai donc le temps de parler et quand je serai mort sous le fouet, elle sera déshonorée.

— Nous verrons ça, murmura l'officier d'un air de menace.

II

L\: neige tombait depuis longtemps formant sur toute la ville de Saint-Pétersbourg comme un épais manteau d'hermine.

On entendait de loin en loin un traineau glissant sans bruit sur cette couche ouatée et blanche comme un char fantastique, à peine visible à travers les flocons de neige qui obscurcissaient le ciel gris.

Un jeune homme, enveloppé d'un manteau, marchait d'un pas rapide, s'arrêtant de temps à autre pour écouter l'heure qui sonnait aux églises de la ville, puis reprenait sa marche comme s'il eût voulu rattraper le temps perdu.

Il enfila la Perspective de Nevski jusqu'au pont Anitchkoff, traversa ce pont et longea le canal. Parvenu à l'une des rues, les plus misérables d'un des plus sordides quartiers de la ville, il ralentit le pas, s'engagea dans cette rue en prenant l'allure d'un flâneur et regardant de temps à autre autour de lui, puis s'arrêta à l'encoignure d'une maison de triste apparence, et attendit.

Comme pour se désennuyer, il se mit à siffler un air étrange, un peu barbare, puis il ôta son bonnet et se mit à en lisser la fourrure avec sa manche.

C'était sans doute un signal convenu, car à la suite de ce manège, subitement interrompu, il se remit en marche et entra sans hésiter dans un méchant cabaret situé au rez-de-chaussée de la maison voisine.

A peine s'était-il installé à une petite table, sur laquelle il se fit servir une bouteille de bière, qu'un individu, sale et déguenillé, pénétra dans ce bouge en fredonnant le même air que venait de siffler l'inconnu et en lissant son chapeau qu'il venait d'ôter.

Alors le nouveau venu alla droit à la table du jeune homme, qui paraissait être un étudiant et une conversation à voix basse s'engagea entre ces deux hommes.

Au bout de dix minutes de cet entretien mystérieux, l'homme aux guenilles disparut, puis le jeune homme sortit à son tour après avoir payé la bière, entra dans la maison attenant au cabaret, monta deux étages et sonna discrètement à une porte.

Un guichet dissimulé dans la boiserie, s'ouvrit au bruit du timbre, puis une porte s'ouvrit et le jeune homme se trouva dans un petit cabinet, en face d'un homme qui lui dit :

— Qui êtes-vous?

— L'as de carreau, répondit le jeune homme.

— Passez.

Une seconde porte s'ouvrit, celui qui se faisait appeler l'as de carreau se trouva dans une vaste pièce splendidement éclairée, dont le milieu était occupé par une grande table recouverte d'un tapis.

Onze hommes étaient assis autour de cette table, tous jeunes, presque tous pâles, l'air sérieux et résolu.

Parmi eux se distinguaient les riches uniformes des divers régiments de la garde impériale.

Le nouveau venu se dirigea vers la place marquée *as de carreau*, et s'assit là, sans que personne lui adressât un mot ou un salut.

L'un d'eux se leva enfin, et adressant la parole au nouveau venu :

— Qu'est-ce qui t'amène parmi nous ? lui demanda-t-il.

— Un grand danger ! répondit l'as de carreau.

— Sur qui plane-t-il ?

— Sur l'un de nos frères venu de Paris pour le grand acte que nous avons tous juré d'accomplir jusqu'au dernier survivant.

— Qu'a-t-il fait ?

— Rien, il a été dénoncé avant d'agir.

— Le nom de son dénonciateur ?

— Ils sont deux.

— As de pique, écrivez leurs noms.

Et s'adressant de nouveau à l'as de carreau :

— Le nom du premier ?

— Isaac Bakri, un juif connu comme banquier à Paris, où il exerce réellement le métier d'espion pour la police russe.

— Avons-nous une preuve de sa dénonciation ?

— Oui, une lettre adressée par lui à la police, lue par un colonel de gendarmerie chargé d'arrêter les trois inculpés, et entendue par un simple gendarme, affilié à notre société.

— La demeure de ce juif ?

— A Paris, rue de la Victoire, n° 37.

— Nous allons tout de suite décider du sort de cet homme.

— Oui, oui, oui ! répondirent onze voix à la fois.

— Quelle peine mérite-t-il ?

— La mort !

— A quelle échéance ?

— Huit jours après la mort de sa victime.

— Et son exécuteur ?

— Karl Pepoff, le frère de Petrowitch.

— Merci, dit gravement l'as de carreau.

— Maintenant, reprit le président, le nom du second dénonciateur.

— C'est une femme, la princesse Milanowa.

Un long silence et un geste d'horreur exprimèrent le sentiment de l'assemblée.

— Le motif ?

— Infâme ! amoureuse d'un homme qui aimait Ivanovna, ma sœur, c'est par jalousie qu'elle l'a accusée d'avoir conspiré, accusation fausse, elle le sait très bien.

— Quelle peine ? demanda le président.

— La mort !

— Nous choisirons plus tard l'exécuteur.

Il reprit :

— Maintenant que demande l'as de carreau ?

— Le salut de mon frère et de ma sœur.

— Ton plan ?

— Le voilà. Nous saurons d'avance le jour de l'exécution, qui aura probablement lieu publiquement sur la grande place. Ce jour là, cinquante de nos frères seront réunis sur cette place, à égale distance, par groupes de dix. Un seul se sera réfugié dans une maison particulière, un fusil à la main. Lorsque commencera l'exécution, aux premiers coups de verges, je répondrai par un coup de fusil qui abattra le bourreau de ma sœur. Ce sera le signal ; à ce coup et à la faveur du désordre que jettera la mort du bourreau dans la foule, d'ailleurs toute disposée en faveur des victimes, nos cinquante amis, moi compris, s'élancent sur l'échafaud, brûlent la cervelle des gendarmes qui veulent leur faire obstacle et enlèvent mon frère et ma sœur dans les traîneaux ignobles préparés pour emporter leurs corps sanglants.

Après un long silence, le président prit de nouveau la parole, et d'une voix grave :

— Ce plan demande à être mûrement réfléchi avant d'être adopté, dit-il, nous nous réunirons demain à cet effet.

Cela dit, il se couvrit, annonçant par ce signal que la séance était levée, puis chacun se dispersa dans les divers salons qui faisaient suite à celui-ci.

Deux heures après tous les membres de cette assemblée quittaient la maison où avait eu lieu cette séance et regagnaient leurs demeures par des chemins différents et en prenant les plus minutieuses précautions.

Huit jours après, il n'était question dans Saint-Pétersbourg que de la prochaine exécution de trois nihilistes, condamnés à recevoir chacun cent coups de verges, c'est-à-dire à mourir par cet affreux supplice, et le surlendemain l'échafaud s'élevait sur l'une des principales places de la ville.

Ce même jour, dès neuf heures du matin, c'est-à-dire à l'heure à peu près à laquelle elle avait coutume de s'éveiller, la princesse Milanowa trouvait sur sa table de nuit une lettre ainsi conçue :

— Madame, deux hommes dans Saint-Pétersbourg savent seuls le prétexte odieux sous lequel vous allez faire torturer une infortunée jeune fille, dont le véritable crime se borne à être jeune et jolie et à être remarquée de quelqu'un qui vous tenait trop au cœur, ces deux hommes sont le comte Michel et moi.

Le comte Michel ne trahira pas son secret; il sera retenu par un sentiment d'honneur qui reste encore debout dans le cœur de l'homme le plus dégradé, mais moi, je dirai tout, je vous le jure, si ce jugement infâme reçoit son exécution, car sa plus cruelle et sa plus implacable ennemie, c'est vous. Réfléchissez donc, madame, n'attendez pas trop tard, car moi aussi, je serai sans pitié. Vous ferez ce que vous voudrez du comte Michel, un espion ne saurait inspirer d'intérêt; d'ailleurs, il sera assez vengé par les larmes de sang que vous verserez après sa mort, quand la rage qui vous dévore sera apaisée. Quant à Petrowitch, il est de ces hommes de bronze qui ne veulent pas de grâce, il est vaincu, il est résigné à la torture et à la mort. Mais sauvez Ivanovna, sauvez-la, il y va de votre intérêt.

Cette lettre était signée d'une croix.

Tatiana avait lu cette lettre d'un bout à l'autre avec une rage toujours croissante, quand elle l'eut terminée, elle la froissa dans ses doigts, la jeta au feu, puis donna un violent coup de sonnette :

— Lina, dit-elle à la femme de chambre allemande qui se présenta aussitôt, qui donc a pénétré dans ma chambre ce matin?

— Personne, madame balbutia celle-ci, effrayée de la colère de sa maîtresse.

— C'est impossible ! s'écria la princesse, pâle de rage, quelqu'un est entré ici et a placé là sur ma table de nuit une lettre insolente que je viens de jeter au feu, tenez vous voyez, elle brûle encore.

— Je la vois en effet, mais je jure que je n'ai pas quitté l'antichambre depuis huit heures et que personne n'a pu entrer dans la chambre de...

— Et moi, je vous dis que c'est faux, que cette lettre n'est pas venue seule ici, qu'il est impossible que quelqu'un ne l'y ai pas déposée et que je vous chasse aujourd'hui même si vous ne parvenez pas à découvrir ce mystère.

Je vais m'informer, dit Lina en s'inclinant devant la princesse, et j'espère découvrir...

— Allez et découvrez la vérité, il le faut, je le veux.

La femme de chambre sortit très émue et alla demander à tous les domestiques s'ils n'avaient pas vu quelqu'un, homme ou femme, pénétrer dans la chambre de la princesse.

Mais toutes ses recherches furent inutiles, on n'avait vu personne, et d'ailleurs, à une pareille heure surtout, le fait était absolument impossible.

Elle revint donc éperdue vers sa maîtresse qui exaspérée du mystère inexplicable qui enveloppait cette affaire, signifia à Lina de ne plus reparaître devant-elle puisqu'elle ne savait ni garder sa porte ni lui apprendre quels gens avaient osé pénétrer dans sa chambre pendant son sommeil.

Ce jour-là vers midi, la foule remplissait déjà les rues de Saint-Pétersbourg, se dirigeant vers la place où devait avoir lieu l'exécution des trois nihilistes.

'La tristesse était empreinte sur tous les visages, car on assurait que parmi ces trois coupables il y avait une jeune fille, on la disait même très jolie et tout le monde s'indignait à la pensée de la voir appliquer à la torture, ne pouvant croire à sa culpabilité et trouvant les juges beaucoup trop faciles à convaincre dès qu'on leur dénonçait un attentat contre la vie de l'empereur.

La foule augmentait à mesure qu'on approchait du lieu et de l'heure du supplice, qui devait commencer à deux heures précises, et à une heure à peine la place était encombrée.

En proie à une agitation qu'elle cherchait vainement à dissimuler, Tatiana s'était fait servir un lunch et elle allait porter un gâteau à sa bouche; lorsqu'elle aperçut un billet sur un plateau d'argent qu'on venait de lui servir.

Elle tressaillit et fut quelques instants sans y toucher, croyant y reconnaître l'écriture du billet mystérieux qu'elle avait trouvé le matin dans sa chambre.

Enfin honteuse de sa faiblesse, elle le prit, le déplia et lut.

Il contenait ces quelques mots.

— Vous n'avez pas mis à profit les quelques heures qui vous restaient pour empêcher une révoltante injustice, un véritable forfait, vous allez en être cruellement punie et dans un bref délai.

Les écrits se retrouvent toujours, vous en aurez bientôt la preuve. »

Ce billet était signé d'une croix comme celui du matin, et comme pour celui-là, toutes les recherches, toutes les perquisitions, toutes colères auxquelles se livra la princesse ne purent rien faire découvrir.

C'était bien là le mystère impénétrable et les façons habituelles auxquels on reconnait les nihilistes, c'est ce que le valet chargé du service de la princesse lui fit observer, mais en vain; ne pouvant ni se disculper, ni rien expliquer, il fut chassé comme la femme de chambre.

Elle n'avait rien compris à ces derniers mots :

« Les écrits se retrouvent toujours, vous en aurez bientôt la preuve. »

Des lettres avaient été échangées entre elle et le comte Michel, mais elle avait brûlé toutes celles qui lui étaient adressées, et quant aux siennes, non seulement elle avait exigé que le comte les détruisit devant elle, mais en eût-il conservé, qu'elles ne pouvaient-être qu'à Paris et elle connaissait assez le comte pour jurer qu'il était incapable de trahir un pareil secret.

Elle était donc entièrement rassurée sur ce point, mais alors à quels écrits voulait donc faire allusion l'auteur de ce dernier billet?

Tatiana était plongée dans une profonde perplexité, quand un domestique vint la prévenir que la voiture était prête et que le prince l'attendait.

— Le prince m'attend? s'écria-t-elle vivement, pourquoi faire ?

— Pour assister à l'exécution des condamnés, comme Mme la princesse en a exprimé hier l'intention, voilà ce que m'a dit son excellence.

— J'ai dit cela dans un moment d'indignation contre ces assassins, mais je ne me sens plus le courage d'assister à un pareil spectacle; dites au prince que je ne l'accompagnerai pas.

Le domestique se retira.

Mais il revenait un instant après insister près de la princesse de la part du prince, qui trouvait du plus mauvais effet de se rendre là sans être accompagné de la princesse.

Tatiana, violemment contrariée, réfléchit quelques instants, puis s'adressant au valet qui attendait respectueusement sa réponse.

— Allez dire au prince que je le rejoins à l'instant.

Elle alla couvrir ses épaules de sa plus riche fourrure et se rendit près du prince, qui l'attendait dans son traîneau.

— Permettez-moi, lui dit-elle en s'asseyant près de lui, permettez-moi de m'étonner de votre insistance et surtout de votre goût subit pour un spectacle qui jusqu'à présent, ne paraissait pas avoir vos sympathies.

Le prince ne répondit pas de suite.

Il paraissait sombre et très préoccupé.

Etonnée de son silence Tatiana leva les yeux sur lui et lui trouva dans la physionomie quelque chose de lugubre et de concentré qui l'inquiéta.

— En effet, dit-il enfin, je n'ai guère de goût pour ce genre d'émotion, mais vous m'aviez parlé avec un tel accent d'indignation de ces misérables et de l'acharnement avec lequel ils poursuivaient l'empereur qu'ils devraient bénir après les réformes que lui doit la Russie, vous m'aviez si bien fait comprendre que le devoir de la noblesse, et le nôtre en particulier, était de consacrer, par notre présence, ce grand acte de justice envers des coupables, dont l'une est notre servante et l'autre un ancien ami, que vous avez fini par me convertir à vos principes et même à votre inflexibilité de caractère, si bien qu'à mon tour il m'a semblé impossible que vous n'assistiez pas à cette exécution.

— Et en y réfléchissant, je ne puis que vous approuver, répliqua Tatiana, étudiant toujours la physionomie du prince, à laquelle elle continua de trouver quelque chose d'équivoque.

Pendant cet entretien, le traineau filait toujours vers la grande place.

Comme s'il eût voulu justifier son air préoccupé, le prince tira un portefeuille de sa poche, y prit un paquet de lettres et les parcourut l'une après l'autre, les posant sur son genou à mesure qu'il les avait lues.

Tatiana le regardait distraitement, étonnée de le voir absorbé dans une affaire sérieuse, lui généralement si froid et si indolent.

Cinq minutes s'écoulèrent ainsi sans qu'elle fit autrement attention à ce portefeuille et aux lettres qu'il contenait, quand tout à coup le sang lui monta si violemment à la tête, qu'on eût pu croire qu'elle venait d'être frappée d'une apoplexie.

Puis sa respiration devint haletante et son émotion était si forte, son regard si effaré, ses gestes si bizarres et si incohérents, qu'elle semblait subitement frappée de folie. Ses yeux, fixes et étincelants, revenaient toujours sur une des lettres posées par le prince sur un de ses genoux.

C'est que, dans les caractères de cette lettre, elle reconnaissait son écriture, et sur l'adresse elle lisait clairement le nom du comte Michel !

Et cette lettre, une des dernières qu'elle eut écrites au comte, car elle la reconnaissait parfaitement, elle eût pu dire presque mot à mot ce qu'elle contenait, c'était ce que l'amour le plus violent, le plus désordonné pouvait exprimer d'abandon et d'ivresse ! et cette lettre enflammée, dont chaque mot était plus qu'un aveu, cette lettre écrite par elle à Paris, laissée par le comte à Paris, elle en était sûre, cette lettre était arrivée entre ses mains !... et comment ? par qui ? par l'inconnu dont elle avait reçu deux lettres menaçantes dans la même journée et qui devait les posséder depuis longtemps déjà, elle n'en pouvait douter.

Le regard fixé sur cette fatale lettre, immobile et atterrée comme en face d'une effrayante apparition elle se voyait perdue et hors d'elle-même, hallucinée, se sentant devenir folle et faisant un effort surhumain pour conserver sa raison ébranlée, elle se demandait avec une inexprimable épouvante quel parti elle allait prendre.

De temps à autre, elle glissait un rapide regard du côté du prince, tâchant de lire sur ses traits ce qui se passait dans son âme et étudiant comme un guide l'expression de sa physionomie pour y conformer sa conduite.

Ce silence, cette impassibilité apparente qui rendait invraisemblable la lettre qu'il avait sous les yeux étaient un si intolérable supplice, qu'elle implorait tout bas une violence, une colère, une explosion, un outrage même qui lui permissent de se défendre, de supplier, de demander grâce plutôt que cet orage comprimé, contenu dans l'immobilité du marbre.

A la fin, cependant, le prince tourna la tête de son côté et d'une voix dans laquelle on sentait à peine un léger tremblement :

— Voulez-vous que je vous dise ce que je lis dans votre pensée, ma chère Tatiana? lui dit-il avec un étrange sourire.

— Volontiers, répondit la jeune femme d'une voix étranglée et en essayant de sourire elle-même.

— Eh bien, vous vous dites en ce moment qu'il y a des supplices qui ne font ni pleurer, ni crier, et qui sont cent fois plus cruels et plus douloureux que le knout et les verges, qui mettent le corps en lambeaux.

Et il souriait toujours.

Tatiana fut sur le point de tomber à ses genoux et de demander grâce.

Mais c'était la défaite, la honte, l'avilissement, la ressource suprême enfin, elle se raidit contre cet abaissement et appelant à elle toute sa force de volonté :

Je ne comprends pas, dit-elle, avec son inaltérable sérénité.

Mais en dépit de tous ses efforts, la violence de son angoisse se trahissait par le tremblement de sa voix et par sa pâleur toujours croissante.

Vous ne comprenez pas? reprit le prince toujours calme, c'est possible,

Lina, dit-elle à sa femme de chambre.

mais vous comprendrez bientôt; les actes se comprennent mieux que les paroles.

Il y avait dans cette phrase mystérieuse une menace effrayante, quoique vague.

Tatiana en fut atterrée et se sentit défaillir.

Enfin à bout de dissimulation, à bout de force et de courage, elle allait jeter un cri et provoquer une explication, mais comme si le prince eût deviné sa pensée au changement qui se fit en elle :

— Nous voici arrivés, dit-il, ah! mais voyez donc quelle foule immense, avec quel empressement le peuple vient assister au supplice des misérables nihilistes.

Et en parlant ainsi du ton le plus dégagé, il prit la lettre restée jusque là sur ses genoux et la glissa dans poche.

Tatiana avait laissé passer l'occasion d'en parler; la lettre ayant disparu et la jeune femme n'ayant plus de prétexte pour aborder ce sujet, force lui fut de paraître s'intéresser à celui qui venait d'impressionner le prince.

— Quant à moi, dit-elle, je suis loin, je l'avoue, de partager cette curiosité, il m'est même très pénible de voir couler le sang de ces malheureux, si coupables qu'ils soient, et je vous demanderai comme une grâce de me laisser libre de retourner à l'hôtel.

— Quoi! demanda le prince avec étonnement; vous ne serez pas heureuse d'assister à leur supplice? pas même à celui de cette perfide Ivanovna, contre laquelle vous étiez si indignée, l'autre jour, au retour de son interrogatoire?

— Mon indignation est tombée et il ne me reste plus que l'horreur de l'exécution.

— Il faut vaincre cette faiblesse pour faire ce que vous considériez vous-même comme un devoir, il y a quelques jours.

Tatiana se tut, comprenant que le prince avait un parti bien arrêté et songeant toujours à ce que pouvait signifier la phrase énigmatique qu'il venait de prononcer :

— « Vous comprendrez bientôt; les actes se comprennent mieux que les paroles ».

On était arrivé.

Le traineau cotoyait, pour ainsi dire, les abords de la place, où fourmillaient des milliers de têtes et où dominait l'échafaud avec ses trois bourreaux, chaque bourreau, la main armée de verges.

Par exception, chacune de ces verges avait été trempée la veille dans du lait, de sorte que les lanières étaient devenues dures comme du fer et tranchantes comme des rasoirs.

— Le peuple savait cela et considérait avec terreur cet instrument de torture perfectionné.

On en parlait dans la foule et le prince, ayant saisi quelques mots de dialogue, avait appelé un homme du peuple et s'était fait expliquer ce rafinement tout nouveau.

— A la bonne heure! dit-il à Tatiana que ce détail avait fait frémir, le gouverneur fait bien les choses et ne regarde pas à la dépense de quelques copecks de lait, quand il s'agit de venger son empereur bien aimé.

— C'est horrible, murmura Tatiana en frissonnant.

— J'ai vu une fois une exécution pareille, reprit le prince, c'était aussi complet que possible, au bout de huit ou dix coups les tiges de la verge étaient rouges et dégoutaient du sang de la victime, et comme elles découpaient la peau en lanières, rouges et ruisselantes également, il en résultait un mélange si étrange qu'il devenait bientôt impossible de distinguer les lanières du fouet de celles qui se détachaient du corps et pendaient de tous côtés.

— Ah! mais c'est épouvantable et je ne veux pas voir cela! s'écria Tatiana, hors d'elle-même à ce seul récit.

— Bah! on s'y fait, répliqua le prince avec un ricanement sauvage, qui porta au plus haut degré l'épouvante de la princesse.

Toutes les fenêtres des maisons qui formaient de la place une espèce de quadrilatère irrégulier, étaient criblées de têtes et l'immense place elle-même en semblait comme pavée.

Cette masse était si serrée, si compacte, qu'on eût dit qu'elle était formée d'un seul morceau, espèce de monstre phénoménal oscillant de temps à autre sur lui-même, roulant sur tous les points de la place pour aller se heurter et s'immobiliser au pied de l'échafaud.

Le prince était parvenu à abriter son traineau dans l'encoignure d'une maison où les raffales ne pouvaient l'atteindre et de là son œil planait sur toute la place, qu'il parcourait d'un regard avide et presque ravi.

Au bout d'un instant, il tira sa montre de la poche de son gilet et y regarda l'heure en murmurant :

— La cérémonie tarde bien.

Il ajouta en remettant sa montre :

— Dans cinq minutes nous allons voir arriver les victimes ; allons, encore un peu de patience.

— Comme on ne peut embrasser tout le spectacle à la fois, je me demande sur laquelle des trois victimes je vais fixer mon attention, Bah ! je dois des égards à mon ancien ami, le comte Michel, c'est sur lui que je vais attacher mon regard et je vous jure que je ne perdrai pas une seule de ses contorsions, à ce pauvre Michel.

Il ajouta après une pause.

— Quant à vous, Tatiana, je vous recommande Ivanovna ; la pauvre serve a droit à votre pitié, non seulement comme vous ayant fidèlement servie, mais encore parce qu'elle n'est pas si coupable qu'on pense, à moins qu'on ne veuille lui faire un crime de sa beauté, ce qui n'aurait pu venir qu'à l'esprit d'une rivale, encore faudrait-il qu'elle fut bien cruelle pour se venger de la sorte, n'est-ce pas, ma douce Tatiana ?

Une pareille supposition est inadmissible, balbutia la princesse d'une voix altérée et en détournant la tête de cette foule avide de sang.

— C'est ce que j'allais dire, une telle barbarie est invraisemblable.

A ce moment le murmure qui courait sur l'immense place cessa tout à coup et fit place à un silence mortel.

— Les voilà, dit le prince.

En effet, les trois victimes venaient de monter les degrés de l'échafaud.

Tous les regards s'étaient aussitôt tournés de ce côté et tous les entretiens avaient immédiatement cessé.

On voulait savoir d'abord quelle était la contenance de chacun.

Le comte Michel, effroyablement pâle, était défiguré par l'épouvante et marchait d'un pas chancelant. Pétrowich, pâle comme lui, se tenait droit et promenait sur la foule un regard calme et fier ; Mais la pauvre Ivanovna excita la pitié générale dès qu'elle parut.

Elle était nue jusqu'à la ceinture comme ses deux compagnons, et malgré le profond sentiment de commisération qui tout d'abord avait éclaté à sa vue, un murmure d'admiration avait aussitôt succédé à ce premier mouvement, tant son corps, voluptueusement accusé, dans ses parties les plus saillantes, était pur et parfait de formes et puis l'infortunée croisant ses bras sur sa poi-

trine, semblait chercher de tous côtés avec angoisse de quoi couvrir sa nudité
elle paraissait plus préoccupée et plus inquiète de ce soin qu'effrayée du supplice qu'elle allait subir.

— Vous avez tort de ne pas regarder, Tatiana, lui dit le prince, je vous assure que c'est un spectacle curieux et quoique femme, quoique peu portée naturellement à admirer votre sexe, vous ne pourriez vous empêcher d'être
frappée de la beauté d'Ivanovna. Je commence à comprendre les Français, je
n'aurai jamais cru qu'une simple serve pût être si admirablement belle. Quant
au comte Michel, c'est autre chose ; cet homme si spirituel et si léger, ce nihiliste si intrépide, ce parisien si brillant et si chevaleresque, fait une triste
figure en ce moment et il ne fait pas honneur aux femmes qui l'ont adoré. Ah
le piteux héros de roman ! il tremble si fort qu'il est capable de mourir avant
le premier coup de verges.

Il fut interrompu par un cri parti en même temps de toutes les poitrines.

Du même coup, avec l'ensemble et la simultanéité de trois automates, les
trois bourreaux avaient frappé leurs victimes qui étaient tombées à genoux
avec le même ensemble.

Et aussitôt les verges avaient frappé les reins et les épaules nus avec une
violence qui eût fait croire qu'elles étaient mues par une mécanique.

Alors des cris déchirants s'étaient fait entendre, accompagnés d'effrayantes
contorsions, et le sang avait ruisselé des trois corps, d'où la peau s'était bientôt détachée en longues lanières rouges.

C'était un effroyable tableau.

Le prince regardait toujours, mais ses traits étaient livides et la sueur coulait de son front.

Cela dura deux minutes.

Un siècle pour les infortunés.

Un seul restait immobile et semblait impassible, sans un cri, sans une con-
torsion.

C'était Petrowitch.

Le comte Michel avait perdu connaissance.

Quand à Ivanovna, elle se roulait dans son sang et dans les lambeaux de sa
chair, pendante en lanières autour de son corps.

L'horreur était à son comble.

Des cris partaient de la foule, s'agitant sur la place et demandant
grâce.

Les bourreaux frappaient toujours et celui d'Ivanovna surtout, espèce
d'Hercule à la large poitrine et aux robustes épaules, s'acharnait sur le corps
de la pauvre jeune fille avec une espèce de volupté sauvage, semblable à celle
qu'éprouvaient au moyen âge les convulsionnaires des deux sexes à se mettre
tout nus pour se mortifier et se torturer entr'eux.

Tout à coup les cris cessèrent comme par enchantement,

Un coup de feu s'était fait entendre et le bourreau d'Ivanovna, étendant les bras en avant et chancelant sur ses jambes, était tombé foudroyé près du corps de la jeune fille.

Ce corps était sanglant et agité par de violents soubresauts et on entendait au loin le bruit de sa respiration.

Le prince contemplait ce spectacle avec un profond sentiment d'horreur. Les traits pâles et contractés, il frissonnait de tous ses membres et Tatiana qui le regardait en ce momeut, vit une larme briller dans ses yeux.

— Pauvre fille ! murmura-t-il, sa beauté lui a coûté cher.

Mais son attention fut attirée ailleurs :

Le coup de feu qui avait frappé au front le bourreau d'Ivanovna avait été aussitôt suivi d'un mouvement extraordinaire dans la foule.

De tous les points de la place, des groupes compacts s'étaient élancés vers l'échafaud, traversant la masse du peuple qui loin de leur opposer un obstacle s'ouvrait devant eux pour leur faciliter le passage, comprenant à leur jeunesse et à leurs traits fiers et déterminés, que ceux là devaient être des sauveurs, et en moins de cinq minutes cinquante jeunes gens, le revolver au poing, avaient envahi l'échafaud, subitement abandonné par les deux autres bourreaux.

Quelques minutes leur suffirent encore pour envelopper de linge les corps de Petrowitch et d'Ivanovna et les emporter hors de la place où ils trouvèrent encore un libre passage, puis pour les placer dans deux traîneaux, qui partirent au galop.

Personne ne s'était occupé du corps de l'espion, le comte Michel.

Par une espèce de concert tacite, tout en laissant passer les conspirateurs qui allaient au secours de Petrowitch et d'Ivanovna, ils s'étaient pressés contre les gardes à cheval qui entouraient l'échafaud et les avaient si étroitement enveloppés, qu'il leur avait été impossible de faire usage, ni de leurs sabres, ni de leurs pistolets. D'ailleurs peut-être étaient-ils aussi intimidés par l'exaspération de la foule dont la colère semblait près de faire explosion. Bref quel que fût le motif de leur inaction, toujours est-il qu'ils ne recouvrirent la liberté de se mouvoir que plus d'un quart d'heure après la disparition des deux suppliciés et de leurs sauveurs.

— Que signifie donc ce silence subit ? demanda Tatiana qui n'entendant plus qu'un murmure confus sur la place et n'osant porter ses regards du côté de l'échafaud, ne pouvait se rendre compte de ce qui venait de se passer ?

— Cela signifie, répondit le prince d'une voix profondément émue; que les nihilistes exaspérés de l'iniquité de ce jugement, du moins en ce qui concerne la jeune fille qui n'a jamais été coupable de conspiration, nous le savons fort bien l'un et l'autre, se sont rués violemment sur l'échafaud et en ont enlevé les deux corps martyrisés de Petrovitch et d'Ivanovna qu'ils ont arrachés à leurs bourreaux.

— Mais... l'autre corps ? demanda timidement Tatiana.

— Ah ! celui-là, ils l'ont laissé à son bourreau pour qu'il en fasse ce qu'il

voudra. Qui donc pouvait s'inquiéter du corps d'un espion ? A coup sûr ce ne
pouvaient être ceux qu'il était payé pour dénoncer. Ceux-là l'auraient plutôt
achevé s'ils en avaient eu le temps. Tenez, il est encore là et il ne tient qu'à
vous de le voir, car il a perdu connaissance au milieu des tortures et il est
étendu sur l'échafaud, sanglant et déchiqueté.

Tatiana frissonna et glissa un regard effaré du côté de l'échafaud.

Quelque chose de rouge et d'informe passa sous ses yeux comme une
horrible vision.

— Le voilà, dit le prince d'une voix brève et cassante, voilà le fringant et
irrésistible Faublas que vous avez connu ; voilà la coqueluche des femmes,
qui ne juraient que par lui, avouez qu'elles auraient peine à le reconnaître
dans ce corps ruisselant et mis en lambeaux.

— Il est impossible qu'on le laisse ainsi.

— C'est bien là le cri d'un cœur de femme, dit le prince avec un
attendrissement ironique, mais rassurez-vous, son rôle, à lui, n'est pas
terminé.

Tatiana lui jeta un regard qui signifiait clairement :

— Que voulez-vous dire ?

— Ah ! non, répondit le prince, tout n'est pas fini pour lui, l'arrêt portait
cent coups de verges, et il n'en a reçu que dix, il lui en faut encore quatre
vingt-dix pour qu'il ait son compte, et son corps tout entier ne fût-il qu'une
plaie, lui même ne fût-il plus qu'un cadavre, il recevra les quatre vingt-dix
coups auxquels il a droit et qui n'ont été interrompus, pour lui et pour ses
complices, que par l'invasion des nihilistes. Au reste ajouta le prince avec
son implacable sourire, la reprise de son supplice aura pour lui un heureux
effet, cela mettra fin à son évanouissement.

— C'est horrible ! murmura tout bas Tatiana.

— Tel n'est pas le sentiment de la foule qui, vous le voyez, attend la fin du
spectacle avec assez de calme, sachant que celui-là est l'espion, puisqu'on
l'a laissé à son bourreau, mais ne trouvez vous pas qu'en voilà assez et que
nous pourrons passer à autre chose.

— Oui, oui, rentrons à l'hôtel, je vous en prie, dit elle en s'enveloppant
frileusement dans sa riche fourrure.

— Volontiers,

Il se leva debout dans son traîneau, parcourut la place d'un regard comme
s'il cherchait quelqu'un, fit un signe de la main et dit quelques mots à son
cocher, qui prit les rênes et se dégagea lentement de la foule.

Quelques minutes après, il avait quitté la place et filait rapidement dans
une rue large et presque déserte.

Un traineau, où se trouvaient deux hommes suivait de près celui du
prince.

C'était celui auquel il avait fait un signe sur la place.

De temps à autre le prince se retournait pour voir si ces hommes le suivaient
toujours.

Au bout de quelques instants Tatiana, s'apercevant qu'on ne prenait pas le chemin de l'hôtel, en fit l'observation au prince.

— Vous êtes donc bien pressée de rentrer, lui demanda celui-ci.

— Je l'avoue, j'ai froid, et puis l'émotion que m'ont fait éprouver ces horribles scènes... enfin je ne serais pas fachée de rentrer et de me réchauffer.

Au lieu de répondre, le prince jeta encore un long regard derrière lui.

— Mais qu'avez-vous donc ? lui dit-elle, ce traîneau vous préoccupe donc bien ?

— C'est vrai.

— Quelle est donc la cause de...

— Vous le saurez bientôt, c'est une surprise que je vous ménage.

— La meilleure des surprises serait de rentrer à l'hôtel, dit-elle avec un frisson.

— Vous êtes devenue bien frileuse.

Et il ajouta avec un étrange ricanement.

— Vous n'auriez pas de goût pour la Sibérie, n'est-ce pas ?

Il arrêta aussitôt son traîneau, et se tournant vers celui qui le suivait.

— Approchez, dit-il au cocher, qui vint aussitôt se ranger à côté de lui.

Alors enlevant Tatiana avec une facilité qui stupéfia celle-ci et l'effraya en même temps, il l'éleva au-dessus de l'autre traîneau, la déposa entre deux mains qui s'avancèrent et la déposèrent dans le traîneau, et leur montrant de la main l'espace :

— Et maintenant, s'écria-t-il d'une voix forte, en Sibérie.

A ce mot, Tatiana jeta un cri et voulut s'élancer vers le prince, mais celui-ci la repoussant du geste :

— Voilà la surprise que je vous ménageais, lui dit-il, et je retourne voir la fin de la cérémonie à la grande place. Mais je ne veux pas vous laisser sans distraction pendant le chemin qui sera long; tenez, voilà de quoi vous distraire.

Et il lui jeta la lettre qu'il avait tenue longtemps sur ses genoux, la lettre passionnée qu'elle avait écrite autrefois au comte Michel.

Elle fit encore un mouvement pour s'élancer hors du traîneau, au risque de tomber sous les pieds des chevaux, mais une main robuste la força à se rasseoir et elle se sentit emportée avec une rapidité vertigineuse.

Elle voulut crier, mais un mouchoir s'appuya sur sa bouche et étouffa sa voix.

D'ailleurs elle s'aperçut aussitôt que ses cris eussent été superflus, car on était hors de la ville, dans la campagne déserte et couverte de neige.

C'était là que son mari l'avait quittée, bien sûr que désormais elle se démènerait et crierait en vain.

Elle prit le parti de se taire et de regarder autour d'elle pour tâcher de se rendre compte des pays qu'elle traversait.

Mais impossible de rien reconnaître; ce n'était ni une ville, ni un village; elle n'avait jamais rien vu de pareil.

Pouvait-on même appeler cela un paysage ? Si loin que pouvait porter la vue, c'était l'immensité, le désert, mais un désert russe, tout uni, tout blanc de neige, sans rien où fixer le regard, pas même une masure en ruines, pas même un arbre dépouillé, rien, rien que la plaine unie, blanche, sans fin, se confondant à l'horizon avec le ciel gris.

L'aspect était navrant, et plus navrant encore le sort qui lui était fait, l'avenir qui lui était réservé. Où allait-elle avec une vitesse d'oiseau ? En Sibérie, il l'avait dit, et si horrible, si invraisemblable que fût cet arrêt, elle ne pouvait le révoquer en doute à la pensée de cette lettre qu'il lui avait jetée pour adieu, de cette lettre où elle laissait éclater si violemment une passion insensée et qui contenait à la fois son opprobre et la honte de son époux.

Mais retournons avec le prince au lieu du supplice, car, ainsi qu'il l'avait dit, il avait voulu voir jusqu'au bout la torture infligée à son rival heureux et malgré la rage et la désolation dont son cœur était rempli en pensant à cet homme, il n'avait pu s'empêcher de sourire cruellement en donnant cette épithète *rival heureux* à ce misérable qui avait subi les plus effroyables tortures et dont la chair était découpée en minces lanières.

Ainsi qu'il venait de le dire à Tatiana, en se montrant lui-même impitoyable envers elle, la justice du tzar est implacable, et les cent coups de verges auxquelles avait été condamné le comte Michel devaient lui être appliqués jusqu'au dernier, et il revenait pour voir le condamné se tordre dans les dernières convulsions.

Le prince ne s'était pas trompé. quand l'émotion causée dans la foule par l'enlèvement des deux suppliciés auxquels il s'intéressait, se fut enfin calmée, les deux bourreaux restés vivants revinrent à leur poste, et celui qui avait commencé à torturer le comte Michel, retrouvant celui-ci à la même place et sachant qu'il n'avait pas les sympathies du public, reprit tranquillement ses verges et revint à lui pour continuer son œuvre.

Mais le comte avait repris connnaissance et quand il vit que son supplice allait recommencer, il appela son bourreau, disant qu'il avait à lui parler.

— Est-ce bien vrai, cela? répliqua l'exécuteur, car j'ai vu souvent des suppliciés n'avoir pas honte d'interrompre l'œuvre de leur bourreau sous prétexte d'aveux importants et ne révéler que des vétilles dans le seul but de suspendre son travail durant quelques instants.

— Cette fois vous pouvez m'écouter en toute sécurité, lui dit le comte, et le gouvernement ne pourra que vous en savoir gré, car vous allez avoir à lui transmettre, grâce à moi, un secret de la plus haute importance.

— Parlez donc, je vous écoute, quitte à recommencer si vous me trompez.

— Approchez donc, car je ne veux pas être entendu de cette foule, qui me massacrerait sur place.

Le bourreau vint s'agenouiller près de lui et l'écouta.

Le bourreau ce sera moi ! s'écria le boucher.

— Combien ai-je reçu de coups de verges demanda le comte, tout en suivant de l'œil le petit ruisseau que traçait son sang sur l'échafaud.

— Dix, répondit le bourreau.

Le comte tressaillit.

— J'aurais cru que c'était beaucoup plus.

— Ça ne m'étonne pas, dans ces moments-là on est troublé on compte mal.

— De sorte que j'en ai encore à recevoir ?...

— Quatre-vingt dix, pas davantage.

Le comte eut un nouveau tressaillement.

— Vous trouvez que c'est beaucoup.

— Oui, beaucoup.

Il reprit en essuyant avec sa main le sang qui coulait de ses épaules sur la poitrine :

— Et voici le marché que j'ai à vous proposer.

— D'abord une réduction je le parierais.

— Une réduction de quatre-vingt-dix coups !

— Plus rien alors? s'écria le bourreau stupéfait.

— Plus rien, et en échange ?

— Quoi ?

— Je vous livre la retraite où se sont réfugiés et où sont cachés en ce moment les cinquante nihilistes qui ont enlevé Petrowitch et sa sœur.

— Diable ! fit le bourreau, cela en vaut la peine en effet, mais...

— Mais vous allez me demander comment je connais cette retraite ?

— C'est un peu ça.

— Je connais ce secret depuis dix minutes.

— Allons donc ! vous étiez sans connaissance.

— J'avais encore les yeux fermés, mais je sortais de mon évanouissement, quand j'ai entendu l'un de ces jeunes gens dire à ses complices : rendez-vous immédiatement rue Strakoff, cour Elisabeth.

— Je vais transmettre à l'instant cette révélation et si vous avez dit vrai, je réponds de votre grâce.

Il courut à son collègue ; lui recommanda de veiller sur son prisonnier, et s'élançant de l'échafaud sur le pavé, partit toujours courant.

Il s'écoula vingt minutes pendant lesquelles le comte le regard tourné du côté par où il avait vu disparaître son bourreau se demandait avec une inexprimable angoisse quel allait être le résultat de cette nouvelle dénonciation.

Il croyait être bien certain d'avoir entendu l'adresse qu'il venait de transmettre à son bourreau, mais avait-il entièrement recouvré ses sens quand cette adresse, jetée à la hâte et presqu'à voix basse, avait frappé son oreille ; qui sait s'il n'avait commis quelqu'erreur ? et en ce cas que n'aurait-il pas à redouter de la colère de l'homme qu'il aurait trompé sans le vouloir ? non seulement il allait compléter ses cent coup de verges, mais avec quelle violence !

Le comte frémissait à cette seule pensée, convaincu qu'il ne survivrait pas à cette torture, dont une faible partie l'avait presque laissé mort sur l'échafaud, et c'était avec une violente inquiétude qu'il attendait le retour de son bourreau.

La foule de son côté était bien impatiente de cette longue interruption et très intriguée de l'entretien à voix basse qui avait eu lieu entre le bourreau et le supplicié et avait déterminé celui-ci à quitter subitement l'échafaud et toute cette foule sachant fort bien le rôle d'espion et de dénonciateur exercé longtemps par le comte pour la police russe et contre les nihilistes, commença à murmurer, soupçonnant une partie de ce qui venait de se passer.

Plus se prolongeait l'absence du bourreau, plus les soupçons de dénonciation attribuée au comte prenaient de consistance, confirmés d'ailleurs par les propos de quelques hommes, voisins de l'échafaud, qui prétendaient avoir entendu le supplicié donner au bourreau une adresse qui avait motivé son départ subit. Un boucher surtout, homme robuste et d'une taille colossale, affirmait avoir entendu cette adresse et la répétait à haute voix, de sorte qu'elle fut bientôt répétée par toute la place, ainsi que l'accusation portée contre le comte, vis-à-vis duquel la clémence du bourreau se trouvait ainsi expliquée.

Ainsi qu'il arrive dans toute émotion populaire, l'accusation d'abord répandue à titre d'hypothèse, devint bientôt une certitude, et le murmure de la foule allant toujours crescendo, ne tarda pas à prendre les proportions d'une véritable tempête.

— Oui, oui, c'est un espion, criait-on de toutes parts, on ne lui a infligé qu'un semblant de torture pour le décider à parler et maintenant qu'il a parlé, qu'il dénonce ses prétendus complices et qu'il a fait connaître leur retraite, on le laisse tranquille et on va lui faire grâce.

— Non, non, crièrent, alors quelques voix, pas de grâce pour le traître, pas de grâce pour le dénonciateur.

— A mort ! à mort l'espion ! reprirent aussitôt d'autres voix, de plus en plus nombreuses et qui éclatèrent bientôt comme un concert formidable.

Et aussitôt on entendit retentir sur tous les points de la place à la fois :

— Mort au traître ! mort à l'espion !

Ces mots, mille fois répétés se détachèrent enfin de l'espèce de rugissement qui, jusque-là, avait éclaté au-dessus de la place, effrayant, mais confus, sans signification distincte.

Alors le comte Michel, comprenant enfin que c'était de lui qu'il était question, que c'était à lui que s'adressaient ces menaces, commença à promener de toutes parts des regards inquiets et à s'étonner qu'il n'y eût plus autour de l'échafaud un seul des cinquante qui s'y étaient tenu rangés jusque-là.

C'était son bourreau qui, comprenant qu'il n'y avait pas une minute à perdre, ni une précaution à négliger pour s'emparer des nihilistes qui avaient accompli leur coup de main avec tant d'audace avait communiqué à leur chef la révélation qui venait de lui être faite et l'avait décidé à le suivre avec ses hommes.

Le comte chercha alors du regard le bourreau qui était resté pour veiller sur lui, mais celui-ci, intimidé lui-même par les menaces et les cris de mort de la foule, s'était décidé à quitter l'échafaud, sur lequel le comte était resté seul en face de cette foule furieuse.

— Pas de grâce pour l'espion ; criait-on toujours, qu'il meure sous les verges.

— Le bourreau ! le bourreau ! criaient toutes les voix où est le bourreau ? qu'il vienne !

Pendant ce temps le comte grelottant à la fois de froid et de terreur sous le sang qui continuait à couler par tout son corps, portait toujours ses regards dans la direction où devait venir le bourreau, espérant le voir arriver avec une garde assez nombreuse pour imposer à la foule.

— Le bourreau ! hurla le boucher, qui était devenu l'orateur et l'oracle de la foule, eh ! ne voyez-vous pas qu'il est parti pour ne plus revenir ? Ne comprenez-vous pas qu'on a fait grâce à cet homme pour le récompenser de sa délation.

Sa voix de Stentor avait porté sur tous les points, aussi ses paroles excitèrent-elles un hurra général.

— Mort à l'espion ! mort à l'espion ! un bourreau ! un bourreau !

Ces cris recommencèrent avec une nouvelle violence.

— Eh bien, puisqu'il n'y en a pas d'autre, le bourreau, ce sera moi ! s'écria le boucher.

Et d'un bond il sauta sur l'échafaud, séparé du pavé d'une hauteur de quatre pieds.

Et saisissant les verges ruisselantes de sang qui avaient servi au comte.

— A genoux ! cria-t-il en s'élançant vers celui-ci.

— Non ! grâce ! grâce ! balbutia le comte en reculant sur ses genoux.

Mais il glissa dans son sang et tomba, les mains en avant.

Alors, avec une fureur de bête fauve, le boucher soulevant les verges de toute la puissance de ses muscles, les laissa retomber sur les reins de sa victime, qui jeta un cri déchirant et se tordit sous la violence de la douleur.

Mais le boucher ne l'entendait pas, excité par la vue du sang qui ruisselait sous chaque coup, il frappait toujours, et comme il n'avait ni l'habitude ni la méthode du bourreau de profession, il frappait plus fort, partout, au hasard coupant la figure aussi bien que les reins et les épaules, de sorte qu'au bout de deux ou trois minutes le malheureux, aveuglé par son sang, ne voyait plus clair et se débattait comme au fond d'un abîme.

C'était si horrible, cet homme qui criait et se tordait sous le masque de sang qui lui couvrait le visage et lui voilait la vue, qu'à la fin, de cette foule immobile et comme figée d'horreur, ce cri partit tout à coup : assez ! assez !

— Assez !

Mais ce bourreau improvisé, en proie à un vertige sanguinaire, n'entendait plus, ne comprenait plus, ne se rendait plus compte de rien et il fallut qu'un homme du peuple s'élançât jusqu'à lui et lui retint la main pour mettre fin à cette espèce de folie.

En voyant dans quel état il avait mis le comte, qui n'avait plus rien d'humain, il recula lui-même avec un mouvement d'horreur et en jetant au loin ses verges ruisselantes de sang.

Son égarement avait cessé et il entendait maintenant ce mot mille fois répété :

— Assez ! asez !

Au même instant le comte tombait haletant sur l'échafaud et restait immobile.

— Mort ? demanda une voix.

Le boucher posa la main sur sa poitrine et la retirant sanglante !

— Non, dit-l.

Et sautant de l'échafaud sur le pavé, il se hâta d'aller se perdre dans la foule.

Le prince qui de son traîneau, avait assisté à cet effroyable exécution, était livide et tremblant.

Il se laissa tomber affaissé en murmurant :

— C'est trop ! c'est trop !

Le bourreau, si longtemps absent, arriva enfin.

Il resta atterré à la vue de la masse informe et sanglante que formait le corps du comte, et après s'être assuré qu'il vivait encore :

— Transportons-le à l'hôpital, dit-il à son compagnon, qui était revenu en même temps que lui, il y a peut-être encore de la ressource.

— Je ne demande pas mieux, répondit celui-ci, mais par quel bout le prendre ? J'ai vu bien des suppliciés en ma vie, mais jamais dans un tel état.

— Ah ! le pauvre diable ! il avait l'air de se plaindre, quand il était entre mes mains, mais s'il pouvait comparer mon traitement avec celui de ce butor de boucher, il trouverait que j'avais pour lui des soins maternels, mais bah ! ces suppliciés, ils ne sont jamais contents.

— Il est certain qu'il ne faut pas compter sur leur reconnaissance.

Ils transportèrent le malheureux comte Michel avec des précautions inouïes mais non cependant sans lui arracher des cris de douleur.

Pendant cette exécution extraordinaire, les gardes qui entouraient l'échafaud et qui l'avaient quitté pour suivre le bourreau, comme nous l'avons vu, étaient arrivés au pas de course à l'adresse indiquée par le comte, rue Strackoff, cour Elisabeth,

Cette cour était située au fond d'une impasse étroite et obscure dans un des quartiers les plus misérables de Pétersbourg, sur les bords d'un des nombreux îlots formés par la Néva, bien au-delà des magnifiques ponts de fer, des rues larges et luxueuses qui forment la grande ville.

Là, des cabanes en bois, basses et enfoncées dans le sol ; des cahutes, quelques enclos prolongés à l'infini, se mirent en désordre dans les eaux du fleuve, De quai, pas de vestige, de maisons, de rues, de trottoirs, point ; les cabanes, fouillis irréguliers, informes, sordides, forment ici un carré, là un carrefour. La terre noire et boueuse, sort de chaussée, la fumée d'air. Du côté de la ville, dont le centre se trouve à trois heures de chemin de là, se trouvent éparses les dernières habitations pauvres de Wassili-Ostroff ; du côté de la campagne, l'espace uniforme et l'aspect monotone des marécages de l'Ingrie.

C'est la fin de Saint-Pétersbourg ; plus de maisons, plus même de masures ; la ville s'arrête là. Des hommes y demeurent parce qu'ils y sont forcés par la nécessité, par la misère, mais l'édilité a oublié ce quartier et nul propriétaire ne songe à le lui rappeler.

La vie très chère à St-Pétersbourg, est à très bon marché dans ce quartier on n'y mange que des concombres et du poisson pourri, mais pour presque rien.

Sous la voûte d'une allée, celle au bout de laquelle se dessinait vaguement dans le brouillard la cour Ste-Elisabeth, s'élevait une masure noire et déjetée, d'un aspect repoussant. Tout autour, le sol piétiné était devenu une boue fétide ; dans la paroi de droite une porte si enfoncée dans cette boue, qu'il semblait qu'on ne pût jamais l'ouvrir ; au-dessus de la porte, en lettres à moitié rongées par une espèce de moississure, était écrit le mot : mercerie.

La pièce était froide et humide.

Une vieille femme tricotait assise sur un escabeau, et un enfant était couché sur le poêle les pieds chaussés de *lapti*, souliers d'écorce de bouleau tressée qui forment la chaussure du peuple.

C'était là que s'étaient arrêtés les gardes avec leur colonel en tête.

— Damnation ! quel pays ! murmura-t-il en jetant des regards désolés autour de lui, ce ne sont pas des êtres humains qui demeurent par ici, ce sont des animaux amphibies, car ce n'est ni la mer, ni la terre, c'est moitié banc et moitié cloaques, ça ne convient qu'à des crocodiles.

— Pardon, colonel, dit le bourreau qui marchait à ses côtés en avant de la troupe, mais il me semble avoir entendu une voix humaine de ce côté.

Et il montrait du doigt la masure branlante que nous venons de décrire.

Il s'en approcha aussitôt, et à travers la vite crasseuse, il aperçut la vieille qui tricotait.

— Voilà l'être humain demandé, quoiqu'il n'en ait pas beaucoup l'air, dit-il en montrant du doigt la vieille couverte de haillons.

— Qu'est-ce que c'est que çà, demanda le colonel en jetant un regard curieux sur la vieille femme.

— Une vieille femme, colonel.

— Ça, une femme, jamais !

— Pas une femme comme celles que vous rencontrez quelquefois sur la perspective, douillettement enveloppée dans ses fourrures, mais c'en est une.

— Tu en es sûr ? Alors, puisque tu connais cette espèce, entre dans sa masure et tâche de te faire comprendre d'elle.

Le bourreau poussa une petite porte à laquelle un tas de boue servait de bourrelet, et la referma aussitôt derrière lui en disant à la vieille :

— Dites-moi, bonne femme, comment appelle-t-on cette rue ?

La vieille ôta ses lunettes, regarda tranquillement le nouveau venu, et répondit en les remettant sur son nez :

— La rue **Arackoff**.

— Et la cour que je viens de voir au bout de cette petite ruelle ?

— La cour Sainte-Elisabeth.

— On dit qu'elle sert de refuge à une bande de nihilistes.

— Nihilistes ? je ne connais pas ça.

— C'est une bande de jeunes gens qui...

— Comment voulez-vous qu'une bande d'individus vienne dans ce quartier hideux et désert sans que je le sache, et sans les dix ou douze personnes que j'y connais, je n'y ai jamais vu âme qui vive.

— Prenez garde, la vieille, si on découvrait que vous avez menti, il pourrait vous en cuire.

La vieille femme répondit par un sourire dédaigneux.

— Savez-vous qui je suis ? reprit le soldat.

— Non, et ça ne m'importe guère.

— Je suis l'un des bourreaux de Saint-Pétersbourg.

La vieille tourna la tête de son côté et répondit :

— Tant pis pour vous, je suis bien misérable, et vous devez gagner beaucoup à faire un pareil métier, mais je ne voudrais pas être à votre place.

Et elle se remit à tricoter.

— Diable, vous êtes bien fière !

— Fière, non, mais dégoûtée.

— Prenez garde, la vieille, s'écria le bourreau avec fureur, on ne peut jurer de rien, et si jamais vous tombez entre mes mains, je vous jure que vous éprouverez autre chose que du dégoût.

La vieille ne daigna pas répondre, et le bourreau sortit en lui disant :

— En attendant, merci pour votre renseignement.

Il sortit, et rejoignant le colonel qui l'attendait à quelques pas de là :

— Vous voyez que ça parle et que ça se fait comprendre comme une personne naturelle.

— Alors c'est bien ici ?...

— La rue Arackoff.

— Et la cour ?...

— Sainte-Elisabeth est là-bas, au bout de cette petite ruelle ou impasse obscure et boueuse.

— Alors, marchons et hâtons-nous, ils doivent être encore dans l'émotion du coup hardi qu'ils viennent d'accomplir et en train de prendre leurs mesures pour échapper aux recherches ; ils songent donc plutôt à fuir qu'à se défendre, saisissons l'occasion pour tomber sur eux et les attaquer à l'improviste.

Et marchant rapidement vers le fond de l'impasse, ils s'arrêtèrent devant un bâtiment qui, par son architecture et l'ampleur de ses dimensions, ressemblait à une église abandonnée.

La porte colossale en était fermée et on n'y découvrait aucune issue.

— Ce doit être là, dit le colonel en montrant dans la boue des traces de pas sur toute la largeur du portail.

Sur un signe qu'il fit à ses hommes, six d'entre eux s'avancèrent portant sur leurs épaules un énorme madrier, tandis que les autres armaient leurs fusils en silence.

A un second signe les six premiers se ruèrent contre la porte, lançant avec force leur madrier qui ébranla l'immense porte en produisant un bruit formidable.

En même temps, les autres dirigeaient leurs fusils de ce côté, s'attendant à voir tomber la porte sous ce choc effroyable et à se trouver en face de leurs ennemis découverts.

Mais la porte resta immobile sur ses gonds, et comme les gardes laissaient retomber à terre la crosse de leurs fusils, croyant l'occasion manquée, une décharge inattendue partit de toutes les fissures du portail à la fois, étendirent à terre une vingtaine d'hommes.

— Ah ! les misérables ! s'écria le colonel hors de lui.

Sur les vingt hommes qui étaient tombés, huit ou dix se relevèrent blessés assez légèrement.

Les autres restèrent couchés sur le sol, et après les avoir examinés l'un et l'autre, le colonel constata quatre morts.

Ils avaient été frappés à la tête et tués sur le coup.

Six autres étaient blessés très grièvement et incapabbles de regagner leur caserne.

Devant ce terrible résultat, le colonel resta navré. Convaincu qu'il allait avoir affaire à des fuyards tremblant de tomber entre ses mains, effrayés de le voir arriver immédiatement sur leurs traces, quand leurs mesures étaient si bien prises pour lui échapper, il était anéanti et jetait sur les hommes morts un regard désespéré.

— Impossible de rester ici, exposés à une nouvelle décharge à laquelle nous ne pouvons même pas riposter, s'écria-t-il enfin, la situation n'est pas tenable, éloignons-nous.

— Colonel, dit alors le bourreau à voix basse, voulez-vous me permettre un avis ?

— Parle.

— j'ai vu tous les canons des fusils se retirer des crevasses d'où ils avaient tiré, ils doivent avoir pris la fuite, d'autant plus qu'il leur était impossible de vous attendre dans cette église, où ils auraient été pris comme dans un traquenard ; je crois donc que le mieux serait de prendre l'église d'assaut, ce qui ne sera ni long, ni difficile s'ils ont abandonné la place comme je le pense.

— Ton observation est juste, et d'ailleurs nous ne pouvons fuir devant des révoltés, allons, donnons l'assaut.

Sur l'ordre du colonel tous les hommes valides coururent au portail, s'accrochant aux corniches, à toutes les parties sculptées qu faisaient saillie, ils ne tardaient pas à pénétrer dans l'intérieur de l'église.

Sur les bords d'un des nombreux îlots formés par la Néva.

Ainsi que l'avait supposé le bourreau, l'église était vide les nihilistes l'avaient quitté.

Mais par où ? par quelle issue avaient-ils pu s'échapper en si grande quantité ? car le colonel qui les avait vus envahir l'échafaud les estimait à cinquante au moins.

Il se mit donc, avec tous ses hommes, à parcourir l'édifice et à le scruter jusque dans ses moindres recoins, mais sans obtenir aucun résultat. Ils découvrirent seulement des vêtements de femme et une quantité de linges ensanglantés qui lui donnèrent la preuve qu'Ivanovna avait été transportée là, ce qui rendait leur fuite encore plus inexplicable, vu la difficulté de transporter la jeune fille dans l'état où elle était.

Ils allaient quitter l'église après l'avoir sondée de fond en comble et du

22

haut en bas quand Raskoff qui se jour là semblait destiné à faire des découvertes, s'arrêta tout à coup devant un lambeau d'étoffe dont la couleur bleue sombre était presque invisible dans le coin où il était perdu. Il tira vivement sur ce lambeau et en l'amenant à lui, il vit s'ouvrir une espèce de petite trappe, étroite et noire, dans laquelle était pris un pli de l'étoffe. Elle était bientôt entière entre ses mains et il découvrit au jour qu'elle était largement tachée de sang, puis ses yeux s'habituant à l'obscurité de la trappe, il finit par y distinguer vaguement un escalier étroit, dont les degrés, à peine distincts, allaient se perdre dans les profondeurs de l'église.

— Ah ! ah ! s'écria-il tout à coup, si je ne me trompe, je viens de faire là une vraie trouvaille.

Il appela aussitôt le colonel et lui fit part de sa découverte.

— Nul doute, dit alors celui-ci tout joyeux, c'est par là qu'ils ont fui, ce lambeau est un fragment de vêtement de la jeune fille et cette trappe est l'escalier secret par lequel ils se ménagent une fuite assurée. Allons, descendons, c'est au bout de cet escalier que nous allons les retrouver à coup sûr, car ils n'ont pu transporter bien loin leur compagne sanglante, martyrisée, dont tout le corps n'est qu'une plaie et qui doit jeter un cri à chaque pas de ceux qui la transportent, quelque soient leurs précautions.

Il réunit tous ses hommes, leur expliqua la précieuse découverte que venait de faire Raskoff, et décida qui, lui le premier, ils allaient descendre cet escalier secret, le pistolet au poing.

Un instant après, chacun étant armé de son pistolet, ils prenaient cette voie mystérieuse, où bientôt il faisait noir comme au fond d'une mine et où ils pouvaient à chaque instant se trouver attaqués par leurs ennemis, auxquels la connaissance des lieux donnait tous les avantages.

Cette descente dans l'obscurité la plus complète durait depuis cinq minutes quand le colonel qui, on s'en souvient, était en avant, cria tout a coup : arrêtez ! ne faites plus un pas.

Le mouvement cessa tout à coup.

— Qu'y a-t-il ? demanda un soldat.

— J'ai les jambes dans l'eau.

Un marais peut-être ?

Une immense quantité d'eau que j'entends clapoter sous mes pieds et dont j'entrevois les lames au loin.

— En effet, j'ai entendu dire que cette église avait été bâtie sur pilotis.

— Mais alors comment ces misérables nihilistes ont-ils pu fuir par ce chemin ? c'est incompréhensible.

— Et pourtant c'est par là qu'ils ont fui, impossible d'en douter.

— Il doit y avoir quelques moyens de gagner la terre, des planches ou une chaussée factice élevée par eux.

— Peut-être, mais impossible de rien distinguer ; il faudrait une lumière et comment s'en procurer ?

— C'est ce que je vais essayer, je remonte pour cela, dit Raskoff le bourreau.

— La trappe est elle restée ouverte.

— Oui, c'est moi qui suis descendu le dernier et j'y ai songé.

— A la bonne heure, car notre salut est là.

On entendit Rascoff remonter lentement les degrés.

— Y sommes-nous, lui cria le colonel.

— Un instant, voilà le jour, j'y suis bientôt et il cria un instant après. J'y suis, m'y voilà.

— Pas encore, bourreau d'Ivanovna, riposta une voix menaçante.

Et aussitôt on entendit deux bruits, le bruit d'une porte fermée avec violence, c'était la trappe, et une voix déchirante, immédiatement suivie de la chute d'un corps à travers les hommes échelonnés sur les degrés et terminé par un clapotement sinistre, le plongeon du malheureux Raskoff, car c'était lui évidemment qui venait de recevoir sur la tête la porte de la trappe, si violemment fermée, qu'elle avait occasionné sa chute dans l'eau.

Qu'est-ce qui vient de me passer sur la tête ? cria un soldat en jetant un cri de douleur.

— Ce ne peut être que Raskoff, répondit le colonel, et comme il est tombé de là dans l'eau et qu'on n'entend plus sa voix, le coup qu'il a reçu sur la tête doit l'avoir tué.

— Mais alors ces infâmes nihilistes sont donc revenus ?

— Sans nul doute, et nous avons commis une grave imprudence en ne laissant pas la moitié des nôtres là haut pendant que les autres descendaient ici.

— Oui, oui, c'est une imprudence, et maintenant comment nous tirer de là?

-- Toujours la même chose, c'est de la lumière qu'il nous faudrait, c'est notre seule ressource.

— De la lumière et de l'eau chaude, n'est-ce pas colonel ? cria une voix partie de la trappe. Eh bien, tenez, voilà toujours l'un en attendant l'autre.

On entendit aussitôt un bruit d'eau abondamment versée, puis des cris déchirants puis le bruit d'une cohue bruyante inexplicable sur tous les degrés.

Que se passe-t-il donc là haut ? s'écria le colonel toujours immobile sur le dernier degré, d'où ses jambes plongeaient dans l'eau.

— Malédiction ! s'écrièrent les hommes les plus rapprochés de la trappe, nous ne pouvons rester ici.

— Pourquoi donc ?

— On nous inonde d'eau bouillante.

— Allons un effort, nous ne pouvons sortir de là qu'avec une lumière pour nous guider et nous montrer le chemin qu'ont suivi nos ennemis. La trappe est-elle ouverte ?

— Oui.

En ce moment on entendit encore la voix partir de l'église :

— Ils sont tous au fond de l'abîme et ne pourront jamais en sortir, laissons les là et gagnons la campagne.

Et on entendit des pas retentir sur les dalles sonores de l'église.

— Le moment est propice, cria le colonel, un dernier effort, vite, une lumière.

On entendit un pas gravissant les degrés du côté de la trappe.

Cinq minutes s'écoulèrent, cinq minutes d'angoisse pour ceux qui attendaient là, dans les ténèbres.

Puis le bruit de la trappe fermée avec fracas se fit entendre de nouveau, répercuté sous les voûtes de l'église en échos formidables, et encore une fois, un homme dégringola rapidement sur les têtes de ses compagnons et alla tomber dans les flots qui déferlaient mystérieusement au bas de l'escalier.

— Encore un, murmura le colonel avec un accent découragé.

Il leva la tête vers la trappe et ne vit plus rien.

Pas le moindre filet de lumière.

Et maintenant il n'en pouvait plus douter, ses ennemis étaient là, veillant toujours sur eux, décidés à n'en pas laisser sortir un seul de l'abîme où ils s'étaient imprudemment plongés.

— Nous n'allons pourtant pas passer notre vie ici, murmura le colonel avec une rage concentrée ; mais de quel côté tenter une sortie? en haut, impossible, la trappe est fermée et en supposant que nous puissions enfoncer la porte, nous serions fusillés l'un après l'autre, à bout portant. Ici de l'eau partout, une vraie mer, des ténèbres impénétrables ! Quel parti prendre ? impossible de faire un mouvement, la mort de tous côtés et à chaque pas.

Il réfléchit quelques instants, puis il reprit.

— Allons, mourir pour mourir, je ne périrai pas au moins sans avoir tenté quelque chose ; il faut que je trouve la voie par laquelle ils ont pu fuir.

Il se laissa glisser dans l'eau en annonçant à ses soldats quel était son projet et il se mit à nager au hazard en portant les mains de tous côtés dans l'espoir de rencontrer une voie quelconque.

Dix minutes s'écoulèrent ainsi.

Il commençait à se fatiguer et surtout à craindre d'être obligé de regagner son escalier sans avoir rien trouvé, lorsqu'enfin il sentit sous sa main un espèce de mur à auteur d'appui.

— Enfin ! cria-t-il, voici ce que nous cherchons, nous sommes sauvés.

— Là ! Là ! s'écria en même temps une voix partie du côté opposé à l'escalier, une voix qui lui était inconnue, c'est la voix du colonel, je l'ai reconnue.

— Le colonel, dit une autre voix venant du même côté, cet homme qui a interrogé Ivanovna, qui l'a fait convaincre de conspiration, qui l'a fait condamner et a été le plus implacable de tous ses juges, pas de grâce pour lui et visons bien ensemble.

Cinq ou six coups de feu partirent à la fois, et on entendit en même temps qu'un cri aigu le bruit de la chute d'un corps dans l'eau.

— A moi ! à moi ! cria aussitôt la voix du colonel, qu'on entendait se débattre furieusement dans l'eau.

Un homme se mit aussitôt à l'eau et se mit à nager dans la direction de cette voix, mais s'égarant au milieu des ténèbres :

— Par ici ! par ici ! cria de nouveau l'officier dont la voix s'éteignait peu à peu, hâtez-vous, je n'ai plus la force... je ne puis plus...

On l'entendit encore balbutier quelques syllabes ; puis plus rien qu'un clapotement bruyant annonçant sa disparition.

— C'est fini ! disparu ! murmura le soldat en regagnant l'escalier qu'il venait de quitter et qu'il eut peine à retrouver.

— Encore un bourreau de moins, encore une victime de vengée ! s'écria une voix dans l'ombre.

— Ils assistaient tous à l'exécution de Petrowitch et d'Ivanovna, reprit une autre voix, et tous ont été sans pitié, pas de pitié pour eux !

Un instant après des coups de pioche retentissaient distinctement.

— Qu'est-ce qu'ils font donc ? dit un soldat, celui qui avait tenté d'aller au secours du colonel.

— Il n'y a pas à s'y tromper, répondit un autre, ils détruisent la voie qu'a-vait trouvée notre colonel et qui était notre seule chance de salut.

— Et nous les laisserions faire ?

— Comment nous y opposer ? On y voit clair comme au fond d'un four !

— Ils n'ont pas eu besoin de voir clair pour assassiner le colonel.

— Ils ont tiré au hasard et le hasard les a favorisés.

— Eh bien ! faisons comme eux.

— Ça va, attention ! Une, deux, trois.

Au signal de trois une décharge de trente coups partit avec ensemble dans la direction d'où venaient les voix.

Des cris de douleur répondirent aux coups de fusil.

— Qui de vous a été atteint ? demanda l'un des nihilistes.

Trois noms furent prononcés.

— Gagnez la porte, vous allez être pansés.

— Imitons-les, s'écria l'un des jeunes gens, nous savons à peu près où ils sont, tirons sur eux.

— Je m'y oppose, cria une voix forte et énergique.

— Tu veux donc leur grâce ?

— Jamais !

— Alors que proposes-tu ?

— De fermer et de condamner les deux portes, les seules issues par où ils puissent sortir de cet abime, où ils ne peuvent même essayer de faire un pas sans se noyer, quand nous aurons détruit cette voie de briques. Alors ils mourront, mais comme doivent mourir des bourreaux, de faim et lente-ment.

— Mes amis ! s'écria alors un soldat, attendrons-nous tranquillement l'exé-cution de cet odieux arrêt ?

— Non, non, défendons-nous jusqu'à la mort.

— Et quand le Tzar trouvera ici les cadavres de ses esclaves, il saura alors comment nous nous défendons, comment nous nous vengeons.

— Allons, mes amis, vengeons-nous aussi, feu sur ces implacables ennemis, feu ! feu !

Mais avant qu'un coup de fusil ne partit, un bruit de serrure et de coups de marteau se fit entendre à la fois des deux côtés, en haut et en bas.

Les deux portes, celle du bas fond et celle de la trappe, étaient closes et condamnées.

Un profond silence se fit alors parmi les soldats, silence interrompu seulement par le bruit des vagues qui clapotaient et déferlaient dans tous les sens.

Pendant quelque temps pas une parole ne fut prononcée.

Ces hommes pleins de vie, et pourtant immobiles et muets dans ces impénétrables ténèbres au fond de cet abîme inconnu, leur tombeau, c'était lugubre c'était sinistre comme la mort même.

— Mes amis, dit enfin l'un d'eux d'une voix grave, à moins que le bon Dieu ne prenne pitié de nous, c'est la mort et quelle mort !

— N'y a-t-il donc aucune ressource ? demanda un autre.

— Je n'en vois pas.

— Et moi, j'en vois une, s'écria un troisième.

— Parle, parle.

Et tous écoutèrent en silence.

— Il n'y a qu'un moyen de sortir d'ici.

— Lequel ?

— C'est de forcer les gens à faire attention à nous.

— On ne fait pas attention à des cadavres au fond de leur tombe et nous en sommes là.

— Non, car nous pouvons faire du bruit et attirer ainsi l'attention sur nous et alors nous sommes sauvés.

— Mais comment faire du bruit ?

— Rien de plus simple, en faisant une décharge générale de nos pistolets.

— C'est une idée, ça ; essayons donc.

Le temps de charger les armes et l'épreuve eut lieu.

La détonation fut épouvantable,

Cinq minutes après, la trappe s'ouvrait.

— Succès complet ! s'écria un soldat, en se levant pour profiter de l'occasion.

Mais aussitôt une averse, un torrent, tombait sur les malheureux prisonet leur faisait jeter les hauts cris.

— Maintenant, cria une voix au haut de la trappe, vous pouvez jouer du pistolet tant que vous voudrez.

Tout était inondé d'eau, poudre et capsules, et les pistolets étaient hors d'usage.

Et les coups de marteau tombaient sur la porte de la trappe: qui était condamnée de nouveau.

C'était une nouvelle condamnation à mort et cette fois, plus d'épreuve à tenter.

Plus la moindre chance de salut.

Alors ce fut un morne silence du haut en bas de l'escalier.

L'espoir s'était éteint dans tous les cœurs, et sans que personne communiquât sa pensée, chacun songeait à se préparer à mourir.

C'était tout ce qui restait à faire.

Seulement ceux qui étaient en bas, remontèrent en haut pour échapper à l'humidité qui se dégageait des flots.

Et huit jours après quand sur un avis mystérieux, venu on ne savait d'où, on découvrit le souterrain où étaient enfermés une quarantaine de soldats, on les trouva tous couchés à la porte de la trappe et morts dans les contorsions de la faim.

Pas un n'avait survécu.

Le soir même du combat qui devait avoir une fin si tragique pour les soldats du tzar, la vieille femme que nous avons vue tricotant dans une des plus hideuses masures de la rue Strakoff était entrain de servir du fil et des aiguilles à une jeune cliente, qui contrôlait avec soin la qualité de la marchandise, quoiqu'elle ne fût pas chère, quand tout à coup elle prêta l'oreille à un bruit souterrain.

C'était comme un bruit de pas très faible et qui cessa tout à coup de se faire entendre.

La vieille feignit tout à coup une parfaite indifférence et s'adressant à la jeune fille, toujours occupée à examiner la pointe de chaque aiguille.

— Allons, lui dit-elle d'un air réfrogné, vous me feriez bien perdre toute ma journée si je vous écoutais, emportez le tout pour deux copecks.

— A la bonne heure! vous êtes arrangeante aujourd'hui, mère Akoulina, vous êtes dans vos bons jours.

Elle tira de sa poche deux petites pièces de monnaie, deux copecks, les déposa sur le comptoir à demi vermoulu, et enveloppant dans un morceau de papier gris la marchandise qu'elle venait d'acheter :

— Et maintenant, dit-elle de sa voix claire, au revoir, mère Akoulina, je vais travailler.

— C'est ça, va travailler mon enfant, le temps perdu ne se retrouve pas, va travailler et bon courage !

Elle s'en alla en chantant.

Quand elle se fut éloignée, la mère Akoulina, toujours debout sur le seuil de sa masure, écouta encore jusqu'à ce qu'elle eût entendu les dernières notes de sa chanson, puis jetant un coup d'œil à droite et à gauche pour s'assurer qu'elle n'avait plus à craindre aucune visite importune, elle courut à la porte d'une cave qui retombait transversalement et formait le plancher de la boutique.

Elle la souleva sans trop de difficulté et se penchant au-dessus d'un escalier dont les marches ébréchées se perdaient dans l'ombre.

— Venez, dit-elle.

Alors on vit surgir de la cave et entrer un à un dans la boutique les cinquante jeunes gens qui s'étaient élancés sur l'échafaud pour délivrer de vive force Petrowitch et Ivanovna, les cinquante nihilistes qui venaient d'enfermer les soldats du Tzar dans l'abîme où ils devaient trouver la mort.

Le dernier avait été blessé et montait en s'appuyant sur deux camarades.

— Il ne manque personne ? demanda la vieille.

— Personne.

— Mais un blessé ?

Un seul et pas grièvement.

Bien ! très bien.

Elle ajouta en baissant la voix ;

— Et les soldats ?

— Enfermés dans l'abîme, où ils vont mourir tous.

— Combien ?

— Quarante deux.

— Ah ! ah ! fit-elle avec un ricanement sinistre.

— Vous êtes contente, la mère.

— Bien contente ; j'ai juré haine à tout ce qui tient au tzar.

— Outre les quarante-deux soldats, un bourreau.

— Celui qui a fait mourir mon enfant sous le knout, je l'ai reconnu, car c'est lui qui m'a interrogée ne se doutant guère qu'il allait bientôt mourir, car il mourra aussi, n'est-ce pas ?

— Il est mort.

— Mort ! le bourreau de mon fils ! ah ! il y a donc un Dieu, mon fils est vengé, merci, enfants, merci.

Et ses traits rayonnaient de joie.

Elle reprit avec un rire sauvage :

— Voilà longtemps que je suis là, longtemps que je croupis dans cette masure, entre ces quatre murs qui suintent le froid, les douleurs, la maladie et la mort, mais un seul mot vient de me récompenser de tout ce que j'ai souffert; le bourreau de mon fils est mort ! et maintenant, plus que jamais j'appartiens à l'œuvre que nous avons entreprise et je vous suis dévouée à tous jusqu'à mon dernier soupir. Le froid, la misère, la maladie, tout ce qu'on souffre ici, je subirai tout sans me plaindre sans même y songer, car ce sera pour venger mon fils ! mon fils, entendez-vous, que j'ai vu se tordre et crier et mourir sous le knout, qui l'avait mis en sang ! oui mourir sous le knout, dans les tortures ! je l'ai vu rendre le dernier soupir ! Enfin son bourreau est mort, Dieu soit béni !

Oui, c'était là, dans cette masure infime et misérable, près de cette vieille en haillons qui excitait la pitié, et passait presque pour idiote, c'était là

Quarante trois cadavres, j'ai bien vengé mon fils.

qu'aboutissaient les caveaux de l'église qui recélaient cette troupe de nihilistes, et, c'était là, près de cette petite boutique, à peine visible, dans le cloaque
de boue où elle était enfouie, c'était là, presque sous les yeux de cette vieille
femme qu'allait mourir quarante-deux soldats du tzar, de la mort la plus
épouvantable: le froid et la faim.

Cette église était abandonnée depuis longtemps, et les agents de la police russe, sans cesse à la piste des nihilistes, n'avaient jamais soupçonné, ni cette misérable petite vieille, ni cette masure délabrée par la boue, toujours sans feu et parfois sans pain, d'être le repaire et l'agent des plus redoutables conspirateurs.

Mais maintenant, dit un des jeunes gens à la vieille, maintenant que vous avez accompli votre œuvre de vengeance, et quelle œuvre! Quarante-trois cadavres! maintenant, il faut songer à quitter cette boutique, car bientôt une odeur pestilentielle mettra la police sur cet amas de corps morts: on cherchera et on trouvera la voie souterraine qui reliait votre boutique aux caveaux qui leur servent de tombeaux, et alors tout le mystère sera révélé: c'est pourquoi il faut détaler au plus vite et s'en aller loin de Saint-Pétersbourg, loin de la Russie, ou vous ne seriez pas en sûreté, car on saura bientôt que vous êtes la mère d'un supplicié, et dès lors on devinera tout. Il faut partir au plus vite; la France seule peut vous offrir un refuge assuré.

— La France! mais il faut de l'argent pour faire un pareil voyage, et.....

— Cela nous regarde, votre tâche est accomplie, la nôtre commence; vous avez accompli des prodiges de patience et d'énergie; à nous à vous mettre à l'abri des dangers auxquels vous êtes exposée. Nous sommes cinquante, la plupart riches; nous allons nous cotiser pour vous envoyer en France; c'est le seul moyen, soyez-en sûre, de vous soustraire à la torture qui a été si fatale à votre fils.

Tous les jeunes gens se joignirent à celui qui faisait cette proposition, on décida de se réunir dans trois jours pour exécuter ce projet, et la nuit venue tous quittèrent la boutique de la vieille, un à un, et purent se disperser sans danger par la ville.

Fidèles à leur parole, tous se trouvaient réunis, trois jours après dans la petite boutique de leur vieille et énergique complice, et le soir même, celle-ci était en route pour la France.

Et elle pouvait dire avec orgueil en les quittant:

— Quarante-trois cadavres, dont un bourreau, le sien! J'ai bien vengé mon fils.

III

A quelques jours de là, le tzar recevait le récit détaillé des exploits des nihilistes, depuis la délivrance de Petrowitch et d'Ivanowna, jusqu'aux péripéties dramatiques qui avaient amené la mort des gardes appelés à assister à leur torture.

On donnait le chiffre exact des victimes; seulement on laissait ignorer le lieu où s'était passée cette tragédie.

Et ce récit, terminé par une menace de mort adresssée au tzar, était signée d'une croix.

Le jour même où cettte nouvelle menace des nihilistes était adressée à l'empereur, un personnage d'une tenue correcte et distinguée, se présentait à l'hôtel Milanoff et demandait à parler au prince, auquel il faisait passer sa carte.

Elle portait cette indication :

— Le docteur Kislef.

— Faites entrer, dit le prince étonné, car ce nom lui était inconnu.

Le docteur fut introduit.

— Prince, dit-il, le motif qui m'amène est fort grave, pourrais-je vous entretenir en particulier.

— Parlez, docteur, nous sommes seuls.

— Ce matin, reprit le docteur, on est venu me prier de venir voir un malade, et au moment de me faire entrer chez lui, on m'a demandé si je pouvais m'engager à une entière discrétion. Je pris cet engagement, et une fois entré dans la chambre de la malade, car c'était une femme, jugez de ma surprise quand je reconnus la jeune fille qui a subi le supplice des verges, il y a deux jours.

— Ivanovna,! s'écria le Prince.

— Je n'ai pas su son nom, mais je l'ai parfaitement reconnue, ayant assisté à cette exécution en qualité de médecin pour me trouver à même de secourir les suppliciés; la jeune fille surtout, en cas d'évanouissement. Une garde-malade était près d'elle; on nous laissa seuls et je pus panser l'infortunée, que je trouvais dans un état effroyable. J'avais promis le secret et je suis très décidé à le garder, mais je ne puis me dissimuler que ma discrétion m'expose à un grand danger ; celui d'être accusé de complicité avec les nihilistes pour avoir donné mes soins à l'un des leurs, quoique cette jeune fille soit entièrement innocente, j'en jurerai bien.

— Et vous auriez raison, docteur, son frère est nihiliste, voilà son crime, elle n'en a pas commis d'autre, et je sais, moi, par suite de quelle fatalité elle a été accusée d'avoir pris part à une conspiration qu'elle ne soupçonnait même pas, la pauvre enfant, et à propos d'Ivanovna, je dois vous dire, docteur, que vous arrivez, on ne peut plus à propos ; moi aussi, je vais vous faire une confidence pour laquelle je réclame toute votre discrétion.

— Vous pouvez compter sur moi prince.

— Je le sais et je vais vous en donner une preuve à l'instant même. Tenez, lisez cette lettre que j'ai reçue hier soir.

Le docteur ouvrit la lettre que lui remettait le prince.

— Mais, dit-il tout à coup après avoir lu le lieu d'où elle était datée, cette ville est sur la route de la Sibérie.

— Précisément; lisez toujours.

Il lut ce qui suit :

— Je pourrais me révolter contre l'arrêt que vous avez prononcé et j'ai mille moyens de me faire rendre justice, mais je me soumets, car j'ai beaucoup à expier, et si cruel que soit le châtiment, je reconnais qu'il n'est que juste ; je m'y résigne donc et vous jure de le subir jusqu'au terme que vous avez fixé, mais laissez-moi vous adresser une prière. Il est une autre personne envers laquelle je suis aussi coupable qu'envers vous-même, c'est Ivanovna, qui n'avait aucun tort à se reprocher à mon égard, pas plus qu'à l'égard de l'empereur, la pauvre innocente ! et qui n'a été condamnée à l'effroyable supplice des verges que sur mon témoignage ; témoignage odieux, mensonger, infâme, car elle n'avait rien fait pour encourager une passion qui a excité en moi un ressentiment aussi injuste que cruel et qu'elle n'a jamais partagé. C'est donc moi, moi seule qui l'ai fait condamner à une peine qu'elle n'avait pas méritée, et quand je me rappelle son supplice, quand je me rappelle les cris de douleur qu'elle poussait sous les verges qui mettaient sa chair en lambeaux, j'ai horreur de moi-même, je me considère comme un monstre, et le châtiment que je subis à cette heure me paraît une juste et trop faible expiation de mon crime. Mais ce crime affreux, impardonnable, il peut être racheté jusqu'à un certain point, non par moi, qui ne puis plus rien, n'étant plus rien, mais par vous qui, ayant un grand nom, une grande honorabilité, une haute influence près de l'empereur et de ses ministres, vous pouvez aller leur dire, concernant Ivanovna, toute la vérité, même aux dépens de mon honneur, dont je fais le sacrifice à Ivanovna. Faites cela; dites tout, absolument tout sans restriction, sans tenir la moindre considération à mon égard, et si vous réussissez à faire rendre justice à la malheureuse enfant, victime d'une indigne passion, vous aurez déchargé ma conscience d'un lourd fardeau, et non seulement, j'oublierai ce que je souffre par vous, mais je vous jure une reconnaissance éternelle.

Faites cela et soyez heureux, c'est mon vœu, Tatiana.

Tatiana ! s'écria le docteur effaré, mais c'est le nom de...

— De la princesse, ma femme.

— La princesse !... La Sibérie !... balbutia le docteur stupéfait.

— Oui, docteur, et pas un mot de plus sur ce secret, qui n'est connu que de vous seul jusqu'à présent. Vous comprenez maintenant pourquoi j'ai réclamé votre discrétion. Quant à Ivanovna, dont l'innocence m'est prouvée en effet, j'irai intercéder pour elle, soit près de l'empereur, soit près du ministre de l'intérieur en montrant, à l'appui de ma parole, cette lettre, avec l'explication du mystère qui a motivé ma conduite envers la princesse et qui contient la justification éclatante d'Ivanovna.

— La pauvre enfant est dans un état pitoyable, mais elle est jeune et forte et à force de soins nous la sauverons, j'espère.

— N'épargnez ni vos soins, ni la dépense, docteur, je me charge de tout, et ne craignez pas d'être inquiété à ce sujet, j'en prends sur moi toute la responsabilité.

— Merci, prince, et maintenant que je puis m'y dévouer en toute sécurité, je la verrai souvent, car la pauvre jeune fille m'intéresse au plus haut point.

Le docteur quitta le prince, la conscience en paix, et complètement rassuré après cette entrevue.

De son côté, le prince se prépara à se rendre chez le ministre de l'Intérieur, n'osant aller plaider près de l'empereur lui même l'innocence d'une nihiliste immédiatement après la découverte d'une conspiration, consacrée par une exécution publique ; car la justice du tzar est considérée comme infaillible.

Avant d'aller la confier au ministre, il voulut retirer la lettre de Tatiana.

La résignation, le repentir, le pardon du passé, tous les bons sentiments enfin dont chaque ligne de cette lettre était, pour ainsi dire, pénétrée le touchèrent profondément et songeant au changement si brusque et si cruel qui venait de s'opérer dans sa destinée, la veille encore si brillante et si heureuse, il murmura tout bas, en essuyant une larme :

— Pauvre Tatiana !

Et saisi tout à coup d'un attendrissement subit il s'écria en se frappant le front.

— Non, non, c'est impossible, c'est trop affreux !

Et s'asseyant devant une table sur laquelle étaient épars des plumes, de l'encre et du papier, il écrivit sous l'empire d'un entrainement soudain :

— Ma chère Tatiana, je ne peux vivre sans...

Malheureusement, un portrait en pied du comte Michel se trouvait accroché en face de lui.

Dans le trouble et le désordre d'idées où ils étaient l'un et l'autre depuis leur retour de France, Tatiana et le prince l'avaient oublié là.

Il courut le décrocher, le jeta violemment à terre et l'écrasa sous ses pieds.

Puis s'élançant sur la lettre qu'il venait de commencer et la froissant dans ses mains.

— Lâche ! lâche ! s'écria-t-il.

— Il la jeta au feu en s'écriant, dans un transport de colère :

— Non, non pas de pardon !

Une heure après, se trouvant un peu calme, il se rendait au ministère de l'Intérieur.

Il y fut reçu aussitôt, car le prince Milanoff n'était pas de ceux auxquels on faisait faire antichambre.

L'entrevue fut d'abord un peu orageuse ; le ministre comme l'empereur et comme tous les hauts fonctionnaires, n'admettait pas qu'on pût demander ni une grâce, ni même une atténuation quand il s'agissait d'un conspirateur et surtout d'un nihiliste ; à plus forte raison au moment même où une nouvelle menace de mort venait d'être adressée à l'empereur.

— Je suis entièrement de l'avis de votre Excellence, répondit le prince, mais il s'agit ici d'un innocent, ou plutôt d'une innocente.

— Quoi ! s'écria le ministre, cette odieuse créature qui toute jeune encore conspire avec les nihilistes.

— Ce serait odieux, en effet, mais il n'en est rien et la pauvre jeune fille n'est qu'à plaindre, car elle a été torturée et n'a rien fait pour cela.

— La justice de l'empereur ne se trompe pas, répondit sèchement le ministre.

— Elle se trompe rarement, c'est tout ce que je puis vous accorder, répondit le prince, car nulle part, malheureusement, la justice n'est infaillible et nous en avons eu trop de preuves en tout temps et en tout pays.

— Jamais en Russie, prince.

— Du moins, c'est l'avis des Russes, quand ils n'y ont pas passé.

— Enfin, prince, nous avons eu toutes les preuves possibles de la culpabilité d'Ivanovna.

— Et si je vous apportais, moi, la rétraction du témoignage qui a le plus contribué à sa condamnation.

— Cette personne qui se rétracte, vous la connaissez ? demanda le ministre avec étonnement.

— Fort bien.

— Vous vous porteriez garant pour elle ?

— Sans hésiter.

— Son nom, car tous les témoins me sont connus.

— La princesse Tatiana Milanowa.

— La princesse... votre femme ? s'écria le ministre tout interdit.

— Oui, Excellence.

Il se fit un long silence.

Le ministre reprit enfin.

— Quelle que soit ma confiance en votre parole, vous comprenez, prince, qu'une telle assertion doit être prouvée.

— C'est ce que je vais faire, quoiqu'il m'en coûte, Excellence, répondit gravement le prince.

— Pardonnez-moi d'insister, dit le ministre, surpris du ton dont était faite cette réponse, mais vous comprenez...

— Je comprends que nulle parole, dans un cas pareil, ne vaut une preuve positive et le sacrifice que je m'impose pour sauver cette jeune fille, qui appartient encore à la justice, vous prouvera à quel point je suis convaincu de son innocence.

Et lui mettant sous les yeux la lettre qu'il venait de faire lire au docteur Kislef :

— Lisez, lui dit-il.

Le ministre la lut jusqu'au bout.

— Quelques éclaircissements me paraissent nécessaires pour expliquer cette lettre qui, je le vois, émane de la princesse Milanowna.

— Vous l'avez dit. Mais, d'abord, avez-vous remarqué le lieu d'où elle est écrite.

— La Sibérie ! s'écria le ministre.

— Où j'ai envoyé la princesse, ma femme.

— Vous !

— Moi ! et avec son consentement, comme vous le voyez.

— Mais comme châtiment. Un châtiment ! La Sibérie ! imposée par vous ! qu'est-ce que cela signifie ?

— C'est ce que je vais vous dire, et c'est là le sacrifice qui demande de ma part un grand courage et qui atteste l'innocence de la jeune fille pour laquelle je m'impose cet immense sacrifice.

Et il raconta au ministre les amours du comte Michel et de la princesse, lui mit sous les yeux la lettre de celle-ci et lui expliqua comment la jalousie l'avait poussée à accabler, sous des témoignages entièrement faux, la malheureuse Ivanovna, dans laquelle elle voyait une rivale et qui était aussi innocente de l'amour qu'elle lui supposait que de la conspiration dont elle l'accusait avec l'apparence d'une entière bonne foi.

— Et après avoir acquis la preuve de l'outrage que vous aviez subi dans votre honneur conjugal, vous avez eu le courage...

— D'envoyer ma femme en Sibérie, de vive force et sans la consulter, mais vous voyez par cette lettre, qu'elle s'est bien vite résignée à ce qu'elle appelle aujourd'hui un juste châtiment et que la seule grâce qu'elle me demande est de sauver l'innocente qu'elle a fait injustement condamner et dont le supplice est son plus grand remords.

A la suite de cette confidence extraordinaire et des preuves apportées à l'appui, le ministre était tombé dans de profondes réflexions.

— Enfin que voulez-vous de moi et que puis-je faire pour cette jeune fille dont l'innocence m'est prouvée maintenant ?

— Que vous reconnaissiez publiquement son innocence, dont vous ne doutez plus et que vous rendiez...

— C'est impossible ! s'écria le ministre, la déclarer innocente après qu'elle a subi sa peine, ce serait reconnaître qu'elle a été victime d'une criante injustice: cela ne se peut pas.

— Et voilà comment la justice du Tzar est infaillible, voilà une preuve et peut-être en avez-vous beaucoup comme cela.

— Je vous le répète, prince, c'est impossible, vous devez le comprendre.

— Soit, je vous comprends, parce qu'en matière de justice et de politique, il faut parfois comprendre ce qui est incompréhensible, mais enfin qu'allez-vous faire pour cette jeune fille dont vous reconnaissez vous-même l'innocence ? Trouvez-vous juste de la traiter comme si elle était coupable ?

— Non, certes.

Il ajouta après un moment de réflexion :

— Ecoutez, nous ne pouvons lui retirer les dix coups de verges qu'elle a reçus.

— Je ne vous le demande pas.

— Tout ce que nous pouvons faire ; c'est de lui faire grâce des quatre-vingt-dix coups qu'elle devait encore recevoir ainsi que son frère, auquel on les appliquera strictement et de ne pas l'envoyer en Sibérie.

— Ni ailleurs.

— Elle ne peut pourtant rester à Saint-Pétersbourg,

— Je m'en charge.

— Vous ?

— Je l'enverrai en France. à mes frais ; elle y sera beaucoup mieux qu'en Russie, dont elle doit avoir horreur.

— C'est cela ! qu'elle disparaisse ! qu'elle aille se fixer à l'étranger, qu'on n'entende plus parler d'elle; c'est le seul moyen d'arranger les choses à la satisfaction générale.

— Et à la plus grande gloire de la justice russe, n'est-ce pas ?

— Allons, c'est une affaire conclue, n'en parlons plus.

— Et il est bien entendu que nul désormais n'inquiétera ni la pauvre Ivanovna, ni qui que ce soit lui témoignant quelqu'intérêt, comme par exemple les médecins qui lui donneraient les soins dont elle a tant soin.

— C'est entendu.

— Bref, c'est comme si elle était morte pour la justice russe.

— Je vous en donne ma parole.

— Pauvre Ivanovna ! elle serait morte sous les verges.

— Il est certain qu'on survit rarement à cent coups.

— Allons, adieu Excellence, et croyez-moi, félicitez-vous de la bonne action que vous venez d'accomplir en dépit de la justice... russe.

Sur ces derniers mots, qui firent faire une grimace au ministre, le prince partit.

Sa première pensée fut de se rendre dans la maison où avait été transportée Ivanovna, dont le docteur lui avait donné l'adresse.

Il avait pris également note du signal sans lequel on ne pouvait être introduit dans cette maison.

Quant il eut frappé les cinq coups convenus et tels qu'ils lui avaient été indiqués, on ouvrit et il entra.

Le docteur se trouvait précisément là. Il s'empressa de rassurer la jeune fille toujours inquiète à la pensée de la police, toujours épouvantée, au souvenir de l'effroyable torture qu'elle avait subie et dont elle redoutait le retour, car alors c'eut été la mort, la mort dans les plus intolérables souffrances.

Elle était donc agitée et tremblante, quand le docteur reparut, accompagné du prince.

Mais à la vue de celui-ci, elle pâlit affreusement, se mit à frissonner de tous ses membres et balbutiant :

— Grâce ! grâce ! oh ! ne me dénoncez pas, je ne suis pas coupable, ne me faites pas condamner aux verges, grâce, oh ! grâce !

Il s'arrêta dans un salon où se trouvait nembreuse compagnie.

S'étant soulevée, elle s'était agenouillée sur son lit et tendait vers lui ses mains suppliantes.

Le prince alla vers elle et lui prenant les main avec affection :

— Rassurez-vous, Ivanovna, lui dit-il, non-seulement vous n'avez rien à craindre de moi, mais je viens d'obtenir votre grâce au ministre en lui racontant toute la vérité, et dès que vous allez être assez forte pour supporter le voyage, nous partirons pour la France, où je vous installerai aussi commodément que possible.

— La France! murmura la jeune fille, dont les traits rayonnèrent à ce mot, ah! oui, la France! loin de la Russie, loin des échafauds, loin des tortures, loin des flagellations que j'ai subies toute nue devant ce peuple, ah!...

Et elle cacha dans ses mains sont visage rouge de honte à ce souvenir plus douloureux encore que la torture.

24   24

— Remettez-vous au lit, Ivanovna, lui dit le docteur, et se tournant vers le prince:

— La pauvre enfant est couverte de plaies, qui commencent à peine à se cicatriser; le moindre mouvement doit lui causer de très vives douleurs et ne peut que retarder sa guérison.

— Vous m'entendez, Ivanovna, lui dit le prince, recouchez-vous et ne commettez pas la moindre imprudence; songez que vous ne pouvez partir pour la France qu'après votre entière guérison, ne la retardez-pas vous-même.

— Oh! non! j'ai hâte de me voir loin de la Russie et de la police russe! je tremble toujours de voir ces hommes venir encore.

— Rassurez-vous, Ivanovna, je vous le répète, vous n'avez plus rien à craindre désormais, ni de ces hommes, ni de qui que ce soit en Russie, votre innocence est reconnue et j'ai la promesse du ministre que vous ne serez plus inquiétée.

— C'est égal, répondit Ivanovna, je tremblerai tant que je serai en Russie, et ne serai vraiment rassurée que le jour où j'aurai touché la terre de France.

— Faites donc tout ce qu'il faut pour être le plus tôt possible en état de voyager.

— J'en ai une telle hâte que je me sentirais coupable de partir aujourd'hui même.

— Oui, dit le docteur, on risque de tomber sérieusement malade à vingt werstes de Saint-Pétersbourg et de ne plus pouvoir quitter la Russie.

— Le pays des bourreaux! non, non, je ferai tout ce qu'il faut pour guérir.

— A la bonne heure! plus de crainte, plus d'inquiétude, un calme complet de corps et d'esprit et vous serez sur pied avant quinze jours.

— Savez-vous à qui vous devez de voir votre innocence reconnue, dit le prince à Ivanovna ? à la princesse.

— A la princesse..... Malanowa! demanda la jeune fille avec stupéfaction, elle qui par son témoignage a été la cause principale...

— Vous pouvez dire la cause unique de tous vos malheurs, aussi m'a-t-elle supplié de faire tout au monde pour les réparer.

Ivanovna garda un instant le silence, puis elle répondit avec calme :

— Je remercie la princesse de sa bonté.

— Non, Ivanovna, dit vivement le prince, c'est elle, au contraire, qui vous remercie, si vous lui pardonnez le mal qu'elle vous a fait.

— Je lui pardonne tout, et je vous bénirai vous-même, prince, le jour où, grâce à vous, j'aurai quitté la Russie, car c'est seulement ce jour là que je respirerai librement.

Le prince rappela au docteur qu'il pouvait désormais venir visiter la malade ouvertement, à toute heure de jour et de nuit, sans avoir rien à craindre, et partit en promettant de revenir bientôt.

IV

C'était dans une des gares de Saint-Pétersbourg; il était huit heures environ, la nuit était tombée depuis longtemps, lorsqu'un grand mouvement se fit tout à coup dans la foule qui encombrait la salle d'attente.

C'était l'arrivée d'un train qui venait d'être signalé.

Dix minutes s'écoulèrent encore, puis le bruit des trains glissant avec fracas sur les rails se fit entendre et annonça l'entrée des voyageurs.

Un instant après, ils envahissaient la salle où ils devaient attendre leurs bagages et au bout d'un quart d'heure, ils allaient se mettre à la recherche des voitures qui devaient les transporter par la villle, quand une voix de stentor, dominant tous les bruits, fit entendre ce nom :

— M. Isaac! on demande M. Isaac!

Un homme cria dans la foule :

Isaac! c'est moi ! me voilà ! me voilà ! me voilà!

C'était le juif Isaac Bakri, que nous avons vu au théâtre de l'Opéra, en même temps que le prince et la princesse Milanowa et le comte Michel, qui tout à son amour ne soupçonnait guère, ce soir là, le sort qui lui était réservé.

Isaac, toujours armé de ses lunettes à branches d'or, s'avança vers celui qui venait de l'appeler.

C'était un robuste cocher accompagné d'un jeune homme qui vint aussitôt au-devant du juif.

— M. Isaac Bakri ? dit-il en s'inclinant.

— Pour vous servir, monsieur.

— M. Isaac, reprit le jeune homme, vous avez reçu une lettre de son Excellence, M. le ministre de l'Intérieur vous invitant à le venir voir pour vous offrir la récompense due à vos services.

— J'ai eu cet honneur, M...

-- Fœdor, dit vivement le jeune homme.

Le Juif salua.

-- Eh bien, M. Isaac, vous arrivez on ne peut plus à propos.

-- En vérité, monsieur !

-- Son Excellence donne aujourd'hui une petite fête intime dans son hôtel et il m'envoie au devant de vous pour vous prier et lui faire l'honneur d'y assister.

Comment ! monsieur, répliqua le juif, en s'inclinant profondément, mais c'est moi au contraire qui me trouverai fort honoré...

— Vous acceptez !

— Avec bonheur, monsieur,

— Alors, monsieur, veuillez me suivre, ma voiture est là qui vous attend.

Il fit un signe au cocher, qui s'empara aussitôt de la malle du juif et marcha devant lui.

Un instant après ils montaient tous les deux, le juif et Fœdor, dans un traineau des plus confortables, traîné par deux beaux chevaux et conduit par le cocher qui s'était chargé de la malle du juif.

Ils étaient conduits grand train ; cependant au bout d'une demi heure ils filaient toujours et on ne parlait pas de s'arrêter.

— Ah ça ! où diable demeure donc le ministre, s'écria Isaac. Le ministère doit être au centre de la ville, et, au train dont nous allons, il me semble...

— Mais vous ne vous rappelez donc pas ? je vous ai dit que c'était une petite fête intime, et qu'elle avait lieu dans l'hôtel particulier du ministre ?

— C'est juste.

Il y eut une assez longue pause, puis Isaac Bakrie, dont l'impatience se trahissait par des mouvements tumultueux, dit tout à coup en se tournant vers le jeune homme :

— Vous êtes attaché au ministère, n'est-ce pas, M. Fœdor ?

— Je n'ai aucune raison pour vous le cacher, M. Isaac.

— Peut-être même au cabinet du ministre ?

— Vous pourriez bien avoir deviné.

— Et vous devez être au courant de bien des choses ?

— De pas mal de choses.

— Eh bien, tenez, là, entre nous, je ne vous dissimule pas que je grille de savoir la raison pour laquelle le ministre m'a fait venir en Russie.

— Mon Dieu ! je n'en sais rien au juste, mais, tout en allant et venant tandis qu'il causait de vous à son secrétaire particulier j'ai entendu répéter plusieurs fois les mots de services exceptionnels, homme dévoué et d'une rare capacité, une récompense proportionnée à ses mérites, bref il m'est prouvé qu'il s'agit d'une haute faveur ; et d'ailleurs le fait seul de vous faire venir de si loin prouverait également qu'il s'agit pour vous d'une récompense exceptionnelle, je crois même, mais je n'en suis pas sûr, qu'il est question de vous présenter à l'empereur.

— A l'empereur ! moi ! S'écria Isaac, bouleversé à cette seule pensée.

— C'est comme je vous le dis, vous voyez d'après cela que vous pouvez, tout espérer.

Présenté à l'empereur ! répétait le juif d'une voix tremblante d'émotion.

— Pourquoi pas ? s'il est vrai que vous ayez rendu au gouvernement des services exceptionnels.

— Mon dieu ! murmura le juif avec une feinte modestie, j'ai fait ce que j'ai pu.

Ça, c'est une affaire entre vous et l'empereur ; je ne vous demande pas votre secret.

La conversation languit encore quelques instants.

— Mais j'y songe! s'écria tout à coup le juif en se frappant le front.

— Quoi donc ? demanda le jeune homme.

— Je vais chez le ministre et je suis couvert de poussière! que dites-vous d'une pareille tenue ? Impossible de me présenter en cet état!

— C'est mon avis.

— Alors inutile de faire un pas de plus: je ne puis voir le ministre ce soir. Erreur !

— Comment! quand vous même...

— Rassurez-vous, mon cher M. Isaac, j'ai songé à tout.

— Que voulez-vous dire ?

— Vous avez dans votre malle tout ce qu'il faut pour changer, n'est-ce pas ?

— Naturellement.

— Eh bien, nous allons passer chez moi d'abord, et quand nous en sortirons, au bout d'une heure, vous ne serez pas reconnaissable.

— Ah ! mon cher M. Fœdor, que de remerciements !

— Ne parlons pas de cela.

— Mais le traîneau s'arrête; nous voilà chez vous ?

— Précisément.

Isaac et Fœdor mirent pied à terre et montèrent au troisième, où était situé l'appartement de ce dernier.

Il conduisit le juif dans sa chambre, où il le laissa seul... une heure après Isaac était transformé.

— Maintenant, dit le jeune homme en le voyant sortir de sa chambre, vous pouvez le disputer d'élégance et de distinction avec n'importe quel grand seigneur.

— Enfin je suis présentable et c'est tout ce que je demande, dit Isaac, l'air satisfait de lui-même.

— Allons, ne faites pas le modeste, M. Isaac; vous ferez très bonne figure chez le ministre.

— J'espère du moins que je ne serai pas trop déplacé.

Il s'écoula un quart d'heure avant qu'on fût arrivé, et pourtant le cocher continuait à mener les bêtes très grand train.

Enfin il s'arrêta.

— Nous y voilà, dit le jeune homme, en sautant à terre.

Isaac, âgé de cinquante ans et d'une corpulence assez prononcée, descendit de voiture avec moins de hâte et d'agilité.

D'ailleurs il réfléchisait depuis un instant et il se disait que pour un ministre, son excellence demeurait bien loin.

Il en fit même l'observation à son jeune compagnon, qui lui répondit que, d'abord Saint-Pétersbourg était très grand, et qu'ensuite son excellence aimait beaucoup la campagne, de sorte qu'elle demeurait aussi loin que possible du centre.

— Cet amour de la solitude et ce goût prononcé pour la campagne témoignent d'un grand caractère chez M. le ministre, dit maître Isaac, avec une emphase qui complétait sa ressemblance avec M. Prud'homme.

— Vous jugez admirablement son Excellence, répliqua le jeune homme sur le même ton, et tout à l'heure vous serez étonné de sa simplicité.

— C'est la marque distinctive des hommes supérieurs, reprit le juif, infatiguable dans son admiration.

— Vous serez étonné, je ne vous dis que ça.

— Et d'abord je le suis déjà à l'aspect de cette demeure qui me semble bien ordinaire et bien modestement éclairée pour l'hôtel d'un ministre.

— Permettez-moi de vous rappeler que c'est une soirée toute intime donnée à votre intention.

—. A mon intention !

— Pour fêter votre arrivée à Saint-Pétersbourg.

— Ah ! quel honneur ! on n'est pas plus courtois.

— Encore une fois, M. Isaac, je ne sais pas ce que vous avez fait pour cela, et je ne demande pas à le savoir, mais il faut que vous ayez rendu de fiers services pour être traité de la sorte, et quant à moi, voyant le cas qu'on fait de ma personne, je ne craindrais, pas à votre place, de demander à Sa Majesté les plus hautes faveurs, car vous pouvez aspirer à tout, c'est évident.

— Vous croyez ?

— A tout, je vous le répète ; votre présentation à l'empereur en est la preuve. Or, comme on dit en France, il n'y a que les honteux qui perdent.

— Et je tâcherai de ne pas être parmi les honteux.

— Surtout pas de fausse modestie, je vous en préviens ; quand vous tiendrez l'empereur, faites-lui valoir carrément les services que vous lui avez rendus et les récompenses auxquelles vous croyez avoir droit.

— Merci du conseil, je me garderai bien de l'oublier.

— Allons, entrons, et souvenez-vous de moi quand vous serez dans les bonnes grâces de Sa Majesté.

— Me prenez-vous pour un ingrat ?

— Nullement, mais... enfin, je prends mes précautions.

Tout en causant le jeune homme avait frappé deux coups.

La porte s'ouvrit et ils virent s'avancer vers eux une espèce de suisse dont le large baudrier rouge et argenté s'étalait fastueusement sur sa poitrine.

Une petite épée lui battait les mollets, des mollets imposants en rapport avec sa large poitrine.

— Sa Majesté est-elle arrivée? lui demanda Fœdor à haute voix.

— Pas encore, seigneur, répondit le suisse en s'inclinant.

— Et son Excellence ?

— Vient d'entrer dans le grand salon rouge.

— C'est bien.

Et se tournant vers le juif, déjà tout déconcerté à la pensée de se trouver en face du ministre;

— Montons, lui dit-il et permettez-moi de vous montrer le chemin.

Et il se mit à gravir les degrés d'un vaste escalier, dont les marches étaient couvertes d'un tapis rouge et dont la cage était splendidement éclairée par un lustre colosssal.

— A la bonne heure! s'écria alors le juif émerveillé, voilà qui est vraiment impérial.

Et il s'épanouit à la douce chaleur qui se répandait de toutes parts comme dans une serre, ou plutôt comme dans toute maison russe.

Arrivé au haut de l'escalier, il vit venir à lui deux ou trois domestiques en livrée, dont l'un le débarrassa de son chapeau, puis il suivit son introducteur, traversa avec lui plusieurs salons, tous brillamment éclairés, mais dont les fenêtres étaient fermées par des volets pleins, ce qui expliquait l'obscurité de la maison, vue du dehors, et il s'arrêta enfin dans un dernier salon où se trouvait une nombreuse compagnie, dont plusieurs personnages en brillants uniformes, et quelques-uns même, porteurs de décorations de différents ordres.

Alors Fœdor prenant Isaac par la main, et allant droit à l'un de ces derniers, s'inclina profondément devant lui et lui dit :

— M. Isaac Bakri demande la faveur de présenter ses respects à son Excellence, M. le ministre.

Le ministre s'inclina à son tour, puis présenta sa main ouverte au juif, qui ne pouvait se résoudre à se relever:

— Messieurs, dit-il, en élevant la voix, je vous présente M. Joseph Bakri comme un des plus fidèles sujets de sa majesté et l'un des plus dignes de votre sympathie.

Aussitôt tous les personnages présents firent cercle autour d'Isaac, et ce fut à qui lui presserait la main.

Le juif était revenu à peine de l'étourdissement où l'avait jeté ce double accueil, lorsqu'il entendit derrière lui retentir cette parole qui porta son trouble jusqu'à l'effarement :

— Messieurs, l'empereur!

Isaac Bakri, à ce nom énergique, se redressa comme sous la secousse d'une pile électrique, et faillit tomber à la renverse à la vue du tzar.

Celui-ci était vêtu d'un uniforme, comme presque tous les personnages de cette réunion, mais sa poitrine ne portait qu'une décoration en diamants.

— Sire, dit le ministre en prenant le juif par la main, M. Isaac Bakri, dont votre majesté...

— Connaît les importants services, interrompit l'empereur, et notamment le dernier, dont je suis tellement reconnnaissant à M. Isaac Bakri, que je le prie de m'en raconter lui-même les détails.

— Ah! sire, je n'ai fait que mon devoir, balbutia Isaac interdit et n'osant à peine regarder l'empereur en face.

— Vous m'avez sauvé la vie, M. Isaac, encore une fois je vous demande comme une grâce de me raconter tout ce que vous avez fait dans cette circonstance, que je veux graver pour toujours dans ma mémoire.

— Allons, parlez, M. Isaac, dit alors le ministre du ton le plus aimable.

— Et vous, messieurs, ajouta l'empereur, en s'adressant à tous ceux qui l'entouraient, écoutez ce récit et n'en perdez pas un mot, je vous en prie.

— Puisque vous le voulez, sire, je suis à vos ordres, dit Isaac, d'un air à la fois contraint et triomphant.

— Veuillez donc répondre à mes questions ; je crois que c'est le moyen le plus cour d'en finir.

— Comme il plaira à votre majesté.

— Vous habitez Paris depuis longtemps?

— Depuis sept ou huit ans, sire.

— Et vous avez bien voulu accepter là une mission...

— De confiance.

— Qui vous mettait en relation avec la police de mon gouvernement?

— Oui sire.

— Et vous ne savez pas, messieurs, s'écria l'empereur avec animation, quel serviteur précieux nous avions trouvé dans M. Isaac Bakri ! mais c'est ce que vous allez apprendre par son récit. Mais approchez donc, messieurs, car je le répète, je ne voudrais pas qu'un seul mot de ce récit fût perdu pour nous.

Le cercle se resserra autour du juif.

L'empereur reprit :

— D'abord, consultez bien, votre mémoire, Isaac Bakri, et dites-moi combien, durant ces huit années, vous avez signalé de conspirations à ma police.

— J'en ai découvert et dénoncé sept, sire.

— Vous l'entendez, messieurs, sept, s'écria l'empereur, toujours sur le même ton d'admiration.

Il reprit.

— Et combien de conspirateurs ont expié leur crime ?

— Vingt trois, sire.

— Comment ?

— Quinze sont morts en subissant les supplices du Knout.

— Et les autres ?

— Ont été envoyés dans les mines de la Sibérie.

— Quinze morts et huit dans les mines !... où ils sont peut-être morts aussi.

— Espérons-le sire.

— Voilà qui est admirable, s'écria l'empereur, voilà de ces services et de ces dévouemenis qu'on ne saurait trop payer.

Le juif s'inclina modestement.

Puis l'empereur, reprit en s'adressant au cercle qui l'entourait :

— Vous l'avez entendu, messieurs, que vingt-trois conspirateurs dénoncés et livrés à la police russe, dont quinze morts sous le knout! quel serviteur que cet excellent Isaac Bakri et comment récompenser tant de zèle et d'intelligence?

Et se tournant vers le ministre :

— M. le ministre, je vous charge de nous présenter un rapport à ce sujet.

Elle se jeta sur un lit où elle put enfin goûter le repos.

Et il quitta le salon en disant:

Adieu, messieurs.

Tout le monde s'inclina sur son passage.

Lorsqu'il apprit le départ de l'empereur, Isaac Backri promena ses regards autour de lui; il lui sembla que tous ces salons avaient changé de face.

Le ministre n'était plus là.

Tous les uniformes avaient disparu.

Les lustres perdaient peu à peu leur éclat et les bougies s'éteignaient une à une.

Enfin il ne voyait plus errer çà et là que quelques jeunes gens vêtus de noir, à la mine grave et sérieuse.

Il chercha de tous côtés M. Fœdor, son jeune introducteur, et ne le trouva plus.

Enfin ne sachant que faire, ni à qui parler, il chercha du regard la sortie, se sentant mal à l'aise dans ces salons, auxquels une demi obscurité et un profond silence donnaient quelque chose de lugubre.

25   25

— Qui sait ! pensa-t-il, en cherchant à combattre le vague sentiment d'effroi qui s'emparait de lui, c'est peut-être la fin de la fête ; cela se passe sans doute ainsi dès que l'empereur disparait. Il n'y a rien là d'extraordinaire, ce doit être une affaire d'étiquette.

Il ajouta en frissonnant légèrement :

— C'est égal, je ne sais pourquoi, mais je ne me sens pas bien ici ; j'aimerais mieux me promener en plein air, dans les rues de Saint-Pétersbourg.

Il se dirigeait vers une porte, dissimulée par une magnifique tapisserie, quand tout à coup cette tapisserie, s'écartant comme tirée par une main invisible, découvrit à ses yeux un transparent, un tableau lumineux d'un effet saisissant.

Cela représentait une place publique avec un fourmillement de têtes, et au milieu de cette place un échafaud avec trois victimes, dont une femme, demi nus, dont le corps ruisselait de sang sous les verges de trois bourreaux.

Aux pieds de chaque victime, flamboyaient trois noms, qu'il lisait distinctement : Petrowitch, Ivanovna, comte Michel.

Et au milieu de l'échafaud, un homme dans lequel il se reconnut avec épouvante, et sur le front duquel il lut ce mot : Dénonciateur.

— Moi ! moi ! balbutia-t-il tout à coup en pâlissant en tremblant de tous ses membres, moi ! horreur !

Et il désignait du doigt le personnage dans lequel il reconnaissait son image.

— Non, non, s'écria-t-il aussitôt en se débattant comme pour se soustraire à une effroyable vision, non, c'est impossible, c'est un rêve, un rêve horrible ; je ne veux plus voir cela, je veux sortir.

Et il fit un mouvement pour s'élancer en avant.

Mais il se sentit aussitôt arrêté et cloué sur place par deux bras robustes.

Puis la tapisserie grinça sur ses tringles et cacha le transparent.

— Mais en se retournant pour revoir la fête et dissiper la terrible vision, Isaac Backri ne vit plus que quelques lumières, disséminées de loin en loin à travers la nuit, comme des cierges dans un caveau funèbre.

Il sentit un frisson mortel glisser sur ses reins.

— Mais où suis-je donc ? murmura-t-il tout bas, comme s'il eût été effrayé du son de sa voix.

Sans lui répondre, les deux hommes qui venaient de le saisir au collet, l'entrainèrent brusquement et il se trouva dans un des salons qu'il avait traversés en arrivant.

Il était toujours éclairé et il y avait là une vingtaine de personnages formant cercle, tous jeunes et vêtus de noir.

Le juif reconnut Fœdor parmi eux.

Ce fut lui qui prit la parole.

— Mes amis, dit-il en désignant Isaac, resté immobile au centre du cercle, nous n'avons rien à apprendre sur le compte de cette homme ; vous l'avez entendu se vanter lui-même de ses forfaits devant un personnage qu'il prenait pour l'empereur, il a sur la conscience la mort de quinze des nôtres, mort horrible ! la mort par le knout ; c'est encore lui qui a dénoncé et livré Petrowitch et Ivanovna au bourreau et nous avons été témoins des tortures de cette pauvre enfant, innocente du crime dont on l'accusait, voilà ce qu'il a accompli, ce misérable, voilà les crimes dont il s'est couvert, et c'est pour cela, c'est pour le récompenser comme il le mérite que nous l'avons fait venir de Paris et l'avons présenté à l'empereur ! Eh bien ; maître Isaac, vous l'avez vu l'empereur, vous l'avez édifié sur vos mérites et sur votre zèle à le servir ! vingt hommes morts dans l'effroyable torture du knout, c'est un exploit, cela, ça mérite récompense et vous l'attendiez magnifique et en rapport avec vos services ! eh bien, vous ne serez pas trompé dans votre attente, et pour être toute autre que celle que vous espériez, elle n'en sera pas moins extraordordinaire, je vous le jure.

— Grand Dieu ! s'écria le juif, recouvrant enfin la parole, quels sont donc ces hommes et où suis-je donc tombé?

— Pas précisément à la cour du tzar comme vous l'espériez, maître Isaac, mais au milieu de ses amis, les nihilistes.

Quant à l'empereur, dit-il en se désignant lui-même, le voilà, et c'est moi qui me charge de la récompense qui vous est si bien due pour avoir fait martyriser nos amis.

— Mon Dieu ! mon Dieu ! que vont-ils me faire? s'écria Isaac, les traits pâles et contractés par l'épouvante.

— Nous avons à venger vingt de nos frères torturés par vous, par vous, qui étiez payé pour faire ce métier de bourreau et qui viviez dans le luxe et l'abondance pendant qu'on faisait subir les plus cruels supplices à ceux que vous aviez dénoncés, vous devez donc souffrir pour vingt, c'est pourquoi je ne vous promets pas que nous allons vous mettre sur un lit de roses.

Le juif laissa tomber sa tête sur sa poitrine.

— Avez-vous une famille, maître Isaac, reprit celui qui avait joué le rôle de l'empereur.

— Oui, s'écria le juif d'une voix émue et les mains jointes, j'ai une femme et une fille, et c'est en leur nom que je vous supplie...

— Tant mieux, car beaucoup de ceux que vous avez désignés au bourreau, avaient aussi une femme ; et des enfants vous souffrirez comme eux ; comme eux vous laisserez une veuve et des orphelins, la revanche sera complète. Œil pour œil, dent pour dent, voilà notre devise. Allons, êtes-vous prêt, maître Isaac ?

Si l'on songe à la vie calme, régulière, et pour ainsi dire somnolente à force du bien être que menait à Paris maître Isaac avec les trente mille livres de rentes que lui rapportaient ses dénonciations à la police russe, on comprendra l'angoisse qu'il dut éprouver à la pensée des supplices dont il était menacé, supplices vagues, inexpliqués, mais d'autant plus effrayants. Il n'en pouvait douter, sa dernière heure était venue, et les aveux qu'il venait de faire au prétendu empereur et qu'il avait amplifiés plutôt qu'atténués, dans l'espoir d'obtenir ses bonnes grâces, ces aveux plus que complets n'étaient pas faits pour porter les nihilistes à l'indulgence ; non seulement il était sûr d'expier, mais il devait s'attendre aux plus implacables rigueurs et dans cette attente il repassait dans son imagination épouvantée, toutes les tortures dont il avait souvent entendu parler.

Il fut tout à coup interrompu dans ses réflexions par les deux individus qui venaient de le traîner en pleine lumière et qui, sur un signe de l'ex-empereur, lui avaient lié les bras avec une chaine en fer.

— Messieurs ! messieurs ! hurla alors le juif d'une voix étranglée, écoutez-moi de grâce; j'ai dans ma malle plus de cent mille roubles que j'ai apportés de Paris pour une affaire, une grande affaire ; laissez-moi la vie et je vous les abandonne.

Fœdor se mit à rire.

— Cette somme est chez moi, et nous avons précisément besoin d'argent pour la grande œuvre que nous poursuivons, le vôtre nous servira à cela ; maître Isaac; la source en est ignoble, car il vient de la police et c'est le prix de la délation, ce sera un moyen de le purifier.

Après lui avoir lié solidement les bras, les deux jeunes gens le lièrent avec une chaine pareille à une espèce de tuyau de fonte, auquel il se sentait pour ainsi dire scellé.

Il lui était impossible de faire un mouvement.

— Que veulent-ils donc faire de moi, murmurait Isaac cherchant vainement à comprendre.

— Nous voulons seulement que vous compreniez par vous-même ce que vous avez fait souffrir à nos amis et vous en aurez bientôt une idée. Nous n'avons pas à notre disposition le knout et les verges qui découpent le corps en lanières ; c'est là un supplice impérial dont les raffinements ne sont permis qu'à votre bien-aimé maître, mais nous l'avons remplacé par une petite invention que vous allez être bientôt à même d'apprécier et qui vaut bien les verges croyez-moi.

Puis reculant de quelques pas :

— Encore une fois, êtes-vous prêt maître Isaac, car je vous en préviens, le moment est venu.

Le juif ne répondit pas.

Il était livide, tout son corps était secoué par un tremblement nerveux et on eût dit que ses yeux, effarés et sanglants, allaient sortir de leurs orbites.

— Allez, cria le jeune homme à haute voix.

Aussitôt on entendit un ronflement sonore dans le tuyau auquel était attaché Isaac, dont une effroyable expression de douleur contracta les traits, dont tout le corps se tordit sous ses chaînes comme celui d'une vipère et qui criait grâce d'une voix déchirante.

— Il n'y a pas eu de grâce pour nos amis, le bourreau auquel tu les as livrés n'a cessé de les torturer jusqu'au dernier soupir, souviens-toi de cela et résigne-toi.

Mais le malheureux, grimaçant hideusement et se tordant au point de contourner tout son corps, ne cessait de crier et de rugir.

Le tuyau de fonte rougissait toujours.

— Adieu ! cria Fœdor au juif.

Et il disparut.

La maison retentit encore de ses cris.

Au bout d'une demi-heure les cris étaient devenus des gémissements.

Et dix minutes après on n'entendait plus rien.

Les nihilistes avaient été fidèles à leur devise : « œil pour œil, dent pour dent. »

III

TATIANA.

La voiture qui emportait la princesse vers la Sibérie, était attelée à quatre chevaux ; c'était une espèce de berline adaptée à un traîneau et qu'on appelle dans le pays un vozof. Les clochettes suspendues au cou des chevaux résonnaient tristement dans cette solitude blanche de neige et restaient sans écho.

Les trois voyageurs, car on se souvient que la princesse avait deux compagnons, ou plutôt deux gardiens à la mine sombre et rébarbative, les trois voyageurs avaient fait un long chemin sans échanger une parole, quand Tatiana, plongée, tout ce temps dans les plus tristes réflexions, se rappela la lettre que lui avait jetée son mari au moment de la séparation. Elle jeta un coup d'œil sur cette lettre, qui était restée sur ses genoux et elle lui sembla avoir le double du volume de celle qu'elle avait écrite autrefois au comte Michel. Elle arracha l'enveloppe, dont l'adresse avait été écrite par elle et elle laissa échapper un geste de surprise, presque de joie, en découvrant sous cette enveloppe, une lettre du prince, outre la sienne.

— L'écriture de Paul ! murmura-t-elle vivement.

Et en tête de cette lettre, elle lut avec émotion :

— A Tatiana.

— Elle est bien pour moi, dit-elle.

Elle murmura de nouveau après une longue hésitation :

— Que va-t-il me dire ? quelle explication va-t-il me donner de sa conduite et quelles sont ses intentions ? je tremble à cette pensée et j'ose à peine lire.

Quand elle s'y résolut enfin, elle s'aperçut avec un violent désappointement qu'elle ne pouvait déchiffrer une seule ligne de cette écriture.

D'abord, la nuit commençait à tomber, et puis, comme nous l'avons dit au commencement de ce récit, les routes en Sibérie sont pavées de rondins qui rendent le voyage très fatiguant, en produisant des chocs et des soubresauts perpétuels, de sorte que, même en plein jour, il lui eût été impossible de rien déchiffrer. Elle fut donc obligée d'attendre un relai, mais elle était trop fière et trop choquée des façons de ses gardiens pour leur demander le moindre renseignement sur le lieu et l'heure où il leur plairait de s'arrêter. Elle attendit donc en silence, quelle que fut son impatience de connaître le contenu de cette lettre. La nuit entière se passa encore à voyager, et durant cette nuit froide, sombre, interminable, Tatiana chercha vainement une masure, un être humain, une lumière dans le lointain ; elle ne vit rien, absolument rien qui eût apparence de vie. Le désert, le froid, la neige, ce fut tout pendant cette longue nuit.

Enfin au petit jour, elle aperçut autre chose que le ciel toujours gris, et le sol toujours blanc de neige. A deux verstes environ, du côté de l'Orient, légèrement teinté de rose, à travers un épais brouillard, elle distingua une poutre noire colossale, ajustée transversalement à deux énormes poteaux ; poutre et poteaux couverts de neige sur toutes les saillies ; tout autour de ce gigantesque échafaudage, dont elle cherchait vainement à s'expliquer la destination, une douzaine de traîneaux et de voitures de toutes formes, et une vingtaine de bœufs.

Des hommes couverts de peaux, de fourrures, coiffés de bonnets de Zibeline ou d'Astrakan, suivant la fortune et la condition de chacun, étaient descendus de ces voitures et tâchaient de se réchauffer, soit en courant dans la neige, soit en frappant leurs mains, gantées de peau, l'une contre l'autre. Enfin c'étaient des êtres humains, parlant, marchant, agissant, c'était un spectacle, une animation, une manifestation de vie, et de sentiment dont Tatiana était depuis si longtemps privée, qu'elle se sentit toute ranimée, presque joyeuse dans son désastre, qu'il lui sembla qu'elle sortait d'une longue léthargie pour renaître à la vie et à la lumière.

Dans son élan de joie et de ravissement, elle s'écria spontanément, la main tendue vers ces hommes :

— Qu'est-ce que c'est que cela ?

— Madame, répondit l'un de ses compagnons, cette espèce d'échafaudage est une porte dans le désert, c'est l'entrée de la ville de Cazan, qui s'élève un peu plus loin, et ces hommes avec leurs voitures et leurs animaux, attendent leur tour de passer dans le cabinet d'un employé de la police, chargé de vérifier les passeports et de constater l'identité de chaque voyageur.

— Un passe-port! une constatation de mon identité! mais je n'ai rien de pareil, s'écria Tatiana.

— Tout a été prévu par le prince et nous sommes en règle.

On était arrivé à Cazan.

Voyant alors qu'une heure au moins devait s'écouler avant que les douze ou quinze voyageurs arrivés avant elle eussent fait vérifier leurs passe-ports, Tatiana profita de ce moment pour lire la lettre de son mari.

Ce ne fut pas sans une profonde anxiété qu'elle commença cette lecture.

— Tatiana, disait le prince, je passe sous silence les reproches, les réflexions auxquelles je pourrais me livrer au sujet du crime dont vous vous êtes rendue coupable, sans que rien dans ma conduite puisse vous justifier ce seraient des paroles inutiles, si vous avez reconnu l'immensité de votre faute, plus inutiles encore si vous n'en avez éprouvé aucun remords. Parlons seulement du châtiment que vous avez mérité et que je crois pouvoir vous infliger, Vous n'avez plus droit ni au rang de princesse, encore moins au nom de Milanovna, ni à l'estime, ni aux privilèges qui en découlent. Après vous avoir jugée au fond de ma conscience, je déclare que vous êtes tombée au dernier degré où puisse tomber une femme, vous saurez bientôt ce que j'ai décidé à votre égard. Quelle que soit la rigueur de mon arrêt, vous vous y résignerez et trouverez qu'il n'est que juste si le repentir vous a touché et si vous avez conscience de votre faute ; si non, vous vous révolterez et refuserez de vous soumettre à ma décision, ce qui est votre droit, aucune loi ne vous ayant condamnée. Mais alors j'en appellerai aux tribunaux et rendrai public votre honte et mon déshonneur en réclamant contre vous la peine des adultères. Voici ma volonté bien arrêtée, mon arrêt vous sera expliqué quand il en sera temps, par les deux compagnons de route auxquels je vous confie, et qui me sont tout dévoués, je dois vous en prévenir.

PAUL.

Cette lettre plongea Tatiana dans de profondes et douloureuses réflexions, mais sans trop l'étonner.

L'étonnement et l'immense douleur, elle les avait ressentis le jour où le prince, après lui avoir fait subir la plus effroyable angoisse que puisse éprouver une femme en mettant sous ses yeux ses lettres au comte Michel, l'avait jetée à deux inconnus en leur criant: En Sibérie!

Là, tout à coup, sans être prévenue, sans rien soupçonner, séparée de lui, séparée du monde entier, séparée de la vie pour ainsi dire, par ce mot terrible tombant sur sa tête comme un coup de foudre: En Sibérie! c'est-à-dire dans le désert dont le nom seul fait trembler les plus coupables, dont le séjour est considéré comme un enfer, comme la torture suprême après celle du knout et des verges!

Comment ce jour-là n'était-elle pas morte sur le coup? Comment son cœur ne s'était-il pas brisé? comment la vie ne s'était-elle pas éteinte en elle sous l'imprévu et l'horreur de ce terrible arrêt? Voilà ce qu'elle se demandait sans comprendre la force morale qui avait pu la soutenir dans cette épreuve.

Et aujourd'hui cette lettre qui avait dû l'attendrir n'était à ses yeux que la conséquence naturelle du coup terrible qui l'avait frappée au cœur sans la tuer. Quelle torture nouvelle lui infligeait-il en lui apprenant qu'il la condamnait à demeurer en Sibérie! Ne le savait-elle pas?

Seulement un point restait obscur et inquiétant dans cette lettre, c'était ce passage :

« Je déclare que vous êtes tombée au dernier degré ou puisse descendre une femme et vous saurez bientôt ce que j'ai décidé à votre égard ».

Que voulait dire cette phrase ? Quelle intention mystérieuse fallait-il y chercher ? elle se creusa longtemps la tête pour la deviner sans pouvoir y réussir. Elle eût pu sans doute être renseignée par ses deux gardiens, mais encore une fois elle recula devant l'idée de leur demander le moindre service et préféra attendre, malgré la perplexité où la jetait cette menace.

Enfin la poutre qui barrait la route se releva pour sa voiture, comme pour les autres, et elle passa au poste où l'employé de la police devait vérifier son passeport et ceux de ses deux gardiens.

Cette formalité fut vite accomplie, la princesse n'étant ni exilée, ni soumise à aucune peine pouvant l'exposer à un sévère examen de la part de la police.

Au moment de repartir, comme Tatiana venait de reprendre sa place dans le Vozok, l'un de ses gardiens s'approcha d'elle, son bonnet d'astrakan à la main, et la saluant humblement :

— Le prince nous a recommandé de voyager le plus vite possible, cependant, si madame est fatiguée et si elle désire se reposer quelques heures à Cazan...

— Oui, répondit la princesse, je suis brisée de fatigue et je voudrais s'il se peut, me reposer jusqu'à ce soir.

— Madame la princesse sera obéie.

— Jusqu'où allons-nous donc ? Où nous arrêterons-nous ?

— A Irkoutsk.

— C'est une grande ville ?

— C'est le chef-lieu de la Sibérie Orientale.

— C'est bien.

Une heure après ils étaient au centre de la ville de Cazan.

Ils s'arrêtèrent en face d'une hôtellerie et Tatiana fut aussitôt installée dans une chambre où elle se fit servir à déjeuner ; puis, après s'être enfermée avec précaution, elle se jeta sur un lit, où elle put enfin goûter le repos dont elle avait tant besoin après un trajet si long et si fatiguant.

Et le soir même, sans que la jeune femme fît la moindre observation tous trois se remettaient en voyage.

Le surlendemain ils étaient arrivés.

A travers un brouillard épais, pour ainsi dire solide, lumineux et d'un flanc d'argent, il virent se dérouler au pied de plusieurs montagnes, une ville entourée d'une enceinte de murailles crénelées, que domine une foule d'habita-

L_ Une foule d'habitations, de dômes, de tours que baigne le fleuve de l'Angara.

tions, de dômes, de tour et de clochers et que baigne, en faisant une courbe
gracieuse, le fleuve de L'Angara.

C'était un beau et imposant coup d'œil.

Cependant en repassant dans sa mémoire, comme à travers un songe, tous
les steppes qu'elle avait parcourus, sans rien rencontrer sur son passage, que
cet interminable linceul de neige, si profondément attristant, en cherchant à
se faire une idée de la distance énorme incalculable qui la séparait de son
point de départ ; Tatiana se demandait avec épouvante quel espace ce voyage
avait mis entr'elle et le prince vers lequel son esprit se reportait sans cesse,

tandis que l'image du comte Michel restait enveloppée dans son esprit comme d'un voile sombre.

— Sommes-nous enfin arrivés ? demanda-t-elle à ses gardiens.

— Oui, c'est ici, le terme de votre voyage, répondit l'un d'eux.

— Pouvez-vous me procurer une chambre pour me reposer de nouveau.

— Tout de suite, et nous allons faire donner à madame les vêtements dont elle a besoin après un si long voyage.

— J'en ai grand besoin en effet.

Comme à Cazan, Tatiana trouva dans une hôtellerie une chambre et un lit.

Et quand elle eut dîné chez elle, son hôtesse lui apporta un énorme paquet en lui disant qu'elle trouverait là de quoi s'habiller.

Elle se hâta de s'en servir, ses propres vêtements étant dans le plus grand désordre, et ne put s'empêcher de sourire à la vue d'un simple costume de Sibérienne, comme elle en avait vu à des femmes du peuple.

— Sans doute, pensa-t-elle, ces braves gens n'en avaient pas d'autres, et il leur eût certainement été difficile d'en trouver de pareils aux miens.

Le lendemain matin elle voyait entrer chez elle ses deux gardiens, qui la prièrent de les suivre en la prévenant de ne s'étonner de rien de ce qu'elle pourrait voir et entendre et surtout de ne jamais les démentir, quoiqu'ils pussent dire, leurs paroles, comme leurs actes, étant rigoureusement conformes aux ordres du prince.

— Que voulez-vous dire et que signifie cet avertissement demanda Tatiana étonnée.

— Veuillez nous suivre, madame, et vous le saurez bientôt.

Le soleil brillait, le temps était clair et sec, Tatiana se mit à suivre ses deux compagnons à travers des rues larges et bien bâties.

Irkoutsk, disséminé sur plusieurs collines, lui apparaissait dans toute sa splendeur.

Les deux compagnons s'arrêtèrent en face d'une petite maison de modeste apparence, élevée à quelques pas de l'Angara, dont les eaux venaient presque baigner sa base.

— C'est là ? demanda l'un des deux individus.

— Oui, répondit l'autre.

— Entrons.

Il fit un signe à la princesse, et il frappa à la porte.

La princesse vint à lui en se faisant cette réflexion :

— C'est là sans doute que je vais avoir l'explication de l'inquiétante énigme qui me préoccupe depuis trois jours, pensa la princesse.

L'un des deux hommes frappa à la porte, qui s'ouvrit au bout d'un instant.

Une vieille femme parut.

Sa tête froide, sèche et impassible trahissait une impassibilité glaciale.

— Que me voulez-vous ? demanda-t-elle en jetant sur ces deux hommes un regard défiant.

— Vous êtes bien, madame Fleigmann.

— Oui, après ?

— Vous avez besoin d'une servante ?

— Oui.

— Eh bien, en voici une, dit l'homme en désignant du doigt Tatiana.

— Moi ! moi ! une servante ! s'écria la princesse en reculant avec un geste d'horreur.

— C'est la volonté de celui dont nous sommes les serviteurs.

— C'est impossible ; il n'a jamais pu songer à faire une servante de...

Celui auquel elle s'adressait tira de sa poche une lettre qu'il lui mit sous les yeux et contenant l'ordre exprès d'engager la princesse en qualité de servante dans telle famille qu'il leur plairait, aussitôt arrivés à Irkoustk.

Tatiana courba la tête et répondit avec résignation :

— C'est bien.

— Elle n'a pas l'air robuste, fit observer madame Fleigmann, après l'avoir examinée de la tête aux pieds.

— Oh ! elle est très courageuse à l'ouvrage et vous serez contente d'elle.

— Après tout je ne tarderai pas à voir si elle fait mon affaire, et dans le cas contraire ...

— Vous l'enverriez ailleurs, cela va sans dire.

— Quand au prix ?...

— Prenez-là à l'essai ; vous verrez après.

— Eh bien soit. Qu'elle entre. Nous verrons ce qu'elle sait faire.

— Entrez, dit l'un de ses compagnons en se tournant vers la princesse, encore tout étourdie et ne sachant si elle devait en croire ses oreilles.

— Son nom, demanda la vieille en la voyant s'avancer vers elle.

— Tatiana.

— Ah ça ! je suppose qu'elle a un autre bagage que celui qu'elle porte sur elle.

— Naturellement, et je vais lui apporter sa malle tout à l'heure.

— Très bien, en attendant elle peut se mettre à l'ouvrage.

Aussitôt entrée dans la maison de sa maîtresse et la porte fermée derrière elle, Tatiana s'était assise dans un large fauteuil, ainsi qu'elle en avait l'habitude, quand elle allait visiter ses amies à Saint-Pétersbourg.

— Ce fauteuil est le mien, lui dit madame Fleigmann d'un air narquois, mais si vous vous y trouvez bien...

— Ah ! pardon, dit vivement Tatiana, rappelée au sentiment de sa situation, mais c'est que j'ai l'habitude...

— De vous asseoir dans les fauteuils de vos maîtres ? J'en suis fâchée, mais il en faudra prendre d'autres chez moi, répliqua la vieille allemande d'un air revêche, et vous voudrez bien aller casser la glace du fleuve pour puiser un seau d'eau.

Tatiana crut rêver en entendant cet ordre et le ton dont il était donné.

De son côté madame Fleigman trouvant que sa servante était bien lente à obéir, courut chercher le seau et le posant brusquement devant la jeune personne :

— Là ! faut-il vous le mettre dans les mains ?

Tatiana prit le seau machinalement et resta immobile en face de la vieille.

Celle-ci, qui ne paraissait pas très patiente, courut ouvrir la porte et montrant le fleuve qui passait au pied de la maison :

— Voilà le fleuve, dit elle avec vivacité, la planche sur laquelle vous devez vous avancer de quelques pas pour puiser est un peu branlante ; faites attention.

Tatiana, recouvrant peu à peu sa présence d'esprit, s'empara du seau et se décida à l'aller remplir.

Elle descendit trois degrés et mit les pieds sur la planche, non sans trembler, car elle se sentait chanceler à chaque pas, et ce fut avec des transes inexprimables qu'elle se décida à plonger son seau dans l'eau.

— Quand elle se releva, après avoir accompli cette dangereuse opération, elle était rouge comme un coquelicot.

— Drôle de servante ! murmurait madame Fleigmann en la voyant remonter. Je doute que j'en fasse quelque chose.

Tatiana, elle, avait beaucoup de peine à porter son seau, dont une bonne partie tombait sur ses pieds, et à peine l'eut-elle déposé dans la cuisine qu'elle se jeta sur un siège, tout étourdie et brisée de fatigue.

— Ah çà, dites donc ! grommela alors madame Fleigmann, ce n'est pas le moment de nous reposer ; voilà qu'il est bientôt midi ; mon fils va arriver, et généralement il arrive affamé, il s'agit de faire le diner.

Tatiana regarda de côté et d'autre d'un air effaré, se demandant avec inquiétude comment se faisait un diner et par quel bout elle allait commencer.

— Ah ça ! mais vous n'avez donc jamais servi ? s'écria l'allemande, que cette impassibilité mettait hors d'elle-même.

Cette colère acheva de bouleverser la jeune femme, qui se leva spontanément, sans savoir pourquoi et plongea des regards ahuris dans tous les coins de la cuisine, dans l'espoir de trouver une inspiration.

Commencez donc par allumer votre feu ; nous verrons ensuite ce que nous ferons pour diner.

Allumer le feu : c'était bien facile à dire. Mais comment, avec quoi s'allumait-il ?

Et Tatiana cherchait toujours, espérant que la vue des objets la mettrait sur la voie.

— Décidément ! disait madame Fleigmann, stupéfaite, c'est une drôle de servante ?

N'y tenant plus à la fin, elle prit du charbon à pleines mains, en remplit le fourneau, s'empara du soufflet et eut du feu en quelques minutes.

Tatiana la regardait faire, avec stupeur.

Tant d'adresse et de vivacité pour une occupation qu'elle ne soupçonnait même pas, qu'elle voyait faire pour la première fois, lui paraissaient extraordinaires.

— C'est sans doute la moindre chose que d'allumer le feu, pensait elle, mais que sera-ce donc quand il va falloir faire le dîner! Dans quoi, avec quoi se fait-il? et comment faut-il s'y prendre?

— Maintenant, dit madame Fleigmann, en se calmant un peu, donnez-moi cette casserolle, car après tout, c'est la première fois que vous servez ici et il vous est permis d'ignorer bien des choses.

En ce moment on frappa à la porte.

— Tenez, voilà justement mon fils Fritz.

Elle alla ouvrir et un jeune homme entra.

Il était grand, fort, portant toute sa barbe d'un blond clair, et était vêtu d'une large casaque, doublée d'une peau d'ours.

Il avait pour coiffure un bonnet d'Astrakan qui tombait sur ses yeux d'un bleu vif et d'une expression calme et douce.

— Bonjour! mère, dit-il en entrant et avant même d'avoir jeté un regard autour de lui.

Puis s'arrêtant interdit en face de Tatiana, dont la beauté parut le frapper vivement,

— Tiens! quelqu'un! dit-il en ôtant son bonnet.

— C'est ma nouvelle servante, dit Mme Fleigmann.

— Ah! elle vient d'arriver, dit le jeune homme, en regardant la princesse à la dérobée.

— A l'instant; c'est même pour ça que le dîner n'est pas prêt, car elle me paraît bien novice en matière de cuisine... comme en toute chose, au reste, car ce n'est pas pour l'humilier que je dis ça, mais elle me fait l'effet de ne pas savoir grand chose.

— Après tout, dit Fritz en adoucissant sa voix, qui était un peu rude, ce n'est pas sa faute si le dîner n'est pas prêt, car j'arrive aujourd'hui plus tôt que de coutume ; il n'est pas encore l'heure de se mettre à table.

— Qu'y a-t-il donc de nouveau ? que s'est-il donc passé de nouveau dans les bureaux.

— Il vient d'arriver une vingtaine d'exilés, et comme toujours, en pareil cas, sous prétexte d'aller les voir passer et de jouir du spectacle de leur malheur, comme le croient nos chefs, nous nous rendons chez nous dans l'espoir de les secourir, de les sauver, peut être, car ils arrivent brisés par les cahots de la route et à moitié morts, surtout ceux qui ont subi la torture avant de partir pour l'exil, et il y en a plusieurs parmi ceux-ci.

— Pauvres malheureux ! murmura madame Fleigmann d'un ton plein de pitié.

— Et se tournant vivement vers Tatiana, dont les traits exprimaient une profonde tristesse.

— Vite, vite! hâtons-nous! lui dit-elle; ils parcourent cette route, et passent devant notre maison pour aller aux mines; préparons-leur quelque chose de chaud, avec un bon verre d'eau-de-vie, ça les réconfortera.

— Vous avez raison, madame, et Dieu vous récompensera de ce que vous faites, dit vivement Tatiana. Voyons! vous voyez que je ne suis pas au courant; dites-moi ce qu'il faut faire.

— Voilà ce que c'est. Il leur est défendu d'entrer dans les maisons, à moins qu'il ne fasse un grand froid comme aujourd'hui, par exemple. Ils entreront donc. Eh bien! il faut préparer des sièges autour de cette table, sur laquelle vous allez ranger sept ou huit assiettes, que nous allons d'abord remplir d'une soupe bien chaude. Puis, après la soupe, une bonne tranche de lard, entourée de choucroute et arrosée de notre meilleure bière.

— Oh! oui, la meilleure! s'écria Fritz d'une voix émue.

— Et un bon verre d'eau-de-vie par là-dessus.

— C'est entendu.

Tout en parlant, Tatiana, allait prendre les assiettes rangées sur une espèce de dressoir et les posait sur la table avec le pain, coupé en morceaux, tandis que le lard et la choucroute rissolaient dans la poêle sous l'œil expérimenté de Mme Fleigmann.

Fritz lui-même s'était mis à l'ouvrage, il avait rempli le poêle de charbon de terre: de sorte qu'une demi-heure après son arrivée, toute la maison était chauffée, la table dressée dans la cuisine, était d'une dimension qui permettait d'y recevoir une douzaine de convives, et Mme Fleigmann avait l'œil sur son plat de lard et de choucroute tout fumant et prêt à être servi.

Quelques minutes s'écoulèrent encore, au grand ennui de Mme Fleigmann, qui craignait de voir se refroidir sa choucroute, quand une voix s'écria :

— Les voilà !

C'était Fritz qui, debout sur le seuil et le regard fixé sur la route, guettait leur arrivée depuis dix minutes.

— Combien? demanda sa mère.

— Dix environ.

— Bien; le plat suffira, quel que soit leur appétit.

— Pauvres gens! quelle fête pour eux avant d'entrer dans cet enfer qu'on appelle les mines !

— Et quand on songe qu'ils restent enfouis là, dans les entrailles de la terre jusqu'à leur dernier soupir !

— Et que beaucoup subissent ce sort épouvantable sur une simple dénonciation, sur le caprice de quelque haut fonctionnaire et qu'ils meurent là, innocents du crime dont on les accuse et qu'ils ignorent même bien souvent.

— Une dénonciation! s'écria Mme Fleigmann. Se peut-il qu'il y ait des gens assez infâmes pour faire un pareil métier! pour envoyer à la torture et à un exil pire que la mort des gens qui ne leur ont fait aucun mal !

— Ce sont ceux-là, ajouta Fritz, qui sont dignes de subir les plus cruels supplices et quant à moi, s'il m'en tombait un sous la main, je l'assommerais sur place sans la moindre pitié.

Ces paroles avaient jeté Tatiana dans un trouble inexprimable.

Elle songeait au comte Michel et à Ivanovna, que son témoignage avait envoyés à l'échafaud et qui avaient été effroyablement torturés sous ses yeux, et en ce moment surtout, sa conscience lui disait qu'en accomplissant ce crime odieux, elle n'avait fait qu'obéir à un sentiment de vengeance et d'orgueil blessé et que ses victimes étaient des martyrs.

Et dans le coin où elle s'était retirée pour échapper aux regards, elle pâlissait et frissonnait d'horreur à ce souvenir.

Fritz était toujours sur le seuil, faisant signe aux exilés qui approchaient lentement, d'abord parce qu'ils étaient brisés par la fatigue du voyage, dont nous avons déjà donné une idée au lecteur, puis, parce qu'ils étaient à moitié engourdis par le froid, un de ces froids terribles que les russes appellent « un froid qui grince. »

Enfin ils touchèrent le seuil de cette maison hospitalière qui les appelait de loin.

— Entrez, entrez! leur criait Fritz en les poussant amicalement dans la cuisine.

Ils étaient dix.

Ils s'assirent dans la vaste cuisine, autour de la table préparée pour eux, et, dans cette chaude atmosphère, au parfum de ces mets appétissants préparés pour eux, leurs traits prirent une expression de béatitude inexprimable.

Mais, comme ils allaient commencer à manger, l'un d'eux dit tout à coup :

— Mes amis! il ne faut pas que le bonheur nous rende égoïstes ; nous ne sommes que dix exilés ici, à cette table ; il en manque un, le plus malheureux de tous, un homme qui a été si cruellement torturé que ses traits ne sont plus reconnaissables, qu'ils inspiraient de la pitié même au bourreau et que c'est un miracle qu'il ait survécu à ce long et fatigant voyage, pendant lequel il a failli vingt fois rendre le dernier soupir. Je ne sais si je me trompe ; mais je crois que les braves gens qui nous font un si cordial accueil ne repousseront pas notre malheureux compagnon. Il n'a pu arriver en même temps que nous, parce que, devenu aveugle par l'excès de la torture, et pouvant à peine marcher, il ne peut se traîner qu'appuyé sur sa mère, à laquelle l'empereur, dans sa clémence, a accordé la grâce de l'accompagner dans son voyage et de le suivre jusque dans les mines.

— Mais certainement, qu'il vienne ! Il faut l'attendre et lui donner la meilleure place à table, dit tout à coup madame Fleigmann.

Fritz quitta aussitôt la table, où il avait pris place et alla jeter un coup d'œil sur la route, à travers les vitres.

Il le signala enfin.

Le malheureux, tout courbé, marchait péniblement, appuyé sur le bras de sa mère, une femme de haute taille, dont les traits décolorés et flétris trahissaient de cruelles souffrances. Une immense tristesse et une résignation imposante donnaient à sa physionomie un grand air de noblesse et l'on devinait, à ses vêtements, qu'elle appartenait aux plus hautes classes de la société. Forcée de marcher lentement pour soutenir son fils, elle frissonnait de tous ses membres.

— Pauvre femme ! murmura Fritz en la regardant traîner l'infortuné qu'elle avait obtenu la faveur de suivre en Sibérie, pauvre mère !

Ils arrivaient.

Fritz les appela et leur fit signe d'entrer.

C'était l'usage, leurs gardiens leur firent comprendre la bonne fortune qui leur arrivait et les engagèrent à entrer.

— Je meurs de froid, ma mère, dit le malheureux aveugle dont la voix tremblait.

— Dieu soit loué ! répondit la vieille dame, nous allons nous réchauffer dans cette maison qui s'ouvre pour nous.

Un instant après ils entraient, et comme leurs compagnons, ils se sentaient délicieusement enveloppés par la chaleur et ravis par les parfums excitants du lard et de la choucroûte.

— Asseyez-vous, asseyez-vous là, près du poële, leur dit Fritz en dirigeant l'aveugle vers la place qui lui était destinée.

— Viens, Michel, viens, mon enfant, lui dit sa mère en le faisant asseoir dans son fauteuil.

— Michel, murmura Tatiana en tournant la tête vers le nouveau venu. Est-ce que ce serait ?...

Mais celui-ci venait d'ôter son bonnet de zibeline et montrait un chef complètement nu, sans un seul cheveu, une tête de vieillard.

— Allons, servez tous ces braves gens, dit madame Fleigmann à sa servante, j'espère qu'ils vont faire honneur au lard et à la choucroute.

Chaque plat était énorme.

La jeune servante les regardait l'un et l'autre et se demandait avec quelque appréhension, par lequel elle allait commencer, craignant de ne pouvoir supporter un pareil poids.

Impatientée de sa lenteur, sa maîtresse, s'écria tout à coup:

— Allons donc, Tatiana, qu'attendez-vous?

— Voilà, voilà, madame, répondit Tatiana en s'emparant de l'énorme tranche de lard.

Le comte Michel, car c'était bien lui, avait relevé brusquement la tête, et se tournant du côté d'où était partie la voix.

— Tatiana ! balbutia-t-il, son nom ! et cette voix, cette voix est la sienne !... la princesse ici !...

— Une princesse ! répliqua en riant madame Fleigmann, vous perdez la tête, mon garçon, il n'y a ici qu'une simple servante du nom de Tatiana, et assez maladroite, je vous jure.

Le comte Michel s'était levé de son siège, et tremblant de tous ses membres, la tête toujours tournée du même côté :

— Non, non, je ne me trompe pas, reprit-il, c'est bien elle, c'est bien la voix de Tatiana, de la princesse Milànowa, je ne peux pas me tromper.

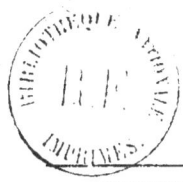

Qu'elle peut être la raison de ce noir chagrin ?

— Non, il ne peut pas se tromper, dit la mère, se levant à son tour, l'air sombre et menaçant, car cette voix est celle qui a porté témoignage contre lui, celle qui l'a fait condamner à l'épouvantable torture dont il n'est sorti vivant que par miracle. Vous le voyez, il n'a pas plus de trente ans et il a l'air d'un cadavre, tant il a cruellement souffert. Il a été mort, grisé comme jamais homme ne l'a été en Russie, et grâce à elle, grâce à la princesse Milanowa, que voilà devant vous, sous les habits d'une servante, je ne sais comment, mais c'est bien elle, je la reconnais parfaitemet.

— Est-il possible ! s'écria Mme Fleigmann en se levant tout à coup : une princesse chez moi en qualité de servante et accusée d'avoir fait torturer de pauvres gens ! ah ! ça, est-ce que je deviens folle.

Demandez-lui si je mens ! dit la mère du comte en désignant Tatiana par un geste énergique.

— C'est vrai ! murmura faiblement la jeune femme en courbant la tête et en rougissant.

27   27

— Une vraie princesse ! demanda Mme Fleigmann, comme pétrifiée en face de Tatiana.

— Oui, madame, dit la vieille comtesse.

— Mais comment se fait-il qu'elle soit ici, en Sibérie, en qualité de servante ?

— C'est un mystère qu'elle pourrait seule nous expliquer ; mais ce qu'il y a de certain, ce qui ne demande aucune explication, c'est le rôle infâme qu'elle a joué vis-à-vis de mon fils et d'une pauvre jeune fille, dont on a vu le sang ruisseler, sous les verges des bourreaux, et qui fut condamnée ainsi que mon fils sur sa seule dénonciation. Est-ce vrai, princesse Milanowa ?

— C'est vrai ! balbutia encore Tatiana, d'une voix presqu'inintelligible.

— Ainsi, reprit la comtesse avec un accent indigné, voici une femme, une grande dame, une princesse qui s'est chargée de pourvoir les bourreaux de Saint-Pétersbourg, qui a fait envoyer leurs victimes dans les mines de la Sibérie après les avoir fait matyriser, et vous souffririez qu'elle demeure en paix dans une maison honnête, garantie contre le froid et toutes les privations qu'elle va faire endurer aux innocents dénoncés par elle ! non, c'est impossible, cela ne sera pas !... cela ne sera pas, je vous le répète, car moi aussi, je vais la dénoncer à mon tour, je vais la faire connaître à toute la population de ce pays ; et qui sait à quelle extrémité ils pourront se porter dans l'excès de leur indignation ! qui sait s'ils ne se chargeront pas de remplir eux-mêmes l'office du bourreau comme l'a fait un homme du peuple à l'égard de mon fils ! ah ! puisse-t-elle endurer le même sort, souffrir le même supplice, c'est tout ce que je demande au ciel.

Elle s'exprimait avec une telle violence, qu'une vingtaine d'individus s'étaient assemblés au bruit de sa voix et commençaient à s'émouvoir, comprenant une partie de ses paroles.

Puis le bruit se répandant bientôt de ce qui se passait, la foule s'accrut rapidement et ne tarda pas à devenir menaçante.

Elle le devint bien autrement quand la comtesse, voyant ce rassemblement à travers les vitres et sentant sa colère s'accroître à chaque minute, s'élança tout à coup vers la porte, l'ouvrit brusquement, et montrant du doigt Tatiana à tous ces gens :

— Tenez, s'écria-t-elle, voyez-vous cette femme, jeune, belle et parée d'un grand nom, car elle est princesse ; princesse Milanowa, eh bien ! cette femme, cette noble dame a fourni des victimes au bourreau.

Un cri d'incrédulité se fit entendre.

Vous ne voulez pas me croire, reprit la vieille dame, ah ! c'est qu'en effet tant de férocité paraît incroyable, mais je puis malheureusement vous donner des preuves de ce que j'avance. Tenez, voilà mon fils, il a trente ans, il en paraît soixante et n'a plus qu'un souffle de vie. Savez-vous qui l'a mis en cet état ? savez-vous qui l'a livré au bourreau ? elle, la princesse Milanowa, qui se cache ainsi sous des habits de servante, c'est elle qui l'a fait matyriser et c'est grâce à elle qu'il va bientôt mourir dans les mines, que dites-vous de cela ?

C'est une infamie ! s'écrièrent quelques hommes ; elle mériterait elle-même de subir le supplice des verges.

— N'est-ce pas que ce ne serait que justice, reprit la vieille dame avec un redoublement de violence et en se rapprochant de Tatiana, qui reculait, en jetant sur la foule des regards épouvantés, car ceux-ci avaient fait quelques pas dans l'intérieur de la maison et se dirigeaient vers elle.

Alors hors d'elle-même, craignant de voir éclater sur sa tête la colère de ce peuple qui avait été si terrible pour le comte Michel, Tatiana courut se cacher là tête dans un coin de la pièce et resta là, immobile et tremblante, n'osant plus bouger et se bouchant les yeux pour ne pas voir.

— Allons, il faut l'entraîner hors d'ici, cria une voix de stentor.

Et au même instant une main pesante tombait sur son épaule.

Elle se vit perdue et jeta un cri déchirant, mais sans oser faire un pas pour prendre la fuite.

Elle était perdue en effet, car déjà trois ou quatre mains robustes la traînaient vers la porte, quand une voix dominant toutes les autres, fit entendre cette parole :

— Arrêtez !

A ce mot, prononcé d'un accent impérieux, toutes les têtes se tournèrent du côté d'où partait la voix.

C'était un jeune homme de haute taille, aux traits fatigués et vêtu du costume des exilés.

— Ne touchez pas à cette femme, reprit-il, voyant qu'on ne comprenait rien à la parole qu'il venait de prononcer.

— Mais vous ne savez donc pas ce qu'elle a fait, répliqua l'un des hommes qui déjà avaient posé la main sur son épaule.

— Je le sais, car ma sœur dont on vous parlait tout à l'heure, est une de ses victimes et pourtant elle est sacrée pour moi et je demande sa grâce.

— Mais vous-même Petrowitch ?... dit la comtesse.

— Moi, c'est différent, je conspirais réellement, et j'ai le sort que je mérite ; d'ailleurs ce n'est pas la princesse qui m'a dénoncé, c'est un juif... mais celui-là, il a payé chèrement son crime, nous ne sommes pas en reste avec lui. Quant à Ivanovna, malheur, pauvre innocente qui n'a jamais songé à conspirer, voici la lettre qu'elle m'a fait parvenir sur la route de Cuzani. Mon chère frère, je t'écris cette lettre sans savoir où, quand et si jamais elle te parviendra. Une fois délivrée par toi et nos amis et déposée à moitié morte chez un de nos affiliés, où je reçus immédiatement les soins d'un médecin, je fus bien étonnée, le lendemain de voir entrer le comte Milanoff, qui m'accabla de prévenances et me recommanda très instamment à cet excellent docteur en le priant de ne rien négliger pour guérir mes blessures et me rendre a la santé. Quelques jours après il me faisait, à moi d'abord, puis au ministre de l'intérieur, une révélation qui prouvait mon innocence, puis il s'engageait à me faire passer en France et à m'y assurer une existence aussi heureuse que possible : ce qu'il a fait avec tous les égards et toute la magnificence dont il est capable. La délicatesse m'empêche d'en dire davantage sur ce point, mais ce que je puis affirmer, c'est que la conduite de la princesse a été sublime et que loin de conserver le moindre souvenir de ce cruel passé, je ne puis que la bénir, l'admirer et l'aimer comme une bienfaitrice. Grâce à elle, grâce à son extrême bonté, je suis en ce moment la plus heureuse des femme ; mon bonheur serait complet si je pouvais la revoir et si je pouvais obtenir ta grâce et notre réunion en France, ce que d'ailleurs le prince m'a fait espérer. »

Le reste est inutile à lire, ajouta Petrowitch, mais vous en savez assez maintenant pour comprendre que la princesse Tatiana Milanovna est sacrée pour moi, comme elle doit l'être pour tous.

— Mais moi, s'écria la mère du comte Michel, je ne puis...

— Vous madame, interrompit Petrowitch ; vous devez garder le silence, car vous ignorez une chose grave, la vraie cause de la condamnation de votre fils et il vous dira comme moi, j'en suis sûr, que vous devez vous taire sur ce point. Par intérêt pour vous-même, je n'en veux pas dire davantage.

— Petrowitch a raison, dit le comte Michel, je me résigne et vous supplie de faire comme moi, ma mère ; je vous supplie aussi de ne conserver aucun ressentiment contre la princesse qui, ainsi qu'on vient de le dire, n'est pas la cause réelle de mes malheurs.

EPILOGUE :

Deux années se sont écoulées.

Nous nous retrouvons dans un magnifique château, de la Touraine, à deux lieues de Vendôme.

Le propriétaire de ce château est le prince Milanoff, qui mène là une vie retirée, monotone, sortant peu, toujours triste, en proie à une misanthropie dont on ignore la cause, mais qui semble incurable. Quelle peut être la raison de ce noir chagrin ? c'est ce que tout le monde ignore, c'est ce que cherchent vivement à s'expliquer ceux qui l'on vu si longtemps adonné aux fêtes et aux plaisirs de la vie parisienne, à laquelle il a complètement renoncé, depuis son dernier voyage en Russie, ce voyage d'où il revenait seul et profondément accablé. Qu'était devenue sa femme, cette belle Tatiana, qui passait fière si superbe et si brillante parmi les plus belles parisiennes? C'est ce qu'on essaya vainement de savoir. Pour éviter peut-être des indiscrétions, il avait renouvelé tout son domestique, et quant à lui, quand on avait voulu l'interroger sur la princesse, il avait éludé toutes les questions et avait laissé ses plus intimes amis dans une ignorance absolue sur ce point.

Depuis un mois environ ce chagrin avait encore augmenté. Il écrivait souvent et l'on savait que ses lettres étaient tantôt envoyées à Saint-Pétersbourg, tantôt à Iskourks, au fond de la Sibérie, mais il en recevait rarement une réponse et sa tristesse s'accroissait de jour en jour.

Un matin, un domestique vint le prévenir qu'une jeune femme, une voyageuse, arrivant de Vendôme à pied, c'est-à-dire ayant fait un trajet de deux lieues, demandait à lui parler.

— Son nom demanda le prince.

— Elle ne l'a pas dit.

— Son costume?

Et il parut attendre la réponse avec une vague inquiétude.

— Le costume d'une paysanne française.

— Ah! fit le prince d'un air désappointé.

Un instant après il descendit au salon où l'attendait la voyageuse.

Elle lui tournait le dos quand il entra.

Mais elle l'avait vu dans la glace, et elle avait porté la main à sa poitrine en laissant échapper un soupir.

— Le prince, lui, l'avait reconnue et il s'était élancé vers elle en prononçant son nom.

— Tatiana! ma Tatiana!

Une larme était tombée de sa paupière sur la main de la jeune femme.

Un profond silence avait succédé à cette exclamation.

Et tous deux étaient restés la main dans la main, attristés, pâles et immobiles.

— Il y a bien longtemps que je vous attends, ma chère Tatiana, dit-il enfin.

— Il y a si loin d'ici à Irkoustk, répondit la jeune femme d'une voix émue.

— Mais je vous avais envoyé de l'argent, dit-il.

— Je n'en voulais pas.

— Comment donc êtes-vous venue d'Irkoutsk ici?

— Tantôt par les voitures publiques, et plus souvent à pied.

— A pied!... pauvre Tatiana! mais pourquoi?

— Pourquoi? murmura Tatiana, en courbant la tête, parce que... j'avais à expier.

— Pauvre enfant! mais c'est un vrai martyre que vous vous êtes imposé là.

— Il a été trop doux, je n'ai pas assez souffert.

— Mais c'est fini, vous ne me quitterez plus, Tatiana.

— Toujours ensemble! non, Paul, c'est impossible.

— Ah! je ne veux plus de séparation, ma Tatiana, j'ai souffert plus que vous.

— Et moi je dois encore souffrir; la vie commune, jour et nuit deux à deux avec le charme de l'intimité, cette vie là ne doit plus être la mienne... d'ici à bien longtemps, quand j'aurai effacé le passé par de nouvelles épreuves.

— Non, non, le passé n'existe plus, il est oublié, il y a eu dans notre existence, un nuage qui s'est dissipé et dont je ne me souviens plus.

En parlant ainsi il s'était rapproché d'elle, ses lèvres avaient effleuré son front et s'étaient posées sur ses lèvres.

— Non, non, tu ne me quitteras plus, ma Tatiana, murmura-t-il à son oreille.

— Ce serait trop beau, mon Paul, répondit-elle tout bas, je ne dois plus vivre près de toi, une séparation entre nous est indispensable ; ton honneur l'exige, mais nous nous verrons quelques fois... j'en serai bien heureuse.

Il l'emporta dans ses bras... et on ne les revit plus que le lendemain matin sur la route de Vendôme, ville où elle se fixa dès ce moment, ne recevant dans sa demeure qu'une seule personne: le prince Milanoff.

Non loin du château, Ivanovna vit heureuse dans une jolie villa que le prince lui a achetée et qu'elle habite avec son frère, rendu à la liberté.

Quant au comte Michel, il est resté en Sibérie, et sa mère étant revenue habiter Saint-Pétersbourg, couverte d'habits de deuil, on suppose qu'il est mort au fond d'une mine.

LE

DUC D'ENGHIEN ET GEORGES CADOUDAL

1

A quelque parti, à quelqu'opinion qu'on appartienne, il est impossible de ne pas admirer l'inébranlable fermeté dont font preuve certains caractères dans la fidélité à leurs principes et parmi les hommes d'élite, l'un des plus remarquables est sans contredit Georges Cadoudal, l'homme extraordinaire, dont nous entreprenons de raconter la vie. Certes, ce chef de chouans montra au plus haut point, toutes les qualités d'un capitaine et l'intrépidité d'un soldat, l'intelligence, l'énergie, l'activité, un courage indomptable, mais ce n'est pourtant pas par ces rares qualités qu'il se fera une place à part dans l'histoire, mais ce qui le distinguera et l'immortalisera entre tous, ce qui fera de son nom le synonyme du dévouement sans limites, et de l'inébranlable fidélité, c'est cet attachement à la cause royaliste qui lie désormais son nom à cette famille des Bourbons pour laquelle il est mort.

Introduisons donc le lecteur près de celui dont Cadoudal fut l'ennemi acharné, près de Bonaparte, alors à l'apogée de sa puissance, quoiqu'il ne fût encore que premier consul, et sachons ce qui, ce jour-là préoccupait ce grand capitaine, alors l'arbitre des destinées de l'Europe.

C'était à la Malmaison, cette belle et gracieuse habitation qu'il préféra toujours entre toutes et à laquelle une foule de jolies femmes parmi lesquelles Joséphine, donnaient un air de jeunesse, de gaîté de fraîcheur toutes particulières. Ce jour-là Bonaparte donnait une fête intime à ses familiers, et quoiqu'on fût au mois de mars, déjà, dès huit heures, les salons étaient déjà pleins et la fête était dans tout son éclat. On avait hâte de s'amuser en ce temps, on voulait réparer le temps perdu pendant les transes de la terreur, et on attendait à peine que les bougies fussent allumées pour ouvrir le bal.

Cependant tandis que la demeure du premier consul était en fête, tandis que lui--même semblait prendre part aux plaisirs qui réunissaient l'élite de la société, le grand capitaine n'avait pas la tranquillité d'esprit qu'il affectait de montrer au public. Son esprit n'était préoccupé que de conspirations, il en voyait partout, il en soupçonnait dans toutes les classes de la société, il redoutait de trouver des conspirateurs jusque dans les cercueils, et dans cette crainte, il avait fait défendre de les clouer, afin de permettre aux agents de police de les visiter partout et à toute heure.

Ce n'était pas encore assez, un registre spécial était toujours ouvert au secrétariat de la police pour y recevoir les déclarations des dénonciateurs, et pour lever les scrupules qui pouvaient arrêter les esprits timorés, le préfet Dubois avait l'impudeur de faire afficher, à tous les coins de rue, que dans les circonstances présentes, la dénonciation devenait une vertu publique.

Quel était l'objet de toutes ces craintes et de toutes ces précautions? Georges Cadoudal et tous ceux qui le secondaient dans ses entreprises.

C'était là ce qui faisait le sujet de toutes les conversations, ce qui donnait une physionomie plus austère encore que de coutume à un groupe de graves personnages qui, le col empesé dans de larges cravates, engoncés dans des collets d'habits à haute forme, en culottes courtes et en bas de soie, contrastaient par leur air austère avec les élégants cavaliers qui ne songeaient qu'au plaisir.

Le premier consul causait avec quelques généraux quand son regard s'arrêta sur un personnage remarquable par l'expression de sa physionomie pleine de ruse et de finesse.

Bonaparte alla droit à lui, et de ce ton bref et un peu brusque qui lui était familier:

— Eh bien! Réal, lui dit-il, qu'avez-vous de nouveau à m'apprendre.

— Une arrestation importante, général.

— Qui donc?

— M. Armand de Polignac.

— Et puis?

— On est sur la piste de M. Jules de Polignac et du marquis de Rivière.

— Et Georges? demanda Bonaparte avec un intérêt marqué.

— On est sur ses traces, avant quarante-huit heures nous le tiendrons.

— Vous avez sur son compte des renseignements sérieux?

— Sa retraite nous est connue, et à l'heure où je vous parle, général, peut-être est-il déjà en notre pouvoir?

— C'est bien, maintenant que nous sommes rassurés de ce côté, nous avons à causer d'un conspirateur non moins dangereux que Cadoudal.

— Ah! fit le chef de la police d'un ton interrogateur.

— Le duc d'Enghien, répondit Bonaparte à cette question muette.

Et lui faisant un signe ainsi qu'à M. de Talleyrand :

— Passons dans mon cabinet; tandis qu'on danse et qu'on s'amuse ici, nous avons le temps de causer sérieusement.

Le cabinet de travail du premier consul, disposé en forme de tente militaire, était meublée avec une extrême simplicité. Sa bibliothèque, attenante à ce cabinet était garnie de livres, sans cesse renouvelés, de cartes et de plans qui y tenaient une place considérable étalés sur cinq ou six tables où il pouvait les interroger tour à tour.

Une fois là, enfermé dans son cabinet, Bonaparte demanda à Réal comment il se faisait qu'il n'était pas prévenu que Dumouriez était à Ettenheim, organisant des complots avec le duc d'Enghien, à quelques lieues de la frontière.

Ettenheim, petite ville du grand-duché de Bade, n'était guère connue que pour avoir servi de lieu de rassemblement aux émigrés au début de la Révolution. Ils y avaient été accueillis avec empressement par le cardinal de Rohan qui l'habitait alors.

· Là, furent débattus plusieurs plans entre Bonaparte, Réal et Talleyrand. Des avis furent envoyés par ordre du premier consul, à tous les ministres français et chargés d'affaires qui se trouvaient sur cette ligne pour les engager à redoubler de surveillance et à s'assurer s'il n'est fait aucune tentative de soulèvement sur les soldats ou sur les populations de ces contrées.

Bonaparte savait parfaitement que le duc d'Enghien ne s'occupait pas de conspirations, mais c'était celui des princes émigrés qui par son âge, son caractère et son tempérament, offrait le plus de prise au soupçon, c'était le seul qui se trouvât à sa portée pour la tentative d'un enlèvement qu'il avait résolu longtemps avant d'en laisser percer la pensée, et chose bizarre! tout en poursuivant activement Cadoudal et ses complices, le premier consul ourdissait lui-même contre les Bourbons qui lui portaient toujours ombrage, un complot qui devait être un scandale pour l'Europe et devait souiller à jamais sa mémoire. Aussi avons-nous trouvé curieux de faire marcher simultanément ces deux conspirations, l'une ourdie par le chef du pouvoir contre un proscrit innocent, l'autre par un royaliste convaincu, dévoué jusqu'à la mort à la cause de ses souverains légitimes ; le premier, s'emparant par un crime, de celui qu'il voulait faire passer comme coupable d'un complot auquel il ne songeait

Toutes les jolies femmes semblaient s'être donné rendez-vous.

nullement, le second combattant ouvertement celui qu'il considérait comme l'ennemi de son pays et de ses rois légitimes, et la conclusion de cette lutte à outrance entre le droit et l'iniquité, entre la loyauté et le crime, sera naturellement le triomphe du crime tout-puissant sur l'innocence, ouvertement reconnue, et plus tard ouvertement proclamée, dès que le permit ce colosse de puissance et de despotisme.

Talleyrand, diplomate plein de finesse, courtisan consommé et sans scrupules, très convaincu de l'innocence du duc d'Enghien, doué d'une pénétration qui depuis longtemps lui avait permis de percer à jour toutes ces comédies et tous les desseins secrets de Bonaparte, se garda bien de ne pas paraître la dupe de celui-ci et de ne pas se montrer indigné des monstrueux complots du prince. Ce fut donc avec une satisfaction complète, que le premier consul chassant subitement les soucis dont son front semblait obscurci, passa de son cabinet dans la salle de bal, avec son ministre et le chef de sa police.

Ce dernier, ainsi que Talleyran, avait abondé complètement dans le sens du premier consul, au sujet de Cadoudal et l'avait laissé persuadé que le terrible chouan allait inévitablement tomber entre ses mains. Tout allait donc pour le mieux au gré des souhaits de Bonaparte, ce fut donc avec une véritable joie et une entière liberté d'esprit qu'il prit part à la fête qu'il donnait ce soir-là à son petit château des champs, comme il appelait la Malmaison.

Aussi montra-t-il ce jour-là un entrain et une animation tout à fait extraordinaires ; toutes les jolies femmes semblaient s'être donné rendez-vous chez Mme Bonaparte, et excitées par la bonne humeur du grand homme, elles semblaient rivaliser de grâce et de gaieté. La belle Hortense, Mme de Rémusat, Mme de Talanet; Mme de Luçay, Mme de Savary, Emilie de Beauharnais, Mme de Bourienne, Mme Bernadotte, Mme Sophie de Barbé Marbois, Mlle Elisa Monroë, toutes parées de toilettes dont la fraîcheur rehaussait encore l'éclat de leur teint, formaient un merveilleux et ravissant ensemble.

Par extraordinaire, dans cette soirée mémorable, Bonaparte, complètement heureux, voulut goûter à tous les plaisirs.

Il s'arrêta à voir danser le fameux marquis de Trinitz. Il valsait avec Mme Murat et l'un et l'autre, jeunes, beaux et gracieux, excitaient l'admiration de toute l'assemblée.

Il voulut entendre ensuite le prince des chanteurs, l'incomparable Garat dont on admira tout, depuis sa voix sans pareille et son merveilleux talent, jusqu'à ses ridicules, non moins incomparables.

Il applaudit ensuite avec enthousiasme, le fameux violon Viotti, puis la célèbre soprano Crescentini, qu'il avait fait venir d'Italie.

Mais revenons à Georges Cadoudal et donnons au lecteur quelques renseignements sur ce personnage extraordinaire.

Et d'abord par une coïncidence bien bizarre, Georges dont toute la vie devait se passer à combattre Bonaparte et qui devait trouver la mort au bout de cette lutte acharnée, Georges est né la même année que Bonaparte.

Il naquit en Bretagne, à Brech, près de Notre-Dame d'Auray et fit ses études au collége de Vannes.

Quand la révolution éclata, il prit les armes pour défendre la cause royaliste et fut fait capitaine dans le corps de Stofflet.

Arrêté et jeté en prison, il parvient à s'échapper et devient un des chefs les plus redoutés de la chouannerie bretonne.

Son nom grandissait pour ainsi dire à chaque combat.

Après les défaites de Quiberon, il fait aux républicains une guerre plus acharnée que jamais et est reconnu général en chef avec le concours des plus intrépides capitaines de son parti: le chevalier de La Vieuville, Turpin, Terrien Cœur de Lion, Jambe d'argent, Le Chandelier.

Il avait alors vingt-six ans.

Aussitôt il appelle aux armes tous ceux qui sont capables de se servir d'un fusil et il commence par défendre les mariages, afin que chaque breton soit tout entier au métier de soldat.

Et il fut strictement obéi, tant il était aimé et respecté dans toute la Bretagne.

Vaincu par le général Hoche d'abord, et plus tard par le général Harty, il se vit obligé de signer la paix, à la suite de conférences avec le général Brune en 1800.

C'est à cette époque qu'il eut une entrevue avec le premier Consul qui, frappé de son courage et de ses rares qualités militaires, résolut de l'attacher à sa fortune.

Muni d'un sauf-conduit et cédant aux instances du général Brune, Cadoudal se rendit près de Bonaparte.

On assure que celui-ci lui proposa le grade de général de division, et sur son refus d'entrer à son service, ce qu'il considérait comme une trahison, lui offrit cent mille livres de rentes s'il consentait seulement à ne plus se mêler d'affaires politiques.

Cette entrevue avait lieu sans témoin et Cadoudal dit depuis : Il ne tenait qu'à moi de l'étouffer entre mes bras ; ce qui n'a rien d'invraisemblable quand on compare la différence physique qu'il y avait entre ces deux hommes, l'un petit, maigre et fluet, l'autre bâti en hercule et dont voici le signalement exact, affiché sur tous les murs de Paris quand, plus tard, toute la police se mit à sa recherche : « Georges Cadoudal, dit Larive, dit Masson, trente quatre ans et n'en paraissant pas davantage ; cinq pieds, quatre pouces, extrèmement, puissant et ventru, épaules larges, d'une corpulence énorme ; sa tête très remarquable par sa prodigieuse grosseur ; cou très court, le poignet fort, doigts courts et gros, jambes et cuisses peu longues, le nez écrasé et comme coupé par le haut, large du bas ; les cheveux châtains clair assez fournis, coupés très court, ne frisant point, excepté le devant, où ils sont plus longs ; teint frais, blanc et coloré ; joues pleines et sans rides ; bouche bien faite, dents très blanches, barbe peu garnie, favoris presque roux, assez fournis, mais n'étant ni larges, ni longs, menton renfoncé. Il marche en se balançant et les bras tendus, de manière que les mains sont en dehors ».

Comme on doit le penser cette entrevue, qui n'avait évidemment pour Cadoudal, qu'un but de curiosité, n'eut pas le résultat qu'en avait espéré Bonaparte, et Georges craignant que son désappointement ne le portât à quelqu'extrémité, s'empressa de fuir dès qu'il fut dehors. La suite prouva qu'il avait eu raison, car on assure que l'ordre fut aussitôt donné de s'emparer de sa personne.

Mais il était déjà trop tard ; Cadoudal s'était mis aussitôt en route pour Boulogne-sur-Mer, d'où il passait immédiatement en Angleterre.

Revenu en Bretagne, il protégea les prêtres qui refusaient le serment ; ce en quoi il fut ardemment secondé par tous les bretons, qui méprisaient souverainement les prêtres jureurs.

C'est à cette époque aussi qu'il connut et aima la sœur de Lemercier, qui fut avec lui le plus intrépide et le plus infatigable des chefs royalistes.

Dès 1794 ils avaient tous les deux sous leurs ordres une armée forte de vingt mille hommes en douze divisions.

C'est avec ces troupes, composées de Morbihannais qu'il combattit victorieusement à Saint-Billy et à la forêt de Camors.

C'est à peu près vers ce temps que remontent deux évènements qui contribuèrent à le pousser à l'héroïque détermination qui devait décider sa perte : nous voulons parler de sa conspiration contre la vie du premier consul.

Une fausse trêve, ayant été conclue à la ville Héné, l'intrépide Bois-Hardy, confiant dans la parole donnée fut surpris, massacré sans avoir tiré l'épée, et sa tête fut promenée au bout d'une pique.

Le second évènement est l'arrestation de Julien Cadoudal, opérée chez son père, à Kerleans. Il fut conduit, sous l'escorte de huit gendarmes, à Lorient, et massacré en route, sous le prétexte d'une attaque.

C'est alors que Georges, poursuivi et traqué d'ailleurs dans toute la Bretagne, passa en Angleterre et conçut le hardi projet, n'ayant plus les moyens de combattre autrement Bonaparte, de se rendre à Paris avec une trentaine de complices, tous Morbihannais, gens résolus, royalistes dévoués et d'un courage à toute épreuve, et de mettre à exécution le projet qu'il avait conçu.

On savait que le premier consul se rendait à Saint-Cloud en suivant les quais ; or le plan de Cadoudal consistait à l'attendre sur un point du quai avec soixante-dix bretons et à attaquer sa voiture entourée de son escorte. On commencerait par tuer l'escorte, puis la lutte s'engagerait entre les cavaliers et les compagnons de Georges.

Lutte ouverte, en plein jour, telle qu'il la fallait à un soldat comme Cadoudal ; duel formidable, sans pitié et sans autre alternative, du côté des assaillants, que la victoire ou la mort.

Champion de la cause royale, tout dévoué à son roi, le chef du complot voulait enlever, en plein Paris, Bonaparte, l'usurpateur du trône, et non l'attendre embusqué dans l'ombre comme un bandit.

D'ailleurs, son intention n'était pas de se servir du poignard contre lui; il voulait simplement s'emparer de sa personne et l'envoyer en Angleterre et chose bizarre! c'était l'île de Sainte-Hélène qui, dans la pensée du gouvernement britannique, devait lui servir de prison.

Aussitôt ce coup hardi exécuté, Pichegru et Marceau devaient faire appel aux troupes, puis le comte d'Artois et le duc de Berry, paraissant à un moment donné devaient entraîner le peuple et le pousser à acclamer les princes légitimes.

Mais la marche des évènements nous force maintenant à laisser de côté la conspiration des Cadoudal contre Bonaparte pour nous occuper du complot du premier consul contre le duc d'Enghien.

II

On se rappelle la lettre que le citoyen Réal avait écrite sous la dictée de premier consul au préfet de Strasbourg, le citoyen Henri Rée.

Colonel du régiment de Colonel-Général en 1789, puis dévoué à la République, et non moins dévoué ensuite au premier consul, il fit apeler le commandant de gendarmerie, le citoyen Charlot auquel il communiqua les instructions qu'il venait de recevoir.

Il s'agissait non pas d'une arrestation, ce qui rentrait parfaitement dans les goûts et dans les habitudes du commandant mais d'un acte d'agent de police, chose non-seulement étrangère, mais tout à fait antipathique au caractère du brave militaire, quoique fort commune à cette époque où la délation était considérée exaltée comme une vertu.

— Eh bien, vous avez compris, commandant, demanda le préfet, frappé du silence prolongé que gardait celui-ci.

— Oui, M. le Préfet, répondit le commandant avec embarras, j'ai parfaitement compris mais...

— Mais quoi? que voyez-vous là d'embarrassant?

— Une seule chose, M. le Préfet, c'est que nos moyens ne sont pas du tout portés vers ce métier... très honorable, surtout dans les circonstances, quand il s'agit d'une conspiration contre le premier consul, mais... enfin que voulez-vous, la vocation n'y est pas.

— Cependant cette mission est de votre ressort, et je ne puis répondre au chef de la police que je le prie de chercher ailleurs quand il me fait l'honneur de...

— Le commandant se frappa le front tout à coup comme illuminé.

— Une idée! s'écria-il-il.

— Voyons!

— Le chef de la police ne tient pas absolument à un commandant!

— Pas précisément.

— Eh bien, j'ai à vous proposer un homme qui fera beaucoup mieux votre affaire que moi-même.

— Fort bien! mais d'abord quelle est sa situation? Car vous comprenez que je ne puis m'adresser au premier venu pour une mission qui exige un tact et une délicatesse...

— J'ai justement notre affaire, c'est par ces qualités qu'il brille, et quant à sa situation...

Eh bien?

— Il est sous-officier.

— Parfait.

— Une bonne tenue, de l'esprit, une langue bien pendue...

— Et vous nommez ce phénix?

— Lamothe.

— Et vous le connaissez?

— Justement.

— A-t-il des scrupules?

— Pas beaucoup.

— C'est encore trop.

— Dame ! je me suis peut-être trompé.

— Aime-t-il l'argent?

— Je ne sais pas s'il l'aime, mais il le perd facilement.

— Un joueur ! Il est à nous.

Le citoyen Henri Schée fit venir le jeune sous-officier, lui remit, outre ses instructions, de l'argent avec recommandation d'en faire largement usage, ce que promit celui-ci, et il partit pour Ettenheim.

Le lendemain, rendant compte de sa mission secrète, d'où ressortait la présence en cette ville de l'ex-duc d'Enghien, du général Dumouriez et du colonel Grunstein.

Il apprend la présence en cette ville d'une grande quantité d'émigrés français. Ils font de grandes dépenses et on les dit soldés par l'Angleterre.

Tous manifestent hautement l'espoir et même la certitude d'un changement dans le gouvernement français.

Mais à cet espion de bas étage vient se joindre bientôt un homme d'une vive intelligence qui, ayant servi et trahi tour à tour tous les partis, avait des intelligences dans tous les camps et se tenait toujours prêt à servir activement et réellement la cause qui lui rapporterait le plus d'avantages. Cet homme, à qui ses talents particuliers et ses mérites, réels dans leur genre, valurent alors une certaine renommée, portait le nom de Méhée, auquel il avait jugé à propos d'ajouter celui de Latouche, et c'est sous ce double nom qu'il fut mis en relation avec le premier Consul par l'intermédiaire du citoyen Henri Schée, qui avait été à même d'apprécier sa profonde corruption, sa conscience facile et surtout son amour extrême de l'argent, qui n'avait d'égal que l'art de s'en procurer, d'en extraire de toutes les sources et sous tous les prétextes, et surtout le prétexte, difficile à contrôler, de marchander ou d'acheter des consciences.

Après avoir mis à contribution la caisse du préfet de Strasbourg, protestant comme toujours la cherté des consciences, Méhée partit pour Paris avec une lettre pour Bonaparte, et pendant ce temps le maréchal des logis Lamothe accomplissait sa mission à Ettenheim, et fêtait son succès au cabaret avec un gendarme du nom de Richard.

Or, ce Richard, aujourd'hui gendarme de la République, où il occupait comme Lamothe le grade de maréchal des logis, avait été autrefois piqueur chez le père de la princesse Charlotte, aujourd'hui mariée secrètement au duc d'Enghien, et voici ce que lui apprit son camarade Lamothe, dans une heure d'expansion provoquée par un déjeuner largement arrosé de bon vin. Il lui confia qu'on avait des craintes de la part des émigrés réunis en Allemagne et qu'on s'inquiétait surtout de savoir ce qui se passait dans le grand-duché de Bade et particulièrement à Ettenheim, où demeure le duc d'Enghien.

— Qui te fait supposer cela ? demanda Richard, que le nom d'Ettenheim avait fait tressaillir.

— Une mission qui m'a été confiée par le colonel pour cette petite ville, où j'ai appris bien des choses.

— Bah ! quoi donc ?

— Le général Dumouriez est là, il conspire avec le duc d'Enghien, et tout un nid d'aristocrates qui ne rêvent que le renversement du premier consul.

Naturellement je me suis surtout occupé du duc d'Enghien et je connais mot à mot tout ce qui le concerne. Sa femme, car il est marié secrètement, sa femme est une Rohan ; lui, il est grand chasseur ; je connais tous ses goûts et toutes ses habitudes, aussi tous ses domestiques par leur nom ; bref le jour où l'on voudra mettre la main dessus, rien ne sera plus facile, grâce à moi.

— On voudrait l'arrêter !

— Non, on se gênera !

Quand il eut quitté Lamothe pour regagner la caserne, Richard, qui n'avait rien perdu de son sang-froid, comme il l'avait feint en buvant avec son camarade, se mit à réfléchir sérieusement aux graves révélations qu'il venait de recevoir et aux moyens de prévenir la princesse Charlotte du danger qui menaçait le duc.

La princesse, excellente et charitable pour les malheureux, avait toujours été bonne pour lui comme pour les autres ; il eût risqué sans hésiter sa vie pour elle, mais comment lui faire parvenir un avis ? Impossible de songer à y aller lui-même. C'eût été non seulement risquer de payer cette imprudence de sa liberté, mais courir ce risque sans résultat, peut-être même en la signalant aux espions bonapartistes dont la ville devait être pleine. Quant à écrire, outre que c'était presque aussi dangereux dans une ville et avec des personnages aussi étroitement surveillés, Richard ne maniait la plume qu'avec une grande difficulté et craignait de se faire mal comprendre.

Aussi se coucha-t-il ce soir-là en proie à une grande perplexité et fort peu disposé à se livrer au sommeil.

Le lendemain Richard n'avait pas dormi de la nuit.

Il se préparait à faire une promenade dans la campagne, monté sur son bon cheval Roland, lorsqu'il entendit une voix claire et bien timbrée l'appeler par son nom.

— Qu'est-ce que c'est que çà ! s'écrie le sous-officier en se retournant vivement.

Il se trouva en face d'une jeune fille au teint clair, aux yeux brillants et à la mine éveillée.

— Qu'est-ce que c'est ? répliqua-t-elle, mais tout simplement Wilhelmina, auriez-vous oublié le son de sa voix ? eh bien échinez-vous donc à venir voir M. Richard pour qu'il hésite à vous reconnaître ; ce n'est vraiment pas la peine et j'ai bien envie de vous tourner les talons et de repasser la frontière.

— C'est ma foi vrai! s'écria Richard aussi ahuri que s'il tombait de la lune, c'est Wilhelmine.

— Elle-même en personne.

— Je le vois bien, mais qui aurait pu croire à une pareille surprise! moi qui vous croyais à Ettenheim.

— Eh bien vous vous trompiez; quand vous me regarderiez avec vos gros yeux, c'est bien moi, allez.

— Mais comment se fait-il ?

— Que je me sois donné la peine de passer la frontière pour venir vous regarder en face? je n'en sais rien, par exemple, car vous n'en valez guère la peine, et je jure bien...

Richard se donna tout à coup un grand coup de poing sur le front.

— Eh bien! quoi ? qu'est-ce qui vous prend donc !

— Wilhelmine, c'est le ciel qui vous envoie.

— Ça m'étonne, surtout s'il s'est donné la peine de m'envoyer ici.

— Je vous dis que c'est le ciel, et vous allez en convenir tout de suite.

— Je ne demande pas mieux, voyons-ça.

— Wilhelmine, vous habitez toujours Ettenheim, n'est-ce pas!

— Puisque je vous dis que j'en arrive.

— Et la princesse y habite aussi, de même que le duc d'Enghien.

— Pardi !

— Eh bien, imaginez-vous qu'il y a cinq minutes, pas davantage, j'étais en train de me demander comment je m'y prendrais pour aller faire une grave communication à M. le duc.

— Vous ?

— Moi-même.

— Et avez-vous trouvé le moyen de vous y prendre ?

— Je ne l'avais pas encore trouvé quand tout à coup je vous vois entrer dans la cour de la caserne.

— Eh bien ?

— Eh bien, j'ai trouvé mon moyen.

— Je ne comprends pas bien.

— Le voici ; comme je ne puis pas passer la frontière, vu que les hommes c'est beaucoup plus méticuleux que les hommes concernant la consigne, je me suis dit en vous voyant : voilà mon affaire. Présupposons que la charmante Wilhelmine ait fait le chemin tout exprès pour me contempler, ce qui n'a rien d'invraisemblable, présupposons de rechef qu'au bout d'une heure elle soit suffisamment repue de mon image et qu'elle éprouve le besoin de retourner vers les lieux qui l'ont vu naître, pour lors j'écris une lettre par laquelle je préviens M. le duc de la chose qui le concerne, elle se charge de la lui remettre et je sauve ma bienfaitrice, la princesse Charlotte.

— Tiens, tiens, tiens, mais ce n'est pas si bêtement raisonné, car, pour un maréchal-des-logis.

Vous n'écoutez que votre orgueil, Henri, et moi, je n'écoute que mon cœur.

— Et subséquemment vous acceptez la proposition ?

— Pour la princesse Charlotte ! je crois bien.

— Pour lors, que je vais transcrire la missive incontinent.

— Allez, je vous attends.

Richard s'élança aussitôt dans sa chambre, s'enferma à double tour pour éviter toute surprise, prit une belle feuille de papier réglé, et au bout d'une heure, la lettre était écrite.

Cinq minutes après il la confiait mystérieusement aux blanches mains de la belle Wilhelmine en lui recommandant de la remettre au duc ou à la princesse même, vu que la moindre imprudence pourrait causer sa perte et même celle de sa tête.

29   29

— Ça suffit, comptez sur moi, dit Wilhelmine; dès qu'il s'agit de la princesse, vous n'avez rien à craindre.

Et elle partit sans même accepter le moos de bière que lui offrait le galant maréchal des logis, ce dont elle se repentit bientôt.

Une heure après, comme son âne allait bon train, elle avait repassé la frontière.

Alors, n'ayant plus rien à redouter des Français, elle ralentit son pas, et le soleil dardant à pic sur sa tête, elle se rappela avec quelque regret qu'elle avait refusé un peu légèrement le moos de Richard.

Et comme elle était terriblement altérée, elle se décida à entrer dans une brasserie qui semblait lui tendre les bras au bord de la route, et dont le patron lui était connu.

C'était le père Tirmann, à l'enseigne du *Grand Bock*.

Wilhelmine entra donc après avoir attaché son âne à la porte, un picotin d'avoine pendu au cou, et se fit servir un grand verre de bière.

Elle était là depuis cinq minutes à peine, quand trois clients entrèrent, en jurant comme des païens, et en déclarant qu'ils étaient altérés comme la gueule de l'enfer.

C'étaient trois gendarmes allemands dont la tenue était loin d'être irréprochable, et qui cherchaient vainement à se maintenir en équilibre.

— Tiens, tiens, tiens! dit l'un d'eux avisant Wilhelmine, voilà une petite qui va trinquer avec nous; moi, je n'aime pas à boire seul.

Et se laissant tomber lourdement sur son tabouret, en face d'elle, il étendit la main jusqu'à son corsage:

— A moi le poulet!

La jeune fille jeta un cri aigu et voulut rattraper la lettre qu'on venait de lui enlever, mais c'était trop tard; le sergent la tenait dans sa main et jurait qu'il ne la rendrait qu'après l'avoir lue à haute voix, bien résolu, disait-il, à connaître le secret de ce petit cœur-là.

Wilhelmine était devenue affreusement pâle.

Ce billet qu'elle avait mis à découvert en entr'ouvrant son corsage pour respirer plus à l'aise, c'était celui que lui avait remis Richard, en le lui recommandant, une imprudence pouvant compromettre sa vie et celle du duc d'Enghien.

On comprend dès lors quelle devait être l'angoisse de la pauvre Wilhelmine en voyant le précieux papier entre les mains du sergent.

Un moment elle fut sur le point d'appeler à son aide le père Tirmann et ses deux garçons, mais elle réfléchit aussitôt que ce moyen extrême pourrait bien aggraver le danger en éveillant l'attention des gendarmes sur l'importance de ce papier, et elle pensa qu'il fallait absolument trouver un expédient.

— Ah! ah! la petite, cela vous chagrine, car je parierais que c'est un petit poulet galant, dit le sergent en se dandinant avec son billet à la main; eh bien! tant mieux, nous allons voir comme votre amoureux sait tourner ces poulets-là.

Et il fit le geste d'ouvrir le papier.

— M. le sergent, s'écria Wilhelmine, ne touchez pas à ce papier, je vous en prie.

Et elle était si pâle, si effrayée à la pensée des conséquences que pouvait avoir la révélation de la lettre, que le sergent partit d'un éclat de rire en disant :

— Il paraît qu'elle en dit long, la lettre du galant; ah ben! nous allons rire.

Eh bien! oui, répliqua la jeune fille d'un ton décidé, c'est vrai, c'est une lettre de mon amoureux, et maintenant que je vous ai tout avoué, rendez-la moi.

Et elle tendait la main d'un air suppliant.

Mais le sergent tenait toujours la lettre derrière son dos.

— Tout avoué, tout avoué, dit-il, c'est-à-dire que vous n'avez rien avoué du tout, pas même le nom du galant, et je ne rends pas la lettre sans l'avoir lue.

Et il fit encore mine d'ouvrir le billet.

La plaisanterie tournait décidément au tragique — une catastrophe était imminente.

— Non, non, ne la lisez pas, s'écria Wilhelmine en s'élançant sur sa main, je vais vous le dire de bonne grâce.

— Mais qui me prouve que vous direz la vérité, tandis qu'en regardant moi-même...

Enfin, voyant qu'il était résolu à lire, la jeune fille prit un grand parti.

— Eh bien, soit, dit-elle, puisque rien ne peut vous empêcher d'abuser de votre avantage, je consens, mais à une condition.

— Laquelle?

— C'est que vous allez donner votre parole de militaire de ne lire que la signature, que vous voulez absolument connaître.

— C'est entendu, je n'en veux pas davantage.

— Tout le monde ici a entendu votre parole, n'essayez pas d'y manquer.

— Pas pour une bouteille de bière!

— Alors, ouvrez la lettre et lisez la dernière ligne.

Elle se rapprocha de lui et le couva du regard.

Cette concession était adroite et machiavélique au plus haut point, car personne autre que le sergent, surveillé de très près, ne pouvait lire que la signature qui lui était indiquée, son ignorance de la langue française lui interdisait d'aller au-delà, quand on lui en eût laissé la liberté.

— Il se conforma donc consciencieusement à la recommandation de la jeune fille et lui rendit sa lettre en s'écriant:

— Richard! je sais son nom!... et même je connais l'heureux mortel! un français, mieux que cela un militaire! que dis-je : maréchal-des logis! ah! ah! la belle, nous connaissons maintenant le secret de vos amours.

— C'est une infamie, répliqua Wilhelmine, ravie au fond de la tournure que prenaient les choses et gagnant la porte à la hâte pour prendre la route d'Ettenheim.

Dix minutes après elle était déjà loin.

— Dieu merci! murmura-t-elle, quand son âne eut pris son trot ordinaire, je suis sauvée... ainsi que ma bonne maîtresse, la princesse Charlotte; et M. le duc, et aussi ce pauvre Richard, mais ça n'a pas été sans peine.

Elle ajouta avec une petite moue :

— Il est vrai qu'il m'a fallu faire un sacrifice et que ma réputation y a reçu une éclaboussure... mais bah! un beau mariage effacera la tache et tout s'arrangera pour le mieux.

Quand Wilhelmine se présenta au château, habité par le prince de Rohan-Rochefort et sa fille, la princesse Charlotte, on l'introduisit près de cette dernière, dont elle était connue.

— Qu'y a-t-il donc, ma petite Wilhelmine, lui demanda la princesse avec son affabilité accoutumée.

— Je vais vous le dire, madame, répondit la jeune fille, en jetant à droite et à gauche des regards mystérieux; mais d'abord son altesse est-elle seule?

— Entièrement seule, pourquoi ?

— Lisez cette lettre et vous comprendrez.

La princesse ouvrit la lettre et lut.

Dès les premiers mots elle pâlit, car Richard entrant tout de suite en matière, lui dévoilait le complot formé par la police française contre le duc d'Enghien, qu'on accusait de conspirer lui-même. Cette lettre finissait par de pressantes recommandations de la part de Richard de veiller sur le duc, que menaçaient les plus graves dangers, le premier consul étant décidé à tout pour faire tomber celui-ci dans quelque piège.

La princesse offrit à Wilhelmine d'accepter une jolie bague qu'elle avait au doigt, et brûla la lettre de Richard pour qu'il n'en restât aucune trace contre lui.

Un instant après le duc d'Enghien rentrait chez elle et lui faisait part de l'avertissement qu'elle venait de recevoir.

— Ne vous effrayez donc pas ainsi, mon amie, lui dit-il en riant, comment voulez-vous qu'on m'accuse de conspirer, moi qui ne veux de mal qu'aux lièvres et aux lapins, et dont l'ambition va rarement jusqu'à m'attaquer aux sangliers? est-il une vie plus calme, plus paisible, plus bourgeoise que la mienne ? Je laisse aller les évènements sans jamais m'en occuper, ayant pour principe de laisser faire la providence et trop ami de mon pays pour vouloir le troubler par une guerre civile.

— Vous avez beau dire, Henri, je tremble pour vous ; vous ne voulez que la paix, je le sais, vous ne faites rien pour justifier les soupçons de vos ennemis et ces soupçons n'ont aucune raison d'être, j'en suis convaincue; mais l'acharnement qu'ils mettent à amasser griefs sur griefs, l'intérêt et la facilité qu'ils auront à vous trouver des torts vis à vis de l'Europe, dominée par Bonaparte, voilà ce qui me fait frémir et me fait tout craindre pour vous.

Tenez, mon ami, j'ai des pressentiments qui ne sauraient me tromper; écoutez-les, croyez-moi, et fuyez, fuyez, je vous en supplie.

Et la princesse était toute tremblante en parlant ainsi.

— Non, mon amie, non, répondit le duc avec fermeté, je ne céderai pas à vos conseils, non je ne fuirai pas devant un point imaginaire, ce serait une faiblesse que vous seriez la première à blâmer, une fois revenue de cette panique sans motif; et que diraient donc les français, que dirait Bonaparte lui-même, en apprenant qu'un descendant du grand Condé a pris la fuite, non seulement sans cause, mais sans le moindre prétexte.

— Vous n'écoutez que votre orgueil, Henri, et moi, je n'écoute que mon cœur, qui me dit que le danger existe, qu'il est là, près de vous atteindre et que vous n'avez pas une minute à perdre pour....

— Assez, mon amie, et encore une fois, je ne fuirai pas devant des ennemis que je ne vois pas, que je ne soupçonne même pas, ce serait une lâcheté, je n'y puis consentir.

Avec la connaissance qu'elle avait du caractère du duc, la princesse comprit qu'elle n'avait rien à répondre à une pareille réplique; elle se résigna en soupirant et tâcha de se persuader que ses craintes étaient dénuées de fondement.

Quand on jette un coup d'œil sur cette famille des Bourbons que bien des gens considéraient comme anéantie par la Révolution, mais que Bonaparte, rêvant déjà à la couronne, voyait comme un dangereux obstacle à ses rêves de grandeur, on comprend très bien que le premier consul ne se soit sérieusement préoccupé du duc d'Enghien que le jour où il songea à trouver un conspirateur dans cette famille de prétendants. Le comte de Provence, déjà envahi pour l'embonpoint et menacé de la goutte, homme d'esprit et épicurien, n'avait aucune des qualités qui font le conspirateur et l'homme d'action. D'ailleurs il était trop loin de la frontière pour qu'on pût songer à tenter un coup de main sur sa personne.

Avec des aptitudes — des tempéramments différents, les uns chevaleresques, les autres brillants ou indolents, on en pouvait dire à peu près autant du comte d'Artois, des ducs d'Angoulême et de Berry, tandis que le duc d'Enghien, jeune, élégant, élevé au métier de la guerre, ayant fait ses preuves sur les champs de bataille où il était déjà renommé pour sa bravoure et ses capacités militaires, le duc d'Enghien, occupant un château à Ettenheim, à deux pas de la frontière française, offrait tous les prétextes, toutes les apparences et toutes les tentations qu'il fallait à Bonaparte. C'est pourquoi ce conspirateur d'un nouveau genre jeta son dévolu sur le petit fils du Grand Condé.

Comment admettre que le duc d'Enghien, habitant à deux lieues de Strasbourg, ne fût pas quelquefois tenté de faire une excursion en France? ou plutôt comment supposer que le choix de cette résidence n'eût pas été fait de parti pris et pût avoir une autre raison que l'intention arrêtée de franchir la frontière pour venir intriguer et conspirer contre le gouvernement français.

Ces motifs étaient si plausibles aux yeux de Bonaparte, ou plutôt ils lui offraient des prétextes si convaincants aux yeux de la France et de l'Europe, qu'il n'hésita pas à en tirer parti.

Et comme déjà le premier consul, en matière d'arbitraire et de despotisme était un homme expéditif, il s'en occupait le lendemain même avec cette ardeur, ce sans-façon et ce mépris de toute forme dont il avait pris l'habitude sur les champs de bataille dans les pays vaincus.

La nouvelle de l'arrestation de Georges Cadoudal venait de retentir par tout Paris, et à cette occasion, il y avait grand dîné aux Tuileries.

Deux cents personnes étaient réunies dans la galerie de Diane.

Corps diplomatique, fonctionnaires civils, sénateurs, généraux, colonels, tous les grands personnages étaient là, jusqu'au second consul, Cambacérès.

Il arriva en habit brodé, culotte courte, bas de soie, souliers cirés au vernis anglais, fermés de la boucle d'or, la tête couverte de la fameuse perruque à queue, et tenant à la main le chapeau à trois cornes, dont il devait-être l'un des principaux adeptes.

Fouché était un de ceux dont le dévouement s'exprimait avec le plus d'ardeur.

— Si j'avais été encore ministre de la police, disait-il, il y a longtemps que Cadoudal serait en ma possession.

Talleyrand, cela va sans dire, partageait l'enthousiasme général.

— Que pensez-vous de l'arrestation de Cadoudal ? lui demanda-t-il en le regardant fixement ? C'est une conspiration permanente, cette bande...

— C'est une hydre.

— Dont je tiens cette fois toutes les têtes, et elles tomberont.

— Et celles d'Allemagne ? demanda Talleyrand.

— Ah ? c'est grave.

— Ettenheim est bien près de Strasbourg.

— C'est l'avis de Fouché ; il faut que le conseil décide cette question.

Le conseil fut convoqué pour le lendemain.

Il était composé de Cambacérès et de Lebrun, les deux consuls ; de Talleyrand, ministre des relations extérieures ; de Régnier, grand juge, ministre de la justice ; et de Fouché, sénateur, ministre de la police honoraire.

Ce fut le grand juge qui prit la parole.

— Citoyens, consuls, ministres, dit-il, chaque jour de nouvelles trames s'ourdissent à l'étranger, grâce à la complaisance de l'Angleterre, qui n'a pas craint après avoir signé la paix, de violer le traité d'Amiens.

Et signalant les conspirations de Pichegru, de Moreau et de Cadoudal, il les recommande à toute la sévérité du conseil, mais sans toucher un mot du duc d'Enghien.

Ce fut Talleyrand qui se chargea d'aborder cette question.

— Appelé par la nature de mes fonctions et la confiance du premier consul à surveiller à l'extérieur la conduite des ennemis de l'Etat, dit-il, j'ai dû porter mes investigations sur la rive droite du Rhin, où se trouvent réunis, vous le savez, nombre d'émigrés français, et j'ai acquis la conviction qu'il existait à Offenbourg un comité d'émigrés qui s'est mis en rapport avec l'Angleterre, qui dirige les actes de Georges Cadoudal et de ses complices.

On voit tout de suite avec quelle habileté le ministre confondait deux affaires qui n'avaient ensemble aucune relation, avec quelle perfidie il les mettait sous la direction de l'Angleterre.

La suite de ce discours, comme on va le voir, est encore un chef-d'œuvre de duplicité.

— Mais, continua Talleyrand, j'appellerai surtout votre attention sur le ci-devant duc d'Enghien, qui, réfugié à Ettenheim, y mène une vie mystérieuse. Ses fréquentes absences de la maison qu'il habite nous donnent la preuve qu'il ne craint pas de passer la frontière pour venir en France s'entendre avec les ennemis de l'Etat. Les dispositions de plusieurs inculpés ont suffisamment établi que Georges Cadoudal recevait chez lui un personnage auquel il prodiguait les marques d'obéissance et de respect. Ce personnage, cela n'est pas douteux c'est le duc d'Enghien, qui profite du peu de distance qui sépare Ettenheim, de la France pour y venir conspirer contre la vie du premier consul. Je suis d'avis qu'il y a lieu de procéder immédiatement à son arrestation.

Les membres du conseil, opinèrent tous du bonnet. Cependant Cambacérès émit l'avis qu'il valait mieux puisqu'on savait que le duc d'Enghien s'introduisait en France, tout disposer à la frontière et attendre qu'une de ses escapades le fît tomber aux mains des agents apostés à cet effet.

— Le faire arrêter dans l'Electorat de Bade, sur un terrain neutre, c'est bien grave, fit observer Cambacérès ; la foi des traités, le droit des gens peuvent être invoqués.

— Citoyens consuls et ministres, dit alors Benaparte, qui jusqu'alors avait gardé le silence, la loi du 28 mars 1793 est précise.

— Ainsi que celle du 25 brumaire, an III, ajouta Talleyrand.

— Dans l'intérêt de la France, dans l'intérêt du premier consul, dit alors Talleyrand d'une voix grave, je m'oppose à l'arrestation et à la mise en jugement du duc d'Enghien, à moins qu'on ne le surprenne en armes ou conspirant en deçà de la frontière.

Bonaparte, irrité par cette sortie, à laquelle il ne s'attendait pas, lui jeta un regard foudroyant :

— Vous êtes devenu bien avare du sang des Bourbons, s'écria-t-il.

Puis il reprit :

— Voyons, citoyens consuls et ministres, finissons. Êtes-vous d'avis que le duc d'Enghien n'est pas étranger aux entreprises des royalistes ? répondez, citoyen consul.

— Je le crois, répondit Cambacérès, toutefois...

— Et vous, consul Lebrun ? interrompit brusquement Bonaparte.

— Cela ressort des renseignements fournis par Régnier.

— Votre opinion, Régnier ?

— Je l'ai exprimée tout à l'heure.

— Et vous, Talleyrand ?

— Le duc d'Enghien est coupable, et mon avis est qu'il faut agir.

— Et vous, Fouché ?

— C'est aussi le mien.

— Très bien, conclut Bonaparte, le reste me regarde. Citoyens consuls et ministres, la séance est levée.

C'est par une séance ainsi *enlevée* que fut décidée la destinée du duc d'Enghien.

II

GEORGES CADOUDAL

L'affaire Cadoudal nous amène à parler de quelques rues du vieux Paris, et tout d'abord de la rue de la montagne Sainte-Geneviève, une de celles dont les embellissements de Paris ont transformé la physionomie et dont il ne reste que tout juste de quoi se faire une vague idée.

En 1804, c'était, dit un ancien chroniqueur, une rue *laide, ardue et misérable*. Elle reliait la place Maubert à celle de Saint-Etienne du Mont, et ses maisons hautes et noires étaient habitées par des artisans, des jeunes gens qui étudiaient aux diverses écoles du quartier. Quant aux boutiques, on y voyait à peine clair en plein midi, et on y remarquait beaucoup de cabarets borgnes.

Or, le 18 ventôse, deux des cabarets de cette rue, attiraient le regard par des signes particuliers, c'étaient ceux qui se trouvaient situés, l'un au coin de la rue du clos Bruneau, l'autre à l'angle de la rue Traversine. Les petits rideaux rouges qui distinguent ordinairement ces sortes d'établissements étaient relevés de chaque côté, et deux ou trois hommes attablés, buvaient ou feignaient de boire, fouillant la rue d'un regard scrutateur.

Comme de coutume, il y avait aussi des consommateurs chez les autres marchands de vin, mais, contre l'habitude, ceux-là étaient silencieux, et à différents autres signes, il était facile de reconnaître en eux des agents de la préfecture de police.

Dans la rue, autre spectacle; c'était un commissionnaire cherchant une adresse qui le forçait à se promener toute la journée sans rien trouver.

Un remouleur qui repassait toute la journée les mêmes couteaux.

Et toutes sortes de personnages se promenant d'un air flâneur et indifférent et jouant chacun son rôle sans qu'il y parût.

Tout à coup, deux inspecteurs, répondant anx noms de Ruffet et de Caniolle, débouchèrent au haut de la place Saint-Etienne du Mont, et descendirent la rue sans paraître se connaître, l'un tenant son mouchoir à la main, l'autre tenant sa canne levée et passée sur son épaule comme un fusil.

Comme de coutume il y avait aussi des consommateurs.

Juste au même instant, un marchand d'habits, qui prenait un canon au cabaret du *Saint-Esprit*, remonta vivement vers l'église, et fit le tour de la place en criant d'une façon particulière :

— Habits ! habits ! habits ! galons !

Tous ces détails, en apparence insignifiants, avaient pour but de signaler l'apparition d'un cabriolet depuis longtemps guetté par tous ces hommes et qui venait de se ranger près de la rue des Sept-Voies.

C'était une voiture à caisse jaune clair, portant le numéro 53, en gros chiffres noirs sur un fond blanc.

Aussitôt tous les faux buveurs sortirent des cabarets et se postèrent sur le seuil des portes, prêts à s'élancer au premier signal.

Pendant ce temps on eut pu remarquer une certaine animation dans une maison dont le rez-de-chaussée était occupé par une fruitière.

Plusieurs individus, réunis dans l'arrière-boutique, causaient avec ardeur et se partageaient des armes qu'ils dissimulaient aussitôt sous leurs vêtements tandis qu'une jeune fille, qu'ils appelaient Denise, faisait un paquet de hardes dans lequel elle enroulait une somme de trente six mille francs en or étranger.

La fruitière, madame Lemoine, faisait le guet dans sa boutique.

Le plus âgé des quatre hommes qui se trouvaient là pouvait avoir trente ans environ: c'était Georges Cadoudal.

Les autres complices se nommaient Joyaut, Raoul Gaillard et Barban·

Ils avaient formé l'audacieux projet de rendre la France à son souverain légitime et de commencer par renverser le premier consul.

C'était pour s'emparer du chef de cette entreprise, du fameux Georges Cadoudal, que tant d'agents de police étaient réunis, sous tant de déguisements divers, dans la rue de la montagne Sainte-Geneviève.

C'est qu'une véritable légende entourait ce nom de Cadoudal ; on le disait imprenable et en même temps que les agents mettaient leur gloire dans cette arrestation, ils ne se dissimulaient pas qu'ils s'exposaient aux plus grands périls en s'attaquant à un pareil homme.

On citait de lui mille traits de bravoure dans ces guerres de la Vendée où il s'était fait une si brillante renommée.

Aussi était-il fort redouté.

On savait qu'il était passé en Angleterre en 1802, mais qu'était-il devenu depuis? on l'ignora longtemps.

Or, ce fut là que, n'ayant plus d'armée à opposer à Bonaparte, il osa concevoir le dessein de rentrer en France pour l'attaquer directement en l'enlevant en plein jour et en plein Paris, avec l'aide de ses fidèles Morbihannais.

Il s'était assuré de l'aide de Pichegru et de Moreau.

Le motif qui poussa ce dernier à conspirer contre le premier consul est assez singulier pour être rapporté. Il y fut particulièrement décidé par la violente jalousie qu'avait inspirée à celle-ci la rapide fortune de Joséphine, créole comme elle, et qu'elle avait l'habitude de supplanter.

Cadoudal et ses amis avaient donc fait leurs préparatifs et ils allaient quitter la boutique de Mme Lemoine, quand la porte en fut poussée violemment et livra passage à un homme qui, après avoir jeté un coup d'œil autour de lui, s'écria brusquement :

— Lequel de vous est Cadoudal.

A ces mots, les quatre conspirateurs portèrent simultanément la main à leur ceinture, chargée de pistolets.

Ce fut Cadoudal qui le premier recouvra son sang-froid.

— Qui donc es-tu, citoyen, lui demanda-t-il avec calme et de quel droit pénètres-tu violemment dans cette boutique.

— Du droit que donne le dévouement d'une noble cause, citoyen Cadoudal, car je te reconnais sans t'avoir jamais vu ; cette tête énergique et puissante ne peut être que celle du héros de la Vendée.

Georges resta impassible.

Pas un geste ne le trahit.

— Citoyen, reprit-il, j'attends ta réponse.

— Je vais te la donner.

Et le saisissant par la main :

— Approche avec préeaution de cette fenêtre, dit-il en l'attirant du côté de la rue.

— Après ? demanda Cadoudal.

— Vois-tu ces hommes qui se promènent, qui peuplent les boutiques des marchands de vins, qui font le métier de commissionnaires, de rémouleurs, de marchands d'habits.

— Je les vois.

— Pour qui les prends-tu ?

— C'est facile à voir.

— Tu te trompes, aucun de ces hommes n'est ce qu'il paraît être.

— Que sont-ils donc ?

— Des agents de police.

Cadoudal tressaillit.

Les trois complices pâlirent involontairement.

— Que font-ils là et pourquoi sont-ils en si grand nombre ? demanda Cadoudal, affectant toujours un grand calme, mais la main toujours plongée dans sa ceinture.

— Pourquoi ? parce qu'après l'avoir longtemps cherché dans tout Paris, ils ont enfin découvert la retraite de Cadoudal ? parce qu'ils savent qu'il demeure rue de la montagne Sainte-Geneviève avec ses complices et qu'ils ont résolu de s'emparer d'eux à tout prix.

Georges Cadoudal garda un instant le silence et regardant son interlocuteur en face :

— Et toi, citoyen, qu'elle profession exerces-tu ?

— Agent de police comme eux, mais pour te sauver, toi et tes amis.

— Qui me le prouve ?

— L'avertissement que je viens de te donner et sans lequel tu allais te jeter dans la gueule du loup.

— Quel intérêt as-tu à nous donner cet avis.

— L'intérêt de la cause que je sers, car je suis royaliste et Vendéen et si j'ai pris du service dans la police, c'est dans l'espoir de t'être utile un jour ou l'autre, convaincu que tu viendrais conspirer à Paris.

Tout prouvait que cet homme était de bonne foi ; non-seulement ses traits respiraient la franchise, mais pourquoi aurait-il fait cette démarche, où il courait le risque de la vie dans le cas où il eût voulu tromper Cadoudal et ses amis.

— Ainsi, reprit Georges d'un air résolu, tous ces hommes ne sont que de faux ivrognes, de faux flâneurs, de faux rémouleurs et de faux marchands d'habits.

— Tu l'as dit, tous agents de police.

— Tous !

Cadoudal promena un rapide regard dans toutes les directions.

— Inutile de chercher une issue, la maison est cernée de toutes parts.

Pas d'issue, et en face d'eux une nuée d'agents de police armés.

C'était un arrêt de mort.

Ces quatre hommes le comprirent et ils échangèrent un regard résolu.

— Et nous aussi nous sommes armés, dit Cadoudal, répondant tout haut à la pensée de ses trois amis, et avant qu'ils me mettent la main sur le collet, je vous jure qu'il en restera plus d'un sur le carreau.

— Oui, amis, s'écria Joyant, mort à ces misérables !

— Mais comment diable a-t-on pu découvrir notre retraite ? demanda Georges.

— Demande-toi plutôt comment on ne l'a pas découverte depuis longtemps, citoyen Cadoudal ; tiens, voici la loi toute spéciale qui a été faite à ton intention, contre les recéleurs des conjurés et qui est affichée depuis ce matin dans tout Paris. Traqué comme tu l'es, tu es sans doute le seul à l'ignorer. Tiens lis, car il faut que tu la connaisses.

Il déploya une grande affiche et la lui donna à lire.

Elle était ainsi conçue :

« Article premier. — Le recèlement de Georges et des soixante brigands actuellement cachés dans Paris ou dans les environs, soudoyés par l'Angleterre pour attenter à la vie du premier Consul, sera jugé et puni comme le crime principal.

« Art. 2. — Sont recéleurs ceux qui, à la publication de la présente loi, auront sciemment reçu, retiré ou gardé l'un ou plusieurs des individus mentionnés dans l'article précédent, à moins qu'ils n'en fassent la déclaration à la police, dans le délai de vingt-quatre heures, à compter du moment où ils les auront reçus, soit que les individus logent encore chez eux, soit qu'ils ne s'y trouvent plus.

« Art. 3. — Ceux qui, avant la publication de la présente loi, auront reçu Pichegru ou les autres individus ci-dessus mentionnés, seront tenus d'en faire la déclaration à la police dans le délai de huit jours : faute de déclaration, ils seront punis de six ans de fers.

Art. 4. — Ceux qui feront la déclaration dans le susdit délai ne pourront-être poursuivis, ni pour le fait directement, ni même pour infraction aux lois de police.

— En effet,, murmura Cadoudal, il est étonnant, avec une pareille loi, qu'on ne m'ait pas encore découvert et dénoncé.

Puis se tournant brusquement vers ses trois amis :

— Voilà le moment fatal, leur dit-il.

— Il ajouta en leur montrant la rue :

— Tenez, voici le cabriolet 53 qui vient nous prendre, comme ça été convenu ; il n'y a plus à reculer.

Puis se tournant vers le faux agent de police qui était venu le prévenir.

— Ton nom, citoyen ?

— Jean Lardec ?

— C'est le nom d'un brave homme, je m'en souviendrai, dit-il en lui serrant la main ; et maintenant, comment vas-tu te tirer de là.

— Ne t'inquiètes pas de moi, citoyen, mes camarades de la police savent que je suis ici dans le but de te tromper et de te livrer, ils attendent tranquillement la fin de ma mission, et moi, j'attends la fin de mes ordres pour fuire avec toi, ou pour rester ici, suivant que tu le jugeras convenable à tes intérêts.

— Toi, citoyen, tu peux rester, tu n'as rien à craindre, mais c'est à mes amis qu'il faut que je songe, et voici mon plan. Tous ces gredins-là m'attendent, il faut que je parte, c'est indispensable, pour les entraîner à ma suite.

— Non, non, c'est impossible, s'écria Burban, dès que tu mettras les pieds hors de cette maison, tu auras toute la police à tes trousses, en moins de deux minutes tu seras arrêté, tandis qu'en restant ici...

— En restant ici, je les attire dans la maison même, et on vous arrête tous d'un coup de filet, pas un n'échappe. Arrêté avec vous, ou arrêté seul, je n'ai pas le choix ; il vaut mieux courir la chance d'être arrêté seul et tandis qu'ils s'élanceront tous sur mes traces comme une meute de chiens, vous profiterez de leur effarement pour filer. Pas un mot de plus, c'est entendu, je m'élance dehors, je passe comme une trombe en tirant à droite et à gauche, et vous autres, mettez le temps à profit pour décamper de votre côté. Adieu, citoyenne Lemoine, nos amis ne vous abandonneront pas ; adieu Denise.

Et sans dire un mot de plus, il sortit, s'élança d'un bond dans le cabriolet qui attendait à la porte de la fruitière, et tirant résolument ses deux pistolets de la ceinture :

— Ventre à terre où nous sommes perdus ? cria-t-il au cocher, qui, ahuri de l'apostrophe et de l'air déterminé de Cadoudal, partit au galop sans trop savoir pourquoi.

Un homme avait sauté dans le cabriolet en même temps que Cadoudal, c'était Loridant qui lui avait trouvé un nouveau refuge chez un parfumeur de la rue du Four, lequel s'était adressé, pour le cabriolet, à son ami Goujon.

Or, ce Goujon n'était autre qu'un agent de police et son premier soin, après avoir mis le cabriolet au service de Leridant, avait été d'en instruire ses chefs, qui avaient aussitôt pris toutes les mesures nécessaires pour que la rue de la Montagne-Sainte-Geneviève et toutes les rues avoisinant la place Saint-Etienne-du-Mont fussent sillonnées par une nuée d'agents blottis de tous côtés.

L'un d'eux, l'inspecteur de police Caniolle avait jeté un cri comme signal. Au même instant il avait essayé, avec son collègue Duffet de s'emparer de Georges, au moment où il sautait en voiture.

Il avait reçu un coup de poignard dans l'épaule et Cadoudal, par un mouvement rapide, avait pu se dégager de son étreinte, tandis que Joyant et ses deux autres compagnons, se jetant sur les deux agents, les mettaient dans l'impossibilité de faire un pas en avant.

Le poignard de Cadoudal n'avait causé à Caniolle d'autre mal que de déchirer la veste de commissionnaire qui lui servait de déguisement.

Pendant ce temps, Leridant, qui s'était emparé des rênes et conduisait le cabriolet, n'avait pas perdu de temps, et le cheval allait d'un tel train que Denise, qui devait jeter son paquet dans la voiture, n'en avait pas eu le temps.

Effrayée à la vue des nombreux agents qui s'étaient précipités sur le cabriolet et n'osant rentrer chez sa mère dans la crainte d'être suivie, elle entra chez un boulanger et le pria de lui garder ce paquet quelques instants.

Tandis que le cabriolet filait à fond de train, les trois amis de Georges apportaient tous leurs efforts à retenir les deux agents Buffet et Caniolle, décidés à se dévouer au salut de Cadoudal et comprenant qu'au train dont il allait, il était sauvé s'ils pouvaient lui faire gagner seulement deux minutes.

Mais c'est ce que comprenaient eux-mêmes les deux agents, de sorte que la lutte qui s'était établie entr'eux avait cela de singulier, que le but de ceux-ci était de se débarrasser de l'étreinte de leurs trois adversaires, tandis que ces derniers faisaient tous leurs efforts pour retenir ceux qui avaient pour mission de les arrêter.

Enfin, Caniolle et Buffet, parvenant à s'échapper des mains des amis de Georges, s'élancèrent à la poursuite du cabriolet en criant de toute la force de leurs poumons : « arrêtez-le ! arrêtez-le ! »

Aussitôt les agents répandus dans les rues adjacentes accoururent de toutes parts et se jetèrent sur les traces de Cadoudal.

Alors commença une lutte effrénée, vertigineuse entre les hommes et le cheval qui brûlait le pavé.

Mais les agents avaient pour eux l'espoir de l'avancement et d'une magnifique récompense en cas de succès, double stimulant qui suffisait pour rétablir l'équilibre et égaliser les chances.

Ainsi la partie était douteuse.

Toujours poursuivi, le cabriolet avait enfilé la rue Saint-Jacques était parvenu à la place Saint-Michel.

Essoufflés, à bout de forces, les agents couraient toujours.

— Fouette, fouette toujours, disait Georges à Leridant, que nous tournions seulement deux rues, ils perdent notre trace, nous avons l'avance et nous sommes sauvés.

Par le petit vasistas pratiqué à l'arrière de la voiture, il pouvait voir cette meute acharnée à sa poursuite, mais il constatait en même temps que personne n'osait tenter d'arrêter le cheval dans sa course furieuse.

Il passait comme une trombe et l'on se garait de lui, loin de chercher à lui faire obstacle.

Sans s'inquiéter du chemin qu'il suivait, et dans le seul but de faire perdre sa trace, Leridant tourna deux rues coup sur coup.

Mais la meute des agents suivait toujours. Impossible de les devancer.

On arriva ainsi au carrefour de l'Odéon.

— Avons-nous dépassé les deux agents? demanda Leridant sans cesser de fouetter son cheval.

Il voulait parler des deux inspecteurs, Caniolle et Buffet.

— Non, répondit Cadoudal, l'œil toujours au vasistas.

— Ils sont de fer, ces gredins-là.

— Et ils ont des poumons d'acier.

— Ils vont nous rattraper.

— C'est certain.

— Tant pis.

— Oui, tant pis... pour eux, répliqua Georges en fronçant le sourcil.

Comme Leridant débouchait au carrefour de l'Odéon, Caniolle et Buffet, stimulés par la rencontre d'un troisième acolyte, qui les avait devancés, d'un bond, se jetèrent résolûment à la tête du cheval.

Georges tenait à la main un de ses pistolets tout armé.

Il ajusta au front celui qui se trouvait le plus rapproché de lui.

C'était Buffet.

Il lâcha la détente.

L'agent tomba foudroyé.

Georges sauta à terre par le côté opposé.

Mais Caniolle nullement déconcerté par la mort de son camarade, s'élança sur lui, armé d'un bâton.

Cadoudat l'ajusta à son tour et le blessa au côté.

Il tomba.

Georges alors s'élança dans la rue de l'Observance.

Quelques secondes de plus et il pouvait se croire sauvé, quand l'agent qu'il croyait mort, surmontant la douleur qu'il ressentait, fit un effort surhumain pour se relever et courir sur lui, son bâton à la main.

Cadoudal était loin de s'attendre à cette attaque.

Le bâton retomba et il le reçut en plein sur la tête.

Il chancela.

Cependant il faisait de violents efforts pour rester debout et il serait sans doute parvenu à reprendre sa course, quand deux autres agents accoururent au secours de Caniolle.

Un chapelier, témoin du combat, se décida à porter aide à ces trois hommes.

Alors vaincu par le nombre, terrassé, accablé de mauvais traitements, Georges fut lié avec une grosse corde, que Caniolle tira de sa poche, et ainsi garrotté, on le porta à la préfecture de police.

Un quart d'heure après, ce cri retentissait dans tout Paris :

— Cadoudal est arrêté !

III

Revenant à Ettenheim et au duc d'Enghien, ou plutôt à Strasbourg, à son préfet, le citoyen Henri Schée et à la conspiration ourdie par Bonaparte contre le descendant du Condé au moment où il faisait arrêter lui-même le conspirateur Cadoudal.

Désireux de faire preuve de zèle et de se faire remarquer du premier consul, le préfet, au reçu de la lettre du citoyen Réal, avait fait venir le citoyen Charlot, commandant de gendarmerie, on lui avait fait part des instructions qu'il venait de recevoir.

Mais contre l'habitude des fonctionnaires de cette époque qui, tous ou presque tous, se mêlaient volontiers de police, le commandant Charlot n'avait aucun goût pour ce métier, et quand il sut qu'il s'agissait d'espionner et non d'arrêter *carrément*, il se déclara incompétent, absolument inhabile, et se contenta de recommander pour cette mission, un jeune sous-officier et ses amis, auquel il reconnaissait, au contraire, toutes les qualités qui lui manquaient.

— Fort bien, dit le préfet, lui ou vous, peu m'importe, pourvu que ce soit l'homme qu'il me faut.

— C'est votre affaire.

— Son nom?

— Lamothe.

— Allez lui parler sur l'heure et qu'il parte?

Nous l'avons dit, à cette époque, le métier d'espion était tellement répandu que la moitié des français surveillait l'autre, ce qui avait pour but d'amener les plus grossières erreurs.

Lamothe en commit une qui devait avoir la plus déplorable conséquence.

Mais ce personnage fut bientôt remplacé par un certain Méhée Delatouche, très habile, très astucieux, avide d'argent, le dépensant avec une libéralité princière, très dévoué au gouvernement, également dévoué au parti royaliste, sans qu'on pût savoir de quel côté étaient ses véritables sympathies, ou plutôt laissant clairement soupçonner qu'il appartenait d'avance au plus offrant, et définitivement se dévouant tout entier au premier Consul, qui se l'attacha à force de libéralités.

Stupéfait de le voir chez lui, le préfet lui demanda :

— Auriez-vous découvert quelque chose !

— Beaucoup de choses et entr'autres je puis mettre entre les mains du premier consul, tous les fils de la conspiration de Georges Cadoudal.

— Où avez-vous pu obtenir ces renseignements ?

— A Bâle.

Le citoyen Caulaincourt se rendant à Strasbourg....

— Fort bien, mais pourquoi être reveuu à Strasbourg au lieu de vous diriger sur Paris.

— Afin de vous faire savoir que ces précieuses indications m'avaient forcé à dépenser beaucoup d'argent.

— Mais vous avez reçu une somme de six mille francs ?

— Parfaitement reçue et également dépensée.

— Tant que ça ?

— Ni plus ni moins.

— C'est beaucoup.

— Vous ne vous figurez pas ce que coûtent les consciences aujourd'hui, moi qui les achète, j'en connais le taux et je vous affirme qu'elles **sont hors de prix.**

31   31

Le citoyen Schée comprit qu'il fallait s'exécuter, c'était un sacrifice de mille francs ; il les remit de bonne grâce à Méhée, qui les empocha de meilleure grâce encore, et partit aussitôt pour Paris.

Nous n'avons aucune donnée exacte sur ce qui se passa ce jour-là entre Bonaparte et cet habile agent, mais le 19 ventôse, le jour même où le premier consul se faisait donner par son conseil privé, une approbation dont il se fût passé au besoin, le préfet de Strasbourg recevait la lettre suivante :

« L'intention du gouvernement, mon cher collègue, est que la baronne de Reich soit arrêtée ; elle a, dans le temps, facilité les relations de Pichegru avec Wickhann. Il est encore probable qu'elle a eu connaissance des derniers projets de cet ex-général et qu'elle aura eu part aux intrigues de tout ce parti ; peut-être même ses papiers fourniront-ils des renseignements utiles. Elle doit demeurer tantôt à Strasbourg, tantôt à Offenbourg.

Je vous prie de prendre les mesures convenables pour assurer l'exécution des ordres du gouvernement et de m'informer du résultat qu'ils obtiendront.

J'ai l'honneur de vous saluer,

RÉAL.

Le citoyen Schée appela aussitôt le commandant Charlot qui, cette fois n'avait rien à objecter puisqu'il s'agissait d'une arrestation. Cependant en lisant le nom de la personne à arrêter, il ne put comprimer un mouvement de désappointement.

— Impossible! dit-il.

— Impossible ! pourquoi cela.

— Par une raison toute simple, c'est que la baronne de Reich, instruite de l'arrestation simultanée de Mme de Lajolais et de son mari, a quitté Strasbourg avec l'ex-comte de Toulouse-Lautrec.

— En vérité.

— Que voulez-vous ? ces gens-là mettent la plus mauvaise grâce à se faire arrêter.

— Cependant l'ordre du citoyen Réal est formel et il émane du premier consul, c'est indubitable, et vous savez qu'il ne plaisante pas.

— Je le sais très bien, mais que voulez-vous ? comment courir après l'oiseau quand il est envolé.

— C'est juste.

Il reprit après un moment de réflexion :

— Si au moins on savait où se sont dirigés ce comte et cette baronne ?

— On le sait.

— Ah bah ! s'écria le citoyen Schée.

— A Offenbourg.

— J'aurais dû m'en douter ; le refuge de tous les aristocrates.

Il ajouta d'un air désappointé :

— C'est fort bien, mais Offenbourg est dans l'Electorat, or, c'est pour çà, que tous ces émigrés s'y rendent, ils s'y savent en sûreté.

— Malheureusement.

Il s'écoula quelques instants pendant lesquels le préfet et le commandant, gardèrent le silence, soucieux et perplexes l'un et l'autre.

— Une idée ! s'écria enfin le préfet.

Le commandant releva la tête et attendit.

— Si je m'adressais au citoyen Massias pour obtenir l'extradition de la baronne ?

— Fameuse idée, en effet !

— Envoyez-moi un officier intelligent qui aura d'abord pour mission de s'assurer de la présence de la baronne de Reich à Offenbourg et qui ensuite demandera son arrestation provisoire au grand bailli.

— Michel Pétermann est justement votre homme.

— Il parle allemand ?

— Parfaitement.

— Je vais écrire au citoyen Massias.

Le préfet commença par écrire pour le prévenir qu'il avait demandé au grand bailli et au citoyen Massias, l'arrestation provisoire de la baronne Reich. puis il envoya un ordre dans ce sens audit citoyen Massias.

— Comptez sur moi, dit le lieutenant Michel Pétermann, je réponds du grand bailli.

— Et une fois l'autorisation obtenue, vous demanderez la permission d'emmener votre prisonnière.

— Et j'espère bien que le grand bailli obtempèrera immédiatement.

— Je n'en doute pas ; un mot encore.

Le lieutenant s'inclina.

— Allez seul chez le bailli ; deux ou trois gendarmes donneraient l'éveil, et c'est ce qu'il faut éviter.

— Compris, on ira seul.

Michel Pétermann se mit en route.

Arrivé à Offenbourg, on lui apprit que le grand bailli demeurait à Barentheim, à trois lieues de là.

Il se remit en marche et le trouva chez lui.

Le grand bailli était à table et se trouva désagréablement surpris par la demande du lieutenant de gendarmerie.

— L'arrestation de la baronne de Reich, dit-il, c'est grave, cependant à titre provisoire...

— Alors je vais l'emmener.

— Du tout ; l'arrêter, soit, mais l'emmener, non ; je dois en référer d'abord à M. le ministre de Carlsruhe.

Petermann n'avait rien à répliquer.

Mais il n'attendit pas longtemps.

Dès le lendemain il recevait l'ordre d'extradition, et malgré les protestations de Mme la baronne de Reich, il l'enlevait brutalement de son domicile et la déposait à Strasbourg entre les mains du citoyen Schée, préfet du département du Bas-Rhin.

Transportons-nous maintenant dans le cabinet de travail du premier Consul, que nous trouvons occupé à consulter une carte du Rhin, et nous verrons de quelles minutieuses précautions il s'entourait pour opérer l'arrestation du duc d'Enghien.

Deux tables occupaient ce cabinet, l'une pour le premier Consul, qui en tailladait souvent le bord avec son canif; l'autre, beaucoup plus petite, était destinée à M. Bourrienne d'abord, puis, quand celui-ci eut résigné ses fonctions de secrétaire, à M. Méneval.

De ce cabinet on communiquait avec le grand salon de réception, dont le plafond était orné d'une peinture de Louis XIV, au front duquel la Convention avait eu l'ingénieuse idée d'ajouter une cocarde tricolore !

A la suite du conseil tenu sous sa présidence, il était rentré dans son cabinet pour mettre immédiatement à exécution la décision qui venait d'être prise, et dans le travail auquel il s'était livré à ce sujet, tout avait été prévu, calculé, arrêté avec ce soin minutieux qu'il mettait à toute chose.

Il avait fait demander M. Méneval qui se présenta devant lui à dix heures du soir.

— Ecrivez, lui dit-il, dès qu'il le vit entrer.

M. Méneval s'assit devant la petite table qui lui servait habituellement et écrivit cette lettre sous la dictée de Bonaparte :

Paris, le 19 Ventôse, an XII.

« Au citoyen Alexandre Berthier, ministre de la Guerre,

» Vous voudrez bien, citoyen général, donner ordre au général Ordener, que je mets, à cet effet, à votre disposition, de se rendre dans la nuit et en poste, à Strasbourg. Il voyagera sous un autre nom que le sien ; il verra le général qui commande la division.

» Le but de sa mission est de se porter sur Ettenheim, de cerner la ville, d'y enlever le duc d'Enghien, Dumouriez, un colonel anglais et tout autre individu qui serait à leur suite.

» Le général de division, le maréchal des logis de la gendarmerie qui a été reconaîre Ettenheim, ainsi que le commissaire de police, lui donneront tous les renseignements nécessaires... »

A ce moment on annonça le général Berthier.

Bonaparte s'interrompit.

— Général, lui dit-il, je vous écrivais des instructions qui doivent être exécutées à la lettre.

Il allait continuer à dicter, quand on annonça le général Caulaincourt.

— Qu'il entre ! dit Bonaparte.

Il lui fit un signe amical, puis s'adressant à Berthier :

— Ces instructions vous sont destinées, lui dit-il, écrivez-les vous-même.
Berthier prit la place de M. Méneval, et tout en étudiant sur la carte la
route qui conduisait à Offenbourg et à Ettenheim, Bonaparte acheva de dicter
cette lettre où, comme on le verra, tout est prévu avec un soin minutieux :

« Vous ordonnez au général Ordener de faire partir de Schlestadt trois
cents hommes du 26ᵉ dragons, qui se rendront à Rheinau, où ils arriveront
à huit heures du soir.

» Le commandant de la division enverra quinze pontonniers à Rheinau,
qui arriveront également à huit heures du soir et qui, à cet effet, partiront en
poste sur les chevaux de l'artillerie légère.

» Indépendamment du bac, il prendra des mesures pour qu'il y ait là quatre
ou cinq grands bateaux, de manière à pouvoir faire passer d'un seul voyage
trois cents chevaux.

» Les troupes prendront du pain pour quatre jours et se muniront de cartouches. Le général de division y joindra un capitaine et un lieutenant de
gendarmerie avec trois ou quatre brigades de gendarmerie.

» Dès que le général Ordener aura passé le Rhin, il se dirigera droit sur
Ettenheim, marchera à la maison du duc et à celle de Dumouriez, et après
cette expédition terminée, il fera immédiatement son retour sur Strasbourg.

» En passant à Lunéville, le général Ordener donnera ordre que l'officier
des carabiniers qui a commandé le dépôt à Ettenheim, se rende à Strasbourg
en poste, pour y attendre ses ordres.

Le général Ordener, arrivé à Strasbourg, fera partir secrètement un agent,
soit civil, soit militaire, et s'entendra avec lui pour qu'il vienne à sa rencontre.

Vous donnerez l'ordre que le même jour et à la même heure, deux cents
hommes du 26ᵉ dragons, sous les ordres du général Caulaincourt (auquel vous
donnerez des ordres en conséquence), se rendent à Offenbourg pour y cerner
la ville et y arrêter la baronne de Reich, si elle n'a pas été prise à Strasbourg
et autres agents du gouvernement au sujet desquel, le préfet et le citoyen
Schée, actuellement à Strasbourg, lui donneront des renseignements
d'Offenbourg, le général Caulaincourt dirigera ses patrouilles sur Ettenheim,
jusqu'à ce qu'il ait appris que le général Ordener a réussi.

Ils se prêteront des secours mutuels.

» Dans le même temps, le général de division fera passer trois cents
hommes de cavalerie à Kehl avec quatre pièces d'artillerie légère à Wilstadt,
point intermédiaire entre les deux routes.

Les deux généraux auront soin que la plus grande discipline règne et que
les troupes n'exigent rien des habitants. Vous leur donnerez à cet effet
12,000 francs.

— S'il arrive qu'ils ne puissent pas remplir leur mission et qu'ils eussent
l'espoir, en séjournant trois ou quatre jours et en faisant des patrouilles, de
réussir, ils sont autorisés à le faire.

— Ils feront connaître aux baillis des deux villes que, s'ils continuent à donner asile aux ennemis de la France, Ils s'attireront de grands malheurs.

— Vous ordonnerez que le commandant de Neuf-Brisach fasse passer cent hommes sur la rive droite du Rhin avec deux pièces de canon.

— Les postes de Kehl, ainsi que ceux de la rive droite du fleuve, seront évacués dès l'instant que les deux détachements auront fait leur retour.

— Le général Caulaincourt aura avec lui une trentaine de gendarmes ; du reste, le général Ordener et le général de la division tiendront un conseil et feront les changements qu'ils croiront convenables aux présentes dispositions.

— S'il arrivait qu'il n'y eût plus à Ettenheim ni Dumouriez, ni le duc d'Enghien, on rendrait compte, par un courrier extraordinaire, de l'état des choses.

— Vous ordonnerez de faire arrêter le maître de poste de Kehl et les autres individus qui pourraient donner des renseignements sur tout cela. »

Après avoir dicté, lepremier consul prit la plume de la main de Berthier et signa : *Bonaparte.*

— Maintenant, dit-il à son ministre, faites préparer séparément les instructions concernant Ordener et celles qui devront-être remises à Caulaincourt et envoyey les moi avec l'ordre qu'il sera nécessaire de donner au général Léval, commandant la division de Strasbourg,

Comme on le voit, tout, abolument tout, avait été prévu pour le succès de cette incroyable expédition.

C'est parce qu'il comprenait bien tout ce qu'elle avait d'arbitraire et de révoltant qu'il recommandait aux troupes d'observer la plus grande discipline et de ne rien exiger des habitants.

Peu après avoir quitté les Tuileries, le général Ordener occupant seul une solide berline, était en route pour Strasbourg.

Toujours préoccupé de cette affaire, dont il essayait vainement de se justifier à lui-même l'extrême gravité, Bonaparte changeant encore d'avis, dans la soirée, faisait prévenir le général Caulaincourt d'avoir à passer, sur l'heure, aux Tuileries.

L'entourage du premier consul était habitué à ces ordres subits, multiples,souvent contradictoires en apparence, auxquels il fallait toujours obéir quand même.

Il accourut.

— J'ai réfléchi, lui dit Bonaparte, il n'est pas bon que vous partiez cette nuit. Les fonctions que vous remplissez près de moi s'accordent peu avec ce départ précipité ; il pourrait être remarqué et il ne le faut pas. Vous ne partirez que demain et attendrez de nouveaux ordres.

Comme les précédentes, ces instructions émanaient de Berthier, le ministre de la guerre qui, appelé dès sept heures du matin et après avoir con-

féré avec Bonaparte, avait fait passer à Caulaincourt cette note addition-
nelle que nous croyons devoir mentionner, comme toutes les pièces qui
concernent cette affaire extraordinaire, car on ne saurait accumuler trop de
preuves pour attester l'authenticité d'une entreprise aussi audacieuse, aussi
invraisemblable.

Ministre de la guerre au citoyen Caulincourt.

« Paris, le 29 ventôse an XII de la République française une et indivisible.

Le premier consul ordonne au citoyen Caulaincourt, son aide de camp, de
se rendre en poste à Strasbourg. Il y accélérera la construction et la mise à
l'eau des bâtiments légers qu'on y construit pour la marine. Il prendra des
renseignements près du préfet du citoyen Schée pour faire arrêter les agents
du gouvernement anglais qui sont à Wissembourg et à Offenbourg, notamment la baronne de Reich, si elle n'est déjà arrêtée. Le chef de bataillon
Rosey, envoyé près des ministres anglais qui a toute leur confiance, lui donnera tous les renseignements nécessaires sur les complots formés pour la
tranquillité de l'Etat et la sûreté du premier Consul.

— Le citoyen Caulaincourt fera connaître aux baillis des villes de la rive
droite qu'ils peuvent s'attirer de grands malheurs en donnant asile aux personnes qui chercheraient à troubler la tranquillité de la France, et il se con-
certera avec le général commandant la cinquième division militaire pour
employer au besoin une force suffisante pour l'exécution du présent ordre.

— Il rendra un compte particulier au premier Consul du résultat de la
mission du chef de bataillon Rosey.

Alex. Berthier.

Bonaparte avait encore jugé à propos de pressentir le baron d'Edelsheim,
ministre de l'Electeur de Bade de ce qui allait se passer sur le territoire de
Bade.

Quoi qu'il en ait dit lui-même en portant sur cette affaire du duc d'Enghien
un jugement prétendu impartial, il ne pouvait se dissimuler tout ce qu'il y
avait d'arbitraire, d'inique et de révoltant dans cette odieuse violation du
droit des gens, et il comprenait la nécessité de prévenir l'Electeur de ce qu'on
était en train d'exécuter contre lui.

Comme de coutume, c'était Talleyrand qui avait la mission d'écrire ces
sortes de lettres, et voici en quels termes ambigus et subtils celle-ci était
rédigée.

« A monsieur le baron d'Edelsheim, ministre d'Etat à Carlesruhe. »

Paris, le 20 ventôse, an 12.

Monsieur le baron,

« Je vous avais envoyé une note dont le contenu tendait à requérir l'arrestation du comité d'émigrés français siégeant à Offenbourg, lorsque le premier
consul, par l'arrestation successive des brigands envoyés en France par le

gouvernement anglais, comme par la marche et le résultat des procès qui sont instruits ici, reçut connaissance de toute la part que les agents anglais à Offenbourg, avaient aux terribles complots tramés contre la personne du premier consul et contre la sûreté de la France.

« Il a appris de même que le duc d'Enghien et le général Dumouriez se trouvaient à Ettenheim, et, comme il est impossible qu'ils se trouvent en ville sans la permission de S. A. Electorale, le premier consul n'a pu voir sans la plus profonde douleur qu'un prince, auquel il lui avait plu de faire éprouver les effets les plus signalés de son amitié avec la France pût donner asile à ses ennemis les plus cruels, et laissât ourdir tranquillement des conspirations aussi évidentes.

En cette occasion si extraordinaire, le premier consul a cru devoir donner à deux petits détachements, l'ordre de se rendre à Offenbourg et à Ettenheim, pour y saisir les instigateurs d'un crime qui, par sa nature, met hors du droit des gens, tous ceux qui manifestement y ont pris part. C'est le général Caulaincourt qui à cet égard, est chargé des ordres du premier Consul. Vous ne pouvez pas douter qu'en les exécutant, il n'observe tous les égards que son Altesse peut désirer. Il aura l'honneur de remettre à votre Excellence la lettre que je suis chargé de lui écrire.

Ch. M. Talleyrand.

IV

PRÉLUDES DE TEMPÊTE

Le Brisgau est un pays merveilleusement fertile en gibier de toute espèce, et le duc d'Enghien, nous l'avons dit, était un intrépide chasseur.

Le chevreuil, le daim, le sanglier, la perdrix, le lièvre et la caille abondent dans la plaine et tous les bois, et toutes les îles de Rhin sont peuplés de hallerons, de bécasseaux, de courlis, de vanneaux et de bécassines.

Le duc s'adonnait donc avec passion à son plaisir favori et il y sacrifiait tout le temps qu'il ne consacrait pas à la princesse Charlotte, qu'il aimait passionnément et près de laquelle il passait des journées entières, quand on le croyait à la chasse.

Non seulement sa nature pure et loyale s'opposait à toute idée de conspiration, mais il se refusait à y croire et c'est ce qui lui arriva la première fois qu'il entendit parler de celle de Cadoudal.

A la suite d'un entretien avec le général Rison sur les dangers que pouvait courir le prince réfugié si près de la frontière, il répondit :

— Je vous remercie, mon général, de votre avertissement sur les soupçons que mon séjour, dans ce pays, pourrait inspirer à Bonaparte et sur les dangers

Les agents du premier Consul arrêtaient le duc d'Enghien.

auxquels il m'expose, mais là où il y a danger, là est le poste d'honneur d'un Bourbon.

— Prenez garde, prince, plusieurs fois déjà de mauvaises figures ont été signalées dans le pays.

« Je suis prévenu depuis longtemps, mais je ne ferai jamais un pas pour éviter ce danger.

Et il rentra chez lui, convaincu que ce prétendu danger n'existait que dans l'imagination des gens qui l'entouraient et que leur affection égarait au point de leur montrer des périls partout.

Mais il trouva chez lui un autre sujet d'inquiétude. Son secrétaire, le chevalier Jacques, l'attendait, la figure toute bouleversée.

Il lui demanda aussitôt la cause du souci dont il semblait agité.

— Cette cause me paraît grave et monseigneur en jugera comme moi, j'en suis sûr, répondit le chevalier.

— J'en doute, dit le prince en souriant, car tout le monde autour de moi me paraît en ce moment, sous l'empire d'une véritable panique. Voyons, que se passe-t-il?

— J'ai reçu, ce matin, la visite de l'aubergiste de l'hôtel du Soleil d'Or.

— Jusqu'à présent cela n'a rien d'inquiétant. Que venait-il faire?

— Vous donner un avis, monseigneur.

— Ils s'agit encore d'espions, je parie.

— Oui, monseigneur.

— J'en étais sûr.

— Non seulement il en a vu rôder dans les environs, mais ce matin il s'est présenté, à son auberge, un client qui n'a cessé de le questionner sur le pays et sur ses habitants.

— Il avait sans doute dessein de s'y fixer et naturellement il voulait savoir...

— J'aurais pu croire comme votre Altesse que tel était le but de ses questions, mais c'est surtout de monseigneur qu'il s'est informé.

— Ah ! fit le duc étonné.

— Aussi toutes ces questions ont tellement inquiété le père Mayer, qu'il est venu me prévenir en toute hâte et m'engager à m'informer à mon tour de ce que pouvait être ce personnage. J'ai voulu suivre son conseil, mais quand nous sommes retournés ensemble à l'auberge, l'étranger n'y était plus.

— Eh bien, mon pauvre ami, cela prouve une chose, c'est que rien d'important ne l'attirait dans le pays, voilà tout, il n'y a donc pas là de quoi s'inquiéter.

— J'ai le malheur de n'être pas aussi rassuré que votre altesse, répondit le chevalier.

Et il n'en fut plus question.

Mais tout le monde était inquiet dans le château et la princesse elle-même était toujours sous le coup du grave avertissement que lui avait fait parvenir le maréchal des logis, Richard.

Le prince seul conservait au milieu du trouble général, une inaltérable sécurité, et tout prêt d'être assailli par l'orage, il considérait comme un criminel et ridicule dessein, la pensée, l'idée d'un rapt sur un territoire étranger attribué à Bonaparte.

Il ne devait pas tarder à être désillusionné sur ce point.

Bonaparte a exprimé une pensée qui lui a été reprochée à tort, car elle s'est souvent vérifiée par la suite :

— Que les hommes sont bien dignes du mépris qu'ils m'inspirent ! disait-il tous mes vertueux républicains, je n'ai qu'à dorer leur habit, et ce sont des gens à moi. »

Mais il savait quels étaient ceux dont il fallait dorer les poches au lieu de l'habit, ceux qu'il fallait prendre brutalement par l'argent et non par les honneurs, et Méhée de Latouche, dont nous avons déjà parlé était un de ceux-là. Esprit positif, pratique et franchement cynique, il préférait une bonne somme au plus bel habit doré et une bourse bien garnie au titre le plus retentissant.

Méhée avait tout de suite gagné la sympathie du premier consul en éveillant le premier son inquiétude sur le danger qu'offrait pour lui le séjour de duc d'Enghien à quelques lieues de Strasbourg, ou plutôt en lui indiquant, avant tout autre, le prétexte de s'emparer de ce prétendu conspirateur.

Ce fut donc lui que choisit Bonaparte pour aller s'entendre avec le préfet de Strasbourg sur les mesures de détail à prendre au sujet de cette affaire du duc d'Enghien, et ce fut de grand cœur que le citoyen Schée accueillit le concours de cet esprit subtil et sans scrupule. Obligé de faire face à tout, à l'heure suprême de l'action ; il lui fallait à la fois donner les dernières instructions au général Leval, commandant de la 5ᵉ division militaire, au commandant de gendarmerie Charlot, au commissaire de police, à tous leurs agents subalternes et surexciter au plus haut point le zèle et le dévouement de tout ce monde.

Les généraux pouvaient arriver d'un moment à l'autre, il fallait que tous fussent prêts à les seconder de tous leurs efforts.

Le préfet avait pris ses informations.

Les diligences partaient de Paris les lundi, mercredi et samedi et arrivaient à Strasbourg les vendredi, dimanche et mercredi.

Mais les généraux Ordener et Caulaincourt, ayant pris la poste et payant doubles guides, devaient arriver beaucoup plus rapidement, il savait cela et avait pris des mesures en conséquences.

Le général Ordener avait quitté Paris du 19 au 20 ventôse (10-11 mars), et il avait dû s'arrêter quelques instants à Lunéville, cependant il était à Strasbourg dans la nuit du 12 au 13 mars.

A peine arrivé, il se rendit chez le général Leval, où un conseil de nuit fut tenu.

Le commandant Charlot et le commissaire de police y assistaient.

L'avis du général Ordener fut qu'on envoyât un officier et un agent de police de gendarmerie intelligent à Ettenheim, pour y prendre des informations précises sur la manière dont le duc d'Enghien était logé, relever le plan de l'habitation, s'informer de ses habitudes et sans savoir s'il n'y avait pas à craindre de la résistance de la part de ceux qu'on aurait à arrêter.

Le chef d'escadron Charlot, paraissait mécontent.

— Il me semble, dit-il, qu'il vaudrait mieux envoyer de suite un détachement d'hommes résolus qui...

Le général l'interrompit.

— Je vous prie de me désigner un de vos hommes qui soit capable de prendre les renseignements dont j'ai besoin, lui dit-il un peu sèchement.

Il réfléchit un instant et répondit :

— J'ai Pferdorff, né sur la rive droite du Rhin ; je le crois capable de remplir cette mission.

— Mais, dit le commissaire, je vous recommande l'agent Stohol, dont je réponds.

Rendez-vous fut pris pour le lendemain entre l'agent et le gendarme, qui devaient s'arranger de façon à être à Ettenheim dans la matinée.

Le général Caulaincourt, arrivé à Strasbourg, le 23 ventôse, se mit aussitôt en rapport avec le préfet et ses collègues, les généraux Ordener et Laval, les commandants Charlot et Schée de la Touche.

Le général Ordener avait eu soin de faire partir de Schlestadt les trois cents hommes qu'il devait rencontrer à Rheinau.

Le général Leval s'occupa des quinze pontonniers.

Tout était prêt.

On n'attendait plus que le rapport des agents pour agir.

Il est curieux de savoir ce qu'ils avaient fait, comment ils s'y étaient pris pour obtenir les informations qu'on attendait d'eux.

Déguisés en colporteurs, le bâton à la main et la balle au dos, ils avaient suivi la route qui conduit de Strasbourg à Ettenheim, et aussitôt le Rhin traversé, ils s'en étaient allés lentement se reposant de temps à autre et proposant en outre de menus objets de mercerie.

Ils avaient gagné ainsi Ettenheim sans éveiller aucun soupçon et étaient arrivés jusqu'à l'habitation du duc d'Enghien.

Ils furent rémarqués en ce moment par Féron, qui arrosait des fleurs au rez-de-chaussée.

On sait que tout le monde était en défiance chez le prince.

Le domestique se demanda pourquoi ces colporteurs regardaient si attentivement et semblaient étudier la maison.

Tout à coup, appelant un camarade :

— Canone, vient donc voir ces deux individus.

Canone accourut et examina avec attention.

Puis il s'écria en se frappant le front :

— Je ne me trompe pas, c'est lui !

— Qui donc ?

— Un gendarme que j'ai vu plusieurs fois à Strasbourg.

— Un gendarme ! il faut avertir monseigneur.

Il partit en courant et alla frapper à la Chambre du prince, lui annonçant la présence de deux hommes suspects.

— Encore, dit le duc avec humeur.

— Monseigneur, Canone a reconnu l'un d'eux pour un gendarme déguisé.

Le prince causait en ce moment avec un lieutenant du corps de Condé.

— Mon cher Schmidt, lui dit-il, allez donc voir quels sont ces gens, je vous prie.

Le lieutenant Schmidt, l'homme le plus naïf et le plus bonasse qu'on pût voir, alla parler aux deux colporteurs et revint près du duc :

— Monseigneur, Féron se trompait, dit-il, ce sont bien des colporteurs et rien de plus ; s'ils ont tourné autour de bâtiments, c'était dans l'espoir de rencontrer madame la princesse et de lui vendre quelque chose.

— J'étais sûr que tu te trompais dit alors le duc à son domestique.

Mais sûr au contraire qu'il ne se trompait pas, et en proie à une vive anxiété, Canone alla trouver la princesse Charlotte et lui raconta ce qui se passait, lui affirmant que l'un au moins, des deux colporteurs, était un gendarme du nom de Pfersdolff, qu'il avait parfaitement reconnu.

La princesse pâlit à cette révélation qui justifiait tous ses pressentiments et courut aussitôt chez le prince.

— Henri, lui dit-elle, ce que vient de m'apprendre Canone, confirme mes craintes et me prouve plus que jamais que j'ai raison de trembler pour vous. Partez, Henri, je vous en supplie.

— Eh non, je vous assure, ma chère Charlotte, que ce danger n'existe pas et qu'il est absurde de supposer à Bonaparte une pensée aussi criminelle, aussi insensée qu'une violation du droit des gens pour attenter à la liberté d'un homme incapable de conspirer contre lui, il le sait très bien.

— Mais, Henri, réfléchissez donc, comment expliquez-vous la présence des généraux Ordener et Coulaincourt, arrivés d'hier à Strasbourg à l'improviste et simultanément? Que signifient les allées et venues incessantes qu'on remarque à cette heure à la préfecture ? Je vous le répète, il se trame évidemment quelque chose contre vous. N'attendez pas qu'il soit trop tard, partez, partez mettez-vous en sûreté, ne vous laissez pas prévenir par vos ennemis. .

Elle parlait avec tant de chaleur, avec tant de conviction et une éloquence si persuasive que, cette fois, elle parvint à convaincre le prince.

— Eh bien, soit, dit-il, puisqu'il faut cela pour vous rassurer, dit-il, je partirai ces jours-ci et j'irai m'établir pour quelque temps à Fribourg.

Il était déjà trop tard.

Les deux agents que nous venons de voir à Ettenheim, déguisés en colporteurs, étaient revenus à Strasbourg, et comme ils rapportaient les documents si vivement attendus par les généraux, le signal de l'expédition fut donné.

Le départ fut fixé le jour même, à la nuit. Chacun des deux généraux avait son rôle.

Le général Ordener devait marcher sur Ettenheim, tandis que le général Caulaincourt, procédant d'abord à l'arrestation des émigrés, devait se porter ensuite sur Offenbourg pour appuyer au besoin le mouvement de son collègue.

Le général Ordener se mit donc en route par le bac de Rheinau, accompagné du général Fririon, chef d'état-major du général Leval, et du chef d'escadron Charlot.

Caulaincourt, lui, sur les indications de Méhée de Latouche, s'entendit avec le citoyen Schée et le général Leval, à l'effet de faire arrêter, dans Strasbourg, un certain nombre de gens signalés comme dangereux.

On s'empara du marquis Dagrain et de ses deux filles, du comte de Toulouse-Lautrec, de Mme de Kinglin d'Essert, belle-sœur du général autrichien Kinglin et tante de la baronne de Reich, et du représentant du peuple Chambé, qui avait été compromis dans la première conspiration de Pichegru.

Le coup était si heureux et enthousiasma tellement le commissaire général de police qui, sans attendre que le citoyen Schée informât le gouvernement du succès de l'expédition, se hâta-t-il de rendre compte au citoyen Réal de ces importantes arrestations.

Voici ce qu'il lui écrivit:

« Le substitut du commissaire du gouvernement, près le Tribunal criminel de Strasbourg, faisant fonctions de commissaire général de police, au conseiller d'Etat chargé de la direction et de la suite, etc...

» Strasbourg, le 24 Ventôse an XII.

» J'ai l'honneur de vous informer que, d'après une réquisition du conseiller d'Etat préfet du département du Bas-Rhin, donnée en suite des ordres du gouvernement notifiés par le général Caulaincourt, aide de camp du premier Consul, j'ai fait arrêter les personnes dont les noms suivent :

» 1° La dame de Kinglin d'Essert ;

» 2° Le sieur Toulouse-Lautrec ;

» 3° Le sieur et les demoiselles Dagrain ;

» 4° L'ex-représentant Chambé ».

Quant au général Caulaincourt, après avoir envoyé un courrier à Carlsruhe, il s'était mis à la tête de ses deux cents dragons, d'une brigade de gendarmerie, et marchait en compagnie du général Leval.

Ils passèrent ainsi le Rhin sur le pont de Kehl,

Caulaincourt laissa des troupes à Wilstadt, puis continua sa route pour Offenbourg, qu'il fit cerner par ses dragons, tandis que la brigade de gendarmerie pénétrait dans l'intérieur de la ville pour y opérer les arrestations indiquées par Méhée de Latouche.

Les préparatifs de la double expédition d'Ordener et de Coulaincourt avaient éveillé l'attention publique. Dès le matin, une foule immense s'était portée sur les routes de Brisach et de Kehl.

Des canons avaient été braqués sur le côté gauche du Rhin et toute communication de l'une et de l'autre rive avait été interdite.

A Offenbourg la capture ne fut pas telle qu'on l'avait espérée. M. de Mussey était absent et les gendarmes ne trouvèrent chez lui que Mme de Maria et son beaufrère, le commandeur de Malte.

On s'empara aussi du général Vauboret ; on connaissait son dévouement pour le duc d'Enghien, cela motivait suffisamment son arrestation.

L'abbé d'Aymont fut arrêté également. Son titre d'abbé équivalait à une preuve de conspiration.

Réné d'Aumont, domestique du comte de Millet, et Pierre d'Iscupevilliers, au service du marquis de Mauroy, furent arrêtés au lieu et place de leurs maîtres, ceux-ci étant absents.

La baronne de Reich était déjà sous les verroux ; mais Fouché convaincu que toutes les preuves de la conspiration monarchique étaient au fond de la malle de celle-ci, les gendarmes avaient reçu ordre de fouiller sa demeure.

On ne trouva pas la malle, mais une volumineuse correspondance, qui fut envoyée à Paris.

Tandis que le général Coulaincourt accomplissait ces brillants faits d'armes, le général Ordener, de son côté, faisait son œuvre.

Il avait trouvé à leur poste les trois cents hommes du 26me dragons, les pontonniers et leurs bateaux et les trois brigades de gendarmerie que le général Laval avait réunies.

Toute la troupe se mit en devoir de passer le Rhin et c'était un pittoresque spectacle que celui de cette longue file d'hommes glissant comme des ombres fantastiques à travers les flots argentés par la lune.

Vers quatre heures toute cette troupe, noire et muette, entrait dans la petite ville d'Ettenheim, endormie dans son paysage et exhalant au loin les pénétrants parfums de ses grands sapins.

Quelques braves passants, sortant de leurs demeures à la première heure du jour, restèrent stupéfaits en face de ces soldats étrangers qui, sans façon, cernaient la ville et gardaient toutes les issues.

Quand tous les hommes de la troupe eurent occupé leurs postes, le commandant Charlot avec une vingtaine d'hommes, alla investir la maison que l'agent Lamothe lui avait indiquée comme étant la demeure du général Dumouriez; puis il se dirigea sans bruit vers la maison du duc d'Enghien.

Il pouvait être cinq heures du matin.

Le jour commençait à peine.

On monta la rue escarpée qui menait à la maison. Un homme s'arrêta le premier et dit : C'est là.

C'était le gendarme Ofersdorff.

V

CADOUDAL

Les agents du premier Consul arrêtaient presque en même temps le duc d'Enghien et Georges Cadoudal, ce qui permettait à celui-ci de confondre les deux affaires en une seule et même conspiration; quoiqu'il n'y eût jamais eu entr'elles la moindre connexité, quoique le caractère du prince eût toujours été antipathique à toute idée de conspiration.

Tout en essayant de faire prendre le change aux autres sur la personne du prince, Bonaparte, lui, ne se trompait pas et savait bien que dans cette affaire, il n'y avait qu'un criminel, celui qui allait s'emparer de vive force d'un homme parfaitement innocent et garanti par le droit des gens contre le crime dont il allait être victime.

Aussitôt arrêté, Cadoudal fut amené, garroté, devant le préfet de police Dubois, qui commença tout d'abord par le faire fouiller.

Voici la liste exacte des objets dont il fut trouvé nanti.

Cinquante et un billets de mille francs, de la banque de France.

Douze billets de cinq cents francs, de la même banque.

Un billet de trois cents francs du comptoir commercial de l'Hôtel Juback, le tout enveloppé dans une note non signée ni datée.

Cinq pièces d'or de quarante huit livres tournois.

Une montre de chasse à boîte d'or, à calotte et à pompe, à double cadran pour les secondes.

Un poignard à manche d'ébène, garni en argent à lame à quatre quarts, fourreau en argent, adapté et cousu au-dedans du revers de l'habit.

Une épingle d'or montée d'un diamant.

Deux balles de calibre de fusil, un porte-crayon en or, un cure-oreilles en or, une petite boîte à poudre garnie en cuivre, doublée de maroquin rouge, deux petits paquets de cartouches.

Cadoudal répondit à toutes les demandes qui lui furent adressées avec grande franchise, une entière liberté d'esprit et sans chercher à donner le change sur ses intentions.

— Mon dessein, dit-il fièrement, était d'attaquer le premier consul à force ouverte, avec des armes pareilles à celles de son escorte et de sa garde.

Il se défendit avec indignation de l'accusation d'assassinat et déclara que son intention, après s'être emparé de la personne de Bonaparte, était de proclamer Louis XVIII.

Après l'aveu de cette tentative, Bonaparte était dans son droit d'en punir l'auteur, mais son crime était de vouloir exploiter ce complot pour en faire un chef d'accusation mensongère contre le duc d'Enghien.

Sommé de faire connaître les détails de l'entreprise et le nom des conjurés, Cadoudal refusa énergiquement de répondre ainsi qu'a toute question de nature à compromettre quelqu'un des siens.

On lui demanda où il logeait :

— Nulle part, répondit-il.

— Pichegru faisait-il partie des conjurés ?

— Je l'ignore.

— Moreau n'en était-il pas ?

— Je ne le connais pas ; je ne l'ai jamais vu.

— Louis Picot était votre domestique ?

— Depuis combien de temps êtes-vous à Paris ?

— Depuis cinq mois.

— Qu'y faisiez-vous ?

— Je m'y promenais.

— Vous y aviez des amis, vous y voyiez du monde.

— Oui, mais il est inutile de me demander qui je voyais, il y a assez de victimes sans que je m'expose à en désigner d'autres. Vous me tenez, faites de moi ce que vous voudrez, je ne vous répondrai plus.

Et il se tut obstinément.

Parmi ceux qui essayèrent de lui arracher la vérité se trouvait le citoyen Jacques Alexis Thuriot qui avait voté la mort du roi ; il fut fort mal accueilli du prisonnier.

— Vous convenez, lui dit Thuriot, d'avoir voulu renverser le premier consul ?

— Et vous, répondit fièrement Cadoudal, vous avez bien voté la mort de votre roi ?

— Réfléchissez au sort qui vous attend, ajouta Thuriot d'un ton menaçant.

Avant qu'il l'eut armé une femme s'en emparait.

— Si vous fussiez tombé entre mes mains, répondit Cadoudal sur le même ton, votre procès eut été bientôt fait, agissez de même envers moi.

Des témoins prétendent qu'un portrait de Louis XVI avait été vu entre ses mains :

— Qu'avez-vous fait de ce portrait demanda imprudemment Thuriot.

— Et toi, citoyen *Tue-Roi*, qu'as-tu fait de l'original ? riposta vivement Cadoudal.

Ces réponses n'étaient pas faites pour plaire au citoyen Thuriot. Il était fort mécontent et ne pouvait le dissimuler. D'ailleurs ce ne fut pas le seul désagrément qu'il eut à subir; le nom de *Tue-Roi* lui resta parmi les conjurés, et comme il reprochait à l'un d'eux Corter de Saint-Victor, d'avoir employé ce sobriquet en parlant de lui :

— Tais-toi, régicide, lui répondit Corter, le sang de Louis XVI te sort par les yeux.

Georges et ceux de ses compagnons qui avaient été arrêtés avec lui furent transférés au Temple.

Mais il ignorait ce qu'étaient devenus ceux qui étaient restés à la place Saint-Etienne-du-Mont, chez la pauvre Lemoine, la fruitière.

C'est ce que nous allons faire savoir au lecteur.

Comme Cadoudal poursuivi et signalé à grand cri, sautait du cabriolet par

33   33

la portière de droite et brûlait la cervelle à un agent, Le Ridant, s'élançait à gauche et tentait de s'enfuir par la rue des Quatre-Vents.

Mais alors, sortant de terre comme par enchantement, un faux décrotteur et un faux commissionnaire, se trouvèrent là à point pour l'arrêter dans son élan, le garroter en un clin d'œil et le remettre aux mains des vrais agents.

Pendant ce temps Barbon et Joyaut, glissant d'allée en allée, avaient pu se réfugier dans la boutique du parfumeur Caron, mais voyant celui-ci atterré, presque fou d'épouvante, capable de se trahir dans l'espèce de délire auquel il était en proie, il gagnèrent la rue Jean Robert et se cachèrent chez leur ami Dubuisson, où, poursuivis par une espèce de fatalité, ils devaient être bientôt pris à leur tour.

C'était aussi chez Dubuisson que Deville et les frères Gaillard avaient d'abord cherché un refuge, mais ne s'y trouvant pas en sûreté et ne voyant de sécurité que loin de Paris, ils se déguisèrent en paysans de la banlieue, gagnèrent la barrière de la Chapelle et se réfugièrent dans la forêt de Montmorency.

Une fois là, il se crurent sauvés.

Mais il fallait vivre, il fallait manger.

La faim les fit sortir du bois.

Après bien des hésitations, après bien des transes et des angoisses, partagés entre la faim et la crainte d'être arrêtés, ils se décidèrent enfin à quitter la forêt pour se diriger vers Méry.

Une fois en plein champ, en plein air et exposés à tous les regards, ils commencèrent à regretter leur retraite et s'emparèrent d'un bac pour traverser l'Oise.

Mais à peine y avaient-ils mis les pieds, qu'un voyageur le dernier vint y sauter à son tour.

A son aspect, leur sang ne fit qu'un tour.

C'était un gendarme.

La situation était critique.

Pas de papiers pour répondre à la demande qu'ils avaient à redouter.

L'interrogatoire commença en effet, et faute de papiers à exhiber, il fallut répondre, donner le change, imaginer des explications, gagner du temps pour arriver jusqu'à la rive, et mettre pied à terre et alors gagner à travers champs.

C'est ce qu'ils firent et avec tant de succès, que le gendarme ne commença à voir clair dans leur jeu, qu'au moment où ils sautaient du bac sur la terre ferme.

Alors il étendit la main pour les saisir au collet, mais les trois compagnons avaient prévu le coup et au moment où il croyait les tenir, ils filaient à toutes jambes.

Il s'élança à leur poursuite, et les paysans de Méry voyant des hommes poursuivis par un gendarme, se jetèrent au-devant d'eux et leur barrèrent le passage.

Armand et Deville, comprirent le parti qu'il y avait à prendre, ils n'hésitèrent pas et se jetèrent tête baissée au milieu des villageois.

Plusieurs tombèrent.

Les autres se rangèrent avec effroi.

Et les deux fugitifs passèrent.

Raoul Gaillard, qui se trouvait en arrière, fut moins heureux que les deux autres.

Les paysans s'étant relevés furieux, avaient appelé à leur aide, et bientôt ils s'étaient trouvés en nombre imposant en face d'un seul homme.

Celui-ci se vit perdu.

Il tira son pistolet et fit feu.

Mais le pistolet n'était chargé qu'à poudre.

Il avait espéré par ce moyen se frayer un passage.

Cette tentative eût au contraire un résultat fatal. Son coup de feu autorisa le gendarme à se servir de sa carabine et il tira à son tour.

Raoul ne fut pas atteint.

Une seconde balle, mieux dirigée, vint le blesser à la jambe.

Il prit alors un second pistolet dans sa poche, mais il n'eût pas le temps de s'en servir.

Avant qu'il l'eût armé, une femme s'en emparait et une quatrième balle lui brisait les côtes.

Cette fois il tomba comme une masse.

Les paysans, rassurés en le voyant à terre, se jetèrent sur lui pour l'achever, mais le gendarme s'interposa.

— Cet homme m'appartient, dit-il, que personne n'y touche.

Et les paysans s'écartèrent avec respect,

Raoul n'était pas mort; le gendarme le fit transporter à l'hôpital par les paysans; mais quelques jour après, il mourait des suites de ses blessures.

Quant à ses deux compagnons, Armand et Derville, ils tentèrent vainement de regagner le forêt de Montmorency, traqués de tous côtés, ils furent arrêtés dans la même journée.

On arrêtait-non-seulement ceux-là, mais ceux qui n'avaient jamais eu aucune relation avec lui.

On arrêtait le duc d'Enghien et toute sa maison.

VI

Après bien des hésitations, le duc d'Enghien, cédant enfin aux prières de la princesse Charlotte, sa femme, s'était décidé à suivre son conseil, non qu'il crût Bonaparte capable, comme on le disait, de le faire enlever de vive force de son domicile, et pour cela de faire violer un territoire étranger et ami, non, il ne pouvait admettre une pareille supposition et quand on parlait de cette entreprise devant lui, il était le premier à la repousser et à protester de son estime pour Bonaparte.

Aussi n'éprouvait-il aucune appréhension à demeurer quelques jours encore à Ettenheim, quoique bien décidé à quitter cette ville pour tenir la promesse qu'il avait faite à la princesse.

Ce qui le retenait, ce n'était nullement la politique, mais une partie de chasse dont il était fort préoccupé depuis quelques jours. Il s'y préparait avec ardeur, et s'assurait de l'état de ses chiens, voulait voir si son équipage de chasse était au grand complet, et avait un tel désir de courir le bois, que dès quatre heures du matin, il était sur pied.

La grande affaire au château, ce jour-là, c'était la rencontre probable d'un magnifique sanglier qu'il s'agissait de forcer.

Plein d'ardeur et d'entrain, le prince s'entretenait avec le chevalier de Septenville, ancien aide camp de son père, ex-brigadier d'une compagnie d'ordonnance noble de cavalerie dans l'armée de Condé, et avec le colonel Grunstein, qui avait couché au château afin d'être plus tôt prêt pour la chasse.

Or, malgré son désir d'être prêt le premier, il avait encore été devancé par le duc d'Enghien, qui le plaisantait sur sa paresse.

— Colonel, lui disait-il, vous serez cause que nous manquerons le sanglier, qui certes ne nous attends pas.

— Il n'est que cinq heures, monseigneur, et on n'attend que le signal du départ.

— C'est vous qui allez le donner. Dites-moi, colonel, que dites-vous de ce costume.

— Parfait, monseigneur, excellent pour pénétrer dans le taillis.

Le duc d'Enghien était vêtu d'un costume de chasseur tyrolien, à longues guêtres de peau de chamois, bouclées sur le genoux, à la fois très commode et très élégant. Bien pris dans ce costume, mince, élancé, sa belle chevelure blonde, il réalisait admirablement le type du gentilhomme, et son visage aristocratique rappelait bien la physionomie de Condé.

Tout le monde était prêt.

— Allons, messieurs, partons cria le duc.

— Au moment même où il donnait ce signal et où l'on se préparait à quitter le château, son domestique Féron entra dans la salle où étaient les chasseurs.

Il avait l'air tout effaré.

— Monseigneur! s'écria-t-il.

— Eh bien qu'y a-t-il?

— Le château est cerné·

— Cerné !

— Oui, monseigneur !

— Je ne comprends pas, qu'est-ce que cela signifie ?

— Monseigneur, il y a en bas un officier français qui nous somme d'ouvrir la grande porte, et il menace de la faire enfoncer si on n'obéit pas !

Et on entendait en même temps le bruit des crosses de fusil retentissant sur les dalles.

Le prince comprit aussitôt l'imminence du danger, et saisissant son fusil de chasse :

— Défendons-nous ! s'écria-t-il.

Et il courut à la fenêtre, son fusil à la main.

Canone arrivait un instant après avec un second fusil.

Et le colonel Grunstein venait aussitôt après se placer à côté du prince.

Celui-ci alors arma son fusil et coucha en joue l'officier qui faisait sommation d'ouvrir.

Mais du geste le colonel releva vivement l'arme.

— Monseigneur, lui dit-il en même temps, vous êtes-vous compromis ?

— Non ! répondit le prince.

— Alors toute résistance est inutile !

Schmidt prit aussitôt la parole.

Il paraissait anéanti.

— Monseigneur, dit-il la maison est cernée par une troupe nombreuse. Ce sont des Français, et je viens de reconnaître parmi eux un des colporteurs qui sont venus hier visiter la maison.

— Consolez-vous, Schmidt, si nous ne pouvons résister à ce déploiement de forces, il nous reste la retraite.

— La retraite est impossible, Monseigneur.

Il réfléchit quelques instants.

— Il n'y a plus qu'un moyen à tenter, dit-il.

— Lequel, Monseigneur ?

— Grunstein, ceux qui vont entrer ici n'en veulent qu'à moi et ils ne me connaissent pas ; lorsqu'ils demanderont le duc d'Enghien, vous vous présenterez.

— Oui, Monseigneur, répondit tranquillement le colonel.

— Ils vous arrêteront !

— Naturellement.

— Vous laisserez faire.

— Cela va sans dire.

— Il n'en peut rien résulter de fâcheux pour vous, et puis, vous êtes sujet allemand, votre gouvernement vous réclamera et...

Il n'eut pas le temps d'achever.

La porte venait de céder sous les coups des assiégeants, et les soldats entraient, le pistolet au poing.

Le chef d'escadron Charlot fit quelques pas en avant.

— Qui de vous est le duc d'Enghien ? demanda-t-il.

Personne ne répondit.

Le prince jeta un coup d'œil au baron de Grunstein.

Mais celui-ci, succombant sous l'émotion, ne pouvait articuler une parole.

L'officier répéta sa question.

— Si vous venez pour arrêter le duc d'Enghien, dit le prince avec sang-froid, vous devez avoir son signalement.

— Si je l'avais, je ne vous interrogerais pas.

— Eh bien ! le duc d'Enghien, c'est moi, dit enfin le colonel Grunstein, qui avait eu le temps de recouvrer sa présence d'esprit.

L'officier s'avançait vers lui lorsqu'un nouveau personnage faisant irruption s'écria:

— J'entends dire que vous cherchez le duc d'Enghien ; eh bien, c'est moi !

C'était le chevalier Jacques qui, pour sauver son maître, avait eu cette malheureuse inspiration.

— Encore un, dit le commandant stupéfait, allons, c'est trop, et je ne vois qu'un moyen de voir clair dans cette affaire, c'est d'arrêter tout le monde.

Cependant le chevalier Jacques avait eu une autre idée, celle de faire sonner le tocsin pour appeler les habitants.

Mais le commandant Charlot, soupçonnant quelque ruse, plaça ses prisonniers sous la garde de ses gendarmes, descendit dans la rue, et suivi d'un détachement, se dirigea vers la maison désignée comme celle de Dumouriez.

Là se produisit un incident comique et des plus inattendus.

Introduit sans difficulté, il se trouva en face d'un gentilhomme qui lui demanda poliment ce qu'il venait faire chez lui.

— Votre nom ? lui demanda le commandant

— Le marquis de Thumery.

— Vous habitez ici ?

— Oui, commandant.

— Mais le général Dumouriez ?

— Je n'ai pas l'avantage de le connaître.

— Il ne demeure donc pas ici ?

— Nullement; je suis le marquis de Thumery, et je demeure seul ici.

— Le commandant était fort intrigué.

— Maréchal des logis Lamothe, demanda-t-il, comment se fait-il que dans votre rapport vous avez indiqué le ci-devant marquis de Thumery pour le général Dumouriez ?

— Commandant, c'est l'accent.

— L'accent ?

— Quand j'ai demandé aux gens du pays s'ils connaissaient le citoyen Dumouriez, ils m'ont répondu : « Thumery, oui je le gonnais », et ils m'ont dit qu'il habitait ici.

Le marquis avait peine à ne pas éclater de rire.

— Maréchal des logis, vous avez commis une grave erreur.

— C'est vrai, mon commandant.

— Que faire maintenant du citoyen marquis.

Le maréchal des logis se gratta l'oreille pour chercher une idée.

— Dame, dit-il enfin, il faut l'arrêter.

— Maréchal des logis, vous avez raison.

Et se tournant vers le marquis stupéfait de cette solution :

— Au nom de la loi, je vous arrête.

La princesse Charlotte, on le pense bien, avait été vite prévenue du fatal évènement. Elle manifesta l'intention de suivre le prince, mais les ordres les plus sévères s'opposaient à ce que personne pût approcher de lui. Bref on l'engagea très vivement à rester cachée chez elle et à conserver sa liberté pour agir près des souverains de l'Europe ; elle ne voulut rien entendre, mais sa volonté se brisa contre la consigne des soldats, qui la forcèrent à remonter à sa chambre, et ce fut là qu'à travers les rideaux, elle put voir passer son époux marchant avec ses compagnons entre deux files de soldats comme un malfaiteur.

Pendant le trajet, plusieurs sous-officiers trouvèrent le moyen de lui parler et lui conseillèrent, une fois dans le bac, de se jeter à la nage, lui affirmant qu'on ne tirerait pas sur lui.

Mais il avait près de lui le général Ordener et le commandant Charlot, qui ne le quittaient pas des yeux, et il lui fut impossible de suivre le conseil qui lui avait été donné,

Alors il se décida à demander au général en vertu duquel ordre il était son prisonnier.

— Je regrette de ne pouvoir vous répondre, dit le général.

— Nous nous sommes déjà rencontrés face à face, reprit-il, mais alors c'était le sabre en main ; j'espérais une pareille rencontre, mais sur un champ de bataille.

Le général se sentait mal à l'aise, il ne répondit pas.

Le Rhin était traversé.

Le duc d'Enghien était sur le sol français.

La prison n'ayant pas été préparée pour les prisonniers amenés par les français le duc d'Enghien fut logé chez le commandant Charlot, qui lui laissa une pièce entièrement à sa disposition et s'empressa d'aller rédiger un rapport que nous croyons devoir reproduire, parce qu'il mentionne la conversation que le commandant prétend avoir eue avec le prisonnier.

Rapport de Charlot, chef du 38e escadron de gendarmerie nationale, au citoyen Moncey, premier inspecteur général de la gendarmerie, du 24 ventôse an XII (15 mars 1804).

« Mon général,

« Il y a deux heures que je suis rentré dans cette ville de l'expéditon sur Ettenheim (Electorat de Baden), où j'ai enlevé, sous les ordres des généraux Ordener et Fririon, avec un détachement de gendarmerie et une partie du 22e de dragons, les personnages dont les noms suivent :

« 1° Louis Antoine, Henri de Bourbon, duc d'Engien ;

« 2° Le général marquis de Thumery ;

« 3° Le colonel baron de Grunstein ;

« 4° Le lieutenant Schmidt ;

« 5° L'abbé Weinborn, ancien promoteur de l'Evêché de Strasbourg ;

« 6° L'abbé Michel, secrétaire de l'Evêché de Strasbourg (outre Rhin) et secrétaire de Weinborn.

« 7° Un nommé Jacques, secrétaire du duc d'Enghien ;

« 8° Ferrand (Simon), valet de chambre du duc ;

« 9° Poulain (Pierre), domestique du duc ;

« 10 Joseph Canone, domestique du duc.

Le général Dumouriez, qu'on disait être logé avec le colonel Grunstein, n'est autre que le marquis de Thumery, désigné ci-dessus, et qui occupait une chambre au rez-de-chaussée dans la même maison qu'occupait le colonel Grunstein, que j'ai arrêté chez le duc, où il était couché. Si j'ai aujourd'hui l'honneur de vous écrire, c'est à celui-ci que je le dois. Le duc ayant été prévenu qu'on cernait son logement, sauta sur un fusil à deux coups et me coucha en joue, au moment où je sommais plusieurs personnes qui étaient aux fenêtres du duc de me faire ouvrir ou que j'allais de vive force enlever le duc ; le colonel l'empêcha de faire feu en lui disant :

— Monseigneur, vous êtes-vous compromis ?

— Ce dernier lui ayant répondu négativement :

— Eh bien, lui dit Grunstein, toute résistance devient inutile ; nous sommes cernés et j'aperçois beaucoup de baïonnettes ; il paraît que c'est le commandant. Songez qu'en le tuant vous vous perdriez et nous aussi.

— Je me rappelle bien avoir entendu dire ;

— C'est le commandant.

— Mais j'étais loin de penser que j'étais sous le point de finir, ainsi que le duc me l'a déclaré et me le répète encore.

Au moment de l'arrestation du duc, j'entends crier : Au feu ! (médiocre allemand).

Je me porte sur-le-champ à la maison où je devais enlever Dumouriez, et chemin faisant, j'entends crier sur divers points : « au feu ! » j'empêche un individu de se porter vers l'église, probablement pour y sonner le tocsin, et je rassure en même temps les habitants du lieu qui sortaient de leurs maisons tout effarés, en leur disant :

— C'est convenu avec votre souverain.

Assurance que j'avais déjà donnée à son grand veneur qui, aux premiers cris s'était porté vers le logement du duc. Arrivé à la maison où je devais enlever Dumouriez, j'ai arrêté le marquis de Thumery. Je l'ai trouvé dans un calme qui m'a rassuré et inerte tel que je l'avais laissé, avant de me transporter chez le duc.

— Les autres arrestations ont été opérées sans bruit et j'ai pris des renseignements pour savoir si Dumouriez avait paru à Ettenheim : on m'a assuré

C'est impossible Monsieur

que non et je présume qu'on ne l'y a supposé qu'en confondant son nom avec celui du général Thumery.

« Demain je m'occcuperai des papiers que j'ai enlevés à la hâte chez les prisonnniers, et j'aurai ensuite l'honneur de vous en faire mon rapport. Je ne puis trop donner d'éloges à la conduite ferme et distinguée du maréchal des logis Pfersdorff, dans cette circonstance ; c'est lui que j'ai envoyé la veille à Ettenheim et qui m'a désigné le logement de nos prisonniers ; c'est lui qui a placé en ma présence toutes les vedettes aux issues des maisons qu'ils occupaient et qu'il avait reconnues la veille. Au moment où je sommais le duc de se rendre mon prisonnier, le maréchal des logis, à la tête de quelques gendarmes et dragons du 22ᵉ régiment, pénétrait dans la maison par le derrière, en franchissant les murs de la cour; ce sont eux qui ont été aperçus par le colonel Grunstein, ce qui a déterminé ce dernier à empêcher le duc de faire feu sur moi. Je vous demande, mon général, le brevet de lieutenant pour le maréchal des logis, à l'emploi duquel il a été proposé à la dernière revue de l'inspecteur général. Il est sous tous rapports susceptible d'être porté à ce grade. Les généraux vous parleront de ce sous-officier et ce qu'ils vous diront sur son compte me fait espérer que vous prendrez, mon général, en sérieuse considération la demande que je vous fais en sa faveur. J'ai à ajouter que ce sous-officier m'a rendu compte qu'il avait été particulièrement secondé par le gendarme Herme, brigade de Bar. Pfersdorff parlant plusieurs langues, je souhaiterais que son avancement ne l'enlevât point à l'escadron.

« Le duc d'Enghien m'a assuré que Dumouriez n'était point venu à Ettenheim; qu'il serait cependant possible qu'il eût été chargé de lui apporter des instructions de l'Angleterre, mais qu'il ne l'aurait pas reçu parce qu'il était au-dessus de son rang d'avoir affaire à de pareilles gens; qu'il estimait Bonaparte comme un grand homme, mais qu'étant prince de la famille Bourbon, il lui avait voué une haine implacable, ainsi qu'aux français auxquels il ferait la guerre dans toutes les occasions.

Il craint extrêmement d'être conduit à Paris, et je crois que pour l'y conduire, il faudra établir sur lui une grande surveillance.

Il s'attend à ce que le premier Consul le fera enfermer, et dit qu'il se repent de n'avoir pas tiré sur moi, ce qui aurait décidé de son sort par les armes.

« Le chef du 58ᵉ escadron de gendarmerie nationale
CHARLOT

De leur côté, les généraux Ordener et Caulaincourt rendaient également compte de leur expédition.

Le même jour, un fiacre s'arrêtait devant la maison du commandant Charlot qu'il emportait ainsi que le duc d'Enghien, et déposait celui-ci à la citadelle.

Rien n'y était disposé pour recevoir le prisonnier, pas même un lit et il dut coucher avec ses compagnons sur des matelas apportés à cet effet dans le salon du commandant, auquel le prince demanda la grâce de faire donner une tasse d'eau à son chien Mohiloff, qui l'avait suivi depuis Ettenheim.

Le lendemain ils étaient tous placés dans des chambres séparées.

Le prince demanda alors s'il lui serait permis d'écrire à la princesse Charlotte. Le major ne put que lui faire espérer que sa lettre serait envoyée à destination sans le lui promettre positivement.

Dans cette lettre il exprimait l'espoir que cette affaire se bornerait à quelques jours de détention, convaincu qu'on ne trouverait rien dans ses papiers qui pût le compromettre et le faire accuser de connivence avec

Cadoudal, dont la tentative contre la vie de Bonaparte ne lui inspirait que de l'horreur.

Cette lettre se croisa avec la princesse elle-même qui venait à Strasbourg dans l'intention de faire toutes les démarches nécessaires pour obtenir l'autorisation de voir le prince.

Elle se disposait à se rendre à la préfecture lorsqu'on frappa à la porte de sa chambre.

Entrez, dit-elle.

Elle se vit aussitôt en face de deux individus, l'un en bourgeois, l'autre en uniforme d'officier de gendarmerie.

— La citoyenne Charlotte de Rohan ? demanda l'officier,

— C'est moi, monsieur.

— Vos papiers ?

— Les voici.

— Madame, dit l'individu habillé en bourgeois, je suis l'accusateur public et je vais vous interroger. Qu'êtes-vous venu faire à Strasbourg.

— Solliciter la faveur de voir M. le duc d'Enghien.

— C'est inutile, vous ne l'obtiendrez pas ?

— Monsieur, dites-moi, de grâce, où est M. le duc d'Enghien.

— Emprisonné à la citadelle.

— De quel crime est-il donc accusé ?

— De complot contre la vie du premier consul.

— C'est impossible, monsieur.

— Madame, croyez-moi, retournez à Ettenheim, profitez au plus vite de la liberté qui vous est accordée de quitter la France aujourd'hui.

Et les deux hommes se retirèrent.

Devant la menace implicite que contenaient ces paroles, la princesse ne pouvait hésiter; le désespoir dans l'âme, elle reprit le chemin d'Ettenheim.

Pendant ce temps, la princesse se creusait la tête pour trouver sur quel prétexte pouvait être basée son arrestation, quand on lui annonça la visite du commandant Charlot.

Il était accompagné du commissaire de police, le citoyen Popp.

Ils venaient procéder à l'ouverture des papiers saisis chez le prince ; il devait assister en leur présence à la lecture de sa correspondance intime et entendre déchiffrer mot à mot les lettres qu'il avait reçues de la princesse Charlotte, lettres où il n'était question que de choses du cœur.

Le front pâle et les traits contractés, le prince frémissait de colère chaque fois que les mains du commissaire ouvraient une lettre de la princesse.

Quand il eut enduré jusqu'au bout cet intolérable supplice :

— Et maintenant, demanda-t-il, que va-t-on faire de ces papiers ?

— Les envoyer à Paris.

A Paris, c'est-à-dire, à d'autres étrangers !

Nouvelle torture! nouvelle profanation!

— Voici ce que nous trouvons dans une de ces notes intimes qu'il écrivait chaque soir :

« Samedi 17. — Je ne sais rien de ma lettre, je tremble pour la santé de la princesse; un mot de ma main la réparerait. Je suis bien malheureux. On vient de me faire signer le procès-verbal de l'ouverture de mes papiers. Je demande et obtiens d'y ajouter une note explicative pour prouver que je n'ai jamais eu d'autres intentions que de servir et faire la guerre.

Cette note explicative adressée par le prince à Bonaparte déclarait : qu'il était absolument ignorant du complot tramé par Cadoudal et qu'il repoussait avec horreur toute tentative de ce genre, ajoutant qu'il ne pouvait admettre qu'on lui fît un crime d'avoir soutenu, les armes à la main, les droits de sa famille et de son rang.

Ce jour même, 26 ventôse an XII (15 mars 1804), le major Machim, commandant de la citadelle, prévenait le duc d'Enghien, que ses papiers étaient adressés au premier consul par les généraux Ordener et Caulaincourt.

Le prince s'en rejouit ouvertement, convaincu que cette arrestation reposait sur un malentendu, que le premier consul avait été trompé par de faux rapports, mais qu'éclairé par la lecture de ces papiers, il s'excuserait de cette arrestation arbitraire et s'empresserait de le faire relâcher.

Il ne se doutait pas que cette arrestation n'était qu'une odieuse comédie et que son sort était déjà décidé.

C'est ce que nous saurons en nous tenant au courant des agissements de Bonaparte, que nous retrouvons à la Malmaison, toujours et constamment préoccupé de cette affaire.

Le jour même de l'arrestation du duc d'Enghien, le premier consul en avait été prévenu par une dépêche télégraphique.

— Il est pris ! s'écria Bonaparte.

— Il faut le juger, ajouta Réal.

— Certainement qu'il faut le *faire* juger, reprit Bonaparte, en lui jetant un regard de travers.

Et il ajouta aussitôt :

Il faut convoquer de suite un conseil de guerre composé des principaux généraux du Sénat.

Dans la joie qu'il ressentait de cette nouvelle, il ne put résister au désir de l'annoncer à tous ses intimes et c'est ainsi que Joséphine l'apprit.

Elle vint aussitôt trouver Bonaparte, dont les continuelles préoccupations l'inquiétaient depuis quelque temps.

Bonaparte, lui dit-elle, pourquoi as-tu donné l'ordre de faire arrêter le duc d'Enghien,

— Parce qu'il est le chef et l'instigateur de tous les complots dirigés contre moi.

— Veux-tu donc sa mort ?

— On le jugera.

— Bonaparte, s'écria Joséphine, dévoilant brusquement la pensée secrète de celui-ci, ne te fais pas roi, c'est Lucien qui te pousse à cela, ne l'écoute pas, crois-moi.

— Assez, dit-il vivement, tu n'entends rien à la politique, laisse-moi.

Il la conduisit hors du cabinet.

Maintenant, dit-il à Réal, occupons-nous de cette affaire.

Il demeura longtemps pensif, soucieux, mais non irrésolu, car son parti était bien arrêté.

Le crime, déjà à moitié exécuté, était complètement résolu dans sa pensée et nulle considération ne pouvait le faire fléchir.

Il dicta à Réal cet ordre, où éclatent cette minutie et cette précision de détails qui prévoient tout et ne laissent rien au hasard.

« Envoyez l'ordre de faire partir immédiatement et en poste le duc d'Enghien pour Paris ; quant aux autres prisonniers, ils ne seront amenés que par le service ordinaire des diligences. Le duc voyagera sous le nom de Plessis, dans une berline attelée de six chevaux de poste ; les relais seront commandés d'avance, et toutes les dispositions seront prises pour que le voyage s'accomplisse le plus rapidement possible ; le départ s'effectuera dans la nuit.

Bonaparte relut.

— C'est bien, dit-il, envoyez en double aux généraux Caulaincourt et Leval par courrier extraordinaire.

Le premier Consul prévint Murat, gouverneur de Paris pour qu'il convoquât une haute cour.

Murat était peu flatté de la mission, cependant il manda chez lui le colonel Préval, qui commandait le 3ᵉ régiment de cuirassiers, et après lui avoir appris que le duc d'Enghien, arrêté à la frontière en flagrant délit de conspiration, allait être traduit en conseil de guerre ; il lui proposa de remplir près de ce tribunal les fonctions de rapporteur.

Le colonel avait servi avant la révolution dans le régiment du duc d'Enghien ; il comprenait qu'un Condé pût prendre les armes pour tenter la restauration du roi de France, mais il considérait comme impossible qu'il descendît au rôle d'un vulgaire conspirateur.

Aussi refusa-t-il sans hésiter l'offre qui lui était faite, déclarant que son père et son oncle avaient servi dans le régiment du duc d'Enghien et qu'il ne saurait remplir les fonctions que le premier Consul voulait bien lui confier.

Après le colonel Préval il s'adressa au colonel de Lacuée, qui refusa à son tour.

Murat alors écrivit au Consul pour le prévenir de son insuccès en le rejetant sur le peu d'habitude qu'il avait de ces sortes de négociations.

Ce double échec donna à réfléchir à Bonaparte. Comprenant toutes les difficultés que créerait la convocation d'une haute cour militaire et l'irritation qui en résulterait parmi les royalistes qu'il avait eu tant de peine à rallier à son gouvernement ; craignant en outre qu'une haute cour, dans son impartialité, n'acquittât le prévenu, contre lequel on ne pouvait invoquer aucune preuve de culpabilité, il jugea qu'il était plus prudent de convoquer une commission militaire bien choisie, c'es-à-dire entièrement à sa dévotion.

Et d'abord il fit écrire au commandant de la forteresse pour lui demander un état détaillé des personnes qui se trouvaient en ce moment au château de Vincennes.

Il craignait des témoins indiscrets.

Jadis capitaine sous la Terreur, mis à la retraite au 18 brumaire, il se lia alors avec Aréna, Ceracchi et Demerville, puis il dénonça ses complices et les fit condamner à mort.

Ce service lui valut le grade de chef de bataillon et le commandement de la forteresse de Vincennes.

C'était la coutume ; à cette époque une trahison recevait toujours sa récompense.

Avec celui-là il n'y avait pas de scrupule de conscience à redouter.

Il envoya au citoyen Réal l'état nominatif qui lui était demandé, et comme il manquait de précision et de détails circonstanciés, il lui en fut demandé un autre par ordre de Bonaparte, ce qu'il fit à la satisfaction de celui-ci, cette fois.

Le lendemain, le rapport adressé par les généraux Caulaincourt et Ordener à Talleyrand lui fut apporté par celui-ci.

Ce jour-là, le grand juge Reynier, Méret et Fouché étaient mandés à la Malmaison.

Il s'agissait de triturer et d'analyser la matière accusable.

Bonaparte demanda tout de suite à Fouché ce qu'était devenue une malle pleine de pièces qui devaient mettre sur la trace du complot.

— Cette malle eût dû être trouvée chez la baronne de Reich.

— Parbleu, dit Talleyrand, toujours à l'affût d'une perfidie, tous les papiers compromettants ont disparu, mais il y a là plus de pièces qu'il n'en faut pour prouver que le duc d'Enghien était à la solde de l'Angleterre, et voici un brouillon de note destiné à M. Stuart, ambassadeur du roi d'Angleterre, qui porte que si le prince s'est retiré à Ettenheim, c'est pour y attendre les évènements heureux qui pourront lui permettre de rentrer dans la carrière militaire. Or, ajoutait perfidement Talleyrand, quels peuvent être ces évènements heureux, si ce n'est, en première ligne, la réussite du complot Cadoudal ?

Après avoir lu, relu, faussé et torturé les notes et correspondances sans pouvoir y baser le moindre prétexte à une accusation, le grand juge dut se contenter de cette conclusion : que les lois contre les individus qui avaient porté les armes contre la République et qui étaient à la solde de l'Angleterre, étaient formelles et suffisaient pour provoquer une condamnation.

Tous ces malfaiteurs, obligés de condamner sans preuves, se rangèrent à cette opinion, décidèrent qu'on laisserait de côté les preuves écrites (vu qu'elles n'existaient pas), et qu'on se bornerait à appliquer la loi.

Puis il fut convenu qu'on ne donnerait pas de défenseur à l'accusé.

Il eut été bien simple, tandis qu'on y était, de supprimer également les juges, mais il fallait un semblant de jugement pour satisfaire l'opinion.

Un seconde invitation fut adressée au général Muraz d'avoir, conformément à la loi du 19 fructidor, an V, à désigner les membres de la commission militaire chargée de condamner le duc d'Enghien.

Pour lui faciliter le travail les noms étaient indiqués d'avance.

Puis un rapport, qui remplissait l'acte d'accusation.

La première des nombreuses pièces libellées par le citoyen Réal pour cette affaire est l'arrêté du gouvernement qui mettait le prince en jugement.

Il est curieux et odieux à la fois dans sa concision.

Extrait des registres des délibérations des conseils de la République,

LIBERTÉ, ÉGALITÉ

(Le mot *Fraternité* a disparu ; était-il supprimé dès lors, ou était-ce exceptionnellement et pour la circonstance ?)

« Paris, 29 ventôse, an XII de la République française une et indivisible,

« Le gouvernement de la République arrête ce qui suit :

« Article 1er. — Le ci-devant duc d'Enghien, prévenu d'avoir porté les armes contre la République française, d'avoir été et d'être encore à la solde de l'Angleterre, de faire partie des complots tramés par cette dernière puissance contre la sûreté intérieure et extérieure de l'État, sera traduit devant une commission militaire, composée de sept membres nommés par le général gouverneur de Paris; qui se réunira au château de Vincennes.

« Art. 2. — Le grand juge, le ministre de la guerre et le général gouverneur de Paris sont chargés de l'exécution du présent arrêté. »

Le premier consul,
BONAPARTE.

Par le premier consul,
HUGUES MARET.

Cet arrêté fut publié dans le *Moniteur* du 30 ventôse, précédé de la note suivante :

Paris, 28 ventôse.

Tandis que l'Angleterre envoyait Pichegru, Georges et la bande d'exécution à Paris, elle assemblait et prenait à sa solde tous les émigrés qui se trouvent en Allemagne.

Une circulaire du prince de Condé leur a fait un appel, il y a près de deux mois. C'est un fait connu de toute la ville de Hambourg, qu'un nommé Maillard était chargé, en cette ville, des fonds pour recruter ces malheureux et les expédier sur le Rhin.

La rive droite du Rhin se remplissait journellement de ces nouveaux légionnaires que l'Angleterre appelle encore une fois à être les jouets et les victimes de son cruel machiavélisme.

« Un prince de Bourbon, avec son état major et quelques bureaux, était fixé sur ce point, d'où il dirigeait le mouvement. Le prince Chiminé, ainsi que plusieurs autres officiers, devait ariver le 25 mars pour compléter l'organisation des bandes.

« Les puissances du continent s'empressent de repousser de pareils éléments de troubles, et cette nouvelle tentative du cabinet britannique n'aura pas plus de succès que le crime organisé à Paris, par lui, à si grand frais contre le premier consul. »

Cette note était d'une mauvaise foi d'un bout à l'autre, mais d'abord tous les moyens sont bons quand il s'agit de gagner l'opinion publique, et puis le journal devait paraître à l'heure où le duc d'Enghien aurait cessé d'exister.

VII

LA VEILLE DU CRIME

Marat retenu, chez lui par une indisposition, avait envoyé à Bonaparte la notification du choix fait pour la composition de la commission militaire, qui se composait des colonels des régiments en garnison à Paris.

Tous, et le président de la commission, le général Hulin surtout, avaient donné des preuves d'un entier dévouement au premier Consul.

— Pourquoi Marat n'est-il pas venu lui-même, demanda-t-il.

— Il a de grandes prétentions à la générosité, répondit Talleyrand, et j'ai obtenu à grand'peine qu'il désignât les membres de la commission du jugement. Il disait que c'était une tache de sang qu'on voulait imprimer à son uniforme.

— C'est avec ces phrases-là qu'on couvre sa lâcheté, répliqua Bonaparte en haussant les épaules.

Puis passant à un autre ordre d'idées :

— Je veux prévenir toute fausse interprétation de cette affaire à l'étranger, et c'est surtout en Autriche qu'il convient non-seulement de faire savoir ce que nous avons été obligés de faire, mais encore de demander qu'on veuille bien compléter la mesure prise.

— Général, j'ai écrit à M. de Champagny et voici le double de la lettre.

Et Talleyrand lui lut la lettre suivante :

A M. de Champagny, ambassadeur de France en Autriche.

Paris, 28 ventôse, an XII.

  « Citoyen ambassadeur,

» Une multitude de faits et de preuves, résultant de la procédure qui s'instruit à Paris, ayant mis en évidence le complicité d'un comité d'émigrés français résidant à Offenbourg et à Ettenheim, le gouvernement a senti qu'il n'y avait pas un moment à perdre pour s'assurer des conspirateurs qui attendaient aux portes de Strasbourg le succès des machinations détestables tramées par

On le conduisait au donjon de Vincennes.

leurs complices de l'intérieur, ne cessaient pas, d'ailleurs, d'entretenir avec eux, une correspondance d'argent et d'avis, dont tous les détails ont été connus.

« Il est présumable qu'une partie des conspirateurs qui composent le comité d'Offenbourg aura essayé de se retirer à Fribourg et dans ses environs, en remontant davantage vers les frontières de la Suisse; les rapports d'amitié qui subsistent entre la France et la Cour impériale, et de plus les sentiments bien connus de sa Majesté impériale ne permettent pas de douter qu'elle se soit empressée d'éloigner des hommes aussi criminels; et pour prendre à cet égard une mesure complète, sa majesté jugera sans doute convenable d'ordonner l'éloignement absolu et irrévocable de tout ce qu'il pourrait rester d'émigrés français, tant à Fribourg que dans le Brisgau, dans toutes les possessions autrichiennes de la Souabe et sur les frontières de la Suisse, de manière qu'aucun des émigrés ne puisse se trouver à moins de cinquante lieues des frontières française et helvétique.

» C'est un acte de précaution, une mesure d'utilité réciproque qui se lie d'ailleurs à l'exécution de l'article 1er du traité de Lunéville, et que vous êtes autorisé à requérir par une note officielle, s'il est besoin; mais on se persuade que Sa Majesté h'aura besoin que d'avoir connaissance des explications verbales que vous aurez d'abord à cet égard avec le comte de Cobenzel et pour se porter d'elle-même à faire ce que désire le premier Consul et ce que réclament l'intérêt bien entendu et la tranquillité des deux puissances

A monsieur Talleyrand,

» P.-S. J'ajoute un mot à ma dépêche de ce jour et c'est pour vous confirmer ce que vous aurez déjà appris par les rapports de Carlsruhe, savoir: que le duc d'Enghien se trouve au nombre des personnes qui ont été arrêtées à Ettenheim. Cette circonstance va grossir l'évènement et donner plus d'amertume aux observations. C'est pourquoi il faut parler haut et nettement. Croyez qu'on se fie à votre langage; nous savons que vous avez toujours celui de la place et de la chose. »

Pendant ce temps, Joséphine se défiant de tous les conseillers qui entouraient Bonaparte, et particulièrement de Talleyrand, qu'elle appelait le maudit boiteux, causait de cette affaire avec Joseph, le frère du premier Consul et lui recommandait la clémence. Joseph y fit tous ses efforts en lui rappelant que c'est au prince de Condé qu'il devait d'avoir embrassé la carrière militaire, et comme il lui demandait quelles étaient ses intentions à l'égard du duc d'Enghien, Bonaparte lui répondit par cet éternel argument, qui coupait court à tout:

— Ce que décidera la commission chargée de le juger.

On savait ce que c'était que cette commission et l'on était fixé d'avance sur les intentions du premier Consul, dont les membres de cette commission n'étaient que les serviles instruments, personne ne l'ignorait.

Un instant après une dépêche télégraphique, datée de Strasbourg, apportait la nouvelle du départ du prince dans la nuit du 26 au 27 ventôse.

Elle était presqu'aussitôt suivie d'un courrier annonçant l'arrivée du prince à Paris.

— Enfin s'écria Bonaparte avec transport.

Il dicta aussitôt une lettre au citoyen Réal pour le citoyen Harel, par laquelle il annonçait à celui-ci l'arrivée à la forteresse d'un individu sur le compte duquel il devait observer la plus grande discrétion. Il devait ignorer lui-même qui il était et ne le laisser voir à qui que ce soit.

Une autre lettre adressée à Murat lui annonçait l'arrivée du duc d'Enghien au château de Vincennes, lui ordonnait de veiller à ce que tout fût prêt pour le recevoir et joignait à cette lettre une copie de l'arrêté rendu pour la formation de la commission militaire.

La même activité, la même ardeur étaient déployées à Strasbourg, par les deux généraux Leval et Caulincourt.

Une voiture et des chevaux étaient préparés et le commandant Charlot était chargé d'aller prendre le prince à la citadelle.

Il était une heure du matin lorsqu'il fit éveiller le major Hachin.

— Je viens vous débarrasser de votre prisonnier, lui dit-il.

— On va le transférer ailleurs.

— Oui, à Paris.

Le major conduisit le commandant à la chambre du duc d'Enghien, qu'il trouva dormant profondément.

— Qui est là? Que me veut-on? dit-il, réveillé en sursaut.

— Monsieur le duc, lui dit le citoyen Charlot, je suis chargé de vous notifier un ordre du citoyen commandant la division qui vous enjoint de quitter immédiatement la citadelle.

— Pour où aller? demanda le duc.

— Chez le général.

— J'obéis.

Ses traits exprimaient l'inquiétude.

Il s'habilla à la hâte.

Le bruit qui se faisait dans sa chambre, éveilla et attira les autres prisonniers, le marquis de Thumery, le lieutenant Schmit, le chevalier Jacques.

— Que se passe-t-il donc? demandèrent-ils.

— Monsieur vient me chercher par ordre du général, dit-il en désignant le commandant.

Tous demandèrent à l'accompagner.

— Je n'ai d'ordre que pour le duc d'Enghien, répondit le commandant.

Ils étaient consternés.

Le prince lui recommanda la résignation, les embrassa avec émotion et partit.

Il était escorté de quatre gendarmes.

Ils trouvèrent sur la place de l'église une grande berline attelée de six chevaux, conduits par deux postillons.

Le lieutenant Piétermann ouvrit une des portières et invita le duc à monter.

Celui-ci semblait sous l'empire de quelque sombre pressentiment.

Il parut hésiter un instant, puis il s'élança dans la voiture.

Son chien Mohiloff, qui l'avait suivi depuis Ettenheim, avait sauté dans la berline et s'était blotti sous une banquette, où on ne l'aperçut que trop tard.

— Où allons-nous? demanda le prisonnier.

— A Paris.

— Ah ! tant mieux ! dit-il d'un air satisfait.

On partit à fond de train.

Le lendemain le commandant allait prendre à la citadelle le colonel Gruns-tein, le lieutenant Schmit, le chevalier Jacques, l'abbé Wemborn, la demoi-selle Dagrain et Mme la baronne Rech, et on les conduisit au bureau de la diligence où ils prirent place :

Ces prisonniers partirent sous la garde et sous la responsabilité du briga-dier Acker, accompagné de plusieurs gendarmes, et il était dit dans l'ordre écrit ce qu'il emportait avec lui.

» Le brigadier Acker répond sur sa tête de la sûreté des prisonniers pour lesquels il devra avoir tous les égards dus au malheur et les attentions com-patibles avec leur sûreté, s'assurera que les militaires qui l'accompagnent seront, comme lui, bien armés. »

Les jours suivants, où s'effectuaient les départs de la diligence, des ordres semblables furent donnés à d'autres brigadiers qui conduisirent successive-ment à Paris Mme et Mlle Lajolais, l'abbé Aymar, ci-devant grand vicaire du cardinal de Rohan, Briançon, émigré rayé de la liste, qui exerçait les fonc-tions de contrôleur de la poste aux lettres à Strasbourg, prévenu d'avoir laissé passer des lettres compromettantes adressées aux émigrés d'Allemagne, Bolo-gne, émigré aussi rayé, inculpé pour le même fait ; Bony d'Orviller, ex-capi-taine de la légion Mirabeau ; Mme Klinglin d'Essart, accusée d'avoir fait par-tie du prétendu complot organisé par le comité d'Offembourg ; l'abbé Michel, Mlle Thérèse Jacquet de Saint-Dié, maîtresse de l'ex-général Lajolais et dans les papiers de laquelle on avait trouvé un chiffre de correspondance qui lui avait été remis par ce dernier ; l'ex-représentant Chambé, M. le comte de Tou-louse-Lautrec, René Aumont, Pierre d'Ixupevilliers et Thérèse Leiss, ser-vante.

Pendant toute une semaine les diligences furent presque exclusivement affectées au transport des prisonniers, la plupart arrêtés sans motif et même sans prétexte sérieux.

On arrêtait beaucoup sans s'inquiéter d'arrêter à propos, toujours sûr d'être approuvé par un gouvernement trop inquiet pour sa sécurité pour ne pas fermer les yeux sur les arrestations arbitraires.

La berline qui conduisait le duc d'Enghien roula pour ainsi dire tout d'une traite jusqu'à Paris, s'arrêtant tout juste pour laisser aux voyageurs le temps de prendre un bouillon et un morceau de pain et l'on repartait ventre à terre.

Au reste, cette rapidité convenait parfaitement au prince qui, convaincu qu'on le conduisait aux Tuileries, disait au lieutenant Pétermann ;

— Un quart d'heure de conversation avec le premier consul et tout sera bientôt arrangé.

Sans inquiétude désormais sur le but du voyage qu'il faisait sous l'escorte de plusieurs gendarmes, il était heureux de revoir la France et reconnaisait avec bonheur chaque ville qu'il traversait.

Il les nommait toutes en passant et restait presque constamment la tête à la portière.

Soudain il s'écria avec une violente émotion :

— Paris ! voilà Paris !

Il venait d'apercevoir le pavillon d'octroi de la Villette.

Là un gendarme à cheval qui se tenait en observation, donna ordre au postillon de s'arrêter.

Celui-ci obéit et le gendarme présenta un pli au lieutenant Michel qui, après l'avoir lu, donna à voix basse un ordre au postillon.

Celui-ci tourna à gau he, et au lieu d'entrer dans Paris, la berline suivit les boulevards extérieurs.

Le prince en parut très surpris.

— Ne m'avez-vous pas dit que nous allions à Paris ? demanda-t-il au lieutenant Michel.

— En effet, mais je reçois l'ordre de ne pas traverser la ville pour éviter de provoquer l'attention publique.

Le prince vit là une attention délicate, celle de lui épargner l'humiliation de traverser la ville avec nne escorte de gendarmes et il en sut gré à Bonaparte.

La berline dépassa les barrières Minilmontant, Fontarabie, Vincennes, Picpus, Charenton, Croulebarbe, d'Enfer, du Maine et arriva enfin à celle de Sèvres.

Elle suivit la rue de ce nom jusqu'à la rue du Bac, elle suivit jusqu'au n° 84, à l'hôtel de Galiffet, où se trouvait alors établi le ministère des relations extérieures, et s'arrêta dans la cour.

Le prince ouvrait la portière pour descendre ; il en fut empêché par le gendarme qui se tenait à l'extérieur.

Il referma la portière.

Le prince se rejeta au fond de la berline sans rien comprendre à ce qui se passait.

Les postillons étaient restés à cheval.

Quelques minutes s'écoulèrent.

Une voiture vide entra uans la cour et alla se placer au bas du perron.

Une personne parut sur ce perron, un laquais ouvrit la voiture ; la personne monta et le roulement des roues se fit entendre.

Une bonne demi-heure se passa.

Enfin, la même voiture revint ; l'homme qui l'occupait descendit, entra dans les appartements et quelques instants plus tard les postillons de la berline recevaient l'ordre de se remettre en route.

Le duc d'Enghien se demanda où on le menait, mais il resta stupéfait en voyant la berline reprendre le chemin par lequelle elle était venue.

Elle repassa par la barrière de Sèvres et les boulevards extérieurs.

Le prisonnier put croire qu'on le ramenait à Strasbourg et même â Ettenheim.

Mais cette illusion fut courte.

Arrivés à la barrière de Vincennes, les chevaux tournèrent à droite et s'engagèrent sur la route de Vincennes.

Le prince pâlit.

Il avait pensé qu'on le menait devant le premier Consul pour s'expliquer sur sa prétendue complicité dans un complot auquel il était étranger, et il se voyait traité en prisonnier d'Etat.

On le conduisait à Vincennes ! et combien de temps y resterait-il ?

Il en resta un instant tout bouleversé.

Mais recouvrant bientôt son sang-froid :

— Nous allons à Vincennes, lieutenant ? dit-il à l'officier de gendarmerie.

— Oui, répondit celui-ci à voix basse.

Quelques minutes plus tard le vieux donjon lui apparaissait, et sa lourde masse se détachait morne et noire sur le ciel gris.

Depuis le règne de Louis XV, l'ancienne maison de plaisance bâtie par Louis le Jeune au XIIᵉ siècle, était affectée au logement des prisonniers d'Etat.

Le plan du château de Vincennes est flanqué de neuf tours qu'on désigne sous les noms suivants :

Tour principale, qui sert d'entrée au château lorsqu'on arrive de Paris : Elle fait face au bourg et mesure 35 mètres de hauteur.

La tour du Réservoir, à l'angle nord-est, c'est-à-dire au coin de gauche.

La tour du Diable, aussi sur le côté gauche.

La tour des Salves, toujours sur le grand côté gauche.

La tour du Gouverneur, sur le même côté.

La tour de la Reine, à l'angle de gauche et du petit côté du plan général, le côté faisant face au parc.

La tour de la porte du bois, à l'opposé de la tour principale, où se trouvait l'appartement du commandant Harel.

La tour du Roi, à l'opposé de la tour de la Reine, à l'angle du côté du parc et du côté droit.

La tour de Paris, à l'angle nord-ouest, c'est-à-dire à droite de la tour principale.

La berline pénétra dans la cour du château par la porte du bois.

Harel s'avança, ouvrit la portière et le prince descendit.

Le commandant s'excusa de n'avoir pas eu le temps nécessaire pour lui faire préparer un logement et l'engagea à monter chez lui, ce que le prince accepta.

Un grand feu brûlait dans la cheminée ; le prisonnier s'en approcha et le commandant Harel lui offrit de prendre quelque chose.

— J'accepte avec plaisir, dit le prince, j'avouerai même qu'étant venu de Strasbourg presque sans m'arrêter, j'ai grand besoin de manger.

Aufart, ancien sergent aux gardes françaises, vieil ami du commandant, courut lui-même chez les traiteurs pour réparer autant que possible l'incroyable négligence dont on avait fait preuve vis-à-vis du prince, dans lequel Bonaparte n'avait vu qu'une proie, sans même songer à lui faire procurer l'indispensable, lui qui pensait à tout au point de vue de l'arrestation et du jugement, c'est-à-dire du guet-à-pens et de l'assassinat, car ce n'était pas autre chose.

Le brigadier Aufart sortit à la hâte et visita tous les restaurateurs de Vincennes. Il finit par trouver un peu de fricandeau et un potage au vermicelle, qu'il partagea avec Mohiloff, le pauvre animal qui le suivait depuis Ettenheim.

En ce moment il entendit un cri plaintif sortir d'un lit placé au fond de la pièce qu'il occupait.

C'était la femme du commandant Harel, qui venait de reconnaître dans le duc d'Enghien son frère de lait, sa mère ayant été la nourrice du prince, ce qui lui avait valu une pension que lui avait faite la famille de Rohan et dont elle avait joui jusqu'à la Révolution.

Elle attribua son cri à un malaise et laissa ignorer au prince la reconnaissance qui le lui avait arraché.

— Enfin, demanda-t-il au commandant, me direz-vous pourquoi je suis ici en qualité de prisonnier d'Etat et quelles vues on a sur moi, car vous ne pouvez l'ignorer ?

— Je l'ignore, au contraire, M. le duc, mais je ne doute pas que la liberté ne vous soit bientôt rendue.

Le repas fini, le commandant Harel invita le prince à passer dans la chambre qui lui était destinée et dans laquelle il avait fait allumer du feu.

C'était le pavillon du roi.

Un lit, une table et deux chaises en formaient tout l'ameublement, et il y manquait des vitres remplacées par du papier.

Mais le duc remarqua à peine ces détails.

Brisé de fatigue, il se mit au lit et s'endormit d'un profond sommeil.

Mais avant d'aller plus loin, quelques-uns des incidents que nous venons de raconter demandent à être expliqués.

La berline qui portait le duc d'Enghien s'était dirigée au ministère des relations extérieures, où son arrivée avait extrêmement surpris M. de Talleyrand.

Il s'était aussitôt fait conduire à l'hôtel Thelusson, où demeurait Murat.

— Est-ce vous, lui demanda-t-il, qui m'envoyez le duc d'Enghien ? Nullement !

— Alors, c'est un ordre direct du premier Consul ?

— Il y a erreur, il doit être jugé ce soir même à Vincennes, il faut l'y envoyer.

Dans le courant de la journée, chacun des membres désignés pour faire partie de la commission militaire avait reçu avis de se rendre chez le général Murat.

Celui-ci devait leur communiquer l'arrêté suivant, dont le double avait été envoyé au *Moniteur :*

Le 29 ventôse, an XII de la République.

« Le général en chef, gouverneur de Paris,

» En exécution de l'arrêté du gouvernement, en date de ce jour, portant que le ci-devant duc d'Enghien sera traduit devant une commission militaire, composée de sept membres nommés par le général gouverneur de Paris.

» A nommé et nomme pour former ladite commission les sept militaires dont les noms suivent :

» Le général Hulin, commandant des grenadiers à pied de la garde des consuls, président ;

» Le colonel Guitton, commandant du 1er régiment de cuirassiers ;

« Le colonel Bazancourt, commandant le 4e régiment d'infanterie de ligne ;

» Le colonel Barrois, commandant le 96e régiment d'infanterie de ligne;

» Le colonel Ravier, commandant le 18e régiment de ligne ;

» Le colonel Rable, commandant le 2e régiment de la garde municipale de Paris ;

» Le citoyen Dautancourt, major de la gendarmerie d'élite, qui remplira les fonctions de rapporteur.

» Cette commission se réunira sur le champ au château de Vincennes, pour y juger sans désemparer le prévenu, sur les charges énoncées dans l'arrêté du gouvernement dont copie sera remise au président. »

Quand Savary voulut, à la tête de ses hommes, rejoindre la brigade d'infanterie, qui avait dû se réunir de l'autre côté du boulevard Saint-Antoine, il fut arrêté à la barrière, et comme il voulait passer à toute force, on lui fit lire l'ordre du jour suivant :

PLACE DE PARIS

Ordre du 8 ventôse,

« Le général en chef, gouverneur de la ville de Paris,

« Ordonne qu'à dater d'aujourd'hui et jusqu'à nouvel ordre, depuis six heures du soir jusqu'à six heures du matin, aucun individu ne sorte de Paris, sous tel prétexte que ce soit et de quelqu'autorité qu'il soit revêtu.

« Sont seuls exceptés du présent ordre le courrier de la malle et ceux de l'extraordinaire.

Il s'en suivit un retard, de sorte qu'à huit heures et demie seulement ils occupaient leurs positions au château de Vincennes.

Les membres de la commission arrivèrent alors et exprimèrent le désir assez naturel d'obtenir quelques explications de leur président Hulin, mais au moment d'entrer en séance celui-ci déclara qu'il était dans l'ignorance absolue du motif de la convocation.

Interrogé à son tour, le commandant Harel répondit avec humeur qu'il ne savait rien et qu'il n'était plus rien ici.

Une heure s'écoula ainsi :

A dix heures un aide de camp de Murat apporta une grande enveloppe cachetée au général Hulin.

Exécution du duc d'Enghien.

Celui-ci l'ouvrit et lut :

1° L'arrêté du gouvernement renvoyant le duc d'Enghien devant une commission militaire ;

2° L'ordre du général Murat, gouverneur de Paris, nommant les membres de cette commission ;

3° Le rapport de Réal servant d'acte d'accusation ;

4° Enfin quelques-unes des lettres saisies à Ettenheim et la correspondance du citoyen Rée, préfet du Bas-Rhin.

— Citoyens, membres de la commission, dit le général Hulin à ses collègues, voici les pièces du procès que nous avons à juger ; nous allons les examiner ensemble un moment, puis le citoyen rapporteur, le major Dautancourt, voudra bien procéder à l'interrogatoire du prévenu.

Chacun des commissaires jeta un rapide coup d'œil sur ces papiers qui eussent exigé un long et minutieux examen, puisqu'il s'agissait de la vie d'un homme, et pas un ne fît une observation.

Alors le général Hulin invita le rapporteur à procéder à l'interrogatoire.

Puis il donna ordre au citoyen Noirot, lieutenant de la gendarmerie d'élite, de se transporter, accompagné de deux de ses hommes, près du prisonnier, et de l'amener en sa présence.

Le commandant Harel descendait pour donner quelques ordres, lorsqu'un homme qui se tenait au bas de la porte du rez-de-chaussée s'avança vers lui et lui fît le salut militaire.

— Citoyen gouverneur, c'est fait, lui dit-il.

— Quoi ? demanda Harel.

— Ce que vous avez commandé.

Harel ne se souvenait plus.

Il jeta sur son interlocuteur un regard interrogateur.

— Eh bien, reprit le jardinier, le trou dans le fossé, quoi !

Harel frissonna de tous ses membres et garda quelques instants le silence.

— Ah ! oui, dit-il enfin.

Il ajouta d'un air effaré :

— La fosse est-elle assez grande, comme je vous l'ai recommandé.

— Vous pouvez y compter. Ça a été dur, je n'avais que ma pelle et une petite pioche, mais j'y ai mis du nerf et je crois que n'importe quel paroissien pourra se cacher dedans sans être gêné.

Il se mit à rire.

Harel, lui, était très sombre.

Que dites-vous de ce petit dialogue sur un homme qui n'a rien fait, contre lequel l'accusation ne relève pas même une présomption du crime qu'on lui impute et dont on vient de creuser la fosse avant même de procéder à son interrogatoire ? Ah ! si le premier consul eût eu alors la vision de Waterloo et de Sainte-Hélène, croyez-vous qu'il eût osé se plaindre ?

Que faisait le duc d'Enghien pendant ce temps ? Tranquille et la conscience en paix, il dormait.

Il fut éveillé par un bruits de clés.

C'était le lieutenant Noirot qui venait l'inviter à venir répondre à l'interrogatoire du capitaine rapporteur.

— Enfin, s'écria-t-il, je vais savoir ce dont on m'accuse.

Seulement ayant demandé l'heure, il s'étonna en apprenant qu'il était minuit.

Il fut introduit dans la pièce où se tenait le major Dautancourt avec un capitaine faisant office de greffier.

Un silence glacial régna quelques instants dans cette pièce, mal éclairée par deux mauvaises lampes.

Au dehors le vent faisait rage et la pluie fouettait les vitres.

Les trois hommes regardaient avec surprise ce jeune homme plein de distinction, aux traits juvéniles, aux cheveux blonds, au regard clair et franc.

Le prince voyant qu'on s'obstinait à garder le silence, se décida à prendre la parole.

— Monsieur, dit-il à Dautancourt, arrivé à peine à Vincennes, je voudrais savoir pourquoi on m'y tient prisonnier.

Vous allez le savoir.

Après quelques minutes d'un silence embarrassé:

— Vous êtes accusé de complot contre la sûreté de la République, dit-il enfin.

J'ignorais cela, dit simplement le prince.

— C'est pour donner des explications sur la participation à ce complot, qui vous est reproché que vous allez être interrogé.

— Jadis, en France, c'étaient les magistrats qui étaient chargés de recevoir les déclarations des prisonniers, fit observer très-justement le prince.

Le rapporteur ne pouvait nier, ni combattre ce point de jurisprudence, reconnu et avoué par le ministre de la justice, en l'an V, avec la sanction du Directoire.

Dautancourt lui demanda ses noms et prénoms, que le prince n'hésita pas à décliner, puis il l'invita à faire des aveux.

— Quels aveux.

— Sur l'entreprise criminelle à laquelle vous êtes accusé d'avoir pris part.

— Un Condé n'a jamais commis d'action criminelle, répondit fièrement le prince.

— Vous m'avez dit que vous étiez prêt à répondre à nos questions, dit le rapporteur avec impatience.

— Sans doute, mais veuillez me donner connaissance des faits qui me sont reprochés.

Alors commença un interrogatoire qu'il faut conserver dans toute son intégralité et dans toute son énormité, si on ne veut s'exposer à l'amoindrir ou à le dénaturer, aussi en donnerons-nous le procès-verbal exact, rédigé par le major Dautancourt, après une heure d'efforts infructueux pour obtenir une base d'accusation quelconque.

L'INTERROGATOIRE

« L'an XII de la République française, aujourd'hui, 29 ventôse, douze heures du soir, capitaine-major de la gendarmerie d'élite, me suis rendu, d'après l'ordre du général commandant le corps, chez le général en chef Murat, gouverneur de Paris, qui me donne de suite l'ordre de me rendre au château de Vincennes, près le général Hulin, commandant les grenadiers de la garde des consuls, pour en prendre et en recevoir d'ultérieurs.

» Arrivé au château de Vincennes, le général Hulin m'a communiqué :

» 1° Une expédition de l'arrêté du gouvernement du 29 ventôse, présent mois, portant que le ci-devant duc d'Enghien serait traduit devant une commission militaire composée de sept membres nommés par le général gouverneur de Paris.

» 5° L'ordre du général en chef, gouverneur de Paris, de ce jour, portant nomination des membres de la commission militaire, en exécution de l'arrêté précité, lesquels sont : les citoyens Hulin, général des grenadiers de la garde; Guitton, colonel du 1ᵉʳ de cuirassiers ; Bazancourt, commandant le 4ᵉ régiment d'infanterie légère; Ravier, commandant le 18ᵉ d'infanterie de ligne; Barrois, commandant la 96ᵉ demi-brigade; Rabbe, commandant le 2ᵉ régiment de la garde de Paris.

» Et portant que le capitaine-major, soussigné, remplira auprès de cette commission militaire les fonctions de capitaine rapporteur; le même ordre portait encore que cette commission se réunira, sur le champ, au château de Vincennes, pour y juger, sans désemparer, le prévenu sur les charges énoncées dans l'arrêté du gouvernement susdaté.

» Pour l'exécution de ces dispositions et en vertu des ordres du général Hulin, président de la commission, le capitaine soussigné s'est rendu dans la chambre où se trouvait couché le duc d'Enghien, accompagné du chef d'escadron Jacques, de la légion d'élite, et des gendarmes à pied du même corps nommés Sarva et Tharsis, et encore du citoyen Nairon, lieutenant au même corps. Le capitaine rapporteur soussigné a reçu de lui les réponses ci-après, sur chacune des interrogations qu'il lui a adressées, étant assisté du citoyen Malin, capitaine au 18ᵉ régiment, greffier choisi par le rapporteur.

» A lui demandé ses nom, prénoms, âge et lieu de naissance.

» A répondu se nommer Louis-Antoine-Henri de Bourbon, duc d'Enghien, né le 2 août 1772, à Chantilly.

» A lui demandé, à quelle époque il a quitté la France.

» A répondu : je ne puis le dire précisément, mais je pense que c'est le 16 juillet 1789. Je suis parti avec le prince de Condé, mon grand-père, mon père, le comte d'Artois et les enfants du comte d'Artois

» A lui demandé où il a résidé depuis sa sortie de France.

» A répondu : En sortant de France j'ai passé avec mes parents, que j'ai toujours suivis, pas Mons et Bruxelles. De là nous nous sommes rendus à Turin, chez le roi de Sardaigne, où nous sommes restés à peu près seize mois. De là, toujours avec mes parents, je suis allé à Worms et aux environs, sur les bords du Rhin; ensuite le corps de Condé s'est formé et j'ai fait toute la guerre. J'avais, avant cela, fait la campagne de 1792 avec le corps de Bourbon à l'armée du duc Albert.

» A lui, où il s'est retiré depuis la paix faite entre la République et l'Empereur.

» A répondu : Nous avons terminé la dernière campagne aux environs de Gratin ; c'est là que le corps de Condé, qui était à la solde de l'Angleterre, a été licencié, c'est-à-dire à Wendiseh-Faestrictz, en Styrie; qu'il est ensuite resté, puur son plaisir, à Gratz ou aux environs, à peu près six ou neuf mois, attendant des nouvelles de son grand-père, le prince de Condé, qui était parti en Angleterre et qui devait l'informer du traitement que cette puissance lui ferait, lequel n'était pas encore déterminé. Dans cette intervalle j'ai demandé au cardinal de Rohan la permission d'aller dans son pays à Ettenheim en Brisgau, ci-devant évêché de Strasbourg, que depuis deux mois et demi, il est resté dans ce pays. Depuis la mort du cardinal, il a demandé à l'électeur de Bade, officiellement, la permission de rester dans ce pays, qui lui a été accordée, n'ayant pas voulu y rester sans son agrément.

» A lui demandé s'il n'est point passé en Angleterre et si cette puissance lui accorde toujours un traitement.

» A répondu ; N'y être jamais allé ; que l'Angleterre lui accorde toujours un traitement et qu'il n'a que cela pour vivre.

» A lui demandé a ajouter que les raisons qui l'avaient déterminé à rester à Ettenheim ne subsistant plus, il se proposait de se fixer à Fribourg en Brigau, ville beaucoup plus agréable qu'Ettenheim, où il n'était pas allé, attendu que l'Electeur lui avait accordé la permission de chasse dont il était fort amateur.

» A lui demandé s'il entretenait des correspondances avec les princes français retirés à Londres ; s'il les avait vus depuis quelque temps.

» A répondu : Que naturellement il entretenait des correspondances avec son grand-père, depuis qu'il l'avait quitté à Vienne, où il était allé le conduire après le licenciement du corps ; qu'il en entretenait également avec son père, qu'il n'avait pas vu, autant qu'il peut se le rappeler; depuis 1794 ou 1795.

» A lui demandé quel grade il occupait dans l'armée de Condé.

» A répondu : Commandant de l'avant-garde en 1796. Avant cette campagne, comme volontaire au quartier général de son grand-père, et toujours, depuis 1796, comme commandant d'avant-garde, et observant qu'après le passage de l'armée de Condé en Russie, cette armée fut réunie en deux corps, un d'infanterie et un de dragons, dont il fut fait colonel par l'Empereur et que c'est en cette qualité qu'il revint aux armées du Rhin.

» A lui demandé s'il connait le général Pichegru, s'il a eu des relations avec lui.

» A répondu : Je ne l'ai, je crois, jamais vu ; je n'ai point eu de relations avec lui. Je sais qu'il a désiré me voir. Je me loue de ne pas l'avoir connu, d'après les vils moyens dont on a dit qu'il a voulu se servir, s'ils sont vrais.

» A lui demandé s'il connaît l'ex-général Dumouriez et s'il a des relations avec lui.

» A répondu : Pas davantage, je ne l'ai jamais vu.

» A lui demandé si depuis la paix il n'a point entretenu des correspondances dans l'intérieur de la République.

» A répondu : J'ai écrit à quelques amis qui me sont encore attachés et qui ont fait la guerre avec moi, pour leurs affaires et les miennes. Ces correspondances ne sont pas de celles dont il croit qu'on veuille parler.

» De quoi il a été dressé le présent, qui a été signé par le duc d'Enghien, le chef d'escadron, Jacquin, le lieutenant Noirot, les deux gendarmes et le capitaine rapporteur. »

Cet interrogatoire, rédigé à bâtons rompus, plein de fausses énonciations, raturé, plein de mots morts, fut présenté au prince qui le signa.

— Monsieur, dit-il au lieutenant, il est impossible que le premier consul se refuse à m'accorder une audience, je vous prie de lui faire connaître mon désir de le voir.

— Ajoutez-le vous-même au procès-verbal, fit le lieutenant.

Le prince écrivit.

— Avant de signer le procès-verbal, je fais avec instance la demande d'avoir une audience particulière du premier consul ; mon nom, mon rang, ma façon de penser et l'horreur de ma situation, me font espérer qu'il ne se refusera pas à ma demande.

L. A. H. de Bourbon.

Dautancourt reprit le papier et recommença à biffer et à corriger.

Le prince demanda s'il pouvait se retirer.

— Pas encore, répondit le capitaine rapporteur, on va statuer sur ce qui reste à faire en même temps que sur votre demande d'audience au premier consul.

Il se leva et alla retrouver les autres commissaires au salon, transformé en salle d'audience, laissant le prince sous la garde du lieutenant et des deux gendarmes.

Assis entre les deux gendarmes, le duc d'Enghien gardait le silence, pensant que le capitaine rapporteur était allé consulter quelqu'un relativement à sa demande d'audience.

En effet, le capitaine Dautancourt, en remettant au général Hulin son procès-verbal, avait appelé l'attention de la commission sur le vœu exprimé par le prisonnier.

Le colonel Barrois se leva.

— Citoyens dit-il, devant le désir formel exprimé par le prévenu, notre devoir est, je crois, d'en référer au premier consul.

Les autres membres de la Commission hésitaient à exprimer leur opinion.

Le général Hulin les tira d'embarras.

— Citoyens, dit-il, ayant gagné nos grades sur le champ de bataille, nous n'avons pas la moindre notion en matière de jugement, c'est pourquoi je vous engage à consulter à cet égard le général Savary.

— C'est cela répondirent les commissaires, heureux de se décharger sur quelqu'un de cette responsabilité.

— Citoyen, dit alors Savary au général Hulin, je ne connais pas les lois plus que vous, mais je connais la consigne militaire ; or, l'arrêté du gouverneur de Paris porte que la Commission se réunira pour juger sans désemparer le prévenu, donc la demande d'audience au premier consul ne saurait vous empêcher de faire votre devoir.

On passa donc outre à l'incident, se réservant après les débats de satisfaire au vœu du prisonnier.

En conséquence, l'ordre fut donné d'amener le prisonnier, et on décida que l'entrée du salon serait publique.

Publique ! il n'y avait rien à dire.

Or il était deux heures du matin et toutes les issues du château étaient gardées.

Le salon du commandant Harel transformé en salle d'audience, était des plus modestement meublé.

Le général Hulin occupait le fauteuil.

A sa gauche se tenaient les colonels Guitton et Bazancourt.

A sa droite, les colonels Barrois, Ravier et Rabbe. Le fond de la pièce était occupée par des soldats,

Personne à la place où le regard cherchait un défenseur.

Le lecteur se rappelle qu'on avait jugé inutile d'en donner au duc d'Enghien.

Comme si tant d'autres raisons n'avaient pas déjà assimilé ce jugement à un assassinat !

« Un accusé sans défenseur, a dit un grand jurisconsulte, n'est plus qu'une victime abandonnée à l'erreur ou à la passion du juge; celui qui condamne un homme sans défense, cesse d'être armé du glaive de la loi, il ne tient plus qu'un poignard. »

Le duc d'Enghien fut introduit et son regard, en parcourant ce tribunal, exprima plus de surprise que d'inquiétude.

Le président ordonna au capitaine rapporteur de donner connaissance des pièces.

Le capitaine chercha, toussa, tourna et retourna ses paperasses, et ce fut tout.

— L'arrêté ! lui souffla le président.

L'arrêté du gouvernement, il n'y avait pas d'autres preuves de la culpabilité de l'accusé.

Le capitaine rapporteur le saisit d'un air décidé et le lut à haute voix.

Cette lecture terminée, le président, recommença l'interrogatoire que nous connaissons déjà et à peu près dans les mêmes termes; mais quand il invita le prévenu à s'expliquer sur les complots dont il avait dû avoir connaissance et notamment sur celui de l'assassinat du premier Consul, celui-ci eut un mouvement d'indignation, et répondit qu'une telle supposition était trop contraire à ses sentiments pour qu'il ne la considérât pas comme une insulte.

Alors le président ripostant lui-même avec une hauteur que rien ne justifiait, termina cette mercuriale des plus déplacées par ces paroles significatives :

— A la manière dont vous répondez, vous semblez vous méprendre sur votre position. Prenez-y garde, ceci pourrait devenir sérieux, et les commissions militaires jugent sans appel.

Le président Hulin savait à quel point ce jugement était sans appel, lui qui faisait semblant de juger un homme dont la fosse était déjà creusée.

Sans connaître ce détail, le duc d'Enghien eut comme un pressentiment du sort qui l'attendait, mais il conserva cette « noble assurance » à laquelle le général Hulin ne put s'empêcher de rendre hommage.

— Un de vos domestiques a déclaré que vous aviez fait un voyage à Paris, reprit le président.

— Qu'on amène ce domestique et qu'il dise le jour où je suis parti.

— C'était sous le Directoire.

— Le fait est faux.

— Pourquoi avez-vous rassemblé des émigrés autour de vous ?

— Quelques Français malheureux, la plupart infirmes, s'étaient établis à Offenbourg, pouvais-je leur en faire un crime ?

— Connaissiez-vous Georges Cadoudal ?

— Non, Monsieur.

— N'êtes-vous pas en correspondance avec Pichegru ?

— Non, Monsieur.

— Etiez-vous instruit de la conspiration tramée contre le premier Consul.

— Non, Monsieur, et si j'en avais été prévenu, je me serais tenu sur mes gardes.

— Vous vous attendiez à un autre résultat ?

Ce mot fit bondir le prince.

La rougeur lui monta au front, et ce fut d'une voix indignée qu'il s'écria :

— Jamais un Condé n'a été un infâme. Faites de moi ce qu'il vous plaira, je n'ai plus rien à dire.

La Commission se trouvait suffisamment éclairée. Ni les déclarations des témoins, ni les arguments de la défense, ni la lecture des pièces ne pouvaient influer sur son opinion.

Le général Hulin prononça la clôture des débats, fit retirer l'accusé et invita le général Savary, ainsi que l'aide de camp de Murat, à sortir de la salle.

Et la délibération commença.

Elle fut courte.

A l'unanimité, les juges opinèrent pour la culpabilité et condamnèrent l'accusé à la peine de mort.

Le président Hulin l'avait dit : ces hommes, ces *juges*, ne savaient pas ce que c'était qu'un jugement, mais ils savaient ce que c'était qu'une complaisance poussée jusqu'à l'effusion du sang.

La foule était si compacte que les charrettes avaient peine à s'y frayer un passage.

» La commission militaire formée en exécution de l'arrêté du gouvernement en date du 29 courant, composée du citoyen Hulin, général commandant la garde des consuls, président ; Guitton, colonel du 1ᵉʳ régiment de cuirassiers ; Bazancourt, colonel au 4ᵐᵉ régiment d'infanterie légère ; Ravier, colonel du 18ᵐᵉ régiment de ligne ; Barrois, colonel du 96ᵐᵉ ; Rabbé, colonel du 2ᵐᵉ régiment de la garde de Paris ; le citoyen Dautancourt, remplissant les fonctions de capitaine-rapporteur, tous nommés par le général en chef, gouverneur de Paris, s'est réunie au château de Vincennes.

» A l'effet de juger le ci-devant duc d'Enghien sur les charges portées par l'arrêté précité.

» Le président a fait amener le prévenu libre et sans fers, et a ordonné au capitaine-rapporteur de donner connaissance des pièces tant à charge qu'à décharge, au nombre d'une.

» Après lui avoir donné lecture de l'arrêté susdit, le président lui a fait les questions suivantes :

» Vos nom, prénoms, âge et lieu de naissance.

» A répondu se nommer Louis Antoine-Henri de Bourbon, duc d'Enghien, né à Chantilly, le 2 août 1772.

» A lui demandé s'il a pris les armes contre la France.

» A répondu qu'il avait fait toute la guerre et qu'il persistait dans la déclaration qu'il a faite au capitaine-rapporteur et qu'il a signée. A, de plus, ajouté qu'il était prêt à faire la guerre et qu'il désirait avoir du service dans la nouvelle guerre de l'Angleterre contre la France.

» A lui demandé s'il était encore à la solde de l'Angleterre.

» A répondu que oui, qu'il recevait par mois cent cinquante guinées de cette puissance.

» La commission, après avoir fait donner au prévenu lecture de ses déclarations par l'organe de son président, lui a demandé s'il avait quelque chose à ajouter dans ses moyens de défense, il a répondu qu'il n'avait rien de plus à dire et y persister.

» Le président a fait retirer l'accusé ; le conseil, délibérant à huis-clos, le président a recueilli les voix, en commençant par le plus jeune en grade, le président ayant émis son opinion le dernier. L'unanimité des voix l'a déclaré coupable et lui a appliqué l'article de la loi du... ainsi conçu... et en conséquence l'a condamné à la peine de mort.

» Ordonne que le jugement sera exécuté de suite, à la diligence du capitaine-rapporteur, après en avoir donné lecture, en présence des différents détachements des corps de la garnison, au condamné.

» Fait, clos et jugé sans désemparer, à Vincennes, les jours, mois et an que dessus ; et avons signé.

« P. Hulin, Bazancourt, Rabbe, Barrois, Dautancourt, rapporteur, Guitton, Ravier. »

Il ne s'agissait plus que de hâter le dénouement de la tragédie.

Le capitaine-rapporteur, Harel et le général Savary furent chargés de prendre les mesures nécessaires.

La cour et l'esplanade étaient encombrées de troupes. Il fallait trouver un endroit propice pour l'exécution.

— Un conspirateur convaincu d'avoir voulu replonger la France dans les horreurs des derniers temps de Robespierre et justement condamné à mort, va être amené à la distance de quatre ou cinq pas vis-à-vis de vous. Un adjudant général vous donnera le signal de le fusiller. Ce signal consistera: 1° A porter la main à son chapeau ; 2° A se découvrir la tête, je vous recommande de ne pas bouger et de n'avoir d'yeux que pour le signal et le criminel.

— Mon lieutenant, dit un des gendarmes, l'obscurité ne permet pas qu'on voie à un pas devant soi.

— Il y sera pourvu lorsqu'il en sera temps; vous ne serez pas vus, mais vous verrez très bien.

Vers trois heures du matin, ils entendirent marcher.

C'était l'adjudant-major Pelé, enveloppé d'un manteau et tenant une lanterne sourde.

Il fit séparer le détachement en deux pelotons de huit hommes chacun et leur donna ordre de se préparer.

Le duc d'Enghien arriva au même instant.

A cinq pas des gendarmes on lui commanda de s'arrêter, ce qu'il fit.

Alors l'adjudant se tourna vers lui, ouvrit son manteau, prit le jugement de la commission militaire d'une main, de l'autre, sa lanterne et commença sa lecture.

Lorsqu'il entendit prononcer sa condamnation, le prince demeura un instant impassible.

Puis s'adressant à l'officier, il demanda d'une voix ferme s'il lui serait permis de voir le général Bonaparte.

— C'est impossible, répondit l'adjudant.

— Puis-je lui écrire ?

— Non.

Le duc s'adressa alors au groupe qui se trouvait devant lui et demanda si quelqu'un d'entr'eux voulait lui rendre un dernier service.

Le lieutenant Noirot s'approcha de lui, échangea quelques mots, puis s'adressant à ses hommes :

— L'un de vous a-t-il une paire de ciseaux.

— Oui, répondit l'un d'eux.

Et les ciseaux furent remis au prince.

Il prit une boucle de cheveux et la coupa, puis tirant de son doigt un anneau d'or, mit le tout dans un morceau de papier, ainsi qu'une lettre cachetée, qu'il portait dans la poche de sa redingote et remit le tout au lieutenant Noirot, en le priant de faire parvenir ce dépôt à la princesse Charlotte de Rohan.

Le lieutenant pouvait à peine maîtriser son émotion et sa main tremblait en recevant ce petit paquet.

Le prince avait fini avec les hommes.

L'officier qui commandait l'infanterie de la légion de gendarmerie s'approcha de Savary.

— On me demande un piquet pour exécuter la sentence de la commission militaire, lui dit-il, mais où dois-je le placer.

— Où vous pouvez sans craindre de blesser personne.

— Je ne vois guère que le fossé.

— Sois, le fossé.

Pendant que tout cela se passait, le duc d'Enghien, accompagné du lieutenant Noirot, était remonté dans sa chambre.

Là le lieutenant lui apprit qu'il avait servi jadis dans Royal-Navarre-Cavalerie, où il avait eu occasion de voir le prince chez le duc de Crussol, son colonel.

— J'y allais en effet, répondit le prince qui, ne soupçonnait pas même 'horrible vérité, tant il avait la conscience tranquille, causait comme s'il eut été chez lui, à Ettenheim.

La conversation se serait longtemps prolongée de la sorte si elle n'eût été interrompue par l'entrée subite du commandant Harel et du brigadier Aufort.

Il venait chercher son prisonnier.

Le prince se leva à son approche.

— Qu'y a-t-il de nouveau ? lui demanda-t-il.

Harel était ému.

Il chercha une réponse évasive.

— Je vous prie de me suivre, dit-il.

— Volontiers, répondit tranquillement le prince.

Le brigadier Aufort, lui aussi, était péniblement affecté.

On sortit de la chambre.

Harel marchait le premier, une lanterne à la main.

Le prince venait ensuite, puis le lieutenant Noirot, les deux gendarmes et le brigadier Aufort.

Le prince remarqua avec surprise qu'on ne suivait pas le chemin qui menait au logement du commandant.

On arriva à la tour du Diable ; là un escalier étroit, tortueux d'où s'élevait un air froid et humide, conduisait aux fossés.

Le prisonnier demanda où on le conduisait.

— Veuillez me suivre, répondit Harel, et rappelez tout votre courage.

Le prince leva les yeux au ciel.

Au bas de l'escalier, le cortège suivit les fossés.

Le prince grelottait, une pluie fine, glaciale, lui fouettait le visage et cachait à peu près la vue d'un peloton de soldats immobiles à l'angle de la tour du gouvernement.

A une heure du matin un lieutenant était descendu dans les fossés avec seize hommes de gendarmerie infanterie en commandant un profond silence.

Arrivés à quatre pas de la tour du gouverneur.

— Halte ! commanda-t-il.

Puis il prit la parole :

— Messieurs, dit-il d'une voix pleine de résignation, me permettra-t-on de me confesser ?

— Il n'y a pas de prêtre ici, dit quelqu'un.

— Mais ne pourrait-on en faire demander un dans le village ? je veux mourir chrétiennement.

L'adjudant Pelé, très ému, répondit :

— Je suis peiné de ne pouvoir satisfaire ce désir, mais mes ordres sont formels.

Et il fit quelques pas en arrière.

Le prince leva les yeux au ciel, s'agenouilla, joignit les mains et adressa une courte prière à Dieu.

La scène était sinistre.

Le prince était près d'un petit pommier aux branches dépouillées, et il était seul éclairé par la lanterne dont Harel dirigeait les rayons.

A cinq pas, les soldats, plongés dans l'ombre, fusil chargé, attendaient le signal.

Harel alla déposer sa lanterne sur le bord d'un petit mur en démolition.

Tout à coup l'adjudant porta la main à son chapeau.

C'était le premier signal.

Les soldats mirent en joue.

Et ils attendirent le second signal.

Il se découvrit.

Huit coups de feu retentirent.

Le duc d'Enghien tomba foudroyé face contre terre.

Quatre gendarmes s'approchèrent alors du cadavre et fouillèrent la victime.

L'un retira d'une poche quelques feuillets de papier assemblés ; c'était le journal sur lequel le malheureux prince avait coutume d'inscrire ses actions de chaque jour.

Le second gendarme prit une montre qu'il remit à ses chefs.

Quant aux bagues, aux pièces d'or et autres objets qu'il portait sur lui, on n'y toucha pas.

On n'en voulait qu'aux papiers.

On craignait de laisser des témoignages de l'innocence de celui qu'on venait de faire assassiner.

Car depuis le rapt du prince jusqu'aux détails de son jugement et de son exécution, tant cette affaire porte d'un bout à l'autre le caractère du guet à pens et de l'assassinat.

Comme on achevait de niveler le tertre qui indiquait la fosse, un cri déchirant partit de cette fosse.

Ce cri n'avait rien d'humain et les trois fossoyeurs en furent atterrés d'abord.

Enfin ils aperçurent un chien qui labourait la fosse de ses pattes en continuant à hurler.

Ils se mirent à rire de leur méprise et voulurent chasser le pauvre Mohiloff.

Mais tout fut inutile, et le chien ne cessa, toute la nuit, de hurler et de gémir sur la fosse de son maître.

Le lendemain, Bonaparte lisant devant tout son entourage la note écrite pour lui par le duc d'Enghien avant de marcher à la mort, *à son i· su*, témoigna tout haut le regret de ne l'avoir pas reçue à temps.

— Si j'avais eu connaissance de cette note, dit plus tard l'empereur à Sainte-Hélène, j'ai tout lieu de penser que j'eusse pu amener le prince à servir dans les armées françaises et à joindre ainsi, dans la France nouvelle, la gloire des Condé à celle de la génération qui venait de s'élever.

Ce rêve put se présenter à l'imagination de l'empereur, relégué sur le rocher de Sainte-Hélène et forcé à un sérieux examen de conscience; mais tout prouve qu'en 1804 il ne rêvait qu'à assassiner le duc d'Enghien, qu'il employa pour cela les moyens les plus perfides, les plus révoltants, et qu'il n'hésita pas une minute dans la perprétation de son crime.

Voici la dernière pièce *authentique* qui clôt cette tragique affaire.

« Harel, chef de bataillon, commandant d'armes, au conseiller d'Etat Réal, chargé de l'instruction et de la suite de toutes les affaires relatives à la tranquillité et à la sûreté intérieure de la République.

» Vincennes, 30 ventôse, an XII de la République française,

» Citoyen conseiller, j'ai l'honneur de vous instruire que l'individu, arrivé le 29 du présent au château de Vincennes, à cinq heures et demie du soir, a été dans le courant de la même nuit jugé par une Commission militaire et *fusilé* à trois heures du matin et *entéré* dans la place que j'ai l'honneur de commander.

» J'ai l'honneur de vous saluer avec le plus profond respect,

HAREL.

Ainsi, dans l'espace de neuf heures, le duc d'Enghien, grâce à la recommandation de Bonaparte de le juger sans désemparer, avait été emprisonné, jugé, fusillé et enterré. Une bande de brigands n'aurait pas mieux fait.

Mais comme le vrai jugement était d'un bout à l'autre la preuve éclatante de l'innocence du prince, Bonaparte fit rédiger un autre jugement absolument de son invention, le fit signer des sept membres de la Commission militaire, dont pas un n'eut le courage de refuser ce nouveau service à son maître, et l'exécution du prisonnier eut ainsi une apparence de justification.

En finissant, nous devons adresser tous nos remerciements à M. Gourdon de Genouillac, l'auteur du beau livre : *Paris à travers les siècles*, pour les intéressants et curieux documents que nous a fournis son ouvrage intitulé : *Le crime de 1804*, la seule histoire complète, je crois, qui ait été faite par ce drame historique.

MORT DE CADOUDAL

L'instruction de l'affaire avait marché vite.

Ils étaient quatre-vingts prévenus enfermés dans la prison du Temple, et ils rendaient la tâche des juges très facile en dédaignant de se défendre.

Entraînés par Cadoudal à une mort inévitable, tous conservaient pour lui la plus grande affection et le plus profond respect.

Un seul accusé manqua à l'appel quand l'acte d'accusation leur fut signifié, c'était Pichegru, qui fut trouvé étranglé dans son cachot.

Les débats s'ouvrirent le 27 mai.

La Cour criminelle se composait de douze membres : Hemart, premier président ; Martineau, vice-président ; Desmaisons, Rigault, Bourguignon, Lecoube, Laguillaumye, Selves, Thuriot, Granger, Clavier et Dameuve, juges.

Trois juges suppléants, deux substituts et le procureur Gérard complétaient devant le tribunal devant lequel prirent place quarante-sept accusés : Georges Cadoudal, Bouvet, de Lozier, Russillon, Rochelle, Armand de Polignac, Charles d'Hozier, de Rivière, Louis Ducorps, Le Ridant, Picot, Gauchery, Rolland, Lajolais, Moreau, l'abbé David, Roger dit Loiseau, Hervé, Le Noble, Coster Saint-Victor, Ruben de la Grimaudière, Deville dit Tamerlan, Datry, Burban, Lemercier, Pierre-Jean Cadoudal, Le Lau, Even, Mérille, Troche père, Troche fils, Caron, Spin, Monnier, Denand, Verdet, Dubuisson, Galais, les femmes de ces cinq derniers et la demoiselle Hizay.

Cent trente-neuf témoins à charge et seize à décharge avaient été cités à comparaître.

L'acte d'accusation fut lu, les accusés furent interrogés, les défenseurs furent entendus, et le nom du duc d'Enghien ne fut même pas prononcé.

Et sa condamnation à mort était particulièrement basée sur sa complicité dans la conspiration Cadoudal.

Après avoir entendu les avocats des accusés et la réplique du ministère public, la parole fut donnée aux accusés, pour ce qu'ils croiraient devoir ajouter à leur défense et voici quelles furent les paroles prononcées par Georges Cadoudal :

— Je vais aborder avec franchise et loyauté, le véritable point de la discussion. Toujours attaché à la France et à la famille des Bourbons, près de deux années passées paisiblement dans les campagnes de l'Angleterre, ne m'avaient pas refroidi. Toutes les nouvelles que je recevais de la France m'annonçaient que l'opinion publique était entièrement prononcée ; que le vœu le plus ardent des Français était de voir renaître le gouvernement d'un seul et de le voir se concentrer en une seule famille ; qu'on n'aurait plus à craindre de bouleversement. Au moment du traité d'Amiens, je n'ignorais pas qu'il avait été question de proclamer Bonaparte empereur. D'après ces nouvelles, je me déterminai à passer en France et à voir par moi-même si l'esprit public était réellement tel qu'on l'avait annoncé être. Je me rendis à Paris avec six autres personnes ; je pris différentes informations. Mon intention en débarquant en France, était d'examiner s'il n'était pas possible de faire tourner cette opinion fortement prononcée en faveur de la famille des Bourbons, si j'avais cru cette opinion favorable à cette famille, j'aurais aussitôt envoyé chercher un prince français et à son arrivée, on eût calculé les moyens qu'on eût jugé nécessaire pour arriver au résultat désiré. Mais trompé dans mes espérances, je n'avais

pas encore envoyé chercher ce prince français et n'avais pas réuni six hom
mes.

Voilà la vérité entière et personne ne peut avancer le contraire. Ceux qui ont débité qu'un prince français était sur les bâtiments qui ont paru à Biville, en ont imposé. Les espions français qui pouvaient être à Londres ont, je n'en doute pas, déjà donné au gouvernement français la certitude que cette insertion était fausse. Je ne connais pas les lois; ainsi je ne dis pas s'il y a ou s'il n'y a pas de conspiration, vous les connaissez; je laisse à vos consciences d'en décider.

Le 9 juin, la cour rendit son arrêt.

« Attendu que, d'après l'instruction et les débats, il est constant qu'il a existé une conspiration tendant à troubler la République par une guerre civile, en armant les citoyens, les uns contre les autres, et contre l'exercice de l'autorité légitime.

« Georges Cadoudal, Bouvet de Lazier, Russilon, Rochelle, Armand de Polignac, Charles d'Hozier, de Rivière, Ducorps, Picot, Lajolais, Roger, Coster de Saint-Victor, Deville, Armand Gaillard, Alexis Joyaut, Barban, Lemercier, Pierre Cadoudal, Le Lan et Mérillé, sont convaincus d'avoir pris part à cette conspiration, qu'ils l'ont fait sans le dessein du crime.

« Les condamne à la peine de mort, et déclare leurs biens acquis à la République, conformément à la loi du 14 floréal an III.

« Attendu que Jules de Polignac, Leridant, Jean Victor Moreau, Henri Rollard et Marie Micheline Hizay ont pris part à la dite conspiration, mais qu'il résulte de l'instruction et des débats des circonstances qui les rendent excusables, la cour réduit la peine encourue par les susnommés en une punition correctionnelle et les condamne en deux années d'emprisonnement.»

Gauchery, l'abbé David, Hervé, Lenoble, Ruben de La Grimandière, Noël Ducorps, Datry, Even, Troche père et fils, Monnier, Verdet, Spin, Dubuisson, Caron, Gallais, Denaud, les dames Monnier, Dubuisson, Gallais et Denaud furent acquittés. Cependant la cour renvoyait devant la cinquième section du tribunal de première instance, ceux d'entr'eux qui avaient reçu ou logé les conspirateurs.

Charles d'Hozier, Russillon, Rochelle, Armand de Polignac, de Rivière, Lajolais, et Armand Gaillard, virent leur peine commuée en celle de quatre années de déportation, traduite par la détention dans une prison d'Etat.

Le jugement prononcé, les condamnés furent ramené à la Conciergerie.

Bonaparte, complètement rassuré désormais, chargea l'adjudant Laborde à engager Georges Cadoudal à lui demander sa grâce.

Cadoudal refusa en disant :

— Ce brigand-là voudrait m'avilir avant de m'assassiner.

Le 15 juin un huissier se présenta à la Conciergerie et fit savoir aux condamnés dont la peine avait été commuée qu'ils devaient quitter cette prison pour retourner au Temple.

Les autres condamnés étaient là et écoutaient avidement.

Carbon et Saint-Régent quittant Micheline étaient sortis ensemble.

Leurs noms n'étant pas prononcés, il apprirent ainsi, que tout espoir était perdu pour eux.

Ils furent transférés à Bicêtre et ramenés le 24 juin à la Conciergerie.

Le 25, trois charrettes emmenaient les douze condamnés à l'échafaud, dressé en place de grève.

Au moment du départ, Georges, embrassant ses compagnons, les avait encouragés à mourir courageusement.

38   38

La foule était si compacte sur leur passage, que les charrettes avaient peine à s'y frayer un passage.

Toutes les fenêtres étaient criblées de têtes, tous voulaient voir les traits de ces conspirateurs et surtout celle de Cadoudal.

Contrairement au vœu qu'avait exprimé celui-ci, il fut exécuté l'un des derniers.

— Camarades, je vous rejoins; vive le roi ! cria-t-il d'une voix retentissante.

LA MACHINE INFERNALE

Le 2 nivôse de l'an IX, c'est-à-dire le 23 avril 1801 de l'ère vulgaire, une trentaine de personnes, appartenant à la petite bourgeoisie, se trouvaient réunis au troisième étage d'une maison située rue Saint-Nicaise, rue peu connue alors, quoique fort parcourue, mais à laquelle un affreux désastre allait bientôt conquérir une funeste célébrité.

La maîtresse du logis était la veuve Vallon qui, avec ses deux filles, Thérèse et Micheline Vallon, exerçait la profession de couturière, et s'était fait dans son métier une certaine réputation. Elle avait même acquis une fortune qui, quoique modeste, avait tenté un jeune garçon du voisinage, exerçant dans la même rue l'état de bourrelier, si bien que l'amour se mettant de la partie, il en était résulté une demande en mariage et finalement c'était la noce qui réunissait ce jour-là trente parents et amis dont nous avons parlé plus haut.

Thérèse, la mariée, était une belle fille, haute en couleur, d'un embonpoint accentué, épanouie et fraîche comme un bouquet de roses, et montrant franchement la joie qu'elle éprouvait d'appartenir légalement depuis le matin à Jacques Bonvalet, le beau bourrelier qui lui faisait la cour depuis plus d'un an. Elle était doublement heureuse, de son mariage d'abord, puis d'une idée qui était venue à son parrain, Jean Carbon, ancien marin, lequel avait augmenté la dot d'une assez forte somme en mettant pour condition cette clause assez bizarre, que toute la famille quitterait Paris le lendemain pour aller passer trois jours à Senlis, dans une maison de campagne qu'il possédait là. Cette condition tout amicale n'avait pas été adoptée sans résistance, mais en sa double qualité de breton et d'ancien marin, l'oncle Carbon était tenace dans ses idées; il tint bon et son cadeau de deux mille francs étant à ce prix, il fallut bien céder.

D'ailleurs, il faut le dire, cette partie de campagne était entièrement du goût de la mariée et de sa sœur Micheline, et cela pour deux motifs ; d'abord parce que ce devait-être pour les deux époux qui n'avaient jamais quitté Paris l'occasion d'un repas complet et d'un bonheur sans précédent ensuite parce qu'un jeune homme du nom de Saint Saint Régent, un beau blond, fort élégant, vêtu à la dernière mode des incroyables et ancien compagnon d'armes de l'oncle Carbon dans les guerres de la Vendée, devait faire sa partie dans ces trois journées, et Micheline avait bien des raisons de croire qu'elle n'était pas un des moindres attraits de cette partie de campagne pour M. de Saint Régent.

Le seul obstacle sérieux qui l'avait eu à vaincre Jean Cardon était donc Mme Falou, sa sœur, désolée de perdre encore trois jours après tant de temps et d'argent déjà gaspillés, mais l'argument de l'oncle était une réponse sans réplique, c'est ce que pensa la veuve et c'est pourquoi elle acquiesça enfin au caprice inexprimable chez un homme aussi sérieux et aussi économe.

La mode alors n'étant pas alors d'aller se promener en bande par la ville ou au bois de Boulogne, et d'ailleurs le temps était à la pluie, on avait organisé dans la pièce qui servait d'atelier un petit orchestre de deux tables, sur lesquelles étaient installés deux violons et une clarinette, et les mariés venaient d'ouvrir le bal quand la porte s'ouvrit.

Deux hommes entrèrent, et à la rougeur qui monta au visage de Micheline on eût pu deviner que l'un des nouveaux venus était Saint Régent.

C'était lui, en effet, engoncé dans une immense cravatte, ses cheveux blonds, longs et frisés suivant la mode du temps, avec des bas chinés, une culotte noisette et un habit dont les basques lui battaient les mollets, le tout à la dernière mode et sortant de chez le grand faiseur.

A leur entrée les danses s'étaient arrêtées et la jolie Micheline était demeurée comme figée en face de son cavalier, un garçon tailleurs, en train de battre en ce moment un entrechat triomphant.

— Eh bien, quoi ! qu'est-ce que c'est ! s'écria l'oncle Carbon, stupéfait en face de cette immobilité subite, on se dirait chez la belle au bois dormant ; est-ce que je vous fais l'effet d'un vampire ?

Toute la famille s'élança au-devant de l'oncle Carbon, qui était fort aimé et les danses recommencèrent de plus belle.

Seulement Micheline avait beaucoup perdu de son entrain. Elle éprouvait même une espèce de trouble, d'avoir été surprise par le beau et superbe Saint Régent dansant avec Urbain, le tailleur, auquel cette faveur revenait de droit en sa qualité de garçon d'honneur. Aussi ne dissimula-t-elle pas le bonheur qu'elle éprouva lorsque celui-ci vint l'inviter à son tour pour le deuxième quadrille. Saint Régent s'empara aussitôt de son bras et l'on se mit à causer en se promenant en attendant le prélude de la contredanse.

Les traits de Micheline rayonnaient, elle était toute fière de se voir l'objet des galanteries empressées de son élégant cavalier, et tout entière à son bonheur, elle ne songeait même pas à accorder un regard de considération au

pauvre Urbain, qui la contemplait tristement de loin, comprenant trop clairement qu'il était entièrement éclipsé par ce brillant rival.

C'était avec un vrai désespoir que l'infortné faisait cette cruelle découverte, mais c'était en même temps avec le profond sentiment de son infériorité, et s'il eût pu hésiter à le reconnaître, le bonheur qui épanouissait le charmant visage de Micheline ne lui eût laissé aucun doute à cet égard.

Celle-ci n'avait pas en partage l'éclatante fraîcheur et l'opulente beauté de
sa sœur ainée, mais l'élégance de sa taille, la grâce naturelle de tous ses
mouvements, des yeux noirs d'une douceur pénétrante, un organe exquis, lui
créaient une beauté pleine de charmes et de distinction, et en les suivant tous
deux d'un regard, le pauvre Urbain ne pouvait s'empêcher de s'avouer tout
bas que ce charmant couple semblait fait pour être uni.

— Savez-vous, mademoiselle Micheline, qu'il y a ici quelqu'un qui est
presqu'aussi heureux que le marié.

— En vérité! et qui donc, monsieur.

— Vous ne le devinez pas?

— Pas du tout.

— Un homme qui aime une jeune fille de toute son âme, qui eût donné
tout au monde pour passer une heure près d'elle, pour presser sa main dans la
sienne, et qui, grâce à cette union va avoir ce bonheur, non pendant une
heure, mais pendant trois jours entiers? Comprenez-vous, mademoiselle?
trois jours près d'elle, trois jours à lui parler de son amour, le regard plongé
dans ses beaux yeux! en pleine campagne, en plein soleil, car il brillera pour
nous!

— Nous! murmura la jeune fille en rougissant, quoi! c'est de nous, c'est
de moi que vous...

Ne l'aviez-vous pas deviné, ma chère Micheline? dit-il en pressant tendrement le bras qu'il tenait sous le sien.

Oh! non, je n'osais, murmura-t-elle tout bas, mais si bas que le jeune
homme devina plutôt les mots qu'il ne les entendît.

— Chère Micheline, reprit-il d'une voix pleine de tendresse, laissez-moi
espérer que vous aussi, vous serez heureuse de ce charmant tête-à-tête.

— Je ne veux pas vous dire non; puisque vous vous promettez tant de
bonheur, répondit la jeune fille d'un ton pénétrant et avec un rayonnement
dans les yeux; mais je vous avouerai cependant que j'aurais voulu retarder
d'un jour ce petit voyage, et si vous vouliez être bien aimable, vous m'aide-
riez à obtenir cela de mon oncle.

Saint Régent tressaillit à cette demande si simple.

— Quel est donc le motif qui vous fait désirer ce retard, dit-il après un
silence?

— C'est une affaire de curiosité.

— Ah! voyons donc cela.

— Ce premier consul, ce Bonaparte dont on parle tant, qui a gagné tant
de victoires...

— Eh bien ?

— Croiriez-vous que je ne l'ai encore jamais vu ?

— En vérité ! il a du souvent traverser la rue Saint-Nicaise en sortant des Tuileries.

— Certainement, mais soit que je n'en fusse pas prévenue, soit qu'il fut enfermé ce jour-là dans sa voiture, je ne l'ai jamais pu voir, car j'ai précisément demain une occasion qui ne se représentera peut-être jamais.

— Et cette occasion ?.

— C'est demain la première audition à l'Opéra de l'oratorio de la *Création du monde*, du célèbre compositeur Haydn.

— Et vous voudriez y aller ?

— Non; mais je voudrais profiter de cette occasion pour voir le premier consul qui doit assister à cette représentation et qui passera par la rue Saint-Nicaise pour se rendre à l'Opéra.

— Qui vous l'a dit ?

— Les journaux ; c'est pourquoi j'ai presque décidé ma mère à ne partir pour Senlis qu'après-demain.

— Mais n'avez-vous pas permis à mon ami Carbon...

— De quitter Paris demain dans la matinée ? c'est vrai ; mais un jour plus tôt ou plus tard, qu'est-ce que ça peut lui faire ? tandis que moi, je manquerais l'occasion de voir le premier consul, et j'y tiens beaucoup; aussi je compte sur votre discrétion vis à vis de mon oncle, auquel je le répète, il est indifférend que nous partions un jour plus tôt ou plus tard.

— Prenez garde, Carbon tient beaucoup à ses idées et il m'a semblé que cette fois particulièrement...

— Bah ! il n'en saura rien, et quant à vous, M. Saint Régent, montrez-vous digne de ma confiance en gardant le silence, c'est tout ce que je vous demande.

— Et vous pouvez compter sur moi. S'il apprend quelque chose, ce ne sera pas ma faute, je vous le jure.

— Ainsi vous êtes mon complice, c'est entendu.

— Et j'en suis fière.

— Mais voilà qu'on se met en place pour le quadrille.

— Et notre vis à vis nous attend déjà.

Un instant après le jeune et joli couple déployant toutes les grâces et toute la souplesse en usage en ce temps-là excitait l'admiration de l'assemblée entière.

Une seule personne contemplait ce gracieux tableau avec une mauvaise humeur évidente ; c'était Urbain, peu disposé à admirer les ronds de jambes et les entrechats de son rival préféré.

Retiré dans un coin, il jetait de temps à autre un regard mélancolique sur Micheline, qu'il n'avait jamais vue si radieuse, et l'aspect de ce bonheur, dont il n'était pas difficile de deviner la cause, n'était pas de nature à dissiper sa tristesse.

Il s'y abandonnait donc tout entier, convaincu qu'on ne songeait guère à l'observer. Quand il sentit une main s'appuyer sur son épaule. Il se retourna vivement et fut étonné de reconnaître un des trois musiciens qui composaient l'orchestre.

C'était un violon, dont il avait déjà remarqué la physionomie impassible, une vraie tête d'Allemand en apparence froide et endormie, mais derrière laquelle se trahissait une profonde dissimulation.

Fus ne baraissez bas fus amuser peaugoup, mon betite ami, lui dit-il avec un accent des plus prononcés.

— Je m'amuse quand je danse, et on ne peut pas toujours danser.

— Surdout gant le bonne amie tanse aveg un autre, répliqua l'allemand avec un sourire qui voulait être fin.

— Je n'ai pas de bonne amie ici, dit brusquement Urbain.

— Et la bedite temoiselle qui tanse en face te fus.

— Pas plus celle-là qu'une autre.

— C'être tommache, elle est pien cholie.

Pour toute réponse Urbain lui tourna le dos.

— Safez-fus le nom tu cheune homme, reprit le musicien sans se décon-concerter.

— Saint Régent.

— C'est tut ce que fus safez.

— C'est tout.

— C'est tommache.

— Pourvuoi ça.

— Barce que si fus afiez eu guelgue bedide gonfidence à faire à la bolice, elle aurait bu fous tébarraser de ce choli rifal.

— Merci, mais je n'ai rien à dire à la police concernant ce jeune homme, que je ne connais pas, répondit Urbain, un peu étonné de cette proposition qui cependant à cette époque de fréquentes conspirations n'avait rien de bien extraordinaire.

Aussi l'Allemand reprit-il sans se troubler, mais en baissant la voix.

— La bolice en sait téjà long sur ce cheune jouan, jef te fentéens, il est mal nodé, et si fous tonniez engore guelgues invormazions...

— Je ne sais rien, vous dis-je, et je n'ai rien à dire contre lui.

En vin la bolice beut fus en téparrasser, bensez-y.

Et s'esquivant le long du mur, il regagna sa table, reprit sa place et recommença à faire grincer son archet sans quitter de l'œil les deux person-nages pour lesquels probablement il était venu là, c'est-à-dire Urbain et Saint-Régent.

— Quand on pense, disait le tailleur en le regardant s'éloigner quand on pense que dans ce temps de complots et d'arrestations, je n'aurais qu'un mot à dire, un conte à imaginer pour me débarrasser de ce mauvais rival !

Il ajouta après un moment de réflexion :

— Et j'aurais peut-être cédé à la tentation si je n'avais eu peur de faire de la peine à mademoiselle Micheline, qui paraît tant l'aimer, qu'elle en mourrait peut-être de chagrin. Non, non, je ne veux pas la désespérer, je ne peux pas acheter mon bonheur par une lâcheté, non, non, advienne que pourra, je ne veux rien avoir à me reprocher.

A quatre heures l'appétit se faisait vivement sentir chez tous les gens de la noce, même chez les jeunes filles, on quitta la danse pour se mettre à table et deux heures après, les estomacs se trouvant suffisamment rassasiés et la jarretière de la mariée ayant été victorieusement et même pudiquement enlevée, disait celle-ci en répondant aux propos des mauvais plaisants, on entama le répertoire des romances langoureuses et des chansons grivoises qui, alors surtout, devaient couronner un dîner de noces, puis on parla un peu de rentrer chacun chez soi.

Les mariés surtout insistèrent pour qu'on allât *se reposer*, ce qui leur attira force plaisanteries d'une chasteté plus ou moins douteuse.

Urbain, comme les autres, vint timidement faire ses adieux à Micheline; mais il eût la douleur de constater que la cruelle jeune fille, en lui répondant assez négligeamment, avait les regards constamment attachés sur le beau Saint Régent, ce qui lui fit regretter un instant la générosité dont il venait de faire preuve à l'égard de celui-ci.

On se quitta enfin et chacun prit le chemin de son quartier.

Carbon et Saint Régent quittant Micheline étaient sortis ensemble et s'en allaient bras dessus, bras dessous sans que personne s'en étonnât, car outre que nul n'ignorait qu'ils avaient fait les guerres de la Vendée et combattu côte à côte sous les ordres de Cadoudal, on les savait liés d'une étroite amitié et toujours inséparables depuis qu'ils étaient rentrés dans la vie civile.

Bien des gens, connaissant le caractère énergique de Carbon, la nature chevaleresque de Saint Régent et leur dévouement à la cause des Bourbons, avaient peine à croire qu'ils assistaient indolents et inactifs au triomphe du premier consul et les soupçonnaient capables de quelque complot en faveur de leur cause. Ainsi que nous l'avons vu par les insinuations du musicien allemand à l'égard d'Urbain, cette opinion avait franchi le cercle des parents et amis de Carbon et de son compagnon et sans que ceux-ci en eussent encore le moindre soupçon, la police avait déjà l'œil sur eux et s'occupait activement de leurs faits et gestes.

Ils n'y songeaient ni l'un ni l'autre, et causaient avec confiance à la faveur de la nuit profonde, qui les enveloppait ce soir-là, et cependant quelqu'un, les suivant pas à pas et profitant lui-même des ténèbres qui lui étaient si favorables, se glissait le long des maisons et ne perdait pas un mot de la conversation qu'ils avaient tant d'intérêt à tenir secrète.

Celui-là, c'était le musicien allemand dont le rôle mystérieux à la noce de Thérèse Vallon est connu des lecteurs. Il était venu offrir ses services pour s'occuper des deux amis, Carbon et Saint Régent, dont les antécédents étaient connus, et naturellement il était sorti un peu avant eux pour les attendre dans la rue et s'attacher à leurs pas dans l'espoir de saisir quelque chose de ce qu'il soupçonnait sur leur compte.

Les deux amis franchissaient les débris d'une maison en construction, quand Cardon, saisissant son jeune compagnon par le bras :

— Cet endroit est favorable pour y causer de choses qui ne doivent être entendues de personne, lui dit-il; nous pourrons nous y arrêter; nous n'y serons ni vus, ni entendus.

L'Allemand avait saisi ces paroles et il était resté immobile derrière deux grosses poutres qui servaient d'échafaudage et les dissimulaient complètement.

Quand il se crut bien seul avec son ami, sans crainte d'avoir à redouter aucune indiscrétion, Carbon lui dit, sans même prendre la précaution de baisser la voix :

— Que dis-tu de cette rue ?

— Je la trouve fort laide, répondit Saint Régent en jetant un coup d'œil à droite et à gauche sur les maisons tristes et noires qu'on entrevoyait à travers le brouillard.

— Fort laide, en effet; mais elle a, pour nous, du moins, un mérite précieux.

— Lequel ?

—C'est celle que doit prendre forcément le premier consul pour se rendre à l'Opéra.

Le jeune homme tressaillit.

— Et n'est-ce pas demain, dit-il d'une voix troublée...

—Oui, c'est demain qu'aura lieu à l'Opéra la première de l'oratorio de la *Création du monde* d'Haydn.

— Et tu es sûr que le premier consul...

— Je suis sûr qu'il s'y rendra, tous les journaux l'annoncent depuis trois jours, et puis il a trop de prétentions à être connaisseur en musique pour manquer une telle occasion.

— Et la voiture doit passer par cette rue ?

— C'est le chemin.

— Elle n'est ni large, ni commode.

— Très heureusement.

— Et elle me paraît bien encombrée.

— Toujours.

— Alors ce serait là que...

— S'arrêterait notre tonneau.

— Et qu'il attendrait le passage du premier consul ?

— C'est là.

— Est-il probable qu'on laisse stationner un tonneau sur le chemin que doit prendre la voiture de...

— Nous le tiendrons caché dans une encoignure et le ferons circuler juste au moment où la voiture arrivera au galop, précédée du cortège.

Il se mit en marche, accompagné de Saint-Régent.

— Les gardes s'empresseront de dégager la rue.

— D'abord il n'est pas probable qu'on fasse attention au tonneau d'un porteur d'eau, car notre tonneau n'aura l'air d'autre chose, et puis la voiture
étant lancée au galop et arrivant immédiatement sur les pas des gardes, notre machine éclatera au moment même où passeront les chevaux du premier
consul, qui sera tué raide, lui et sa suite, par l'explosion, s'il n'est écrasé par
la chute des maisons voisines, qui s'écrouleront inévitablement.

— Qui s'écrouleront! balbutia le jeune homme en pâlissant quoi! toutes
ces maisons...

— S'écrouleront et enseveliront Bonaparte avec sa garde et sa suite; j'ai
tenté l'épreuve dans la campagne, du côté de Bicêtre, et l'effet de ma machine
a été formidable.

39

— Mais il s'agit de la vie de plus de cent personnes! murmura le jeune homme.

— Qu'importe? Si à ce prix nous sommes sûrs de nous débarrasser du premier consul.

— C'est égal, tant de victimes, une pareille catastrophe pour se débarrasser d'un seul homme!... c'est horrible.

— Il est une maxime que le conspirateur doit toujours avoir pour devise : Qui veut la fin veut les moyens.

— Je ne dis pas, mais quand je songe au sort qui menace tous les braves gens qui vivent tranquillement dans ces maisons!...

— Nous ne devons songer qu'à une chose, supprimer Bonaparte par tous les moyens possibles pour rétablir les Bourbons sur le trône de leurs pères. Alors la France est sauvée et notre fortune est faite; cela vaut la peine de passer par dessus bien des considérations.

Un mot sur les deux conspirateurs qui faisaient en ce moment les préparatifs de cette effroyable invention connue plus tard sous le nom de la machine infernale.

Carbon, âgé de quarante-cinq ans environ, au teint bronzé, à l'œil dur, aux traits accentués, avait l'encolure et la démarche caractéristique du marin dont il trahissait en outre la profession par ses mains rudes et calleuses, autant que par son langage semé de jurons et de comparaisons puisés dans la vie du matelot. C'était en effet un ancien marin, qui plus tard avait servi comme chouan, sous les ordres de Georges Cadoudal, auquel il était resté tout dévoué et qu'il servait avec un zèle infatigable sous les divers sobriquets de François-Jean, dit le Petit François, dit Comtant, et dont le vrai nom était Carbon.

Son compagnon, âgé de trente ans à peine et déjà connu du lecteur, était un ancien officier de marine, nommé Pierre Robinault, dit Saint Régent, qui lui aussi, sous le nom de Pierrot, avait commandé une bande de chouans. D'une taille ordinaire, mais bien prise, d'une tournure élégante et rehaussée encore par une mise recherchée et des façons d'incroyable, Saint-Régent formait un contraste parfait avec l'ancien marin, dont il semblait subir l'ascendant. Il passait pour un homme à bonnes fortunes, et ses grands yeux bleus, ses cheveux blonds, qu'il portait longs et bouclés, suivant la mode du temps, le rendaient en effet très séduisant.

— Où allons-nous? dit-il quand il vit Carbon quitter la rue Saint-Nicaise.

— Rue de l'Echelle, au restaurant des *Deux-Frères*.

— Qu'allons-nous voir là?

— Limoëlan!

— C'est lui sans doute qui va décider du jour et de l'heure où...

— Le jour et l'heure sont décidés, on peut tout changer excepté cela.

— Alors, c'est...

— Le jour irrévocablement fixé ne peut être que demain, 3 nivôse, et l'heure huit heures du soir, heure à laquelle le premier Consul se rendra à l'Opéra en passant par la rue Saint-Nicaise.

Il se tut un instant, puis il reprit :

— Mais qu'as-tu donc? on dirait que tu trembles; c'est de froid, je pense.

— C'est de froid, en effet, répondit Saint-Régent, l'air est vif.

Fritz, le musicien allemand, n'avait plus rien à apprendre ; il n'éprouvait plus qu'un besoin, celui de filer au plus vite et d'aller porter à la Préfecture le précieux renseignement qu'un heureux hasard venait de lui livrer, et grâce auquel il était sûr de sauver la vie du premier Consul en faisant prendre les deux conspirateurs en flagrant délit.

L'imagination pleine de la magnifique récompense qui lui permettait d'envisager un pareil service, il venait de quitter les poutres derrière lesquelles il s'était tenu caché, et il se glissait le long des maisons, sûr de n'être pas vu, quand un cri sourd se fit entendre.

Au même instant une violente secousse secouait tout son être, et il tombait sur le pavé, la gorge traversée par la lame d'un poignard.

C'était Carbon qui l'avait vu depuis le moment où il le suivait, qui ne l'avait pas quitté des yeux depuis ce temps et qui, ayant reconnu en lui un agent de police, venait de s'en débarrasser d'un seul coup.

L'action avait été si rapide et l'obscurité était si profonde, que Saint-Régent qui n'avait même pas vu l'allemand, ne se faisait même pas une idée de ce qui venait de se passer.

Il avait vu vaguement une ombre rouler sur le sol, il avait entendu un cri rauque, suivi d'un râle prolongé, après quelques contorsions, tout était devenu immobile et silencieux.

— Qu'est-ce que c'est donc? demanda-t-il, que signifie?...

— Cela signifie, répondit Carbon, que depuis cinq ou six heures nous sommes suivis et espionnés par un agent de police, que je connaissais fort heureusement, qu'il vient de surprendre tout notre complot, caché là, derrière ce pilier, et qu'il allait raconter toute l'histoire à la Préfecture si je ne lui avais enfoncé la lame de mon poignard dans la gorge. Maintenant nous n'avons plus rien à craindre et nous n'avons plus qu'à nous entendre avec Limoëlan. Allons, viens !

Avant de s'éloigner, il se pencha sur celui qu'il venait de jeter sanglant sur le pavé.

— Celui-là ne parlera pas, murmura-t-il, le cœur ne bat plus. Allons, un agent de moins, c'est parfait !

Et il se mit en marche accompagné de Saint-Régent, qui réfléchissait péniblement à la terrible situation qui lui était faite. C'est seulement à l'instant qu'il venait d'apprendre l'usage auquel était destiné le tonneau dont il connaissait l'existence depuis plusieurs jours, et maintenant qu'il savait la date précise du coup prémédité, il comprenait le caprice qui avait décidé Carbon à envoyer sa famille à la campagne le 3 de ce mois, dans la matinée. Mais ce qui le frappait surtout en ce moment, ce qui e désespérait à le rendre fou, c'était la fatale inspiration qu'avait eue Micheline, et qu'elle avait fait adopter à tous les siens, de rester dans son appartement de la rue Saint-Nicaise à l'heure même où devait éclater l'effroyable machine ; c'était la certitude où il était que le terrible engin allait faire crouler toutes les maisons environnantes et ensevelir inévitablement tous ses habitants.

A la pensée de cette effroyable catastrophe et de la mort horrible, inévitable dont la jeune fille était menacée, il sentait son sang se glacer dans ses veines et la folie envahir son cerveau.

La pensée lui était venue d'aller la prévenir et de la décider à partir en lui apprenant la vérité, mais en y réfléchissant, il n'avait pas tardé à reconnaître l'impossibilité de cet expédient, si simple au premier abord. En effet, il n'y avait qu'un seul moyen de la résoudre, elle et sa famille, à renoncer au projet qu'ils avaient formé de rester à Paris le 13 nivôse, et ce moyen, c'était de leur révéler le danger qu'allait courir le premier Consul et auquel ils allaient être exposés eux-mêmes avec tout le quartier, à faire à tant de gens une confidence aussi grave, n'était-ce pas s'exposer à une trahison plus ou moins volontaire, trahison qui devait avoir pour résultat d'envoyer à l'échafaud tous les auteurs de cette tentative contre la vie du premier Consul, c'est-à-dire lui-même, Carbon, Limoëlan et trois ou quatre autres, plus ou moins compromis dans une entreprise qui n'entraînait rien moins que la peine capitale ? Il avait beau se creuser la tête, plus il y songeait, plus il lui était prouvé qu'il ne pouvait sauver Micheline sans se rendre coupable d'une trahison, sans envoyer à la mort ceux qui avaient mis en lui toute leur confiance.

Ainsi lui-même et ses complices, ou bien Micheline et sa famille? La mort pour les uns ou pour les autres.

L'alternative était terrible, le choix impossible.

Quel parti prendre? car il fallait en prendre un, et en se répétant sans cesse que cette décision impossible était pourtant indispensable, le jeune homme se sentait devenir fou.

Forcé de renoncer à chercher son salut du côté de Micheline, il avait songé alors à le trouver ailleurs, c'est-à-dire à décider Carbon et ses complices à changer le cours de l'exécution de leur complot, mais là encore il avait été obligé de reconnaître une impossibilité. Le jour et l'heure où le premier Consul devrait traverser la rue Saint-Nicaise étant forcément indiqués par la représentation de l'Opéra, là machine devait éclater fatalement ce même jour et à cette même heure, ni plutôt, ni plus tard ; l'un n'était pas plus possible à changer que l'autre. Après s'être fait ce raisonnement et s'être prouvé que l'un et l'autre parti était également impraticables, Saint-Régent éperdu, affolé avait des hallucinations dans lesquelles il voyait à la fois Micheline tombée sanglante dans les ruines de sa maison, et Carbon portant sa tête sur l'échafaud, où il la voyait rebondir et tomber dans le fatal panier.

Pendant qu'il se perdait dans ces cruelles réflexions, Carbon marchait toujours vers la rue de l'Echelle et les deux amis arrivaient bientôt au restaurant des Deux-Frères, la seule maison qui fût encore éclairée dans la rue à cette heure avancée, car il était onze heures.

Il ne restait plus un client, l'établisssement était désert, et le patron, le sieur Petit-Jean, était seul à son comptoir. A la vue de Carbon et de Saint-Régent, il se leva, vint à eux et leur dit :

— On vous attend.

Ils montèrent au premier étage, se dirigèrent vers un petit salon, dont la porte était entr'ouverte et entrèrent sans frapper.

Un homme était là, entrain d'écrire, et lorsqu'il tourna la tête de leur côté Saint-Régent fut étonné de tout ce que révélaient de résolution calme et réfléchie ces traits énergiques, auxquels des lunettes d'or et un collier de favoris grisonnants donnaient au premier abord la physionomie froide et placide d'un comptable.

Il se leva, vint à eux, et laissant tomber sur Saint-Régent un regard vif et direct :

— Ah ! ah ! dit-il en s'adressant à Carbon, voilà notre jeune ami.

— M. Jacques de Saint-Régent qui, presque jeune encore, a fait ses preuves sous Georges, dont il était un des meilleurs lieutenants, dit Carbon.

— Il ne saurait avoir une meilleure recommandation et je ne doute pas qu'il ne possède, outre les autres qualités de son ancien chef, l'intrépidité qui le distingua entre tous et qui nous est particulièrement indispensable pour l'acte que nous allons accomplir.

Et appuyant pour ainsi dire sur Saint-Régent ce regard incisif qui semblait le scruter jusqu'au fond de l'âme.

— Car il ne faut pas vous le dissimuler, ajouta-t-il avec quelque chose d'implacable dans l'accent et d'inexorable dans le regard, c'est notre vie que nous allons jouer demain contre celle du premier Consul, et un sang-froid à toute épreuve peut seul nous assurer le succès.

— Mon ami Carbon, répondit le jeune homme en s'inclinant un peu froidement, a dû assurer M. de Limolëan qu'on peut compter sur moi et que je ne suis pas de ceux dont il faut stimuler le courage au moment du danger.

L'intention que laissaient percer les paroles de Limoëlan avait été devinée par Saint-Régent qui, à son tour le lui fit comprendre dans sa réponse; donc celui-ci s'empressa-t-il de serrer la main du jeune incroyable en lui affirmant qu'il n'avait jamais pu lui venir à la pensée de douter du courage d'un ancien compagnon de Cadoudal et qu'il s'estimait heureux au contraire de le compter au nombre de ses héroïques amis.

— Et maintenant poursuivit-il, convenons de ce que nous avons à faire pour demain.

— Nous sommes venus pour cela, dit Carbon, et je dois vous prévenir d'abord que c'est depuis une heure seulement, comme nous en étions convenus, que c'est depuis une heure seulement, comme nous en étions convenus, que notre jeune ami a été mis entièrement au courant de l'affaire à laquelle il se dévoue.

— L'extrême discrétion étant une condition indispensable dans toute espèce de conspiration, surtout quand il s'agit de s'attaquer à la vie du chef de l'état, M. de Saint-Régent ne s'offensera pas de cette précaution, résolue par nous avant même de connaître notre futur complice.

— Non-seulement je trouve cette précaution toute naturelle, répondit celui-ci, mais j'y vois une garantie de plus pour le mystère dont nous avons besoin de nous entourer et conséquemment pour le succès de notre entreprise.

— Il s'agit maintenant de nous partager les rôles qui reviennent à chacun de nous et dont il faut que nous soyons bien pénétrés avant de nous mettre à l'œuvre, dit Carbon.

Limoëlan montra le travail auquel il était occupé quand ils étaient arrivés.

C'était une espèce de carte de la rue Saint-Nicaise que devait parcourir la voiture du premier Consul. Trois points y é.aient désignés à l'encre rouge ; le premier indiquait une encoignure où devait stationner le tonneau, la machine infernale avec le cheval chargé de la traîner ; le second marquait l'endroit le plus étroit de la rue, celui ou le tonneau devait éclater au passage de la voiture ; le troisième enfin désignait un petit passage obscur, étroit, et presqu'inconnu offrant une retraite sûre aux conspirateurs.

— Moi, dit Limoëlan, quand il eut expliqué son plan, je me charge de préparer le tonneau dont l'explosion sera épouvantable et de le conduire avec son cheval à l'encoignure désignée ; mais je laisse à un autre le soin d'acheter le cheval.

— Cela me regarde, dit Carbon, je connais dans Paris plusieurs marchands de chevaux, j'en fais mon affaire, ainsi que du tonneau, que je mettrai demain matin à la disposition de Limoëlan.

— A la bonne heure ; mais je dois vous prévenir que vu la matière tout exceptionnelle dont je me servirai pour charger le tonneau, il faut faire votre deuil du cheval que vous emploierez et qui probablement sera tué sur le coup.

— Peu importe, il sera payé.

— Je vous rappelle même ce que je vous ai dit, c'est-à-dire que les maisons voisines ne résisteront pas à la violence de l'explosion.

— Alors, dit Saint-Régent, mettre le feu au tonneau, voilà le vrai danger.

— Danger de mort peut-être, comme pour le cheval qui y sera attelé.

— Eh bien, voilà la mission que je réclame.

— Vous ! s'écria Limoëlan avec effroi.

— Vous vous chargerez de la confection de la machine, Carbon, de l'achat du cheval et du tonneau, que me reste-t-il donc à faire, si ce n'est de mettre le feu ;

— C'est vrai, mais je vous répète, l'explosion de la matière que j'emploie sera formidable.

— Il faut que quelqu'un y mettre le feu, et vous le voyez, je n'ai pas d'autre rôle à jouer dans notre association. D'ailleurs je suis le plus jeune, le plus agile, et si quelqu'un doit s'en tirer, ce sera moi.

— Il a raison, dit Carbon en lui serrant la main, mais c'est égal, je ne suis pas rassuré.

— Bah! dit Saint Régent avec un geste insouciant, il y a une providence pour les bonnes causes, et la nôtre est de celles-là.

— Vous êtes un brave, s'écria Limoëlan, en lui frappant sur l'épaule, si j'ai pu douter un instant de vous avant de vous connaître, je vous en fais mes excuses.

— Je les accepterai demain si nous vous retrouvons vivants. Mais il est possible qu'il en soit autrement et dans cette expectative, vous permettez que je vous quitte pour aller prendre quelques petites dispositions.

— Sans doute et nous allons en faire autant de notre côté, on ne sait pas ce qui peut arriver.

Quelques instants après, tous trois se séparaient à la porte du restaurant et se donnaient rendez-vous pour le lendemain, sept heures du matin, heure à laquelle ils devaient visiter ensemble la machine infernale, car c'est ainsi qu'elle était déjà baptisée.

Saint Régent, en quittant ses deux complices, ne songeait nullement à prendre des dispositions dernières en prévision d'une mort presque inévitable; non, il avait un autre souci, bien autrement cruel qu'un souci d'argent, il songeait à Micheline et ne pouvait plus penser qu'à la mort effroyable dont elle était menacée, et tout en débattant avec ses deux complices les chances du complot qui allait peut-être lui coûter la vie, il n'était réellement préoccupé que de la jeune fille, épouvanté du danger qu'elle courait sans même le soupçonner et se creusant vainement la tête pour trouver le moyen de la prévenir sans trahir le grave secret dont il avait la responsabilité.

C'est dans cette disposition d'esprit qu'il arriva rue Saint-Nicaise et qu'il vint frapper à la porte de madame Vallon, saisi d'une nouvelle crainte, celle de trouver cette porte verrouillée et la famille endormie, car il était minuit passé.

Cependant il fut un peu rassuré en voyant briller une lumière au troisième étage, où demeuraient les Vallon. La maison n'ayant pas de concierge, il frappa trois coups, comme de coutume et presque aussitôt il vit la lumière disparaître.

— Bon! pensa-t-il, soulagé d'un poids énorme, on vient m'ouvrir.

Mais une autre inquiétude vient l'assaillir immédiatement, comment allait-il expliquer cette visite? comment allait-il s'y prendre pour faire comprendre à cette famille la nécessité de quitter Paris sans lui en dire le véritable motif.

Il cherchait encore l'argument dont il pourrait se servir pour les décider quand il entendit grincer la clé dans la serrure.

La porte s'ouvrit et il fut sur le point de laisser échapper un cri de joie en reconnaissant Micheline. Mais une réaction se fit aussitôt dans son esprit et changea aussitôt cette joie en un véritable désespoir. Micheline! mais c'était surtout pour elle qu'il tremblait, et en la voyant là si belle, si pure, si naïve et si épanouie dans son frais sourire; en se la représentant aussitôt telle qu'il la voyait depuis quelques heures, sanglantes et en lambeaux dans sa demeure en ruines, il fut sur le point de se jeter dans ses bras et d'éclater en sanglots.

Il eut cependant la force de se contenir, mais son émotion était si profonde, son anxiété si navrante et si visible que Micheline, après l'avoir accueilli d'abord par un sourire, recula tout à coup en s'écriant:

— Mon Dieu! comme vous êtes pâle! qu'avez vous donc?

— Mais... je ne sais... je n'ai rien, répondit le jeune homme en essayant de se remettre.

— Non, non, vous me cachez un malheur, reprit Micheline avec l'expression d'un vif intérêt, il vous est arrivé quelque chose, quelque chose de grave et c'est pour cela que vous veniez chez nous à cette heure.

Saint Régent n'avait pas prévu cette observation, cependant toute naturelle et il en resta un instant tout étourdi, ne sachant quelle raison donner d'un changement aussi frappant.

— Mais parlez donc, je vous en prie, monsieur Saint Régent, reprit la jeune fille, un grand malheur vous frappe, bien certainement, et vous n'avez pu venir ici que dans l'intention de me le confier, parlez donc, ic vous en conjure.

Et comme il continuait à garder le silence:

— Ou plutôt, reprit-elle, montez avec moi, et vous parlerez devant ma mère qui pourra peut-être vous donner quelque bon conseil.

Et fermant la porte, elle marcha devant pour éclairer la marche de Saint-Régent, qui la suivit en se demandant toujours comment il allait sortir de cette situation.

En arrivant au troisième étage, ils se trouvèrent en face de Mme Vallon qui intriguée d'entendre frapper pour elle à minuit, s'était avancée sur le seuil; impatiente de savoir qui pouvait venir à pareille heure.

Elle resta stupéfaite à la vue de Saint-Régent, et comme Micheline se récria sur sa pâleur:

— Mais entrez donc, lui dit-elle, vous devez être indisposé, je vais vous faire prendre quelque chose de chaud, cela vous remettra.

— Merci, ce n'est rien, répondit le jeune homme en entrant derrière elle.

— Vous nous direz au moins ce qui vous amène chez nous, reprit Micheline en lui avançant un siège tout près de la cheminée.

Les Incroyables.

— Eh bien, oui, oui, dit enfin Saint-Régent, je suis venu pour vous donner un avis et je vais vous dire de quoi il s'agit.

Il s'assit entre la mère et la fille, et les deux femmes, le regard fixé sur lui, attendirent avec anxiété le grave secret que laissait soupçonner son émotion.

— En sortant d'ici avec Carbon, dit-il à madame Vallon, nous sommes entrés dans un estaminet du Palais-Royal, où tout d'abord nous avons remarqué beaucoup de monde et une extrême agitation. Nous nous sommes informés et nous avons appris qu'un complot devait éclater demain dans Paris.

— Demain ! dit madame Vallon, très émue.

— On parle d'une émeute, de sang répandu, et l'on assure que c'est ici, dans la rue Saint-Nicaise que cela doit se passer.

— Dans notre rue, s'écria Micheline en pâlissant.

— On l'assure, et c'est pour cela que je suis accouru ici.

— Dans quel but ? demanda madame Vallon.

— Dans un but facile à comprendre, pour vous décider à ne rien changer à votre projet de vous rendre demain à Senlis.

— En effet, ce serait un moyen tout simple d'éviter le danger dont nous serions menacés en restant ici.

— Tout est prêt pour vous recevoir dans la maison de votre frère, dit Saint-Régent à Mme Vallon, qui vous empêche de vous y rendre quand on vous y attend, quand tout vous engage à fuir Paris.

— Vous avez raison, monsieur Saint-Régent, dit Micheline, et maintenant nous ne pouvons hésiter à partir pour Senlis.

— Certainement, dit sa mère, et nous serions très coupables de négliger un pareil avis.

— Mais vous-même, lui dit la jeune fille, qui vous empêche de nous accompagner à Senlis ?

— Mon intention est bien de vous y rejoindre avec mon ami Carbon, comme cela avait été résolu, mais nous pouvons attendre vingt-quatre heures sans inconvénient, tandis que vous, qui demeurez précisément dans la rue la plus exposée...

— Je comprends cela, répliqua Micheline, mais au moins promettez-moi... promettez-nous de ne pas vous mêler à cette émeute. D'ailleurs, je vous en préviens, c'est vous que je charge de veiller sur mon oncle et s'il lui arrive quelque chose, c'est vous que j'en rends responsable. Rappelez-vous cela et évitez ce danger, au lieu de courir au devant ; vous me le promettez, dit-elle en lui présentant sa main ouverte.

— Je vous le promets, répondit le jeune homme en pressant tendrement cette main dans la sienne.

— J'y compte, et maintenant je vous remercie de votre avis et je vous rends votre liberté car il est près d'une heure, et nous, comme vous-même, nous avons besoin de repos pour être prêtes à partir de bonne heure.

— C'est cela, le plus tôt possible, dit Saint-Régent en soupirant, comme soulagé d'un poids énorme.

Il s'en alla ravi du succès de sa démarche reconduit par Micheline, dont il baisa ardemment les mains en la quittant, lui recommandant de nouveau de quitter la rue Saint-Nicaise avant la nuit.

La jeune fille le lui promit en abandonnant ses belles mains à ses baisers et ce fut la joie dans l'âme qu'il regagna sa demeure, malgré l'immense danger auquel il allait s'exposer, mais rassuré désormais sur le sort de sa chère Micheline.

— Mais lorsque le lendemain on fit part au nouveau marié de ce qui s'était passé et qu'on le prévint de se tenir prêt à partir avec sa femme avant midi, sa première pensée fut de faire de l'opposition à sa belle-mère et de la dissuader, ainsi que Micheline de fuir devant un danger probablement imaginaire. Il avait deux motifs pour agir ainsi ; le premier était de faire acte d'autorité vis-à-vis de sa belle-mère afin de *se poser* tout de suite, le second était le désir obstiné de voir le premier consul, qu'il ne connaissait pas et dont les nombreuses victoires l'avaient enthousiasmé. Au reste, il apportait des raisons assez spécieuses à l'appui de sa volonté. D'abord il n'admettait pas qu'une émeute pût éclater le jour même où le premier consul devait se rendre à l'Opéra ; la police était trop bien faite pour ne pas la prévenir ou pour n'être pas prête à la réprimer ; et puis qui empêchait de concilier leur désir à tous d'assister au passage du premier consul et la promesse faite à Saint-Régent de partir ce jour-là pour Senlis ? Il suffisait pour cela d'être tous prêts d'avance et de partir à huit heures précises, c'est-à-dire immédiatement après avoir vu passer Bonaparte.

Cet argument arrangeait tout, aussi Micheline et sa mère n'hésitèrent pas à s'y rendre.

Quant à la sœur aînée, elle était toute gagnée ; sa volonté était déjà celle de son mari.

Le bourrelier se chargea donc de trouver une voiture pour l'heure convenue et sortit pour cela.

Il revenait au bout d'une heure avec la promesse d'un cocher qui devait être là à l'heure convenue, c'est-à-dire un peu avant huit heures.

Le lendemain, c'est-à-dire le 3 nivôse, jour de la représentation à l'Opéra, Saint-Régent, convaincu que toutes ses précautions étaient prises, qu'il pouvait compter sur la promesse de Micheline et de sa mère et qu'elles devaient avoir infailliblement quitté Paris avant midi, Saint-Régent après avoir vu une dernière fois Carbon et Limoëlan pour s'entendre avec eux sur les dernières mesures à prendre était rentré chez lui après avoir déjeûné, et qui eût pu le voir à ce moment, eût été étonné de l'occupation dans laquelle il était absorbé ; et malheureusement pour lui, cette singulière occupation avait un témoin ; c'était la veuve Jourdan, chez laquelle Saint-Régent avait loué une chambre, à travers la serrure de la porte, elle voyait le jeune homme, dont les allures l'intriguaient depuis quelque temps, elle le voyait attacher bout à bout de longues bandes d'amadou, y mettre le feu, et constater, montre en main, le temps qu'il fallait pour consumer toute la mèche ; observation qui devait être plus tard d'une grave conséquence dans cette affaire.

Les trois complices avaient rendez-vous au restaurant des Deux-Frères, où ils devaient dîner ensemble à six heures précises. Tous les trois étaient exacts, mais comme ils étaient convenus de tout leurs faits dans la matinée, ils dînaient dans la salle commune, sous les yeux de tout le monde et sans échanger une seule fois un mot à voix basse.

A sept heures et demie, la nuit était tombée depuis longtemps ; Carbon, chargé de conduire le tonneau chargé de poudre dans un coin de la rue Saint-Nicaise, quitta ses deux compagnon mais en se contentant de leur serrer la main et sans dire un mot.

Saint-Régent quittait Limoëlan un quart d'heure après pour aller prendre la place de Carbon près du tonneau, dans lequel il devait introduire un bout de sa longue bande d'amadou et allumer l'autre bout qui devait être consumé de manière à produire l'explosion du tonneau au moment précis du passage du premier consul.

C'était une minute avant l'arrivée de celui-ci et au bruit du galop des chevaux qui précédaient sa voiture que Saint-Régent avait marqué le moment où il s'éloignerait au plus vite et sans retourner la tête, car un retard d'une seconde pouvait causer sa mort.

A huit heures moins dix minutes, il abordait Carbon, qui se tenait debout près de son tonneau, dans la sombre encoignure qui avait été désignée à Saint-Régent.

— Tu te rappelles ma recommandation, dit le marin à son jeune compagnon, dès que tu entendras le bruit des chevaux, porte ta mèche et file sans demander ton compte, car l'explosion doit être si épouvantable que plus de dix maisons doivent s'écrouler sur le coup.

Et il murmura à voix base :

— Heureusement que ma sœur et mes nièces sont loin d'ici.

— Oui, oui, c'est heureux, répliqua Saint-Régent.

— Tout le monde n'aura pas la même chance ; voilà un pauvre diable de cheval qui n'a rien fait pour ça et qui va y perdre le goût de l'avoine.

Et regardant l'heure à sa montre.

— Huit heures moins cinq, le premier consul doit quitter les Tuileries à huit heures précises, je file ; et sois exact au rendez-vous ; aussitôt après le coup, au restaurant des Deux-Frères.

Et il s'éloigna d'un pas rapide.

Saint-Régent regarda l'heure à son tour ; puis il introduisit dans le tonneau la mèche d'amadou non allumée et mit le feu à l'autre.

Le premier consul devait passer dans trois minutes.

Dès lors il attendit, prêtant l'oreille au bruit de chevaux qui devait venir du dehors.

Enfin une minute le sépara du moment fatal.

Il s'éloigna.

Au moment de disparaître, son regard se porta machinalement sur la maison habitée par Micheline et sa famille ; alors un cri aigu, déchirant s'échappa de sa poitrine et il se sentit défaillir.

Il venait de voir briller une lumière à l'appartement de Mme Vallon, dans la chambre même de Micheline,

Micheline qu'il croyait à Senlis, était là, à Paris, rue Saint-Nicaise, à dix pas du tonneau qui allait faire explosion.

Fou de désespoir et oubliant le danger en face de celui que courait la jeune fille, menacée d'une mort imminente et effroyable, il revint sur ses pas et s'élança vers le fatal tonneau pour en arracher la mèche.

Il était trop tard.

Comme il atteignait le but, une terrible détonation ébranlait le quartier et le renversait lui-même sans connaissance sur le pavé.

Il se crut mort et jeta en tombant un dernier regard sur la chambre de Micheline.

Alors comme dans un de ces rêves où l'imagination voit passer ainsi qu'une trombe les choses les plus fantastiques, les plus impossibles, il vit la maison s'ébranler, se pencher en avant, et mêlés aux balcons de fer et aux pierres disjointes, cinq à six corps de femmes, parmi lesquels celui de Micheline tenant à la main un flambeau, à la clarté duquel il reconnaissait son visage.

Puis un chaos sans nom, un horrible entassement de décombres, d'où s'échappaient des cris déchirants.

Et il ne vit plus, il n'entendit plus rien.

Il n'était pas mort comme il l'avait cru cependant.

Au bout d'un laps de temps dont il cherchait vainement à se rendre compte, il se retrouvait couché dans un lit, entouré de plusieurs personnes qu'il se rappelait vaguement avoir vues sans pouvoir dire où, ni en quelle circonstance.

Ils étaient quatre, un homme et trois femmes, qui le regardaient avec l'expression d'une vive anxiété.

Pourquoi cet air? chez qui était-il et que lui voulaient ces gens?

Telles étaient les questions qu'il se posait avec une inexprimable inquiétude, car il avait une idée confuse du complot auquel il était mêlé et de l'effroyable accident dont il avait été victime.

— Eh bien, vous ne me reconnaissez donc pas? lui dit l'individu qui se trouvait là avec les trois femmes.

La voix de cet homme le frappa et lui rappela tout à coup le personnage.

— Lesguilloux? murmura-t-il d'un air encore indécis.

— Et, oui, répondit celui-ci, Lesguilloux qui a fait le coup de fusil avec vous dans la Vendée.

Et lui montrant du doigt une des trois femmes :

— Et voilà ma femme, qui vous a rappelé à la vie et à la raison, car vous battiez la campagne et vous ne paraissiez même pas comprendre ce qu'on vous disait.

— Je comprends ce que j'entends, répondit le jeune homme, mais je ne sais, pourquoi, j'entends à peine, et...

— Moi, je sais pourquoi, dit Lesguilloux.

— Pourquoi donc et que m'est-il arrivé.

— Mais, c'est cette effroyable détonation.

— Une détonation!... dit Saint-Régent en passant la main sur son front, attends donc, je crois me rappeler.

— Une détonation si terrible, qu'elle en a déterminé l'écroulement de sept à huit maisons.

Saint-Régent pâlit affreusement à ces mots; un horrible souvenir frappa son esprit et lui montra un tableau qui le fit frissonner.

— Des maisons! murmura-t-il, des maisons se sont écroulées! vous êtes sûr de ce que vous dites-là.

— Si sûr, que je crois avoir encore ce spectacle sous les yeux ; ces maisons se penchant tout à coup en avant, ces hommes, ces femmes, ces enfants roulant dans l'espace au milieu des pierres qui les écrasaient sur le pavé, où ils se tordaient sanglants et broyés...

Il fut interrompu par un cri.

— Ah ! s'écria le jeune homme avec un geste désespéré, c'était donc vrai ! ce n'était donc pas un rêve !

— Malheureusement non, et j'ai encore devant les yeux une horrible vision, une femme, une jeune fille les cheveux épars et tenant en main un flambeau qui l'éclairait tout entière.

— Vous l'avez vue, murmura Saint-Régent, les traits pâles et contractés.

— J'ai même été témoin d'un accident qui a frappé d'horreur tous ceux qui l'ont vu comme moi ; arrêtée dans sa chute par un balcon, elle avait lâché son flambeau et s'était attachée des deux mains aux arabesques de fer. On la crut sauvée, et un immense cri de soulagement sortit de toutes les poitrines ; mais comme elle faisait un violent effort pour se redresser sur ses pieds, une énorme pierre de taille, se détachant d'un étage supérieur l'atteignit en pleine poitrine, l'emporta avec elle et la broya sur le pavé.

— Mon Dieu ! oh ! mon Dieu ! s'écria le jeune homme en se tordant comme un fou, c'était elle !... ce n'était pas un rêve !

Et il eut une crise de larmes et de sanglots, pendant laquelle il murmurait sans cesse : Micheline ! Micheline !

Cette scène cruelle fut interrompue par l'arrivée d'un personnage vêtu de noir, au-devant duquel s'élança Lesquilloux en criant :

— Ah ! vous voilà, docteur ; vous arrivez à propos, car notre malade me paraît bien mal.

Le médecin s'approcha du jeune homme, l'examina un instant et parut effrayé de sa situation.

— Que lui est-il donc arrivé ? demanda-t-il.

— Je ne sais, c'est un ancien compagnon d'armes que je croyais en province et que j'ai été très surpris de retrouver parmi les blessés de l'accident de la rue Saint-Nicaise.

— Dans quel état était-il ?

— Etendu à terre et sans connaissance, non loin du tonneau qui, dit-on, a produit la formidable explosion à laquelle le premier Consul a échappé par miracle.

— Alors je m'explique tout ; ce sang qu'il rend par les narines, cette respiration pénible, ce pouls concentré, ces yeux enflammés, tout cela est l'effet naturel de la détonation.

— Ce n'est pas tout, dit Lesguilloux, il est affecté d'une surdité que je ne lui ai jamais connue.

— Et que je n'hésite pas à attribuer à la violence de l'explosion qui, dit-on, a produit des ravages inouïs.

— L'effet d'un tremblement de terre.

Tout en interrogeant, le docteur examinait le malade avec une minutieuse attention, et son regard s'étant arrêté sur les mains de celui-ci, il remarqua qu'elles étaient noires.

— Etes-vous bien sûr de votre ami ? demanda-t il alors à Lesguilloux.

— Que voulez-vous dire, docteur ?

— C'est que je me demande si c'est comme curieux ou comme acteur qu'il a été victime du drame de la rue Saint-Nicaise.

— Auriez-vous quelque soupçon à son sujet ?

— Justement !

— Sur quoi basez-vous ce soupçon ?

— Sur ses mains noires de poudre et sur cette subite surdité !

— Je ne crois pas que ce soit cela, mais après tout cela le regarde, ce n'est pas notre affaire.

— C'est ce qui vous trompe, maître Lesguilloux, c'est notre affaire presque autant que la sienne.

— Que voulez-vous dire ?

— Je veux dire que si l'état où nous voyons ce jeune homme est la conséquence d'un complot manqué, c'est-à-dire d'une tentative d'assassinat contre la vie du premier consul, comme le bruit s'en répand, les conspirateurs encourent la peine capitale et ceux qui ne les dénoncent pas sont poursuivis eux-mêmes comme complices.

— Diable !

— Ce qui nous met l'un et l'autre dans une situation fort grave, vous comme son hôte, moi comme son médecin ; en cette double qualité nous sommes censés ne pouvoir ignorer le crime dont il s'est rendu coupable et devenons ses complices vis-à-vis de la loi.

Cependant comment pouvons-nous savoir...

— La vérité ? d'une façon toute naturelle, par les affiches qui dès demain, vont couvrir tous les murs et raconter tous les détails de l'attentat, ce qui aura pour conséquence inévitable de vous mettre en garde contre tout individu blessé dans cette soirée comme... celui-ci par exemple.

— Diable ! diable ! reprit le maître de poste en se grattant l'oreille.

Il resta un instant muet et fort perplexe ; puis se tournant vers le médecin :

— Quel est votre avis dans cette circonstance, docteur Collin ?

— C'est fort embarrassant, répondit le docteur et votre conduite à l'égard du blessé, dépend beaucoup de la nature des liens qui vous attachent à lui. S'il vous est indifférent et que vous ne consultiez que votre intérêt ; vous ne pouvez hésiter à le dénoncer à la police ; si, au contraire, par suite de sympathies politiques ou autres, vous avez quelque raison de vous intéresser à lui...

— Dame ! docteur, nous avons fait le coup de feu ensemble dans la Vendée et il me semble...

— Vous avez combattu pour les mêmes opinions, et conséquemment vous ne voudriez pas le trahir.

— A vous dire vrai, envers un ancien compagnon d'armes, je considérerais cela comme une action déshonorante.

— C'est un peu cela ; et puis après tout, quelle probabilité qu'on découvre sa présence ici ? Une seule personne peut la connaître, moi, le chirurgien appelé pour la soigner, et moi, je m'engage à garder le silence.

— Vous êtes un brave homme, docteur.

— Une dénonciation serait une infamie, je ne veux pas être infâme, voilà tout.

A partir de ce moment le chirurgien prodigua tous ses soins à Saint-Régent sans laisser deviner les soupçons qui lui étaient venus et que le malade lui-même confirmait à chaque instant sans le vouloir. Ainsi il parlait sans cesse de l'évènement de la rue Saint-Nicaise, se montrait avide de détails, voulait savoir comment le premier consul avait échappé à ce péril et demandait surtout des renseignements sur les accidents qu'avait causés l'explosion.

— Ça été quelque chose d'épouvantable, répondit le maître de poste, j'étais là, à cent pas de l'endroit et jamais je n'oublierai l'impression dont j'ai été saisi, quand la fumée s'étant dissipée, je vis de hautes maisons, des maisons en pierre de taille en cinq étages, osciller tout à coup, puis se pencher en avant et s'écrouler du haut en bas avec un fracas effroyable.

— Quelles sont donc celles que vous avez vu s'écrouler ainsi, demanda Saint-Régent, qui avait saisi les derniers mots.

— Celles qui me faisaient face, et je tournais le dos à la rue Saint-Honoré.

— Cette maison n'avait-elle pas plusieurs balcons, demanda vivement le jeune homme.

— Autant que j'ai pu le remarquer dans la stupeur dont j'ai été saisi, il y avait des balcons au troisième et au cinquième étages.

— C'est cela, murmura Saint-Régent d'une voix brisée.

Le docteur Collin fit une ordonnance dans le but d'arrêter les saignements de nez et il partit en promettant de revenir le lendemain de bonne heure.

La nuit se passa assez bien ; aucun accident ne se manifesta dans l'état du malade qui se montra seulement en proie à une grande perplexité au sujet de l'événement de la rue Saint-Nicaise parlant sans cesse du danger qu'avait couru le premier consul et surtout de ces maisons écroulées dont l'image le poursuivait depuis la veille.

Dès les premières heures du jour on entendit crier dans la rue :

— Demandez ! l'évènement de la rue Saint-Nicaise ; le grand complot contre la vie du premier consul ; affreux accident, écroulement de six maisons, horribles détails, onze morts et quinze blessés.

Saint-Régent écoutait cela avec une angoisse inexprimable.

Celui-ci y consentit et se mit à lire.

— Mon ami, dit-il à Lesguilloux, je ne peux pas bouger, je t'en prie, vas m'acheter une de ces feuilles, je suis curieux de connaître ces détails.

— Bah ! c'est horrible à lire et çà ne peut guère t'intéresser.

— Cela m'intéresse beaucoup au contraire, j'ai des amis qui demeurent de ce côté et je suis fort inquiet sur leur sort.

— C'est bien, je vais t'apporter ça.

Il sortit et revint bientôt avec la feuille à la main.

Elle était ornée d'une gravure représentant d'abord un tonneau mis en pièces par une explosion, le cheval attelé à ce tonneau étendu mort sur le pavé, et à quelques pas de là ; quatre ou cinq hautes maisons penchées en avant et s'écroulant sur elles-mêmes avec leurs locataires, hommes, femmes et enfants.

Malgré la naïveté informe du dessin, c'était un spectacle horrible et vraiment saisissant.

Parmi ces maisons, il en était une qui avait vivement frappé le regard de Saint-Régent; elle était remarquable par un groupe de personnages, hommes et femmes qui suspendus au balcon d'un troisième étage, jetaient des cris de détresse en se voyant entraînés dans le vide.

— Là ! là! balbutia le jeune homme en montrant ce groupe avec une expression d'horreur qui contractait ses traits.

— Est-ce que c'est là que demeurent vos amies ? demanda la femme du maître de poste avec intérêt.

— Oui, oui, murmura le jeune homme affreusement pâle.

Puis il pria Lesguilloux de lui lire le journal, sa vue étant affaiblie et troublée comme toutes ses facultés physiques.

Celui-ci y consentit et se mit à lire.

« Un crime épouvantable a failli plonger la France dans la consternation ; le premier consul vient d'échapper miraculeusement à une tentative d'assassinat dont Paris est encore atterré. Le premier consul quittait les Tuileries à huit heures précises pour aller entendre à l'Opéra la première représentation de l'*Oratorio* de la *Création du Monde*, lorsque, arrivé dans la petite rue Saint-Nicaise, sa voiture, dans laquelle étaient les généraux Lannes, Bessières et le second consul Lebrun, précédée d'un escadron de sa garde consulaire, se trouva arrêtée par un encombrement, un tonneau de porteur d'eau et une voiture de place. Un des soldats de l'escorte voulant dégager le passage et ayant bousculé un homme, qu'on prit pour le porteur d'eau, celui-ci se rapprocha vivement de son tonneau. La voiture du premier consul arrivait grand train en ce moment, elle venait à peine de dépasser ces deux obstacles, lorsqu'une effroyable détonation, pareille à l'explosion d'une mine se faisait entendre. Au même instant la rue était jonchée de morts, les maisons ébranlées comme par un tremblement de terre, se renversaient l'une sur l'autre, écrasant de nombreuses victimes dans leurs débris.

Mais, par un miracle providentiel, celui contre lequel était dirigé cet odieux guet-à-pens, échappait à la mort et faisait son entrée dans la salle de l'Opéra au milieu de frénétiques applaudissements. »

— Ah ! le premier consul n'a pas été atteint, s'écria Saint-Régent avec l'expression d'une profonde surprise.

Il ajouta aussitôt sur un autre ton :

— Tant mieux ! c'est bien heureux.

— Maintenant, dit Mme Lesguilloux, gare à ceux qui ont fait le coup, la police va s'occuper d'eux et je ne voudrais pas être dans leur peau.

— Bah ! répondit le jeune homme, ils sauront bien se mettre à l'abri; la police est habile, mais Paris est grand et un homme peut s'y cacher facilement.

— Un homme, oui ; le premier venu, je ne dis pas, mais un conspirateur qui vient de commettre un coup pareil et dont la tête vient d'être mise à prix, c'est différent ; c'est à qui le dénoncera, il ne sera en sûreté nulle part, et moins encore là où il se sera réfugié que partout ailleurs, car tout individu qui lui donnera asile sera tenu de le déclarer à la police, sous peine d'être poursuivi et puni comme complice.

Saint Régent ne répondit pas.

Comme il était jeune et vigoureux, il revint promptement à la santé et deux jours après le terrible accident de la rue Saint-Nicaise, il pouvait marcher.

Il profita du retour de ses propres forces pour sortir.

Sa première pensée fut de se diriger vers la rue Saint-Nicaise.

A peine avait-il fait quelques pas dans la rue, qu'il fut frappé par la vue d'une affiche en tête de laquelle on lisait ces mots, imprimés en gros caractères :

« Attentat contre la vie du premier consul. »

La machine infernale de la rue Saint-Nicaise.

La tentative de l'assassinat y était racontée dans tous ses détails, puis il y était dit que la police était déjà sur la trace de ces infâmes conspirateurs et l'on y faisait les peines auxquelles s'exposaient ceux qui connaissant leur retraite ne se hâteraient de la faire connaître à la police.

En arrivant en face de la rue Saint-Nicaise, Saint-Régent chercha tout de suite du regard la maison habitée par Micheline et sa famille, tenté de considérer comme un rêve l'horrible vision qu'il avait eue en perdant connaissance et se rappelant fort bien en ce moment que la jeune fille et tous les siens avaient dû quitter Paris le matin même du jour fatal, c'est-à-dire huit ou dix heures avant l'explosion.

Mais le premier objet qui frappa ses regards, quand il les dirigea de ce côté fut la haute maison détruite de fond en comble, et parmi les objets à moitié enfouis dans les décombres, un fragment d'étoffe qui le fit frissonner de la tête aux pieds : c'était un morceau d'étoffe rose, dont Micheline était vêtue la veille de l'évènement et qui était couverte de taches de sang.

A cette vue et à ce souvenir, tout palpitant, il devint affreusement pâle et se sentit défaillir.

Il s'assit tout tremblant sur une borne et en murmurant :

— C'est donc vrai, mon Dieu ! c'est donc vrai !... Et c'est moi qui l'ai tuée !

Il revint à lui en entendant quelques paroles prononcées à son oreille.

— Qu'est-ce qu'il a donc, celui-là ? disait cette voix. Il est blanc comme son linge et on dirait qu'il va s'évanouir !

— Il a sans doute perdu quelqu'un de sa famille dans l'accident, dit une autre voix.

— Ce doit être une femme, car il a dit : C'est moi qui l'ai tuée !

— C'est vrai tout de même, et il est bon de savoir ce qu'il a voulu dire par là !

Et interpellant brusquement Saint-Régent :

— Ah ça ! dis donc, citoyen, tu as donc tué quelqu'un ici ?

— Moi ! répliqua le jeune homme en tressaillant, qui peut vous faire supposer ?...

— Tes propres paroles, tu viens de dire : C'est moi qui l'ai tuée !

Un moment interdit, Saint-Régent recouvra bien vite sa présence d'esprit, et montrant du doigt le lambeau d'indienne rose :

— En effet, j'ai pu dire cela en voyant ce morceau d'étoffe que j'ai reconnu pour appartenir à une parente qui devait quitter Paris la veille de cette terrible explosion et que j'avais décidée à rester quelques jours encore, ne soupçonnant guère que c'était son arrêt de mort !

— C'est peut-être vrai, dit l'agent de police à l'oreille de son camarade, mais c'est égal, tu suivras ce paroissien et ne le quitteras pas de vue jusqu'à ce soir.

Et voulant rassurer Saint-Régent qui le regardait d'un air défiant :

— Heureusement, lui dit-il, on sera bientôt sur la trace des auteurs de l'attentat dont votre parente a été victime.

— Dieu le veuille ! mais quelle présomption possède-t-on pour arriver à découvrir ces misérables ?

— Le tonneau et le cheval !

— Hein ! comment ? quel tonneau ? quel cheval ?

— Ah ça ! vous ne savez donc rien ?

— Je sais... je sais que le tonneau qui a servi aux conspirateurs a fait explosion et que le cheval auquel il était attelé est mort sur le coup, et alors je me demande comment...

— Comment ils pourront témoigner, l'un étant mort, l'autre détruit ? Et pourtant c'est là-dessus qu'on va se baser pour remonter à la source de la vérité !

— Je ne comprends pas, dit Saint-Régent d'un air ahuri.

— C'est bien simple, cependant ; le tonneau est détruit, c'est vrai, il ne reste pas un atome du bois qui le composait, c'est certain, mais les cercles de fer qui l'entouraient ont été retrouvés intacts, mais le cheval est mort sans avoir été mutilé ; or, en appelant tous les marchands de chevaux et tous les forgerons qui habitent Paris, il est impossible que la police ne parvienne pas à découvrir celui qui a vendu le cheval et celui qui a forgé les cercles !

— C'est juste, s'écria le jeune homme en dissimulant sous un air de profonde admiration l'inquiétude dont il était saisi.

— Mais j'y pense, reprit l'agent après un moment de silence, vous voudriez sans doute avoir quelques renseignements sur votre parente.

— Certainement, mais comment ? A qui m'adresser, puisque la maison est détruite, tous les locataires morts sans doute.

— Ce n'est qu'une probabilité et vous ne seriez pas fâché de savoir à quoi vous en tenir.

— Mais je le répète, à qui m'adresser ?

— Je vais vous le dire !

Puis lui montrant du doigt une espèce de cabane construite, au milieu des décombres, avec des planches de démolition :

— Tenez, il y a là un brave homme préposé par la police pour garder toutes ces maisons en ruines et répondre à ceux qui veulent avoir des nouvelles des morts et des blessés ; adressez-vous à lui et il vous renseignera.

— Merci, dit Saint-Régent.

Et il quitta aussitôt l'agent pour se diriger vers la petite cabane qu'il venait de lui désigner.

— Tu entends, dit alors celui-ci à son compagnon, ne le perds jusqu'à ce que tu l'aies vu rentrer à son domicile, je ne sais mais cet homme-là ne me dit rien de bon.

— Sois tranquille, j'aurais l'œil dessus.

Et faisant un détour pour pouvoir l'observer de loin sans être remarqué, il le suivit du regard jusqu'à ce qu'il le vit entrer dans la cabane.

Dans cette cabane il y avait un homme couvert de peaux de bique pour se garantir du froid de sorte qu'on ne lui voyait guère que le bout du nez.

— Vous êtes le gardien de cette cabane, n'est-ce pas ? lui demanda Saint-Régent et vous pourrez me fournir des renseignements sur quelques locataires de ces maisons détruites.

— Oui, M. Saint-Régent, répondit le bonhomme, et particulièrement sur ceux du numéro 9, c'est-à-dire sur la famille Vallon.

— Vous me connaissez ! s'écria le jeune homme stupéfait, et vous connaissez la famille Vallon.

— Oui, je la connais, ou pour mieux dire, je la connaissais.

— Morts ? murmura Saint-Régent avec une cruelle angoisse.

— Ecrasés sous les débris de leur maison.

Il y eut un moment de silence.

— Tous ? dit enfin le jeune homme à voix basse, comme s'il eut hésité à prononcer ce mot.

— Presque, répliqua le vieillard.

— Et... qui a survécu.

Le vieux gardien le regarda fixement sans rien dire, puis avec un accent qui fit tressaillir le jeune homme.

— Elle ! dit-il.

Saint-Régent frissonna de tous ses membres, et plus livide qu'un mort, il resta immobile l'œil fixe, les traits effarés et comme frappé de folie.

Puis comme s'il fût sorti brusquement d'un songe.

— Elle ! balbutia-t-il, mais non, ça ne peut pas être... non, vous ne savez pas... vous ne pouvez pas savoir...

— Son nom ? et si je vous disais qu'on l'appelle...

— Dites, oh ! dites ! parlez, parlez, son nom, oh ! son nom, je vous en supplie.

— Micheline.

— Micheline ! Micheline ! c'est elle, sauvée ! vous dites qu'elle est sauvée? Qui vous a dit cela ? Comment le savez-vous.

— C'est moi, c'est moi qui l'a tirée de dessous les décombres .. blessée, sanglante... mais vivante.

— Vous! mais par quel hazard providentiel...

— J'habitais le rez-de-chaussée de la maison, et grâce à l'espèce de recoin où j'étais relégué, j'ai été garanti du désordre dont tous les locataires ont été plus ou moins victimes. Oh ! je vous ai reconnu tout de suite; que de fois je vous ai vu venir pour Mlle Micheline, car c'était pour elle et non pas pour une autre, je l'avais bien deviné.

— Mais où est-elle ? dites-moi où elle est.

— Vous comprenez, on les a transportés où l'on a pu.

— Et elle, elle?

— Quant à elle, vous la trouverez à l'hôpital de la Charité, salle Sainte-Marthe.

— J'y cours, car tant que je ne l'aurais pas vue de mes propres yeux, je ne serai pas convaincu qu'elle soit vivante.

— Et vous aurez raison, car la pauvre jeune fille, était dans un tel état, qu'il y a toujours à craindre pour elle, et qui sait, depuis deux jours que je l'ai vue.

— A la Charité, salle Sainte-Marthe! s'écria Saint-Régent en se levant d'un bond.

Et serrant énergiquement la main du vieux gardien :

— Adieu, adieu, père Antoine, vous me rendez la vie.

Il s'élança dehors et disparut en courant.

Il allait d'un tel train que l'agent qui le suivait à la piste, avec recommandation de l'accompagner jusqu'à son domicile avait beaucoup de peine à ne pas le perdre de vue.

Enfin il arriva à l'hôpital, dont il franchit le seuil d'un bond et une minute après il pénétrait dans la salle Sainte-Marthe.

Il n'avait pas demandé le numéro du lit de Micheline, alors toujours avec la même angoisse fébrile, il allait de lit en lit en proie à une nouvelle anxiété et tremblant à la pensée de la trouver défigurée; car le père Antoine lui avait dit: elle est vivante! Mais c'était tout. Il s'avait qu'il l'avait tirée des décombres, mais en quel état! voilà ce qu'il ignorait et voilà ce qui le faisait frémir.

Il se sentait devenir fou à la pensée de voir cette charmante tête affreusement, hideusement défigurée.

Tout à coup il tressaille en entendant une voix prononcer son nom.

— Saint-Régent.

Il s'élança vers le lit d'où partait cette voix ; c'était elle! Micheline! toujours belle, toujours charmante et gracieuse, malgré la pâleur répandue sur ses traits, ou plutôt plus belle et plus adorable encore, grâce à cette pâleur qui ajoutait à sa beauté une touchante mélancolie.

Saint-Régent s'élança vers elle, mais avant qu'il n'eût touché son lit, un cri s'était échappé de sa poitrine et l'avait arrêté dans son élan.

Il s'aperçut alors qu'elle avait un bras en écharpe. Un bras cassé, c'était tout! Saint-Régent fut sur le point de tomber à genoux pour remercier Dieu.

Elle devina ce qui se passait en lui, et lui tendant sa main gauche, qu'il couvrit de baisers.

— Oui, mon ami, lui dit-elle, vous le voyez, j'en suis quitte pour un bras cassé dans cette chute effroyable, où je devais trouver vingt fois la mort, où ma mère et ma sœur...

Elle dut s'interrompre.

Les sanglots lui coupaient la parole.

— Oui, je sais, ma chère Micheline, lui dit le jeune homme en se hâtant de l'interrompre, je viens de la rue Saint-Nicaise, que j'ai vu jonchée de ruines, j'y ai rencontré le père Antoine...

— Il a échappé à la mort? demanda vivement la jeune fille à travers ses larmes.

— Oui, et il a pu m'apprendre les malheurs qui vous ont frappé et le danger auquel vous avez échappé par miracle.

— Tous mes parents morts, ma mère, ma sœur et son mari, c'est horrible.

— Heureusement, ma chère Micheline, il vous reste un ami, lui dit tendrement Saint-Régent.

— Et j'en remercie Dieu, car sans lui je me verrais seule au monde.

— Pauvre Micheline!

Pendant cet entretien, l'heure accordée aux visiteurs s'était écoulée et Saint-Régent dut faire ses adieux à la jeune fille qui le vit partir avec un profond chagrin et lui fit promettre de revenir la voir le lendemain.

Cinq minutes après, le jeune homme quittait l'hôpital et se hâtait de regagner la rue des Prouvaires, Mme Leguilloux lui ayant recommandé de n'être pas trop longtemps absent et d'éviter de causer avec le premier venu, ce qui pouvait être dangereux par ce temps de dénonciations et de défiance générale. Cette étrange recommandation et plusieurs propos équivoques échappés à la femme du maître de poste avaient fait réfléchir Saint-Régent qui s'était demandé si elle ne soupçonnait pas la vérité à son sujet. Ainsi était-il pressé de rentrer pour la sonder et tâcher de savoir à quoi s'en tenir non qu'il la crût capable de le trahir dans le cas où elle connaîtrait le rôle qu'il avait joué dans la terrible catastrophe qui occupait tout Paris, mais il tenait à savoir l'opinion qu'elle avait de lui afin de prendre au besoin vis-à-vis d'elle les précautions que lui commandait la prudence. Ainsi qu'elle le lui avait dit, par ce temps de faciles dénonciations, on ne pouvait trop se mettre sur ses gardes, et maintenant surtout que Micheline n'avait plus que lui au monde pour appui, maintenant que plus que jamais il était décidé à prendre les plus grandes précautions pour se soustraire aux dangers dont il était menacé.

Il arriva presque toujours courant à la maison Leguilloux et sans s'apercevoir qu'il était suivi pas à pas depuis l'hôpital jusqu'à la rue des Prouvaires.

L'agent ne l'avait pas quitté d'une semelle.

Alors comme aujourd'hui, quand on voulait connaître un secret, c'était au concierge qu'il fallait s'adresser.

C'est ce que fit l'adjoint Maugard.

Il entra dans la cage, où il vit installée une femme ; la concierge.

— Madame, lui dit-il tout de suite avec une exquise politesse, permettez-moi d'abord de m'informer de votre nom.

Flattée d'un procédé si extraordinaire et si flatteur, la concierge se leva de son fauteuil et répondit avec une grande révérence.

— Monsieur, de mon petit nom je m'appelle Uphémie, Uphémie, veuve Piquauplat, qui était le nom de mon pauvre défunt, que je pleure de toutes les larmes de mon pauvre corps, depuis le jour qu'il est mort, on peut dire au champ d'honneur, c'est-à-dire dans l'exercice de son métier.

— Quelle était la profession de M. Piquauplat.

— Vidangeur, monsieur, et courageux ! toujours le premier dans l'ouvrage.

— Vous voulez dire : à l'ouvrage.

— Non, monsieur, dans l'ouvrage, oh ! c'est que c'était une vocation, voyez-vous, et on peut dire qu'il a laissé des souvenirs dans la partie, ce pauvre Piquauplat, ah ! monsieur, si vous l'aviez connu, un amour, quoi ! un modèle, un ange !

Puis s'interrompant tout à coup.

— Mais pardonnez-moi, monsieur, si je me laisse aller à mes souvenirs, vous vouliez me parler, je crois.

— Oui, madame Piquauplat, je voudrais obtenir des renseignements sur un jeune homme qui demande ma nièce en mariage et comme vous me faites l'effet d'une personne distinguée et discrète.

Uphémie se rengorgea.

— Je connais le jeune homme, demanda-t-elle ?

— Il habite votre maison, au premier étage, chez les époux Lesguilloux or puisqu'il est votre locataire.

— Mon locataire ! mais pas du tout, c'est un ami des Lesguilloux et il n'y a pas plus de vingt-quatre qu'il demeure chez eux.

— Pas plus de vingt-quatre heures, dites-vous ?

— Pas davantage, même qu'il a été apporté sur un brancard par le maître de poste et un de ses amis pas plus tard qu'hier soir, juste après l'évènement de la rue Saint-Nicaise.

— Je comprends, une victime de l'horrible accident.

— C'est possible, quoique les Lesguilloux ne m'en aient rien dit, mais ils sont si cachottiers de leur nature !

C'est chez ces trois dames que Carbon avait trouvé une retraite...

— Alors vous ne connaissez pas ce jeune homme ?

— Je l'ai entendu nommer et je sais qu'on l'appelle Saint-Régent, mais voilà tout.

— Merci, mille fois merci, madame Piquauplat. je vous suis très reconnaissant ; au revoir, madame Piquauplat.

Et l'agent s'esquiva en se disant : Allons faire mon rapport à la Préfecture. Je crois que j'ai eu la main heureuse, et ce garçon ramené sur un brancard ne me dit rien de bon ; ça demande à être creusé.

Le lendemain, les époux Lesguilloux étaient en train de déjeuner avec leur hôte, lorsqu'on frappa à la porte.

La servante alla ouvrir et recula atterrée à la vue de trois personnes ; deux hommes armés de triques, et un personnage vêtu de noir et ceint d'une écharpe tricolore.

42

C'était un commissaire accompagné de ses deux acolytes.

Lesguilloux s'était levé brusquement à leur aspect et Saint-Régent s'était troublé tout à coup, mais il était resté immobile à sa place.

— Le commissaire chez moi, s'écria le maître de poste.

— Oui, citoyen Lesguilloux, répondit le commissaire, et vous devez bien savoir pourquoi.

— Moi ! du tout, et je ne soupçonne pas le moins du monde la raison...

— C'est possible, quoique je n'en croie rien, mais vous allez être fixé tout de suite sur ce point.

Puis se tournant vers Saint-Régent.

— Pourriez-vous me dire quel est ce jeune homme, citoyen, et ce qu'il fait ici ?

— Mais, citoyen commissaire, balbutia Lesguilloux en se troublant de plus en plus...

— Est-il votre parent ?

— Mon parent, mon parent...

— Prenez garde, citoyen, c'est la justice qui vous interroge par ma bouche, n'essayez pas de la tromper !

— Ce n'est pas mon intention, citoyen commissaire.

— Alors, répondez sans hésiter ! Quel est le nom de ce citoyen et que fait-il ici ?

— Eh bien ! citoyen commissaire, c'est un ami auquel je donne l'hospitalité.

— Son nom ?

— Saint-Régent.

— Son domicile ?

— Mais... ici, citoyen commissaire.

— Depuis combien de temps ?

— Depuis...

— N'essayez pas de tromper la justice, vous pourriez vous en repentir.

— Depuis avant-hier !

— Quelle heure ?

— Neuf heures du soir.

— Peu après l'évènement de la rue Saint-Nicaise, alors ?

— C'est juste.

— D'où venait-il ?

— C'est précisément là que je l'ai trouvé !

— Rue Saint-Nicaise ?

— Oui, citoyen commissaire.

— Dans quel état ?

— Etendu sans connaissance sur le pavé.

— Blessé ?

— Oui, et perdant son sang. C'est une des victimes de la catastrophe !

— Vous vouliez dire de la tentative d'assassinat dirigée contre le premier consul.

— Je ne dis pas non, citoyen commissaire.

— Etes-vous bien sûr qu'il ne soit pas un des auteurs de cette tentative ?

— Je ne puis le croire.

— C'est que ce nom de Saint-Régent est déjà signalé à la police c'est celui d'un ex-officier de l'armée vendéenne ; on prétend même que vous seriez un de ses compagnons d'armes.

— C'est faux, citoyen.

— Mais ce qui me semble certain, c'est que ce Saint-Régent est un des auteurs de la machine infernale et que vous êtes son complice pour ne l'avoir pas déclaré à la police après l'avoir trouvé blessé et presque mourant sur le lieu de la catastrophe.

— Cependant, dit vivement le jeune homme, je puis prouver...

— Vous prouverez tout ce que vous voudrez, mais quand à présent, vous allez nous suivre à la Préfecture de police.

Puis s'adressant au maître de poste :

— Quant à vous, citoyen, nous nous occuperons bientôt de vous et vous demanderons compte de votre conduite dans cette affaire.

Cinq minutes après Saint-Régent sortait avec le commissaire de police et ses deux agents.

Le même jour un autre commissaire de police se présentait rue Notre-Dame-des-Champs chez trois femmes qui habitaient ensemble le même appartement ; c'étaient nos dames Marie Anne Duquesne, ex-supérieure du couvent de Saint-Michel ; Cozon de Beaufort et mademoiselle Champion de Cicé sœur de l'ancien archevêque de Bordeaux.

Carbon fut trouvé chez elles et arrêté, on avait d'abord espéré le trouver chez sa sœur, Madame Vallon, qui habitait avec ses deux filles, rue Saint-Nicaise. Elles y avaient demeuré en effet et il y avait reçu l'hospitalité, mais leur maison était une de celles que l'explosion de la machine infernale avait détruite et il fut prouvé qu'elles avaient été englouties dans les ruines.

C'est chez les trois dames que nous venons de citer plus haut que Carbon avait trouvé une retraite, ce qui prouve, comme le pensaient bien des gens, et contre l'opinion de Bonaparte, que ce coup avait été dirigé par le parti royaliste et non par les septembriseurs, ainsi qu'il designait tous les républicains.

Accusé d'être le principal auteur de la criminelle tentative de la rue Saint-Nicaise, Carbon nia formellement et mit ses accusateurs au défi d'apporter la moindre preuve à l'appui de cette imputation. Alors on fit venir deux hommes dans son cachot, on le confronta avec eux et on lui demanda s'il les reconnaissait.

Il les regarda attentivement et répondit que non.

— Et vous, dit à ces hommes le juge d'instruction qui les interrogeait.

— Moi, je reconnais parfaitement le citoyen.

— Moi de même, dit l'autre.

Carbon les examina avec un redoublement d'attention, cherchant vainement à se rappeler ces deux figures.

— Où avez-vous vu le citoyen ici présent? demanda le juge d'instruction à l'un d'eux.

— Chez moi.

L'autre fit la même réponse.

— Pourriez-vous dire à quelle époque ?

— Oui, monsieur le juge.

— Exactement.

— Très exactement.

Carbon comprenait que cet interrogatoire avait une très haute gravité et comprenait même que sa tête était en jeu, aussi était-il désespéré de ne pouvoir reconnaître ces deux hommes qui, probablement tenaient son sort entre leurs mains.

— A quelle date avez vu le citoyen Carbon.

— La date est facile à préciser, car c'était le 2 nivôse, la vieille de l'attentat de la rue Nicaise.

— Et vous, demanda le juge d'instruction en s'adressant à l'autre individu.

— C'est le même jour et je ne pouvais pas l'oublier, ça va sans dire.

En ce moment Carbon, le regard obstinément fixé sur ces deux individus, changea tout à coup de physionomie; ses traits s'altérèrent visiblement et il fut évident qu'il les reconnaissait enfin.

— Enfin, ce jour? reprit le juge d'instruction, êtes vous sûr que ce soit le 2 nivôse.

— Très sûr, impossible de s'y tromper.

— Et que venait vous demander le citoyen Carbon.

— Il voulait m'acheter un cheval.

— Et moi il voulait me faire forger quatre cercles en fer pour entourer un tonneau de vin fin, me dit-il.

— Et ce cheval, pouvez-vous me jurer que vous l'avez reconnu dans l'animal mort près du tonneau de la rue Saint-Nicaise.

— Je n'hésite pas à vous l'affirmer, monsieur le juge.

— Vous, citoyen, vous affirmer également avoir reconnu les cercles forgés par vous.

— A terre, près du cheval, c'était tout ce qui restait du tonneau, le bois ayant été réduit en poussière par l'explosion.

— Et vous, citoyen Carbon, qu'avez-vous à répondre.

— Rien, sinon que ces deux hommes me sont inconnus et qu'ils sont évidemment payés par la police pour déclarer qu'ils me reconnaissent.

— C'est ça qui est faux, par exemple, s'écria le marchand de chevaux, et le citoyen Carbon le sait bien, puisque nous avons demeuré quelque temps porte à porte.

— Je sais, je sais que tout ça, c'est un complot dont je serai victime, quoique je fasse, puisque j'ai la police contre moi.

Peu de temps après, Carbon, convaincu enfin par l'évidence, finit par reconnaître le forgeron et le marchand de chevaux et avoua que c'était bien lui qui avait fait marché avec eux pour les cercles de fer achetés pour entourer le tonneau et pour le cheval qui devait y être attelé.

Quant à celui qui le premier avait eu l'idée de la machine infernale, c'était Limoëlan, de son vrai nom, Picot de Limoëlan de Beaumont, ex-officier vendéen attaché à Georges Cadoudal. Lui, Carbon avait été chargé de l'achat de la voiture et du cheval, et Saint-Régent devait y mettre le feu.

Cette accusation fut confirmée, quant à ce dernier, par une veuve Jourdan chez laquelle avait demeuré Saint Régent. Celle-ci avait vu son locataire disposer de l'amadou en bandes et expérimenter, montre en main, le temps nécessaire à la combustion de cette espèce de mèche.

En dépit de tous les efforts de la police, Limoëlan put se soustraire à toutes les recherches, mais ainsi qu'on l'a vu il n'en fut pas de même de Carbon et de Saint-Régent.

Mais revenons à une des victimes de la machine infernale, à cette jeune Micheline si miraculeusement échappée à la mort et heureuse dans l'effroyable catastrophe qui avait frappé toute sa famille, d'être clouée pour son bras sur un lit d'hôpital.

La visite de Saint-Régent avait été à la fois pour elle une grande surprise et une grande joie. Relevée vivante de dessous les décombres de la rue Saint-Nicaise, où l'on avait cru la trouver morte comme sa mère et sa sœur, transportée de là sans connaissance à l'hôpital de la Charité, sans que personne pût savoir ce qu'elle était devenue, on comprend quel dut son bonheur de voir tout à coup apparaître à son chevet celui auquel elle pensait sans cesse en se demandant avec tristesse si elle le reverrait jamais et non seulement elle l'avait revu plus aimant que jamais, alors qu'elle craignait d'être oubliée, mais le cœur pour ainsi dire pénétré d'un nouvel amour, plus profond, plus grand plus enthousiaste que celui qui l'avait charmée autrefois, et elle aussi elle avait senti grandir et s'exalter sa passion, jusque-là innocente et calme, aussi n'eut-elle plus dès lors qu'une pensée, le revoir, l'écouter encore et lui parler elle-même de cet amour qui l'avait transformée, qui l'avait faite femme tout à coup en lui révélant un monde de sensations toutes nouvelles.

Il lui avait promis de revenir le lendemain, et le lendemain elle l'attendait rayonnante d'espoir et de bonheur.

Il ne vint pas; alors une profonde mélancolique s'empara d'elle; elle douta sa foi fut ébranlée, elle passa subitement du ravissement au désespoir et elle attendit le lendemain avec une impatience pleine d'angoisse.

Cette attente dura quinze jours.

Quinze jours d'inexprimable torture

Elle demanda à sortir, quoiqu'affaiblie par la maladie et presqu'incapable de se tenir sur les jambes, mais elle rencontra une inflexible consigne ; il était défendu de la laisser sortir et toutes ses supplications restèrent sans résultat.

Il fallait attendre huit jours encore, mais alors comme le désespoir la minait visiblement, la religieuse émue et prise de pitié, prit sous sa responsabilité de la laisser sortir en lui faisant permettre de rentrer avant le coucher du soleil, la température étant très douce ce jour là.

Quoiqu'elle fût très pâle et toujours bien malade, il sembla à Micheline, dès qu'elle fut au grand air, qu'elle renaissait à la vie et que son cœur s'épanouissait comme une fleur au soleil, elle demanda son chemin pour gagner la rue des Prouvaires et se mit en marche, sentant renaître ses forces à la pensée que bientôt elle allait être près de lui.

Bientôt cependant elle s'aperçut qu'elle avait trop présumé d'elle-même ; au bout d'une demi-heure elle n'était encore arrivée qu'au quai et là elle était obligée de s'asseoir sur un banc. Ses jambes ne pouvaient plus la porter et la sueur ruisselait sur ses traits livides.

— Bah ! murmura-t-elle, un peu de repos et je pourrai reprendre ma marche.

Elle s'assit ; mais sa vue se troublait et elle éprouvait d'insurmontables défaillances.

Elle était là depuis dix minutes et elle allait se lever, quoique se sentant toujours très faible, quand elle vit une grande foule s'avancer de son côté enveloppant une charrette escortée de gendarmes à cheval et dans laquelle deux hommes se tenaient debout.

Des cris et des huées partaient de cette foule, qui semblait fort irritée.

Micheline se trouvant sur le passage de ce flot d'hommes exaspérés chercha de l'œil un refuge pour se mettre à l'abri.

— Qu'est-ce que c'est donc que cette charrette et ces hommes qui la suivent en l'apostrophant avec colère, demanda-t-elle aux curieux qui l'entouraient.

— Ce sont les deux condamnés qu'on conduit à l'échafaud, répondit l'un d'eux.

— Quels condamnés ? demanda Micheline, qui ignorait tout ce qui s'était passé depuis le moment où elle était tombée sous les décombres de sa maison.

— Parbleu ! les auteurs de la machine infernale, les misérables qui en voulant assassiner le premier consul, ont détruit toute la rue Saint-Nicaise et causé la mort de plus de vingt personnes ; aussi vous voyez comme le peuple est acharné après eux. Heureusement Samson est là, et lui aussi il a sa machine qui va faire justice de ces gredins-là.

Pendant ce temps la charrette approchait et les cris de colère allaient crescendo.

Micheline, elle, courbait la tête pour ne pas voir le lamentable spectacle de ces hommes conduits à la mort.

— Ce sont ceux qui ont tué ma mère et ma sœur, murmura-t-elle, et pourtant je ne puis m'empêcher de les plaindre.

En ce moment la charrette arrivait en face du banc sur lequel elle était assise et les cris redoublaient d'énergie.

— Mort aux traîtres ! mort aux assassins ! avec des gestes forcenés.

— Les voilà ! les voilà ! disaient en même temps les curieux groupés autour du banc de Micheline.

— Voyez donc le plus vieux, comme il a l'air dur ! c'est bien une tête d'assassin.

— C'est le plus coupable des deux, c'est lui qui a entraîné l'autre et qui est cause de sa mort.

— Pauvre jeune homme ? il a l'air bien doux pour avoir commis une pareille action.

— Et un si joli garçon ! pauvre Saint Régent ? c'est dommage de couper une tête comme celle-là.

Micheline avait tressailli.

— Hein ! balbutia-t-elle en se levant tout à coup, que dites-vous ? Quel nom avez-vous prononcé ? Saint Régent ! non, ce n'est pas possible, j'ai mal entendu !...

— Pas du tout, vous avez fort bien entendu, c'est bien son nom, Saint-Régent ; d'ailleurs voyez plutôt le voilà en face de vous.

Micheline fixa son regard sur la charrette et jeta un cri déchirant.

Elle venait de reconnaître à la fois les deux condamnés ; Carbon et Saint-Régent.

Cependant un seul nom s'échappa de sa poitrine.

— Saint-Régent !

Au milieu des clameurs qui se faisaient autour de lui, cette voix domina toutes les autres et vint frapper douloureusement l'oreille du jeune homme.

Il suivit du regard la direction d'où elle était partie et reconnut Micheline ! Micheline pâle, effarée, le regard fixe et halluciné, donnant enfin tout les signes de la folie.

Elle était folle en effet, déchirée par une de ces douleurs qui foudroient le cœur et abîment la raison du même coup.

Elle resta quelques instants immobile, le regard toujours fixé sur Saint-Régent, puis tout à coup elle agita les bras, jeta un cri aigu et s'élança vers le pont.

Arrivée au milieu, avant que personne eût compris son intention, elle se pencha au-dessus de la rampe et disparut dans le vide ; puis on la vit disparaître dans le fleuve et reparaître bientôt en se débattant et en poussant des cris inarticulés.

Alors oubliant tout, perdant jusqu'au sentiment de sa situation, et ne songeant qu'à arracher à la mort sa chère Micheline, Saint-Régent voulut s'élancer hors de la charrette.

Mais outre qu'il avait les mains liées derrière le dos, il en fut empêché par les deux gendarmes, qui se jetèrent au devant de lui, croyant qu'il voulait fuir.

Alors il se jeta à genoux, et pleurant et sanglotant :

— Oh ! je vous en prie, laissez-moi courir à son secours, vous voyez qu'elle se noie, laisssez-moi, par grâce, et je reviens de suite me remettre entre vos mains.

— Se remettre entre nos mains ! ah bien, oui, je t'en fiche ; je la trouve bonne, celle-là.

Et ils le garrottèrent encore plus étroitement.

Pendant ce temps-là, le jeune homme, les yeux fixés sur la Seine, voyant disparaître la pauvre Micheline.

Alors il ne bougea, il cessa de supplier et deux grosses larmes coulèrent le long de ses traits défigurés.

Et le lendemain, les journaux disaient qu'il avait fait preuve de lâcheté et n'avait pu retenir ses larmes au moment d'expier son crime.

UN CONSPIRATEUR INDIEN

Bien peu de lecteurs se rappellent aujourd'hui les drames sanglants qui s'accomplirent dans l'Inde, vers 1857, et mirent un instant en danger, la redoutable puissance de la compagnie des Indes. Ce fut cependant la plus effroyable insurrection qui ait menacé les possessions anglaises, et le trouble, l'ébranlement qui en faisait le résultat, ne sont peut-être pas encore calmés, à l'heure où nous écrivons ces lignes.

Sans vouloir entrer dans tous les détails de cette insurrection, il nous a paru intéressant d'en détacher pour le remonter, des épisodes les plus dramatiques, celui qui donne le mieux la véracité des excès commis pendant la lutte engagée, et que domine la personnalité du sanguinaire conspirateur qui alluma aux yeux de l'Europe, la responsabilité des atrocités, sans précédent, auxquels s'abandonnèrent les révoltés.

Cet épisode est peu connu. — Aucun écrivain ne l'a encore raconté ; le lecteur y trouvera tout ce qui est de nature à éveiller et satisfaire sa curiosité ; et c'est pour ces raisons que nous l'avons choisi.

Nana-Sahib, conspirateur indien.

Le 3 février 1857, le *Bentick*, magnifique steamer de la Compagnie des Indes, faisait son entrée dans le port de Bombay, venant de Londres. Il avait à son bord, un grand nombre de passagers, parmi lesquels environ deux cents soldats, destinés à être répartis dans les régiments des diverses résidences, pour y compléter les cadres où la maladie avai t fait quelques lacunes.

Le paquebot était du reste attendu avec une certaine impatience, car dès qu'il eut accosté le quai, une foule compacte se précipita à la rencontre de ceux qui arrivaient, chacun cherchant à reconnaître un parent où un ami.

Les passagers de leur côté, ne montrèrent pas moins d'empressement à quitter le pont du bateau. Ils avaient hâte d'aller se reposer à terre, des fatigues d'une longue traversée, et une demi-heure après, il ne restait plus personne à bord.

Quand nous disons personne, nous nous trompons.

Au milieu des matelots du steamer qui allaient et venaient rangeant tout, réparant le désordre qu'avait produit le débarquement, deux jeunes gens étaient restés debout, à l'arrière, attendant que le calme se fut rétabli, et qu'ils pussent sans encombre se diriger à leur tour vers le quai.

On eût dit qu'une singulière hésitation se fut emparée d'eux, et qu'au moment de quitter le *Bentick*, un regret mystérieux les retenait à bord.

L'un de ces deux jeunes gens avait vingt-sept ans au plus ; l'autre vingt cinq à peine.

Le premier était anglais, et venait prendre du service dans l'armée indienne, — on l'appelait Georges Mortimer.

C'était un grand jeune homme élancé, doué d'une distinction rare, avec des cheveux blonds et de grands yeux bleus profonds. Le visage était pâle, la physionomie un peu mélancolique, et il portait sur ses traits l'empreinte manifeste d'une souffrance aiguë qui se trahissait malgré lui, et en dépit des efforts qu'il tentait pour la dissimuler.

Le second était français, — c'était un artiste, — un peintre : il était brun de taille moyenne, et son œil noir brillait de toutes les ardeurs d'une nature aventureuse et énergique.

On l'appelait Jacques Borain.

Il était orphelin, et n'ayant autour de lui personne qui l'aimât ou qui s'intéressât à lui, il avait quitté la France, et venait, un peu à l'aventure, chercher à l'extrême orient, des paysages et des ciels nouveaux.

Pendant la traversée, les deux jeunes gens s'étaient connus. Ils ne s'étaient jamais vus avant de se rencontrer sur le *Bentick* : au bout de quinze jours ils devenaient les meilleurs amis du monde.

Georges Mortimer était bien un peu froid, mais la raideur britannique qu'il apportait dans ses relations, s'était fondue sous la chaleur communicative de son compagnon parisien, et quand ils pénétrèrent dans les eaux de Bombay, ils s'étaient dit tout ce que deux jeunes gens peuvent se confier, et ils n'avaient plus de secrets l'un pour l'autre.

Aussi, quand ils se virent seuls sur le pont du *Bentick* et qu'ils comprirent que l'heure était venue de descendre à leur tour, c'est-à-dire, de gagner la terre où ils allaient se séparer, ils éprouvèrent le même sentiment douloureux et leur cœur battit plus fort qu'il ne l'avait jamais fait.

Ce fut Jacques Borain qui s'arracha le premier à cet attendrissement qui menaçait de les absorber.

Il secoua la tête vivement, ordonna à un coolie de prendre ses bagages, et faisant un signe à son compagnon :

— Allons, dit-il, d'un ton d'enjouement un peu forcé ; nous voici arrivés ; nous n'avons plus rien à faire ici, partons !

— Partons ! répondit laconiquement Georges Mortimer.

Et ils s'éloignèrent.

Au bout d'un quart d'heure, ils atteignaient l'hôtel Victoria ; on leur donnait à chacun une chambre, et après s'être livrés à des ablutions reconfortantes, ils se mettaient à table, où un excellent déjeuner les attendait.

La gaité et l'insouciance leur étaient revenues. Tout au moins, Jacques paraissait avoir retrouvé sa belle gaité française, et il ne tarda pas à aborder les sujets les plus intéressants, heureux de se sentir respirer sous ce ciel éclatant qui lui promettait toute une série d'études nouvelles et ignorées.

— Ah ! que vous êtes heureux ! dit Mortimer, qui l'avait écouté pendant quelques minutes, et que je voudrais pouvoir comme vous ne m'occuper que du ciel et de la nature.

— Et ! qui vous en empêche ! répondit Jacques.

— Ne le savez-vous pas.

— Parce que vous appartenez à l'armée... qu'importe cela !... la guerre, c'est un art comme un autre, à ce qu'on dit, et il faut toujours prendre le bon côté des choses.

— Mais vous n'ignorez pas, je vous ai dit dans quel état d'esprit je me trouve depuis deux ans.

— Sans doute, sans doute ! Eh bien ! où est le mal, vous avez été amoureux ; vous l'êtes encore, et la belle jeune fille, Laurence Edwards a été contrainte d'épeuser un autre homme que vous ; c'est dur, j'en conviens, mais qu'y faire ! Voyons, mon cher ami ; il faut être plus fort que cela... vous êtes jeune, vaillant vous allez vous trouver ici au milieu de dangers qui réclameront toute votre énergie, et tout votre courage, laissez-vous aller aux évènements, et qui sait si le hasard ne vous réserve pas, ici-même, les plus étonnantes surprises.

— Que voulez-vous dire ? fit Mortimer en pâlissant.

— Je ne veux rien dire du tout... seulement, moi, je crois à ce hasard auquel d'autres ont donné le nom de Providence,.. et je m'imagine qu'il n'est pas tout à fait étranger aux évènements de ce monde.

— Ah ! il a été bien cruel envoirs moi !

— Je ne dis pas non.

— Pauvre et chère Laurence !...

— Oui... vous vous aimiez... et rien ne faisait présumer qu'un jour viendrait où vous pourriez être séparés par la plus cruelle des catastrophes... mais le père de la chère enfant se trouva tout à coup compromis dans un désastre financier qui le menaça dans son honneur et pour le sauver, l'enfant se sacrifia et donna sa main à lord Balcam.

— Horrible ! horrible !

— Je ne dis pas non ! quand le malheur est arrivé, vous n'avez rien pu faire pour le conjurer !

— Ah ! si j'avais pu !

— Qu'eussiez-vous fait ?

— J'aurais tué lord Balcam !

— Et lord Balcam mort, qui eût sauvé le père de Laurence ? Vous ne répondez pas, vous voyez bien !...

Mortimer s'était tu, en effet; un nuage sombre pesait sur son front, une pâleur mortelle s'était répandue sur ses joues.

Il pressa énergiquement ses tempes de ses deux mains.

— Vous avez raison! dit-il enfin, avec un sanglot mal étouffé, il y avait une implacable fatalité, il fallait sauver l'honneur de Laurence!... Mais le père une fois rendu à la considération, que devenait la pauvre sacrifiée?... Ah! c'est que vous ignorez, vous, en quelles mains indignes elle est tombée, et quel homme c'est, que lord Balcam!... Un débauché qui a rempli les trois royaumes du scandale de ses déportements!... un joueur éhonté qui a dix fois compromis cette fortune dont il a acheté sa femme, et sur le compte duquel il court des bruits sinistres depuis qu'il est dans l'Inde!

Jacques Borain eut un tressaillement sur ces derniers mots.

— Que dites-vous? fit-il d'un ton pénétrant, lord Balcam est donc ici?

— Oui! répondit Mortimer.

— Avec sa femme?

— Avec sa femme!

— Et vous n'avez pas hésité à venir la retrouver, Georges! Ah! je le devine maintenant, c'est elle que vous venez chercher!

Le jeune officier eût un geste presque farouche.

— Eh bien oui! dit-il, d'une voix acérée et âpre, j'ai voulu la revoir! entendez-vous, j'étais trop malheureux! je veux savoir si elle m'aime encore, parce que, s'il est vrai, s'il est possible qu'elle m'ait oublié, eh bien, il y a ici mille occasions de mourir, et c'est dans la mort, que j'irai chercher un refuge assuré contre les tourments que j'endure.

Jacques garda le silence: sérieusement, il était effrayé de ce que Georges venait de lui confier, et cette partie de son secret, qu'il avait caché jusqu'alors l'éclairait subitement, en lui découvrant les dangers auxquels son ami allait être exposé.

— Ce que vous m'apprenez là est grave, reprit-il bientôt; et je m'épouvante à la pensée de ce que vous allez tenter; qu'espérez-vous donc?

— Eh! le sais-je moi-même.

— Si vous revoyez Laurence et si vous découvrez qu'elle vous aime encore, que ferez-vous?

Mortimer passa la main sur son front.

— Oh! si cela était possible! balbutia-t-il, comme enivré à cette perspective; si Dieu m'avait réservé cette joie.

— Vous ne pensez qu'à vous, mon ami, dit Jacques Borain, d'un ton de reproche, et vous oubliez que ce que vous préparez c'est le malheur de la femme que vous aimez! Croyez-vous qu'elle renonce à ses devoirs d'épouse pour devenir une amante coupable, et quelle existence pleine de remords et de périls songez-vous à lui offrir.

— Ne parlez pas ainsi.

— N'est-ce pas la vérité?

— Peut-être; mais c'est plus fort que moi et je n'ai plus la force de réfléchir ; je vais tout droit, devant moi, comme un aveugle, sans me demander où aboutit la route dans laquelle je m'engage. Qu'importe le reste, et si le malheur nous menaçait, j'ai dans le cœur assez d'amour et de dévouement, pour faire oublier à la pauvre enfant ce qu'elle pourrait regretter de la vie qu'elle aurait quittée.

Il y eut un silence.

Jacques voyait bien qu'il n'y avait pas à insister, et il s'était tu.

Mortimer reprit peu après.

— Au surplus, dit-il, pourquoi s'effrayer d'avance à l'appréhension d'événements qui ne se réaliseront peut-être pas. Mon régiment est à Cawnpore, et je pars demain pour le rejoindre; laissons à Dieu le soin de diriger notre vie, je ne veux pas même prévoir ce qui peut arriver.

— Mais, un détail ! objecta le jeune peintre, n'ai-je pas entendu dire à bord pendant la traversée que le colonel de votre régiment est précisément ce lord Balcam qui a épousé Laurence.

— Précisément.

— Vous serez donc sous ses ordres.

— En effet.

— Et vous ne craignez pas...

— Je ne crains rien, répondit Mortimer avec fermeté ; sinon d'apprendre que Laurence ne se souvient plus de moi, et qu'elle a renié le passé.

Les deux amis causèrent de la sorte, pendant toute l'après midi et la nuit qui suivit, et quand vint le matin du lendemain, Georges Mortimer accompagné de quelques soldats et d'un bon nombre de Cipayes, prit le chemin qui de Bombay conduit à Cawnpore.

Avant de s'éloigner, il avait étroitement serré Jacques Borain sur sa poitrine.

— Cher ami, lui avait-il dit, avec effusion, qui sait si nous ne nous voyons pas pour la dernière fois.

— Quelle pensée ! fit Jacques avec insouciance ; Cawnpore est loin, sans doute ; mais je suis un infatigable voyageur, et j'espère bien vous y aller retrouver quelque jour.

— La vie de soldat est pleine d'imprévu.

— Moins que celle d'amoureux ! mais tout de même je compte bien, dans quelques mois, quand j'irai visiter votre garnison, que vous me ferez les honneurs de cette cité dont j'ai beaucoup entendu parler — on m'a dit quelquefois, que c'était un nid de *Thugs*.

Mortiner haussa les épaules.

— Les *Thugs* ont été dissipés, détruits, répondit-il ; mais il reste quelque chose de plus redoutable.

— Quoi donc.

— Des conspirateurs !

— Vraiment! il y en a jusqu'ici.

— Ne riez pas, mon cher parisien... Car s'il faut en croire ce que l'on dit, il se pourrait faire qu'avant longtemps, le sol de l'Inde soit ensanglanté de nouveau, et cette fois, par une insurrection où la grande compagnie serait peut-être menacée de succomber !

— Est-ce possible ?

— Voilà ce que l'on dit... on peut bien supposer qu'il y a quelque exagération, dans ces bruits ; mais le gouvernement n'est pas rassuré... on a renforcé les garnisons de la Présidence ; on multiplie les espions, et l'on surveille de près les Cipayes dont on n'est jamais sûr !

A son tour, le jeune peintre eut un geste insouciant.

— Eh bien ! ce que vous m'apprenez là, n'est pas pour m'effrayer, et au contraire, vous piquez singulièrement ma curiosité... si les choses tournent comme vous le prévoyez, je vous promets que vous n'attendrez pas longtemps ma visite.

— Ce serait fort imprudent.

— Bon ! en France, le danger nous attire toujours, et nous n'avons pas pour habitude, quand nous voulons atteindre un but, de nous informer des obstacles qui peuvent nous arrêter en route,

— *All Right*!... alors ; fit Georges Mortimer, et je vais souhaiter que les hostilités commencent le plus tôt possible... vous trouverez là de beaux sujets de tableaux.

— C'est ce que je voulais dire.

— A bientôt donc.

— A bientôt... à bientôt.

Et ils se quittèrent.

Jacques suivit son ami des yeux, tant qu'il lui fut possible de le voir sur la route poudreuse... Puis, quand il eut disparu, il rentra tout pensif et fort soucieux à l'hôtel Victoria.

Il n'était pas sans inquiétude sur le sort qui attendait Mortimer, dans la garnison où il se rendait, — et pendant une partie de la nuit, il ne pensa pas à autre chose.

Mais le matin venu, des distractions sans nombre vinrent l'arracher à ses appréhensions: l'Inde, se présentait à lui avec tout l'attrait de l'inconnu, avec son ciel éclatant, sa mer infinie, ses mœurs mystérieuses et sombres. C'était un spectacle inouï, un sujet d'étude tout nouveau, et il se sentit pris bientôt par tous ses sens d'artiste avidement surexcités.

Un mois après, il avait presque oublié le jeune officier, et peut-être n'y eut-il plus pensé du tout si des événements inattendus n'étaient venus le rappeler brusquement à son souvenir.

Voici à quelle occasion :

Depuis le départ de Mortimer, Jacques avait continué d'habiter l'hôtel Victoria. Il lui arrivait souvent de s'éloigner de Bombay, et de parcourir les environs en quête de sites à esquisser, ou d'études à faire, mais il revenait invariablement tous les soirs, et à l'heure du repas, il trouvait toujours nombreuse compagnie.

Comme il était très communicatif, il s'était lié avec quelques-uns des commensaux ordinaires de l'hôtel, et entr'autres, avec un jeune homme qui occupait auprès du gouverneur, la position importante de secrétaire.

Il s'appelait Thompson, avait le goût des arts, et paraissait prendre un grand intérêt aux travaux de Jacques.

Ils passaient de fréquentes soirées ensemble, et le peintre avait déjà dû à son nouvel ami, d'excellentes indications sur la vie indienne, et sur ses usages bizarres :

Un soir donc, Jacques s'était attablé depuis longtemps, et il commençait à s'étonner de l'absence de son compagnon habituel, quand vers la fin du repas il le vit arriver à pas pressés, pour venir prendre place à côté de lui.

Dès le premier regard, il remarqua qu'il était préoccupé et soucieux : il lui en fit l'observation.

— Ce n'est rien, répondit Thompson, en promenant un regard soupçonneux autour de la table, où il n'y avait plus que quelques rares convives; j'ai beaucoup travaillé aujourd'hui... et le gouverneur m'a retenu fort tard.

— Il y a quelque chose de nouveau ?

— C'est cela.

— Quoi donc ?

Thompson se pencha sur son assiette, et baissant la voix :

— Tout à l'heure, répondit-il, quand nous serons seuls, je vous dirai tout.

Puis il acheva de dîner, et quand tous les habitués de la table se furent retirés, il entraîna Jacques sur la terrasse extérieure donnant sur le quai, et ayant allumé un cigare, il ne tarda pas à reprendre la conversation un moment suspendue.

— Oui, il y a du nouveau, dit-il, et le gouverneur a reçu de mauvaises nouvelles des Provinces.

— Que se passe-t-il ? fit Jacques subitement intéressé.

— Ce ne sont encore que des symptômes vagues, mais ils n'en sont pas moins très alarmants : on craint une insurrection.

— Ce n'est pas la première que l'on ait eu à réprimer.

— Sans doute, mais celle-ci s'annonce mal, et si elle éclate, il y a tout lieu de craindre qu'elle entraînera une partie des Cipayes, troupe indigène dont on n'est jamais bien sûr...

— Je les croyais cependant dévoués et fidèles.

— Je ne dis pas non, mais il ne faut pas se faire d'illusion. C'est un corps dangereux, et comme le faisait observer le colonel Sheeman, il importe de se rappeler que la majeure partie des Cipayes de l'armée du Bengale est tirée des paysans du pays d'Oude, sur la rive gauche du Gange, où leur affection est attachée au sol depuis de longues générations. Ils sont en rapports constants avec leur famille à qui ils font parvenir leurs économies et qu'ils vont régulièrement visiter pendant leurs congés. Tous les deux ou trois ans, ils retournent au milieu d'elles, et on peut les considérer comme la milice du pays. Toutes les passions de l'Inde ont un retentissement dans le cœur des Cipayes, et malheureusement nos gouvernants n'ont pas toujours tenu compte de cette situation toute particulière.

— Cependant, objecta Jacques, j'ai entendu dire que les Hindous étaient heureux de servir vos compatriotes...

— Sans doute; le service militaire de la *Vieille dame de Londres*, c'est ainsi qu'ils désignent la *Compagnie des Indes*, n'est pas considéré par eux comme une charge. La plus grande punition que l'on puisse infliger à un Cipaye, c'est de le chasser du régiment, ce qui, dans aucune autre armée du monde, ne serait considéré comme une peine par la majeure partie des soldats... mais il y a d'autres causes de désaffection.

— Lesquelles ?

— Les blessures faites trop souvent à la foi indienne, dont la susceptibilité ne saurait être comparée à aucune autre.

— Mais vous me parliez de symptômes alarmants ?

— En effet.

— A quelle occasion se sont-ils manifestés ?

— A l'occasion d'un fait qui serait insignifiant et presque grotesque en Europe, mais qui, sous les latitudes où nous vivons, peut prendre des proportions redoutables.

— Expliquez-vous !

— Voici. Vous ignorez peut-être que le gouvernement a eu l'idée d'introduire dans l'armée indienne l'usage des carabines qui avaient rendu de grands services dans une guerre récente. Mais les cartouches qu'on emploie dans ces armes sont préparées avec une composition où entre de la graisse de porc ou de bœuf, substances *impures*, la première pour les musulmans, la seconde pour les Hindous. Le colonel Berch qui dirigeait la fabrication, ne crut pas devoir s'arrêter devant cette considération, et donna purement et simplement l'ordre de ne pas modifier la préparation employée dans les arsenaux d'Angleterre.

Les cartouches préparées suivant la nouvelle ordonnance furent donc mises en consommation; les Cipayes apprenaient à s'en servir et rivalisaient d'adresse avec les meilleurs carabiniers de l'armée de la Reine, lorsqu'une circonstance fortuite vint tout bouleverser.

Un lascar, employé à l'arsenal, eut un jour l'audace extrême de demander à boire dans le vase d'un brahmine fort jaloux de ses pérogatives et fort orgueilleux de sa naissance. L'illustre guerrier refusa impérieusement ce petit service à son obscur compagnon d'armes pour ne pas souiller un ustensile dont il se servait tous les jours pour son usage personnel.

Alors le lascar, piqué de cette réponse, apprit au brahmine qu'il commettait chaque jour des sacrilèges plus odieux en portant à sa bouche un papier imprégné de graisse de vache, toutes les fois qu'on lui ordonnait de déchirer une cartouche. Le Brahmine refusa d'ajouter foi aux révélations du lascar, disant que la glorieuse compagnie ne pouvait tromper ainsi ses plus fidèles

Le palais du Gouverneur.

serviteurs. Mais le lascar, le conduisit à l'arsenal, lui montra les preuves de ce qu'il avançait et le mit au courant de tous les détails de la fabrication.

Quand le brahmine, que la surprise et l'horreur avaient paralysé pendant quelques instants, revint de sa stupeur, il se rendit au cantonnement et fit part à ses camarades de sa découverte !

Et aussitôt, il fut décidé qu'une manifestation militaire aurait lieu.

— Singulier pays ! balbutia Jacques, quand son ami eut fini.

— N'est-ce pas ! dit ce dernier.

— Mais tout cela s'apaisera, il faut l'espérer, on leur donnera satisfaction, et tout sera dit.

— Ce n'en est pas moins un fait des plus graves et le mécontentement peut se propager avec la rapidité d'une trainée de poudre.

— Où s'est donc passé ce que vous venez de me raconter.

— A Cawnpore.

— Que dites-vous, à Cawnpore !

— D'où vient votre étonnement ? auriez-vous quelque relation dans cette ville.

44   44

— Un jeune officier, avec lequel je m'étais lié pendant la traversée.

— Comment l'appelez-vous !

— Georges Mortimer.

— Je le connais : il a été incorporé dans le régiment que commande le colonel Balcam.

— C'est cela même, et connaissez-vous également lord Balcam ?

A cette question, un nuage assombrit le front du jeune secrétaire. Mais ce fut rapide comme l'éclair, et presqu'aussitôt il reprit possession de lui-même.

— Vous ne répondez pas, fit le peintre, à qui n'avait pu échapper le mouvement de son interlocuteur.

— Et que voulez-vous que je réponde, répliqua ce dernier.

— Enfin, que dit-on du colonel.

— Avez-vous donc quelque intérêt à le savoir.

— Précisément.

— Est-ce que déjà vous en auriez entendu parler.

— Oui, cher monsieur, et ce que l'on m'en a dit, m'a donné fort à penser.

Le jeune secrétaire mit un doigt sur ses lèvres.

— Il faut parler de ces choses-là à voix basse, dit-il, en secouant la tête ; le colonel est, en effet, un homme sur le compte duquel courent des bruits singuliers, et dans les circonstances présentes, à la veille des événements qui se préparent, le gouvernement a pour devoir de veiller attentivement sur ses actions : toutefois, jusqu'à cette heure, on ne peut rien dire encore.

— On le dit joueur effréné.

— On ne se trompe pas ; le colonel passe ses nuits au jeu, il a perdu, dit-on, presque toute sa fortune, et l'on ignore à quelle source mystérieuse il puise depuis un an, pour entretenir le faste qu'il affiche : seulement on prétend qu'il entretient des relations suivies avec Nana-Sahib.

— Un ami de l'Angleterre, je crois.

— Un ami ou un ennemi, on ne sait pas bien encore ; il faudra voir ? avec Nana-Sahib on peut s'attendre à toutes les surprises. C'est un prince bien élevé, instruit à l'européenne et qui dès sa plus tendre enfance a montré les plus heureuses dispositions, car il n'était pas né pour la haute destiné à laquelle il est parvenu.

— Comment cela?

— C'est fort simple : vous saurez que la loi religieuse des Hindoux attache une grande importance à certaines cérémonies funèbres qui ne peuvent être accomplies que par le fils aîné du défunt. Mais, dans le cas où la nature a refusé aux fidèles un héritier de leur sang, la coutume des Brahmes leur accorde la faculté d'adopter un enfant, en leur imposant l'obligation de le reconnaître pour légataire universel.

C'est ce qui advint à Nana-sahib.

Le chef des Mahrattes, qui n'avait pas d'enfant mâle, jeta les yeux sur le fils d'un pauvre brahme mendiant, originaire d'un pays éloigné ; comme il montrait d'heureuses dispositions, le chef le choisit pour son héritier, l'éleva comme son enfant, et peut-être lui légua ses espérances et le soin de venger l'humiliation de sa race, et la conquête de son peuple. Depuis lors, l'enfant du pauvre brahme grandit et fut reconnu comme chef par tous les Mahrates, sur le nom de Nana ou Nenna-Sahib (*Sahib* veut dire *chef*).

— Et vous ne me paraissez pas faire grand fond sur sa fidélité.

— C'est un étrange personnage, élégant, fastueux, faisant en apparence montre du plus grand dévouement à l'Angleterre, mais il n'y a guère à se fier à ces apparences, et je ne serais pas étonné de le voir se joindre prochainement aux mutins et aux révoltés. Au surplus, comme je vous l'ai dit, nous veillons ; nous saurons avant peu, le secret des relations du colonel et du prince, et surtout les mesures qu'il faudra prendre pour prévenir ou réprimer l'insurrection.

Jacques Borain avait écouté avec une sérieuse attention les explications que sir Thompson lui donnait. Quand il eut fini, il se leva :

— Tout cela est fort troublé, dit-il en jetant son cigare, aux trois quarts consumé... et ce que vous venez de me raconter m'inspire la plus vive tentation d'aller visiter les lieux où se prépare le mouvement de révolte.

— Voilà une tentation à laquelle vous ferez bien de réfléchir, avant de vous y abandonner.

— Bon ! le danger ne m'effraie pas.

— C'est que vous ne connaissez pas la nature exceptionnelle des périls auxquels vous seriez infailliblement exposé.

— Je vous promets de ne rien précipiter.

— A la bonne heure !... Et si vous persistez dans votre projet imprudent, ne manquez pas de me venir voir, et je vous donnerai des lettres et des instructions qui pourront du moins vous protéger.

II

La distance qui sépare Bombay de Cawnpore, station militaire où se rendait Georges Mortimer, est considérable, et la petite troupe que commandait le jeune officier, ne devait pas arriver à destination avant une quinzaine de jours, quelque diligence qu'ils pussent faire.

Georges le savait et il était résigné.

Il avait d'ailleurs tant de choses dans l'esprit et dans le cœur, que la route ne devait pas lui paraître longue.

Il avait hâte d'arriver cependant, hâte surtout de revoir la jeune femme qu'il avait aimée jeune fille, et qui ne s'attendait pas, elle, à la surprise que le hasard lui ménageait !

L'histoire des amours de Laurence et de Georges remontait à quelques années, Laurence avait alors seize ans, et Georges vingt-deux. Ils s'étaient rencontrés un jour à une station balnéaire. Georges venait de perdre sa mère. Laurence n'avait pas connu la sienne. Est-ce cette particularité douloureuse qui les rapprocha ? Sait-on jamais de quelles causes mystérieuses naît l'amour au cœur de deux jeunes gens ? Ce qu'il y a de certain, c'est qu'ils s'aimèrent dès qu'ils se virent, et qu'à partir de ce jour, chacun des deux enfants n'eut plus qu'un rêve, qui était d'être l'un à l'autre.

Georges avait une honorable position de fortune, et le père de Laurence, quoique fort riche, avait toujours promis à sa fille de ne point la contrarier dans le choix d'un époux.

Aussi les choses marchèrent-elles rapidement.

Un matin, M. Edwards se trouvait dans son cabinet, et donnait, avant dîner ses dernières instructions à son principal commis, quand la porte s'ouvrit et livra passage à Miss Fanny, la femme de chambre de sa fille Laurence.

M. Edwards fit un mouvement.

— Eh! qu'y a-t-il? demanda-t-il un peu surpris.

— Que monsieur me pardonne, répondit la jeune soubrette; mais c'est Miss Laurence qui m'envoie.

— Que veut-elle?

— Elle désire vous parler avant de dîner.

— A quel propos.

— Elle ne me l'a pas dit...

— Eh bien !... soit!... soit allez, mon enfant... et dites à miss Laurence, ma fille, que je vais me rendre à ses ordres.

Et l'excellent père riait, en parlant de la sorte.

Il se doutait bien qu'il s'agissait de quelque caprice de l'enfant gâtée... et il se fut coupé lui même en quatre, comme l'on dit, plutôt que de contrarier la jolie Miss.

Cinq minutes après il pénétrait dans la chambre de Laurence.

La charmante enfant était assise près de la fenêtre; mais dès qu'elle eut vu son père apparaître sur le seuil de la porte, elle alla à lui, et lui mit deux bons baisers sur les joues.

— Ah! ah! fit sir Edwards ravi... je vois que tu as quelque chose à me demander.

— Oui, chère père... répondit Laurence un peu timidement.

— De quoi s'agit-il... d'une robe nouvelle... d'un chapeau de Paris, de quelque collier que nous avons aperçu à la montre du vieux Zimmer.

L'enfant fit une petite moue qui lui seyait à ravir.

— Il ne s'agit, dit-elle, ni de chapeau, ni de robe, ni de collier de chez Zimmer.

— Eh! qu'est-ce donc?

— Quelque chose de plus sérieux.

— Oh! oh!... voilà que tu m'intrigues.

Laurence sourit mélancoliquement.

— Voyons, asseyez-vous là, près de moi, cher père... dit-elle d'un ton ému... et répondez, je vous en prie aux questions que j'ai à vous adresser.

— Mais c'est un interrogatoire, que tu vas me faire subir... sais-tu que tu m'effraies.

— Par grâce, cher père... répondez-moi.

— Eh bien... parle... parle, chère âme... et crois bien que je serai trop heureux de te donner tout ce que tu pourras avoir à me demander!

Il s'assit sur ces mots; Laurence prit place à ses côtés, et s'emparant d'une de ses mains.

— Cher père, dit-elle, vous souvient-il qu'un jour, vous m'avez promis de ne jamais me contrarier dans le choix d'un époux.

Sir Edwards eut un geste de profond étonnement.

— Eh ! que me dis-tu là, fit-il.

— Répondez... répondez!

— Certes, je l'ai promis !...

— Et vous êtes toujours bien résolu à tenir votre promesse.

— Toujours.

— En d'autres termes, vous vous engagez a approuver le choix que j'aurai fait.

— Pourvu qu'il soit honorable.

— Supposez-vous que votre fille en puisse faire un, qui ne le soit pas.

— Je ne suppose rien de semblable.

— A la bonne heure.

— Et dès que le moment sera venu tu peux être assurée.

Sir Edwards n'acheva pas; Laurence venait de s'éloigner de quelques pas après avoir déposé deux baisers sonores sur ses joues.

— Eh bien ! dit l'enfant, d'un petit air décidé, le moment est venu.

— Que signifie! interrompit le père abasourdi.

— Cela signifie que j'ai fait choix de l'homme qui doit être mon époux.

— Deviens-tu folle.

— Non!... mon père.

— Il y a un homme qui a été assez audacieux, pour te parler d'amour ?

— Personne ne m'a parlé d'amour.

— Cependant ce choix, cet époux quel est-il ?

— On l'appelle Georges Mortimer.

— Lui !

— Ne trouvez-vous pas qu'il est honorable, suffisamment riche, et très bien de sa personne.

— Sans doute, sans doute, je ne prétends point le contraire, mais pour un gentleman, je trouve bien inconvenant qu'il ait osé te dire qu'il t'aimait.

— Aussi, ne m'a-t-il jamais adressé une parole que je ne pusse entendre ! mais ses yeux ont parlé pour lui et j'ai deviné qu'il m'aimait, rien qu'au tremblement de sa voix, et à l'expression troublée de ses regards.

— Voyez-vous la petite futée ! fit sir Edwards, déjà à moitié gagné ; qui aurait jamais cru, qu'une enfant...

Laurence eut un regard plein d'une autorité que tempérait une ineffable tendresse.

— Mon bon père, dit-elle quand voulez-vous que sir Georges Mortimer vienne vous demander la main de votre fille bien aimée.

Que pouvait répondre sir Edwards, rien autre chose que ce qu'il répondit.

Le lendemain, Georges venait demander la main de Laurence, et les deux jeunes gens étaient dès ce jour fiancés l'un à l'autre.

Tout en s'éloignant de Bombay, Mortimer se rappelait le jour charmant des débuts de leurs amours.

Une année s'était écoulée, à la suite de cette scène ; les deux fiancés ne se quittaient plus ; ils s'abandonnaient heureux et confiants à l'espoir d'une union prochaine ; et on ne saurait dire quels rêves, ils bercèrent alors dans leur cœur énivré.

Qu'avaient-ils à redouter ?... sir Edwards les encourageait lui-même de ses plus doux sourires, et Dieu n'eut rien eu à reprendre aux plus doux épanchements de leur chaste intimité.

Hélas ! ce bonheur devait être de courte durée.

Un jour, un bruit sinistre se répandit.

Georges était absent ; la terrible nouvelle devait le frapper à Liverpool où le soin de ses affaires, l'avait forcé de se rendre, à la veille de son mariage.

Une semaine à peine le séparait du jour où il allait être uni à Laurence.

Et voilà que tout à coup la catastrophe éclate.

Trois navires appartenant à sir Edwards revenant de Calcutta, et rapportant des richesses immenses, toute la fortune du père de Laurence, avaient sombré sous la violence d'un de ces cyclones si fréquents dans l'Océan indien.

Le résultat de cet épouvantable sinistre, ce n'était pas seulement la ruine de sir Edwards, c'était encore son déshonneur !

Il avait une échéance redoutable pour la fin du mois, et il lui serait impossible de désintéresser ses créanciers !

Il n'y a pas à discuter devant de pareilles situations ; pour des hommes comme sir Edwards, il n'y a d'issue à cet impasse que dans la mort.

Quel souvenir pour Georges ! et comme son cœur battait encore, en l'évoquant.

Au reçu de la fatale nouvelle, il était accouru auprès de Laurence.

La pauvre enfant était plus morte que vive, son père s'était enfermé dans son cabinet, refusant toute consolation, mettant ordre à ses affaires, avant de prendre la résolution suprême...

Que faire ? que tenter ?... Georges se creusait en vain l'esprit ne trouvant rien en présence de cet effondrement.

Toutefois, au milieu de son désespoir, et tout en cherchant à rassurer encore sa fiancée, une chose terrible le frappa !

C'est à peine si Laurence l'écoutait.

Il était évident qu'une autre pensée dominait son esprit, et que sa paleur, son épouvante, avaient une autre cause que la catasprophe même.

Georges subitement inquiet l'interrogea.

— Laurence, dit-il, ma Laurence bien-aimée, pourquoi gardez-vous le silence ; d'où vient que vous détournez les yeux, quand je vous parle de bonheur et d'espoir.

— C'est que vous voyez bien que tout espoir est désormais interdit, répondit la jeune fille avec embarras.

— Et pourquoi donc, votre père est connu, estimé, ses créanciers ne seront pas impitoyables.

— Il a déjà été menacé, et dans sa détresse, qui sait à quelle résolution il s'arrêtera.

— Que voulez-vous dire ?

— Je n'ose !

— Achevez, par grâce, si vous m'aimez.

Laurence étouffa un sanglot, et se réfugia éplorée sur la poitrine de son amant.

— Ah ! Dieu m'est témoin, dit-elle, que je donnerais ma vie même pour sauver la vie de mon père ; mais ce sacrifice serait inutile, et je m'épouvante à l'idée que l'on va peut-être en réclamer un autre plus effrayant cent fois.

— Je ne vous comprends pas.

Laurence était blanche comme un suaire ; on eût dit qu'elle allait défaillir ; mais elle fit un effort, et resta maîtresse d'elle-même.

— Hier, dit-elle, un homme est venu trouver mon père.

— Quel homme !

— Il est riche, très riche et il a offert à sir Edwards de lui donner toute sa fortune, pour le sauver de la situation désespérée où il se trouve.

— Eh bien ! fit Georges, votre père a accepté ?

— Pas encore.

— Pourquoi ?

— Parce que cet homme a mis pour condition à cet acte de générosité, que je deviendrais sa femme.

— Laurence !

— Vous comprenez !...

— Infamie !... infamie !... et quel est le misérable ?

— Le colonel Balcam.

— Lui !...

— Il avait déjà demandé ma main dans des temps meilleurs, et mon père l'avait refusée, tandis que maintenant...

— Maintenant !... il consent... n'est-ce pas... et il vous contraindra à cette odieuse union !

Laurence remua tristement le front.

— Non, Georges, répondit-elle, non ; mon père est bon, et il ne veut pas faire le malheur de son enfant... il m'a fait part de l'offre du colonel et m'a laissée libre de lui répondre !

Un éclair de joie sillonna le regard de Georges.

— Ah ! bien ! dit-il, voilà qui est bien !.., et vous avez refusé...

— Pas encore.

— Qui vous a arrêté ?

— J'ai voulu réfléchir.

— Cependant...

— Cependant, interrompit Laurence, l'heure est solennelle et redoutable, mon ami ; il s'agit de l'honneur de mon père, de sa vie plutôt, car il ne survivra pas à sa honte, et vous ne me reprocherez pas d'avoir hésité, quand la résolution que je vais prendre peut tuer le bon et excellent vieillard qui, depuis que je suis née, m'a entourée de tendresse et d'amour !

Georges prit sa tête dans ses mains et se laissa tomber accablé sur un siège.

Il y eut un long silence.

Quand il revint à lui, il aperçut Laurence qui s'était agenouillée, pleurant et priant, les mains jointes.

— Parlez, Georges ! balbutia-t-elle, moi, je ferai ce que vous voudrez que je fasse !... Prononcez vous-même, et dites s'il faut que mon père vive ou meure !

Georges prit la pauvre enfant dans ses bras et plongea ses lèvres avides dans son opulente chevelure.

— Tais-toi ! tais-toi ! murmura-t-il à bout de forces ; ô sainte et héroïque victime. Non ! non ! jamais je ne mettrai un semblable remords dans ta vie, et dussé-je en mourir, je ne t'empêcherai pas d'accomplir ton sublime sacrifice. C'est horrible pourtant ! Toi ! toi ! la femme de ce misérable...

— Georges !

— Ah ! Dieu est bien cruel !

— Nous aurons la satisfaction d'un grand devoir accompli, et croyez-le, Dieu nous en tiendra compte quelque jour...

C'est au milieu de ces souvenirs, tour à tour charmants et terribles, que le jeune homme avançait sur la route de Cawnpore, et pendant les huit jours que dura le voyage, il ne pensa guère à autre chose.

Il allait revoir Laurence... vivre dans le même air qu'elle... et bien qu'il eût été fort empêché d'expliquer ce qu'il éprouvait sans chercher d'ailleurs à pénétrer l'avenir qui lui était réservé, il lui semblait qu'il serait moins malheureux.

C'est ainsi qu'il arriva aux environs de Cawnpore.

A mesure qu'il approchait son cœur s'était pris à battre avec violence ; et son regard fouillant l'horizon, s'apprêtait à retenir le tableau de cette ville où respirait celle qu'il avait tant aimée et qu'il aimait encore comme au premier jour.

Cawnpore est une station militaire, située sur le Gange et dont la possession est de la dernière importance car elle assure les communications de Calcutta avec le Haut-Pays.

C'est le général Wheeler qui commandait cette station, et jamais poste important ne fut confié à un meilleur officier de l'armée anglaise. Il était entré au service en 1803, et quoique âgé, il était resté actif, plein d'initiative et de bravoure, et l'on pouvait se reposer sur lui du soin de veiller à la discipline parmi les hommes qu'il commandait.

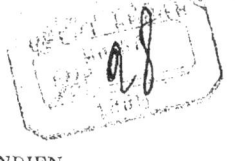

Il s'engagea une lutte terrible.

La ville de Cawnpore était célèbre par les fêtes que donnaient les officiers de la garnison, ce qui y attirait habituellement l'élite de la société européenne de ces contrées. Aussi, il y régnait constamment un grand mouvement, une activité fiévreuse qui se dépensait en plaisirs de toutes sortes, et où le jeu atteignait des proportions folles.

Quand on ne dansait plus, on jouait, et les officiers y perdaient des sommes considérables : vainement, le général Wheeler avait-il tenté d'arrêter cette fureur du jeu ; rien n'avait fait, et il faut dire, pour expliquer cet insuccès que les officiers supérieurs étaient les premiers coupables, et donnaient imprudemment le fatal exemple à leurs subalternes.

Lorsque Georges Mortimer fut parvenu au sommet du plateau qui domine la ville du côté de l'est, et qu'il put embrasser le panorama que la cité indienne offrait à son regard, il suspendit tout à coup sa marche, et ne put retenir un cri d'admiration enthousiaste.

C'est qu'aussi rien ne saurait rendre le charme pénétrant qui se dégage d'un pareil tableau pour les yeux et l'esprit d'un européen.

Cela ne ressemblait à rien de ce que Georges avait vu jusqu'alors, et il resta ébloui devant tant de splendeurs.

Un sous-officier qui l'accompagnait, et qu'on lui avait donné pour guide parce qu'il connaissait bien le pays, lui fit, en quelques minutes le dénombrement des principaux monuments qui faisaient saillie sur l'ensemble du panorama.

Ici, le palais du gouverneur, plus loin, les casernes, à côté, l'arsenal, puis à gauche les parcs d'artillerie ; puis, les hôtels splendides, les cercles militaires et civils, les promenades, les théâtres, tout cela se détachant à cette heure sous la buée lumineuse qui s'élevait du sol surchauffé par un soleil ardent.

Quand il eut bien regardé, il se tourna vers quelques habitations situées non loin de l'endroit où ils s'étaient arrêtés, et soit instinct, soit hasard, une de ces habitations l'attira plus particulièrement.

Elle était située à quelques pas à peine, et tranchait, sur les habitations voisines, par je ne sais quel air de tranquillité et de paix sereine.

« Elle était bâtie en pierres blanches, et ses murs étaient épais comme ceux d'une forteresse ; cependant le style de son architecture ne manquait ni de grâce ni de légèreté. La solidité massive de l'édifice était déguisée par des sculptures, des corniches à jour, et des balcons aériens avec des balustrades en bois de santal. Le toit empruntait la forme d'un cône écrasé : quatre rangs de supports le séparaient du corps de logis et permettaient à l'air de circuler librement dans un grand espace. Cette disposition avait pour but et pour effet de dérober les étages supérieurs à l'action verticale des rayons du soleil, qui n'embrase aussi qu'une torture inhabitée, espèce de bouclier levé contre la chaleur.

« Quant aux salles basses, on en a banni les meubles lourds et étouffants : le bois de Nauclée s'y entrelace en mille formes sveltes et capricieuses pour tous les besoins de la sieste, du recueillement, du repos et de la causerie nonchalante. Les gerbes d'eau vive, les persiennes des balcons, les grands œils des *pankas* y entretiennent une fraîcheur éternelle, dans un demi-jour plein de volupté. »

Georges était séduit, et ne se lassait pas d'admirer : à un moment même, obéissant à un sentiment plus fort que sa volonté, il fit quelques pas pour se rapprocher de cette habitation.

Le sous-officier le suivit.

— Qui donc demeure ici ? demanda Georges... le savez-vous ?

— Oh ! parfaitement, répondit son interlocuteur... et vous le saurez bientôt aussi bien que moi.

— Qu'est-ce à dire ?

— C'est-à-dire que c'est l'habitation de votre colonel.

— Lord Balcam ?

— Lui-même.

— Vous en êtes sur ?

— Aussi sûr que de ma propre existence... Car j'y suis venu bien des fois, quand j'appartenais au régiment de Mylord.

Georges ne répondit pas, il plongea son regard à l'intérieur, cherchant à saisir un indice, la moindre chose qui lui parlât de Laurence.

Mais le plus profond silence enveloppait l'habitation, et il ne vit et n'entendit rien.

— Oh ! vous pouvez regardez à votre aise, dit le sergent ; et sans craindre d'être pris en flagrant délit d'indiscrétion.

— La maison n'est donc pas habitée ?

— Elle est habitée au contraire ! mais à cette heure, le colonel doit être absent. Il s'absente souvent et quant aux autres personnes, elles font la sieste et ne se réveilleront qu'au moment où le soleil inclinera vers l'horizon.

Le jeune officier resta encore quelques minutes attentif, ému, curieux ; puis, s'arrachant à ce spectacle enivrant, il donna l'ordre du départ, et la petite troupe s'éloigna.

III

Georges Mortimer avait apporté de Londres certaines recommandations très chaleureuses pour quelques notabilités militaires et administratives de Cawnpore, et entr'autres, ce qui était plus important, une lettre de lord Chatam pour le général Wheeler, qui était un de ses plus vieux amis.

Dès le lendemain de son arrivée, le jeune officier se présenta au palais du général, et lui fit parvenir la lettre dont il était porteur.

Il fut reçu immédiatement ; le général l'accueillit d'une poignée de main sympathique et presque affectueuse.

— Cher M. Mortimer, dit-il, d'une voix sincère et franche, lord Chatam qui est mon meilleur ami, me demande de vous donner mon amitié, et je n'ai rien à refuser à lord Chatam ! soyez donc ici le bienvenu, et vous pouvez compter sur moi...

— Que de bontés ! balbutia Georges un peu confus.

— Vous me remercierez plus tard quand j'aurai pu faire quelque chose qui vous soit utile ou agréable. Voyons, quel âge avez-vous ?

— Bientôt, vingt-huit ans, général.

— Vous n'avez jamais fait la guerre ?

— Jamais.

— Mais vous êtes résolu à faire votre devoir.

— Je n'ai pas eu d'autre idée en demandant à servir sous vos ordres ; et vous me trouverez prêt à donner mon sang et ma vie pour Sa Majesté impériale.

— C'est bien ! approuva le général, visiblement satisfait; vous êtes jeune, et à votre âge, on est brave ; je ne doute pas de vous... Vous arrivez, du reste, au bon moment, et bientôt peut-être, vous aurez l'occasion de faire vos preuves.

— Serait-il vrai, ainsi qu'on me l'a dit déjà, que nous dussions entrer bientôt en campagne.

— Il n'y a rien encore de bien certain à ce sujet; mais je puis vous dire que depuis quelque temps, il nous parvient de tous côtés de bien mauvaises nouvelles ; sur différents points, des symptômes alarmants se déclarent; une sourde irritation se manifeste chez nos cipayes ; ce n'est encore qu'à l'état latent; mais le mécontentement couve de toutes parts ; les vieux instincts d'indépendance se réveillent, et il se pourrait qu'avant un mois, nous eussions fort à faire.

Georges Mortimer releva le front avec un éclair dans les yeux.

— S'il doit en être ainsi, dit-il, d'un air plein de résolution et d'audace, je prendrais la liberté de réclamer de votre bienveillance, une faveur insigne.

— Laquelle ! fit le général surpris.

— Ce serait de me désigner pour faire partie de la première expédition.

Le général sourit, et serra encore une fois la main du jeune homme.

— Je vous le promets, dit-il, avec chaleur, et je suis heureux de vous trouver en si bonnes dispositions. Seulement, il est bon que vous sachiez que la guerre à laquelle vous êtes destiné à prendre part ici, ne ressemble à rien à celles que l'on fait en Europe. Le pays où nous sommes a des mœurs bizarres on y rencontre à chaque pas, des dangers de toutes sortes, que la prudence humaine la mieux éveillée ne réussit pas toujours à conjurer. Embuscades, ruses, attaques nocturnes imprévues !... il faut tout prévoir, et ne rien laisser jamais au hasard ! Et puis il y a les espions !

En prononçant ces dernières paroles, le général avait pressé son front de ses doigts nerveux :

— Des espions ! répéta le jeune officier.

— Oui ! des espions qui empruntent tous les costumes, se glissent parmi nous à toute heure, sous tous les prétextes, cherchant infatigablement à trouver des complices jusque dans l'armée anglaise.

— Dans l'armée ! fit Georges avec un cri d'horreur... est-ce possible ?

— Ce n'est que trop réel... les faits sont là qui convaincraient même un aveugle... oui ! il y a parmi nous, des traîtres que l'or de l'ennemi a corrompus, et qui n'hésiteraient pas à nous livrer, si nous ne parvenions pas à les démasquer à temps.

— Ah ! voilà qui est odieux.

— N'est-ce pas.

— Et ceux là ne méritent aucune pitié.

— C'est mon avis ! aussi je redouble de surveillance, toutes mes mesures semblent bien prises, et si l'on parvient à découvrir le criminel, celui-là, quelqu'il soit, paiera son infâmie de sa vie !

Le général s'était levé ; l'audience était terminée, Georges Mortimer gagna la porte jusqu'au seuil de laquelle le général l'accompagna.

Au moment de le quitter, ce dernier retint encore le jeune officier.

— Un mot encore, mon ami, dit-il; vous aller servir dans le régiment du colonel Balcam, et je veux, avant que vous vous éloigniez, vous adresser une recommandation utile.

— Parlez ! parlez, général.

— Etes-vous joueur?

— Jamais je n'ai touché ni un dé, ni aux cartes.

— C'est à merveille, mais cette passion est contagieuse, paraît-il, et je n'ignore pas que les officiers avec lesquels vous allez vivre en sont profondément atteints; j'ai fait tout ce que j'ai pu pour les arrêter sur cette pente fatale; mais le mauvais exemple est donné par le colonel lui-même, et mes ordres ont été si non méconnus, du moins éludés : j'espère que vous saurez résister à l'entraînement général, et je ne dois pas vous cacher, que je me montrerais inflexible, si je venais à apprendre que vous vous adonniez à une pareille passion.

Georges s'inclina.

— Je vous jure, général, répondit-il avec assurance, que vous n'aurez pas un pareil reproche à m'adresser ; du reste, il est un moyen bien simple de m'arracher à la tentation même, et j'ose espérer que vous voudrez bien me la fournir avant peu.

— Qu'est-ce donc ?

— Ce que je vous demandais, il y a un instant ! un poste où l'on n'ait à penser qu'à bien se battre et à mourir vaillamment.

Le général frappa familièrement sur l'épaule du jeune homme.

— C'est parfait ! dit-il, allez donc, mon ami ; et quand j'écrirai à lord Chatam, je le remercierai de vous avoir recommandé à son vieil ami !

Georges Mortimer rentra à son hôtel, heureux et ravi de l'accueil dont il venait d'être l'objet.

Il était d'ailleurs bien résolu à faire son devoir, et ce n'est pas le jeu qui pourrait jamais l'en détourner.

Il avait bien autre chose en tête.

Laurence !

Il ne pensait qu'à elle, et son cœur restait fermé à tout autre passion.

Laurence ! elle était là, près de lui, unie au colonel Balcam, sur lequel il avait recueilli déjà les plus déplorables renseignements. Elle était malheureuse à n'en pas douter, et dans son malheur, dans l'isolement que lui avait fait la conduite de son époux, qui sait ! Peut-être regrettait-elle amèrement le passé et songeait-elle au bonheur, qu'un autre amour lui eut certainement donné.

Georges eut, dans les premiers temps, beaucoup d'occupations qui l'empêchèrent de s'abandonner à ce sentiment puissant anquel il restait irrévocablement attaché ; ses devoirs militaires, certaines études indispensables, les relations obligées auxquelles il dut accorder une partie de son temps, mille autres détails de la vie nouvelle dans laquelle il entrait, lui prirent ses journées et même souvent ses nuits.

Mais bientôt il régla sa vie avec plus de méthode ; fit un choix parmi ses relations ; n'accorda à ses camarades que les heures banales dont il pouvait disposer, et il put prendre sur ses soirées et sur ses nuits, certains moments précieux, où il redevint tout à fait maître de lui-même.

Il en profita pour reprendre le rêve ardent de ses amours.

Souvent, à partir de ce moment, à l'heure où la nuit tombait, et quand il était libre, il quittait la ville de Cawnpore, et se dirigeait vers l'habitation devant lequelle, il s'était arrêté, le jour de son arrivée à la station.

Il n'avait qu'un espoir alors ! Voir Laurence, la voir seulement sur sa terrasse, sous le voile mobile des arbres qui l'entouraient.

Mais quinze jours au moins se passèrent sans que cette satisfaction lui fut accordée.

Il était désespéré.

Laurence savait-elle qu'il était à Cawnpore ? avait-elle appris qu'il faisait parti du régiment commandé par son mari.

Ce n'était guère probable, et il eût voulu le lui faire dire.

Mais comment, et par qui?

Une nuit, il était venu comme d'habitude, rôder autour de la villa, et à plusieurs reprises déjà, il avait fait le tour de l'habitation, sans avoir rien vu, rien entendu, et il se résignait avec tristesse à reprendre le chemin de la ville, quand, en passant devant la grille, il tressaillit et s'arrêta brusquement.

Un bruit venait de se faire entendre ; et la grille avait discrètement tournée sur ses gonds.

Il se rejeta vivement dans un bouquet d'arbustes qui s'élevait à quelque distance.

Au même instant, une femme franchissait la grille, et, chose étrange, elle vint sans hésitation jusqu'au fourré où il s'était réfugié.

Puis, une fois là, elle suspendit sa marche, et, d'une voix émue et basse :

— Sir Georges Mortimer, dit-elle, aussitôt, n'est-ce pas vous qui êtes là ?

— C'est moi ! répondit le jeune officier, en se montrant, vous m'avez donc reconnu ?

— Ce n'est pas moi : c'est ma maîtresse.

— Laurence !

— Milady Balcam.

— Ah ! Dieu soit loué, elle sait que je suis ici, près d'elle, et elle vous envoie vers moi ?

— Milady sait, en effet, que vous êtes à Cawnpore, dans le régiment de mylord, et elle s'est effrayée à l'idée de l'imprudence que vous commettez. Le colonel peut vous surprendre et...

— Eh que m'importe ! s'écria étourdiment Georges.

— Il importe au moins de ne pas éveiller les soupçons de mylord.

— Ah ! elle ne songe qu'à lui, dit encore le jeune officier avec amertume !

— Et vous, lieutenant, répartit la camériste, vous ne devriez songer qu'à ma maîtresse que votre imprudence peut compromettre et rendre bien malheureuse, si elle était connue.

Georges fit un mouvement.

— Oui ! oui ! dit-il avec soumission, vous avez raison, j'ai tort, je vais m'éloigner, et je jure, si on l'exige, de ne plus revenir.

— Milady vous en sera bien reconnaissante.

— Elle n'a donc pas oublié le passé.

— Je n'en sais rien et l'on ne m'a chargée de vous rien dire à ce sujet.

— Eh bien, dites-lui alors, je vous en conjure, dites-lui que moi, je me rappelle toujours !... que si je suis venu dans l'Inde, c'est pour me rapprocher d'elle, que je l'aime, et que si jamais...

La jeune camériste fit un pas pour se retirer, Georges la retint.

— Non ! non ! supplia-t-il, ne vous éloignez pas ainsi, écoutez-moi, vous allez revoir votre maîtresse : eh bien, dites-lui qu'elle ne soit pas indifférente ; que je suis bien malheureux, que je souffre, et que si elle ne veut pas que je meurs...

— Assez, assez ! interrompit la jeune fille ; en voilà beaucoup plus que que je ne puis en répéter, mais croyez-moi, sir Georges, soyez prudent, le colonel peut être informé ; nous sommes entourés d'espions ici, et si ce n'est dans votre intérêt, que ce soit pour milady Balcan ; prenez garde qu'on ne trahisse ou qu'on ne devine votre secret !

Et sur ces mots, elle disparut lestement, laissant le jeune lieutenant fort perplexe, mais, au fond du cœur, heureux d'avoir appris que Laurence savait qu'il était à Cawnpore, et qu'évidemment elle pensait à lui !

Le lendemain, comme il se rendait à la caserne, on lui remit une lettre du général Wheeler qui l'invitait au bal qu'il donnait à quelques jours de là.

Un bal à Cawnpore, et chez le général, ce n'était là qu'un fait ordinaire, auquel il n'y avait pas lieu d'accorder la moindre signification particulière.

Mais dans les circonstances où l'on se trouvait à cette époque, l'annonce de cette fête allait prendre les proportions d'un évènement... et en effet, dès le jour même, elle devint l'objet des commentaires de toute la contrée.

Voici pourquoi.

IV

Ainsi que nous l'avons dit, des symptômes menaçants se manifestaient depuis quelque temps dans les principales stations militaires, et surtout dans les environs de Cawnpore, qui était, nous le répétons, un des points stratégiques des plus importants. Nous avons raconté l'incident significatif de la fabrication de cartouches; on avait bien tenté d'étouffer ces germes de mécontentement; mais le bruit s'en était répandu rapidement, malgré les mesures prises, et l'on n'avait pas tardé à constater que de mystérieux mouvements se préparaient dans toute l'étendue du pays.

A Cawnpore, rien encore n'avait bougé... du moins n'avait-on rien observé d'inquiétant, mais on apprit bientôt qu'un fait de la dernière gravité s'était passé à Berampor, ville située à 60 lieues de Calcutta. Le colonel du 19e régiment, qui y tenait garnison, reçut un matin l'ordre de faire l'exercice à feu avec des cartouches sans graissé; le régiment refusa obstinément de s'en servir disant qu'on voulait encore les tromper.

Cependant, ils cédèrent aux menaces de leurs officiers... et un arrangement à l'amiable intervint. Mais le gouvernement était fort embarrassé, et il sentait bien qu'il fallait sévir, s'il ne voulait pas qu'à un moment donné on ne méconnut tout à fait son autorité.

On ordonna donc au 19e régiment de se rendre au camp de Barrackpore, dans l'intention de le désarmer, mais sans le prévenir du sort qui l'attendait. Toutefois la veille du jour de son arrivée à destination, un événement se produisit dans le 34e, qui allait indiquer quel degré d'intensité avait atteint le mécontentement.

« Des espions avaient rapporté aux officiers de ce dernier régiment que les soldats étaient en proie à une vive agitation, et qu'un nommé Mogol Pundy, se distinguait parmi les propagandistes. Un lieutenant se rendit immédiatement au milieu de ce régiment pour arrêter cet homme dangereux; mais Mogol Pundy, qui s'était caché derrière un canon, voyant le lieutenant marcher vers lui, le visa à la tête, et lui tira un coup de pistolet. Il le manqua, se jeta sur lui, l'épée à la main, et d'un seul coup l'étendit à terre. Le sergent major anglais se précipita au secours du lieutenant, et donna ordre d'arrêter Mogol Pundy; mais un officier indigène leur défendit de bouger, et il s'engagea une lutte terrible.

Mogol Pundy eut le dessous, et après avoir longtemps résisté fut maîtrisé et traîné en prison.

Le lendemain, le 19e arriva à Barasel, ville située à huit milles de Barrackpore : il avait transpiré quelque chose des mesures qu'on devait prendre à son égard. Il paraît que le 34e proposa au 19e de commencer une insurrection et de s'emparer de Calcutta par surprise. Mais le gouvernement fut prévenu à temps; les troupes européennes furent amenées, et on prépara tout pour une grande parade dans laquelle devait figurer le 19e.

La vaste cour avait été transformée en salle de bal,

Dans cette revue, on donna lecture d'un ordre du gouverneur général, récapitulant tous les griefs, et licenciant le 19ᵉ, comme indigne de servir plus longtemps sous les drapeaux de la compagnie. Les hommes de ce corps reçurent leur solde devant leurs camarades ; on leur fit déposer leurs armes et on les conduisit de l'autre côté de la rivière qui traversait le camp, avec injonction de se disperser.

Or, il ne faut pas oublier, dit l'ouvrage auquel nous empruntons ces détails, que le métier de cipaye est considéré dans l'Inde comme une profession, que ces militaires entretiennent leurs familles avec leur solde, et il est évident que le licenciement est pour eux, une peine grave, et les atteint dans l'unique ressource de leur existence. Le gouvernement anglais ne s'arrêta pas devant cette considération, et poursuivit énergiquement son œuvre d'autorité.

Mogol Pundy fut jugé peu après, et montra dans son supplice, la plus grande fermeté. Il refusa de faire aucunes révélations et mourut avec courage. Il en fut de même de l'officier indigène, qui avait défendu aux soldats de bouger. Il fut condamné, et marcha à la mort, sans montrer la moindre défaillance.

Quoique tout ceci se fut accompli à une distance assez considérable de Cawnpore, cependant le bruit en avait transpiré, et il en était résulté quelque agitation.

Toutefois le général Wheeler ne laissait voir aucune inquiétude, et ce qu'il surveillait, le point particulier qui attirait son regard, c'était le château de Bithoor, où Nana-Sahib, avait établi sa résidence.

Tant que rien ne remuerait de ce côté, on pouvait être certain que toute insurrection serait bien vite réprimée... et jusqu'alors, aucun indice n'était parvenu à la connaissance du général qui fut de nature à lui inspirer des craintes ; mais il voulut en avoir le cœur net, et à l'effet de faire tout à fait la lumière sur ce qui lui paraissait obscur ou troublé, il résolut de donner une fête, où seraient conviés toutes les notabilités anglaises et indiennes.

Si quelque Rajah voisin s'abstenait de venir, il saurait qu'il aurait à redoubler de surveillance sur leur province, et il était décidé d'ailleurs, en ce qui concernait Nana-Sahib, à engager avec lui une conversation bien nette, et à lui demander franchement si, dans les circonstances présentes, l'Angleterre pouvait compter sur son concours loyal !

L'annonce de la fête produisit un effet énorme : on croyait le gouvernement préoccupé et soucieux, et on ne s'attendait pas à ce qu'il ferait trève à ses préoccupations, pour offrir une nuit de plaisirs à ses administrés ; aussi, la sécurité que cette nuit annonçait, fut-elle accueillie avec un vif enthousiasme; tous se promirent bien de n'y pas manquer.

Tous les officiers de la station avaient été invités sans distinction de grade. Un orchestre asiatique fut commandé, et toutes les familles voisines, conviés à deux lieues à la ronde s'empressèrent de se rendre au rendez-vous.

A la date fixée, la foule accourut, une foule avide de danse ; jeunes filles, jeunes femmes et jeunes gens arrivèrent aux premières heures du soir, et bientôt, l'habitation du général regorgea d'un monde où toutes les nationalités avaient pour ainsi dire, envoyé leurs contingents.

La vaste cour intérieure de l'hôtel avait été transformée en salle de bal, et c'est là surtout que la foule affluait.

Aux abords, des soldats anglais et indigènes veillaient sous les armes ; on voyait passer devant soi, comme en un immense kaléidoscope, les belles misses, les séduisantes créoles et les indiennes aux regards ardents et aux seins de bronze à peine voilés.

Pendant les premiers moments, il régna bien une certaine contrainte parmi ces charmants spécimens de races différentes. Mais l'attrait de la fête, l'entraînement de la danse en confondant tous les sexes dans un même sentiment dissipa bientôt ces légers nuages, et au bout d'une heure, chacun ne songea plus qu'à s'abandonner sans réserve au plaisir auquel on était convié !

Georges Mortimer était arrivé un des premiers à l'hôtel du général, et avait pris d'abord position dans la cour intérieure où l'animation avait atteint en peu d'instants des proportions inouïes.

Ce n'est pas cependant qu'il fût venu à ce bal dans l'intention d'y prendre une part effective... Mais il espérait qu'il y rencontrerait Laurence, qu'il pourrait l'approcher et lui parler, et il n'en eût pas fallu davantage pour expliquer son empressement.

La femme du colonel Balcam ne pouvait manquer à cette fête; elle y viendrait certainement avec son mari... il comptait sur le hasard, ce dieu des amoureux, pour lui ménager un entretien avec la jeune femme !

Toutefois, elle pouvait tarder longtemps encore, et pour ne donner lieu à aucun soupçon fâcheux, ou du moins, pour éviter toute interprétation maligne, il crut devoir se mêler un moment aux groupes que le quadrille avait formés, et fit danser quelques-unes des femmes de ses amis.

Mais il était évidemment distrait... et on lui en fit en riant l'observation. Il répondit de son mieux, avec un embarras visible ; il comprit qu'il y avait là un danger d'une autre nature, et rentra dans son abstention.

Seulement, il s'éloigna de la salle de bal et alla choisir un poste d'observation, d'où il pût tout voir sans être vu lui-même.

Il manœuvra donc dans ce but, fendant avec précaution les flots pressés des danseurs, et il allait enfin atteindre l'extrémité de la salle, quand il sentit une main s'appuyer familièrement sur son épaule et une voix murmurer son nom à son oreille.

Il se retourna et jeta un cri.

— Jacques ! dit-il avec une joie non équivoque... vous ! vous ! à Cawnpore. C'était en effet le jeune peintre. Il sourit en lui serrant la main.

— Eh ! parbleu, oui, c'est moi ! répondit-il, et voyez comme j'arrive à propos : on dirait que le général Wheeler a choisi juste cette nuit pour me permettre d'assister à la fête qu'il donne...

— Que venez-vous faire ici ?

— Je pourrais répondre que je viens pour vous voir, et je ne mentirais pas... mais ce mobile n'est pas le seul qui m'amène.

— Qu'est-ce donc alors ?

— Vous savez que je suis curieux comme un Français !... On a eu l'imprudence de me dire qu'il allait peut-être se passer par ici quelque chose de solennel et de grand, et ma foi ! il y a si longtemps que je n'ai vu faire de grandes choses que je n'ai pas hésité.

Georges eut un pli soucieux sur le front.

— C'est que, répondit-il, si ces évènements venaient à s'accomplir, il ne ferait pas très bon pour vous ici !

— Il n'y ferait pas plus mauvais pour moi que pour vous...

— Moi ! je suis soldat... et ma vie est à mon pays.

Le jeune peintre eut un geste insouciant.

— Eh bien moi! répliqua-t-il, ma vie n'est à personne, et je ne vois aucun inconvénient à me faire soldat, si la chose en vaut la peine !

— S'il en est ainsi.

— N'en doutez pas !

— En ce cas, ne songeons qu'au plaisir de l'heure présente, et venez que je vous mène au général.

Jacques eut un geste de refus.

— Ne prenez point cette peine, dit-il; j'ai déjà vu le général qui a été de tous points charmant, en raison des références que je lui ai apportées de Bombay. La présentation est donc faite, et m'est avis que nous avons mieux à faire.

— Quoi donc!

— J'ai à vous parler.

— A moi ! et de qui !

— De vous-même.

— Quelle plaisanterie.

— Je ne plaisante pas, mon ami : certaines choses que l'on m'a dites à Bombay m'ont inspiré de sérieuses inquiétudes et je veux savoir! Voyons, cherchons quelqu'endroit écarté, où la foule ne puisse venir nous déranger, et quand vous aurez répondu aux questions que j'ai à vous adresser, j'aurai l'esprit plus tranquille, et nous pourrons causer de tout ce que vous voudrez.

Georges ne fit pas d'autres objections, et suivit son ami sans prononcer une parole.

Quelques minutes après, ils étaient assis dans un petit boudoir, situé au rez-de-chaussée de l'hôtel, et Jacques Borain commençait l'interrogatoire dont il avait menacé son ami.

— En premier lieu, dit-il, vous faites bien partie, n'est-ce pas, du régiment que commande le colonel Balcam.

— En effet, répondit Georges.

— Et le colonel habite bien Cawnpore, en compagnie de sa femme.

— C'est cela.

— De sa femme qui est la jeune fille que vous avez aimée?

— Parfaitement.

— Que vous aimez toujours?

— Plus que ma vie.

— Cela doit-être, je m'y attendais ; de sorte que vous avez formé le dessein de continuer le roman commencé en Angleterre.

— Mais...

— Ah! pas de réticence, mon ami, répondez! repondez franchement, sincèrement.

— Eh? sais-je moi-même ce que je veux, dit Georges, avec une sorte d'emportement plein de fièvre, vous n'avez donc jamais aimé, vous! si vous pouvez croire que l'on oublie ainsi le rêve que l'on avait bercé dans son cœur ; je veux revoir Laurence, voilà tout, lui parler...

— Que lui direz-vous!

— Je n'y ai pas seulement songé, mais le jour où je la rencontrerai...

— Ne l'avez-vous pas encore vue!

— Non! j'ai rôdé plusieurs fois autour de son habitation ; une nuit elle m'a fait dire de ne plus revenir, et depuis je n'y suis pas retourné!

— Enfin qu'espérez-vous ?

— Cette fête que donne le général Wheeler réunira toute la colonie ; je suis sûr qu'elle viendra?

— Que ferez-vous?

— J'irai à elle, je lui dirai tout ce que je souffre, et qu'à la première occasion je chercherai la mort, comme un refuge assuré contre les tourments que j'endure.

— Vous ferez cela ?

— Ah! si elle m'aimait encore.

— Prenez garde.

— Eh! que voulez-vous que je redoute! depuis que je me sens près d'elle... que je sais qu'elle est là, près de moi... vous ne savez pas quelles pensées me viennent, et à quelles tentations je suis près de m'abandonner... et puis!... tenez... il y a une chose qui irrite encore la passion que j'éprouve.

— Quelle chose.

— Laurence est malheureuse.

— Qui vous l'a dit...

— Tout et rien. On n'a pas besoin de dire cela à un homme qui aime... Laurence est malheureuse, vous dis-je ; elle est mariée à un misérable, un soldat indigne, qu'elle ne connaît que trop, et qu'elle méprise.., elle ne doit rien ignorer de la vie qu'il mène... et ce que vous avez appris, elle le connaît depuis longtemps.

— Le colonel joue, n'est-ce pas... il a fait des pertes considérables, et l'on se demande comment il peut faire face au luxe qu'il affiche.

— Oui... oui, mon ami!... et même il y a des personnes qui ne cherchent plus le mot de cette énigme.

— Quelle pensée avez-vous.

— La même que vous, Jacques... et vous n'osez l'exprimer à haute voix tant elle vous semble odieuse.

Jacques eut un geste sombre, et baissa de ton.

— Eh quoi!... il serait vrai... dit-il à voix basse; le colonel serait soupçonné...

— C'est cela...

— De trahison!

— Plus bas... plus bas ! songeons que nous parlons d'un officier anglais, et la rougeur me monte au front, rien qu'à l'idée d'une pareille infamie.

Jacques se tut... Il y eut quelques secondes de silence... puis il reprit peu après.

— Ce que vous venez de me dire, poursuivit-il, confirme ce qui m'avait été confié avant mon départ de Bombay, et j'y trouve la justification des appréhensions qui m'étaient venues à votre sujet. L'indignité du colonel m'est une raison de plus de craindre pour vous... car si un pareil homme concevait jamais le soupçon de votre amour, s'il pouvait pouvait se persuader que cet amour est partagé par sa femme, il faudrait tout redouter de la colère d'un pareil homme.

— Je ne crains pas la mort! répondit Georges.

— Eh ! je le sais bien... aussi ce n'est pas de cela que j'entends parler.

— De quoi donc.

— Mon Dieu... je ne puis vous dire, toutes les folles pensées qui me passent par la tête... mais croyez-moi, mon ami, soyez prudent à l'excès... n'écoutez pas cet amour qui vous sollicite et qui vous poussera à l'abîme si vous l'écoutez... ne cherchez pas à voir Laurence ; évitez de lui parler si vous la rencontrez... et surtout prenez garde de fournir au colonel l'occasion d'une vengeance où sombrerait peut-être votre honneur même !

— Que voulez-vous dire... fit Georges surpris.

— Me promettez-vous de suivre mes conseils... ils sont bons...

Georges se prit à sourire.

— Ils sont bons, répliqua-t-il, ou vous les croyez tels, parce que vous n'aimez pas ! mais si vous étiez dans ma position... si comme moi...

Le jeune officier n'acheva pas ; il pressa ses deux lèvres, pour étouffer un cri près de lui échapper.

— Qu'avez-vous ? fit Jacques Borain.

— Là ! là... dans cette pièce dont la portière vient de s'entrouvrir... n'avez-vous pas remarqué?

— Qui cela.

— Laurence!

— Elle.

Georges s'était levé frémissant.

— Et vous allez la rejoindre ! s'écria le jeune peintre, d'un ton de reproche douloureux.

Mortimer secoua la tête avec force.

— Ah ! ne me retenez pas, mon ami, dit-il ; ne me retenez pas ! Cette occasion, voilà plusieurs années que je l'attends, et fallut-il affronter mille morts, je ne la laisserais pas échapper.

Et quittant brusquement son ami, il se dirigea à pas rapides vers le salon où il venait d'apercevoir Laurence.

C'était bien elle !

Elle était assise, en compagnie d'une autre jeune femme, dans un coin retiré du salon, où des lampes d'opale, répandaient une lumière doucement tamisée; elle paraissait lasse déjà ; une ombre de mélancolie qui voilait son beau front pur donnait à sa physionomie un air de tendresse pénétrante.

Elle portait une robe de crêpe de chine, dont la couleur ajoutait encore à sa beauté, et elle était coiffée, comme la déesse Lachmie, avec deux bandeaux ondoyants sur chaque tempe, et des masses de cheveux, à petites tresses, tombant derrière la tête, mêlées à des fleurs de stanopéas, de l'ivoire le plus pur.

Elle était charmante ainsi, et l'on pouvait dire, qu'elle était vraiment la reine de la fête.

Mais, elle, avait passé indifférente au milieu des hommages de tous. Tout au plus, et par convenance, elle avait accordé quelques valses à deux ou trois danseurs; puis, elle était venue se réfugier dans ce *buen-retiro* pour respirer plus à l'aise et peut-être, pour donner un libre cours à sa rêverie.

Elle n'avait point aperçu Georges Mortimer, et s'en félicitait.

Elle espérait qu'il ne viendrait pas à ce bal, et au fond du cœur, elle lui savait gré de cette réserve et de cette discrétion.

Tout à coup cependant, une vive rougeur monta à ses joues, et par un mouvement instinctif plus fort que sa volonté, elle porta ses deux mains a sa poitrine.

Georges était à quelques pas ; il s'avançait dans l'intention évidente de lui parler.

Elle crut qu'il allait défaillir.

Mais aussitôt, elle fit un grand effort sur elle-même, et reprit possession de ses sens.

Georges venait de la saluer; elle lui rendit son salut, sans oser lever les yeux.

— Me permettrez-vous, milady, dit le jeune officier, d'une voix émue, de m'autoriser du souvenir des quelques années où j'ai eu l'honneur de vous connaître, pour vous demander la faveur d'une valse ou d'un quadrille.

— Je vous remercie, sir Mortimer, répondit la jeune femme; et je regrette vraiment de ne pouvoir vous accorder cette faveur comme vous dites ; mais je suis déjà bien lasse, et je compte quitter le bal sous peu d'instants.

— Vous me refusez! fit Georges vivement.

— Excusez-moi ; je viens de vous expliquer, et vous devez comprendre.

Or, pendant que ce rapide colloque avait lieu, l'amie de Laurence, qui n'avait pas les mêmes motifs, pour fuir le bal, venait de s'éloigner au bras d'un cavalier, et Georges et lady Balcam restaient seuls dans le salon.

La jeune femme devint subitement pâle, et se leva.

— Qu'elle imprudence! dit-elle, avec un frisson ; voyez ! nous sommes seuls.

— Qu'importe !

— Si le colonel nous voyait, il croirait que tout ceci a été préparé et convenu entre nous.

— Laurence !

— Taisez-vous.

— Si vous saviez.

Elle lui prit le bras :

— Je ne peux rien savoir, dit-elle, d'un ton saccadé... Georges, vous voulez vous perdre et me perdre avec vous !... est-ce là vraiment... ce que vous cherchez.

— Ah ! sur ma vie !

— Eh bien... ne tentez pas davantage une chose qui est impossible, puisqu'elle est indigne de vous et de moi !

— Mais, je vous aime, Laurence.

— Je le sais.

— Je n'ai rien oublié du passé.

— Moi, non plus.

— Et j'avais cru... j'avais espéré.

— Vous aviez cru, c'est là ce que vous voulez dire, vous aviez espéré qu'en évoquant notre passé pur, et nos chastes amours... vous m'ameneriez à oublier mes devoirs... c'est-à-dire, ce que je dois à mon enfant... ce que je dois à mon époux.

— Votre époux !

— Sans doute... n'ai-je pas accepté d'être la femme du colonel Balcam.

Georges eut un geste violent.

— Ah ! tenez... balbutia-t-il, l'œil plein d'éclairs ; si vous voulez que je reste calme, ne me parlez pas de cet homme... car il m'a pris mon bonheur, il a détruit le rêve de ma vie !.. et je voudrais lui rendre toutes les tortures qu'il m'a fait endurer.

— Georges.

— Et encore... poursuivit le jeune officier... s'il vous avait faite heureuse ! si vous aviez trouvé dans cette union maudite le bonheur que je voulais vous donner, moi .. mais non ! cela n'est pas... on m'a tout dit... et le colonel...

— Par grâce... par pitié ! si vous m'aimez, interrompit Laurence suppliante ne parlez pas ainsi... ne prononcez jamais de telles paroles.

— Ah ! vous l'aimez donc, lui ! s'écria Georges avec un cri sourd.

Tout en parlant de la sorte, ils avaient atteint le seuil de la porte qui donnait sur la cour intérieure, transformée en salle de bal : c'était une cohue, un brouhaha indescriptible, où les uniformes, les costumes indiens jetaient de vives lueurs sous la lumière prodigue des lustres, où passaient, ainsi qu'un rêve féérique, jeunes femmes et jeunes filles, rivalisant d'ardeur, et dont les yeux lançaient de plus aveuglantes étincelles que les diamants de leurs épaules nues !

Laurence fit un mouvement, pour abandonner le bras de Georges ; celui-ci la retint :

Je les ai suivis, épiés.

— Vous voulez me quitter ! dit-il d'un accent désespéré.

— Il le faut... répondit la jeune femme.

— Quelques minutes encore... Laurence ! si vous m'avez aimé...

— Contenez-vous.

— Oui, oui, je ferai ce que vous voudrez, j'obéirai à vos moindres ordres comme un esclave, comme les Indiens obéissent à leurs dieux de bronze, et puis... qui s'occupe de nous, ici ! chacun n'est occupé que de son propre plaisir et nul ne se doute qu'il y a ici deux créatures de Dieu que le malheur a séparées violemment, et qui ne peuvent oublier l'avenir qui était naguère promis à leur amour, et, Laurence, si vous vouliez...

— Quoi ! quoi !

— Ne me repoussez pas, songez à tout ce que j'ai souffert, à tout ce que je souffre encore, et s'il vous reste quelque pitié pour moi, laissez-moi espérer que je pourrai vous revoir, que vous ne me fermerez pas impitoyablement et que demain...

— Jamais ! jamais !

— Ah ! vous ne savez pas à quel point vous êtes cruelle.

47   47

La jeune femme étouffa un sanglot.

— Non ! non ! dit-elle, vous êtes fou, et c'est impossible, revenez à la raison, et si je cédais à votre prière, c'est à la mort que je vous exposerais.

— Croyez-vous m'arrêter par cette menace.

— Ce n'est point ma pensée, je sais que vous êtes brave, soyez prudent aussi; vous ne connaissez pas le colonel, vous, soupçonneux, inquiet, menant une vie pleine de mystère ! Vous êtes venu plusieurs nuits, rôder autour de l'habitation; il était absent, mais il a des espions et on a pu le lui dire. Ce n'est pas vous seulement, qui vous exposeriez; c'est moi-même, c'est mon enfant ! soyez généreux, Georges ; ne provoquez pas un malheur; ne soyez pas insensible, quand c'est pour moi que je vous prie.

Et puis, ajouta Laurence ; il se passe autour de moi, depuis quelque temps, des choses étranges, que je ne comprends pas, que je ne veux pas approfondir et qui m'effraient. J'ai peur, entendez-vous, je vis au milieu de terreurs continuelles, n'ajoutez pas de nouvelles causes d'appréhension à celles dont la pensée m'obsède déjà, et si vous faites cela, je vous en serai bien reconnaissante, et je vous bénirai du plus profond de mon cœur.

Georges allait répliquer : il s'arrêta.

Un mouvement extraordinaire s'était produit dans la salle du bal; la danse avait cessé et un grand nombre de curieux s'était porté vers la porte d'entrée.

— Qu'y a-t-il donc? fit Georges avec intérêt.

— Que peut-il être arrivé ? demanda Laurence heureuse peut-être de cette diversion qui allait couper court à son entretien.

Un officier du régiment de Mortimer vint à passer; Georges l'interrogea.

— Quelle est la cause de ce mouvement, demanda-t-il vivement.

L'officier salua Milady Balcam, et ébaucha un sourire.

— C'est un de nos Rajahs qui vient de faire son entrée, répondit-il, on commençait à s'étonner de son absence, et l'on est heureux de saluer son arrivée dans les circonstances ou nous sommes, on n'est pas fâché de pouvoir compter sur lui.

— C'est donc un ennemi !

— Tout au moins, est-ce un suspect.

— Et vous l'appelez.

— Nana-Sahib ! et ce qu'il y a de plus significatif, dans la démarche à laquelle il s'est décidé, c'est qu'il est accompagné de mylord Balcam qui ne le quitte pas.

— Le colonel ! fit Laurence.

— Lui-même, Milady ! répondit l'officier.

Et il s'éloigna.

— Vous le voyez ! dit alors Laurence avec une extrême vivacité, le colonel est ici; il faut nous quitter.

— Mais, je vous reverrai ! supplia Georges.

— Je ne sais.

— Promettez-moi.

— Rien ! je ne puis rien promettre, séparons-nous, et je vous en conjure, ne tentez pas de me revoir, à moins que moi-même je ne vous prie de venir.

Et sans attendre de réponse, elle abandonna le bras du jeune homme, et s'empressa d'aller à la rencontre de son amie, qu'elle venait d'apercevoir.

Georges resta seul et pendant quelques minutes, il ne put penser qu'à Laurence et au bonheur qu'il ressentait de l'avoir revue et de lui avoir parlé.

Elle avait eu beau se défendre, se retrancher derrière ses devoirs d'épouse il y avait une chose qu'elle n'avait pu lui cacher, et c'était son amour, qui survivait à la douleur de la séparation !

Pendant quelques minutes encore, il songea à tout ce passé charmant qui venait de renaître ; il sentait toujours le bras de la jeune fille tranquille sous le sien, et même il croyait entendre encore les battements précipités de son cœur, quand il lui avait parlé de son amour.

Mais au bout d'un moment, il fut arraché à sa rêverie par la réalité même, et l'incident qui se préparait, allait lui apporter une distraction violente de laquelle il lui serait impossible de se désintéresser.

V

C'était bien Nana-Sahib qui venait de faire son apparition à la fête donnée par le général Wheeler, et comme nous l'avons dit, il marchait entouré d'une foule empressée et curieuse, se dirigeant vers le salon principal où se tenaient le général et tous les hauts dignitaires de l'armée et de l'administration. Son arrivée répondait aux doutes que beaucoup avaient exprimés. On croyait qu'il ne se rendrait pas à l'appel qui lui avait été adressé, et l'on était bien résolu s'il donnait ainsi prise à la malignité publique qui le soupçonnait hautement de conspirer, à recourir aux moyens extrêmes, et à le mettre en demeure de se prononcer.

Nana-Sahib avait-il compris ce qui se passait, et le danger dont il était menacé. C'est probable. Il avait d'ailleurs peu hésité, et c'est le front souriant, fastueusement constellé de diamants, vêtu des étoffes les plus riches, l'allure dégagée et insouciante, qui se présentait au milieu de cette réunion où il savait bien qu'il serait accueilli avec plus de méfiance que de cordialité.

Il était jeune encore ; d'une taille assez élevée pour un hindou, tout, dans sa physionomie, semblait protester contre la légende depuis longtemps établie sur son compte.

On le disait cruel à l'excès ; on racontait de lui des faits d'une atrocité révoltante, et on assurait qu'il nourrissait contre les Anglais, une de ces haines sauvages qni ne peuvent s'asssouvir que dans le sang.

Mais à le voir ce soir-là ; le sourire aux lèvres, l'œil bien ouvert et bien franc, le geste affable et doux, les préventions fâcheuses s'apaisèrent, et au bout d'un instant, on ne songea plus qu'à lui savoir gré de ce témoignage de fidélité qu'il apportait par sa présence au milieu des européens.

On lui fit cortège jusqu'au salon, et parmi les plus empressés on remarqua le colonel Balcam qui ne le quittait pas, et avec lequel il s'entretenait d'une façon tout intime.

Le colonel était bien différent d'aspect.

C'était en quelque sorte le type même de la distinction britannique. Il se tenait droit, raide, impassible, et sous ses traits durs et sombres, on devinait aisément une nature particulièrement énergique et farouche.

Sur lui aussi, il courait bien des légendes mystérieuses, mais, chose bizarre, si, à travers le sentiment général que nous essayons de traduire, quelques rares sympathies se trahissaient, elles allaient toutes à celui que l'on aurait dû plutôt haïr ou redouter.

Du reste, ces impressions furent très fugitives.

Nana-Sahib avait pénétré dans le salon où l'attendait le général, et ce dernier, ne dissimulant pas sa satisfaction, lui avait tendu la main, et l'avait fait asseoir à ses côtés.

Le Rajah se montra aussi courtois que l'eut pu faire un européen, et chacun fut charmé de la grâce parfaite, de la franchise calme avec laquelle il répondit à toutes les questions qui lui furent adressées.

Naturellement, on parla de la situation que les diverses mutineries des cipayes avaient faites à la compagnie des Indes et au gouvernement Anglais, et sans chercher à atténuer la gravité des révoltes connues, des licenciements ordonnés, il affirma que les cipayes étaient trop dévoués à l'Angleterre, pour qu'il y eut lieu de craindre, un mouvement général, et sous prétexte de témoigner de ses sentiments personnels, il ajouta, qu'à tout évènement, depuis un mois, il avait pris des mesures exceptionnelles, et que son château de Bithoor était désormais à l'abri d'un coup de main de la part des insurgés.

Tout cela fut dit avec un grand accent de sincérité qui parut convaincre les auditeurs, et nul n'y soupçonna une perfidie.

On fut visiblement soulagé.

On avait craint d'avoir affaire à un traître, et c'était décidément un ami que l'on recevait.

La sécurité était complète !

Le bruit s'en répandit bientôt dans le bal, et les danses, un moment interrompues, reprirent avec une ardeur nouvelle.

Cependant, Nana-Sahib, après s'être longuement entretenu avec le général, se disposait à se lever et à prendre congé de son hôte, quand ce dernier le retint encore.

— Un dernier mot, dit-il, avec un pli soucieux sur le front ; je suis très heureux de vous avoir entendu parler comme vous l'avez fait, et je crois, ainsi que vous, que les mutineries que vous avez eu à réprimer, ne se reproduiront plus, ou que du moins, elles n'atteindront pas les proportions que nous redoutions ; toutefois, il reste encore un point noir à notre horizon, et, de ce côté, il m'est impossible de ne pas conserver un reste d'appréhension.

— De quoi s'agit-il ? répondit Nana-Sahib.

— De la station de Méerut.

— S'y passe-t-il donc quelque chose !

— Je le crains.

— Vos espions... ou vos courriers, ne vous ont-ils pas apporté des nouvelles récentes ?

— Ceux que j'attendais depuis cinq jours, ne sont point arrivés.

— Est-ce possible !

— Et s'il faut vous dire toute ma pensée, j'ai peur qu'ils n'aient été assassinés !

— Que dites-vous !

Et pendant que le rajah se rejetait en arrière, comme épouvanté à la pensée exprimée par le général, celui qui l'eut observé attentivement, eut vu passer dans ses yeux noirs, la lueur fauve d'un éclair.

— Alors, reprit-il, presque aussitôt, vous supposez qu'un mouvement se prépare aussi à Méerut...

— J'en suis certain.

— Il faut sévir.

— C'est ce que l'on a dû faire.

— Il n'y a pas d'autre issue... la répression énergique, immédiate, sanglante.

— Sans doute ! sans doute ! fit le général ; j'agirai ainsi parce que c'est le seul moyen efficace pour calmer ou effrayer les esprits ! mais je n'y songe pas sans tristesse, parce que c'est là un triste procédé à employer pour nous faire aimer !

Un sourire d'une singulière expression vint plisser la lèvre du rajah.

Il y eut un silence de quelques secondes.

— Ainsi, vous n'avez rien appris, vous-même, interrogea encore le général.

— Rien, répondit Nana-Sahib.

— Tout cela n'est guère rassurant.

— Qui sait !

— Ah ! j'ai bien hâte de sortir de cette inquiétude.

Nana-Sahib tendit la main au général, par un geste à la fois affectueux et soumis.

— Eh bien ! général, dit-il, je vais m'informer moi-même. Cette nuit, je retournerai au château de Bithoor ; peut-être qu'en mon absence, quelques nouvelles y ont été apportées, et si cela est, je vous promets de vous les faire porter immédiatement.

— Je vous remercie...

— A bientôt alors, général !

— A bientôt ! à bientôt !

Les deux hommes se séparèrent.

Le général se retira dans son appartement, et Nana-Sahib, toujours accompagné du colonel Balcam, gagna quelque salon écarté où il put être seul et penser en toute liberté, loin des regards indiscrets.

Quand il atteignit le salon cherché, il s'arrêta et se tourna en souriant vers son compagnon :

— Mylord, dit-il d'un air ennuyé et nonchalant, vous avez été obligeant jusqu'à l'excès, et je ne veux pas plus longtemps abuser de votre courtoisie... On m'a assuré que milady Balcam assiste à cette fête, et je n'entends pas la priver davantage de la compagnie de son époux... vous pouvez donc vous retirer, et je vous y autorise : nous aurons d'ailleurs bientôt occasion de nous revoir, et nous causerons alors de choses plus graves... le voulez-vous ?

— Je ferai tout ce qui vous plaira, répondit lord Balcam.

— C'est ainsi que je l'entends, et je vous remercie... Au surplus, je n'ai garde d'oublier que vous êtes joueur, et je suppose que vous ne quitterez pas l'hôtel du général sans avoir tenté la chance qui vous est si rebelle depuis quelque temps...

— C'est vrai, balbutia le colonel avec un froncement des sourcils.

— Eh bien ! ne vous gênez pas ; allez jouer, et vous savez qu'au besoin le trésor de Nana-Sahib s'ouvrira pour vous aussi souvent que vous le voudrez... A bientôt donc, colonel, et veuillez bien, je vous prie, présenter à milady mes plus respectueux hommages.

Lord Balcam s'inclina et prit aussitôt congé du Rajah.

Ce dernier ne s'était pas trompé ; le colonel avait hâte, en effet, d'aller rejoindre ses compagnons de jeu... et un quart d'heure après, il s'attablait impatient et fiévreux à une table déjà couverte d'or et de bank-notes.

Le malheureux n'avait guère qu'une passion, le jeu ! et il s'y abandonnait avec un emportement qui, plusieurs fois déjà, l'avait poussé à deux doigts de sa perte.

La mauvaise chance le poursuivait du reste, avec un acharnement cruel.

Depuis quelques mois, il perdait sans relâche des sommes considérables, hors de proportion avec ses ressources. Mais jusqu'alors le moindre reproche n'avait pu lui être adressé !

Il perdait... mais payait régulièrement ses pertes.

Et l'on se demandait à quelles sources mystérieuses il puisait l'or qu'il semait ainsi sur toutes les tables de jeu.

Nana-Sahib venait de le dire !

Le Rajah donnait sans compter... et le colonel n'avait pas honte de recourir à sa libéralité...

Une fois lancé sur cette pente fatale, il ne pouvait plus s'arrêter, et il ne se demandait même pas comment il sortirait de cette impasse où il s'était enfermé lui-même, le jour où il lui faudrait expliquer et justifier sa conduite.

Cependant, après le départ du colonel, Nana-Sahib avait gagné la fenêtre du salon où il se trouvait, et s'était assis, le front soucieux et le regard inquiet.

La fenêtre était ouverte : elle donnait obliquement d'un côté sur la cour intérieure, et de l'autre sur les jardins de l'hôtel.

Un moment, il plongea son regard vers le bal, et donna toute son attention aux groupes animés et charmants qui s'abandonnaient au plaisir de la danse... Pendant quelques minutes, il parut prendre un vif intérêt à ce spectacle qui ne présentait rien que de banal et de prévu ; mais peu à peu son visage s'anima, une lueur s'alluma dans ses yeux, sa poitrine se gonfla, et une contraction nerveuse plissa ses lèvres.

Il venait d'apercevoir Lady Balcam qui passait à travers des quadrilles au bras d'une de ses amies.

Un grondement, pareil à un rugissement de tigre, souleva sa poitrine, et ses doigts grincèrent sur le coussin où il était assis.

— Elle ! c'est elle ! murmura-t-il, pendant qu'un frisson secouait ses épaules.

Et il resta là... l'œil ardent, le sein gonflé, en proie à une profonde sensation.

On eût dit que tout avait disparu, et qu'il n'y avait plus, dans cette immense cohue, qu'un seul être vivant, auquel il s'intéressait.

Laurence !...

— Ah ! cette femme ! cette femme ! balbutia-t-il encore.

Puis son front retomba dans sa main, et il parut s'abîmer dans une rêverie infinie !

Combien de temps se passa alors... nous ne saurions le dire.

Quand il sortit enfin de sa rêverie, l'animation du bal s'était pour ainsi dire, amortie... il planait maintenant sur cette foule, naguère surexcitée, une sorte de langueur voluptueuse qui ralentissait ses mouvements... l'orchestre lui-même, comme gagné par la lassitude générale, semblait atteint de mollesse et de fatigue... C'était comme une musique voilée et discrète, parlant de mystère et d'amour ! les lumières pâlissaient sous leur globe d'opale... et déjà, à l'horizon, une teinte rose annonçait l'aurore.

Nana-Sahib secoua le front et se tourna vers les jardins ombreux, sous les arbres desquels il crut voir passer quelques silhouettes enlacées !

Le spectacle de ce côté, avait aussi son charme attirant.

La campagne, qui s'éclairait des premiers feux du jour, rayonnant de gaîté matinale :

« Les arbres et les fleurs semblaient tressaillir aux douces carresses du soleil levant, et se purifier, sous la rosée des souillures de la nuit ; l'air était harmonieux du chant des petits oiseaux, du roucoulement des tourterelles grises et de la joyeuse symphonie des eaux vives jouant avec les brins d'herbe et la verdure et la tige flottante des iris. La nuit se dissipait peu à peu, et le jour ne trouvait en naissant, qu'une verdure calme dans le paysage, l'éclat de toutes les nuances sur toutes les fleurs, les émeraudes, les saphirs, les topazes, les rubis ailés, chantant sur toutes les feuilles, une ceinture d'or à l'horizon et le bleu de l'Inde au firmament. »

Nana Sahib s'oublia un moment dans cette contemplation, et se laissa bercer par les vives sensations qui s'emparèrent de lui.

Mais cela fut court; car presque aussitôt, il se prit à tressaillir, et se tourna vers un coin du salon, où une portière venait de se soulever.

Une tête de bronze avait paru, qui avait jeté, de tous côtés, un regard soupçonneux.

Le Rajah se remit promptement, et une singulière expression de curiosité éclaira son visage.

— C'est toi, Vikam, dit-il, en faisant signe à l'inconnu d'approcher.

— C'était un indien...

Il avança avec toute les marques du plus profond respect, et quand il fut près du Rajah, et que ce dernier lui tendit la main, et la baisa à la manière dont les Hindoux honorent leurs divinités.

— Je ne t'attendais pas si tôt, reprit Nana Sahib ; tu as donc quelque chose à m'apprendre?

— Oui, maître... répondit le serviteur.

— Quelque chose de grave.

— C'est cela...

Le Rajah eut un mouvement énergique.

— Viendrais-tu donc de Méerut? interrogea-t-il, à voix ardente.

— Je m'y trouvais, il y a trois jours.

— Et tu as mis trois jours, pour venir à Cawnpore!

Le serviteur s'inclina.

— Que le maître daigne m'écouter, répondit-il en quittant Méerut; j'avais appris que deux courriers se dirigeaient vers Cawnpore, et je n'ai pas voulu qu'ils arrivassent avant moi !

— Qu'as-tu fait ?

— Je les ai suivi — après — et, pour ne pas être devancé par eux, j'ai employé le seul moyen qui fût à ma disposition.

Et, en parlant ainsi, le serviteur eut un sourire farouche.

Nana-Sahib comprit, et fit un geste d'approbation.

— Alors, ils sont morts ! dit-il après un court silence.

— Tous les deux.

— C'est bien.

— Sans perdre de temps, je me suis rendu aussitôt au château de Bithoor, et comme l'on m'a dit que vous étiez ici, je suis venu sans m'arrêter.

Nana-Sahib fit un signe de tête qui exprimait sa satisfaction, puis, il resta quelques minutes silencieux et sombre.

Peu après, il reprit :

— Ainsi, dit-il, tu arrives de Méerut ?

— Oui, maître !

Résidence de Nana Sahib

— Pour que le commandant de cette station ait cru devoir expédier deux courriers, il faut que les événements soient bien graves.

— Ils le sont plus que le maître ne peut le supposer.

— Eh bien, raconte-moi cela, Nikam, j'ai le temps de t'écouter. Les Européens dansent et jouent, pendant que le volcan bouillonne, prêt à déchirer le sol ; dis-moi ce qu'ont fait nos amis, et, d'après ce que tu vas m'apprendre, je déciderai ce que nous aurons à faire.

Nikam s'inclina de nouveau — et commença son récit qui dura une bonne heure.

Nana-Sahib écoutait avec la plus profonde attention, et voici ce que raconta Nikam.

48   48

VI

Nous avons fait connaître au lecteur les faits qui s'étaient passés à Baraset et à la suite desquels le cypaye Mogol Sundy avait été exécuté.

Or, pendant que ces événements s'accomplissaient, le mécontentement grandissait dans les provinces nord-ouest et surtout à Méerut, à trois cents lieues de Calcuta, où était cantonné le 3ᵉ régiment de cavalerie, ainsi que trois autres régiments, le 11ᵉ et le 20ᵉ d'infanterie indigène, et le 1ᵉʳ de cavalerie.]

Le 6 mai, jour où le 34ᵉ était licencié à Barrakpore, eut lieu à Méerut une parade du 3ᵉ régiment, dans laquelle quatre-vingt cinq hommes refusèrent obstinément d'accepter des cartouches. On arrêta immédiatement les mutins, on les fit passer au conseil de guerre, et on les condamna à des peines variant de six à dix ans de travaux forcés. Une seconde parade eut lieu trois jours après, pour faire défiler les troupes devant les condamnés.

On donna à cette *exécution* toute la solennité possible.

Les mutins furent conduits sur le terrain en grand uniforme, puis on les dépouilla de leurs vêtements, on les couvrit du costume des galériens et on les chargea de fers.

« D'après la description que nous donnent, de cette scène, les journalistes de Calcuta, elle fut réellement émouvante. Des vétérans, couverts de blessures suppliaient les officiers anglais de leur pardonner; ils rappelaient leurs services passés et poussaient des cris de désespoir. Mais le *général fut inexorable : il fallait que force restât à la loi !* On expédia au Gouvernement le rapport de la journée, que les feuilles anglaises enregistrèrent avec des commentaires appropriés à la circonstance. Elles ne tarirent pas d'éloges sur l'énergie déployée par les officiers de Méerut.

« Pendant que les portes de la prison se refermaient sur les condamnés aux travaux forcés, les troupes retournaient dans leurs cantonnements, remplies d'indignation, dissimulant mal une colère quelles avaient peine à réprimer.

« Des réunions secrètes eurent lieu pendant la nuit même entre les soldats qui convinrent de se soulever, le dimanche suivant, pendant que les officiers se trouveraient à l'office du soir, et de massacrer les Européens.

« Les officiers ne furent pas prévenus. Il ne se trouva pas un seul traître dans les trois régiments, tant le sentiment d'indignation était général.

« Le matin même du jour fixé pour l'explosion, les autorités reçurent les rapports habituels. Les sous-officiers déclarèrent que rien d'extraordinaire ne s'était passé, que tout allait bien dans le régiment. Les sergents européens qui habitaient les cantonnements des cipayes n'avaient remarqué aucun mouvement suspect.

« Rien ne distingua le dimanche des autres jours, depuis le matin jusqu'à cinq heures.

« L'heure de l'office approchait ; les officiers s'habillaient, les uns pour aller à la promenade, les uns pour se rendre à la chapelle, quand tout-à-coup, on entendit des détonations multipliées !

« Le 3ᵉ de cavalerie légère et le 20ᵉ d'infanterie indigène sortent de leurs lignes armés et furieux, un détachement du 1ᵉʳ régiment de cavalerie se met à galoper du côté de la prison. Aussitôt les portes s'ouvrent devant les cipayes ; ils délivrent les prisonniers parmi lesquels se trouvaient leurs malheureux camarades, condamnés aux galères, qui, la veille même, avaient été incarcérés Un forgeron indigène les débarrasse des fers dont ils sont chargés. Ces hommes qui ont encore, devant les yeux l'humiliation et l'injure, n'ont pu oublier la dureté avec laquelle on a repoussé leurs supplications, Ils se précipitent avec fureur à la tête des insurgés pour chercher les Européens, et désigner ceux qu'il faut frapper.

« C'était les plus ardents qui avaient couru délivrer les prisonniers ; les autres, plus timorés, c'est-à-dire la masse des soldats, étaient rentrés dans les cantonnements du 11ᵉ régiment, où les officiers alarmés de ce terrible incident, s'étaient retirés. Le colonel Finnis était en train de haranguer des hommes qui évidemment étaient incertains. Mais, à l'arrivée des soldats du 20ᵉ qui commencèrent par tirer sur le colonel, toute hésitation disparut. Les hommes se précipitèrent sur leurs officiers, et le colonel tomba percé d'une grêle de balles.

On comprend facilement la confusion qui devait régner dans les rues de Meerut ; chaque maison près des cantonnements était criblée de balles ; les insurgés tiraient à tort et à travers, tout en respectant l'hôpital, et mettaient le feu à leurs cabanes et aux maisons voisines. La foule s'amassait autour des Cipayes et joignait ses clameurs aux leurs. Les officiers qui passaient dans les rues étaient assaillis et frappés. Les anglais répandus dans la ville, se voyaient obligés de fuir au plus vite, un grand nombre furent maltraités ; quelques-uns furent tués. L'incendie des maisons gagnait de proche en proche, car dans Méerut toutes sont couvertes de paille.

« Tel est le spectacle effroyable que présenta la ville jusqu'à la nuit, car ce fut seulement vers le soir, que les troupes européennes, stationnées dans les environs, purent arriver pour faire tête au désordre.

« Il y avait trois régiments : des carabiniers de la Reine, de l'artillerie, et le 60ᵉ chasseurs.

« Les insurgés s'étaient retirés sur la route de Delhi, où on essaya de les poursuivre, mais sans succès. Aussitôt qu'on se fût assuré qu'ils s'étaient dirigés de ce côté, on expédia une estafette au brigadier Graves qui commandait cette place, pour le prévenir des évènements.

Cette première partie du récit de Nikam fut écoutée par Nana-Sahib avec la plus anxieuse attention, et quand l'indien suspendit un moment son discours, il le regarda le sourcil froncé et la poitrine haletante.

— Est-ce là tout ce que tu as à m'apprendre ? demanda-t-il d'une voix sourde.

— Non, répondit Nikam ; et j'espère que ce que j'ai à ajouter satisfera tout à fait le maître.

Et Nikam continua :

— La situation du Brigadier Graves, qui commandait Dalhi, était particulièrement difficile, car il n'avait pas un seul soldat européen sous ses ordres. La garnison était assez nombreuse ; elle se composait des 38e, 54e, 74e régiments d'infanterie indigène et d'une batterie d'artillerie.

« Les hommes de ces divers régiments n'avaient encore montré aucun symptôme de désaffection ; mais le 38e avait déjà refusé de marcher contre les Birmans, et le gouverneur général n'avait pas osé le contraindre à le faire.

« Les approches de Dalhi, du côté de Méerut, sont défendues par une petite rivière, nommée Hindus, qui est traversée par un pont. Mais, les eaux étant basses, le brigadier dut renoncer à le couper et se borner à défendre la ville. Il envoya avertir les résidents anglais, et les invita à se réunir dans un bâtiment, nommé la *Tour du Pavillon*, situé à quelque distance de la ville. Mais les événements s'étaient précipités avec tant de rapidité qu'un grand nombre ne purent être avertis en temps opportun. On fit mettre les régiments sous les armes ; on chargea les canons et on se mit en mesure de recevoir les révoltés.

« Le brigadier harangua ses troupes, et leur dit en style militaire :

« — Pour la première fois, la compagnie à laquelle vous avez prêté serment, va éprouver votre fidélité. Elle n'a jamais manqué à ses engagements, et compte que vous ne manquerez pas aujourd'hui aux vôtres.

« Ce petit discours fut couvert par les applaudissements : le 54e principalement se fit remarquer par la violence de ses protestations.

« Le brigadier, satisfait de ce résultat et pour faire honneur à l'enthousiasme de ce régiment, se mit à sa tête, et sortit par la porte de Cachemire pour rencontrer l'ennemi.

« Bientôt, on aperçut les soldats de Méerut couverts de poussière, et marchant sans hésitation, comme s'ils étaient sûrs du succès. A leur tête, se distinguaient les soldats du 4e de cavalerie, dont un grand nombre portaient les décorations qu'ils avaient gagnées au service de la compagnie.

« Le brigadier ordonna de faire feu.....

« Mais les fusils partirent en l'air !

« En un clin d'œil, les arrivants furent mêlés aux soldats du 54e ; tous fraternisèrent, poussant des exclamations de joie et des imprécations contre la compagnie. Les soldats se tournant alors contre leurs officiers, et ceux qui ne sont pas assez lestes pour s'esquiver, sont massacrés sans pitié !

« Sans perdre de temps, la colonne d'insurgés entre à Dalhi sans coup férir. Les prisonniers délivrés par l'insurrection marchent en avant et montrent les marques des fers dont on les a chargés. Les soldats du 38e et du 74e se joignant à leurs frères, et la ville entière de Delhi est livrée aux iCpayes, qui se répandent dans les rues où ils égorgent tous les européens qu'ils rencontrent (1)

(1) Insurrection de l'Inde, par Fonvielle et Legault.

Cette fois, le récit de Nikam était bien fini, et se terminait par le tableau sanglant des désordres de Dalhi.

Nana-Sahib secoua la tête à la manière des fauves, et demeura, une minute à peine, le front penché, l'esprit comme perdu dans quelque rêve sombre.

— Dalhi !.., ils ont pris Dalhi !... dit-il presque asssitôt.

— Oui, maître, répondit Nikam.

— Et tu as vu cela !

— Oui ! j'ai vu cela, et je ne l'oublierai plus désormais, dussé-je vivre cent mille ans... J'ai suivi nos frères jusqu'au palais de l'Empereur. J'ai entendu proclamer le règne de Tamerlan... et je suis accouru pour vous dire que l'on compte sur vous, comme ils vous ont déjà dit que vous pouviez compter sur eux.

Nana-Sahib était profondément ému : Nikam avait fini qu'il écoutait encore, s'abandonnant à toutes les pensées que le récit de son fidèle serviteur éveillait en lui.

L'insurrection venait de remporter un succès inespéré en s'emparant de Dalhi. Il ne s'agissait plus, en effet, de quelques mutineries isolées, faciles à réprimer, l'audace du dernier coup avait fait faire un pas de géant à la révolte, et maintenant le drapeau des Mogols flottait sur la capitale de cette race illustre qui compte, parmi ses ancêtres, les conquérants les plus célèbres de l'Inde, les Tamerlan, les Raber, les Gengis-Kan !

Le cœur de tous les Hindoux palpite encore aujourd'hui au souvenir des gigantesques exploits de ces héros fabuleux.

Comme le dit un écrivain qui connaît bien ces contrées :

« Une des preuves les plus remarquables de l'amour du peuple indien pour les formes et les mœurs de ses ancêtres, c'est le zèle avec lequel il soutient la fiction que tous les hommes viennent du trône de Dalhi, et les rajahs, les princes indigènes ne se croient pas légalement investis de la puissance, tant qu'ils n'ont pas envoyé leur hommage à l'antique capitale ! »

Des traditions répandues de tout temps, dans l'Inde, prédisent qu'un jour la dynastie des Mogols doit recouvrer son ancienne splendeur. D'autres, plus précises, peut-être semées à dessein, limitent à cent ans la durée de l'empire des anglais, à partir de la bataille de Placey, qui a eu lieu en 1757, et le centième anniversaire de cet événement, coïncidait presque avec la prise de Dalhi !

Nana-Sahib songeait à toutes ces choses, et, de temps à autre, son regard s'éclairait d'une flamme intense, et un sourire d'une singulière expression venait plisser sa lèvre.

Valkam, gardait le silence, n'osant interrompre la rêverie de son maître.

Tout à coup, cependant, les serviteurs dressèrent la tête, et échangèrent un regard rapide.

Un sourd murmure venait de s'élever de la cour ; une agitation extrême se manifesta de ce côté, et les deux hommes virent aux premières lueurs du jour naissant aller et venir des cipayes, que la voix des officiers appelaient vivement au dehors.

L'orchestre avait cessé depuis quelque temps déjà, et il ne restait plus une jeune femme dans la salle de bal.

— Qu'est-ce que cela ! fit le rajah.

— Le maître veut-il que j'aille m'informer ?

— Non ! non ! d'autres soins réclament ton concours... tu vas te rendre à Bithoor ; tu annonceras la bonne nouvelle à nos amis, et vous attendrez dans une réserve prudente que je sois de retour.

— Mais, vous-même... maître?

— Moi ! fit le rajah, je vais voir ce qui se passe... et tu me connais assez, pour être sûr que rien, sur mon visage, ne paraîtra de ce que je viens d'apprendre.

En parlant de la sorte, il fit un signe à Nikam, qui s'eloigna sans qu'il le vit, et Nana-Sahib, quittant le salon où il s'était réfugié, alla se mêler aux groupes d'officiers qui s'étaient formés à peu de distance, et dans lesquels on paraissait s'entretenir avec animation.

Chemin faisant, il rencontra le général Wheiler. qui vint à sa rencontre.

— Que se passe-t-il donc, général, demanda le rajah, et d'où vient ce trouble et cette animation que je remarque.

— Ce sont choses graves, répondit le général, et si vous n'étiez notre ami, je me tairais peut-être, mais le bruit vous en parviendrait bientôt, et il serait puéril de chercher à dissimuler. Nous avons reçu de mauvaises nouvelles de Dalhi.

— Est-ce possible ?

— Dalhi est, dit-on, tombée aux mains des cipayes révoltés.

— Voilà qui est bien invraisemblable.

— Rien, cependant n'est plus certain.

— Qui vous l'a appris !

— Deux courriers nous avaient été expédiés ; mais ces malheureux ont été assassinés, et nous ignorions encore la catastrophe, si un troisième émissaire n'avait réussi à atteindre à Cawnpore !

— Je commence à comprendre.

— Nous ne nous sommes jamais trouvés en face d'un pareil péril, la prise de cette ville, va communiquer un enthousiasme inouï aux Hindoux ; l'Angleterre a accumulé là des ressources immondes qui vont passer aux mains des insurgés. C'est une guerre terrible qui commence, et Dieu seul pourrait dire quand elle finira.

— Vous avez raison.

— Ah ! je suis fort inquiet.

— Qu'allez-vous faire?

— Il faut aller au plus pressé ; et nous mettre en garde contre toute surprise. Les insurgés, après avoir pris Delhi, auront peut-être l'idée de pousser jusqu'ici, et dès aujourd'hui, il nous faut couvrir Cawnpore. J'espère, prince, que nous vous trouverons dans nos rangs, le jour où il faudra combattre, et que, dans cette occurence redoutable, vous nous donnerez une nouvelle preuve de votre dévouement.

Nana-Sahib s'inclina, et prit la main du général, qu'il serra avec effusion.

— Je vais de ce pas, rentrer au château de Bithoor, répondit-il ; je le ferai metttre dès ce soir, en état complet de défense, et ceux qui ont compté sur vous, verront comment je sais tenir mes promesses !

— Le général l'accompagna quelques pas, jusqu'à son palanquin ; puis, lui ayant adressé un dernier geste d'adieu, il revint vers la cour de l'hôtel où l'atendaient les officiers.

Au nombre de ces derniers, se trouvait le colonel Balcam.

Il alla droit à lui.

VII

— Colonel Balcam, lui dit-il d'un ton impératif et bref, vous allez à l'instant, réunir tous les hommes, de votre régiment, et dans deux heures, vous reviendrez ici prendre les ordres que j'aurai à vous donner. Je vous ferai connaître alors la porte que vous devez occuper, seulement d'ici là, préparez vos hommes, ils ont dû apprendre déjà la terrible nouvelle, de la prise de Delhi, et peut-être aurez-vous à repousser quelque tentative de mutinerie. Je compte sur votre énergie, et j'espère que vous continuerez à vous rendre digne de l'honneur qui vous est accordé ?

— Le gouvernement peut compter sur mon dévouement, répondit lord Balcam.

— Je n'en doute pas ! chacun fera son devoir ! votre régiment est d'ailleurs le meilleur et le plus fidèle : j'ai la certitude qu'il ne se laissera pas entamer, et c'est pourquoi je l'ai choisi pour occuper la porte périlleuse que je lui destine... allez donc, colonel et dans deux heures, que vos hommes soient prêts à marcher.

Le colonel salua, et gagna la caverne, entouré de ses principaux officiers.

Ces derniers avaient presque tous passé les nuits au bal, mais il n'y a pas de fatigue qui tourne quand le service commande, et pas un ne manque à l'appel.

Au reste, quand ils atteignirent la caserne, tout le monde était déjà sur pied.

La nouvelle y était parvenue ; on la commentait avec chaleur, et de nombreux groupes s'étaient formés autour d'une proclamation qu'une main inconnue avait affichée pendant la nuit même, aux deux côtés de la porte d'entrée.

Cette pièce est trop curieuse, pour que nous ne les reproduisions pas.

Elle était ainsi libellée :

PROCLAMATION

A tous les Hindoux et musulmans, les citoyens et les serviteurs de l'Hindoustan les officiers de l'armée actuellement à Delhi et à Méerut envoient le salut.

« Tout le monde sait que, dernièrement, tous les anglais ont formé de mauvais desseins ; ils se sont proposé de détruire la religion de toute l'armée de l'Hindoustan, pour parvenir à obliger ensuite le peuple à se faire chrétien par la force.

« En conséquence, uniquement pour le bien de notre religion, nous nous sommes entendus avec le peuple, nous n'avons pas épargné un seul infidèle, et nous avons rétabli la dynastie de Dalhi.

« Nous sommes donc constitués en armée régulière; nous agissons conformément aux ordres de notre souverain, qui nous a accordé double paye (solde de guerre) des centaines de canons et de nombreux trésors sont tombés dans nos mains. Il faut donc que tous ceux qni parmi le peuple et l'armée, ne veulent pas devenir chrétiens, s'unissent de cœur et d'âme avec nous, combattent courageusement avec nous et détruisent les traces de ces infidèles.

« Pour toutes les provisions fournies à l'armée les propriétaires doivent prendre un reçu des officiers : le trésor impérial les paiera sur le taux du double de la valeur. Quiconque aujourd'hui montrera de la lâcheté ou sera assez crédule pour croire les promesses des imposteurs anglais, sera obligé de se repentir de sa conduite. Il sera récompensé comme l'a été le roi d'Oude que l'on a détrôné !

« Il faut que tous les musulmans et les Hindoux s'unissent dans cette lutte; qu'ils suivent les instructions de quelque personne respectable; qu'ils ne commettent pas de désordre, car ce n'est pas avec le trouble que les classes pauvres peuvent être heureuses, et voir leur sort amélioré et leur dignité relevée.

« Il faut copier cette proclamation ; que tous les vraies Hindoux et musulmans se lèvent et prennent leurs mesures pour la faire afficher dans un endroit apparent, cependant avec prudence, car il faut frapper un coup avec le glaive avant de le mettre en circulation.

« La solde des soldats à Delhi sera de 30 roupies par mois pour un cavalier; 10 roupies pour un fantassin. Environ cent mille hommes sont prêts. Il y a maintenant 13 drapeaux des régiments de la compagnie, et 14 étendards de divers chefs qui flottent pour notre religion, pour Dieu et pour la victoire. C'est également l'intention du peuple de Cawnpore de détruire la racine de l'infidélité. C'est ce que l'armée de cette ville désire aussi instamment, et nous ajoutons que quelques chefs illustres sont prêts à se lever, et à combattre pour nous et à nos côtés. »

Nous n'avons pas besoin de dire avec quelle avidité cette pièce fort curieuse et très adroitement rédigée fut lue par les cipayes de Cawnpore mais elle ne resta pas longtemps affichée, et au bout d'une heure, elle était lacérée par les soldats anglais.

Toutefois, l'effet était produit, et l'effervescence commençait a se manifester.

Mais, ainsi que l'avait fait observer le général Wheeler, les cipayes du régiment Balcam, étaient exceptionnellement dévoués et à part quelques rares mutins qui voulurent élever la voix et entrainer leurs camarades, rien d'important ne se passa, et le régiment resta calme.

Les Anglais se contentèrent de mettre le eu au village.

Il venait de recevoir l'ordre de se tenir prêt, et quand le colonel vint leur dire qu'il comptait sur leur fidélité, et qu'il ne voulait pas douter de leur dévouement, des cris unanimes s'élevèrent, et tous promirent de suivre leur drapeau, sans défaillance.

Lord Balcam alla prendre alors les derniers ordres du général; certains préparatifs retardèrent encore le départ, et ce ne fut qu'aux premières ombres du soir, que l'on se mit en marche.

L'esprit était excellent.

Les officiers donnaient l'exemple de la résolution, et c'est avec une insouciance du danger qui n'avait rien d'affecté que l'on quitta Cawnpore, où cependant un certain nombre pouvaient se dire qu'ils ne rentreraient peut-être pas.

Seul, parmi les officiers, Georges Mortimer était quelque peu soucieux.

Il était encore bien troublé du souvenir de l'entretien qu'il avait eu avec Laurence ; il espérait la revoir bientôt, reprendre la conversation interrompue et voilà que tous ses rêves s'en allaient en fumée, et qu'il lui fallait la quitter de nouveau, sans savoir s'il la rencontrerait jamais !

49   49

Et il marchait seul, triste, découragé, las d'espérer un bonheur qui le fuyait toujours.

Il y avait une heure qu'ils avaient perdu de vue Cawnpore, et la troupe venait de s'engager dans un étroit sentier qui descendait dans une vallée profonde, quand tout-à-coup, le jeune officier se retourna brusquement, et comme rempli d'inquiétude.

Derrière lui, une voix avait prononcé son nom.

Une voix, qu'il avait cru reconnaître.

— Jacques ? fit-il, en cherchant à distinguer les traits de celui qui venait de parler.

Un rire vif et clair s'éleva.

— Eh ! sans doute ! Jacques Borain; répondit en même temps le peintre; qu'y a-t-il d'étonnant à cela?

— Vous venez avec nous !

— Est-ce que ça vous déplaît?

— Moi ! allons donc ; bien au contraire! fit Georges.

Puis, il ajouta avec mélancolie:

— Vous savez, dit-il, l'amour est égoïste, et tout-à-l'heure je m'attristais à la pensée que je n'aurais plus personne à qui parler d'elle.

Le peintre renouvela son éclat de rire.

— Vous voyez que Dieu veille sur vous, mon cher égoïste, répondit-il, et me voici résigné d'avance à recevoir toutes les confidences auxquelles il vous plaira de vous abandonner.

Georges serra silencieusement la main de son ami.

— Ah ! que je vous envie cette belle gaîté que vous apportez dans tout ! poursuivit-il peu après.

— Ça, interrompit Jacques, c'est une vertu française, nous la recevons tous en naissant, nous autres Gaulois ; et ma foi, bien que ça ait servi souvent à nous faire accuser de légèreté, je ne vendrais pas cette qualité, quand on m'en offrirait tous les trésors de l'Inde !

Les deux amis marchaient l'un près de l'autre en conversant ainsi.

La nuit était venue, impénétrable et profonde ; un silence de mort planait sur la colonne, et l'on n'entendait que le pas lourd et cadencé des soldats qui avançaient avec précaution, l'oreille tendue et l'œil au guet.

Cependant les étoiles commençaient à sillonner dans le ciel pur, et peu à peu, laissèrent tomber leur lumière discrète sur la route.

A cette vague clarté, chacun sentit bientôt les appréhensions se dissiper ; on craignait, dans les ténèbres, de donner brusquement dans quelque embuscade. Mais du moment que l'on pouvait distinguer les divers accidents de terrain, toute inquiétude disparaissait, et les hommes recouvrirent leur sécurité.

— Et allons-nous loin, ainsi; demanda Jacques à son compagnon, après les premières paroles banales.

— Je l'ignore, répondit Georges, mais si j'en crois mes pressentiments, je crois que nous allons occuper un poste d'où nous puissions couvrir Cawnpore.

— Cette prise de Delhi a été bien inattendue.

— En effet.

— Il paraît que deux courriers chargés d'en appporter la nouvelle au général ont été assassinés.

— On me l'a dit.

— C'est effrayant.

— Pas autant que vous le pensez ! Ce sont ici les mœurs ordinaires de la guerre : les indiens sont soumis et même craintifs d'ordinaire ; mais quand on touche à leur religion, ce sont des bêtes fauves, et aucune considération d'humanité ne les arrête !

— C'est un peu partout la même chose ; en Europe comme en Asie, et nous avons nous-mêmes donné l'exemple de la férocité, seulement ici cela s'augmente d'un danger spécial.

— Lequel !

— La trahison.

— C'est vrai.

— Je me suis laissé dire que ce pays est infesté d'espions; et que parmi vos rajahs eux-mêmes...

— Vous avez raison, mais il faudrait les prendre en faute, en flagrant délit, et ils sont bien rusés.

Jacques fit entendre un petit ricannement.

— Hum ! fit-il ; il se peut, comme vous le dites, qu'ils soient si rusés, et qu'il soit difficile de leur arracher leur masque de traître; toutefois, à mon humble avis, j'estime que ce qui fait leur force, ce n'est pas seulement l'esprit de ruse qu'ils déploient, mais que c'est bien plutôt la complicité qu'ils achètent à prix d'or dans les rangs mêmes de l'armée anglaise.

Georges prit énergiquement le bras de son compagnon.

— Plus bas ! plus bas ! dit-il, d'une voix à peine perceptible, je vous l'ai déjà dit mon ami, il y a des soupçons qu'il ne faut pas confier même à la nuit la plus profonde.

— Ah ! cette pensée vous est donc venue, à vous aussi !

— Oui ! oui !

— Et sans doute ce même nom, est, à cette heure, sur nos lèvres à tous deux.

— Taisez-vous ! taisez-vous.

— Le traître, c'est Nana-Sahib !

— Je le crois.

— Et son complice ?

— Silence ! n'ajoutez plus un mot ! Jacques, je vous en supplie.

Le peintre se tut, et pendant quelques minutes, les deux jeunes gens gravement impressionnés n'échangèrent plus une parole.

Du reste, la colonne venait de se développer le long d'un lac, dont elle contournait les abords et l'on apercevait à quelque distance, une vieille pagode dont les murs détachaient leur silhouette blanche sur le fond noir indigo du ciel.

« C'était une petite colline de ruines où la pierre se voile de mousse, d'emphorbes, de genêts et d'aloès ; par intervalles, surgissent quelques énormes têtes de dieux indiens, dont le granit métallique a repoussé toute végétation, et qui conservent encore aux étoiles, la hideuse immobilité que leur donna l'architecte Mahratte d'Aureng-Zeb. Quand la clarté des astres, terminée par le feuillage des lentisques, descend nébuleusement sur les faces rudes de ces simulacres, on croirait voir les géants de l'iliade indienne de Ravana sortir des tombes pour recommencer la guerre de Ceylan. Ce paysage lugubre est souvent animé par des tigres noirs qui recherchent un piédestal de leur nuance, s'allongent en sphinx, et recourbant, avec une grâce affiminée, la griffe droite sous leur langue humide, rendent le vernis de l'ébène à leur fourrure dévastée, après une orgie de sang et d'amour. »

— Ah ! si l'on avait le temps ! dit Jacques, arrêté un moment devant le tableau qu'il avait sous les yeux, quel magnifique sujet ! et quel succès on obtiendrait, si l'on réussissait à rendre un tel paysage dans toute la splendeur de cette nuit étoilée. Tenez ! Dieu a raison ! et mieux vaut encore abandonner sa pensée à ces surprises de la nature. Mais les hommes sont là, et on ne s'appartient pas; le colonel a reçu des ordres auxquels il obéit, marchons donc ! et ne pensons plus aux tristes préoccupations qui nous absorbaient tout à l'heure.

La colonne avait contourné le lac et laissé la pagode derrière elle, et bientôt elle s'engagea sur le flanc d'une colline qui formait l'horizon, et en gravit lestement la rampe escarpée.

Le but du voyage était inconnu à tous, et nul n'avait demandé à le connaître.

On savait que l'on allait à l'ennemi; cela suffisait.

Chacun était résolu à bien se battre, le reste regardait le colonel qui avait la responsabilité de l'expédition.

La nuit avançait.

Déjà une ligne rose, encore indécise, commençait à empourprer l'horizon.

Le jour allait venir.

A un moment, quand on atteignit le sommet de la colline, un vaste panorama se déroula tout à coup aux yeux éblouis des soldats.

A leurs pieds, une plaine immense, couverte encore d'un léger voile de buée transparente, s'étendait aussi loin que le regard pouvait porter.

Et sous la brune matinale, on voyait émerger çà et là, des dômes éclatants de vagues silhouettes de pagodes qui se profilaient imparfaitement, mais dont les murs blancs se dégageaient peu à peu des dernières ombres de la nuit.

C'était vraiment féérique !

Mais ce qui surtout, frappa tous les regards et arracha un cri d'admiration à toutes les poitrines, ce fut un château qui se dressait sur la droite, avec sa masse impérante, ses bastions fortifiés, ses douves profondes, et qui semblait géant de granit, le roi redoutable de cette contrée.

— Qu'est-ce donc que cette forteresse ? demanda Jacques, dont la curiosité s'était subitement éveillée.

— Ne la connaissez-vous pas fit Georges, avec un tressaillement involontaire.

— Eh ! non, parbleu, puisque voici ma première visite à votre étrange pays.

— C'est le château de Bithoor.

— La résidence de Nana-Sahib.

— Précisément.

— Oh! oh ! cela m'a bien plutôt l'air d'une forteresse, que d'une habitation de plaisance ! hum ! à la place du gouvernement anglais, il ne me plairait guère d'avoir à ma porte, un allié qui s'est ménagé un pareil repaire !

— Je l'ai pensé souvent.

— Le colonel Balcam prendra, j'espère, ses précautions.

— Le colonel est un ami du rajah...

— Oui, oui, je vous entends, et en temps de paix, je n'y vois rien à reprendre... Mais dans les circonstances actuelles, de tels amis sont bons à surveiller.

Le jeune peintre n'en dit pas davantage sur ce chapitre, car il comprit tout de suite que Georges n'était pas disposé à lui donner la réplique.

D'ailleurs, la colonne continuait sa route, laissant sur sa droite, le château de Bithoor, et descendait sur la plaine que les premiers rayons du soleil éclairaient maintenant.

Pendant deux heures encore on marcha ainsi sans s'arrêter, et enfin, le colonel donna l'ordre de s'arrêter, comme on atteignait la lisière d'un bois épais où la troupe pourrait trouver un frais abri contre la chaleur du our.

On fit donc halte en cet endroit, et chaque compagnie dressa ses tentes.

VIII

Il paraît, du reste, que l'on était arrivé au point que l'on devait occuper, car on prit toutes les dispositions usitées en pareil cas, pour établir un campement où la troupe allait probablement séjourner.

Les tentes s'élevèrent comme par enchantement, chacun s'installa dans l'endroit qui lui fut assigné, et certains détachements furent envoyés en avant, avec mission de protéger le régiment contre toute surprise.

A sa grande joie, Georges Mortimer reçut le commandement de l'un de ces détachements, et il partit avec une cinquantaine d'hommes, aussi déterminés que lui.

Le poste qu'il allait occuper était situé à quelques kilomètres en avant du campement, sur la route qui conduisait à Delhi, c'est-à-dire que c'était la position la plus importante, et en même temps la plus périlleuse.

C'était ce qu'il voulait.

Il était brave, dévoué à son pays, et il acceptait cette mission, comme la meilleure occasion qui put lui être offerte de témoigner de sa bravoure.

Les hommes qu'il commandait étaient dans les mêmes dispositions... C'étaient, pour la plupart, des anglais qui appartenaient depuis longtemps à l'armée de la Compagnie des Indes, et qui ne plaisantaient pas dans le service.

Ils avaient une haine profonde pour les cipayes, et se montraient surtout profondément irrités contre les espions dont les manœuvres mettaient chaque jour leur vie en danger.

Quelques-uns d'entre eux notamment avaient fait une sorte de pacte, un serment solennel, et ils s'étaient promis de ne pas épargner les traîtres, et de passer par les armes, sans pitié et sans faiblesse, le premier de ces misérables que l'on prendrait en flagrant délit.

Aussi avaient-ils exprimé hautement leur satisfaction, quand on les avait envoyés en avant, sous les ordres de Georges Mortimer qui, en peu de temps, avait réussi non seulement à se faire estimer de ses chefs, mais encore à s'attirer la sympathie et le dévouement de ses inférieurs.

Pour Georges, chaque soldat se fût jeté au feu, car on savait bien que l'on pouvait compter sur lui, et qu'avec un lieutenant de cette énergie et de ce courage, les traîtres n'auraient qu'à bien se tenir.

Les premiers jours se passèrent sans aucun incident digne d'être relaté.

Ce fut la vie des camps, banale, c'est-à-dire une gaieté insouciante, la communauté du danger, les repas pris sous bois, au frais; puis, la sieste, où encore, les rondes de nuit à la recherche d'un ennemi invisible.

Chaque jour, on s'attendait à être attaqué, et pourtant rien ne se montrait.

Toutefois, on avait de mauvaises nouvelles de Delhi.

L'insurrection triomphante avait d'abord songé à organiser son armée, et les révoltés s'étaient réunis pour nommer un général.

Un moment, le bruit avait couru que leur choix devait se porter sur Nana-Sahib.

Mais le Rajah avait, disait-on décliné cet honneur.

Sans doute, il ne croyait pas l'heure opportune: il attendait l'occasion, et n'était pas prêt!

Le résultat de l'élection ne tarda pas à être connu : et l'on apprit enfin, que l'on avait donné le commandement en chef à un officier indigène du 3ᵉ régiment de cavalerie, et le commandement en second, à un officier du même corps. Tout porta à croire que ces deux chefs avaient été choisis parmi les condamnés délivrés à Méerut, parce que comme Spartacus, ils pouvaient montrer aux Anglais, les meurtissures que leur avaient faites les fers dont on les avait chargés.

Aussitôt l'élection accomplie, et l'armée à peu près organisée, les Indiens ivres de leur triomphe, désireux de poursuivre l'œuvre commencée si heureusement, sortirent de leur capitale, et marchèrent résolument à la rencontre des Anglais.

Ceux-ci, on le comprend du reste, n'étaient pas restés inactifs, devant un pareil mouvement, et le gouvernement avait envoyé contre les insurgés un corps d'armée sous le commandement du brigadier général Wilson.

Ce corps d'armée se composait de dragons, d'artilleurs et de chasseurs à pied. Le *brigadier* fit passer la rivière à gué à son artillerie et à son infanterie, pendant que sa cavalerie franchissait le pont.

Dans cette première rencontre, les Indiens furent repoussés, mais les Anglais n'osèrent pas poursuivre leurs avantages, et se contentèrent de mettre le feu à un village où les Indiens s'étaient retirés.

Les généraux qui devaient le commandement au suffrage de leur camarades durent être fiers de cette première journée fort honorable pour leurs armes, car les Anglais éprouvèrent une perte sensible, et le lendemain les Indiens furent à même d'attaquer de nouveau l'ennemi à qu'ils ne purent enlever sa position, mais qui dut s'arrêter dans son mouvement sur Delhi.

C'était un succès, et l'effet ne tarda pas à s'en faire sentir : et les *Parsis* ou adorateurs du feu, qui étaient jusque là restés étrangers à la lutte se joignirent à leurs frères, et répandirent de tous côtés des proclamations enthousiastes.

« O Seigneur disaient-ils, les Anglais ont appris à connaître toute l'étendue de ta puissance.

» Hier, ils régnaient orgueuilleusement dans toute l'Inde : quatre cent mille hommes exécutent leurs ordres; aujourd'hui ils sont fugitifs dans les jungles.

» Ils se sont enfuis sans chapeaux et sans souliers.

» Ils demandent asile aux plus misérables des hommes.

» Qu'on-t-il fait de leurs esclaves et de leurs palanquins.

» O Angleterre, tu ne pensais pas que le sultan régnant remonterait sur son trône, entouré de toute la gloire des Tamerlan et des Gengis-Khan. »

Sous le style empoulé de cette proclamation, il y avait un fait indéniable, c'était le développement rapide, foudroyant de l'insurrection.

L'Angleterre voyait fondre son armée de cipayes, et les Européens qui lui restaient fidèles, soldats éprouvés, solides, résolus étaient malheureusement bien inférieurs en nombre.

Toutefois, il manquait encore à l'insurrection, un chef qui fut assez populaire pour rallier autour de lui, tous les membres divisés de la grande famille indienne.

Il fallait réunir par un lien commun, tous les malheureux que les premiers succès avaient affolés, mais qui peut-être, allaient se débander dès qu'ils se trouveraient en présence d'une armée régulière, bien disciplinée, placée sous le commandement de généraux auxquels ils étaient habitués à obéir !

Chacun sentait le danger, et instinctivement tous les regards se tournaient vers un homme, le seul dont le caractère sembla répondre aux besoins du moment.

C'était Nana-Sahib !

Qu'allait-il faire ? que préparait-il ? quelle résolution allait-il prendre ?

Autant de mystères !

Il s'était enfermé dans sa forteresse de Bithoor et restait là impénétrable à tous, en apparence indifférent, s'occupant uniquement de mettre le château en état de défense.

Il n'avait jusqu'alors rien laissé paraître de ses projets ; sa conduite était des plus correctes vis à vis de l'Angleterre ; mais les mieux renseignés savaient qu'il recevait de nombreux messages et ne doutaient pas qu'il ne fût tenu constammennt au courant de ce qui se passait à Delhi ou ailleurs.

De temps à autre seulement les avant-postes avaient, la nuit, vu passer le colonel Balcam, et il avait déclaré lui-même hautement qu'il se rendait auprès de son ami, le Rajah, pour s'entretenir avec lui des dispositions à prendre dans l'intérêt bien entendu de l'Angleterre.

Cela dura ainsi quelque temps.

Puis les visites du colonel cessèrent brusquement, et un soir, le régiment reçut tout à coup l'ordre de se porter en avant.

Ce fut une satisfaction pour tous.

On était las de l'inaction, et chacun préférait affronter un péril certain que de rester exposé, inactif, aux trahisons ou aux embûches.

La colonne, en se mettant en mouvement, conserva l'ordre déjà établi, et, par conséquent, Georges Mortimer marcha en tête, avec les cinquante hommes qu'il commandait.

On avança de la sorte pendant douze heures — puis on fit halte, pendant la chaleur du jour, et on se remit en route aux premières ombres du soir suivant.

Où allait-on ? On n'en savait rien.

Et qu'importait, d'ailleurs !

Ce que l'on cherchait, ce que l'on voulait atteindre, c'était l'ennemi ! et on ne doutait pas qu'on ne dût le rencontrer bientôt !

Cependant le régiment fut en partie déçu dans son attente.

Quand il s'arrêta, aux pâles lueurs de l'aurore, on lui ordonna de procéder à son installation, et d'après les mesures qui furent ordonnées, on comprit que le moment du combat n'était pas encore venu, et que l'on allait recommencer là le métier de vedette que l'on avait fait aux environs du château de Bithoor.

Ce fut une déception — mais on en prit vite son parti.

Ils se précipitèrent avec des cris féroces.

Après tout, le soldat est un être essentiellement passif, et il n'est pas habitué à discuter les ordres qui lui sont donnés.

On s'installa donc et on attendit.

Au surplus, au fond de la déception générale, restait un espoir sérieux.

On venait de faire du chemin en avant, et c'était dans la direction de l'ennemi que l'on avait marché.

On devait donc s'être rapproché des lignes indiennes, et il faudrait bien que d'un moment à l'autre, on finît par se regarder, comme disent les troupiers, dans le blanc des yeux.

Cet espoir ne tarda pas à être pleinement justifié, et les hommes de Georges Mortimer furent les premiers qui furent utilement éclairés sur la situation.

Quelques-uns d'entr'eux s'étant, en effet, aventurés un peu trop loin des lignes anglaises, donnèrent brusquement dans un poste indien qui les reçut à coup de fusil, et ils ne durent qu'à la rapidité de leur fuite, de pouvoir rentrer sains et saufs auprès de leurs camarades.

La vérification était faite !

Le camp anglais était entouré et surveillé par des cipayes révoltés... et la vie du régiment allait enfin perdre sa monotonie, et offrir quelques distractions aux Européens inoccupés.

La nouvelle s'en répandit rapidement, et à partir de ce moment, on changea d'allures et on veilla.

Cependant, le colonel ne paraissait pas autrement s'en préoccuper.

Il devait être instruit ; il ne pouvait ignorer le danger de la situation, mais à part les quelques ordres particuliers qu'il transmit à ses officiers, il ne parut pas qu'il conçût la moindre appréhension.

Il avait choisi pour sa résidence, une magnifique villa, appartenant à Nana-Sahib, et que le rajah avait mis généreusement à sa disposition.

Elle était située à un kilomètre au plus de l'avant-poste que commandait Mortimer, et c'est là que l'on allait recueillir les instructions qu'il donnait chaque matin, à la réception des courriers de Cawnpore.

Pendant une semaine, aucun incident ne se produisit, on s'attendait chaque jour à être attaqué mais on attendait sans crainte, car on était prêt.

Chaque soir, après l'appel des hommes, et quand on avait relevé les sentinelles, Georges rentrait sous la tente, et là en compagnie de Jacques Borain, il restait à causer, souvent jusqu'à une heure fort avancée de la nuit !

Georges parlait de Laurence, Jacques parlant de son pays, et ils s'oubliaient l'un et l'autre dans le charme d'une causerie émue ou gaie, selon leur humeur du moment.

Un soir, le jeune lieutenant venait de rentrer un peu plus tard que d'habitude, et en pénétrant sous la tente, il fut tout étonné de n'y point trouver son ami.

Il s'informa de lui, et il lui fut répondu qu'on ne l'avait point vu.

Seulement, un des hommes assura qu'il avait aperçu le jeune peintre rôdant une heure auparavant aux alentours de la villa du colonel.

Georges s'en étonna, Jacques n'avait aucune raison d'aller ainsi, la nuit, seul, loin du campement.

Il attendait intrigué, presque anxieux !

Une heure se passa, puis tout à coup, dans le silence profond qui régnait il entendit des pas précipités, et aussitôt, une main souleva la portière de la tente, et Jacques parut.

Il était un peu pâle, et paraissait sombre.

Georges alla vivement à lui.

— Jacques ! dit-il, qu'y a-t-il donc ! et que se passe-t-il ?

— Des choses étranges.

— D'où venez-vous ?

— De la villa du colonel.

— Et qu'avez-vous appris qui vous émeuve à ce point ?

Jacques ne répondit pas tout de suite; il s'assit et indiqua à son ami, un siège à côté de lui.

Au bout de quelques secondes, il reprit :

IX

— Ecoutez-moi, mon ami, dit-il, et surtout, tachez de rester calme, comme il convient à un homme qui ayant un grand devoir à remplir, ne veut pas s'exposer à y manquer.

— Mais de quoi s'agit-il ! interrogea Georges et pourquoi ce préambule?

— Je vous ai dit que je venais de la villa du colonel.

— Eh bien ?

— Eh bien, savez-vous ce que j'y ai vu ?

— Quoi ! mais quoi?

— Milady Balcam !

— Laurence ! est-ce possible, comment ? ah ! parlez, parlez je vous en conjure.

Il y eut un court silence, Jacques rassemblait ses idées.

— Pourquoi le hasard m'a-t-il conduit de ce côté, poursuivit-il, je ne saurais le dire, le hasard ne s'explique pas toujours est-il, que j'avais quitté l'avant-poste et que j'allais devant moi, sans but, à l'aventure, quand tout à coup, je me trouvai devant le palais que j'ai reconnu tout de suite, pour celui qui a été offert par le rajah à votre colonel.

— Eh bien ?

— Eh bien, cela n'avait rien de surprenant, et je savais que le palais se trouvait sur la route que je poursuivais; seulement, dès que je me fus arrêté à quelque distance, je remarquai bien vite certaines dispositions qui me frappèrent particulièrement, et d'où je conclus sur le champ que la villa était habitée par une femme.

— Quelles suppositions?

— Nous autres, français, nous avons, pour ces choses, un flair spécial; à quoi cela tient-il ; je l'ignore, mais ce qu'il y a de certain, c'est que l'habitation avait pris un autre aspect, depuis que je ne l'avais vue, le personnel des domestiques était plus nombreux; quelques femmes s'y trouvaient mêlées; il y régnait un ordre inaccoutumé ; enfin, je ne tardai pas à reconnaître la jeune indienne qui accompagnait Lady Balcam au bal du général.

— Vous comprenez, qu'il ne pouvait plus y avoir de doute et, s'il m'en était resté un seul, la pauvre fille l'aurait dissipé.

— Vous lui avez parlé !

— Nous avons échangé quelques mots à la hâte.

— Et elle vous a dit que sa maîtresse était à la villa.

— Depuis deux jours.

— Voilà qui est bien étrange ; quel sentiment a pu pousser le colonel à amener ici sa femme, c'est au moins bien imprudent.

Jacques eut un singulier regard, et baissa la voix.

— C'est plus imprudent encore que vous ne le pouvez croire, répondit-il, car si j'en crois ce que l'on m'a dit, ce serait à l'instigation de Nana-Sahib que le colonel aurait pris cette résolution, et vous n'ignorez pas que le rajah est fort amoureux de Lady Balcam !

— On me l'a dit, en effet, répliqua Georges d'un ton nerveux, mais Laurence ignore cet amour dont elle est l'objet, et il n'est pas supposable que le colonel...

— Vous avez raison, mon ami ; mais la situation n'en est pas moins dangereuse ; pour expliquer la présence de sa femme aux avant-postes, le colonel prétend que Cawnpore peut être menacée d'un moment à l'autre, et qu'il préfère avoir Milady Balcam près de lui; au besoin, il prétend qu'elle trouverait un refuge assuré dans la forteresse du Rajah que l'insurrection respecterait, mais il y a là certaines obscurités sur lesquelles il serait bon de faire la lumière, et jusque-là je vous avoue qu'à la place de Lady Balcam, je ne serais pas tranquille.

Georges serra énergiquement les mains du jeune peintre.

— Merci, mon ami, dit-il, d'une voix émue ; merci, je tiendrai compte de l'avis, et si jamais Laurence pouvait courir quelque danger, avec quelle joie je donnerais ma vie pour sauver la sienne.

— Nous n'en sommes pas encore là.

— Je l'espère, mais je veillerai, et avant quelques jours je saurai à quoi m'en tenir !

— De votre côté ne commettez aucune folie.

— Soyez sans crainte, nous sommes devant l'ennemi, et quoiqu'il arrive, je ferai mon devoir.

— A la bonne heure.

Quelques jours se passèrent à la suite de cet entretien, pendant lesquels Georges réussit à se contenir assez pour ne commettre aucune imprudence, ainsi que le lui avait recommandé Jacques Borain : mais l'impatience était dans son cœur, le trouble dans son esprit, et il fut plus d'une fois sollicité de porter ses pas vers l'habitation du colonel.

Du reste, la présence de milady Balcam n'était pas un mystère pour personne dans le régiment, et chose facilement explicable, chacun avait accueilli la nouvelle avec une réelle satisfaction. On voyait là la preuve de la confiance du colonel dans son régiment, et on lui savait gré d'avoir assez compté sur la bravoure et le dévouement de ses compagnons d'armes, pour leur confier ce qu'il devait avoir de plus cher au monde : la vie de sa femme et celle de son enfant.

Le colonel en agissait lui-même avec une entière franchise et un complet abandon.

Chaque jour, il recevait à sa table quelques-uns des officiers placés sous ses ordres, et c'est ainsi qu'un jour, Georges Mortimer put revoir la jeune femme qu'il n'avait pu approcher depuis la fête de Cawnpore.

Ce fut une soirée charmante où le plaisir s'augmentait à la pensée du danger que l'on courait ! On pouvait mourir le lendemain, et l'on se hâtait de vivre !

Etait-ce ce sentiment qui s'était emparé de Mortimer ? Il eût été bien empêché de le dire lui-même. Mais la nuit passa comme un rêve sous les yeux de son mari ; Laurence lui fit un accueil tout à fait gracieux, et même, un moment elle lui parla, sans trouble, d'un passé en dehors duquel il n'y avait plus de bonheur pour Georges.

Quand ce dernier quitta le palais, il était enivré ! et à partir de cette nui', il n'eut plus qu'une pensée, qu'un désir : revoir Laurence, lui parler encore, lui entendre dire qu'elle n'avait rien oublié, et peut-être qu'elle l'aimait encore.

Jacques essaya de le rappeler à la réalité et à la raison ; mais le moyen de s'entendre avec un amoureux ?

D'ailleurs, des préoccupations d'un autre genre vinrent bientôt apporter une diversion aux avant-postes dont Georges commandait le point le plus éloigné.

Depuis quelque temps des choses bizarres se passaient.

On n'eut pu dire au poste ce que c'était, mais des bruits mystérieux circulaient

On parlait de nouveau d'espions.

Des sentinelles avancées affirmaient avoir vu, pendant la nuit, certaines ombres passer à peu de distance des positions occupées, et au milieu du silence, ils avaient entendu des signaux échangés entre des êtres invisibles, qui se cachaient au loin, pour surprendre et transmettre les secrets de l'ennemi.

Un jour, le colonel avait expédié une compagnie en reconnaissance : la compagnie de Georges.

C'était presque tous des hommes braves, depuis longtemps éprouvés, et qui avaient l'habitude des ruses et des embûches indiennes.

Ils avaient marché dans la direction qui leur était indiquée, et brusquement ils avaient été attaqués et décimés.

Ils étaient revenus en bon ordre... mais irrités et sombres.

Ils étaient partis cent ; au retour, quand on se compta, on n'était plus que quatre-vingt.

Vingt braves avaient été assassinés !

Quand lord Balcam apprit l'évènement, il se montra plus irrité que ses hommes, et promit à ceux qui survivaient, de venger leurs frères d'armes morts.

L'occasion ne se fit pas attendre.

Une nuit, Mortimer partit avec cinquante soldats ; il avait reçu des instructions secrètes de la bouche même du colonel, et c'est lui qui marchait en tête de la petite colonne...

Où allaient-ils ainsi ? nul n'en savait rien.

Mais on pensait bien qu'il s'agissait de venger les vingt malheureux qui avaient péri dans la dernière embuscade, et cela suffisait.

Les hommes avaient confiance en la parole de leur colonel, et cette confiance s'augmentait à voir Georges Mortimer marcher en avant.

Georges s'était fait aimer depuis le premier jour, par les hommes qu'il commandait. Il était brave sans témérité; humain envers tous; bienveillant pour ses inférieurs.

Ses soldats se seraient jetés au feu pour lui!

A ses côtés, se tenait Jacque Borain.

Le jeune peintre n'avait pas voulu l'abandonner... Il était d'ordinaire de toutes les expéditions où son ami était engagé et les soldats l'aimaient presque à l'égal de leur lieutenant.

Jacques apportait sous ces latitudes, cette belle gaieté française qui ne perd jamais ses droits, et il égayait de ses saillies et de sa belle humeur les circonstances les plus difficiles et les devoirs les plus pénibles.

On marcha pendant environ une heure.

Le chemin qu'ils suivaient avec des sinuosités brusques, gravissait parfois des sommets abrupts et escarpés ; d'autres fois, s'enfoçant dans des taillis ombreux pour aboutir à quelque ruisseau au cours fortement encaissé.

Autour d'eux, la nuit était devenue impénétrable; et il fallait des yeux exercés à percer les ténèbres opaques pour ne pas s'égarer à chaque pas.

D'ailleurs pas un bruit... pas un souffle dans l'air.

La nature entière semblait dormir d'un sommeil profond et lourd. et l'on eût pu croire que les fauves eux-mêmes étaient tout à coup devenus muets.

Georges continuait d'avancer. Jacques se rapprocha de lui.

— Ah! ça... est-ce que nous allons voyager longtemps de la sorte, demanda-t-il à voix rapide et basse.

— Silence! taisez-vous! fit Georges... le moindre bruit peut donner l'éveil. il s'agit de surprendre une colonne ennemie dont on a signalé la présence dans ces parages.

— Approchons-nous au moins?

— Mes renseignements sont des plus précis. La route a été suivie selon les instructions reçues; je reconnais le lieu où nous sommes, et les cipayes qu'il nous faut surprendre doivent occuper le revers de la montagne dont vous voyez se dessiner la masse imposante à une demie lieue d'ici. dans la direction de l'ouest.

— Quoique je n'ai pas d'aussi bons yeux que vous, je l'aperçois cependant.

— Eh bien... c'est notre dernière étape. et nous allons nous y rendre. Seulement, vous comprendrez quel redoublement de prudence nous commande la situation. Ils ne se doutent de rien, ne s'attendent à aucune surprise, et il s'agit d'arriver sur eux à l'improviste.

Tout en parlant de la sorte, ils avaient continué de marcher. Ils longeaient maintenant les bords d'un petit lac qu'il fallait tourner encore quelques centaines de mètres, et ils atteignaient la montagne indiquée par le jeune lieutenant.

A ce moment, un incident bizarre se produisit.

Sur le derrière de la colonne anglaise, une pierre énorme s'était détachée des flancs du monticule qu'elle venait de descendre, et elle avait roulé, en bondissant, pour aller disparaître dans le lac avec un bruit cent fois repercuté.

En même temps un sifflement aigu, retentissait dans la solitude, et une sorte de frisson passsait sur la vallée enténébrée.

Georges s'arrêta et se tourna troublé vers Jacques Borain.

— Qu'est-ce? demanda-t-il d'une voix frémissante.

— Ciel? répondit Jacques avec un ricanement, j'avoue que je n'en sais rien, mais tout de même, cela ne m'a pas l'air rassurant ; ouvrons l'œil, mon ami, prévenez vos hommes, car au lieu de surprendre les autres, je crains bien que nous ne soyons surpris nous-mêmes !

Jacques achevait à pene, quand un nouveau sifflement se fit entendre, vingt fois répété par les échos du lac et de la vallée, et aussitôt, de tous les côtés, devant et derrière, on vit s'agiter et courir une troupe d'environ trois cents cipayes, qui, une fois réunis, se précipitèrent avec des airs féroces sur le petit détachement de Mortimer.

La trahison était manifeste.

Le secret de l'expédition anglaise, avait été livré aux ennemis, et ces derniers les attendaient :

Les soldats ne se laissèrent pourtant déconcerter ; dès le premier moment ils avaient formé le carré et présenté une muraille de fer aux assaillants.

La mort ne les effrayait pas ; ils étaient résolus à vendre chèrement leur vie.

Les cipayes se ruaient sur eux avec des cris surhumains qui semblaient sortir des entrailles d'un volcan ; mais dans la lutte formidable qui s'engageait, ils trouvaient leurs adversaires froids, impassibles, repoussant leurs attaques par le fer et par le plomb, joncher le sol de cadavres tout autour d'eux, et reprenant au pas, sans désorde, le chemin par lequel ils étaient venus.

Georges ne s'épargnait pas de son côté, non plus que Jacques, et ils se prodiguaient au premier rang, à travers les balles et les poignards ; on ne les voyait qu'au milieu de la fumée, mais on entendait leurs voix, et partout où ils se montraient de larges trouées se faisaient.

Les Cipayes ne s'attendaient pas à une pareille résistance, et quand, aux lueurs incertaines de l'aube qui rayait l'horizon, ils aperçurent leurs compagnons étendus à terre, une stupeur profonde les saisit, et malgré les exhorta-

tions qui les sollicitaient de continuer le combat, ils firent trève à la lutte,
reculèrent de quelques pas, n'osant prolonger davantage ce sanglant engagement.

Quarante des leurs avaient péri ! et il leur sembla que cette hécatombe
suffisait.

Une dernière décharge de la colonne anglaise qui les atteignit et acheva de
les décimer, décida ceux qui hésitaient encore, et presque aussitôt, comme
par enchantement, ils s'enfuirent dans toutes les directions et disparurent
derrière la montagne qui fermait l'horizon !

Les Anglais purent alors respirer à leur aise et compter leurs morts.

Il y avait dix absents, et l'on s'occupa immédiatement de leur inhumation
pour qu'ils ne devinssent pas la proie des fauves !

Il avait été décidé d'ailleurs que l'on reviendrait le lendemain pour leur
rendre les honneurs militaires.

Le retour fut triste, cela se comprend, du reste. Mais le sentiment qui dominait chacun, c'était la colère et l'indignation à la pensée de la trahison dont
ils venaient d'être victimes.

Il était évident que les Cipayes avaient été prévenus... il y avait dans
l'armée anglaise un misérable qui leur avait livré le secret de l'expédition...
et ce n'était pas la première fois que de pareils faits se produisaient.

Ce qu'il importait par dessus tout, c'était de démasquer le traître, de le
prendre en flagrant délit et de le tuer sans pitié si jamais on parvenait à le
découvrir.

Mais où le chercher ?...

Etait-ce un Indien ?... Etait-ce un Anglais ?

Un indien, c'était bien invraisemblable.

Tout au moins, fallait-il supposer que ce misérable avait trouvé un complice, parmi les soldats de la compagnie, et l'on se demandait quelle créature
assez indigne avait pu accepter ce rôle odieux.

Pendant que les soldats se communiquaient leurs pensées à ce sujet, Georges
qui n'était pas moins irrité que ses hommes, marchait maintenant à l'arrière,
de peur d'une reprise d'hostilité, et il n'osait, lui, s'ouvrir entièrement à Jacques à propos de ce qui venait de se passer.

Reconnaître, par ses soupçons devant un français, qu'un soldat de la Reine
pouvait commettre cette infamie de trahir son pays, et de se vendre à l'ennemi,
c'était au dessus de ses forces, et il cherchait des raisons de s'abuser et de
ne pas croire.

Pourtant, l'évidence était là, c'eut été folie de la repousser et Jacques
avait l'esprit trop subtil pour s'y laisser tromper.

Il gardait le silence cependant, ne voulant pas ajouter à la honte de son
ami, mais il était loyal et droit, lui aussi, et il lui sembla que dans cette circonstance, il devait à Georges de lui dire tout ce qu'il pensait.

Ils marchaient côte à côte; à un moment, il s'arrêta, et se prit à regarder
Mortimer d'un air à la fois bienveillant et ferme.

L'Indien partit aussitôt.

— Georges, lui dit-il ; vous voilà tout à coup devenu pensif.

— En effet, répondit le jeune lieutenant.

— Vous songez à cette douloureuse embûche, ou nous aurions pu, tous, laisser notre peau.

— C'est vrai !

— Et vous cherchez quel est le misérable qui a pu livrer à l'ennemi...

— Ah ! nous sommes entourés d'espions, interrompit vivement Georges ; et ces indiens...

Jacques remua la tête, pendant qu'un sourire ironique relevait sa lèvre.

— N'essayez pas, mon ami, répliqua-t-il de vous donner le change à vous même, car vous savez aussi bien que moi, que ce n'est pas parmi les Cipayes que vous trouverez celui que vous cherchez ! le traître n'est point là, ou, si cela est, celui-là a certainement dans vos rangs, un complice, qui prépare la trahison et en tire profit !

— C'est effrayant ! balbutia Mortimer.

51

— Ce qui le serait bien davantage encore, mon ami, ce serait de se laisser tromper davantage, et d'avoir peur de la vérité.

— Mais que faire pour découvrir le coupable.

— Je reconnais que ce n'est pas facile, mais vous ne pouvez rester indifférent devant d'aussi effroyables sinistres, et vous seriez coupable vous-même, si vous y mettiez quelque négligence.

— Au surplus, écoutez parler vos hommes, ils n'ont pas les mêmes hésitations que vous, ceux-là, et tout à l'heure je les entendais prendre une résolution énergique.

— Laquelle ?

— Ils sont résolus à faire leur police eux-mêmes ; il parait qu'ils ont déjà vu pas mal de choses extraordinaires ; la nuit, quand on fait sa faction aux avant-postes, on regarde avec intérêt ce qui se passe, et certains assurent que souvent, par les ténèbres les plus épaisses, ils ont aperçu...

— Quoi donc !

— Demandez-leur, et vous verrez !

— Voilà que vous êtes discret à votre tour.

— C'est leur secret à ces hommes ; leur vie en dépend, et on ne peut vraiment trouver mauvais qu'ils y apportent une certaine discrétion... Mais demain nous serons revenus au cantonnement, et ils parleront longuement de ce qui est arrivé cette nuit... Prêtez l'oreille à leurs propos, mon ami, et peut-être, entendrez-vous des choses qui vous paraîtront bonnes à retenir.

                                    X

Georges comprenait que son ami avait raison ; et il revint au camp, bien décidé à suivre les conseils qu'il lui donnait.

Mais un incident tout à fait inattendu allait changer la disposition de son esprit, et imprimer un autre cours à ses préoccupations.

Il y avait une heure à peine qu'il était de retour, et il quittait le colonel, déjà prévenu de l'issue de l'expédition, quand en regagnant son poste, il vit tout à coup sortir d'un bosquet de lentisques, une jeune indienne qui courut à lui, en regardant de tous côtés, comme si elle eut craint qu'on ne l'aperçût.

Georges reconnut tout de suite la jeune indienne. C'était la camériste de Laurence.

Tout son cœur bondit dans sa poitrine.

C'est lui qu'elle guettait. Etait-ce Laurence qui l'envoyait à sa rencontre, et, dans ce cas, qu'avait-elle à lui dire.

Ils se réfugièrent dans un fourré de peur d'être vus, et Georges l'interrogea.

— Qui t'envoie... demanda-t-il ardemment... parle... j'ai hâte d'apprendre.

— C'est ma chère maîtresse qui m'a dit de venir, répondit la jeune femme ; elle sait les dangers que vous avez courus cette nuit, et elle a été bien heureuse, quand on a dit que vous étiez revenu sain et sauf.

— Ah ! elle s'intéresse donc à moi ?

— Elle ne parlait que de vous ce matin ; elle était inquiète, et pleurait ; — quand elle a appris que vous étiez revenu, elle s'est trouvée mal.

— Chère Laurence.

— Mais ce n'est pas tout.

— Qu'y a-t-il encore ?

— Depuis quelque temps, elle n'est plus la même la nuit, je la veille, et elle est agitée, elle prononce des paroles sans suite, je ne l'ai jamais vue ainsi.

— D'où lui vient ce trouble.

— Elle ne l'a pas dit, mais elle veut vous voir, elle a bien des choses à vous dire, et elle vous prie de venir la voir.

— Est-ce possible ?

— C'est pour cela que vous me voyez ici, à cette heure.

— Mais quand la verrai-je ! mon Dieu ! si tu savais quelle joie m'apportent tes paroles. Est-ce aujourd'hui ? réponds.

— Non, ce n'est pas aujourd'hui, le colonel est à l'habitation, et il faut surtout éviter qu'il vous y rencontre, seulement, dès qu'il se présentera une occasion favorable, je vous enverrai une fleur de lotus qui vous sera remise par un serviteur fidèle, et quand vous la recevrez, vous comprendrez qu'on vous attend — vous avez bien entendu ?

— Oui ! oui !

— Alors, je me retire.

— Tu vas revoir ta maîtresse ?

— Elle m'attend.

— Eh bien, dis lui, n'est-ce pas, que je l'aime comme au premier jour ; que tout mon sang, que toute ma vie est à elle, et qu'elle peut compter sur mon dévouement, et sur cet amour sacré que je lui ai voué !

Georges parlait encore que la jeune fille était déjà loin.

Il s'en retourna profondément troublé, mais heureux, comme jamais il ne l'avait été dans sa vie.

Quand il arriva au cantonnement, il remarqua qu'il y régnait une grande agitation.

Chose bien naturelle.

Tout le monde connaissait maintenant l'aventure de la nuit; l'irritation s'était propagée, en s'accentuant avec une violence inouïe.

C'était la seconde expédition dont le secret avait été évidemment trahi ; et c'était trop.

Les hommes qui étaient revenus sains et saufs du guet-à-pens, ne s'abandonnaient pas cependant en récriminations inutiles ; mais ils avaient résolu de veiller, s'étaient entendus entre eux, mystérieusement, évitant même de mettre leurs camarades dans la confidence de ce qu'ils tenteraient.

Dans la journée, plusieurs courriers arrivèrent au camp, venant de Cawnpore.

Ils furent reçus par le colonel, qui, un moment, se montra soucieux et plus préoccupé que d'habitude.

Enfin, vers le soir, il monta à cheval, et partit avec une faible escorte, sans dire où il allait.

Toutefois, on ne fut pas longtemps à être fixé sur ce point.

Le général le faisait appeler, et il se rendait auprès de lui.

Le général s'était, disait-on, montré fort mécontent, et on ne doutait pas qu'il n'ordonnât des mesures décisives pour prendre une revanche éclatante et remonter la moral des soldats.

Seulement, on ne disait pas que cela.

On ajoutait que le colonel était amoureux fou de l'une des femmes de Nana-Sahib ; qu'il se rendait souvent à la forteresse du Rajah, et que ce dernier abusait de la confiance de Lord Balcam pour lui arracher des confidences dont il profitait.

Qu'y avait-il de vrai dans ces racontars : on n'eût pu le dire au juste ; les uns blâmaient le colonel, les autres le plaignaient de sa faiblesse.

Jacques et Mortimer étaient, comme d'habitude, assis sous leur tente, et devisaient de ce qu'ils avaient appris dans la journée. Des deux personnages, le peintre était certainement celui qui était le mieux informé ; depuis le matin Georges s'était repris à penser à Laurence, et il ne songeait guère à autre chose !

Laurence s'était intéressée à lui, au point de pleurer à l'idée qu'il pouvait avoir été blessé ; jamais il n'eut osé espérer une meilleure preuve d'amour ! et on lui avait promis de l'appeler, de le recevoir, en l'absence du colonel.

Or, le colonel était absent, il ne pouvait revenir maintenant qu'avec le jour.

Qui sait.

Peut être la jeune femme profiterait-elle de cette occasion pour lui envoyer la fleur de Lotus dont la jeune indienne lui avait parlé...

A un moment, Jacques se prit à rire, en haussant les épaules.

— Vraiment, dit-il, avec enjouement ; vous me faites jouer un singulier rôle depuis ce matin ! et je serais disposé à croire que vous avez été subitement frappé de mutisme, vous écoutez, et ne paraissez pas m'entendre ; vos yeux me regardaient, et il est évident qu'ils ne me voient pas ! Çà, mon ami ; que se passe-t-il donc ? Et d'où vous vient cet air ahuri qui ne vous est point habituel, et que je ne vous connaissais pas !

Georges secoua la tête avec force.

— Vous avez raison, dit-il, en faisant un effort sur lui-même ; mais c'est qu'aussi, je suis bien perplexe.

— A quel propos ?

— A propos de tout ce qu'on dit !

— Vous déplait-il, à vous aussi, que le colonel ait pour maîtresse une des femmes de Nana-Sahib.

— Cela ne déplaît ni ne me plaît ! Mais, je pense qu'il faut vraiment que cet homme soit bien imprudent pour jeter un pareil défi à l'opinion publique.

— Bon ! fit le peintre, cette aventure, si elle est vraie, ne peut que puissamment servir vos amours.

— Quelle idée !

Un éclair traversa les yeux de Jacques Borain.

— Oh ! oh ! dit-il, en même temps, il parait que je suis aveugle, maintenant...; Georges, gageons que vous avez des nouvelles de Milady; quoique français on a l'œil américain, et vous cherchez vainement à me donner le change !

Georges tendit la main au peintre.

— C'est vrai, dit-il, et il raconta la scène du matin, et avec quelle impatience il attendait l'envoi de la fleur de Lotus qu'on lui avait annoncé.

— Tout cela est grave, dit Jacques, et j'y vois pour vous de bien grands dangers.

— Lesquels?

Jacques allait répliquer, il n'en eut pas le temps.

La portière de la tente s'était soulevée, et un indien était entré.

Il portait à la main une fleur de Lotus.

Georges poussa un cri enivré... Courut à l'indien, et s'empara de la fleur sur laquelle il apposa un baiser fou.

— On t'a dit de m'apporter cette fleur ?

— Oui.., et on a ajouté que le soir on vous attendrait.

— Bien, bien. Cela suffit; pars, et, si l'on t'interroge, tu diras que je te suis.

L'indien partit aussitôt.

— Ainsi vous allez partir? fit Jacques qui l'observait en silence.

— A ma place, hésiteriez vous? non, n'est-ce pas ? Eh! bien, me voilà prêt et je pars.

— A demain, donc, mon ami, et Dieu veuille que vous n'ayez pas à vous repentir de votre résolution.

Georges avait disparu et était déjà loin. La nuit était splendide. Moins d'une heure après, il était devant la grille de l'habitation du colonel et, conduit par la jeune indienne, il était introduit dans un boudoir où Laurence l'attendait.

A sa vue il fut tout à coup saisi d'un douloureux serrement de cœur.

XI

La pauvre jeune femme avait bien changé depuis qu'il ne l'avait vue !

Elle avait pâli et maigri : un cercle noir estompait maintenant ses yeux, naguère si purs et si doux; un air d'amère mélancolie était répandu sur ses traits, et on comprenait, rien qu'à la voir, qu'elle avait dû bien souffrir depuis quelque temps.

Georges sentit son cœur se briser.

Il courut à la jeune femme, lui prit les mains qu'elle abandonna défaillante à ses baisers, et s'agenouilla à ses pieds.

— Laurence! Laurence! dit-il d'un ton ému, si vous saviez comme vous me rendez heureux, et quelle joie sainte j'ai éprouvée en recevant cette fleur de lotus qui me vient de vous, et désormais ne me quittera plus!

Laurence eut un triste et doux sourire.

— C'est peut-être bien mal ce que je fais, dit-elle en rougissant; mais j'avais été trop épouvantée quand on m'a appris les dangers que vous avez courus, et j'ai voulu vous voir pour vous dire quelques paroles amies!

— Au moins vous n'avez pas été souffrante depuis le bal de Cawnpore, interrogea Georges qui ne pouvait la regarder sans s'effrayer de l'altération de ses traits.

— Pourquoi me demandez-vous cela?

— C'est que je vous trouve bien pâle!

— Ce ne sera rien!

— Vous êtes malheureuse?

— Non!

— Le colonel...

— Ne parlons pas de lui, Georges; ne me forcez pas à me rappeler que je manque à mes devoirs en vous recevant en l'absence de mon mari, et si vous voulez être bon, ne mêlez pas un sentiment d'amertume au bonheur que votre présence me cause!

— Vous m'aimez donc toujours?

— Je vous ai aimé, du moins, mon ami!... Vous avez été le premier, le seul amour de ma vie, et si la séparation a été cruelle pour vous, croyez que mon cœur en saigne encore!

— Pauvre chère Laurence!

— Il faut se résigner, Georges; j'ai accepté la situation qui m'est faite, et je n'ai pas le droit de me révolter d'une condition que j'ai librement consentie!

— Sans doute! sans doute! mais lui! lui!... a-t-il respecté le lien qui l'unit à vous... n'a-t-il pas, au contraire, par son indignité, aggravé encore le malheur qu'il m'a imposé à votre vie?

Taisez-vous!

— Vous ignorez...

— Je n'ignore rien!

— Que dites-vous?

— Je dis, Georges, qu'aucune humiliation ne m'aura été épargnée, et que je suis résignée maintenant à boire le calice jusqu'à la lie!... D'ailleurs, il semble que Dieu ait eu pitié de moi, puisque, dans ma détresse, il m'a envoyé un enfant.

— Laurence!

— Une femme, quand elle est mère, ne peut pas être malheureuse!

— Par grâce!

— Vous avez raison, mon ami... ne parlons plus de cela... nous n'avons d'ailleurs que peu d'instants à nous, et j'ai bien des choses à vous demander.

— Vous, Laurence, fit Georges avec un geste étonné.

Puis, elle releva le front, elle enveloppa le jeune lieutenant d'un regard où brillait une singulière curiosité.

Et d'abord, dit-elle, n'avez vous rien appris de précis sur l'évènement de la nuit dernière ; la trahison n'est pas douteuse, je le sais ; mais n'a-t-on pas quelque indice, et ces hommes, qui, dit-on, sont fort irrités, à juste titre, n'ont-ils pas, eux, certains soupçons à l'aide desquels ils espèrent parvenir à découvrir la vérité. Ce qui se passe est effrayant, et il n'est pas possible que l'on n'arrive pas à démasquer; au moins, pour l'honneur de notre pays, il faut penser que le traître n'est pas un des nôtres.

Un nuage glissa sur le front de Georges a cette question; une contraction nerveuse imprima un pli profond à son front, et une imperceptible pâleur vint à ses joues.

Nos soldats se préoccupent beaucoup en effet, répondit-il, d'un mystère où le sort de tous est attaché : ces hommes, qui ont fait fort longtemps la guerre et qui ont eu affaire avec les espions dans toutes leurs campagnes, ces hommes ont le flair subtil, et ce qui les effraye peut-être plus que la trahison même, c'est les ténèbres dont elle s'enveloppe, et qu'ils n'ont pu pénétrer encore. Toutefois, ils sont obstinés, ils comprennent que leur vie est en jeu, et à l'heure qu'il est, je crois qu'il ne reste plus de doute dans leur esprit, au moins sur la nationalité du traître ou des traîtres qui livrent nos secrets à nos ennemis. Ces traîtres ! ils sont convaincus qu'ils ne sont pas indiens.

— Est-ce possible ?

— C'est vraisemblable ; et j'avoue que je suis de leur avis !

— Eh quoi !... il y aurait parmi vous, un anglais assez indigne ?

— On ne peut plus en douter.

— Et vous ne soupçonnez personne jusqu'à présent?

— Rien n'est plus délicat; vous le comprenez sans peine. Il importe d'user d'une extrême prudence, la moindre maladresse pourrait tout compromettre; et nos soldats s'y attendent. Aussi, y mettront-ils le temps, mais je mo trompe fort, ou avant peu, ils sauront à quoi s'en tenir.

Laurence garda le silence.

Ils étaient assis près de la fenêtre ouverte : la nuit était sereine et calme il n'y avatt pas un souffle dans l'air.

La jeune femme était rêveuse et l'on eût dit qu'elle avait oublié que Georges se trouvait près d'elle.

Tout-à-coup cependant, elle tressaillit, releva la tête et plongea son regard dans la plaine.

— Qu'avez-vous? interrompit Georges?

— N'entendez-vous pas! fit Laurence.

— Quoi donc ?

— Ah! je ne m'y trompe pas; il y a, à quelques centaines de mètres d'ici des hommes qui marchent dans les fourrés, tenez, écoutez, et regardez vous-même.

Georges se pencha vers la fenêtre, prêta l'oreille et regarda.

Quelques secondes à peine, puis, il rentra dans le boudoir !

— Eh bien ? fit Laurence anxieuse !

— Eh bien, vous aviez raison, et je sais ce que c'est.

— Qu'est-ce donc ?

— Ce sont des soldats de ma compagnie, ils font leur ronde, comme ils se sont promis de la faire désormais toutes les nuits, et malheur à celui qu'ils rencontreront, si celui-là ne peut pas dire d'où il vient, et où il va.

La jeune femme retomba dans son silence, et s'abîma dans sa rêverie, sans même s'apercevoir que Georges s'était agenouillé de nouveau, et lui avait repris les mains.

— Il faut vous retirer, mon ami, lui dit-elle; la nuit est avancée déjà; le colonel pourrait revenir, et je ne veux pas...

— Mais je vous reverrai ! fit Georges sur un ton de peine !

— Je vous le promets.

— Bientôt?

— Oui, oui. bientôt.

— Et d'ici là, Laurence, vous penserez au malheureux qui ne pense qu'à vous.

— Ne me pressez pas, n'augmentez pas le trouble que j'éprouve, Georges, je vous en prie.

Georges en fut pas maître de lui ; et attira vivement la jeune femme contre sa poitrine, et enfonça ses lèvres frémissantes dans ses cheveux.

— Laurence ! Laurence ! balbutia-t-il, d'une voix ardente, je vous aime ! je vous aime.

Et pendant que Lady Balcam s'enfuyait effrayée vers la chambre à coucher, il franchit le seuil du boudoir et gagna un salon, où la jeune indienne l'attendait.

Une heure plus tard, il rentrait au camp.

Le jour naissait à peine, il trouva Jacques qui était levé déjà.

— Eh bien, dit le jeune peintre, votre entrevue s'est passée sans incident fâcheux.

— Le colonel était absent, répondit Georges, et Laurence m'a accueillie avec son abandon d'autrefois.

Et il lui raconta sommairement son entretien avec la jeune femme, sans oublier la ronde des soldats anglais qui les avaient un instant effrayés.

Jacques approuva du geste.

— Oui, je sais, dit-il, j'avais entendu quelques propos de ce genre; vos hommes ne se laisseront plus détourner désormais, et ils fouilleront ainsi les environs toutes les nuits; mais ils n'ont pas été heureux cette fois, et n'ont rien rencontré, au surplus, mon ami, je ne veux pas vous faire perdre un temps précieux; vous n'avez pas dormi de la nuit, et vous devez avoir besoin de sommeil, dans quelques heures, quand vous aurez reposé, nous causerons de toutes ces choses, et de bien d'autres encore qui vous intéresseraient.

Là, là, dans cette chambre, hâtez-vous !

Georges ne se fit pas répéter l'invitation ; et gagna sa tente aussitôt, et pendant toute la matinée, on ne le vit pas dans le camp.

Rien d'extraordinrire ne se passa d'ailleurs durant ces quelques heures:

Le colonel était absent; il s'était rendu auprès du général, et on attendait son retour.

Il revint vers le milieu du jour, et fit appeler immédiatement les principaux chefs qui partageaient avec lui le commandement de la colonne.

Il restèrent plus d'une heure en conférence; mais rien ne transpira de ce qui y avait été résolu.

Ce mystère, au lieu d'inquiéter la troupe, ranima au contraire sa confiance.

Cette fois, puisque le colonel gardait le secret pour lui seul, il était certain qu'il ne serait pas trahi!

C'est ce que l'on voulait, et on ne chercha même pas à pénétrer ou seulement à pressentir ce secret.

Mais la compagnie de Georges Mortimer n'abandonna pas néanmoins la mission de surveillance dont elle s'était chargée, et tout en se préparant à faire son devoir, on y décida de continuer les rondes nocturnes, dont quelques hommes avaient pris l'initiative.

Georges n'avait pas cru devoir s'en inquiéter autrement, et il était bien décidé de son côté, à n'y mettre aucun obstacle.

Et puis, il pensait à bien autre chose.

Depuis qu'il avait revu Laurence, son esprit était plein de son souvenir, tout ce qui l'en détournait, lui était pénible; pendant les dernières heures du jour, il apporta même un soin particulier à éviter la rencontre de Jacques. Il voulait rester tout entier à Laurence, et par un phénomène facilement explicable pour tous ceux qui ont aimé dans leur vie, quand vint le soir, il quitta le camp sans but défini, marcha devant lui, à l'aventure, si bien qu'au bout d'une demi heure, il se trouvait aux alentours d'une habitation qui ressemblait, à s'y méprendre, à celle de Lady Balcam.

Et c'était bien elle en effet.

Un frisson passa sur sa chair, quand il la reconnut.

C'était l'instinct, bien plus que le hasard, qui l'avait conduit là, et l'idée ne lui vint pas d'y entrer.

Mais il s'assit à peu de distance, et le cœur frémissant, il se mit à contempler ces murs derrière lesquels vivait celle qu'il s'était repris à aimer avec toute l'ivresse d'autrefois.

Une heure s'écoula de la sorte.

La nuit était venue brusquement, sans transition; il était maintenant enveloppé de ténèbres épaisses.

Tout à coup, il fit un mouvement pour se lever, et pressa ses lèvres de ses deux poings, pour étouffer un cri près de lui échapper.

Une petite porte venait de s'ouvrir silencieusement dans le mur du parc qui entourait l'habitation et un homme était sorti.

Il ne le distingua pas; mais comme il fit quelques pas dans sa direction, il remarqua qu'un manteau sombre tombant de ses épaules, et qu'un large chapeau cachait son front et ses traits.

Du reste ce fut rapide comme l'éclair.

A peine l'homme eût-il fait quelques pas dans le sentier qui longeait le parc, qu'aussitôt, il se rejeta dans un fourré et disparut.

Georges resta frappé de stupéfaction.

Quel est cet homme? qu'était-il allé faire chez le colonel, pourquoi s'éloignait-il à cette heure, et avec ces précautions excessives.

Mille idées confuses traversèrent le cerveau du jeune lieutenant; mille questions se pressèrent sur ses lèvres, auxquelles il ne trouva pas une réponse satisfaisante.

N'y a-t-il pas là un danger pour Laurence, ou pour le colonel lui-même ! et n'était-il pas de son devoir étroit de prévenir ce dernier.

Que faire cependant. Il n'osait prendre aucun parti.

Toutefois, à force de réfléchir, il comprit que son hésitation était coupable, et surmontant ses derniers scrupules, il quitta son poste d'observation et marcha résolument vers la grille.

Mais, au moment où il allait donner le signal d'appel, il s'arrêta glacé, et presque terrifié.

A une faible distance, au détour d'une allée, il venait de voir se profiler deux silhouettes de femme.

Cette fois, il ne fut pas longtemps à les reconnaître.

C'était Laurence suivie de la jeune indienne.

Son étonnement devint plus vif, et il se demanda la pâleur au front, ce que venaient faire là, ces deux femmes, après l'étrange incident auquel il sortait d'assister.

Les deux femmes avançaient, en échangeant quelques paroles à voix basse.

Il retint son souffle et écouta.

— Ainsi, dit alors la voix de Laurence, c'est bien lui que tu as vu.

— C'est bien lui répondit l'indienne.

— Il est parti.

— Par la petite porte du parc.

— Seul ?

— Seul, enveloppé d'un manteau et le front couvert d'un large chapeau qui cachait ses traits.

— Le malheureux ! balbutia Laurence d'un ton accablé ! ah ! je n'ai plus de doute maintenant, et...

Elle allait poursuivre, mais la suivante l'arrêta, en lui saisissant le bras.

— Qu'y a-t-il? fit Laurence interdite.

— Là, regardez, il y a quelqu'un.

C'est Georges qu'elle avait aperçu dans la nuit, et qu'elle désignait ainsi.

Le jeune lieutenant était découvert, et ne pouvait se dissimuler davantage : il se montra.

— Vous ! s'écria Laurence éperdue, en courant à lui et lui prenant les mains ; vous êtes là.

— Depuis une heure.

— Mon Dieu ! et vous avez vu...

— J'ai vu un homme sortir du parc.

— Et vous avez reconnu cet homme, vous savez que c'est Georges.

Et comme ce dernier gardait le silence.

— Ah! par grâce, mon ami, ajouta-t-elle hors d'elle-même, ne le trahissez pas. C'est à mains jointes que je vous supplie. C'est pour mon fils, pour l'honneur du nom qu'il porte, que je vous implore. Georges ! venez ! venez, il faut que je vous parle, il faut...

En même temps, sans lui donner le temps de répondre, elle l'entraîna sur ses pas, et marcha d'un pas saccadé et nerveux jusqu'à l'habitation.

Georges avançait sans opposer de résistance, il était épouvanté de ce qu'il venait d'apprendre, et tout son être se soulevait à la pensée que l'homme qu'il venait de voir s'éloigner était le colonel Balcam.

Cependant un doute s'obstinait encore dans son esprit loyal.

Où allait donc le colonel, à cette heure et pourquoi Laurence avait-elle peur qu'on ne le trahît.

Quand il arriva dans l'appartement, où, la veille, il avait passé une heure avec Laurence, il n'était pas encore revenu de son trouble.

Cependant la jeune femme avait fermé la porte derrière elle.

Ses traits étaient altérés; un certain égarement se lisait dans ses yeux; sa poitrine se soulevait avec une violence désordonnée et âpre.

Elle se laissa tomber accablée auprès de Mortimer.

— Alors, vous savez tout ! dit-elle, d'un accent acéré; vous avez deviné que le colonel...

— Mais je vous jure, voulut dire Georges.

— Non ! non ! n'essayez pas de faux fuyants qui ne me tromperaient pas. Eh bien, oui, c'est vrai ! voilà la honte qui m'est faite, et vous devez comprendre au milieu de quelles tortures, de quelles épouvantes, je vis ! oui, chaque soir, le colonel se rend au château de Bithoor, où l'attend Nana Sahib à qui il livre les secrets de son pays. C'est horrible, n'est-ce pas, et vous avez peine à croire à tant d'infamie, et c'est l'homme auquel ma destinée est attachée ! tenez ! si je n'avais pas mon enfant, il y a longtemps déjà que j'aurais cherché un refuge dans la mort ! mais lui ! la pauvre créature innocente, que deviendrait-il, si je lui manquais tout à coup, si, à côté du déshonneur du père, je ne mettais pour le racheter, la vertu et l'honneur de la mère.

Voilà ce que voulais vous dire, Georges; voilà ce que je n'hésite pas à vous confier, parce que je suis bien certaine que, vous du moins, vous ne soutiendrez dans les terribles épreuves que j'aurai à traverser. Ah! vous me le trahirez pas, promettez-le moi, et si même le malheur voulait qu'un jour, la honte fût découverte, jurez moi, mon ami, jurez moi que vous ferez tout pour le sauver.

— Vous savez bien, Laurence, répondit Mortimer, que je suis prêt à vous donner ma vie, s'il le faut.

— Je sais cela ! oui ! et j'ai souvent pensé que j'aurais été bien heureuse, si Dieu avait béni notre union.

— C'est que je vous aime tant!

En parlant ainsi, Laurence s'était laissée attirer dans les bras du jeune homme, et comme la veille, les lèvres de ce dernier, s'enfoncèrent ennivrées dans les flots de son opulente chevelure.

Elle frissonna, sans le repousser.

Seulement, quelques secondes après, elle redressa brusquement la tête, et s'arrachant à cette douce étreinte, elle bondit vers la fenêtre ouverte.

— Qu'avez-vous ? interrogea Georges anxieux.

— Ecoutez! écoutez !

— Quoi donc ?

L'interrogatoire s'arrêta sur les lèvres du lieutenant.

Un coup de feu venait de retentir, au loin, suivi de cris et d'appels furieux.

Laurence joignit les mains, et se laissa tomber à genoux.

XII

— Lui ! c'est lui ! balbutia-t-elle, en tordant ses bras avec désespoir, il est perdu !

Mais au même instant, un autre sentiment parut s'emparer d'elle; elle se releva par un mouvement emporté, et marcha résolue vers Georges.

— Georges, dit-elle, ne restez pas un instant de plus ici, il va venir, s'il peut échapper aux forcenés qui le poursuivent, c'est dans cette habitation qu'il viendra se réfugier, il ne faut pas qu'il vous y trouve.

— Mais, vous même.

— Oh ! ne vous inquiétez pas de moi, il y a longtemps que j'avais prévu ce qui arrive ! et Dieu me donnera le courage nécessaire.

— Je ne puis me résoudre à vous abandonner ainsi seule.

— Ne craignez rien pour moi, partez, je vous en conjure, Georges, si vous m'aimez !

Georges reprit la jeune femme dans ses bras.

Ils étaient l'un et l'autre si profondément émus et troublés, qu'un instant ils restèrent ainsi étroitement enlacés, ne songeant plus au danger qu'ils couraient ; quand tout à coup, la jeune indienne fit irruption dans la chambre.

Laurence poussa un cri de détresse, et se dégagea vivement.

— Qu'y a-t-il ? demanda-t-elle à la servante !

— Lord Balcam.

— Lui ! déjà.

— Il est dans le vestibule : il a fermé toutes les issues, dans quelques minutes il sera ici.

Laurence devint livide : Georges courut à la fenêtre, pour sauter dans le parc.

— Non ! non ! on vous verrait ! dit la jeune femme, mon Dieu, que faire, je l'entends qui monte l'escalier, et puis, ces cris au dehors, on l'a suivi, que Dieu m'inspire, ah ! tenez! là, dans cette chambre, c'est celle de mon fils, hâtez-vous ! c'est le seul parti à prendre.

La situation était terrible : il n'y avait pas à reculer. Georges n'hésita pas et disparut dans la chambre qu'on lui indiquait et dont l'indienne ferma la porte derrière lui.

Il était temps !

Presque aussitôt, le colonel pénétrait dans le boudoir.

Lui aussi, il était bien pâle, le manteau qui tombait de ses épaules était souillé de poussière ; son regard heurté et sombre avait des lueurs étranges et comme affolées.

Laurence se précipita à sa rencontre.

— Ah ! que se passe-t-il donc ? interrogea-t-elle, d'une voix tremblante, et quels sont ces cris que j'entends.

— Rien, des soldats qui ont cru apercevoir quelque espion.

— Mais ils ont fait feu.

— Il me semble, en effet.

— Vous n'avez pas été blessé, au moins ?

— Moi ! allonc donc.

— Mais ce sang-là ! sur votre vêtement.

Le colonel se dressa hautain et énergique.

— Ce n'est rien, dit-il, et surtout ne vous occupez pas ainsi de ce qui ne regarde que moi !

Et sans attendre d'autre observation, il se dirigea vers la chambre où déjà Georges s'était réfugié.

Par un mouvement inconscient, Laurence courut, comme si elle eut voulu lui en défendre l'entrée.

— Que faites-vous, dit-elle, en même temps, c'est la chambre de notre enfant, et vous le réveilleriez !

Le colonel eut une crispation nerveuse ; sa lèvre se plissa, tandis qu'un éclair soudain traversait son regard.

— Vous avez raison, répondit-il, en continuant de regarder la porte de la chambre, dont on cherchait à l'écarter ; je me retire, mais pour un instant seulement, car je crois bien, que tout à l'heure nous aurons à causer de choses graves.

Et il disparut.

Cependant les cris du dehors s'étaient rapprochés, et maintenant. on les entendait le long des murs du parc, que quelques soldats s'apprêtaient même à escalader.

Laurence était plus morte que vive.

— A mort ! à mort l'espion ! criaient dix voix farouches, nous l'avons vu, c'est ici qu'il s'est réfugié.

A un moment, la grille céda sous la poussée furieuse des assaillants, et les soldats se ruant à l'intérieur, pénétrèrent dans l'habitation dont ils se mirent à gravir tumultueusement l'escalier.

Désormais, rien ne devait plus les arrêter, et en effet quelques minutes plus tard, ils faisaient irruption dans le boudoir de Lady Balcam.

Une fois là, cependant étonnés, de se trouver en présence de la femme de leur colonel, ils se montrèrent un peu embarrassés et confus.

— Que voulez-vous! dit alors Laurence d'un ton ferme, et pourquoi cette violence.

— C'est que répondit... un des hommes, qui portait les insignes de sergent.

— Que cherchez-vous ?

— Excusez-nous, Milady; mais nous sommes à la recherche d'un espion ; nous l'avons suivi de près, et nous sommes certains de l'avoir vu se réfugier ici.

— Chez votre colonel!

— Celà paraît invraisemblable sans doute, mais celà est, et le colonel voudra bien nous excuser quand il connaîtra le motif de notre indiscrétion.

— Enfin, quel est votre projet?

Celui qui portait la parole, avait d'abord été légèrement intimidé ; mais à mesure qu'il parlait, il avait pris plus d'assurance ; et maintenant, il n'avait pas la moindre hésitation.

La colère lui était revenue ; le souvenir de l'espion l'avait repris, il était sûr qu'il s'était réfugié dans l'habitation, et il n'entendait pas le laisser échapper.

— Notre projet est bien simple, répliqua-t-il, et nous ne pouvons en avoir qu'un, c'est de fouiller l'habitation jusqu'à ce que nous ayons trouvé celui que nous cherchons.

— Oui! oui! approuvèrent les soldats, l'espion, il nous le faut! nous le voulons, à mort, à mort.

Ils s'exaltaient, Laurence ne savait plus quel parti prendre, et déjà le sergent, prenant son silence pour un acquiescement faisait quelques pas vers la chambre où se cachait Georges, quand elle se précipita éperdue, et vint se placer résolument devant la porte.

Non ! dit-elle, pas là! C'est la chambre de mon fils! respectez au moins son sommeil, ne l'épouvantez pas ! une pareille violence le ferait mourir.

Le soldat recula instinctivement devant cette mère éplorée, et échangea un regard troublé avec son compagnon.

Soit! dit-il en baissant le front, nous allons nous retirer, mais un de nous restera en faction, et si nous ne découvrons pas le coupable dans les autres parties de l'habitation, nous reviendrons, bien résolus cette fois, à ne plus nous laisser arrêter.

En parlant ainsi, il commença son mouvement de retraite: Laurence se crut sauvée; c'était un répit, et bien qu'elle ne sut encore comment elle en profiterait, elle l'accueillit comme une chance de salut.

— Enfin ! enfin murmura-t-elle.

Mais au même instant, la porte de la chambre à coucher s'ouvrit, et le colonel parut sur le seuil.

Il avait réparé le désordre de sa toilette, et paraissait avoir repris l'entière possession de lui même.

— Eh bien! dit-il, d'un ton sévère en s'adressant à ses soldats, pourquoi ce bruit, et d'où vient que vous osez pénétrer ainsi chez votre colonel.

Cette voix habituée à commander, produisit son effet ordinaire, et tous les hommes se rangèrent respectueux et muets.

— Vous vous taisez ! continua lord Balcam ; ce n'est point ainsi que je l'entends, et je vous ordonne entendez-vous, je vous ordonne de parler, de tout me dire, car je veux connaître toute la vérité.

Parle donc toi, ajouta-t-il, en se tournant vers le sergent ; et sur ta vie ne cherche pas à dissimuler ce que tu sais.

Le sergent s'inclina. Il ne demandaient qu'à obéir, et recommença le récit qu'il avait déjà fait à Laurence, et le continua jusqu'au moment, où sur les instances de Milady, il avait cru devoir se retirer.

Lord Balcam avait écouté sans interrompre ; quand il eut fini, il approuva du geste.

— Ce que vous avez fait est fort bien, dit-il, d'une voix hautaine et ferme, et je ne puis que vous féliciter du zèle que vous avez déployé en cette circonstance, pour le service de sa Majesté la Reine : il vous en sera tenu compte, croyez le bien, et je n'aurai garde de l'oublier. Aussi je ne veux pas qu'un zèle si louable reste stérile, et je vous aiderai autant que je le pourrai : nous faisons une guerre terrible, ici, entourés comme nous le sommes, d'espions et de traîtres ; j'ai trop grand souci de la vie de mes soldats pour me montrer indifférent aux dangers qu'ils courent, et je m'associerai énergiquement aux recherches que vous tentez, et pour vous le prouver, je vous autorise, moi, à faire cette perquisition à laquelle Milady s'opposait dans un sentiment un peu exagéré d'amour maternel, je la connais trop bonne anglaise pour qu'elle prolonge davantage sa résistance, et elle ne vous en voudra pas, soyez en assuré, de la violence nécessaire qui lui aura été faite.

Le colonel avait parlé, et le sergent hésitait encore.

Laurence était si livide, une altération si effrayante s'était répandue sur ses traits, que le malheureux n'osait pousser plus loin l'aventure.

Le colonel fronça les sourcils.

— Eh bien, dit-il. d'une voix impérieuse et dure, n'avez vous pas entendu ?

— C'est que, balbutia le sergent.

— Faut-il que je répète deux fois mon ordre ?

— Mais, Milady.

Lord Balcam eut un sourire sardonique.

— Milady ne commande pas le régiment, je suppose, dit-il, et je trouve que vous mettez bien du temps à obéir.

Du reste, ajouta-t-il, voilà beaucoup trop d'hésitation ! et ce que personne ici n'ose faire, c'est moi qui le ferai.

Et il se dirigea d'un pas rapide vers la porte.

Mais avant qu'il n'en eût atteint le seuil, Laurence se plaçant devant lui.

— Par grâce ! par pitié ! supplia-t-elle.

— Qu'est-ce à dire, fit le colonel ?

— Il y a quelqu'un là.

— Devenez-vous folle.

Il avait amené la belle Amalia.

— Non ! écoutez-moi, renvoyez ces hommes ; je vous dirai tout, mais au nom du ciel, au nom de notre enfant.

En suppliant de la sorte, Laurence avait pris les mains de Balcam, et elle cherchait à l'attirer à l'écart.

Il la repoussa rudement.

— Assez, dit-il, assez, madame ; ne comprenez-vous pas que l'on nous voie et ne craignez-vous pas, à votre tour, que l'on nous prenne pour les complices des traîtres ?

Et se dégageant d'un geste farouche, il alla ouvrir la porte.

53

— Il y a quelqu'un là, dites-vous, continua-t-il à voix haute et forte ; et bien, celui-là, quel qu'il soit, ne peut être qu'un misérable, qui appartient à la justice de l'armée ; il y a assez longtemps que les espions et les traîtres se cachent, il faut qu'ils se montrent à la fin, et que nous sachions à quels infâmes nousavons à faire, sortez! sortez ! si vous ne voulez pas que j'aille moi-même vous appréhender au collet.

Laurence était tombée à genoux, la tête échevelée dans les mains; la porte était ouverte, et un homme venait de paraître.

Un long cri de stupéfaction, presque de terreur, parcourut les rangs des soldats.

— Le lieutenant! dirent-ils d'une même voix, le lieutenant!

Le sergent s'était avancé.

— Mais c'est impossible! ajouta-t-il, sir Georges Mortimer, un traître! jamais !

— Ah! vous avez raison, dit Laurence, avec des sanglots, il y a ici une fatale méprise, le lieutenant Mortimer est connu de tous. Ce n'est pas lui, qui peut-être accusé de trahison.

— Cela est invraisemblable en effet, approuva le colonel d'un ton presque calme; et je ne demande pas mieux que de me rendre, que le lieutenant parle donc, et qu'il dise devant tous, comment il se trouve ici, à cette heure, essayant de se dérober à tous les regards.

— Parlez ! parlez, lieutenant, insista le sergent qui adorait Mortimer.

Mais ce dernier garda le silence.

— Vous vous taisez ! fit le colonel; quand d'un mot, vous pouvez vous justifier.

Georges était effrayant à voir; ses mains crispées comprimaient sa poitrine; deux belles larmes coulaient le long de ses joues livides.

— Je n'ai rien à dire, répondit-il, avec effort, en détournant les yeux de Laurance.

— Vous refusez de parler !

— Lieutenant! lieutenant! dirent encore les soldats.

— Je n'ajouterai pas un mot, fit Georges, d'une voix altérée, les apparences sont contre moi, et me condamnent; mais il y a ici une personne qui sait que je suis innocent, et cela me suffit! faites maintenant de moi ce que vous voudrez.

Le colonel adressa un geste impérieux au sergent:

— Il s'est livré lui même, dit-il enmenez-le au camp, et n'oubliez pas que vous m'en répondez sur votre vie!

Il n'y avait pas à répliquer: les soldats ouvrirent leurs rangs ; Georges alla se placer au milieu d'eux, et la petite troupe s'éloigna silencieuse et morne.

Malgré l'évidence, en dépit de l'attitude inexplicable de Georges, aucun des soldats ne pouvaient croire encore que leur lieutenant fut coupable de trahison.

Chacun d'eux l'avait vu au feu, et on ne se bat pas comme se battait Mortimer, quand on fait le métier d'espion.

XIII

Il n'est pas besoin de dépeindre l'effet profond qui produisit au camp l'arrivée de Georges, marchant désarmé, au milieu des soldats de la compagnie.

Le colonel les avait suivis de près, et avait raconté aux principaux chefs le douloureux incident de la nuit !

Le sentiment général fut qu'il y avait là une cruelle méprise et l'on ne douta pas que la vérité ne tarderait pas à se faire, et que, le jeune lieutenant, si aimé de tous, se justifierait facilement de l'accusation dont il était l'objet.

Mais quand on apprit que Georges refusait énergiquement de se défendre.. qu'il se renfermait dans un silence obstiné, dédaignant de fournir aucune explication sur sa présence chez le colonel au moment de l'arrivée des soldats un étonnement douloureux se produisit ; la sympathie se changea en défiance et quelques-uns commencèrent à se laisser gagner par des soupçons que l'attitude de l'accusé semblait surabondamment autoriser.

S'il était innocent, pourquoi ne parlait-il pas ! tout le monde eut été heureux de le voir sortir absous de cette position terrible, et l'on ne comprenait pas qu'il s'abandonnât ainsi lui-même, quand toutes les bonnes volontés n'attendaient qu'un mot de lui pour se justifier.

Au surplus, l'affaire allait suivre son cours régulier et rapide.

On ne plaisante pas, en temps de guerre, avec les faits de trahison, devant l'ennemi, et ici, la gravité du délit s'augmentait du grade de l'accusé.

On avait expédié un courrier au Général Wheiler ; et l'on s'attendait à le voir arriver d'un moment à l'autre. C'était seulement, quand il se trouverait sur les lieux, que l'affaire prendrait une tournure définitive, et jusque là, chacun suspendit son jugement.

Cependant, de tous ceux qui avaient appris la fatale nouvelle, Jacques Borain était celui qu'elle avait le plus impresssionné ! Lui seul, connaissait la vérité, il ne pouvait se tromper sur le silence que gardait son ami. Il savait bien, lui, que Georges se tairait, c'est qu'il ne voulait pas compromettre l'honneur de Laurence, mais il ne pouvait accepter une pareille situation sans se révolter et il espérait bien que la jeune femme ne le laisserait fusiller sans pitié pour épargner une honte au nom du traître auquel elle était liée !

Dans l'état d'esprit où il se trouvait, il éprouvait un ardent désir de voir Georges, et de l'entretenir avec lui. Il avait adressé une demande à ce sujet, au Colonel Balcam ; mais ce dernier s'était montré impitoyable, et il avait refusé de laisser le prisonnier communiquer avec qui que ce soit, avant l'arrivée du Général.

Jacques se l'était tenu pour dit, et n'avait pas insisté.

Comme les autres, il attendit.

Il savait que le général aimait beaucoup Georges qui lui avait été recommandé par lord Chattram, son meilleur ami, il faisait grand cas du caractère
et de la bravoure du jeune lieutenant, et le lui avait prouvé en plusieurs circonstances. On pouvait donc espérer qu'il ne se contenterait pas des déclarations du colonel ; qu'il chercherait la vérité dans le silence étrange de Mortimer, et que probablement il ferait la lumière dans une affaire dont jusqu'alors
on n'avait pas réussi à pénétrer le mystère.

Or, pendant que cette émotion se produisait au dehors, émotion où se tr ahis
saient les vives sympathies qu'avait éveillées la personnalité de Georges Mortimer, ce dernier avait été conduit sous une tente préparée pour le recevoir,
et où il était gardé par les soldats mêmes de la compagnie.

Une fois là, on l'avait laissé livré à lui-même, et seul, absorbé par les
idées que lui suggérait la situation redoutable où il s'était mis de son propre
mouvement, il se demandait ce qu'il allait devenir et comment il oserait
affronter les reproches qui lui seraient adressés.

Il ne se faisait d'ailleurs aucune illusion : à cette heure, son crime était
connu, et il devait être l'objet de la réprobation générale.

Un conseil allait se réunir, et il serait condamné à être dégradé et à mourir de la mort des infâmes et des traîtres.

Il n'y avait pas d'indulgence possible; il serait fusillé par les hommes
qu'il avait commandés!

Quelle honte !

Mais comment s'y soustraire?... Pour rien au monde, il n'eût voulu avouer
qu'il se trouvait auprès de Laurence, parce qu'il l'aimait et qu'elle l'aimait!

Nul n'eût pu croire à la pureté de cet amour, et c'était le déshonneur pour
la jeune femme !

Le colonel, s'il l'avait voulu, eût pu éviter un pareil scandale.

Mais l'évènement le servait trop bien... et il lui était trop utile que l'amant
de sa femme fût pris pour un espion, puisqu'il se sauvait ainsi lui-même !

Et avec quelle amère tristesse le malheureux Georges ne songeait-il pas
au sort auquel Laurence allait être désormais condamnée!

Une chose encore pesait cruellement sur son esprit !

Le général Wheeler devait venir : il le ferait appeler, et une fois en sa présence, que lui dirait-il ? Le silence qu'il avait gardé jusqu'alors, pourrait-il le
garder toujours ? Il faudrait donc qu'il confessât son crime, qu'il se déclarât
infâme devant ce chef vénéré qui l'avait accueilli avec tant de bonté.

Des larmes lui venaient aux yeux à cette pensée, et il cachait son front
rougissant dans ses mains.

Plusieurs fois aussi il pensa à Jacques.

Il ne doutait pas que celui-là n'eût compris toute la vérité et deviné où
était le vrai coupable; il tremblait même qu'il ne se livrât à quelque indiscrétion.

Que n'eût-il pas donné pour le voir et lui parler ?

Il apprit alors que le jeune peintre avait sollicité la faveur d'être admis auprès de lui, et que le colonel l'avait refusé. C'était facile à prévoir, mais Georges en éprouva une vive contrariété... Jacques lui aurait peut-être apporté quelque nouvelle de Laurence, et c'était là tout ce qu'il espérait... la seule chose qui l'eût consolé dans sa détresse.

Une partie de la journée se passa de la sorte, sans qu'il eût entendu autre chose que le pas régulier et monotone de sentinelles qui veillaient autour de la tente.

Puis, vinrent les premières ombres du soir.

A ce moment, un bruit inusité se fit entendre à quelque distance... il entendit des pas nombreux s'arrêter autour de la tente; puis les sentinelles présentèrent les armes ; la portière de la tente se souleva, et un homme entra.

C'était le général Wheeler!

Georges se leva d'un bond.

On avait laissé retomber la portière : le général et le lieutenant se trouvaient seuls.

Il y eut un moment de silence solennel : le général s'assit, le lieutenant resta debout.

— Vous paraissez surpris de me voir, sir Mortimer, dit alors le général ; et pourtant ma présence ici n'a rien qui doive vous surprendre, et si je suis venu vers vous, au lieu de vous rappeler près de moi, c'est que, jusqu'à ce que vous soyez jugé, je veux ne voir encore en vous que le protégé de lord Chattram.

Georges s'inclina.

— Vous ne sauriez croire, général, répondit-il avec émotion, quelle profonde gratitude votre bonté éveille en moi, et combien je souffre en ce moment de la situation dans laquelle je me trouve.

Nous parlerons de cela tout à l'heure. Pour le moment, j'attends que nous abordions un autre sujet.

— Je suis prêt à vous répondre, et je dirai tout ce que je pourrai vous confier.

— Vous savez de quel crime vous êtes accusé?

— Oui, général.

— Le colonel Balcam affirme que vous avez été pris en flagrant délit de trahison.

— Le colonel aurait pu être moins affirmatif.

— Cependant vous n'avez pas nié !

— C'est vrai.

— Vous avez obstinément refusé de vous défendre.

— Je ne le pouvais pas.

— Pourquoi?

— Je ne dois pas le dire.

— Alors vous avouez...

— Je n'avoue rien, mais je ne me défends pas.

— Le général fronça le sourcil.

— Soit ! dit-il, d'un ton bref, je n'insiste pas... Nous y reviendrons... Ecoutez-moi ! vous vous rappelez, n'est-ce pas, la première entrevue que nous eûmes ensemble à Cawupore.

— Je n'oublierai jamais la bienveillance avec laquelle vous m'avez accueilli.

— Cette bienveillance s'adressait à l'ami de lord Chatam qui me semblait alors tout à fait digne de l'intérêt qu'on lui portait.

— Il l'était aussi, je le jure.

— C'est ce que nous verrons ; je continue. Or, ce jour-là, en vous parlant de la guerre que nous allions prochainement engager, je vous disais que nous étions entourés d'espions qui empruntaient tous les costumes, se glissaient parmi nous à toute heure, cherchant audacieusement à trouver des complices jusque dans l'armée anglaise.

— Je m'en souviens...!

— Et à cette communication, vous avez laissé échapper un geste d'horreur, et vous avez déclaré que ceux-là acceptaient un rôle odieux, et ne méritaient aucune pitié.

— Je l'ai dit, et je le répète ! fit Georges avec force.

— Il y a quelques mois à peine que cette entrevue a eu lieu, poursuivit le général, et quand je vous retrouve devant moi, il faut que je ne voie plus en vous qu'un criminel contre lequel je vais être obligé d'appeler toutes les sévérités de la loi !... Que s'est-il donc passé, lieutenant Mortimer, et comment le jeune homme que je croyais honnête et loyal a-t-il pu se rendre coupable du plus épouvantable des crimes !

La voix du général avait pris un accent terrible : Georges baissa la tête sans répondre.

— Vous gardez le silence ! fit son interlocuteur, avec un commencement d'irritation contenue ; et pourtant si ce n'est par intérêt pour vous-même, que ce soit par égard pour moi. Vous ne pouvez rester indifférent ni impassible devant l'accusation dont vous êtes l'objet... Voyons, sir Mortimer, répondez... je le veux... je vous l'ordonne !... Est-il vrai que vos propres soldats vous aient trouvé réfugié dans l'habitation de lord Balcam ?

— C'est vrai ! répondit Georges, la gorge serrée.

— Vos hommes qui avaient, quelques jours auparavant, été victimes du plus odieux guet-apens, veillaient chaque nuit, épiant les environs et cherchant à découvrir les traces d'un misérable qu'ils avaient cru voir franchir les lignes à plusieurs reprises... cette nuit, ils l'avaient poursuivi ; l'un d'eux fit même feu sur lui, mais il réussit à se dérober, sans toutefois dépister ceux qui s'étaient lancés sur ses pas. Ils le virent traverser la campagne, tourner le camp, et enfin disparaître dans l'habitation de leur colonel. Mais ces braves n'hésitèrent pas, avec une promptitude de résolution qu'on ne saurait trop louer, ils placèrent autour du palais quelques hommes chargés d'en garder toutes les issues, et firent irruption chez lord Balcam, où ils étaient bien sûrs de mettre la main sur le criminel ! C'est ainsi qu'ils parvinrent jusqu'à la chambre de milady Balcam, où ils purent s'assurer de votre personne. Le premier sentiment a été douloureux ; ces hommes qui étaient habitués à vous obéir ne pouvaient croire à tant d'infamie. On vous interrogea, on vous pressa de questions, et, chose effrayante, devant une pareille accusation vous ne trouvâtes pas un mot de justification ou de protestation ! — Et depuis, vous avez continué de garder la même attitude, vous refusant également à formuler une négation ou un aveu. Mais cette situation ne saurait se prolonger plus longtemps pour l'honneur même de ceux qui vous ont témoigné quelque bienveillance, et puisque vous vous obstinez à vous taire, vous forcerez vos amis à parler pour vous.

Georges eut un tressaillement à ces paroles, et releva vivement le front.

— Que voulez-vous dire, général, dit-il d'un ton troublé.

— Je dis, sir Mortimer, qu'il m'est impossible d'admettre que vous soyez coupable, et qu'en réfléchissant aux faits qui m'ont été rapportés, je crois avoir deviné une partie de la vérité.

— Mais je vous jure !...

— Ne jurez pas, lieutenant... n'essayez pas de me donner le change; car non seulement je suis certain que vous n'êtes pas coupable, mais j'ai la conviction que vous connaissez le véritable espion à l'honneur duquel vous n'hésitez pas à sacrifier votre propre honneur.

— Moi ! fit Georges avec un cri effaré.

— Osez dire que je me trompe...

— Et vous croyez que moi, innocent, je consentirais...

Le général enveloppa le jeune lieutenant d'un regard profond.

— Sir Mortimer, dit-il, en baissant instinctivement la voix, n'est-il pas vrai que vous ayez dû épouser miss Laurence Edward, avant qu'elle ne devînt la femme de lord Balcam?

— Vous savez cela ! s'écria Georges, en devenant subitement pâle.

— Oui, je sais cela... et je sais aussi que vous n'avez pas cessé de l'aimer, et que si, aujourd'hui, vous vous trouvez dans la situation où vous voilà, c'est que vous reculez devant un aveu qui pourrait entamer l'honneur d'une femme.

— Ah ! ne croyez pas cela... C'est faux ! on vous a trompé...

Georges n'acheva pas.

La portière de la tente s'était soulevée, et un officier venait d'entrer.

— Qu'y a-t-il ? demanda le général, en se tournant, les sourcils contractés... et qui vous a permis?...

— Que le général veuille bien m'excuser, répondit l'officier en s'inclinant ; mais une jeune indienne vient d'arriver au camp, qui a demandé à vous parler sur-le-champ : on a refusé tout d'abord, en lui opposant l'ordre que vous aviez donné, mais elle a insisté en priant de vous remettre à l'instant, la lettre qu'on l'avait chargée de vous remettre, et qui, paraît-il, est très-importante.

— Et vous avez cette lettre ?

— La voici.

L'officier remit la lettre, et sur un signe du général, il se retira discrètement.

La suscription de la lettre était d'une écriture de femme; le général s'empressa de l'ouvrir.

Mais il n'en eut pas plus tôt parcouru les premières lignes, qu'il fit un mouvement.

Georges l'observait étonné.

Le général continuait sa lecture, et il était évident qu'à mesure qu'il avançait, son visage s'éclairait, et qu'une singulière émotion se trahissait sur ses traits.

Quand il eut fini, il resta quelques secondes silencieux et pensif :

— Je m'en doutais ! fit-il en revenant à lui... Allons, j'aime mieux qu'il en soit ainsi.

Puis, se tournant vers Georges violemment intrigué :

— J'espère, dit-il alors, que vous ne refuserez plus d'avouer maintenant... car cette lettre vous donnerait le seul démenti qui puisse prévaloir contre vous-même.

— Cette lettre ! balbutia le jeune lieutenant, avec un vague pressentiment de la vérité, de qui est-elle donc ?

— Vous voulez le savoir... eh bien, lisez !

Et le général lui tendit la lettre, dont il s'empara avec avidité.

Elle était de Laurence, et voici ce qu'elle disait :

« J'apprends qu'un malheureux est accusé de trahison, et je frémis à la pensée de la responsabilité qui pèserait sur moi, si je gardais plus longtemps le silence. C'est à vous, général, que je remets mon honneur, vous laissant le soin de me juger, et de faire ce qui sera convenable. Sir Mortimer n'est pas coupable, je l'affirme sur ce que j'ai de plus cher au monde, sur mon enfant même ! et si, cette nuit, il a été surpris dans ma chambre, c'est que je l'avais autorisé à y venir, — cela, parce qu'il m'aime et que... je l'aime ! — Georges seul, en se taisant, donne son honneur pour sauver le mien, mais je ne puis accepter un pareil sacrifice... et, s'il le faut, j'irai dire à tous qu'au moment où on poursuivait l'espion, il était près de moi, et qu'il ne peut, par conséquent, être accusé d'avoir trahi ses devoirs. C'est à la hâte et l'esprit affolé que j'écris ces lignes... Ah! qu'importe ce que je deviendrai, moi, pourvu qu'il recouvre son honneur. »

Georges baisa à plusieurs reprises la lettre qu'il venait de lire, et quand le général la reprit, ce fut avec un serrement de cœur qu'il s'en sépara.

— Général, dit-il d'un accent brisé, vous ne trahirez pas ce secret que la pauvre enfant vous confie ?

— Tout ceci est fort grave, répondit lord Wheeler, et, le plus embarrassant, c'est que nous avions cru tenir un espion et que, grâce à votre présence chez le colonel, il a pu échapper. Dieu sait maintenant, quand nous le reprendrons. Il faut que ce misérable soit bien habile, et s'il s'était vraiment réfugié chez le colonel, il a dû profiter, pour s'enfuir, du trouble qui a suivi votre arrestation.

Les Indiens ont mis le feu à mon habitation.

— C'est probable, fit Georges.

— Car vos hommes n'ont point dû se tromper; ils avaient trop d'intérêt à mettre la main sur l'espion qu'ils poursuivaient, et vous devez avoir entendu quelque bruit avant l'irruption des soldats.

— En effet, je crois me rappeler, répondit le lieutenant avec quelque hésitation.

— Mais le colonel!... il était là... il a dû entendre, lui aussi... Comment se fait-il, d'où vient qu'il n'a rien dit?

Tout en parlant de la sorte, lord Wheeler ne quittait pas Georges des yeux, et il le vit se troubler.

54   54

Il se dressa brusquement.

— Ah! ça, dit-il d'un ton sévère, vous êtes décidément l'homme aux réticen-
ces, sir Mortimer, et m'est avis que vous en savez sur ce point encore beaucoup
plus long qu'il ne vous plaît d'en dire. Mais, je ne veux pas pousser plus
loin aujourd'hui l'interrogatoire que je vous fais subir. Demain, vous paraî-
trez devant vos juges, et n'oubliez pas que j'atttends de vous que vous direz
toute la vérité, quel que soit le rang de l'homme qu'elle doive atteindre.

Et sur ces mots, il se leva, gagna la porte et disparut.

XIV

Le lendemain était le jour fixé pour la réunion du Conseil de guerre, dans
lequel Georges Mortimer était appelé à comparaître.

Mais, chose singulière, la journée toute entière s'écoula, sans que le prisonnier fut mandé auprès de ses chefs assemblés.

Enfermé dans la tente qui lui servait de prison, il passa toute cette journée
dans la plus mortelle inquiétude.

Il ne voyait personne, et ne pouvait demander ce qui se préparait.

Vers le milieu du jour, il remarqua qu'il régnait dans le camp, un mouvement inusité, on allait et venait avec une grande agitation ; à un moment
même, les fanfares retentirent, comme s'il se fût agi de l'arrivée de quelque
personnage important.

Il n'en eut l'explication que plus tard, dans la soirée, et il apprit que c'était
la venue de Nana-Sahib qui avait provoqué ce mouvement extraordinaire.

Le Rajah ayant eu connaissance de la présence du général Wheeler dans
le camp anglais, avait brusquement quitté sa forteresse, il était venu protester de nouveau de son dévouement au gouvernement britannique.

Ce fut là du moins, la cause qu'il donna, mais les plus perspicaces se
méfièrent de cet empressement, et y cherchèrent un mobile plus naturel.
Généralement on crut que le Rajah venait uniquement pour observer, juger
des forces anglaises, des positions qu'elles occupaient, n'attendant, pour se
prononcer en faveur de l'un des deux partis, d'avoir bien examiné les chances
que pouvait lui offrir sa soumission ou sa révolte.

Et puis, il y avait autre chose peut-être, et ceux qui le suivirent avec attention pendant cette journée et la nuit qui suivit, relevèrent certains incidents
qui leur donnèrent fort à penser.

La première visite fut naturellement pour le Général, et son attitude, dans
cette entrevue, fut d'une correction qui ne laissait rien à désirer. Il se présentait à peu près seul, n'ayant tout au plus, qu'une vingtaine de serviteurs
autour de lui.

Mais il avait amené la belle Amalia, la jeune indienne qui passait pour la
maîtresse du colonel Balcam.

Et pendant qu'il se rendait auprès du Gouverneur de Cawupore, le colonel pénétrait sous la tente de la belle indienne, et y passait une heure sans témoins.

Que s'étaient dit les deux amants, pendant cette heure? Nul ne le sut jamais : mais lorsque Nana-Sahib entra sous la tente où il devait rester toute la nuit, il eut à soutenir un long entretien avec la jeune femme.

Le général paraissait du reste, ne garder aucune appréhension : il avait décidé que Georges Mortimer ne serait jugé que le lendemain, et avait même autorisé Jacques Borain à voir son ami.

En dépit de la situation, ou plutôt, en raison de la gravité même des circonstances, les deux jeunes gens se revirent avec une véritable joie.

Le danger était grand ; il y allait de l'honneur et de la vie pour Georges, mais c'étaient deux braves cœurs, et savaient l'un et l'autre, regarder le péril bien en face.

Georges savait bien que Jacques ne pouvait le croire coupable, et ils purent causer à cœur ouvert, sans qu'aucune rougeur leur montât au front à l'un et à l'autre.

— Enfin, qu'allez-vous faire! demanda Jacques, après les premiers moments d'effusion, — vous laisserez-vous condamner, quand vous n'êtes pas coupable, et ne comptez-vous pas dire toute la vérité.

— Eh ! le puis-je, répondit Georges; vous n'ignorez pas qu'il y va de l'honneur de Laurence, et à aucun prix, je ne consentirai à la livrer au mépris de l'opinion publique.

— Sans doute, sans doute, et à votre place, je crois bien que j'en ferais tout autant; nous nous entendrons parfaitement sur ce point, mais ce n'est pas tout.

— Qu'y a-t-il donc ?

— Milady Balcam.

— Eh bien!

— Vous laissera-t-elle condamner sans parler; se résignera-t-elle à vous voir mourir, sans essayer de vous sauver.

— Laurence m'aime plus que je n'aurais jamais osé l'espérer, et au risque de se perdre elle-même, elle n'a pas hésité à faire un aveu complet de la vérité.

— Que dites-vous — elle a vu le Général ?

— Elle lui a écrit.

— Et elle avoue.

— Elle dit qu'elle m'aime! et que je ne puis être coupable, puisque, au moment, où les soldats poursuivaient l'espion, je me trouvais depuis une heure auprès d'elle.

Jacques passa sa main rapide sur son front.

— Voilà une jeune femme énergique et courageuse, dit-il d'un ton ému, et Dieu lui tiendra compte d'une pareille action, — et c'est le Général qui vous a parlé de cette lettre.

— C'est lui-même qui me l'a communiquée.

— Alors, il ne vous croit pas coupable.

— Non.

— Vous serez acquitté.

— Qui sait :

— Quelle autre raison, conserverait-on de vous condamner.

Georges remua tristement la tête.

— Il y en a une, mon ami, répondit-il ; et elle est terrible ! le général ne doute pas que je ne connaisse le véritable traître, et il veut que je le nomme.

— Quel mal y a-t-il à cela, et d'où vous viendrait cette pitié pour un pareil misérable.

— Vous ne devinez donc pas ! vous n'avez donc pas compris déjà que cet homme, ce traître, l'infâme qui a vendu nos secrets à l'ennemi, et les vend peut-être encore à l'heure qu'il est....

Le pauvre peintre saisit vivement le bras de son ami.

— Assez ! assez ! dit-il à voix basse et rapide, oui, cela devait être, et j'en avais déjà comme un vague instinct, ainsi ! c'est vrai ; lui !... C'est lui ! Ah ! la pauvre et malheureuse femme ! et que va-t-elle devenir, dans une pareille extrémité.

Georges avait baissé le front, et un sanglot s'était engagé dans sa gorge.

— Voilà ! dit-il sur les derniers mots de son ami ; voilà l'effroyable pensée qui ne me quitte plus ! Laurence ma chère et bien aimée Laurence, que je meure ou que je vive, moi, qu'importe ! je n'ai plus ni parent, ni famille, et vous seul garderez de moi quelque souvenir attendri, mais, elle ! quelle existence sera la sienne désormais, unie à ce misérable qui roulera bientôt jusque dans la boue des dernières infamies, ah! tenez, rien qu'à cette pensée, tout mon sang s'allume dans mes veines, et si je le tenais à cette heure, au bout de mon révolver, je n'hésiterais pas à le tuer et le rendre au néant d'où il n'aurait jamais dû sortir.

Jacques ne répondit pas ; en réalité, il ne trouvait aucune bonne raison à opposer au désespoir de son ami, et il se disait, lui aussi, que la mort de lord Balcam eût été, en ce moment, la seule solution désirable.

Les deux amis causèrent ainsi une longue heure ; puis enfin, le sergent qui commandait autour de la tente du prisonnier, vint prévenir le jeune peintre qu'il était temps de se retirer, et Jacques et Georges se séparèrent, en se promettant de se revoir le lendemain.

Jacques était fort préoccupé, et cela se conçoit.

Le danger subsistait tout entier, malgré la bonne volonté du général, et il se demandait comment Georges sortirait de cette impasse dans laquelle il s'est acculé.

L'alternative était étroite et rigoureuse.

Il fallait qu'il se laissât condamner ou qu'il dénonçat le colonel.

Jacques songeait à toutes ces choses, et il avait déjà fait quelques pas, quand il remarqua qu'il était suivi.

Il se retourna, et reconnut le sergent.

Il alla à lui.

— Est-ce à moi que vous en avez ! demanda-t-il aussitôt.

— Oui, M. Jacques, c'est bien à vous, répondit le sergent, vous avez vu le lieutenant, et je désirais, en premier lieu, savoir ce qu'il pense et ce qu'il dit, pouvez vous me dire cela.

— Sans inconvénient, mon ami, dit le peintre, que voulez-vous savoir.

— Vous comprenez bien, n'est-ce pas, Monsieur, poursuivit le sous-officier; que nous connaissons trop bien le lieutenant, pour avoir cru un moment qu'il était coupable.

— Et vous avez raison.

— Vous, non plus, vous ne le croyez pas, n'est-il pas vrai.

— Assurément.

— En ce cas, il faut que nous ayons fait fausse route, et que les apparences nous aient bien trompé, car, voyez vous, moi, j'ai vu entrer l'espion, comme je vous vois à cette heure, quoiqu'il ne fasse pas bien clair, et à moins que....

— A moins que...?

Le sergent eût un geste énergique.

— Non ! ce n'est pas possible ! on ne peut supposer de pareilles choses, dit-il, les poings serrés, et cependant, puisque ce ne peut-être le lieutenant... il faut...

— Quoi donc.

Le sergent frappa du pied avec colère.

— N'en parlons plus, ajouta-t-il ; des soupçons comme celui-là, ce serait à vous rendre fou, et j'aime mieux parler d'autre chose.

— De quoi s'agit-il, mon ami, interrogea le jeune peintre, un peu intrigué de l'incohérence des paroles de son interlocuteur.

Ce dernier se rapprocha, et baissa la voix.

— Avez-vous disposé de votre nuit, M. Jacques, demanda-t-il en jetant des regards soupçonneux autour de lui.

— Non, sans doute, mais pourquoi cette question.

— C'est que tout-à-l'heure, j'ai vu certaines choses qui m'ont étonné, et comme étant de service, je ne puis quitter mon poste, j'aurais été bien heureux, si vous consentiez à me remplacer.

— Quelle mission avez-vous à me confier.

— Elle est fort simple. Vous voyez bien, là, à droite ce bouquet de lentisques.

— Parfaitement.

— Eh bien, tout-à-l'heure, j'y ai vu disparaître un indien, que l'on nomme Nikam, et qui est l'âme damnée de Nana-Sahib; or, je ne crois pas, moi, comme les autres, que le Rajah se soit transporté ici uniquement pour nous faire une politesse, et la présence de Nikam me le prouverait tout à fait, si j'avais la faiblesse d'en douter.

— Enfin, que voulez-vous?

— Voici. Je vous ai assez observé déjà, pour savoir que vous êtes brave, comme si vous étiez né anglais, et rusé comme si vous aviez vu le jour dans l'Inde. Eh bien, je ne crois pas m'abuser, et je suis convaincu que celui qui pénétrerait, à cette heure, dans le bosquet que j'indique, y entendrait des choses bien intéressantes à recueillir, et dont le général tirerait certainement bon profit, d'autant plus que ce Nikam est une créature à double visage, que je l'ai surpris quelquefois en conversation avec le colonel, et que ce que vous surprendrez là, pourrait servir les intérêts de notre cher lieutenant.

— Vous croyez! fit le jeune peintre, avec une flamme dans les yeux.

— J'en suis sûr, et j'ajoute que si je n'étais retenu par le devoir, vous verriez ce dont un anglais est capable à l'occasion.

Jacques Borain s'inclina en souriant.

— Soit! soit! mon cher Virgeal, répondit-il, et je ne saurais trop vous louer pour le dévouement que vous témoignez à votre jeune chef... mais croyez bien que l'Angleterre n'est pas le seul pays du monde où florissent de telles vertus, et je veux vous prouver qu'en France, nous ne sommes ni moins courageux, ni moins dévoués à nos amis : Sergent, je me rends à l'instant dans le bosquet, et demain, je vous promets de venir vous rapporter ce que j'y aurai vu ou entendu !

— Vous ferez cela ! fit le sergent, pris subitement d'admiration.

— Nous sommes si curieux, nous autres Français.

— Au moins, êtes-vous bien armé ?

— J'ai deux revolvers, que je tiens du meilleur arquebusier de Saint-Etienne, et vous savez que je m'en sers passablement.

— Bien ! bien ! je n'insiste pas... mais soyez prudent... ne vous aventurez pas trop, et demain...

— Demain, à moins que sir Nikam ne me tue, je saurai une bonne partie de son secret.

Et Jacques Borain s'éloigna avec la même insouciance que s'il se fût dirigé vers Cawopire.

Du reste, s'il avait accepté la mission que le sergent lui donnait, ce n'est pas qu'il crût qu'il dût en résulter quelque chose de bien utile — non — il l'avait acceptée d'abord par amour-propre national, puis, par esprit d'aventure, et surtout pour vérifier certains soupçons qui lui étaient venus à lui-même, sur un objet tout différent.

Pour être vrai, nous dirons qu'il ne comptait faire qu'une courte apparition dans le bosquet mystérieux ; et que de là, il était bien résolu à pousser jusqu'à l'habitation du colonel, pour examiner ce qui s'y passait.

Mais les choses tournèrent autrement qu'il ne l'avait prévu.

Le bosquet n'était guère situé à plus de deux kilomètres, dans la direction de l'habitation du colonel, et il en atteignit promptement les abords, en employant les précautions en usage dans le pays, et qu'il avait pratiquées souvent.

Au bout d'une demi-heure, il abordait le fourré, il y pénétrait, sans que l'oreille la plus subtile eût pu percevoir le bruit de ses pas. Une fois là, il se coucha à terre et attendit.

Ce ne fut pas bien long.

Une heure au plus.

Puis, il entendit quelque chose qui rampait sur le sol, à peu de distance de lui ; un sifflement rapide retentit dans la nuit sombre, comme un appel de serpent, auquel répondit un sifflement de même nature, et peu après, une voix s'éleva qui dit :

— Est-ce toi, Nikam ?

— C'est moi, maitre, répondit la voix du fidèle serviteur.

— J'ai cru entendre quelque bruit sous le fourré, tout-à-l'heure... tu n'as rien vu de suspect.

— Rien.

— Alors, nous pouvons partir.

— Oui, maître, et je suis prêt à faire tout ce qu'il vous plaira de commander...

Ces paroles étaient échangées en langue hindoue, et l'on eût pu croire que Jacques Borain ne les comprenait pas ; mais le jeune peintre avait particulièrement le don merveilleux des langues, et, en quelques mois, il avait assez appris, pour converser avec le plus érudit des Bahmes !

Il ne perdait donc pas une syllabe, et la conversation commençait assez bien pour l'intéresser.

Les deux hommes s'étaient rapprochés. Jacques ne les voyait pas, mais il savait que l'un d'eux était Nikam, et l'autre, il ne doutait pas que ce ne fût le Rajah lui-même.

L'incident prenait donc une réelle et sérieuse importance.

— Le maître a-t-il quelques nouveaux ordres à donner à son serviteur ? reprit l'Indien après quelques secondes de silence.

— Oui, Nikam, répondit Nana-Sahib, et cette fois, je crois qu'il n'y a plus à reculer. Les Cipayes ont remporté une grande victoire sur la race maudite. Les Sikhes et les Mahrattes sont prêts à marcher, ils n'attendent plus que mon signal !... Eh bien, ce signal est donné depuis hier, et, dès demain, le massacre commencera ! Point de quartier à ces maudits ! Relevons enfin, une bonne fois et pour toujours, notre race longtemps asservie, et montrons à nos pâles ennemis que nous n'avons rien perdu de l'audace et de la bravoure de nos ancêtres. Voilà ce qu'il faut faire, Nikam, voilà ce qu'il faut dire à tous ceux que l'esclavage n'a pas pas encore rendu tout à fait lâches.

Nikham ne répondit pas. Mais ses yeux s'allumèrent sur sa face de bronze, et un grondement souleva sa poitrine, pareil à un rugissement de fauve... presque aussitôt, il se contint et releva le front.

Le maître allait répondre :

— Seulement, dit Nana-Sahib; avant que l'épouvantable guerre ne commence, il faut que cette nuit, tu mettes en sûreté, derrière les murs de Bithoor, la créature qui jusqu'à ce jour, a dédaigné l'amour du Rajah : cette mesure, depuis longtemps projetée, ne doit plus être retardée désormais, et je veux qu'avant l'aube, elle soit amenée dans la forteresse! tu as bien compris?

— Parfaitement, maître?

— Et ce sera fait.

—Les hommes sont prêts, ils rôdent autour de l'habitation en attendant le signal.

— Tu le leur donneras tout-à-l'heure.

— Comptez sur moi.

— C'est bien.

— Est-ce tout ce que le maître a à m'ordonner.

— C'est tout!

Et quand vous reverrai-je?

Le Rajah s'était levé.

— Mon cheval m'attend à trois cents mètres d'ici, répondit-il; dans une heure, j'aurai rejoint mes armées, et avant que l'aube n'éclaire l'horizon, c'est au milieu de la bataille que tu me retrouveras!

Et il allait s'éloigner, quand tout-à-coup il se retourna vers l'Indien.

Ce dernier avait surpris un bruit suspect, et ses regards plongeaient dans les ténèbres.

Le bruit qu'il venait d'entendre, c'était Jacques Borain qui l'avait produit.

Jusqu'alors, il s'était contenu, tout entier à la conversation des deux hommes; mais quand Nana-Sahib s'était levé, il n'avait pas été maître d'un premier mouvement, et pressé, de s'éloigner à son tour, pour aller prévenir le Général, il s'était levé, et les feuilles sèches avaient crié sous ses pieds.

Il n'en fallait pas tant pour donner l'éveil à Nikam.

— Il y a quelqu'un là, fit le Rajah, en portant la main à ses pistolets.

Mais déjà Nikam s'était précipité dans la direction de Jacques, et il allait l'atteindre, quand un coup de feu retentit, et qu'un cri de douleur et de rage s'éleva.

Jacques n'avait tiré qu'au jugé, mais il avait bien tiré, et l'Indien avait reçu sa balle à l'épaule.

Une lutte s'engagea alors; l'Indien avait une force et une agilité de quadrumane; et, sans aucun doute, il eut eu facilement raison de son adversaire, mais il était blessé, perdant beaucoup de sang, et Jacques, qui sentait le danger, s'empressa de lui envoyer un second projectile, avant que Nana-Sahib accourût à son secours.

Puis, pendant que son adversaire roulait à terre, en vomissant d'effrayantes imprécations, il franchit le fourré, gagna la route, et disparut de toute la vitesse de ses jambes.

Le Rajah, tira bien deux coups de feu sur lui; mais Jacques était déjà loin, et Nana-Sahib ne jugea pas prudent de le poursuivre davantage.

La pauvre jeune femme avait été transportée au château de Bithoor.

Le jeune peintre en fut donc quitte à bon marché, et quand il parvint au camp, c'est à peine s'il prit garde à quelques entailles que lui avaient faites au bras, le poignard de Nikam.

Son premier soin, en arrivant, fut de se rendre auprès du Général, et de demander à lui parler.

Malgré l'heure avancée, on voulut bien accéder à son désir.

Il était fort connu et fort aimé de tous, et on savait qu'il n'eut point formulé une pareille demande, s'il n'avait pas une importante communication à faire à Lord Wheler.

On alla donc trouver ce dernier, qui, tout de suite, donna l'ordre de l'introduire.

Le Général s'attendait à quelque révélation concernant Georges Mortimer et il fut particulièrement surpris quand Jacques lui raconta la scène à laquelle il venait d'assister.

XV

Le jeune peintre ne lui cacha rien de ce qu'il avait entendu, et le récit était tellement invraisemblable, que, pour le vérifier, il envoya à la tente de Nana-Sahib, pour s'assurer qu'il en était bien réellement parti.

Quand on revint lui annoncer que le Rajah avait quitté, depuis plus d'une heure déjà, ses traits prirent une énergique expression, et il se mit à arpenter la tente à pas saccadés et nerveux.

— Ah ! nous aurions dû surveiller ce misérable, dit-il, d'une voix stridente, et nous nous sommes laissés jouer comme des enfants. Mais Dieu merci, et grâce à vous, Monsieur, nous sommes prévenus à temps, et nous pourrons faire face au danger. Dès ce moment, il n'y a plus d'hésitation, ni de concession possible. C'est la guerre qu'ils veulent ! eh bien, ils l'auront sanglante, implacable, sans merci !

Voyons ! que l'on prévienne à l'instant, tous les commandants du Régiment Balcam !

Le Général achevait à peine de donner cet ordre, quand une sourde rumeur s'éleva du camp.

— Qu'est cela ? fit Lord Wheeler, à un officier qui venait d'entrer.

— Les hommes de garde viennent d'apercevoir à l'horizon, une grande lueur d'incendie, et tout porte à croire que c'est l'habitation du colonel qui est en flamme.

A cette réponse de l'officier, le Général échangea un rapide regard avec Jacques Borain.

Mais il n'eut pas le temps de prononcer une parole ; car, au même instant, le colonel Balcam faisait, à son tour, irruption dans le cercle.

— Général ! général ! di-il d'une voix étranglée par l'émotion ; vous a-t-on dit ce qui se passe.

— On vient de me l'apprendre à l'instant, reponds Whaeler.

— Les indiens ont mis le feu à mon habitation ! Ma femme, mon enfant, sont en ce moment en danger de mort....

— Que voulez-vous ?

— Je désire être autorisé à prendre cinquante hommes de mon régiment, et à courir au secours des malheureux dont la vie est menacée.

— C'est impossible, réponds froidement le général.

— Eh! quoi, vous refusez?

— Je refuse.

— Mais songez qu'il s'agit....

Le général imposa silence d'un geste résolu et impérieux.

— C'est assez, colonel, répondit-il sèchement; et n'oubliez pas que vous n'avez qu'à obéir, ce que votre chef a ordonné.

Le colonel baissa la tête et se tut.

— D'ailleurs, ajouta lord Wheeler; d'après les renseignements qui me parviennent à l'instant, je puis vous assurer que la vie de milady Balcam, et ceux qui ont mis le feu à votre habitation, ont reçu mission de la conduire saine et sauve au château de Bethoor.

— Entre les mains de Nana-Sahib! fit le colonel, avec un cri.

— Précisément....

— Mais, vous ne savez pas...

— Je ne veux rien savoir, tant que votre présence, ici, est nécessaire; les nouvelles que je viens de recevoir, sont de la dernière gravité... nous pouvons être attaqués d'un moment à l'autre, et il importe que nous prenions, tous deux, toutes les mesures usitées en pareille occurence.

Puis, se tournant vers le jeune peintre :

— Quant à vous, monsieur, dit-il, je ne devrais vous remercier pour le service que vous venez de nous rendre : je vous en suis reconnaissant, et que je saisirai avec empressement la première occasion qui s'offrira de vous le prouver.

Et comme, en parlant ainsi, il tendait la main à Jacques, celui-ci la lui serra avec effusion.

— C'est moi, général, répondit-il, qui suis confus de tant de bontés; je n'ai fait en tous cas, que mon devoir d'honnête homme, et je n'attends aucune récompense. Cependant, si vous tenez, milord, qu'il me soit permis de réclamer une rénumération pour le service rendu, j'aurai un service à vous demander :

Ah! quelle qu'elle soit, je vous l'acorde! fit le général.

— Bien vrai?

— Sur ma parole de gentleman!

— Eh bien! général, cela m'enhardit tout à fait.

— De quoi s'agit-il.

— Du lieutenant Georges Mortimer.

— Hein!

— Je jure que le lieutenant est innocent du crime pour lequel il est recherché. J'affirme qu'il n'a jamais failli, et que c'est un des plus braves et des plus estimables soldats de l'armée anglaise... et s'il le faut... quand il faudra... j'offre de le prouver.

— Enfin... enfin... où voulez-vous en venir... interrompit lord Wheeler.

— Vous allez avoir à soutenir une lutte sanglante, général, et vous n'avez pas d'hommes résolus et de cœurs, vaillants à opposer à vos ennemis... Eh bien, rendez sa compagnie au lieutenant Mortimer, placez-le au plus fort du danger, et moi, qui ne le quitterai pas et qui combattrai à ses côtés, je viendrai vous dire, s'il succombe, et si je vis... et comment sera mort l'homme loyal et pur que l'on a osé accuser de la plus lâche des trahisons!

Le général ne répondit pas tout de suite : il était sincèrement ému, et détourna les yeux pour qu'on ne surprît pas les belles larmes qui les voilaient; mais le colonel qui n'éprouvait pas le même sentiment, donna une autre cause au silence du général, et il crut pouvoir intervenir.

— Voilà une demande, dit-il, qui prouve que vous êtes bien vraiment l'ami de sir Mortimer; mais vous ignorez la rigueur des lois militaires, et je ne pense pas que le général consente...

— Vous vous trompez, colonel, interrompit lord Wheeler ; et je respecte trop le mobile qui fait agir sir Jacques Borain, pour lui refuser ce qu'il sollicite.

— Alors, vous me l'accordez? s'écria Jacques avec joie.

— De grand cœur,

— Et vous m'autorisez à aller porter, moi-même, la bonne nouvelle à mon ami?

Le général appela un officier, il lui désigna le jeune peintre.

— Accompagnez ce gentlemen à la prison du lieutenant Mortimer, dit-il, d'un ton plein d'autorité ; et vous direz en même temps que le lieutenant est libre, et qu'il peut, dès à présent, reprendre le commandement de sa compagnie.

Pour un rien, Jacques aurait sauté au cou du général, mais il comprit que ce mouvement n'eut peut-être pas été bien séant, et il se retira en saluant profondément.

Pendant qu'il disparaissait, le colonel Balcam eut beaucoup de peine à contenir un geste de rage,

Mais la discipline commandait et il fallait obéir.

D'ailleurs, bien d'autres pensées se passaient dans son esprit surexcité, et il songeait avec des élans de fureur au sort dont sa femme et son enfant étaient menacés à cette heure même.

Quel jeu jouait donc Nana-Sahib vis-à-vis de lui ! pourquoi incendier son habitation, enlever sa femme et la mener au château de Bithoor !

Est-ce un ôtage qu'il se réservait pour les jours de défaite, éait-ce pour quelque autre raison qu'il ne pénétrait pas...

Lesprit de l'Indien est si ingénieux et si rusé.

Le colonel se perdait en conjectures.

Au surplus, il n'eut pas le temps de s'oublier dans ces suppositions, car les événements allaient se précipiter avec une rapidité vraiment foudroyante,... L'insurrection allait atteindre brusquement sa période la plus aigue, et l'heure devait sonner sous peu qui annoncerait la fin de l'empire de la compagnie des Indes ou sa victoire définitive.

Aux premières lueurs du jour deux courriers arrivèrent de Cawnpore, et les dépêches qu'ils apportaient annonçaient au général que cette station importante était menacée; qu'un grand mouvement de Cipayes s'opérait sur ce point, et qu'avant quelques jours peut-être la ville serait investie par des forces supérieures.

On demandait à lord Whoeler ce qu'il fallait faire.

Le général prit bien vite son parti, et immédiatement l'ordre fut donné de se réfugier sur Cawnpore, afin de mettre au plus tôt la ville en état de défense et de renforcer la garnison qui était beaucoup trop faible.

Une heure plus tard on se mettait donc en marche.

Quoique chacun fut bien résolu à faire son devoir et à ne pas marchander sa vie, cependant il était manifeste qu'une sombre préoccupation pesait sur l'esprit de tous, et le patriotisme de tous souffrait en ce moment de l'atteinte portée à l'autorité et à l'honneur du nom anglais.

Cette fois il n'y avait décidément plus d'illusion à se faire : l'insurrection prenait des proportions formidables, et la trahison de Nana-Sahib, maintenant connue, ne pouvait manquer d'ajouter encore à l'enthousiasme des insurgés.

Le Rajah jouissait d'une grande influence sur les populations de ces provinces, et on pouvait s'attendre à voir accourir sous ses drapeaux les contingents les plus divers : Cipayes, Musulmans, Dacoïts, Mahrattes, etc., tout ce qui avait l'horreur du joug anglais, tous ceux qui n'avaient jamais perdu l'espoir de recouvrer leur indépendance.

De plus, il était fort habile, très brave, et tous savaient que l'on pouvait compter sur lui.

La prudence avec laquelle il avait manœuvré, depuis le commencement de la révolte, était une garantie de sécurité que les plus timorés comprenaient, et qui devait déterminer bien des hésitants; sa trahison était donc peut-être le coup le plus terrible qu'eut à redouter l'influence anglaise, et il n'était pas exagéré de prévoir dès lors quelque catastrophe plus ou moins imminente.

C'est ainsi que raisonnaient les chefs aussi bien que les soldats, et tout en marchant vers Cawnpore, ils étaient agités des plus noirs pressentiments.

Jacques Borain marchait à l'arrière-garde avec Georges Mortimer qui avait repris le commandement de sa compagnie.

C'avait été une bien douce satisfaction pour le jeune lieutenant d'être rendu à ses hommes et de recueillir leurs témoignages d'affection et de dévouement et rien n'eut manqué à son bonheur si la pensée de Laurence n'était venue cruellement le troubler.

Mais Jacques n'avait rien voulu lui cacher; il lui avait tout dit et Georges savait qu'à l'heure où il retournait à Cawnpore, la pauvre jeune femme était enfermée au château de Bithoor et livrée sans défense aux mains peu scrupuleuses de l'indigne Rajah.

Tout son cœur se soulevait à cette idée, mais que pouvait-il faire ? S'en remettre à Dieu et attendre !

Et il marchait, le front baissé, la poitrine gonflée de larmes, osant à peine évoquer le souvenir de celle qu'il aimait.

Jacques respectait son silence, mais il eut bien voulu l'arracher à sa morne tristesse.

— Voyons ! voyons ! dit-il à un moment, et comme la colonne venait de faire une courte halte, il ne fait pas bon de s'abandonner ainsi, et vous devez songer aux devoirs que vous allez avoir à remplir. Les circonstances sont plus sérieuses qu'elles ne l'ont jamais été, et vous avez besoin de tout votre sang-froid dans les luttes qui se préparent. Revenez donc à vous, mon ami, reprenez possession de vous-même, et songez que vous avez à vous rendre digne de la bienveillance du général.

Georges secoua la tête et serra fortement la main du peintre.

— Vous avez raison, répondit-il ; j'oublie ce que je dois à votre amitié.

— Ne parlons pas de cela !

— Parlons-en, au contraire ; car c'est à vous que je suis redevable de l'honneur rendu ! Oui, il faut être homme ; on a les yeux sur moi ; il faut que, le moment venu, je puisse regarder la mort bien en face.

— A la bonne heure.

— Soyez sans crainte d'ailleurs, et ne doutez que je ne fasse mon devoir tout entier jusqu'au bout.

— Eh ! je n'en doute pas non plus !

— Mais vous devez comprendre aussi ce que je souffre.

— Je le comprends, du reste.

— La savoir, elle ! la chère et douce enfant aux mains de notre plus cruel ennemi.

— C'est assurément là une chose effrayante.

— Cet homme est capable de tous les crimes, et vous avez dû apprendre comme moi qu'il aime milady Balcam.

— Je l'ai appris, en effet, et croyez que je partage toutes vos appréhensions. Toutefois, il est une pensée qui doit vous rassurer.

— Laquelle ?

— Nana-Sahib peut être amoureux de milady Balcam, et ses desseins me semblent évidents, depuis le moment où sans tenir compte des tristes liens d'amitié qui l'unissent au colonel, il a fait mettre le feu à son habitation, et enlever la jeune femme. Mais la situation est critique, au moins autant pour lui que pour nous. Il n'a pas un instant à perdre pour donner le signal des hostilités ; les complices vont l'entourer ; il sera tenu de ne pas les quitter pour diriger les opérations, et qui sait, s'il lui sera possible avant longtemps de rentrer à la forteresse de Bithoor.

— Puissiez-vous dire vrai.

— Je ne dis pas que cela soit la vérité ; nous ne devons rien exagérer. Mais croyez-vous que le général Wheeler va rester inactif ; l'ennemi, selon toute probabilité, va tenter un grand effort sur Cawnpore qui est une station des plus importantes : Nana-Sahib commandera en personne qui va venir nous investir, et je compte bien que nous lui taillerons assez de besogne, pour qu'il oublie un moment le précieux dépôt qu'il a confié à son château.

— Tout cela est assez vraisemblable en effet.

— Et puis... on ne peut pas tout prévoir, ajouta le jeune peintre, et il n'est pas impossible que le général, pour créer une divergence, n'imagine d'envoyer quelques forces contre la forteresse même et, dans ce cas, puisqu'il connaît vos amours avec milady Balcam, j'ai quelque idée que c'est à vous qu'il remettra le soin de diriger cette diversion.

— Ah! si cela pouvait être, fit Georges, subitement transformé ; avec quelle joie je me ferais tuer pour elle !

Jacques Borain ébaucha un sourire.

— Il faut se faire tuer le moins possible, répliqua-t-il avec un commencement d'enjouement ; milady Balcam a besoin que vous viviez au contraire, et le courage n'a jamais exclu la prudence ; mais nous reparlerons de tout cela en temps opportun, et nous prendrons conseil des événements.

La colonne s'était remise en route ; comme le général avait hâte d'arriver on marcha bon pas toute la journée, en dépit de la chaleur, de sorte que vers le milieu de la nuit on atteignit la station.

Les nouvelles que l'on y trouva n'étaient guère rassurantes.

Ainsi que l'avait prévu Jacques, Nana-Sahib n'avait pas perdu de temps; les Indiens des pays environnants étaient du reste préparés à la révolte ; depuis la veille, ils avaient mystérieusement fait jonction avec les Cipayes de Delhi ; le Rajah avait, cette nuit même, pris le commandement du corps d'armée formé de la sorte ; et, avec une audace qui était bien dans son caractère, et marquait l'ardeur qu'il allait apporter dans la lutte, il avait aussitôt marché sur Cawnpore.

Par ses espions et par lui-même, Nana-Sahib connaissait les ressources de la ville. Il savait que la garnison ne se composait que du régiment du colonel Balcam, d'un bataillon de cavalerie et de 70 hommes que le général qui commandait Luknon avait envoyés à son collègue lord Wheeler ; il restait bien encore deux régiments de Cipayes, mais sur ceux-là on ne pouvait pas compter, et on ne doutait pas qu'ils ne fissent défection au premier coup de canon.

Comme on le voit, c'était bien peu pour tenir tête à une armée qui accourait enivrée de son succès de Delhi; seulement le général était abondamment pourvu de canons, à l'aide desquels il espérait faire une défense mémorable.

Dès qu'il fut arrivé à Cawnpore, il prit donc toutes les mesures nécessaires pour se mettre en état de défense ; en moins d'une nuit, grâce au zèle de tous, de grands travaux furent exécutés; on établit une grande baraque fortifiée sur le champ de manœuvre ; on distribua les canons dans les endroits les plus favorables ; chaque homme reçut de son chef des exhortations chaleureuses, et quand tout fut ainsi bien préparé, on attendit.

Attente solennelle, car nul n'ignorait l'imminence du danger, et chacun savait bien que peu d'hommes de la garnison échapperaient à la mort pendant la lutte qui allait s'engager.

Cependant, voici ce que faisait Nana-Sahib.

XVI

Après avoir quitté le bosquet, et pendant que Nikam, quoique blessé à l'épaule, fuyait vers l'habitation du colonel pour y allumer l'incendie, le Rajah gagnait un endroit où un de ses serviteurs de Bithoor lui gardait le cheval sur lequel il devait s'éloigner.

Il était fort agité, inquiet même de ce qui venait de se passer.

Lui, si habile d'ordinaire, il s'était laissé surprendre par un espion du général Wheeler, et, à cette heure, les Anglais avaient connaissance de ses projets.

Il n'avait plus un instant à perdre.

Si cet incident ne se fût pas produit, il se serait rendu au château de Bithoor, où il aurait attendu qu'on lui amenât milady Balcam. Mais, dans le nouvel état des choses, la prudence commandait d'agir sans retard : d'ailleurs les Indiens, Musulmans, Dacoïts, Muhrattes, l'attendaient, et il ne fallait pas laisser refroidir leur enthousiasme : il y avait si longtemps qu'il comptait sur cette occasion, qu'à aucun prix il n'eût voulu la manquer !

Et puis, Laurence serait dans une heure derrière les murs de sa forteresse, où une troupe fidèle et sûre la gardait ; il savait bien qu'il la trouverait au retour !

Il monta donc le torrent sur son beau cheval noir, dont le harnachement était constellé de pierreries qui étincelaient dans la nuit, et, pressant ses flancs de ses genoux nerveux, il partit comme un trait et ne tarda pas à disparaître au plus profond des ténèbres.

Il avait oublié Laurence, et ne songeait plus qu'au rôle qu'il allait jouer !

Le lecteur se souvient sans doute de ce que nous avons dit de Nana-Sahib, au début de ce récit.

Né d'un pauvre brahime mendiant, il avait été adopté par un riche Peishah, qui l'avait fait élever comme son enfant, en lui donnant une éducation européenne.

C'était une nature abrute et sauvage, avec un certain dandysme civilisé.

Mais la surface seule était badigeonnée de civilisation, il eût suffi de la gratter un peu pour retrouver l'indien.

Non, l'indien abruti, par le fanatisme ; humble, soumis, resigné — plutôt des races antiques, fier des privilèges de sa carte, refractaire au sang, rêvant, dans son humiliation, de laver un peu sa honte dans le sang anglais, et de reconquérir la place qui lui appartenait, et qu'on lui avait lâchement ravie !

On entendit toute la nuit leurs chants de triomphe.

Dieu seul pourrait dire la somme de haines qui s'était amassée, dans ce cœur altéré de vengeance.

56

56

Toutefois, comme Brutus, il dissimule, tant que le moment ne lui parut pas opportun.

D'un caractère ami du faste, il se mêle à toutes les fêtes que donnaient les officiers de Cawnpore, les éblouissements de son luxe, menant la vie de plaisirs dans laquelle a de plus excentrique et de plus excessif, et finit par ce manège habile, par endormir toutes les défiances, ou dépister tous les soupçons.

Les anglais ne virent bientôt plus en lui, qu'un aimable compagnon, dont le palais et la bourse étaient toujours ouverts; grand amateur de chevaux, jouant un peu effréné, et perdant des sommes folles avec une désinvolture que lui aurait enviée le gentlemen les plus en vue dans la capitale des trois royaumes.

Le moyen de se défier d'un pareil homme.

Il ne laissait échapper aucune occasion de protester de son dévouement à la reine, et quoi qu'il eût obtenu du Gouvernement l'autorisation d'entretenir quelques artilleurs et quelques pièces de canon dans son château de Bithsor, il avait usé de l'autorisation d'une façon si discrète — du moins en apparence — que chacun le considérait à l'égal du meilleur et du plus dévoué des amis de l'Angleterre.

Et pourtant, celui qui eut pénétré, à certains jours et à certaines heures dans la forteresse, eut été bien surpris du spectacle qu'elle lui offrait.

Par les nuits les plus sombres, celui-là eût vu passer un à un, comme des ombres, la plupart des Rajahs des provinces voisines, dépossédés par les anglais, et qui ne rêvaient que de reprendre les biens dont ils avaient été spoliés.

On se réunissait dans la grande salle dont les hautes fenêtres ouvraient sur la campagne; et alors, c'était une allée et une venue de courriers et d'espions qui apportaient les nouvelles des mouvements mystérieux d'où allait sortir la formidable explosion!

Nana-Sahib dirigeait tout. Gourmandait les timides, retenant les impatients, expliquant lui-même, ce qu'il faudrait faire, quand l'heure aurait sonné.

C'est delà qu'était parti le signal de la première défection — l'affaire des cartouches les avait admirablement servis; mais si cette cause ne s'était pas produite, il en aurait trouvé une autre.

Depuis longtemps, le Rajat avait des affiliés nombreux dans tous les régiments de Cypayes; la mine était creusée et prête — l'affaire des cartouches fut l'étincelle qui y mit le feu.

Peut être même, regretta-t-il, que l'explosion fut venue si rapidement. Mais une fois l'incendie allumé, il n'y avait plus qu'à le propager!

Aussi, dès qu'il eût quitté Nikam, il s'est laissé emporter au galop effréné de son cheval, et en quelques heures, franchit une distance énorme.

Avant l'aube, il avait gagné un bois immense, sous la lisière duquel, il trouva les hommes qu'il cherchait.

Depuis la veille, en prévision de ces événements, la plus grande partie de sa garnison de Bithoor, s'était rendue en cet endroit, avec l'artillerie du château. Ses hommes avaient trouvé là les bandes recueillies un peu partout, assez mal armées, et qui n'avaient qu'une notion bien imparfaite des lois de la discipline.

S'il n'avait eu que des forces de ce genre, le Rajah eut été bien facilement vaincu.

Mais il avait envoyé des émissaires aux Cypayes de Dalhi. Ceux-ci avait quitté Dalhi sur le champ, et ils ni devaient pas tarder à paraître.

Nana-Sahib leur dépêcha de nouveaux courriers pour hâter leur marche, et en attendant, il essaya de mettre de l'ordre dans les bandes, et grâce à l'autorité qu'il exerçait, il y réussit assez bien.

Quand le lendemain, il put opérer sa jonction avec les Cypayes, son armée présente un aspect vraiment important.

Les malheureux indiens vivaient, du reste, depuis quelques semaines, dans un état d'enthousiasme indescriptible : ils avaient sur leur chemin, saccagé toutes les habitations européennes, mis tout à feu et à sang, et fanatisés et ivres de leur triomphe, ils ne demandaient qu'à achever leur œuvre de destruction.

Nana-Sahib n'eut pas besoin d'exalter leur courage.

Au surplus, le hasard, vint, pour ainsi dire, se mettre de son côté.

Comme il allait donner l'ordre du départ pour Cawnpore, il reçut un convoi de trente bateaux chargés de munitions, qui venaient du Canal de Jumna, et qui lui étaient envoyés par les insurgés de Delhi.

C'était une aubaine inespérée !

Aussi, ordonna-t-il aussitôt le départ, et l'on se mit en marche sur Cawnpore, où l'on arriva deux jours après le général Wheeler et le régiment du colonel Balcam.

Le Rajah se mit à l'œuvre immédiatement ; et dès le jour même, il ouvrit un feu des plus vifs.

Il n'ignorait pas que la garnison était dans un désaroi profond ; le général ne pouvait compter sur la garnison européenne... et n'osait espérer que les Cypayes se battraient contre leurs pères indiens.

Toutefois, les Anglais ne perdirent pas contenance ; ils firent des prodiges de valeur.

Pendant plus d'une semaine, les indiens tentèrent dix fois peut-être de prendre la ville d'assaut, mais repoussés chaque fois avec une grande énergie, ils durent regagner, en toute hâte, leurs cantonnements, en laissant en grand nombre des leurs, tués aux pied des fortifications.

Seulement, ce n'était là, pour les asiégés, qu'un succès passager, et l'issue n'était pas douteuse.

Ils étaient destinés à être pris, et massacrés jusqu'aux derniers !

Aussi ,se battaient-ils avec tout l'acharnement du désespoir.

La seule chance qui leur restât, était d'opérer une sortie heureuse, de trouer les lignes ennemies, et de gagner Lakuoir, ou tout autre station, où ils trouveraient des compagons d'armes.

Une sortie ! le général y songea sérieusement au bout de la seconde semaine.

Les vivres et les munitions s'épuisaient ; les combats incessants décimèrent sa faible garnison... il n'y avait d'espoir que dans une sortie. L'entreprise était dangereuse sans doute ; ils avaient à faire à un ennemi nombreux, soutenu par un fanatisme ardent et une haine invétérée ; où devait dans ce combat suprême, laisser beaucoup des siens ; mais mieux valait encore, cette mort, avec la chance du salut qu'elle offrait à quelques-uns, que de périr misérablement, en attendant un dernier assaut, où ils seraient tous impitoyablement massacrés.

Le général réunit donc ses compagnons, tous ceux qui commandaient à quelque titre que ce fût, sans leur déguiser le danger qu'elle comportait.

Tous connaissaient la position aussi bien que lord Wheeler, et la réponse fut unanime.

Ils acceptaient.

Les soldats consultés, une heure plus tard, répondirent avec la même unanimité, et dès ce moment, l'affaire fut résolue ! on s'y prépara avec toute la résolution de braves qui savent qu'ils vont à la mort, et il n'y eût pas une défaillance.

Et le lendemain matin, quand le signal fût donné, tout ce qui pouvait porter une arme, accoururent autour du baraquement de la grande place d'où l'expédition devait partir, pour aller occuper les différents forts du combat.

Il avait été convenu que la sortie s'effectuerait par deux points différents, à l'effet de donner le change à l'ennemi, une partie des troupes devait sortir par le nord, et l'autre par le côté opposé, c'est-à-dire par le sud.

Le général commandait la première colonne d'opération, ; le colonel, commandait la seconde.

Le hasard de la distribution des compagnies, avait désigné Georges Mortimer pour combattre à côté de lord Wheeler.

Naturellement, Jacques Borain ne quitta pas son ami, et quand, aux dernières heures de la nuit, peu avant l'aube, la première colonne s'ébranla, les deux jeunes gens marchaient l'un près de l'autre, portant chacun une carabine sur l'épaule, et deux revolvers à la ceinture.

Bien qu'ils ne se fussent guères ménagés jusqu'alors, les deux amis n'avaient pas reçu la moindre égratignure.

Georges s'était dégagé héroïquement des tristes pensées qui l'obsédaient naguère, et tout entier à son service, il ne songeait plus à Laurence que la nuit, quand il était seul et rendu à lui-même.

Ce jour-là, un espoir singulier s'était emparé de lui, et lui communiquait un trouble inaccoutumé.

La sortie qui s'effectuait, était une des plus sérieuses entreprises que l'on eut tentées encore, et il n'était pas douteux que Nana-Sahib ne donna de sa personne, comme le faisait le général, et il le disait qu'il n'était pas impossible, qu'au milieu de la confusion de la bataille, dans le désordre inévitable dans une pareille rencontre, il se trouva tout-à-coup en présence du Rajah.

Et avec qu'elle joie, il se fut précipité à sa rencontre, avec quelle ivresse, il lui eût envoyé une balle de sa carabine, ou de son revolver.

Il n'avait pu se défendre de faire la confidence de cet espoir à Jacques, qui avait approuvé du geste.

— Le ciel vous devrait bien cette satisfaction ! répondit-il en souriant... en tout cas, comme nous ne nous quitterons pas... si vous le manquez, croyez que je vous suppléerai, moi, du mieux que je pourrai.

La colonne avait avancé sans bruit, et sans que l'éveil eût été donné à l'ennemi ; de sorte que les premières compagnies atteignirent les avant-postes des Cypayes, elle les surprit à l'improviste, et le massacre commença.

Ce fut terrible ! car chacun s'était bien promis de ne faire aucun quartier.

D'ailleurs, c'est la guerre ; et j'ai trouvé toujours trouvé bien naïfs, pour ne pas dire plus, les philantropes qui rêvent encore aujourd'hui d'inculquer des sentiments d'humanité à des malheureux que l'on a armés les uns contre les autres, et à qui on a laissé d'autre moyen de sauver leur vie, que de tuer leurs adversaires !

Au surplus, dès que la lutte se fut engagée, elle se propagea instantanément avec la rapidité de l'éclair, et de toutes parts on entendit la fusillade éclater, au milieu des cris de douleur et de rage, et des imprécations de haine et de vengeance.

Nana-Sahib ne s'attendait pas évidemment à une pareille attaque, et malgré la supériorité du nombre les Cypayes interdits et troublés, lâchèrent pied un moment, et s'ébranlèrent, comme pour chercher leur salut dans la fuite.

Mais le Rajah n'était pas homme à se laisser ainsi déborder ; il y allait pour lui de son pouvoir et de la vie !

Il n'hésita pas.

Avec une furie que bien des Anglais lui eurent enviée, il se rua à cheval, à travers l'épouvantable mêlée, passant dédaigneux et fière à travers la mitraille, raillant les Cipayes les ranimant de la voix leur donnant l'exemple de l'énergie et du dédain de la mort, et faisant autour de lui une véritable hécatombe de victimes.

Il n'en fallut pas davantage.

Les Indiens revinrent au bout d'un instant de leur panique folle; ils se rallièrent à la voix de leurs chefs, reformèrent rapidement leurs rangs comme une troupe expérimentée, et firent face à l'ennemi.

Seulement l'aventure fut bien près d'avoir un dénouement inattendu.

En effet, au moment où Nana-Sahib s'était élancé au plus fort de la mêlée, il avait senti tout à coup une main audacieuse saisir son cheval à la bride et tenter de le désarçonner.

C'était là une entreprise téméraire, car le rajah était un des meilleurs cavaliers de l'Inde, et il eut considéré comme la plus grande des hontes d'être obligé de vider les étriers.

Il se pencha donc vers l'imprudent qui se permettait une telle inconvenance, et ayant reconnu un lieutenant du régiment de lord Balcam, il lui envoya un coup de sabre qui devait le couper en deux.

Mais avant qu'il eut fait tournoyer son arme redoutable, son cheval recevait une balle en plein poitrail, et le mouvement brusque qui s'en suivit fit dévier le sabre qui alla s'abattre dans le vide.

Mortimer était sauvé! et il pouvait dire qu'il l'avait échappé belle.

Seulement Jacques n'avait pas été tout à fait aussi heureux, et la pointe de Nana-Sahib l'avait effleuré au bras, qui en avait reçu une entaille présentable.

Il proféra un juron énergique et voulut envoyer une seconde balle au Rajah.

Mais déjà ce dernier avait disparu, et il était loin.

Au surplus, ils eurent à peine le temps de penser à eux, car presque aussitôt un mouvement singulier s'opéra parmi les troupes anglaises, et Georges remarqua avec stupéfaction que quelques soldats rentraient en désordre dans la place.

Quelle panique les prenait donc à leur tour, et que se passait-il de ce côté ?

Le jeune lieutenant s'empressa d'aller aux renseignements, suivi de près par Jacques Borain, et quand il arriva où s'était manifesté le désordre, il reçut une bien douloureuse nouvelle.

Le général Wheeler venait d'être grièvement blessé ; on l'avait placé sur un brancard, et quelques hommes le prenaient sur leurs épaules pour le porter dans la ville.

Cependant le trouble s'était apaisé ; les soldats, maintenant compacts, s'étaient réunis autour de leur chef, et ils étaient prêts à lui faire un rempart de leurs corps, si l'ennemi tentait de leur enlever le général.

Mais l'ennemi ne songeait pas à cela.

La diversion opérée par lord Balcam sur un autre point, venait d'attirer l'attention de Nana-Sahib, et il avait porté toutes ses forces de ce côté.

Le triste cortège put donc rentrer à Cawnpore sans être davantage inquiété, et une heure après, le général était installé dans sa chambre, entouré de chirurgiens, pendant que les soldats, désespérés et mornes, attendaient les nouvelles au dehors.

Mais c'est à peine si lord Wheeler consentit à se laisser soigner.

Toute sa pensée allait au colonel Balcam. Son dernier espoir était là, et il questionnait ardemment ceux qui l'entouraient.

Malheureusement la sortie n'avait pas été plus heureuse de ce côté, et deux heures plus tard, la colonne revenait en bon ordre, mais vaincue et obligée de se replier devant des forces centuples.

Ce fut le dernier coup..., le général s'affaissa, et jusqu'au soir on crut que s'en était fait de lui.

Mais aux premières ombres de la nuit, un mieux relatif se produisit, et après s'être entretenu avec les médecins qui lui prodiguaient leurs soins, il fit appeler ceux qu'il commandait.

— Messieurs, leur dit-il d'une voix forte encore, je ne vous apprends rien, n'est-ce pas, en vous disant que notre situation est désespérée, et que nous ne pouvons en sortir que par une capitulation !... Ah ! je sais ce qu'il y a là de cruel pour de braves soldats comme vous, qui préféreraient cent fois la mort à un pareil dénouement... Mais soyez assuré que je saurai faire la part de notre honneur national, et que vous n'aurez point à rougir du chef qui traitera pour vous. Le Rajah m'avait déjà offert de capituler, et les conditions étaient des plus honorables : il nous offrait de sortir avec armes et bagages et devait mettre à nos dispositions des barques pour descendre le fleuve... J'ai refusé cependant, parce que je ne voulais pas livrer la ville avant d'avoir épuisé tous les moyens de la conserver à la Reine .. Aujourd'hui, il n'y a plus d'illusion à se faire; j'ai demandé à nos docteurs de me dire loyalement et sans détour la vérité sur mon état, et ils m'ont déclaré que je n'avais plus que quelques heures à vivre.

Un sentiment douloureux arracha un murmure à ceux qui entendirent cette déclaration du général, et le cercle des auditeurs se rapprocha ; le général accueillit ce témoignage de sympathie par un triste sourire.

— Oh ! ne me plaignez pas, mes amis, dit-il en remuant doucement la tête, car de nous tous, c'est encore moi qui suis le mieux partagé. Je meurs pour mon pays, et je ne verrai pas partir vaincus mes valeureux soldats dont j'étais si fier !... Allez donc, mes amis, préparez vos hommes à cette capitulation qui les frappera comme nous, et n'oubliez jamais ce que vous devez à votre pays et à la Reine !

Les officiers se retirèrent violemment émus et à pas lents.

Puis la nuit vint tout à fait, le général donna quelques ordres relatifs à la capitulation, et bientôt il resta seul dans sa vaste chambre, sous la garde de deux médecins qui s'étaient installés dans une pièce voisine.

Une heure s'écoula de la sorte dans le plus profond silence, et comme minuit sonnait, lord Wheeler se dressa tout à coup sur son lit, et parut écouter.

Etait-ce la fièvre ? N'était-ce pas plutôt déjà les hallucinations de la mort? Il avait cru entendre quelqu'un parler à voix basse dans la pièce voisine.

Il appela. On accourut.

— Qu'y a-t-il, qui parle là? demanda-t-il au médecin qui était venu à son appel.

Le médecin hésita à répondre.

— Voyons! insista vivement le général. Qu'y a-t-il ? Je veux savoir.

— C'est un jeune homme qui a demandé à vous entretenir quelques secondes. Je lui ai répondu que vous dormiez, que vous aviez besoin de repos, et que je ne pouvais me permettre...

— Quel est ce jeune homme ?

— Un lieutenant.

— Vous le connaissez ?

— C'est sir Georges Mortimer.

A ce nom le visage du général s'éclaira.

— Lui ! fit-il avec une satisfaction non équivoque.. le brave cœur ! il a bien fait de venir. Je serai heureux de le voir et de lui serrer la main avant de mourir. Oh ! soyez sans inquiétude, cher docteur, et puisque je dois mourir demain, aux premières heures du jour, que j'emporte au moins le bonheur d'avoir tenu dans la mienne, ne fût-ce qu'une minute, la main d'un loyal serviteur de Sa Majesté. Allez donc, et amenez-moi bien vite le jeune lieutenant.

Un instant après, Georges Mortimer approchait du lit de lord Wheeler.

Ce dernier lui tendit la main que le lieutenant porta à ses lèvres en la mouillant de larmes.

— Bien ! c'est bien, mon ami, dit le général d'un ton attendri ; cela me fait du bien de vous voir. Vous êtes bien battu, je sais cela, et je suis heureux d'avoir fait quelque chose pour vous. Avant que ma main ne fût tout à fait glacée, j'ai tenu à signer votre nomination au grade de capitaine.

— Ah ! général !

— Je n'ai fait que vous rendre justice ! Ne parlons plus de cela ! D'ailleurs, je n'ai que quelques instants moi, vous le savez, et je ne puis vous donner que peu de temps. Voyons ! mon ami, vous vouliez me serrer la main, me revoir une dernière fois ; eh bien, c'est fait, et je ne pense pas que vous ayez autre chose à me dire.

Le jeune lieutenant s'était relevé à cette question :

— Pardon, général, répondit-il d'un air résolu ; mais avant de m'éloigner, j'aurais un conseil à vous demander.

— Un conseil, à moi ? fit le général surpris.

— Oui, à vous, milord ; toutes les choses d'honneur militaire vous sont familières. et c'est sur un point fort délicat en ces matières que je désire vous consulter.

— Vous m'intriguez, mon ami. De quoi s'agit-il ?

— Le bruit s'est répandu tout à l'heure que l'on allait signer une capitulation avec Nana-Sahib.

— C'est vrai.

— Et dans cette hypothèse, quel sera le devoir de chaque soldat.

— Il ne peut y en avoir qu'un, qui est de se soumettre aux conditions qu'auront été convenues entre les deux partis.

— C'est mon opinion aussi, général, et pourtant....

— Quoi ?

Sur les bords de ces nappes d'eau la végétation s'est développée....

— Quelques-uns de mes hommes pensaient que, dans cette extrémité, on pourrait bien, sans manquer à la foi jurée, ne pas attendre que le traité fût signé.

— Que voulez-vous dire ?

— Je vais être explicite, général, et je vous jure que quoi que vous déciderez, je me conformerai à vos ordres.

— A la bonne heure.

— Tout à l'heure donc, je le répète, quelques-uns de mes hommes, parlant au nom d'une centaine de leurs camarades, sont venus me trouver et, connaissant la bienveillance que vous m'avez témoignée, ils m'ont prié de vous demander si vous les autoriseriez à sortir de la place sous mon commandement et à tenter un coup de main sur la forteresse de Bithoor.

Un éclair traverse le regard de lord Wheeler.

57 57

— Ce serait marcher à une mort certaine, balbutia-t-il.

— Peu.-être. Mais si le coup réussissait, ce serait, aux yeux des Indiens, un grave échec pour Nana-Sahib.

— Sans doute. Je ne dis pas non ! Et hier, avant cette malheureuse sortie, cela eût pu être utile. Mais aujourd'hui.

— Alors, vous refusez.

— Oui, mon ami. Ma parole est engagée. Dans une heure ou deux, la convention sera signée, et toute infraction serait un crime !

— Et si, par impossible, le Rajah manquait, lui, à ses engagements.

— Alors, ce serait différent. Mais si cela arrivait dans quelques jours, vous auriez un autre chef, et c'est à lui qu'il faudrait obéir. Allez donc, mon ami ; ne songez qu'à faire votre devoir, et dites à vos hommes qu'il ne saurait y avoir d'honneur en dehors du respect de la parole donnée !

XVII.

Deux jours s'étaient écoulés depuis cet entretien suprême.

Le général n'avait pas survécu à ses blessures ; il était mort quelques heures après avoir reçu Georges Mortimer.

Mais il avait eu le temps de signer la capitulation, et la garnison faisait à la hâte ses préparatifs de départ.

Le désordre était indescriptible dans la ville.

L'armée indienne exaltait, et on entendait toute la nuit ses chants de triomphe auxquels se mêlaient des menaces de mort.

Nana-Sahib avait beaucoup de peine à les contenir, et peut-être n'y tenait-il pas beaucoup.

Un immense orgueil lui était entré au cœur ; il rêvait de la gloire des Tamerlan et n'était pas éloigné de se voir déjà assis sur le trône restauré de l'empire des Indes.

Que lui importait le reste ! Il n'était pas homme à risquer sa popularité pour donner des exemples de générosité.

Il ne pensait même plus à Laurence — pour le moment du moins — et c'est avec une impatience fiévreuse qu'il attendait le départ de la garnison anglaise pour prendre enfin possession de l'importante station militaire.

Il n'avait d'ailleurs élevé aucune objection sur les conditions de la capitulation, et s'était occupé même très activement de réunir la flottille qui devait recevoir les soldats et leur faciliter la descente du fleuve.

Seulement il avait bien remarqué que cette concession faite à leurs ennenemis n'était pas du goût des Indiens, et il n'était pas sans appréhension sur les incidents qui pourraient se produire.

Dans la ville, au contraire, on était plein de sécurité et la pensée d'une catastrophe n'était venue à personne.

Quand nous disons *à personne*, nous nous trompons.

Certains officiers — ils étaient rares — n'étaient pas sans inquiétude de vant les marques d'impatience et les menaces de vengeance qui échappaient à tous ceux qui, autour d'eux, ne dissimulaient pas leur prix du succès de leurs frères indiens.

On ne parlait que de Nana-Sahib; on le blâmait d'avoir consenti si facilement à une capitulation qui donnait à la garnison le droit de sortir avec armes et bagages. Ce n'est pas ainsi que la plupart comprenaient la guerre, et il faut dire que souvent, dans les insurrections antérieures, les Anglais avaient eux-même donné l'exemple d'une cruauté inouïe.

Jacques Borain qui était relativement désintéressé, du moins au point de vue de l'amour-propre national, Jacques Borain allait et venait à travers la ville, observant, écoutant, et recueillant des symptômes qui n'étaient rien-moins que rassurants.

Il crut en devoir parler à Georges pour qu'il le rapportât à ses chefs, et Georges qui partageait ses craintes, avait pris à tout hasard certaines précautions pour le cas possible de trahison.

Il avait repris avec ses hommes les pourparlers qu'il avait déjà entamés naguère, et il avait été décidé qu'à la première alerte ces hommes se réuniraient autour de lui, prêts à faire aveuglément ce qu'il leur commanderait.

Il n'y avait là aucun esprit de discipline ; il s'agissait de prévoir une éventualité probable et de s'entendre préalablement pour assurer leur retraite, en s'unissant dans un même sentiment.

Ce fut Jacques Borain qui mena l'affaire.

La blessure qu'il avait reçue était bénigne, et c'est à peine s'il s'en ressentait.

Aussi put-il a son aise, pendant que chacun s'occupait du soin de sauver les objets les plus précieux, voir les hommes qui étaient disposés à suivre le lieutenant et à convenir avec eux des mesures qu'il y aurait à prendre, le moment venu.

Quand tout cela fut réglé, les deux amis furent plus tranquilles.

La sortie avait été fixée au lendemain; les barques promises par le Rajah étaient arrivées ; il semblait que rien ne devait plus donner raison aux soupçons manifestés par quelques-uns.

Néanmoins, quand le matin fut venu et que chaque compagnie alla prendre place sur les barques, Geoges Mortimer, suivant ce qu'ils avaient arrêté, profitèrent de la confusion qui régnait un peu partout à ce moment solennel, et s'embarquèrent sur deux barques où ils se trouvèrent aussitôt entourés des hommes qui leur étaient particulièrement dévoués, et qui avaient juré de partager leur sort, quel qu'il fût.

Le colonel monta le dernier sur la barque qui lui était personnellement destinée et sur laquelle on avait déjà déposé le corps du général Wheeler; puis, quand il se fut assuré que tous ses ordres avaient bien été exécutés et qu'il ne restait plus à Cawnpore aucun soldat de la petite armée, il donna le signal du départ et la flottille commença lentement à descendre le fleuve.

Les Indiens étaient sur la rive avec leurs armes, pour faire honneur aux vaincus, et Nana-Sahib se tenait à quelque distance, attendant, sur son cheval, que le corps du général passât devant lui pour l'honorer d'un dernier salut.

Jusqu'à ce moment, le départ s'effectua sans le moindre trouble et au milieu du plus profond silence.

Mais quad la barque du colonel Balcam atteignit l'endroit où se tenait le Rajah et que celui-ci eût levé son sabre dont les pierreries jetèrent mille étincelles sous les feux du soleil levant, un murmure étrange s'éleva des rangs des Indiens massés sur la rive, un mouvement de houle se produisit et presque instantanément, sur toute la ligne occupée par les vainqueurs, les fusils s'abattaient et mille explosions retentirent.

Les malheureux Anglais entassés sur les barques étaient fusillés sans pouvoir riposter, et un grand nombre d'entre eux roulèrent sanglants dans le fleuve.

— Trahison! Trahison! crièrent les voix affolées des pauvres diables que leurs camarades ne pouvaient secourir.

La première décharge fut en effet aussitôt suivie d'une seconde, et alors le massacre prit des proportions épouvantables; pendant une demi-heure, les cadavres s'amoncelèrent au milieu de la confusion générale; on n'entendit plus que des cris de mort et de rage,, et sous l'épaisse fumée de la poudre c'est à peine si l'on pouvait distinguer les flots de sang que roulait le fleuve.

Une grande partie du régiment Balcam y trouva la mort, et ce ne fût là, malheureusement, que le commencement du plus odieux carnage que l'histoire des Indes ait eu à enregistrer.

Les Cipayes, enivrés par la vue du sang, irrités par les râles des mourants et les objurgations des blessés, n'en eurent pas plus tôt fini avec les soldats de Balcam qu'ils se ruèrent, les veines en feu, vers Cawnpore où restait toute la population européenne et désormais incapables de s'arrêter, ils égorgèrent sans pitié, tout ce qui y restait d'anglais valides ou malades.

Femmes, enfants, vieillards, rien ne fût respecté... Le sang coulait à pleins bords dans les ruisseaux de la ville; les cadavres gisaient innombrables au milieu des rues, et l'on montre encore, en cet endroit, un puits large et profond que les Indiens, en ce jour néfaste, comblèrent avec les corps de leurs victimes !...

Cependant que faisait Nana-Sahib pendant que ces scènes atroces avaient lieu?

Nana-Sahib laissait faire.

Jusqu'au dernier moment, il était resté impassible sur la berge du fleuve, sans tenter même d'arrêter la fureur des Cipayes et de ses bandes; il avait assisté froidement au spectacle de ces malheureux que le fleuve recevait sanglant, qui essayaient un moment de lutter contre la mort, et qui ne tardaient pas à disparaître pour toujours.

Le sort en était jeté, il n'y avait pas à revenir en arrière, et il se disait au surplus que, peut-être à sa place, les Anglais en eussent fait autant.

Toutefois, pendant qu'il repaissait ses yeux de ce lugubre tableau, un fait singulier se passa qui le frappa plus encore par son étrangeté que par son importance même.

Un grand nombre de barques avaient déjà subi le feu des Indiens, et la fin du sinistre cortège approchait, quand tout à coup il vit les deux derniers bateaux s'arrêter brusquement, et les hommes qui les montaient faire des efforts inouïs pour éviter les balles ennemies en se rapprochant du bord opposé.

Ils étaient là, cent hommes à peu près, qui paraissaient s'entendre à merveille, et manœuvraient comme s'ils avaient prévu le danger qui se présentait.

Le Rajah tourna toute son attention de ce côté, et quelques Indiens à côté de lui en firent autant.

C'était intéressant, évidemment; il y avait de la part de ces soldats une préméditation bien arrêtée, et il était vraisemblable qu'ils avaient pressenti l'aventure et que la trahison les avait trouvés prêts.

Du reste cela fut plus rapide que nous ne saurions le dire. En un tour de main, dès les premiers coups de feu, ils avaient jeté à l'eau les Indiens chargés de la conduite du bateau et, quoique peu expérimentés, ils s'étaient mis eux-mêmes à l'œuvre avec une résolution qui devait suppléer à l'habileté qui leur manquait.

Le bateau faillit bien chavirer à deux ou trois reprises, mais il se redressa presque aussitôt, comme par miracle, et en moins de cinq minutes ils accostaient la rive opposée.

Les Indiens auraient bien dirigé leur feu de ce côté; seulement ils avaient bien autre chose à faire et préférèrent s'attacher aux victimes qui étaient à leur portée.

Le débarquement s'opéra donc sans trop de difficulté, et bientôt Nana-Sahib vit les Anglais se réunir en bon ordre, et s'éloigner à pas rapides sous le commandement d'un jeune lieutenant.

Ceux-là étant sains et saufs et le Rajah ne put réprimer un geste de fureur.

Un moment même, il songea à envoyer ses Cipayes à leur poursuite; mais ceux-ci avaient hâte de se ruer sur Cawnpore, où les attirait l'appât d'un riche butin; d'ailleurs il fallait traverser le fleuve, ce qui pouvait être long, et puis déjà la petite troupe avait pris du champ et gagnait du terrain.

Le Rajah s'éloigna soucieux et préoccupé.

C'était cent hommes environ qui lui échappaient, et chose peut-être plus importante à ses yeux, ces cent hommes étaient commandés par Georges Mortimer !

Or, le Rajah se rappelait l'avoir vu quelques jours auparavant dans la mêlée, et il regrettait doublement à cette heure de ne pas lui avoir enfoncé la pointe de son sabre dans la poitrine.

Cependant la situation commandait et il n'y avait plus à se détourner de son but: le carnage était fini sur le fleuve, il commençait maintenant dans la ville. Nana-Sahib suivit ses hommes et alla prendre possession du palais du gouverneur qui désormais serait le sien.

. . . .

Ainsi qu'il l'avait deviné, c'était bien Georges Mortimer qu'il avait vu fuir en compagnie de ses hommes.

L'entreprise avait pleinement réussi, et maintenant le jeune capitaine — car il était capitaine depuis la veille — n'avait plus qu'une idée, de mettre entre lui et l'ennemi une distance qui lui permit de réfléchir, en toute liberté d'esprit, à ce qu'il allait faire.

Devait-il, comme il en avait formé le projet tout d'abord, tenter un coup de main sur le château de Bithoor, où Laurence se trouvait prisonnière, à la merci du premier caprice de ce misérable Rajah; ou n'était-il plus sage, plus prudent, de s'éloigner en toute hâte d'un pays occupé par des bandes victo-rieuses, sans foi ni loi, et de gagner au plus tôt quelque station anglaise où il trouverait des chefs autorisés qui le relèverait de toute responsabilité.

Il était fort inquiet et fort troublé, et tout en marchant à pas précipités, il cherchait à reprendre possession de lui-même et à faire la lumière dans les obscurités qui enveloppaient sa pensée.

Jacques lui donna le meilleur conseil qu'il eut à suivre.

— Pour le moment, il ne faut pas chercher la *petite bête*, dit-il en langage parisien, et votre voie me semble toute tracée. Nous échappons au plus hor-rible massacre qu'il soit possible d'imaginer; et le premier usage que nous de-vons faire de notre liberté c'est de prendre toutes les mesures pour ne pas re-tomber dans un pareil traquenard. Voilà mon avis, et je réponds qu'il est bon. Hâtons-nous donc de fuir, évitons de nouvelles embûches, et remettons-nous en à Dieu du soin de nous faire arriver quelque part.

— Au surplus, ajouta le jeune peintre qui peu à peu reprenait sa lucidité, vous avez maintenant charge d'amis, et la bravoure n'exclue pas la prudence, je crois l'avoir déjà dit. Avançons donc le plus rapidement possible, et si le hasard veut que nous nous trouvions tout à coup dans les environs du château de Bithoor, il faudra voir là une sorte d'invite de la Providence, et il ne sera pas déplacé de s'y rendre. Enfin, et pour me résumer, j'estime qu'il importe pour le quart d'heure de faire trève à tout discours, de continuer de marcher sans relâche sous cette chaleur torride qui vous accable, et ce soir, quand vos hommes prendront un repos qu'ils auront bien gagné et qui partout devra être très court, nous deviserons à notre aise des choses qui nous intéressent à si juste titre.

Georges approuva du geste et continua d'avancer.

La petite colonne avait pris un pas accéléré; chacun sentait que l'on était entouré de périls sans nombre, car il était présumable que le Rajah connais-sait leur fuite et avait dû envoyer quelques forces à leur poursuite.

La journée s'écoula sans fâcheuse rencontre.

On n'avait pas cessé de marcher, malgré la chaleur et la faim; nul cependant ne se plaignait, et ce ne fut que vers le soir que l'on s'arrêta enfin sur le bord de l'un de ces lacs limpides dont on apprécie surtout le charme sous les latitudes tropicales..

Presque tous les lacs que l'on rencontre dans l'Inde, dit M. Louis Collas dans son livre si intéressant intitulé les *Drames du Gange*, sont l'œuvre de la main des hommes. L'aridité est le grand obstacle à la fécondité de cette nature exubérante; aussi tous les gouvernements des siècles précédents ont pris à tâche de la combattre. Ils ont arrêté par des barrages gigantesques les *Nullahs* ou torrents qui à la saison des pluies, descendent des hauteurs. Sur les bords de ces nappes d'au artificielles, la végétation s'est développée avec une puissance inconnue à nos climats; des canaux s'y rattachaient, et portaient au loin l'abondance. Dans une partie de l'Inde, principalement sur le versant oriental, les Anglais ont négligé les travaux de leurs devanciers, et la stérilité a repris possession du sol. Mais dans l'Inde centrale, où la compagnie n'avait point fait encore sentir efficacement les prétendus bienfaits de sa domination, les ouvrages des anciens Rajahs subsistaient et contribuaient à y maintenir la splendeur et la variété des paysages féeriques.

Le lac près duquel venait de s'arrêter Georges Mortimer était situé au pied du rocher dont la blancheur était accusée par les arbustes au feuillage sombre qui poussaient dans les interstices. De tous les autres côtés, les arbres prenaient une teinture verdoyante. Les tumariniers élevés, les ticks, les banyans reflétaient leurs rameaux dans l'onde limpide comme le cristal. Les orangers, les cédrats mêlaient leurs fleurs neigeuses aux fleurs pourpres des grenadiers et des flamboyants. Des massifs de lauriers-roses, d'azalées, de rhododendrous balançaient leurs cîmes au souffle berceur de la brise du soir.

Partout la nature débordait de sève et de vie; les poules sultanes, les canards brahmes traçaient sur la surface de l'eau de gracieux sillages; des flamants secouaient leurs ailes pourprées, des hérons, debout sur une patte, se tenaient comme autant de sentinelles immobiles au-dessus de la coupole d'un kiosque élégant de marbre, que, soutenu par de fines colonnes, s'élevait au cintre du lac sacré.

Ce ravissant tableau réjouit le cœur des soldats.

On devait être déjà à une grande distance de Cawnpore et, sans pouvoir préciser la direction que l'on avait suivie, on pouvait se croire, pour quelques heures au moins, à l'abri de toute surprise.

Georges recommanda à ses hommes de ne pas s'éloigner du bois sous lequel ils s'étaient arrêtés; il indiqua lui-même la position que devaient occuper les sentinelles chargées de veiller sur le repos de leurs camarades, et, ces soins pris, il alla s'allonger à côté de Jacques et s'abandonner au sommeil dont il avait grand besoin, lui aussi.

Trois heures plus tard, il se réveillait brusquement en sursaut.

Que s'était-il passé — il n'eut pu le dire — mais il eut juré qu'il avait entendu quelque bruit à ses côtés.

La lune s'était levée, mais tout son monde dormait sous bois.

Jacques lui-même qui, d'habitude, avait le sommeil fort léger, Jacques n'avait pas bougé.

Il crut s'être trompé et essaya de se rendormir.

Il n'y réussit pàs.

Alors il prêta l'oreille et plongea son regard au milieu de la nuit qui l'enveloppait.

Et bientôt un singulier frisson glissa sur ses épaules.

De seconde en seconde, le même bruit qu'il avait perçu déjà, se fit entendre de nouveau, et cette fois s'orientait mieux que le premier, et demeura confus devant le spectacle qui se présenta à lui.

XVIII

Il avait levé la tête et venait d'apercevoir, à la vive clarté d'une lueur éclatante, sous le dôme que formaient les arbres au-dessus de lui, à travers le voile des arbustes et des lianes toute une troupe de singes qui lui envoyaient des grimaces avec des gestes irrités, et qui, de temps à autre, oubliant toute prudence, lui jetaient quelques fruits sauvages et même quelques pierres de petite dimension.

C'était une escouade de ces singes sacrés que l'Inde entoure d'une religieuse vénération, en vertu de la tradition d'après laquelle les ancêtres de ces quadrumanes prêtèrent un puissant appui à Rama, quand il fit la conquête de l'île de Ceylan.

Ceux qu'apercevait Mortimer n'appartenaient pas à l'espèce des Langours, qui sont au premier rang dans le culte des Indiens. La taille plus petite, la face garnie de poils abondants, la queue courte et touffue, ils n'ont qu'une place subalterne dans l'échelle des singes chers à Brahma ; mais, en dépit de la modestie qu'aurait dû lui inspirer cette infériorité de caste, ils ne semblèrent pas moins disposés à maintenir le privilège dont ils étaient investis et à défendre *in quibus et rostro* le domaine où des intrus se permettaient de venir les déranger.

Un des singes, celui qui paraissait être le chef de la tribu (car on sait que parmi eux le principe d'autorité est parfaitement observé), s'était emparé d'un corbeau bleu. Cet oiseau est l'ennemi héréditaire des quadrumanes. Il empiète sur leur champ de rapine, prélève à leurs dépens sa part de grains et de fruits. Aussi, malheur à lui, quand il tombe dans les pièges que lui tendent ses malicieux rivaux.

Ils n'appartenaient pas à cette race de singes chers à Brahma.

Georges eut pitié du pauvre corbeau que le quadrumane vindicatif s'était mis tranquillement à plumer, et déjà il avait épaulé sa carabine et ajustait le bourreau, quand Jacques releva vivement l'arme et l'empêcha de tirer.

— Qu'allez-vous faire? dit le jeune peintre, et croyez-vous que nous n'ayons pas assez de dangers autour de nous, pour que vous pensiez à en créer de nouveaux? Un coup de feu sur ces quadrumanes, dont on prétend que nous descendons, attirerait sur nous la colère des Brahmas, et nous avons, en ce moment, bien d'autres chats à fouetter! D'ailleurs, la lune est déjà bien haut sur l'horizon ; vos hommes ont assez dormi pour une fois, et il faut se remettre en route.

Georges comprit la sagesse de ce conseil, et il s'empressa de réveiller ses compagnons.

Du reste, au mouvement qui s'était opéré, tous les singes avaient pris la fuite avec des cris aigus, et l'incident avait sa fin naturelle : il n'y avait plus à s'en occuper.

Seulement, quand tout le monde fut debout, Georges se tourna avec embarras vers Jacques Borain.

— Et maintenant, dit-il, quelle direction allons-nous prendre ?

— Ça, répondit-il, j'avoue, en toute humilité, que je n'en sais rien ! Je ne connais pas l'Inde, moi, et les astres sont une langue morte pour ma faible intelligence.

— Cependant, il faut continuer de fuir.

— Assurément.

— Et je redoute, dans l'ignorance où nous sommes, de marcher sur Delhi, ou de retourner à Cawnpore.

Jacques réfléchit quelques minutes. Puis il reprit avec un éclair dans les yeux.

— Que nous allions sur Delhi sur Cawnpore, dit-il, c'est impossible ! On a sa petite jugeotte, tout comme un autre, et, pour ce qui est de ça, je ne crois pas me tromper.

— Que pensez-vous donc ? interrogea Georges.

— Je pense, mon ami, que si nous étions sur la route suivie par l'armée venant de Delhi et se rendant à Cawnpore, nous aurions, sans aucun doute relevé en chemin quelque trace de son passage. Or, rien de cela ne nous a frappés. La route que nous avons suivie était absolument libre : nous n'y avons rencontré ni traînards, ni maraudeurs, ni blessés, ni morts. Nous pouvons être, sur ce point, en parfaite sécurité, et nous n'avons à demander au ciel que de nous continuer la protection dont il nous a évidemment couverts jusqu'à présent.

— Alors, nous allons continuer à marcher devant nous, ainsi, au hasard !

— Le hasard est un grand maître ! et puisque nous n'en avons pas d'autre, abandonnons-nous à lui, tout en conservant, bien entendu, notre libre arbitre.

Georges donna le signal, et la petite troupe se remit en marche.

Ils avaient devant eux bien du temps avant que l'aube ne parût et avaient résolu que, cette fois, on ferait halte, pendant le jour, et que, durant cette halte, on enverrait quelques soldats à la découverte, afin de se rendre bien compte de la route que l'on avait suivie et des lieux où l'on se trouverait.

A mesure que l'on avançait, cette précaution devenait plus importante.

— Pendant le reste de la nuit, on pressa donc le pas, et, vers le matin, on s'arrêta dans un bois épais qui s'étendait à perte de vue, et faisait obstacle à la continuation de la marche.

On pénétra sous bois ; des vedettes furent placées sur la lisière, et, ainsi qu'il avait été convenu, on expédia une dizaine d'hommes qui se répandirent aux alentours.

Déjà, d'ailleurs, on avait pu constater que l'on se trouvait dans un pays, relativement très-habité.

De loin en loin, on apercevait quelques laboureurs dans les champs ; des troupeaux de bestiaux paissaient sur les côteaux les plus voisins, et ce tableau ne pouvait manquer d'inspirer aux fugitifs une plus grande prudence.

Les soldats avaient emporté des vivres pour quelques jours; ils mangèrent et burent, assis par groupes, et, le repas terminé, ils se livrèrent au sommeil.

Georges, lui, dormit fort peu.

Il attendait avec impatience le retour de ses éclaireurs, et ne put goûter à peine qu'une heure de repos.

Il se réveilla en sursaut, troublé dans son sommeil par un bruit de pas à quelque distance.

En une seconde il fut sur pied, et presque aussitôt il vit accourir de loin le sous-officier William, un vieux serviteur qui avait vieilli sous le soleil de l'Inde.

Il revenait de son excursion, et vraisemblablement il rapportait quelque nouvelle importante, car il marchait avec précipitation.

Georges s'empressa d'aller à sa rencontre.

— Eh bien, lui dit-il dès qu'il l'eut abordé, quelle nouvelle, mon bon William ?

Le vieux sergent remua la tête en fronçant les sourcils.

— Hum ! dit-il comme avec découragement, je crois bien, capitaine, que nous avons un peu fait fausse route.

— Sais-tu où nous sommes ?

— Parfaitement.

— Où sommes-nous ?

Le vieux sergent étendit le bras dans la direction de l'Orient, vers l'endroit où finissait la ligne sombre du bois.

— Vous voyez bien ce point, capitaine ? dit-il sans cesser d'indiquer l'horizon.

— Oui, je le vois, après...

— Il y a d'ici là environ dix kilomètres.

— Qu'importe... ce qu'il s'agit de savoir, c'est ce que nous trouverons une fois que nous y serons rendus.

— Oh ! quant à cela, ce n'est pas difficile, et je m'y suis reconnu tout de suite.

— Enfin...

— Enfin, à cinq cents mètres au plus, nous apercevrons les créneaux de la forteresse de Bithoor.

— Le château de Nana-Sahib ! fit Georges avec un cri.

Et il porta ses mains à sa poitrine, comme s'il eût craint de la voir éclater.

Il y eut un silence de quelques secondes.

— Voilà ce que je craignais! dit alors une voix qui s'éleva derrière le capitaine.

Le capitaine se retourna vivement et reconnut Jacques Borain.

Il rougit comme s'il venait d'être pris en faute.

— Oui, voilà ce que je craignais! répéta le jeune peintre; car, sans vouloir blesser un sentiment que je comprends, je préférerais de beaucoup que le hasard nous eût conduit dans les environs de Luknow... Mais on ne fait pas sa destinée, et ici, il n'y a personne de coupable. Le mieux est donc de tirer parti de la situation, et d'essayer le coup que nous avions projeté.

— Ah! mon ami! balbutia Georges; je n'aurais jamais le courage de m'éloigner sans tenter de l'arracher aux mains de ce monstre.

— Ni moi non plus, je l'avoue... toutefois, il n'y a pas que notre vie qui soit engagée dans une pareille aventure, et je crois qu'il convient que vous fassiez franchement connaître à vos hommes l'entreprise que vous projetez... S'ils acceptent, tout sera dit, et nous nous mettrons à l'œuvre... Mais s'ils refusent...

— S'ils refusent? dit Georges.

— Eh bien! vous aurez le courage d'y renoncer, mon ami, et quoiqu'il doive en coûter à votre amour, je suis bien certain que vous n'écouterez que la voix de l'honneur.

Georges baissa le front et se tut, plein de sombres appréhensions.

Mais les choses tournèrent mieux qu'il ne l'espérait, car dès les premiers mots qu'il dit à ses soldats, ceux-ci répondirent unanimement qu'ils avaient toujours eu confiance en leur capitaine, et qu'ils feraient tout ce qu'il leur commanderait de faire.

Il n'en demanda pas davantage, et la nuit suivante, la colonne se dirigeait sous bois, vers l'endroit indiqué par le sergent William qui avait pris les devants pour guider ses camarades.

Quand on atteignit l'extrémité de la forêt, on vit que le sergent ne s'était pas trompé, car le premier objet qui frappa tous les regards fut la masse imposante de la forteresse qui se profilait à l'horizon aux premiers rayons de la lune.

La forteresse de Bithoor, que nous n'avons pas décrite, était plantée comme un nid d'aigle, au sommet d'une colline escarpée, entourée de remparts crénelés et surmontée de clochetons métalliques qui étincelaient dans la nuit, Les chemins couverts, les créneaux, les plates-formes, tous les accidents de terrain avaient été utilisés par un architecte habile en vue d'un siège à soutenir. On prétendait qu'en dehors de ces moyens de défense, il y avait sous les remparts un immense souterrain, qui devait assurer la retraite des assiégés, dans le cas où les moyens d'attaque dont disposaient les Européens auraient rendu la défense impossible.

Telle qu'elle était, la forteresse était réputée impénétrable, et tout donnait lieu de supposer que ceux qui disaient cela avaient raison.

Dès que la colonne se fut installée dans l'emplacement choisi par Mortimer, celui-ci fit appeler le sergent William avec lequel il désirait s'entretenir des moyens les plus efficaces à employer pour atteindre le but qu'ils se proposaient.

Le sergent ne se fit pas attendre, car il était singulièrement flatté de la confiance que lui témoignait son capitaine.

Il trouva le jeune peintre en conversation avec Georges, mais cela ne l'intimida guère.

Il salua et resta debout, malgré l'invitation de s'asseoir que lui adressa le capitaine.

— Mon cher William, commença Georges sans plus de préambule; je vous ai fait venir parce que je désirais causer avec vous de l'entreprise dont nous avions parlé tantôt, et que j'ai cru devoir confier à nos hommes.

— Les hommes seront prêts à marcher, dès que vous commanderez, répondit le sergent.

— Je suis heureux de ces bonnes dispositions, poursuivit Georges, et je saurai reconnaître leur dévouement, en me montrant ménager de leur sang. Vous avez compris du reste j'en suis sûr, que je n'ai pas conçu la folle pensée de prendre cette forteresse d'assaut, et le seul moyen à l'aide duquel nous pensions espérer de nous rendre maître du château de Rajah. C'est évidemment la ruse qui réussit souvent bien mieux que le courage et la méthode!

— Voilà qui est parlé, capitaine.

— C'est donc votre avis.

— Tout à fait, et je n'aurais pas mieux parlé.

Georges échangea avec le peintre un sourire qui s'éteignit aussitôt.

— Eh bien, poursuivit-il, quand cette idée m'est venue, je me suis empressé de vous appeler auprès de moi. Vous êtes un des plus dévoués serviteurs de Sa Majesté, vous avez pris part à toutes les guerres que nous avons eu à soutenir depuis vingt-cinq ans; vous avez été mêlé aux Indiens de toutes castes et vous connaissez les ruses infinies auxquelles ils ont recours. — Or, nous nous trouvons ici dans une position exceptionnelle, devant une forteresse réputée imprenable, avec des forces manifestement insuffisantes; il faut donc s'ingénier, chercher, inventer, et dans cette tâche nous devons être soutenus par l'ardent désir de faire une chose qui sera à la fin utile pour l'Angleterre et glorieuse pour nous !

— Tout cela est on ne peut plus juste, répondit le sergent William, seulement ce sera bien difficile.

— Mais vous ne le jugez pas impossible ?

— Il n'y a rien d'impossible à l'Angleterre, capitaine; Toutefois l'important serait d'avoir quelque intelligence dans la place, et je ne vois pas...

Georges réfléchit un instant et reprit presque aussitôt.

— Ignorez-vous donc, sergent, dit-il avec une sorte d'hésitation, quelle personne se trouve en ce moment au château de Bithoor.

— Quelle personne? demanda William.

— Mais... milady Balcam...

Le sergent fit un haut-le-corps.

— Milady Balcam! répéta-t-il, est-ce donc possible!... Mais alors — voyons! voyons! ceci est grave, très grave — et milady est seule dans la forteresse.

— Je le pense.

— Je veux demander si elle n'aurait pas amené avec elle la jeune Indienne qui la servait à Cawnpore.

— C'est fort probable — et je ne puis vous l'assurer — et puis que la pauvre Indienne ait suivi sa maîtresse ou qu'elle l'ait abandonée, je ne vois pas quel intérêt ..

— Pardonnez-moi, capitaine, il y en un très grand, au contraire.

— Lequel?

— En toute autre circonstance, j'aurais parlé avec plus de discrétion.. Mais la situation commande, et je dois vous confesser...

— Quoi! quoi donc! achevez...

Le sergent redressa son torse pendant qu'un éclair de satisfaction brillait dans ses yeux.

Pour un rien, il se fût mis à chanter comme un coq sultan.

Mais il se contenta de parler.

— Eh bien, dit-il, je ne puis vous cacher qu'à Cawnpore, la jeune Indienne a bien voulu m'honorer de quelque bonté.

— Vraiment! fit Georges, en s'épanouissant en un rire très-sincère.

— C'est comme je le dis... répondit William.

— Dès lors... acceptez tous mes compliments... ajouta le jeune peintre; je connais cette jeune femme, et elle est ma foi fort bien...

— Beaucoup mieux... que vous ne pouvez le supposer, monsieur, répartit le sergent.

— Voilà qui est à merveille et cette coïncidence tombe à pic, comme nous disons quelquefois en France. Je crois, en effet, que cette jeune personne a dû accompagner sa maîtresse et qu'elle est enfermée avec elle au château de Bithoor : mais elle n'est pas prisonnière, elle; de plus, elle est indienne, et il est vraisemblable qu'elle n'est pas l'objet d'une surveillance rigoureuse. Le succès de notre entreprise dépend donc de vous, sergent; observez, faites le guet, tâchez de faire savoir à cette intéressante enfant, et je ne doute pas que dès qu'elle apprendra la présence du sergent William, si près d'elle, elle ne mette tout en œuvre pour le rejoindre!... Ce n'est pas, je suppose, la première fois que la belle jeune fille vous aura donné rendez-vous sous les tamariniers et les discrets banyans !

Le sergent cligna de l'œil au jeune peintre et se tourna vers le capitaine pour solliciter un avis.

— Mon ami Jacques Borain, dit ce dernier, a parlé comme je l'aurais fait moi-même, et vous n'avez qu'à suivre l'excellent conseil qu'il vous donne : Observez, sir William, fouillez les environs avec une extrême prudence, et si vous nous apportez bientôt une bonne nouvelle, vous serez le bien venu !

Plusieurs jours passèrent à la suite de cette conversation, et l'on demeura quelque temps sans revoir le sergent.

Qu'était-il devenu? Nul ne le savait.

Avait-il péri, victime de son imprudence ou de son audace — avait-il été fait prisonnier par quelques-uns des soldats qui tenaient garnison à Bithoor.

Mystère profond au sujet duquel Georges et Jacques commençaient à s'inquiéter, quand un soir survînt l'incident suivant.

XIX

C'était à la tombée de la nuit.

Georges et Jacques venaient de souper, et ils s'étaient assis sous bois, attendant tout en fumant quelque bon cigare.

Après s'être longuement entretenu de William et de l'étrangeté de sa disparition, les deux amis s'étaient tu, et chacun, de son côté, ils s'étaient abandonnés à leurs rêveries.

Georges commençait à s'inquiéter de l'inaction à laquelle il se condamnait lui-même, pour une aventure dont la fin était des plus incertaines.

Quels reproches n'encourait-il pas, en s'arrêtant au milieu de sa fuite, au plus tôt vers le lieu où l'on se battait, vers les champs de bataille où se décidait, peut-être à cette heure le sort de la domination anglaise dans les Indes.

N'avait-il pas agi bien légèrement; et ne devait-il pas au plus tôt reprendre sa route et gagner les lieux où l'honneur l'appelait. Mais quel déchirement aussi à la pensée de s'éloigner quand Laurence était là, près de lui!

Il était donc profondément troublé et n'osait même faire part à Jacques du désordre auquel il était en proie.

Cependant que faisait le sergent? Où était-il? Fallait-il l'attendre davantage?

Tout à coup, il tressaillit et se leva à demi,

Jacques avait, de son côté, fait le mouvement brusqué.

Ils échangèrent un regard fulgurant.

— Entendez-vous, fit Georges, à voix rapide et basse comme un souffle.

— Parfaitement, répondit le jeune peintre.

— On vient à nous.

— Je le crois.

— Et il y a deux personnes! poursuivit le capitaine; l'une, c'est, à n'en pas douter, le sergent William. Je le reconnaîtrais entre mille Indiens, rien qu'à son pas régulièrement cadencé à la manière militaire. Mais... l'autre?

— L'autre?

— C'est un pas de femme.

— Diable ! l'oreille, paraît-il, acquiert une acuité inouïe.

— Ecoutez vous-même. Le pas est plus léger ; elle en fait deux, pendant que le sergent en fait un ! Mon Dieu ! si c'était...

— Qui donc ?

— Laurence.

— Devinez-vous ?

— Ah ! Dieu me devrait bien cette satisfaction après tant de cruelles épreuves.

— Sans doute ; je ne dis pas non. Mais je suppose que Dieu a autre chose à faire que de protéger vos amours avec milady, qui, soit dit sans vous offenser, n'ont rien de précisément orthodoxe. Au surplus, nous ne tarderons pas longtemps à être fixés. Le bruit se rap proche, et tenez !)j'aperçois l'excellent William, donnant la main à sa belle Vénus indienne !

Georges réprima un geste de désappointement, mais il ne s'en empressa pas moins à la rencontre du sergent auquel il serra les mains avec effusion.

La présence de la jeune indienne prouvait, en effet, qu'il avait pleinement réussi, et il avait hâte de l'interroger.

— Ah ! parle ! parle ! dit-il aussitôt, ta maîtresse ! ta maîtresse !...

— Ma maîtresse, répondit la jeune femme, est au château depuis le jour de l'incendie ; elle ignorait tous les événements qui se sont accomplis à la suite de ce malheur, et elle s'attendait chaque jour à voir le colonel venir la délivrer... Le sergent m'a appris la vérité, et je l'ai répétée à milady.

— Et qu'a-t-elle dit ?

— Elle a beaucoup pleuré, et maintenant elle redoute l'arrivée du Rajah.

— Elle ne l'a point vu encore ?

— Non !

— Et le sergent t'a-t-il fait part du projet que nous avions formé ?

— Le sergent me l'a dit... mais quand j'en ai instruit milady, elle a refusé absolument de vous exposer à un pareil danger.

— Elle préfère donc attendre le Rajah ! dit Georges avec amertume.

— Si le Rajah arrive, ma maîtresse n'hésitera plus... et du haut de la tour qu'elle habite, elle se jettera avec son enfant dans les fossés profonds !

Georges roula sa tête dans ses mains avec désespoir.

— Ah ! un pareil sacrifice ne s'accomplira pas, je le jure ! s'écria-t-il.

Et se tournant vers William :

— J'espère, ajouta-t-il d'une voix ferme, que vous n'avez pas renoncé à notre entreprise.

— Moi ! fit le sergent avec une farouche énergie, j'y ai si peu renoncé que je vous amène l'enfant pour la commencer...

— De quoi s'agit-il ?

— Voici, capitaine... la petite et moi, nous avons beaucoup causé, la nuit dernière... et après avoir bien mûrement réfléchi à ça et à autre chose, nous

Ils venaient faire leurs ablu·ions dans les ondes saintes sans souci des crocodiles.

— Quel plan ?

— Vous allez voir : en premier lieu, vous allez vous rendre au château avec une dizaine d'hommes que l'enfant se charge d'introduire dans la forteresse. Ces dix hommes doivent être résolus, de grand sang-froid, et je vous les désignerai tout à l'heure, si vous éprouviez quelque difficulté à les désigner vous-même.

— Après... après... dit Mortimer.

— Une fois introduits dans la forteresse, vous vous cacherez pendant deux bonnes heures dans un appartement où l'on vous enfermera, et vous attendrez là qu'un signal vous soit donné.

— Quel signal ?

— Quelques coups de feu qui seront tirés par les hommes qui attaqueront la poterne du nord. Je serai là et je vous réponds que l'on s'y battra ferme... et pendant que nous commencerons l'attaque de ce côté, le reste de la colonne se portera vers la poterne du sud...

— Mais nous ! nous ! que ferons-nous ?

— Nous, capitaine, vous n'aurez qu'une chose à faire, et ce sera de tomber sur la garnison endormie et d'égorger le pius d'Indiens et de Cipayes possible. Nous avons à venger nos camarades, et ce sont là des représailles qui n'auront pas besoin d'être justifiées.

— Et nous allons partir.

— A l'instant.

— Soit ! fit Mortimer. Il n'y a pas à hésiter. Tout moment de retard peut être fatal. Je vais donner mes ordres et, dans dix minutes, je reviens avec mes hommes.

Il allait s'éloigner ; il revint sur ses pas et alla droit au jeune peintre.

— Pardonnez-moi, mon ami, lui dit-il, je vous oubliais. Mais vous comprenez, n'est-ce pas ?... J'ai la fièvre.

— On l'aurait à moins.

— Vous êtes des nôtres ?

— Parbleu.

— Avec quel détachement voulez-vous marcher ?

— Avec le vôtre, bien entendu.

— Alors, vous m'attendez ici ?

— Je vous attends.

Georges Mortimer disparut, et Jacques s'approcha du sergent.

— Tout cela est bien combiné, dit-il, et je vous fais mes sincères compliments. Seulement, voulez-vous me permettre de placer ici une observation ?

— Placez, placez, mon jeune ami, répondit le sergent. De quoi s'agit-il ?

— Vous ne craignez pas que les Indiens n'aient pu deviner vos projets ?

— Eux ! Allons donc. Ils ne m'ont pas vu. Je me tenais là-bas, à la corne du bois, et la petite seule connaissait ma retraite.

— Tant mieux. Mais ils sont si rusés et ont le flair si subtil.

— Vous verrez ! vous verrez ! la rapidité de l'exécution ne leur donnera pas le temps de se retourner, et avant qu'ils n'aient eu le temps déterminé, nous leur aurons signé leur parcours pour le paradis !

— Sont-ils nombreux ?

— A peine deux cents hommes. Et même, si j'en crois ce que disait la petite, la moitié de la garnison aurait reçu l'ordre de rallier Cawnpore, sous quelques jours. Mais il est inutile d'attendre jusque-là, et le Rajah pourra se passer de ce renfort.

Jacques Borain ne répondit pas. Mais ces dernières paroles du sergent le rendirent rêveur.

Nana-Sahib rappelait à lui une partie de la garnison de Cawnpore ; il donnait lui-même l'ordre de dégarnir la forteresse à laquelle il avait confié le précieux dépôt de Laurence !

Que S'était-il passé, et qu'est-ce que cela voulait dire ?

Il devint soucieux ; mais quand Georges Mortimer revint avec les dix hommes qui devaient le suivre, il ne jugea pas à propos de lui faire la confidence de ses appréhensions.

Tout était prêt ! Et aussitôt, sans désemparer, on se mit en marche.

La jeune indienne marchait en avant pour les guider. On la suivait sans parler.

Elle avait recommandé à tous le plus profond silence, et la recommandation était inutile pour des hommes, qui, la plupart, combattaient les Indiens depuis un grand nombre d'années, et connaissaient surabondamment leurs mœurs.

On avança ainsi sous bois pendant une demi-heure au moins. Le temps était on ne peut plus favorable : nuit sans lune, ténèbres épaisses, silence profond !

Puis, au bout de cette demi-heure, toujours dissimulé par la forêt qui poussait une pointe en cet endroit, on arriva sur la lisière extrême, à cent pas au plus des remparts de la forteresse.

A cette vue, Georges s'arrêta, violemment ému, et serra fortement la main de son ami.

— Là ! dit-il, c'est là qu'elle est ! Dans un instant, je la verrai ! Mon Dieu accordez-moi cette joie avant de mourir.

Jacques garda le silence, et le corps penché en avant, l'oreille tendue, il paraissait écouter avec une attention inquiète.

La jeune indienne et les dix hommes avaient fait le mouvement.

— Qu'y a-t-il ? demanda alors le capitaine.

— C'est bizarre, fit Jacques ; n'entendez-vous pas, mon ami ; on dirait à quelque distance comme un bruit d'armes, et le pas cadensé d'une troupe en marche.

— En effet, dit le capitaine, frappé à son tour, de ce bruit singulier.

— Et se tournant vers l'indienne.

— Sais-tu ce que cela peut être ? ajouta-t-il.

La jeune femme fit un geste négatif.

— Je n'y comprends rien, répondit-elle, et à moins que ..

— Aurions-nous été trahis ?

— Non, capitaine, je suis sûre que nou ! mais si le bruit que nous entendons provient de la cause que je suppose, il ne peut que servir nos projets, et je vous engage à profiter du moment.

— Qu'est-il donc survenu ?

— Venez ! venez ! dit encore la jeune femme... h tons-nous... car il y va peut-être de votre vie même !

Alle prit les devants et on la suivit.

Jacques venait le dernier et réfléchissait... lui aussi, croyait avoir deviné la cause du bruit perçu, et, sans qu'il eût pu dire pourquoi, il avait senti un frisson glacé courir sur sa peau.

Mais il fallait avancer maintenant, toute préoccupation étrangère cessante.

Après avoir franchi à travers champ un espace de cent mètres environ, couvert d'arbustes, on arriva tout à coup aux pieds de la forteresse. Il y avait là une porte condamnée depuis longtemps et dont la jeune indienne s'était procuré la clef.

Elle ouvrit la porte et quand ces hommes en eurent passé le seuil, elle la ferma silencieusement derrière elle.

L'obscurité était complète; elle prit la main de Georges qui donna la sienne à celui qui marchait après lui, et ainsi de suite jusqu'au dernier.

Ils gravirent l'escalier, montèrent cinquante marches, et enfin atteignirent un vaste palier sur lequel ouvrait une fenêtre qui donnait sur la campagne.

On fit là une halte de quelques minutes; l'indienne alla écouter de tous côtés pour s'assurer que leur ascension n'avait donné l'éveil à personne; puis elle adressa un signe à Georges et ils pénétrèrent finalement dans une pièce vaguement éclairée par une lampe d'opale, et où Jacques et le capitaine remarquèrent avec quelque surprise un ameublement qui trahissait les habitudes d'un vivant raffiné.

Des divans en faisaient le tour; des nattes précieuses couvraient le sol; des fleurs d'une variété infinie remplissaient des vases aux formes gracieuses, retombaient en grappes, ou bien s'élançaient en festons vers la voute. En dépit du Coran qui interdit la reproduction de la figure humaine, des statuettes et des tableaux retraçaient des scènes licencieuses.

Le fond de la pièce était occupé par une immense serre où l'on était parvenu à créer une végétation splendide, des magnolias, des jasmins, beaucoup d'arbustes croissaient sur la terre qu'on y avait apportée, et des jets d'eau rafraichissait l'atmosphère.

— Où sommes-nous ici? demanda Georges au bout d'un instant.

— Chez Nana-Sahib, répondit l'Indienne, et s'il sait jamais que je vous ai conduit ici, il ne me le pardonnera pas.

— Mais Laurence... insista le capitaine.

— Ma maîtresse est dans la tour du Midi, et il serait imprudent de tenter de s'y rendre en ce moment.

— Quand la verrai-je donc?

— Lorsque la forteresse sera en votre pouvoir... Asseyez-vous ici, attendez patiemment, et dès que vos soldats attaqueront la forteresse du Nord, je viendrai vous indiquer le chemin que vous aurez à suivre pour surprendre la garnison pendant son sommeil.

La jeune femme se retira sur ces mots et Georges s'assit, résigné en apparence, mais en réalité inquiet et troublé.

Une heure s'écoula.

Rien ne remuait à l'intérieur; il était évident que les Indiens dormaient en toute sécurité. C'était d'un bon augure.

Toutefois une chose tourmentait le jeune capitaine.

Depuis qu'ils étaient dans cette pièce, Jacques Borain n'avait pas prononcé une seule parole.

C'était singulier... Il était plus expansif d'ordinaire et Georges savait bien que ce n'est pas à la crainte du danger qu'il fallait attribuer son silence.

Il se rapprocha de lui et lui frappa sur l'épaule.

— Eh bien, mon ami, lui dit-il ; vous voilà devenu taciturne et sombre... A quoi songez-vous donc ?

— Regretteriez-vous de nous avoir accompagnés ?

— Moi ! Allons donc..,

— Cependant vous n'êtes pas dans votre état ordinaire.

— A quoi cela tient-il ?

— Faut-il vous le dire ?

— Je vous en conjure.

— Soit !... j'y consens... Eh bien, ma préoccupation, en ce moment, vient du bruit que nous avons entendu tout à l'heure.

— Cependant il n'y a là rien d'extraordinaire, et la petite indienne nous a dit que la cause de ce bruit, qu'elle nous a cachée, ne pouvait que servir nos projets.

— Sans doute... — sans doute... — S'il s'agit de la prise de la forteresse.

— Et de quoi s'agit-il donc ?

Et, comme à cette question, Jacques détournait les yeux avec embarras.

— Ah ! parlez, parlez ! insista le capitaine ; voilà que vous m'effrayez à présent. Est-ce que, par hasard, il s'agirait de Laurence ?

Jacques n'eut pas le temps de répondre ; car, au même moment, la porte s'ouvrit brusquement, et l'Indienne parut, l'œil hagard, l'attitude épouvantée, et vint prendre avec autorité les mains du capitaine.

Qu'est-il arrivé ? interrogea ce dernier avec un frisson.

— Venez ! venez ! fit la jeune fille.

— Où nous menez-vous ?

— Vos compagnons sont à la porte du Nord ; vous n'avez pas un instant à perdre, si vous voulez profiter du désordre qui va se produire.

Georges, dominé par l'air résolu et l'attitude de l'Indienne, ordonna à ses hommes de le suivre, et lui-même s'élança, le revolver au poing, sur les pas de la jeune femme.

Ils descendirent à la hâte une vingtaine de marches, et quand ils eurent le bas de l'escalier, Georges chercha encore une fois, à obtenir quelques éclaircissements de son guide.

— Mais parlez ! de grâce, supplia-t-il, il s'est passé quelque chose de terrible... que je veux connaître ! Laurence ! Laurence !

Il n'acheva pas ; Une détonation se fit entendre, et aussitôt, à quelques pas d'eux, s'ouvrit le corps-de-garde au seuil duquel il s'était arrêté, et une quinzaine de Cipayes se précipitèrent au dehors.

Ils furent accueillis par une décharge formidable qui en coucha la moitié sur les dalles, et alors une mêlée s'engagea, et les malheureux Cipayes, surpris, affolés, croyant à quelque intervention magique, reçurent la mort sans presque avoir le temps de se reconnaître et de se défendre.

Pendant que ce drame avait lieu de ce côté, la porte du Nord avait été forcée par les hommes que le sergent William commandait, et, en un quart-d'heure. la forteresse, assaillie de trois côtés à la fois, tombait au pouvoir de Mortimer.

Celui-ci avait tout oublié dans l'ardeur du combat, et ce ne fut que lorsqu'il eut pris les mesures d'usage contre une surprise, qu'il songea à Laurence.

Il avait fait vaillamment son devoir ; il avait le droit de songer à lui !

Il fit appeler la jeune Indiennne.

Mais, chose bizarre, on ne la trouva nulle part où on la chercha.

Et Georges commençait à singulièrement s'inquiéter, quand le sergent William, qu'il n'avait pas vu encore, se présen'a dans la chambre, où il avait fait provisoirement élection de domicile avec Jacques Borain.

William entra d'un air un peu gauche et osant à peine lever les yeux sur Mortimer:

— Ah! ah! c'est toi, dit ce dernier d'un ton nerveux. Viendrais-tu, par hasard, me parler de la jeune Indienne ?

— Précisément, capitaine, répondit le sergent.

— Est-ce donc toi, qui la cache à tous les regards ou qui lui défend de venir à mon appel.

— Ce n'est pas moi, capitaine, je vous le jure.

— Alors, pourquoi n'est-elle pas ici ?

— C'est qu'elle n'ose pas...

— Qu'est-ce à dire ?

— C'est-à-dire, que la petite a une triste nouvelle à vous annoncer, et qu'elle préfère que vous l'appreniez par un autre.

Georges fit un mouvement.

— Une triste nouvelle ! dit-il vivement. Il ne s'agit pas de milady Balcam. je suppose !

— Il s'agit d'elle, au contraire, capitaine...

— N'est-elle pas à Bithoor ?

— Elle n'y est plus !...

— Cependant... on nous assurait...

— Oui, capitaine; il y a encore une heure, elle y était, mais depuis...

Georges se laissa tomber accablé sur un divan, et cacha sa tête dans ses mains crispées.

Mais ce ne fut qu'une défaillance passagère, et aussitôt il releva le front avec énergie.

XX

— Voyons... parle ! parle ! dit-il d'une voix forte ; j'ai mal entendu, n'est-ee pas, ce que tu viens de m'apprendre...

— Ce que je viens de vous dire, répondit William, c'est la petite qui le tient d'un indien que nous avons fait prisonnier.

— Enfin ! enfin !

— Voici, capitaine ; pendant les premiers moments, Nana-Sahib a eu assez d'occupations pour oublier la prisonnière qu'il avait confiée à la garde de ses hommes dins la forteresse où nous sommes. Mais dès qu'il se fut rendu maître de Cawnpore. il ne songea plus qu'à elle, et ne pouvant s'absenter de la ville où le retiennent les intérêts les plus graves, il a résolu de la faire venir près de lui ! Or, il y a deux jours, son fidèle Nikam est arrivé à Bithoor avec l'ordre de ramener milady Balcam avec une escorte qui défiât toute attaque. — Nikam a donc rempli sa mission, et à l'heure même où nous marchions sur la forteresse, Milady était emmenée à Cawnpore, sous la conduite d'une centaine d'Indiens bien résolus à la défendre si l'on tentait de la leur enlever.

Georges se dressa d'un bond.

— Mais, il y a à peine une heure quelle est partie, dit-il, d'un ton ardent ; ils ne peuvent être bien loin encore, et nous pourrions...

— Eh quoi ! vous voulez, objecta William...

— Hésiteriez-vous à me suivre ?

— Moi ! allons donc je vous suivrais jusqu'au bout du monde, et pourtant...

— Pourtant, interrompit Georges ; c'est la femme de notre colonel ! et l'honneur nous commande de tout tenter pour l'arracher aux mains de ces misérables.

Le sergent échangea avec le peintre, un coup d'œil qui signifiait bien des choses, et s'inclina avec soumission.

— Je ferai ce que le capitaine ordonnera répondit-il.

— A la bonne heure, eh bien choisissez cinquante hommes de bonne volonté et avant un quart d'heure, qu'ils soient prêts à marcher.

William sortit et Georges resta seul avec Jacques Borain.

Ce dernier n'avait rien dit pendant la colloque du sergent et du capitaine et dès que William s'était éloigné, il s'était mis à faire ses préparatifs de départ.

— Vous venez avec nous ! fit Georges, un peu embarrassé de sa contenance.

— Pardieu ! répliqua le jeune peintre ; mais, je suis comme le sergent William ; je vous suivrais jusqu'au bout du monde.

— Vous dites cela, sur un ton d'ironie.

— Quelle idée.

— Blameriez-vous l'expédition que je veux tenter, et ne trouvez vous pas...

— Puisque vous m'interrogez, dit-il; c'est apparemment que vous désirez que je vous réponde et je le ferai sans faiblesse avec une entière franchise, comme je le dois par respect pour l'amitié qui nous unit! Tant que Milady Balcam était retenue prisonnière dans Bithoor, j'ai compris que vous ayez tenté de vous emparer de la forteresse, parce que dans cette aventure, vous serviez en même temps, l'intérêt public et celui de votre amour! mais la forteresse une fois en votre pouvoir, on pourra trouver singulier, et vous expliquerez difficilement, que vous vous lanciez dans une nouvelle expédition où vous aller exposer la vie de ses hommes, sans grande chance de réussite.

— Mais il s'agit de Laurence!

— Tout est su, sans doute, et ce n'est pas pour vous justifier.

— Voulez-vous donc que je la laisse aux mains de cet infâme Rajah.

— Je ne veux rien de semblable.

— Ah! jamais! jamais je ne me résignerai à la laisser s'éloigner de la sorte.

— Eh bien! n'en parlons plus, mon ami; voici William qui revient, les hommes qu'il a commandés sont prêts; hâtons-nous maintenant, et ne perdons pas une seconde.

Georges Mortimer secoua vivement le front pour chasser les dernières pensées qui l'obsédaient, et ayant passé ses deux revolvers chargés à sa ceinture, il descendit dans la cour, et prit le commandement des hommes qui attendirent.

. . . .

Or, pendant que ces faits se passaient à Bithoor, les cipayes qui enmenaient Laurance avaient déjà pris une avance importante qui devaient les mettre à l'abri de toute poursuite sérieuse, seulement, un pont qui raccourcissait de beaucoup la route qui conduisait de Cawnpoore avait été récemment détruit, et il leur fallait un bon détour, à travers champs, par des chemins que l'on ne connaissait qu'imparfaitement.

Toutefois, nul n'avait d'appréhension; et l'on avançait à pas lents, croyant toujours la forteresse, entre les mains de ceux qu'ils y avaient laissés.

Nickam marchait en tête, et seul, il montrait une certaine impatience fébrile, car lui seul, savait l'importance du dépôt qui lui était confié.

C'était un homme très rusé que ce Nikam et en même temps très froid.

Il était au courant des nouvelles du pays qu'il parcourait sans cesse d'un bout à l'autre, et, au dépit des succès de ses frères indiens, même après la prise de Delhi, et celle de Cawnpore, il restait soucieux et inquiet sur le résultat final, et ne croyait pas encore à la délivrance prochaine des siens.

Il connaissait les Anglais, de longues années, et savait bien qu'il n'avait pas dit leur dernier mot : il lui paraissait impossible qu'ils acceptassent la défaite; il avait vu leurs efforts, avait surpris le secret de

Il monta sur un éléphant et donna le signal du départ.

leurs projets, à chaque instant, il s'attendait à quelque sinistre catastrophe où disparaîtrait une fois l'indépendance de l'Inde.

On leur avait dit que les généraux de la compagnie s'occupaient de concentrer leur forces, qu'ils livreraient bientôt une grande bataille ; qu'ils avaient des canons, des soldats aguerris, désireux de venger la mort de leurs compagnons massacrés sans pitié ; et sous l'empire de ces pensées, ne voyait l'avenir que comme à travers un voile sanglant.

Mais il était dévoué à son maitre, et se fut fait tuer pour le servir, s'il l'avait fallu, et en ce moment, il faisait trève à ses sombres préoccupations, pour ne songer qu'à Laurence qu'il fallait ramener saine et sauve au Rajah !

Il pressait donc ses compagnons, les exhortant du mieux qu'il pouvait ; mais ceux-ci qui n'étaient pas dans la confidence de la cause de ses impatiences, s'abandonnaient à leur nature indolente, sans se hâter d'arriver au bout du trajet qu'il avait à parcourir.

Et pourtant Nikam avait bien raison de s'inquiéter, car le dernier mot n'était pas dit, ainsi qu'il le pensait, et voici en effet ce qui se passait :

Pendant que Nana-Sahib s'emparait de Cawnpore, et faisant égorger les prisonniers et couler les soldats à qui, il avait cependant promis la vie sauve, le général qui commandait à Allohabad, après avoir étouffé l'insurrection de cette ville, s'était empressé d'opérer sa jonction avec le général Havelock, et les deux officiers avaient organisé une colone mobile, et marcha sur Cawnpore, où ils espéraient arriver à temps pour délivrer le malheureux lord Wheeler, qu'ils croyaient encore vivant.

C'était là une puissante diversion ; mais on pouvait croire que les maîtres actuels de Cawnpore repousserait facilement l'ennemi, et c'est dans la prévision d'une attaque prochaine et pour ne rien négliger, que le rajah avait appelé auprès de lui, la moitié de la garnison de Bithor.

Ce moment approchait donc d'une bataille décisive, où chaque parti allait jouir le sort de la domination de l'Inde, et jamais peut-être, animation plus grande n'avait régné de part et d'autre.

Pour bien faire comprendre le degré d'acharnement qu'avaient atteint les combattants de cette terrible guerre, il suffit de placer sur les yeux du lecteur, la lettre suivante, écrite par un officier qui a pu conserver au milieu de ces noms d'horreur, une véritable humanité.

« Nous n'avons fait, dit-il, qu'une halte sur la route d'Alllohabad à Bénarès où nous sommes arrivés le troisième jour après notre départ. A cette halte, nous avons trouvé les crops de trois européens, un magistrat nommé Moore et deux planteurs d'indigo qui avaient été assassinés la veille dans un village voisin, un détachement de 40 hommes de 84ᵉ qui était campé à cette station s'étaient immédiatement dirigé de ce côté, et après avoir tiré quelques coups de fusil, avait dispersé les villageois, et était revenus avec les corps.

« Il fut impossible de retrouver la tête de M. Moore.

« Pendant que nous étions en train de déjeuner, un magistrat civil arriva de Bénarès avec des ordres sévères pour tirer vengence de ces maitres. Le lendemain matin, à deux heures, nous nous mîmes en route ; à cinq heures nous étions arrivés à la fabrique d'indigo qui était brûlée et qui avait été pillée. La cavalerie irrégulière qui devait nous rejoindre, s'était égarée ; elle arriva trop tard, pour qu'il fut possible de rien faire le soir. En conséqcence, nous devions camper au milieu de ces ruines, jusqu'au lendemain matin, à huit heures, heure à laquelle la colonne se mit en marche.

« J'étais monté sur un éléphant avec un autre officier. Nous nous rendîmes à un village éloigné de cinq milles dont les habitants ; nous avait on dit, étaient compromis dans le meurtre des européens. Le village fut entouré par la cavalerie, quelques malheureux que l'on y trouva furent égorgés, et l'on mit le feu aux cabanes. La plupart des habitants avaient pris la fuite, et aucun d*ceux que l'on arrêta ne fit la moindre tentative pour se défendre. Un d'eux sortit du village en feu avec une épée à la main, et, quand il vit qu'il ne pouvait se sauver, il se la plongea dans le ventre, quelques uns de nos *braves* auxiliaires, le voyant étendu à terre, se précipitèrent sur lui et l'achevèrent, en lui hachant la tête à coups de sabre. Un autre village éloigné d'un mille, fut traité de la même manière, à cela près, qu'on ne tua personne, à ce que je crois.

« Après avoir fait une halte de deux ou trois heures, pour donner aux hommes le temps de dîner; nous nous préparions à attaquer un troisième village où les indigènes avaient construit une barricade, et où ils avaient porté la tête de M. Moore, lorsqu'il arriva une dépêche nous apprenant la prise de Cawnpore par Nana-Sahib, et nous donnant en même temps la nouvelle que les paysans se réunissait en colonne pour marcher sur Bénarès. En conséquence, on renonça au projet d'expédition pour que la cavalerie put retourner à Bénarès, et qu'il nous fut possible de regagner Allohabad. »

Tous ces faits Nikam les connaissait par ses espions, et quand il apprit un soir, que les deux généraux anglais marchaient sur Cawnpore, il changea brusquement d'itinéraire, et prit une route toute différente de celle qu'il avait suivie jusqu'àlors. Il voulut avec raison, attendre le résultat des engagements qui allaient se livrer, avant de retourner auprès de son maître : Un moment même, il conçut le projet de revenir sur ses pas, et d'aller se renfermer de nouveau dans la forteresse de Bithoor. Mais un des cipayes, échappé au massacre vint lui annoncer que le château était tombé par surprise au pouvoir d'un capitaine anglais, et cette nouvelle décida Nikam à s'éloigner au plus tôt afin d'éviter la rencontre de ses ennemis.

Il quitta donc la route, coupa à travers la plaine, et vers la tombée du jour suivant, il arrivait à peu de distance des bords du Gange, où il se décida à camper en attendant les évènements.

De l'endroit qu'il avait choisi, le fleuve sacré présentait un aspect impo‑ sant et bizarre.

Parfois des arbres gigantesques étalaient leurs rameaux touffus sur le fleuve auquel leur ombre communiquait une teinte sombre. Là se réunissaient des groupes de fidèles qui venaient faire leurs ablutions dans les ondes saintes, et s'aventuraient loin des bords, sans souci des crocodiles: femmes, enfants vieillards se mêlaient dans ces pieuses immersions quelquefois même, un fervent adorateur de Brahma se vouait à la mort, et s'abandonnait au courant dans une sorte d'ivresse extatique pour être plus sûr de s'absorber dans le sein de Dieu.

A des places vénérées, des files d'indiens descendaient des marches de marbre, allaient puiser l'eau du fleuve, dans le regard des prêtres qui prélevaient un tribut sur leur dévotion. Cette eau, aux vertus souveraines, devait être transportée dans toutes les régions de l'Hindoustan, sur les épaules de ces malheureux aux formes grêles, qui trouvaient des forces inépuisables pour accomplir un vœu ou apporter à un parent malade le précieux talisman.

Plus loin, c'étaient des femmes, des jeunes filles qui se montraient dans leur nudité; une jeune mère abandonnait le cadavre de son enfant sur un radeau de lianes et de branches verdoyantes, l'accompagnant d'un chant plaintif pendant qu'il s'éloignait emporté par le courant. Des jeunes filles cherchaient à se rendre les divinités favorables par l'offrande gracieuse de guirlandes et de fleurs qu'elles détachaient de leur chevelure, et qui flottaient à la surface. Le *Denghi* glissait rapidement au milieu de ces scènes variées. Parfois une secousse improvisée à l'esquis qui emportait l'enfant, indiquait la présence d'un crocodile qui s'emparait de la proie offerta, et s'entrainait au fond de l'eau...

Nikam avait formé son campement sous un bois épais où la chaleur torride du jour, ne pouvait pénétrer, et il avait donné à ses hommes la liberté d'aller faire leurs ablutions sacrées.

Aucun n'y manqua, mais avec la prudence qui caractérise ce peuple, presque dans des superstitions, dès que le jour eût fait place à la nuit, ils rentrèrent tous sous bois, pour ne pas s'exposer à quelque redoutable rencontre de bêtes fauves.

Les fauves sont nombreux en effet, dans ces parages où les attirent incessamment l'odeur des proies humaines !

Dès que la nuit fut venue sur les deux rives, ce furent des rugissements de tigres, des glapissements de chacals, des lugubres hurlements des hyènes. Les vautours et les argalis, ces grands épurateurs des villes indiennes qu'ils débarassent de tous les éléments putrides, rabattaient d'un vol pesant et lourd sur leurs proies.

Un esquif embrasé sillonna bientôt la surface de l'eau.

C'était le bûcher en bois de Sandal d'un riche Brahmane, qui, soutenu par un paquet de liège, devait flotter jusqu'au moment où ses cendres se mêleraient à l'onde sacrée.

Ce spectacle et ces cadavres qui se montraient d'instants en instants plus nombreux, annonçaient l'approche des *Gates* funèbres ; des exhalaisons méphitiques provenant de chairs et d'os brulés étant apportés par la brise du cimetière. Bientôt les eaux reflétèrent les feux d'une foule de brasiers étayés en amphithéâtre sur la rive droite.

C'était là que les indiens venaient de très loin consumer les restes de leurs proches ; c'était là qu'ils portaient leurs parents malades, quand le moment fatal approchait. Heureux ceux, dont les derniers regards se reposaient sur le fleuve sacré, et dont les ossements calcinés étaient ensuite confiés à son courant. Mais, malheur à ceux qu'un rôle trop impatient y apportait avant que toute espèce de guérison fût perdu! Une fois partis au rendez-vous funèbre il ne leur était plus permis de se mêler aux vivants ! En vain, le souffle vital s'obstinait-il à rester dans ce corps voué aux honneurs suprêmes, il fallait qu'il subit la flamme du bûcher, à moins qu'il ne devint la proie des crocodiles aux aguets de la vase, ou des chacals cachés dans les broussailles. Nul n'aurait voulu ramener à la maison celui qui aurait failli à l'engagement pris à son nom : il eût été un objet de répulsion universel. Aussi, arrivait-il souvent que la mort tardant trop à venir, on hâtait le dénouement en remplissant de la boue du Gange la bouche et les narines du moribond.

Ces spectacles qui eussent terrifiés des européens, ne produisaient qu'un effet relatif sur les indiens qui accompagnaient Nikam : ils étaient depuis longtemps familiarisés avec les scènes d'horreur. Mais il n'en était pas de même pour Laurence, qui n'avait rien vu ni entendu de pareil, et qui sous la tente que l'on avait improvisée pour elle, écoutait, en frémissant, les cris terribles qui venaient jusqu'à elle, et qui se voilait vainement le visage pour ne point voir les lueurs sinistres des brasiers qui rayaient à chaque instant la nuit sombre.

La pauvre jeune femme était anéantie. Un moment, elle avait espéré une délivrance prochaine. La petite indienne qui la servait avait relevé son courage, en lui parlant du projet formé par Georges, et bien qu'elle crut l'intervention du jeune capitaine bien dangereuse, elle avait tant prié Dieu, qu'elle avait attendu l'issue de la tentative avec un profond sentiment de confiance.

Elle avait été vite et cruellement désabusée.

Une nuit, Nikam était venu au château de Bithoor, et lui avait annoncé qu'il avait reçu l'ordre de la conduire à Cawnpoore, où l'attendait le Rajah.

Laurence s'était trouvée mal, et quand elle était revenue à elle, elle était allongée sur un éléphant, avec une femme à ses côtés, et elle apprenait qu'on la conduirait à Cawnpoore!

Elle retomba dans l'anéantissement complet, et versa d'abondantes larmes.

Toutefois, une chose bizarre se passa alors qui l'arracha à son abattement.

On marchait depuis une heure, dans la direction de Cawnpoore, quand tout à coup, la petite troupe fit volte-face, changée de direction, et tourne le dos à Cawnpoore,

Un espoir nouveau s'empara de l'esprit de la jeune femme, et une fois encore, elle se reprit à croire que Dieu ne l'abandonnait pas.

Mais quand elle se vit sur les bords du Gange, quand elle assista aux scènes dont nous avons parlé, une sourde impatience la pénétra toute entière; une sorte de colère emplit son cœur, et elle résolut de sortir une fois pour toutes, de l'incertitude poignante où elle se trouvait.

Il lui semblait qu'à ce moment, la mort lui eut été moins cruelle cent fois que l'abominable rêve au milieu duquel elle vivait depuis quelque temps!

Le lendemain matin, dès l'aube, elle fit appeler Nikam; et ce dernier s'empressa de se rendre à son appel.

Il s'avança cauteleux, rampant, comme il convenait à un serviteur fidèle, devant la femme aimée d'un maître dont les caprices sont terribles.

Laurence remarqua cette attitude, et on comprit la signification !

Le rouge de la honte lui en monta au visage, et elle fronça les sourcils.

XXI

— Nikam! dit-elle, d'une voix qui avait toute la sonorité d'une résolution énergique, je vous ai fait venir, parce que j'ai quelques renseignements à vous demander, et j'espère que vous me les donnerez avec toute la sincérité que je désire trouver en vous!

— Mais, Milady, commença Nikam.

— Je crois, interrompit la jeune femme, et l'on m'a dit souvent que vous étiez dévoué a votre maître.

— Jusqu'à la mort.

— Cependant, depuis quelques jours, il me semble que vous suivez bien mal les instructions qui vous ont été données.

— Que veut dire Milady, fit Nikam, avec un regard étonné.

— Ne vous avait-on pas ordonné de vous rendre à Cawnpore.

— En effet.

— N'est-ce pas au Rajah que vous deviez me conduire.

— D'où vient donc que nous voici après trois jours de marche sur les bords du Gange, c'est-à-dire, à une distance considérable de l'endroit où nous devrions être arrivés.

Nikam eut un geste de stupéfaction.

Les paroles de la jeune femme renversaient toutes ses idées, ce n'était pas en effet, un langage qui indiquait cette aversion que le Rajah avait paru lui inspirer jusqu'alors et avec son sens subtil, l'indien soupçonna quelque ruse.

Il ébaucha un sourire ironique.

— J'étais loin de m'attendre à une semblable impatience de la part de Milady, répondit-il et si le Rajah savait...

Il n'acheva pas.

Un éclair farouche avait traversé le regard de la jeune femme, et il en était resté interdit.

— Vous rapporterez à votre maître, ce que bon vous semblera, répliqua Laurence, d'un ton nerveux et impératif; mais moi, je pourrai lui dire aussi comment vous vous êtes comporté envers moi.

— Je vous jure! voulut dire alors Nikam.

— C'est assez! faites moi grâce de vos serments, et répondez à ce que je demande! en quittant Bithoor, nous devions nous rendre à Cawnpore.

— Pourquoi avez vous changé d'itinéraire, pourquoi sommes-nous à cette heure sur les bords du Gange!

— Regardez.

Nikam hésita encore quelques secondes, mais devant l'attitude si étrange et si inattendue de Lady Balcam, il prit résolument son parti.

— Eh bien, je vais vous dire, Milady, reprit-il; c'est que j'ai tout lieu de croire que la place de Cawnpore ne va pas tarder à être investie; on assure que les généraux Havebeck et Neill, marchent sur cette ville, et j'ai pensé qu'à la veille des combats qui vont se livrer de ce côté, le Rajah ne me pardonnerait pas de vous avoir exposée à ces scènes d'horreur.

— Mais le Rajah n'a rien à craindre, interrogea la jeune femme.

— Je l'espère.

— Il sortira vainqueur de cette nouvelle épreuve.

— Le Rajah est un chef habile; il a autour de lui des hommes résolus, et des forces nombreuses vont à son secours.

— Est-ce tout ce que Milady désirait apprendre.

— C'est tout ! pourtant il est un dernier point sur lequel il m'importe d'être renseigné.

— Devons-nous rester longtemps en ces lieux.

— Je ne pense pas, cela dépendra des évènements.

— Soit ! allez donc ! mais si quelque incident survenait, je compte que vous m'en informerez.

— Milady peut en être assurée.

Il allait s'éloigner, il revint sur ses pas.

— Milady est-elle contente de son serviteur? demanda-t-il sur un ton obséqueux.

— Je le dirai à Nana-Sahib, quand vous m'aurez ramenée vers lui ! répondit Lady Balcam, en le congédiant de geste.

Nikam sortit, et pendant une partie de la nuit qui suivit, il songea profondément à ce qui venait de se passer.

La jeune femme était-elle sincère? ne jouait elle pas un rôle pour mieux tromper son gardien? Il ne savait que penser. En tout cas, il fallait veiller et il veilla.

Au surplus, les évènements allaient se précipiter avec une telle rapidité qu'ils ne lui laisseraient bientôt plus le temps de la réflexion.

Ainsi que nous l'avons dit, Nikam avait autour de lui des espions et des courriers ; deux de ces derniers avaient été expédiés par lui à Cawnpore, pour demander des ordres précis à Nana-Sahib. Seul, le premier de ses courriers avait pu pénétrer dans la ville et parler au Rajah. Le Rajah fit répondre à son serviteur qu'il avait bien agi en s'éloignant des lieux où il pouvait rencontrer des Européens; il devait continuer de protéger sa prisonnière, et ajoutait qu'il préférait voir milady Balcam morte, plutôt que de la savoir rendue aux mains du colonel ou du capitaine Mortimer.

Nikam comprit ce que cela voulait dire; mais il n'eut garde de communiquer son impression à personne.

Quant au second courrier, il revint quelques heures après le premier ; il n'avait pu s'introduire dans Cawnpore ; par conséquent, il n'avait pu voir le Rajah; mais il apportait cependant des nouvelles intéressantes.

Le général Havelock et le général Veill avait fait leur jonction, et sans perdre de temps, ils avaient marché sur Cawnpore.

Les Cipayes qui défendaient la ville éprouvèrent bien, à cette nouvelle, une sorte d'appréhension qui paralysa un moment leur carnage; ils ne s'attendaient pas à être attaqués si vite, et se fussent ralliés volontiers dans les excès d'un triomphe dont ils avaient épuisé toutes les ivresses.

Mais Nana-Sahib etait là ! on savait que le châtiment suivrait de près tout acte de mollesse ou d'indiscipline; et puis, on avait toujours vaincu jusqu'alors, et rien ne leur donnait lieu de penser que la victoire dût les abandonner !

Aussi, après certaine défaillance passagère, ils envisagèrent héroïquement la situation, et c'est avec des cris d'enthousiasme qu'ils demandèrent bientôt à marcher à l'ennemi.

Nana-Sahib sentit son cœur battre d'un orgueil farouche à ces manifestations tumultueuses, et dès le jour même, il préparait tout pour se porter à la rencontre des deux généraux réunis.

Le moment était solennel.

S'il sortait vainqueur de cette rencontre au-devant de laquelle il allait, un grand coup était porté à l'influence anglaise, Delhi pouvait être repris presque sans combat, et ce succès devait entraîner ceux des Indiens qui hésitaient encore.

Si, au contraire, la fortune les trahissait, il n'avait qu'à se renfermer dans la forteresse de Bithoor, et à tenir là, jusqu'à ce qu'un nouveau mouvement fût possible.

Mais au moment où il se disposait à quitter Cawnpore, un espion vint brusquement lui raconter ce qui s'était passé au château de Bithoor!

La forteresse n'était plus au pouvoir des siens, et c'était le capitaine Mortimer qui y commandait!

Le Rajah était loin de s'attendre à une pareille nouvelle, et il en éprouva une sombre irritation.

Il y avait là, en effet, quelque chose d'inattendu et de fatal qui l'épouvanta presque...

Que deviendrait-il s'il ne parvenait pas à repousser l'ennemi?

Il se verrait réduit à errer dans la campagne, poursuivi, traqué à l'égal d'une bête fauve, abandonné peut-être par ses propres soldats, que la défaite disperserait et qui ne chercheraient plus leur salut que dans la fuite...

Il fallait donc vaincre à tout prix... ou mourir!

Mais au moins, avant d'accepter cette extrémité, il était bien résolu à se faire des funérailles de carnage et de sang, dignes d'un prince qui avait, un moment, rêver de monter sur le trône des Indes!

Il envoya de nouveaux ordres à Nikam, régla certaines affaires en prévision de sa mort possible, et ces soins pris, il monta sur un éléphant richement caparaçonné, et donna le signal du départ

On s'éloigna dans un ordre parfait.

Les hommes étaient animés du plus grand courage et ils marchaient au combat avec une entière confiance.

On leur avait dit que leurs ennemis étaient peu nombreux; que leurs insuccès antérieurs les avaient découragés, qu'ils lâcheraient pied dès les premiers engagements, et qu'avant quelques jours Delhi serait repris par les Indiens.

Du reste, le début leur fut, pour ainsi dire, favorable.

Les premiers combats d'avant-postes se terminèrent à l'avantage des Cipayes, et ils poussèrent des cris de joie quand ils virent les Anglais leur céder le terrain, et se retirer devant eux.

Des ordres furent donnés pour qu'on ne fit aucun quartier aux Cipayes insurgés.

Mais c'était là une ruse, un mouvement arrêté d'avance entre les deux généraux anglais qui, pendant quelques jours, amusèrent ainsi les ennemis pour les attirer peu à peu en un endroit où toutes leurs forces étaient massées, et d'où ils devaient faire un retour offensif, dont ils espéraient un succès complet.

Deux jours s'écoulèrent donc en combats partiels, dans lesquels les Indiens eurent l'avantage ; mais le troisième jour, les régiments qui n'avaient pas donné encore entrèrent subitement en ligne et ouvrirent un feu des plus vifs, à l'aide de leurs carabines à longue portée, pendant que l'artillerie les secondait, du haut des collines, où elle avait établi ses batteries.

61   61

Les Indiens ne croyaient pas avoir devant eux toute l'armée du général Havelock; ils furent surpris par la vivacité d'un feu qui les atteignait à une distance à laquelle ils ne pouvaient répondre, et se précipitant en avant, ils engagèrent courageusement l'action.

La bataille fut des plus sanglantes, et il en résulta une mêlée effroyable qui dura cinq heures et pendant laquelle on se battit à l'arme blanche, avec un acharnement indescriptible.

Le sol était jonché de cadavres, et c'est à peine, si de chaque parti ont pu reconnaître les siens.

Mais la victoire devait rester à la tactique et à la solidité de l'armée anglaise, et les malheureux Cipayes, à la fin de la journée, durent se disperser, poursuivis par la cavalerie de la compagnie.

Heureusement pour les Indiens, cette cavalerie n'était pas nombreuse; sans quoi, il n'en eût peut-être pas échappé un seul.

Ils se retirèrent donc dans le plus grand désordre, et se hâtèrent de regagner Cawnpore où ils rentrèrent désespérés.

Nana-Sahib était certainement le plus atterré! Il avait vu ses meilleurs soldats mordre la poussière; ceux qui restaient étaient mornes et sombres; un des généraux avait été tué; le sinistre était complet.

Sans doute l'action avait été sanglante, et ils avaient fait beaucoup de mal à l'ennemi ; deux cents Anglais au moins avaient reçu la mort pendant la lutte, mais le résultat n'en était pas moins redoutable.

Vaincu ! il était vaincu !

D'un moment à l'autre il pouvait s'attendre à être attaqué, les généraux Havelock et Weill, poursuivant leur victoire, ne tarderaient pas à venir mettre le siège devant la ville.

Et quand ils apprendraient ce qui s'y était passé, quand ils vérifieraient par eux-mêmes les atrocités qui avaient été commises au mépris de la foi jurée, à quelles sanglantes représailles ne se livreraient-ils pas ?

Nana-Sahib ne pouvait rien espérer de la défense qu'il voulait tenter ; ses canons avaient été pris, il n'avait plus autour de lui qu'une garnison affaiblie, défaillante, sans courage.

Il se voyait déjà obligé de fuir et n'avait plus même la ressource suprême d'aller s'enfermer dans Bithoor !

Une colère aveugle grondait dans sa poitrine, une fureur sans nom s'emparait de son esprit.

Et quand les chefs qui avaient survécu à la défaite vinrent le trouver pour lui demander ses ordres, un hideux sourire contracta ses lèvres, et un éclair sauvage sillonna son regard chargé de haine.

— Vous voulez savoir ce que j'ordonne, dit-il d'une voix retentissante; eh bien ! venez, et vous le verrez !

Ils sortirent et descendirent dans la ville.

Il y avait encore, relégué dans un quartier de Cawnpore, un grand nombre de femmes et d'enfants européens qui n'avaient pu fuir, et que jusqu'alors, on avait traité avec certains égards.

C'est vers ce quartier que l'on se dirigea.

Le Rajah marchait devant, entouré de Cipayes, menaçant, dissimulant mal l'ardeur de vengeance dont ils étaient animés.

Nana-Sahib les avait jusque-là contenus du regard et du geste.

Mais quand il atteignit les premières maisons où demeuraient les femmes européennes avec leurs enfants et quelques vieillards, il s'arrêta, superbe de résolution et d'audace, le front éclairé de lueurs fatales, et tendant la main vers les demeures anglaises.

— Allez! dit-il aux Cipayes impatients, sang pour sang, mort pour mort! et qu'avant une heure, il ne reste plus vivant un seul des chrétiens abhorrés.

Une immense clameur accueillit cet ordre épouvantable; aussitôt le massacre commença, et au bout d'une heure, ainsi qu'il l'avait ordonné, cinq cents victimes avaient reçu la mort, et leurs cadavres étaient jetés dans un puits, en face même de la demeure habitée par le Rajah.

De telles atrocités ne devaient pas rester impunies, et le châtiment allait enfin atteindre ces monstres.

La nouvelle de ce qui s'était passé à Cawnpore et des cruautés exercées contre des femmes et des enfants se répandit dans le pays avec la rapidité de l'éclair, et des ordres furent donnés aussitôt pour qu'on ne fît aucun quartier aux Cipayes insurgés.

Le temps de la démence était fini, il fallait prendre des mesures qui terrifiassent les malheureux révoltés.

La colère était à son comble parmi les troupes anglaises, et elles ne demandaient qu'à se venger.

A quelques jours de là, une nouvelle rencontre eut lieu non loin de Kullenpore, et l'engagement qui devait être décisif, s'annonça comme devant être des plus sanglants, dès le début de la bataille.

On se battit avec un acharnement égal des deux côtés. Les Indiens firent une résistance plus vive encore que la première fois. Ils tuèrent cent cinquante hommes à l'armée anglaise; mais après plusieurs heures de combat ils durent enfin abandonner leurs positions et se retirer en désordre.

On en massacra un nombre considérable, et les fugitifs jetèrent dans le Gange, les cadavres des leurs qu'ils n'avaient pu emporter.

Cette victoire assura définitivement aux Anglais la possession de Cawnpore et rétablit la liberté de leur communication avec les différents corps de l'armée.

On avait cru même un instant que Nana-Sahib avait trouvé la mort dans ce dernier combat, mais on apprit bientôt qu'il n'en était rien.

Dès que l'énergique conspirateur avait compris qu'il ne restait plus aucun espoir de vaincre, il s'était retiré, selon les indications qu'il avait reçues, vers l'endroit où Nikam l'attendait avec la proie qu'il lui gardait.

Nana-Sahib avait, lui, une dernière vengeance à accomplir, et celle-là du moins, nul ne pourrait l'empêcher de l'atteindre.

Laurence, la belle Laurence était là, à une distance de quelques lieues environ, et puisque toute autre satisfaction lui échappait, il n'entendait pas se laisser ravir cette dernière chance qui lui était offerte de rendre à ses ennemis le mal qu'il lui avait fait !

On lui avait bien dit que le colonel Balcam, blessé dans la dernière rencontre, avait demandé à obtenir du général Havelock l'autorisation de poursuivre le Rajah avec ce qui restait de son régiment.

Mais qu'importait à Nana-Sahib.

Il savait où trouver Laurence, et son cheval, admirablement dressé, devait le conduire près d'elle en moins de quelques heures.

Pour plus de sécurité d'ailleurs, il laissa sa troupe prendre un itinéraire destiné à tromper ceux qui le poursuivaient, et monté sur sa bête rapide, il s'éloigna vers les lieux où s'était établi Nikam.

Il y arriva en moins de trois heures, et quand il atteignit le but de sa course effrénée, une immense joie emplit son cœur.

Nikam était bien là avec son escorte, et sous la tente sur le seuil de laquelle il le reçut, Laurence reposait pendant la chaleur du jour.

Le Rajah alla faire ses ablutions saintes, et quand il revint, Nikam lui apprit que Milady était réveillée.

Nana-Sahib se fit annoncer, et presque aussitôt, il pénétra sous la tente.

D'un geste farouche, il congédia les indiennes qui servaient la jeune femme, et dès qu'il se vit seul avec elle, il s'approcha du divan où elle était assise et alla prendre place à ses côtés.

Milady Balcam voulut se lever, mais il la retint d'une main violente, et la força à rester.

Ses sourcils étaient contractés, ses traits étaient couverts de pâleur, ses doigts nerveux serraient à les briser les doigts de la jeune femme.

Celle-ci eut peur.

— Ah ! vous me faites mal ! dit-elle, en cherchant à se dégager.

Le Rajah eut un ricanement sinistre.

— Je suis vaincu, dit-il avec un sourire cruel, vaincu et poursuivi ! d'un moment à l'autre, le colonel Balcam peut arriver, mais il sera trop tard, alors... car j'aurai enfin assouvi en même temps et mon amour et ma vengeance !

En parlant ainsi, il attira violemment la jeune femme contre sa poitrine, et ses lèvres frémissantes cherchaient les siennes.

Elle détourna la tête avec horreur.

— Ah ! laissez-moi ! laissez-moi ! dit-elle, d'une voix éperdue, jamais ! jamais !

— Tu seras à moi !

— Non !

— Je le veux ! je le veux !

La jeune femme avait fait un effort surhumain, et était parvenue à s'éloigner, mais le Rajah l'avait bientôt reprise dans ses bras de bronze, et, maintenant, ses lèvres s'enfonçaient dans les cheveux de la jeune femme affolée de terreur.

— Misérable! misérable! s'écria-t-elle, sentant ses forces s'épuiser... A moi! à l'aide!

Le Rajah ne l'écoutait plus et, pris d'une ivresse sans nom, il cherchait avidement ses lèvres, et un moment même, Laurence fut sur le point de s'évanouir.

Elle était perdue, et Nana-Sahib souriait à l'idée de sa victoire prochaine.

— Mon Dieu! mon Dieu! balbutia la jeune femme à demi défaillante... Ah! qui donc viendra à mon secours?

Mais le Rajah n'écoutait plus rien... et s'en était fait d'elle, quand tout à coup, une fusillade éclata aux alentours du campement, et vint frapper Nana-Sahib de stupeur.

Nikam était accouru.

— Qu'y a-t-il? demanda le Rajah.

— Le camp est attaqué de deux côtés à la fois.

— Le colonel?

— Oui... le colonel d'une part... et, de l'autre, le capitaine Mortimer.

Nana-Sahib proféra une effroyable imprécation.

Mais il n'y avait pas à hésiter. Le moindre retard pouvait être fatal; il abandonna la belle lady Balcam, et, s'emparant de ses armes, il courut se jeter au plus fort de la mêlée.

Il ignorait quel était le nombre des ennemis auxquels il avait affaire; mais peu lui importait. L'heure était suprême ; il fallait vaincre ou mourir, et la mort ne l'avait jamais effrayé.

Quand il sortit de la tente, le combat était déjà engagé, et jamais attaque n'avait été dirigée avec plus de courage, et l'on peut dire mieux, avec plus de fureur!

Cela dura une demi-heure au moins, au bout de laquelle Georges Mortimer pénétrait dans la tente où Laurence reprenait à peine ses sens.

Pour ainsi dire, ce fut dans les bras du jeune capitaine qu'elle se réveilla.

— Vous! vous! dit-elle avec une expression de joie... ah! je suis sauvée alors!

— Oui, oui! sauvée... ma Laurence bien-aimée! dit Georges en la serrant dans ses bras.

Laurence souriait déjà, quand tout à coup un voile sombre envahit ses traits.

— Mon Dieu... balbutia-t-elle; j'oubliais !...

— Qu'avez-vous ? interrogea Georges.

— Mais lui! lui! le colonel?

Georges frissonna, et un nuage de sang l'aveugla.

Mais ce fut court, car, au même instant, Jacques Borain faisait irruption sous la tente.

— Le colonel?... répliqua-t-il, en souriant presque sur le dernier mot de la jeune femme; quant à lui, vous pouvez être complètement rassurée, — et les deux amis ont eu le même sort.

— Que voulez-vous dire? demanda Georges d'une voix haletante.

— Je veux dire, répondit le jeune peintre, que Nana-Sahib et le colonel ont péri dans cette affaire, et que, non seulement le Gouvernement est débarrassé d'un redoutable conspirateur, mais que vous-même...

— Oh! Laurence! Laurence!... dit Georges Mortimer en s'agenouillant aux pieds de la jeune femme et en baisant avec transport les mains qu'elle lui abandonnait.

— C'est ce que je voulais dire!... acheva le jeune peintre en se retirant discrètement.

Qu'ajouter à ce qui précède?... Rien. S'il est vrai, comme on le prétend, que tout soit bien qui finit bien, rien ne manque à notre récit.

Milady Balcam s'appelle aujourd'hui Milady Mortimer, et quant à Jacques Borain, dont certaines considérations m'empêchent de dire le vrai nom, c'est depuis longues années le peintre orientaliste le plus connu et le plus acclamé de nos Salons annuels.

Fin

TABLE

Pages

MAZZINI, par Pierre Zaccone...................................... 3

LES NIHILISTES, par Constant Guéroult......................... 96

LE DUC D'ENGHIEN et GEORGES CADOUDAL, par Constant Guéroult.. 214

LA MACHINE INFERNALE, par Constant Guéroult.............. 298

UN CONSPIRATEUR INDIEN, par Pierre Zaccone............... 336

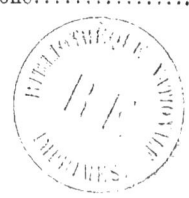

www.ingramcontent.com/pod-product-compliance
Lightning Source LLC
Chambersburg PA
CBHW061033030726
47504CB00002B/358